r Feyerdaler

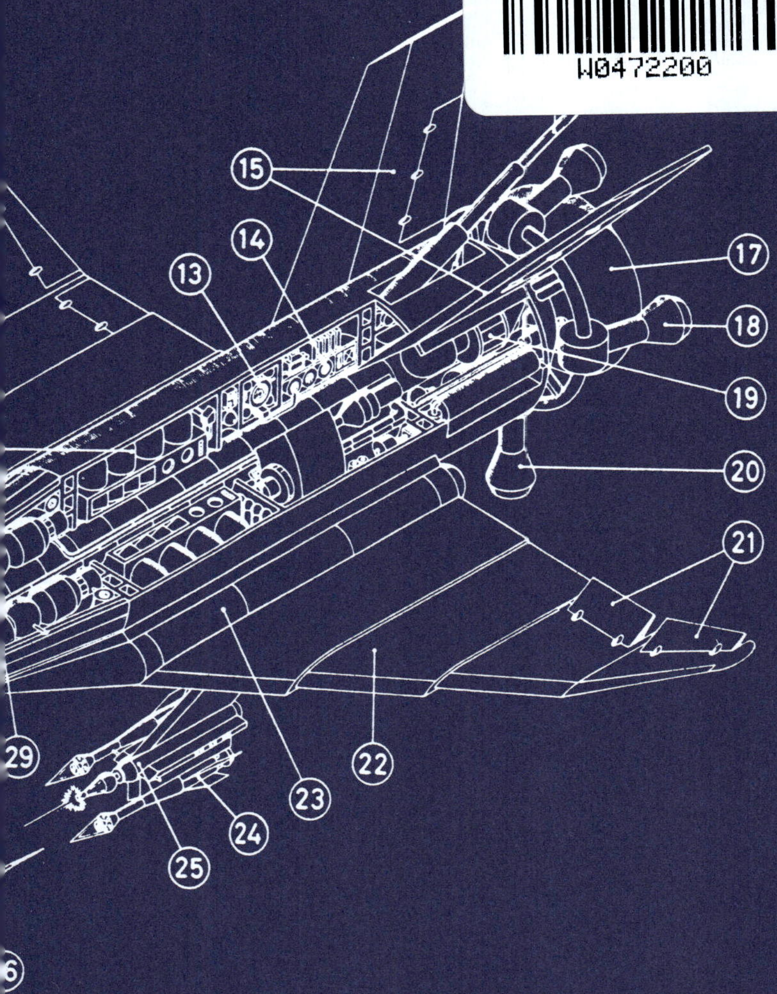

Zeichnung: Bernhard Stoessel

Perry Rhodan

Die Terra-Patrouille

Perry Rhodan

Die Terra-Patrouille

Perry Rhodan KG

www.moewig.de
Redaktion: Hubert Haensel
Titelillustration: Johnny Bruck
Druck und Bindung: GGP Media GmbH
Printed in Germany 2020
www.perry-rhodan.de
ISBN: 978-3-8118-4069-0

Vorwort

Eine vereinte Menschheit ohne die allgegenwärtige Frage nach der Herkunft, nach Hautfarbe, Religion oder Lebensanschauung. Ist das ein Zukunftstraum, Ausdruck unserer Hoffnung auf eine heile Welt? Vielleicht.

Perry Rhodan hat es jedenfalls schon vor langer Zeit geschafft, die in sich zerstrittenen Menschen des Planeten Erde zu einen, wenn das auch nicht gänzlich ohne Druck von außen möglich war, und uns als Terraner auf den Weg zu den Sternen zu führen. Faszinierend fremde Lebensformen und exotische Weltanschauungen – für die Menschen unserer Zukunft und für uns Leser der PERRY RHODAN-Serie sind sie zur Selbstverständlichkeit geworden.

Der Anblick eines nur noch knapp fünfzehn Zentimeter großen grünhäutigen Siganesen ist ebenso alltäglich wie der eines Ertrusers mit zweieinhalb Metern Körpergröße und dem recht beachtlichen Gewicht von 16 Zentnern. Beide, wohlgemerkt, sind umweltangepasste Terraner-Nachfahren, auf Planeten mit anderen Lebensbedingungen aufgewachsen. Sie zeigen uns, wie groß die Bandbreite der Evolution sein kann und dass nicht das Aussehen zählt, sondern die inneren Werte eines Intelligenzwesens entscheidend sind.

Heute, im beginnenden 21. Jahrhundert, scheinen das auch immer mehr Menschen zu verstehen. Doch leider werden geistige und geografische Grenzen oft erst nach großen Katastrophen ignoriert, und erst dann rücken wir wieder ein Stück näher zusammen.

Für die Menschen unserer fiktiven Zukunft im Jahr 3582 war der Durchgang des Planeten Erde durch den Schlund eine solche Katastrophe. Terra wurde bis auf wenige Überlebende entvölkert, und niemand weiß, was wirklich geschehen ist und welche Kräfte wirksam geworden sind.

Die Überlebenden beweisen immerhin einen unbeugsamen Willen. Sie geben sich nicht geschlagen und kämpfen gemeinsam für eine neue Zukunft. Hoffnung und Zuversicht gingen aus der Katastrophe gestärkt hervor.

Die in diesem Buch enthaltenen Originalromane sind: *Der Herr der*

Welt (766) von Kurt Mahr; *Der Wächter von Palatka* (767) von Kurt Mahr; *TERRA-PATROUILLE* (768) von William Voltz; *Das schwarze Raumschiff* (776) von Kurt Mahr; *Die Bucht der blauen Geier* (782) von H. G. Ewers; *Die Kontaktzentrale* (783) von H. G. Ewers; *Rebell gegen die Kaiserin* (786) von Hans Kneifel und *Die Stunde des Rebellen* (787) von Ernst Vlcek.

Hubert Haensel

Zeittafel

1971/84 Perry Rhodan erreicht mit der STARDUST den Mond und trifft auf die Arkoniden Thora und Crest. Mit Hilfe der arkonidischen Technik gelingen die Einigung der Menschheit und der Aufbruch in die Galaxis. Geistwesen ES gewährt Rhodan und seinen engsten Wegbegleitern die relative Unsterblichkeit. (HC 1–7)

2040 Das Solare Imperium entsteht und stellt einen galaktischen Wirtschafts- und Machtfaktor ersten Ranges dar. In den folgenden Jahrhunderten folgen Bedrohungen durch die Posbis sowie galaktische Großmächte wie Akonen und Blues. (HC 7–20)

2400/06 Entdeckung der Transmitterstraße nach Andromeda; Abwehr von Invasionsversuchen von dort und Befreiung der Völker vom Terrorregime der Meister der Insel. (HC 21–32)

2435/37 Der Riesenroboter OLD MAN und die Zweitkonditionierten bedrohen die Galaxis. Nach Rhodans Odyssee durch M 87 gelingt der Sieg über die Erste Schwingungsmacht. (HC 33–44)

2909 Während der Second-Genesis-Krise kommen fast alle Mutanten ums Leben. (HC 45)

3430/38 Das Solare Imperium droht in einem Bruderkrieg vernichtet zu werden. Bei Zeitreisen lernt Perry Rhodan die Cappins kennen. Expedition zur Galaxis Gruelfin, um eine Pedo-Invasion der Milchstraße zu verhindern. (HC 45–54)

3441/43 Die MARCO POLO kehrt in die Milchstraße zurück und findet die Intelligenzen der Galaxis verdummt vor. Der Schwarm dringt in die Galaxis ein. Gleichzeitig wird das heimliche Imperium der Cynos aktiv, die am Ende den Schwarm wieder übernehmen und mit ihm die Milchstraße verlassen. (HC 55–63)

3444 Die bei der Second-Genesis-Krise gestorbenen Mutanten kehren als Bewusstseinsinhalte zurück. Im Planetoiden Wabe 1000 finden sie schließlich ein dauerhaftes Asyl. (HC 64–67)

3456 Perry Rhodan gelangt im Zuge eines gescheiterten Experiments in ein paralleles Universum und muss gegen sein negatives Spiegelbild kämpfen. Nach seiner Rückkehr bricht in der Galaxis die PAD-Seuche aus. (HC 68–69)

3457/58 Perry Rhodans Gehirn wird in die Galaxis Naupaum verschlagen. Auf der Suche nach der heimatlichen Galaxis gewinnt er neue Freunde. Schließlich gelingt ihm mit Hilfe der PTG-Anlagen auf dem Planeten Payntec die Rückkehr. (HC 70–73)

3458/60 Die technisch überlegenen Laren treten auf den Plan und ernennen Perry Rhodan gegen seinen Willen zum Ersten Hetran der Milchstraße. Rhodan organisiert den Widerstand, muss aber schließlich Erde und Mond durch einen Sonnentransmitter schicken, um sie in Sicherheit zu bringen. Doch sie rematerialisieren nicht am vorgesehenen Ort, sondern weit entfernt von der Milchstraße im »Mahlstrom der Sterne«. Den Terranern gelingt es nur unter großen Schwierigkeiten, sich in dieser fremden Region des Universums zu behaupten. (HC 74–80)

3540 Auf der Erde greift die Aphilie um sich, die Unfähigkeit des Menschen, Gefühle zu empfinden. Perry Rhodan, die Mutanten und andere gesund Gebliebene beginnen an Bord der SOL eine Reise ins Ungewisse – sie suchen den Weg zurück in die Milchstraße. (HC 81)

3578 In Balayndagar wird die SOL von den Keloskern festgehalten, einem Volk des Konzils der Sieben. Um der Vernichtung der Kleingalaxis zu entgehen, bleibt der SOL nur der Sturz in ein gewaltiges Black Hole. (HC 82–84)

3580 Die Laren herrschen in der Milchstraße, die freien Menschen haben sich in die Dunkelwolke Provcon-Faust zurückgezogen. Neue Hoffnung keimt auf, als der Verkünder des Sonnenboten die Freiheit verspricht. Lordadmiral Atlan sucht die Unterstützung alter Freunde, die Galaktische-Völkerwürde-Koalition (GAVÖK) wird gegründet. (HC 82, 84, 85)

Auf der Erde im Mahlstrom zeichnet sich eine verhängnisvolle Entwicklung ab. (HC 83)

3581 Die SOL erreicht die Dimensionsblase der Zgmahkonen und begegnet den Spezialisten der Nacht. Um die Rückkehr zu ermöglichen, dringt ein Stoßtrupp in die Galaxis der Laren vor und holt das Beraghskolth an Bord. (HC 84, 85) Nur knapp entgeht die SOL der Vernichtung; die Entstehung des Konzils wird geklärt. (HC 86) Monate nach der SOL-Zelle-2 erreicht Perry Rhodan mit der SOL die Milchstraße und wird mit einer falschen MARCO POLO und dem Wirken eines Doppelgängers konfrontiert. Die Befreiung vom Konzil wird vorangetrieben. (HC 87, 88)

Im Mahlstrom halten der geheimnisvolle Plan der Vollendung und die PILLE die Menschen im Griff. Die Erde stürzt in den »Schlund«. (HC 86)

3582 Alaska Saedelaere gelangt durch einen Zeitbrunnen auf die entvölkerte Erde. (HC 88)

Die SOL fliegt aus der Milchstraße zurück in den Mahlstrom der Sterne (HC 89) und erreicht schließlich die Heimatgalaxis der Feyerdaler, Dh'morvon. Über die Superintelligenz Kaiserin von Therm eröffnet sich vielleicht eine Möglichkeit, die Spur der verschwundenen Erde wiederzufinden. (HC 90)

Prolog

Das zu Ende gehende 36. Jahrhundert hat die Menschheit weiter im Kosmos verstreut, als dies noch vor wenigen Jahrzehnten für denkbar gehalten worden wäre. Es ist eine Zeit der Prüfungen und großer Anstrengungen, um wieder zueinander zu finden.

Die SOL, Perry Rhodans Fernraumschiff, folgt der Spur des verschollenen Heimatplaneten. Sie hat die Galaxis Dh'morvon erreicht, in der das Volk der Feyerdaler die beherrschende Rolle spielt. Dh'morvon gehört zur Mächtigkeitsballung der Kaiserin von Therm, einer Superintelligenz, über die Perry Rhodan und seinen Getreuen nichts bekannt ist außer dem Umstand, dass ausgerechnet sie mehr über das Schicksal der Erde zu wissen scheint.

Um Terra und vor allem seine Menschheit wiederzufinden, muss Perry Rhodan sich auf die Seite der Kaiserin von Therm stellen. Aber es ist schwer, Kontakt zu bekommen, denn das verkrustete System der Feinsprecher steht Fremden skeptisch gegenüber.

Die Zeit drängt jedoch, und es gilt, die Erde schnell wiederzufinden. Das weiß Perry Rhodan von dem Boten, den ES gesandt hat.

Terra

Verschollen im Kosmos

Es steht nichts in den Annalen des Kosmos, dass der Weg des Windes vorgeschrieben wäre …

Aus den »Gesängen der Wesenheit CLERMAC:
Ode an die Urgewalten des Zufalls«

1.

Fünf Tage lang hatte der Sturm getobt und den Schnee mehr als mannshoch aufgetürmt. Doch kaum ließ das stete Heulen nach, machten sich die drei Männer daran, den Zugang zu ihrer Unterkunft frei zu schaufeln.

Walik Kauk fühlte sich wie eingerostet. Er stellte fest, dass die körperliche Anstrengung ihm gut tat.

»Wenn Augustus hier wäre, könnte er uns wenigstens einen Teil der Arbeit abnehmen«, keuchte hinter ihm Baldwin Tingmer. »Weiß der Teufel, wo der Blechkerl steckt.«

Augustus – der Name stammte von Walik Kauk – hatte den Sturz der Erde durch den Schlund aus irgendeinem Grund unbeschadet überstanden. Aber kurz nach der Ankunft in Uelen an der äußersten Ostspitze Asiens war der Ka-zwo-Roboter spurlos verschwunden.

Baldwin Tingmer besaß Schneeschuhe, Walik Kauk und Bluff Pollard hatten sich breite Bretter unter die Füße gebunden, um nicht einzusinken. So stapften sie durch die verschneiten Straßen der kleinen Stadt, auf der Suche nach Benzin für ihr altertümliches Fahrzeug. Die Wohngebäude ignorierten sie und hielten erst vor einer Lagerhalle an, von der nur noch der obere Bereich aus dem Schnee ragte.

»Der Eingang liegt zur Straße hin«, vermutete Walik. »Am besten fangen wir dort zu schaufeln an.«

»Hier ist ein Maulwurfsloch!«, rief Pollard. Der Junge stand ein wenig abseits. Dort war viel Schnee angehäuft, und unmittelbar neben dem Hügel führte ein gut eineinhalb Meter durchmessendes Loch schräg in die Tiefe.

»Das muss ein gewaltiger Maulwurf gewesen sein …«, staunte Kauk.

Er verstummte jäh, denn ein Scharren und Kratzen erklang aus der Tiefe. Zögernd tastete er nach seiner Waffe. Ein dunkler Schatten tauchte aus dem Stollen auf. Fassungslos starrte Walik Kauk auf die zerschlissene gelbbraune Uniform, unter der die grobporige synthetische Haut des Roboters zum Vorschein kam.

»Augustus!«, stieß er hervor. »Wo zum Teufel kommst du her …?«

»Ich habe mich umgesehen!«, meldete der Ka-zwo schnarrend.

»Der Kerl stinkt«, staunte Tingmer.

In der Tat strömte der Roboter einen höchst durchdringenden Geruch aus.

»Wonach riechst du?«, fragte Walik.

»Die Frage wird zurückgestellt«, bemerkte Augustus. »Zuerst hat meine Erklärung über die Erfüllung meiner Pflicht zu erfolgen.«

»Wer bestimmt das?«

»Das Kontrollelement.« Der Roboter nahm die leicht geneigte Haltung an, die andeuten sollte, dass er den Impulsen des nächsten Knotenrechners lausche. Allerdings gab es keine funktionierenden Zentralrechner mehr. Zuzugeben, dass diese Verbindung nicht mehr existierte, war Augustus unmöglich. Und gegen die Befehle des »fiktiven« Kontrollorgans kam niemand an.

»Also schön, gib deine Erklärung ab«, brummte Walik Kauk.

»Der Fahrt nach Terrania City wird der Erfolg versagt bleiben, solange nicht genügend Treibstoff für das Fahrzeug vorhanden ist. Während des Schneesturms war die Suche nach Treibstoff für Wesen mit organisch schwacher Konstitution nicht möglich. Lediglich ich konnte der atmosphärischen Turbulenz und den niedrigen Temperaturen widerstehen. Nach Rücksprache mit dem Kontrollorgan machte ich mich daher auf die Suche.«

»Und er ist fündig geworden!«, jubelte Bluff. »Das ist Benzin, wonach er riecht!«

Der schlaksige Fünfzehnjährige hatte Recht.

»Augustus, du bist ein Wunderkind!«, schrie Walik Kauk vor Begeisterung.

Der Roboter schaufelte den Eingang zum Lagerhaus frei. Im Erdgeschoss standen mehrere hundert Behälter aus grauem Plastikmaterial. Einen davon hatte der Ka-zwo geöffnet und teilweise geleert, um sich zu vergewissern, dass er wirklich Treibstoff enthielt. Die Lagerhalle roch intensiv nach Benzin. Hier lagerte mehr als genug von dem kostbaren Stoff, um mit dem Hovercraft die sechstausend Kilometer bis Terrania City überwinden zu können. Die Mehrzahl der Behälter würde an Bord ohnehin keinen Platz finden.

Gemeinsam transportierten sie eines der Fässer zu ihrem Unterschlupf. Selbst der Ka-zwo hatte wegen des lockeren Schnees Probleme damit. Doch Stunden später heulte das Triebwerk des alten Hovercraft wieder auf. Walik Kauk bugsierte das plumpe Fahrzeug aus der Garage und ließ es mit beachtlicher Geschwindigkeit bis zu dem Lagerhaus gleiten.

Zweiundzwanzig Fässer wurden verladen. Mit ihrem Inhalt würde der Hovercraft bis zu dreitausend Kilometer weit kommen. Allerdings war das Fahrzeug so schwer beladen, dass Walik vorsichtshalber einen kurzen Testflug absolvierte. Der Innenraum war nun mit technischem Gerät und Benzinfässern so voll gestopft, dass die Passagiere für sich selbst kaum noch Platz fanden.

Walik erwog ernsthaft, einen Teil der Gerätschaften zu Gunsten von mehr Treibstoff auszuladen. Letztlich entschied er sich dagegen, weil es wohl doch nicht übermäßig schwer war, Benzin zu finden. Die Geräte hingegen waren in einer Welt, in der nur noch energetisch und kybernetisch autarke Systeme funktionierten, unersetzbar.

»Wir starten morgen bei Sonnenaufgang«, entschied er.

Mit dem Handrücken wischte er sich den Schweiß von der Stirn. Verblüfft fragte er sich, weshalb er plötzlich schwitzte. Augustus hatte weitgehend alle Arbeit geleistet.

»Ist euch auch so warm?«, fragte er endlich.

»Verdammt warm sogar«, knurrte Tingmer.

»Mir nicht«, verkündete der Ka-zwo überflüssigerweise.

Bluff Pollard zog sich anstatt einer Antwort die batteriebeheizte Jacke vom Leib. »Außerdem tobt mein Schädel«, ergänzte er.

»Wetterumschwung«, vermutete Walik. »Seitdem NATHAN ausgefallen ist, stimmt's mit der Welt nicht mehr.« Er wandte sich ab und ging in Richtung des Garagentors. Ein grollendes Geräusch ließ ihn innehalten.

»Irgendwo ist ein Schneebrett vom Dach gerutscht«, sagte Bluff.

Aber das Geräusch wiederholte sich. Es wurde lauter, und über das Grollen hinweg dröhnte ein Knall wie von einer Explosion.

»Das Eis bricht auf!«, erklärte der Roboter mit einer Bestimmtheit, die er sonst vermissen ließ.

»Er hat Recht!«, stieß Walik hervor. »Und das Grollen und Rumoren ... Ich erinnere mich an Bilder von Naturkatastrophen, die in früheren Jahrhunderten den Planeten heimgesucht haben.«

Draußen dröhnte es unaufhörlich. Das Eis, das die Beringstraße seit dem letzten Sturm nahezu lückenlos bedeckte, brach unter dem Einfluss einer unbekannten Kraft auf. Zugleich war da ein anschwellendes dumpfes Grollen und Dröhnen. Die Erde zitterte.

Ein entsetzlicher Gedanke ließ Walik aufschreien: »Springflut …!«

Das Geräusch schwoll zum ohrenbetäubenden Donner an. Die Wände knirschten, Putz rieselte von der Decke herab.

»In das Fahrzeug! Die Flut rollt über Land!« Walik Kauk warf sich herum und hetzte auf den Hovercraft zu. Das war der Augenblick, in dem das Garagentor mit schmetterndem Krach zerbarst …

Nachdenklich starrte Chara Shamanov durch die Glassitfront, die den Aufenthaltsraum der Tiere von seinem Arbeitsbereich trennte. Der Aufenthaltsraum war in zwei Hälften unterteilt, jeweils für Katzen und Hunde. Die Glassitwand war schalldämmend, aber nicht schalldicht. Shamanov hörte vielstimmiges Bellen und Miauen.

Er war der letzte Mensch der Erde. Wenigstens glaubte er das. Offensichtlich gab es außer ihm und Zsajnu niemanden mehr. Abgesehen von den Tieren, die ein äußerst seltsames Gebaren an den Tag legten, fast als erwache ihre Intelligenz.

Wie Chara Shamanov die große Katastrophe überlebt hatte, wusste er selbst nicht. Er war ein treuer Anhänger der reinen Vernunft gewesen – bis der Markt der PILLE entstand. Kurz vor dem Eintritt der Katastrophe hatte er sechsundzwanzig PILLEN auf einmal geschluckt. Dann war er bewusstlos geworden.

Dem Kalender seiner Uhr nach zu schließen, hatte die Ohnmacht über vier Monate lang angehalten.

Chara hatte von seiner einsamen Station aus versucht, über Funk mit anderen Menschen in Verbindung zu treten. Das war misslungen. Später hatte er sich ebenso vergeblich bemüht, seinen Gleiter in Gang zu bringen. Letztlich waren ihm nur die Schneeschuhe geblieben; mit ihnen hatte er die Städte Talovka, Kamenskoje und Manily aufgesucht …

Geisterstädte.

Die Menschen der Erde waren spurlos verschwunden. Nur er selbst lebte noch.

Chara Shamanov hatte diese Erkenntnis mit so viel Gelassenheit zur Kenntnis genommen, wie sie nur ein großer Geist aufbringen konnte. Ausgerechnet ihn hatte das Schicksal verschont. Also musste sich hinter seinem Überleben ein Sinn verbergen.

Unterwegs war er von einem Rudel halbwilder Hunde überfallen worden. Etliche der hungrigen Biester hatte er erschossen, aber die anderen waren ihm nachgeschlichen und hatten ihn in unwegsamem Gelände von drei Seiten gleichzeitig angegriffen wie eine Meute taktisch geschulter Kämpfer. Chara hatte sich im letzten Augenblick in eine Höhle retten können. Er hatte Nahrungskonzentrate bei sich getragen und war überdies warm gekleidet gewesen … also hätte er es in seinem Versteck ruhig eine Woche lang aushalten können.

Die Hunde hatten ihn eine Zeit lang belagert, dann aber anscheinend eingesehen, dass sie selbst eher verhungern würden als ihr vermeintliches Opfer, und waren davongezogen. Chara hatte den Weg nach Manily fortgesetzt. Von dort stammte übrigens Zsajnu. Seitdem glaubte er, dass die Katastrophe, durch die alle Menschen von der Erde verschwunden waren, den Hunden zusätzliche Intelligenz verliehen hatte.

Er war Biophysiker und hatte in den letzten Jahren des Regimes der reinen Vernunft mit seinen Theorien beträchtliches Aufsehen erregt. Chara Shamanov war der Entdecker der »Howal-Abstrakte«, einer eigenartigen Hyperstrahlung, die in Nordostsibirien und an den Küstenstrichen des Ochotskischen Meeres besonders intensiv aus dem Erdinneren hervorbrach. Entgegen der Hypothese, dass die Strahlung von Nuklearexplosionen stammte, die in der zweiten Hälfte des 20. Jahrhunderts in dieser Gegend gezündet worden waren, hatte Chara die Behauptung aufgestellt, bestimmte Meteore seien für die Howal-Abstrakte verantwortlich. Die geheimnisvolle Strahlung erinnerte in gewissen Charakteristika an die Emanation des Elements Howalgonium. Daher auch der Name, den Shamanov seiner Entdeckung gegeben hatte.

Jetzt, als einziger Mensch auf der Erde, war er seiner Sache noch sicherer. Nur die Howal-Abstrakte konnte dafür verantwortlich sein, dass die Hunde intelligenter geworden waren. Er hatte Messungen angestellt und ermittelt, dass die fremde Strahlung seit der Katastrophe stärker geworden war. Allerdings hatte er es als merkwürdig empfunden, dass nur Hunde von dieser Entwicklung profitiert haben sollten. In der Folge hatte er dann tatsächlich entdeckt, dass auch die Katzen, von denen es in Kamenskoje mehrere streunende Rudel gab, in gewissem Sinn intelligenter geworden waren.

Seitdem wusste er, warum das Schicksal ausgerechnet ihn verschont hatte. Er war der Einzige, der dem Geheimnis der Howal-Abstrakte auf die Spur gekommen war, und er war dazu bestimmt, der Herr der Tiere zu werden.

Chara mochte in gewisser Hinsicht eigenartig sein … doch inkonsequent war er nie gewesen. Er hatte sein Labor ausgeräumt und zwei Aufenthaltsräume eingerichtet, damit seine Versuchstiere von der neuerdings unberechenbaren Witterung verschont blieben und ungestört ihre neu gewonnene Intelligenz weiterentwickeln konnten.

Seit einigen Tagen suchte er sogar nach einer Methode, sich mit seinen Tieren zu verständigen. Bislang war er aber keinen Schritt vorwärts gekommen.

Zsajnu brachte den Katzen zwei Gefäße, eines mit angerührtem Sojabrei, der die Milch ersetzte, und ein anderes mit rohem Fleisch.

Als Wissenschaftler hätte Shamanov sich für die Reaktion der Katzen interessieren sollen. Als Mensch hatte er nur Augen für Zsajnu und fühlte, wie die Erregung wieder in ihm aufstieg, die er zum ersten Mal beim Anblick von Zsajnus Bild in einem alten Nachrichtenmagazin empfunden hatte.

Zsajnu war nackt. Kleidung erschien ihr als etwas völlig Überflüssiges. Ihren Körper bezeichnete Shamanov ohnehin als vollkommen und makellos.

Er beobachtete jede ihrer Bewegungen ... wie sie sich bückte, um den Sojabrei in die Futternäpfe zu füllen. Zsajnu stieß ein klagendes Maunzen aus wie ein Kater während der Paarungszeit. Das hatte er ihr beigebracht – einer seiner Versuche, zu einer Verständigung mit den Tieren zu gelangen. Die Katzen aber nahmen keinerlei Notiz davon.

Shamanov sprang auf. Er traf Zsajnu, als sie gerade die Tür zum Aufenthaltsraum der Katzen hinter sich schloss.

»Es funktioniert nicht«, sagte er grimmig.

»Was funktioniert nicht?«

»Die Verständigung mit den Tieren.«

»Du hast Recht, wir machen keine Fortschritte.«

Er starrte zu Boden – hauptsächlich weil er fürchtete, von Zsajnu abgelenkt zu werden. »Ich glaube, ich habe einen Fehler gemacht«, bekannte er.

»Liebling ... *wir* haben einen Fehler gemacht!« Ihre Stimme klang sanft und einschmeichelnd, doch Shamanov schüttelte mürrisch den Kopf.

»Nein, *du* kannst keine Fehler machen«, widersprach er. »Ich bin schuld. Und ich weiß auch, was ich falsch gemacht habe. Wir haben zu wenige Tiere. Ihre Intelligenz entwickeln sie nur im Rudel. Also werde ich weitere Hunde und Katzen einfangen. Sonst mühen wir uns umsonst.«

Es war, als ob alle streunenden Hunde und Katzen der Umgebung von Anfang an von Shamanovs Vorhaben wussten. Er stieß in Richtung Kamenskoje vor, weil es die Tiere der Nahrung wegen immer wieder in Richtung der Stadt zog. Aber er kam nicht weit. Zwischen zwei Hügeln, in einem tief eingeschnittenen Tal, stellte ihn eine Meute verwilderter Hunde. Chara trat den Rückzug an und versuchte, um den nordwestlichen Hügel herum auszuweichen. Aber die Tiere durchschauten sein Vorhaben, und ihr Verhalten war eindeutig feindselig. Chara blieb keine andere Wahl, als umzukehren. Doch der Rückweg wurde ihm ebenfalls versperrt. Nur einen Hügel hinauf konnte er noch ausweichen.

Kühl berechnete Shamanov seine Aussichten. Er war mit einem Strahler bewaffnet. Trotzdem zögerte er, die Waffe einzusetzen. Er hatte es mit mehreren hundert Tieren zu tun. Einige Dutzend von ihnen konnte er vielleicht töten, aber schließlich würden die übrigen ihn überwältigen.

Es hätte ihm nichts ausgemacht, sich mit Gewalt Autorität zu verschaffen. Doch allein war er zu schwach, alle Tiere derart einzuschüchtern, dass sie ihn als ihren Anführer anerkannten. Folglich war er darauf angewiesen, ihr Vertrauen zu erwerben – mit der Feuer speienden Waffe in der Hand ein schwieriges Unterfangen.

Chara erkannte die Gefahr erst im letzten Moment. Ein scharfes Fauchen ließ ihn innehalten, zugleich sprang ihn aus dem Gestrüpp heraus ein schlanker grauer Körper an. Er griff sofort zu, aber die Katze hatte sich in seine Montur verkrallt und ließ sich nicht abschütteln. Aus dem Dickicht sprangen weitere Katzen heran. Sie hatten es auf seine Kehle abgesehen, und wenn er nicht die bis zum Kinn geschlossene Winterkleidung getragen hätte, wäre sein Schicksal schnell besiegelt gewesen.

Hinter ihm erklang wütendes Kläffen. Chara Shamanov zweifelte nicht mehr daran, dass Hunde und Katzen zusammenarbeiteten. Voller Wut wehrte er sich und bekam ein paar Kratzer ins Gesicht, während er weiter hügelaufwärts lief. Endlich schaffte er es, den Thermostrahler zu ziehen. Wütend feuerte er auf die Angreifer, die Augenblicke später von ihm abließen.

Erschöpft und außer Atem erreichte Chara Shamanov den höchsten Punkt im Gelände. Das Kläffen hinter ihm hatte aufgehört. Er aktivierte das kleine Funkgerät an seinem linken Handgelenk und keuchte: »Zsajnu, komm und hol mich hier heraus!«

Nach zwanzig Minuten war die Frau zur Stelle. Shamanov sah sie noch nicht, doch er registrierte die am Fuß des Hügels explodierenden Sprengkapseln. Jaulend stob die Meute auseinander.

Zsajnu hatte sich trotz der beißenden Kälte nicht angekleidet. Im Laufschritt kam sie Shamanov entgegen und griff nach seiner Hand. »Mein armer Liebling«, sagte sie sanft. »Die Gefahr ist überstanden. Wir gehen nach Hause.«

Ihre Haut war erregend warm. Chara fing an, von den Dingen zu träumen, die er tun würde, sobald sie beide in der Geborgenheit der Laborstation in Sicherheit waren.

Aber letztlich kam alles ganz anders.

Chara und Zsajnu traten durch die Kälteschleuse. Im Gebäude war alles ruhig – eigentlich zu ruhig. Schon deshalb hätte er misstrauisch werden müssen. Doch der Angriff kam für ihn völlig überraschend.

Nur die Enge des Korridors behinderte die Tiere. Zsajnu kämpfte, obwohl jetzt unbewaffnet, mit unerbittlicher Härte. Ungeheure Kraft schien in ihren Händen zu stecken, mit denen sie die Tiere im Nacken ergriff, um ihnen das Genick zu brechen.

Chara Shamanov sah, dass die Tür zu den Aufenthaltsräumen offen stand. Irgendwie musste es den Tieren gelungen sein, den Öffnungsmechanismus zu betätigen.

Zsajnu kämpfte sich und Chara den Weg in den rückwärtigen Bereich des Korridors frei. Dort befand sich die schwere Metalltür, die Charas Arbeitsraum abschloss. Während Zsajnu weiterhin die Angreifer abwehrte, gelang es Chara, die Tür zu öffnen. Er zog seine Gefährtin hinter sich her, warf die Tür ins Schloss und aktivierte die positronische Verriegelung.

Hunde und Katzen sprangen jetzt wütend an der Glassitwand empor. Wussten sie, dass es nur diesen einen Ausgang aus dem Arbeitszimmer gab?

Chara fuhr herum, als er hinter sich ein polterndes Geräusch hörte. Entsetzt sah er, dass Zsajnu gestürzt war. Sie blutete aus etlichen Wunden und lag in merkwürdig verkrümmter Haltung da, mit weit geöffneten Augen. Chara rüttelte sie an der Schulter.

»Zsajnu ... hörst du mich?«

Sie gab kein Lebenszeichen von sich.

»Zsajnu, verlass mich nicht!« Chara fuhr fort, den schlaffen Körper zu schütteln.

Endlos lange kniete er da und hoffte, dass Zsajnu ihre Starre überwand. Tränen rannen über seine Wangen.

Schließlich, als er einsah, dass die Frau nicht mehr antworten konnte, stand er auf und torkelte benommen zu dem Funkgerät im Hintergrund des Labors. Das antike Modell arbeitete auf einer Frequenz im Ultrakurzwellenbereich und hatte keine besonders große Reichweite.

Shamanov stammelte: »Hier ... Chara Shamanov! Ich rufe ... um Hilfe!

Wenn jemand mich hören kann ... bitte kommt! Ich werde von Tieren belagert ... Standort Laborstation Kamenskoje ... bitte kommt! Ich halte es nicht mehr lange aus ... kommt und helft mir!«

Eine eisige Woge wirbelte Walik Kauk herum. Er stieß gegen Hindernisse und verlor vorübergehend das Bewusstsein. Die Kälte lähmte ihn, aber irgendwie schaffte er es doch, wieder nach oben zu kommen. Er hörte Schreie und das Tosen des Wassers, und jemand packte ihn am Arm und zerrte ihn in die Höhe.

Walik befand sich jetzt im Innern des Hovercraft. Das Fahrzeug lag schief. Die Springflut hatte offenbar den Generator kurzgeschlossen. Baldwin und Bluff stemmten sich gegen das Einstiegsluk. Wasser schoss herein; doch die beiden arbeiteten mit wütender Verbissenheit, bis die Verriegelung endlich einrastete.

Schwankend kam Walik auf die Beine. Das Tosen und Donnern ließ ihn vermuten, dass sich das Fahrzeug immer noch in der Garage befand. Lange würde das Bauwerk der Flut aber nicht standhalten. Zwischen Geräten und Benzinfässern hindurch erkämpfte er sich den Weg zum Führerstand.

»Wo ist Augustus?«, hörte er Bluff Pollard schreien.

Walik hielt sich an einer Strebe fest, die den Aufbau der Kanzel trug, und sah sich um. Der Ka-zwo war nirgendwo zu sehen. »Nehmt die Lampen und leuchtet hinaus!«, rief er. »Ich weiß nicht, ob ein Ka-zwo schwimmen kann!«

Im Schein der ärmlichen Notbeleuchtung erreichte er den Pilotensessel und fühlte sich erheblich sicherer als bisher, nachdem er sich angeschnallt hatte. Der Hovercraft bewegte sich schwankend, im Hintergrund knirschte und krachte es.

Donnernd lief der schwere Motor an. Sekunden später flammte die reguläre Innenbeleuchtung auf.

»Der Blechkerl ist nirgendwo zu sehen!«, schrie Baldwin von hinten.

Walik hörte schon nicht mehr hin. Das Fahrzeug prallte mit dem Heck gegen eine Wand und gab dem alten Gemäuer damit den Rest. Instinktiv ahnte Walik den in einer Seitenwand entstehenden Riss und das heranschießende Wasser.

Eine mächtige Woge hob den Hovercraft hoch. Benzinfässer und technisches Gerät wurden durch die Kabine geschleudert, doch Sekunden später lag das Fahrzeug wieder vergleichsweise ruhig. Walik Kauk fuhr die Gebläseleistung hoch und wartete auf das charakteristische Gefühl im Magen, das entstand, wenn der Hovercraft abhob.

Er schrie vor Begeisterung auf. Das Rauschen des Wassers ebbte ab, der Hovercraft schwebte! Angespannt starrte Walik voraus. Aber das Unheil geschah schneller, als er reagieren konnte. Ein riesiger Schatten wuchs auf. Walik Kauk riss die Steuerung herum und brachte es gerade noch zuwege, dass das Fahrzeug nicht mit dem Bug auf das Hindernis prallte.

Den Zusammenstoß selbst konnte er nicht mehr verhindern. Die Welt schien in einem dröhnenden Inferno zu versinken.

Walik Kauk verlor das Bewusstsein.

Die Übelkeit machte es ihm schwer, sich an die letzten Sekunden zu erinnern. Seine Stirn schmerzte, und als er mit den Fingern darüber tastete, waren sie klebrig feucht.

Blut, dachte er dumpf.

Der Versuch, sich aufzurichten, scheiterte. Seine Beine waren eingeklemmt. Walik schaffte es nicht, sich zu befreien.

Um ihn herum war es finster.

»Ist da sonst noch jemand?«, rief er und stellte fest, dass seine Stimme erbärmlich krächzte. Unbewusst erinnerte er sich, dass er mit dem Schädel gegen die Schaltkonsole gestoßen war.

Aus der Finsternis antwortete ein Stöhnen.

Das Gurgeln von Wasser klang nicht mehr so bedrohlich wie zuvor.

»Was ist … geschehen?«, erklang Baldwin Tingmers Stimme.

»Das Fahrzeug wurde gegen einen Felsen oder etwas Ähnliches getrieben. Bist du verletzt?«

»Ich glaube nicht.«

»Dann hilf mir! Ich bin eingeklemmt.«

Eine Vielzahl undefinierbarer Geräusche klang auf, als Baldwin sich durch den Wirrwarr in der Kabine nach vorne kämpfte. Schließlich registrierte Walik, dass der Druck auf seinen Beinen nachließ. Augenblicke später konnte er sich endlich aufrichten.

Das Fahrzeug lag schräg, aber es bewegte sich nicht mehr.

Plötzlich gellte aus der Finsternis ein Schrei: »Vorsicht … die Hunde!«

Doch da war nichts. Offenbar hatte Bluff Pollard einen Albtraum.

Die Sonne ging auf – strahlend, als hätte es über dem äußersten Ende von Nordostsibirien niemals ein Unwetter gegeben.

Walik Kauk sah auf der Steuerbordseite des Fahrzeugs eine steile Felswand. Das musste das Hindernis sein, dem er nicht mehr hatte ausweichen können. Linker Hand erstreckte sich eine ebene Schneefläche. Sie endete schon nach etwa dreißig Metern an den dicht gepackten Eisschollen der Beringsee.

Es wurde kälter.

Bluff Pollard war ebenfalls wieder zu sich gekommen. Auf seiner Stirn prangte eine riesige Beule, und er klagte über rasende Kopfschmerzen. Von Übelkeit allerdings war keine Spur, und Walik wagte zu hoffen, dass der Junge keine Gehirnerschütterung davongetragen habe.

Der Aufprall hatte den Aufbau des Hovercraft verschoben, das Luk klemmte. Erst als Baldwin mithalf, gelang es Walik, den Ausstieg zu öffnen. Er zögerte eine Weile, bevor er hinaustrat. Seine Befürchtungen überschlugen sich. Würde er die Basis des Fahrzeugs zertrümmert und die Luftschürze, die das stützende Luftkissen erzeugte, bis zur Unkenntlichkeit verbogen vorfinden? War die ehrgeizige Expedition nach Terrania City endgültig gescheitert?

Sein Herz pochte wild, als er sich nach vorn beugte, um über den Rand der Metallplatten hinweg nach der Schürze zu sehen.

»Und?«, drängte Baldwin ungeduldig.

Kauk hob die Schultern. »Ich will nichts versprechen, aber es sieht so aus, als wäre der Schaden nur minimal. Einige belanglose Beulen, zum Glück wohl nichts Bedrohliches.«

Ihnen war klar, dass das Ausbeulen von innen geschehen musste. Also galt es, das Fahrzeug aufzubocken, damit sie von unten her das Innere der Schürze erreichen konnten.

Baldwin Tingmer und Bluff Pollard sprangen ab. Walik ließ das Triebwerk anlaufen. Vorsichtig gab er Leistung auf die Turbine, bis ein schwacher Ruck anzeigte, dass das Fahrzeug abgehoben hatte.

Baldwin und Bluff stapelten im Sturm des Luftkissens Felsbrocken aufeinander, bis sie eine Unterlage geschaffen hatten, auf der Walik den Hovercraft sicher absetzen konnte.

Die folgende Nacht wurde bitterkalt. Regelmäßig musste Walik Kauk das Triebwerk für kurze Zeit einschalten und laufen lassen, um die Batterien wieder aufzuladen, mit deren Hilfe sie die Temperatur in der Kuppel einigermaßen erträglich hielten. Insgeheim verfluchte er den Authentizitätswahn seines verschollenen Freundes Kelko, der das Fahrzeug nach über sechzehnhundert Jahre alten Vorlagen gebaut hatte. Wenigstens moderne Kernzerfallsbatterien anstelle der uralten elektrochemischen Aggregate wären wünschenswert gewesen.

Die Reparaturarbeiten waren mühselig, und Walik, der sich regelmäßig mit Baldwin und Bluff abwechselte, hatte hinlänglich Gelegenheit, über die Mühsal eines Mechanikerlebens vor sechzehnhundert Jahren nachzudenken.

Sie arbeiteten ohne Unterbrechung. Gegen Morgen fühlten sie sich zwar müde und zerschlagen, aber sie waren ihrem Ziel nahe.

In der bitteren Kälte der Nacht waren die Eisschollen auf der Beringstraße zusammengewachsen. Als die Sonne aufging, bedeckte eine unebene Eisfläche das Meer. Bluff Pollard hatte inzwischen die Karten studiert und festgestellt, dass die Springflut das Fahrzeug etwa zwanzig Kilometer weit entlang der Küste nach Süden und Südwesten getrieben hatte. Uelen war von hier aus nicht zu sehen; es ließ sich nicht erkennen, wie die Stadt die Flutwelle überstanden hatte.

Kurz nach Sonnenaufgang nahm Walik Kauk die Arbeit wieder auf. Er dachte an den Roboter Augustus, mit dessen Unterstützung vieles leichter gewesen wäre. Doch es gab kaum mehr einen Zweifel daran, dass die Springflut den Ka-zwo mitgerissen hatte. Höchstwahrscheinlich war Augustus nicht mehr am Leben, wenn man das überhaupt so ausdrücken konnte. Waliks Bedauern war merkwürdig intensiv – wesentlich stärker jedenfalls, als man es gemeinhin über den Verlust eines Roboters empfand.

Müde und zerschlagen kroch er endlich unter dem aufgebockten Fahrzeug hervor. Die Expedition nach Terrania City konnte weitergehen. Er reckte sich und ging bis an den Rand der Halbinsel, wo die Eisfläche anfing.

Manchmal im Leben eines Menschen ereignen sich Dinge, die einer derart grotesken Laune des Schicksals entspringen, dass der Verstand sich sträubt, das zu akzeptieren. So erging es Walik Kauk in diesem Moment. Er hörte ein nicht allzu lautes, hallendes Geräusch, das vor ihm aus der Tiefe zu kommen schien. Dieses Geräusch, fand Walik, hatte geklungen, als drücke etwas von unten gegen die nicht allzu dicke Eisschicht.

Mit einem matten Knall entstand vor ihm ein Riss. Graugrünes Wasser quoll heraus und ließ auf der Eisfläche eine Pfütze entstehen. Damit nicht genug, ertönten dröhnende Schläge, und das Eis splitterte. Die kleinen Bruchstücke gerieten in Bewegung.

Walik Kauk zweifelte an seinem Verstand, als ein menschlicher Arm, von den Fetzen einer gelbbraunen Bekleidung umhüllt, durch die wirbelnden Eisstücke in die Höhe stieß. Er wollte schreien, brachte aber keinen Laut über die Lippen.

Ein zweiter Arm wurde sichtbar, wischte die Eisbrocken beiseite, und schließlich tauchte der dazugehörige Körper aus der eiskalten Flut auf.

Vor Nässe triefend, doch mit der Würde, die einem Mitglied der früheren Ordnungsstreitkräfte anstand, zog sich der Ka-zwo an die Oberfläche.

Kauk wich vor dem Roboter zurück, immer noch unfähig, nur einen einzigen Laut hervorzubringen.

»Dieses«, verkündete Augustus blechern, »war eine ungewöhnliche Erfahrung, an die ich mich stets erinnern werde ...«

Die Springflut hatte den Ka-zwo arg mitgenommen. Von seiner Kleidung waren nur noch Fetzen vorhanden, und die Kollision mit unterseeischen Felsen hatte die synthetische Haut an einigen Stellen so weit aufgerissen, dass darunter schon das Metall des Roboterkörpers sichtbar wurde.

Nach seiner Schilderung war Augustus beim Zusammenbruch der Garage ins Meer hinausgeschwemmt worden. Da er jedoch wesentlich schwerer als ein Mensch und zudem nicht schwimmtauglich war, war er, nachdem sich die aufgewühlte See beruhigt hatte, wie ein Stein in die Tiefe gesackt.

Auf dem Meeresgrund hatte er sich für die Richtung entschieden, in der der Boden merklich anstieg. Dass er ausgerechnet an jener Stelle wieder an Land ging, an der auch der Hovercraft gestrandet war – dieser groteske Zufall hatte Walik Kauk die Sprache geraubt.

Kurz nach Mittag setzte Kauk dann das Fahrzeug in Gang. Über die schmale Landbrücke zwischen der Halbinsel und dem Festland glitt das Fahrzeug in Richtung Uelen. Von einer Beeinträchtigung der Manövrierfähigkeit war nichts mehr zu spüren. Die drei Männer waren wieder zuversichtlich – bis der Anblick von Uelen sie ernüchterte.

Die Stadt war nahezu völlig dem Erdboden gleichgemacht. Von dem Gebäude, in dem sie die letzten Tage verbracht hatten, standen nur noch die Grundmauern. Glücklicherweise hatte sich der Generator in einer Ecke verfangen. Alle anderen Habseligkeiten waren unauffindbar.

Im Widerschein der sinkenden Sonne setzten die drei ihren Weg fort. Sie überquerten die breite Fläche des Ostkaps und hielten quer über die Eisfläche der Beringsee auf das Kap Krigujgun zu. Nach Einbruch der Dunkelheit erreichten sie die kleine Stadt Jandogaj, die von der Springflut verschont geblieben war.

Sie fanden eine Unterkunft und nahmen den Generator in Betrieb, um sich etwas Behaglichkeit zu verschaffen. Nachdem sie gegessen hatten, holte Bluff Pollard das alte batteriebetriebene Funkgerät aus dem Hovercraft. Wie das Fahrzeug arbeitete auch der Sender entsprechend den Gegebenheiten, die vor rund sechzehn Jahrhunderten möglich gewesen waren.

»Du kriegst keinen Kontakt, Junge!«, sagte Tingmer auch an diesem Abend.

Bluff ließ sich nicht entmutigen. Er sendete nicht, er horchte nur. Irgendwie war er besessen von der Vorstellung, dass auch andere Menschen die Katastrophe überlebt haben mussten.

Urplötzlich fuhr er mit einem lauten Schrei auf. »Hört doch! Ich habe Empfang ...!«

Heftiges Rauschen und Knacken drang aus dem Lautsprecher, doch unter den Störgeräuschen war eine menschliche Stimme zu vernehmen.

»... von Tieren belagert ... Standort Laborstation Kamenskoje ... bitte kommt! Ich halte es nicht mehr lange aus ... kommt und helft mir!«

Nach einer kurzen Pause begann die Stimme erneut. Der Mann, der da sprach, war am Rande seiner Kräfte.

»Antworte ihm!«, drängte Walik den Jungen.

»Das hat wenig Zweck«, widersprach Tingmer. »Der andere ist nicht auf Empfang.«

Bluff versuchte es trotzdem: »Hier sind Kauk, Tingmer und Pollard. Unser Standort ist Jandogaj. Halte aus! Wir kommen morgen und holen dich!«

Aber als er wieder auf Empfang ging, jammerte die ferne Stimme unverändert.

»Zwecklos!«, entschied Baldwin Tingmer. »Der Mann scheint völlig fertig zu sein.«

»Weiß jemand, wo Kamenskoje liegt?«, fragte Walik.

»Nordostzipfel des Ochotskischen Meeres«, antwortete Baldwin. »Am Ende der Penshina Bay, fast schon auf der Halbinsel Kamtschatka.«

»Entfernung von hier?«

Baldwin Tingmer starrte in die Luft und zuckte mit den Schultern. »Vielleicht tausend Kilometer Luftlinie. Aber dafür brauche ich die Karte.«

2.

Stundenlang wiederholte Chara Shamanov seinen Hilferuf. Seine Theorie, er sei der einzige überlebende Mensch auf Terra, war damit, ohne dass er es bemerkt hätte, längst über Bord gegangen. Schließlich versagte seine Stimme. Er sank mit dem Kopf vornüber auf die Tischplatte und schluchzte haltlos. Dass Zsajnu immer noch reglos am Boden lag, war für ihn zusätzlich unerträglich.

Irgendwo im Hintergrund seines Bewusstseins musste ein Rest gesunden Menschenverstands übrig geblieben sein. Denn endlich schaltete er auf Empfang.

Augenblicke später durchzuckte es ihn wie ein heftiger Schlag. Von Störgeräuschen fast überlagert, aber dennoch hörbar, erklang eine menschliche Stimme.

»... Jandogaj. Halte aus! Wir kommen morgen ...«

Es war unerheblich, ob die Worte ihm galten. Da draußen war jemand! Jandogaj lag rund tausend Kilometer entfernt nahe dem Ostkap. Mit zitternden Fingern schaltete Chara wieder auf Sendung, nachdem die ferne Stimme verstummt war, und schrie in das Mikrofon: »Hier ist Chara Shamanov in Kamenskoje! Kannst du mich hören?«

Als er erneut auf Empfang umgeschaltet hatte, klang es aus dem Gerät: »... hören dich einigermaßen klar. Wir sind ... Kauk, Baldwin Tingmer und ...lard. Wie lange kannst du noch aushalten? Ende.«

Seine Verzweiflung war wie weggewischt. »Ich kann noch lange aushalten!«, rief er und strafte damit sein tränenersticktes Gestammel Lügen. »Wann könnt ihr hier sein?«

»Morgen ... spätestens übermorgen. Wenn das Gelände schwierig ... brauchen wir Tageslicht zum Fahren. Andernfalls ... auch bei Dunkelheit.«

Drei Menschen hatten außer ihm überlebt! Und sie verfügten über ein Fahrzeug! Chara Shamanov stellte unzählige Fragen, bis ihm der Mann am anderen Ende klar machte: »Hör zu, Bruder! Erstens geht mir die Batterie aus, und zweitens sind wir hier zum Umfallen müde. Für den Augenblick machen wir Schluss. Klar?«

»Klar«, antwortete Shamanov, den in seiner überströmenden Euphorie so leicht nichts mehr aus der Fassung bringen konnte.

Danach saß er noch eine Weile mit leuchtenden Augen vor der Funkstation. Schließlich zog er das Mikrofon zu sich heran und bedeckte es mit Küssen ...

Er war also nicht der einzige Mensch auf Terra. Und wenn es außer ihm drei weitere Überlebende gab, dann waren es überall auf der Erde wahrscheinlich noch weit mehr. Hatte das Schicksal doch anderes mit ihm vor, als ihn nur zum Herrn über die Tiere zu machen? Wie viele Menschen mochte es noch geben? Tausend? Womöglich gar zehntausend? War seine wirkliche Berufung, Herr über alle Menschen zu sein?

Je länger Chara Shamanov darüber nachdachte, desto erregter wurde er.

Menschen!

Das bedeutete auch: *Frauen!*

Er wandte sich Zsajnus reglosem Körper zu. Im Zustand seiner neuen Begeisterung kniete er neben Zsajnu nieder, hob sie halb auf und umarmte sie. Tränen verschleierten erneut seinen Blick. »Arme Zsajnu«, murmelte er. »Arme, liebe Zsajnu …!«

Lag es daran, dass Zsajnu nur desaktiviert gewesen war und Charas Umarmung einen Reparaturmechanismus in Gang gesetzt hatte …? Auf jeden Fall bewegte sich das nackte Geschöpf plötzlich wieder.

Langsam öffnete die Frau ihre Augen. »Mein Liebling …«, hauchte Zsajnu.

Shamanov schrie laut auf. Es war ein unartikulierter Schrei wilder und zügelloser Freude.

Danach ging das Leben für Chara wieder annähernd seinen normalen Gang. Er fiel in einen tiefen und traumlosen Schlaf und wachte erst spät am Morgen auf. Vor dem Labor tobten die Tiere. Sie hatten die Futterbehälter ausfindig gemacht und sich selbst bedient. Und sie wirkten kräftiger und wütender denn je.

Chara Shamanov wartete.

Um Mittag versuchte er mehrmals vergeblich, die drei Männer zu erreichen. Wahrscheinlich hatten sie ihr Funkgerät nicht immer eingeschaltet. Das ärgerte ihn.

Am frühen Nachmittag machte Chara, als er an einem der rückwärtigen Außenfenster stand, eine merkwürdige Beobachtung. Der Himmel war zwar wolkenverhangen, doch an einer Stelle schimmerte es blau.

Über den wolkenfreien Streifen glitt ein merkwürdig geformtes schwarzes Gebilde. Nie zuvor hatte Chara etwas Derartiges gesehen. In Gedanken versuchte er, dessen Form zu beschreiben. Es gelang ihm nicht. Das Ding war fremd, und eine unheimliche Drohung ging von ihm aus.

Nach wenigen Sekunden verschwand der unheimliche Flugkörper hinter den Wolken. Chara Shamanov starrte noch lange nach draußen, aber seine Hoffnung, die Wolkendecke würde erneut aufreißen, erfüllte sich nicht. Es waren gewaltige Gedanken, die ihn bewegten. Seit er nach der Katastrophe wieder zu sich gekommen war, wusste er, dass ihn das Schicksal zu Höherem bestimmt hatte. Wenn er nun darüber nachdachte, erschien es ihm, als habe er an das Schicksal als solches nie so richtig geglaubt. Damit umschrieb er lediglich die Macht, die hinter der Katastrophe stand. Sie hatte ihn zum Statthalter der beinahe verwaisten Erde bestimmt. Wurde diese Hypothese nicht gerade dadurch bewiesen, dass das

Fluggerät der Unbekannten ausgerechnet über Kamenskoje erschien, einem der gottverlassensten Orte der Erde?

Den Eindruck der unheimlichen Bedrohung, der von dem Flugkörper ausgegangen war, ignorierte er mittlerweile. Er musste sich auf die Landung der Fremden vorbereiten.

ZWISCHENSPIEL

Hoch über den Wolken arbeiteten CLERMACS Boten in ihrem Fahrzeug. Sie maßen. Sie beobachteten. Und sie zogen Schlussfolgerungen.

Ihre Verwunderung war anders als die eines Menschen.

Vor allen Dingen wagten sie nicht, dem Ausdruck zu geben. Denn es war möglich, wenn nicht sogar wahrscheinlich, dass CLERMAC genau das, worüber sie sich wunderten, als normal und vorhersehbar empfand.

Sie berichteten. Über ihre Messungen, ihre Beobachtungen, ihre Schlussfolgerungen.

An CLERMAC, die Inkarnation.

Früh am Morgen hatten sie sich auf den Weg gemacht. Baldwin Tingmer zeigte sich merkwürdig nachdenklich.

»Mir geht der Name nicht aus dem Kopf«, sagte er.

»Welcher Name?«

»Shamanov … Chara Shamanov. Ich habe ihn schon irgendwo gehört, und wenn ich mich richtig entsinne, werden wir es keineswegs mit dem angenehmsten Zeitgenossen zu tun haben.«

»Wer ist das?«

»Ein Wissenschaftler«, antwortete Tingmer. »Vorausgesetzt, ich liege mit meiner Vermutung richtig. Er ist Biophysiker, natürlich aphilisch. Aber selbst unter Aphilikern war er ein ausgesprochenes Ekel. Eigenbrötlerisch, überheblich, rechthaberisch. Niemand wollte mehr als unbedingt nötig mit ihm zu tun haben, obwohl er eine Koryphäe war. Weil Shamanov glaubte, dass die Welt sein Genie verkannte, zog er sich in die Einsamkeit zurück.«

»Wohin …?«

»Keine Ahnung. Er arbeitete an Regierungsaufträgen. Könnte in Sibirien gewesen sein.«

»Dann ist er es wahrscheinlich«, folgerte Walik Kauk.

»Vielleicht ist er heute anders«, vermutete Bluff.

Tingmer zuckte mit den Schultern.

Als ein Streif fahler Helligkeit im Osten aufstieg, steuerte Walik den Hovercraft über die Küstenlinie, der er bisher gefolgt war, hinaus auf die weite Eisfläche des Anadyr-Golfs. Weiter im Bereich der Küste zu bleiben, die hier nach Nordwesten verlief, hätte einen erheblichen Umweg bedeutet. Das Eis schien fest genug. Falls es eine Panne gab, konnte er bequem landen.

Mit Höchstgeschwindigkeit dröhnte der Hovercraft nach Westsüdwest.

An der Mündung des Anadyr-Flusses lag die gleichnamige Stadt – verlassen und weitgehend unter dem Schnee begraben. Walik setzte das Fahrzeug zwischen den ersten Häusern ab.

»Ich bin hungrig wie ein Wolf«, stellte er fest. »Wir machen dreißig Minuten Rast.«

Sie aßen. Bluff Pollard hatte es merkwürdig eilig. Seit seinem vorangegangenen Erfolg nutzte er jede Gelegenheit, um an der alten Funkstation herumzuspielen. Nur die Frequenz, auf der Shamanov sprach, mied er sorgfältig. Dessen emotionale Tiraden waren ihm unsympathisch.

»Drei Menschen auf dem Weg nach Terrania City!«, funkte Bluff. »Wer uns hört, soll sich melden!«

Nach einer Weile knackte es im Empfänger. Eine Männerstimme antwortete ungewöhnlich klar und deutlich: »Drei Menschen, wie? Ihr seid uns willkommen! Hier spricht Sante Kanube aus Terrania City. Wann seid ihr bei uns?«

Bluff Pollard grinste breit. »Terrania City! Habt ihr das gehört?«

»Du spinnst«, brummte Tingmer. »Auf UKW?«

»Hört ihr mich noch?«, drängte die Stimme aus dem Empfänger.

In diesem Augenblick vervollkommnete Augustus die Verwirrung. »Eine fremdartige energetische Impulsstrahlung wird registriert«, verkündete er.

Walik Kauk horchte auf. Denselben Satz hatte der Ka-zwo schon einmal von sich gegeben. Als sie von Tin City nach Uelen übersetzten …

Der Stimmenwirrwarr in der Kabine des Hovercraft war beträchtlich. Baldwin Tingmer wurde nicht müde zu versichern, dass der Mann am anderen Ende der Funkbrücke ein Spaßvogel sein müsse, denn bis nach Terrania City reichte ein UKW-Sender unmöglich. Bluff dagegen verteidigte den Unbekannten. Dieser selbst fuhr stockend fort: »Hallo! Warum meldet ihr euch nicht mehr? Ich bin wirklich nicht der Einzige in Terrania City. Hier gibt es mehrere …«

Dazwischen erklärte Augustus: »Die fremdartige Strahlung wird intensiver!«

Der Himmel war blau, nur im Süden zog eine Wolkenwand über den

Horizont herauf. Aufmerksam suchte Walik Kauk das Firmament ab. Urplötzlich fand er, wonach er gesucht hatte.

Es war dasselbe Objekt, das sie für wenige Augenblicke über der Beringstraße gesehen hatten, als sie nach Uelen übersetzten. Eine schwarze, schwer zu beschreibende Form, auf den ersten Blick hässlich und klobig, aber dennoch mit schwereloser Eleganz geräuschlos über den Himmel ziehend. Gleichzeitig strahlte der Flugkörper eine Ahnung drohender Gefahr aus.

»Ruhe, verdammt ...!« Kauk übertönte mühelos den Lärm. »Seht dort hinaus!« Er deutete nach Südwesten, wo das Objekt langsam verschwand.

Vergessen war die Stimme aus dem Empfänger.

»Dasselbe Fahrzeug wie über der Beringstraße ...!«, stieß Baldwin hervor.

»Eine Berichtigung erscheint angebracht«, erklärte Augustus. »Entweder dasselbe Objekt ... oder ein Objekt desselben Typs.«

Gebannt verfolgten alle das schwarze Ding. Gleichmäßig und scheinbar unbeirrbar bewegte es sich nach Südwesten. Schließlich verschwand es hinter den dort aufziehenden Wolken.

»Woher mag es gekommen sein ...?«, fragte Bluff. Im selben Augenblick erinnerte er sich an den Mann aus Terrania City, und er wandte sich wieder der Funkstation zu.

»Wir sind noch hier ... Es gab eine kleine Ablenkung. Terrania City – bitte melden!«

Er erhielt keine Antwort mehr. Aus dem Empfänger drang nur noch Rauschen, das beste Zeichen dafür, dass die Verbindung zusammengebrochen war.

»Hmm ...«, machte Baldwin Tingmer daraufhin.

»Was ist unklar?«, erkundigte sich Bluff aggressiv.

»Ich ziehe in Erwägung, dass der Mann, mit dem du sprachst ... Wie hieß er?«

»Sante Kanube oder so ähnlich.«

»... dass er wirklich in Terrania City lebt«, vollendete Tingmer den angefangenen Satz. »Trotzdem ist eine UKW-Verbindung über eine derartige Entfernung unmöglich. UKW funktioniert nach dem Sehen-Hören-Prinzip; es kann keine Hindernisse überwinden und wird auch nicht von den oberen Atmosphäreschichten reflektiert wie Kurzwelle.«

»Hat der Mann nun aus Terrania City gesprochen oder nicht?«, fragte Kauk.

»Ich weiß es nicht. Aber wenn er tatsächlich in der Hauptstadt ist, dann muss es für ein paar Minuten einen Einfluss gegeben haben, der die Funkverbindung ermöglichte.«

»Na und ...?« Bluff Pollard beeindruckte das nicht im Geringsten.

»Merkt ihr denn nichts?«, rief Baldwin. »Das waren exakt die Minuten, in denen der fremde Flugkörper in Sichtweite war!«

»Du meinst, das Objekt strahlt etwas aus, wodurch die Verbindung zustande kam?«, überlegte Bluff.

»So ähnlich.«

»Steckt Absicht dahinter?«, wollte Walik wissen.

Baldwin Tingmer hob die Schultern. »Keine Ahnung. Kommt mir aber unwahrscheinlich vor. Das würde bedeuten, dass die Leute im Flugkörper bemerkt haben, dass Bluff mit Terrania City sprechen will. Darüber hinaus, dass sie selbst ein Interesse daran hatten, die Verbindung zustande zu bringen. Bisschen viel, meinst du nicht auch?«

»Möglich ...«

»Ich nehme eher an, dass das Fahrzeug sich in einer Art Kraftfeld bewegt und dass dieses Kraftfeld zufällig eine Wirkung hervorruft, die Ultrakurzwellen über Hindernisse hinweghebt und bis zu Orten vordringen lässt, an die sie sonst niemals gelangen würden.«

Das fremdartige Fluggebilde, das sie nun zum zweiten Mal gesehen hatten, forderte Spekulationen geradezu heraus.

Am späten Nachmittag bekam Chara Shamanov endlich wieder Funkverbindung mit den drei Männern. Er erwähnte nichts von seiner Beobachtung.

»Welche Pläne habt ihr eigentlich?«, fragte er.

»Wir sind auf dem Weg nach Terrania City. Wir nehmen an, dass außer uns noch andere Menschen überlebt haben. Alle werden sich in Richtung Hauptstadt wenden. Das war zuerst nur eine Vermutung, aber seit kurzem wissen wir, dass wir Recht haben.«

Shamanov war außerordentlich erregt. »Ihr wisst das? Wieso?«, stieß er hervor.

»Wir hatten vor kurzem UKW-Verbindung mit Terrania City. Mit einem Mann namens Sante Kanube. Er behauptet, es gäbe mehrere Überlebende dort.«

Shamanov wusste nicht, was er dazu sagen sollte. Aber schon redete der andere weiter: »Findest du es nicht seltsam, dass man über UKW bis nach Innerasien gelangt?«

»Sehr seltsam«, antwortete Chara, wie es offenbar von ihm erwartet wurde.

»Ganz richtig. Wir glauben, eine Erklärung dafür zu haben. Ist dir vor kurzem ein schwarzes, fremdartiges Fluggerät aufgefallen, das sich mit geringer Geschwindigkeit bewegt hat?«

»Nein«, antwortete Chara Shamanov, und als Erklärung fügte er hinzu: »Der Himmel ist völlig bedeckt.«

»Wir meinen, dass der Flugkörper etwas mit der Funkverbindung zu tun haben könnte. Übrigens ... wir werden es heute nicht mehr bis Kamenskoje schaffen. Das Gelände ist zu schwierig. Kannst du bis morgen aushalten?«

»Natürlich«, antwortete Chara. Gleichzeitig kam ihm ein verwegener Gedanke. »Könntet ihr mir – und euch auch – einen Gefallen tun?« Sein Verstand arbeitete auf Hochtouren. Er hatte kaum genug Zeit, seinen Plan folgerichtig durchzudenken. »Kennt ihr den Ort Talovka?«

»Ich kenne ihn nicht, aber ...« Im Hintergrund war dumpfes Murmeln zu hören, dann meldete sich der Sprecher wieder: »Baldwin kennt Talovka. Was ist damit?«

»Meine Vorräte werden allmählich knapp«, klagte Shamanov. »In Talovka gibt es einen Proviantspeicher. Könnt ihr mir von dort einiges mitbringen?«

Eine kleine Pause entstand.

»Baldwin hat keine Einwände. Er meint, der Umweg sei nicht groß.«

»Ich brauche Fleischkonzentrate«, sagte Chara. »Die Konzentrate lagern im Südspeicher. Ich beschreibe dir den Weg dorthin ...«

»In Ordnung«, erklang es aus dem Lautsprecher. »Wir machen das für dich. Morgen Nachmittag kommen wir bei dir an.«

Später sprach Shamanov mit Zsajnu. »Eine überlegene Macht hat mich zum Herrscher der Erde ausersehen«, sagte er.

Zsajnu ergriff seine Hand und streichelte sie. »Du bist der Herr der Erde«, bestätigte sie.

»Ich bin es, aber die Menschen werden das nicht widerstandslos akzeptieren. Wir müssen uns vorbereiten.«

»Das ist richtig.«

»Die fremde Macht steht in Begriff, mit mir Verbindung aufzunehmen. Sobald dies geschieht, müssen die wichtigsten Vorbereitungen abgeschlossen sein.«

»Welches sind die wichtigsten Vorbereitungen?«, fragte Zsajnu.

»Ich muss eine Position der Macht und der Autorität einnehmen. Ich brauche ein Fahrzeug und eine Menge technischen Geräts.«

»Fahrzeuge funktionieren nicht mehr«, sagte Zsajnu, die sich daran erinnerte, dass Chara ihr von den vergeblichen Startversuchen mit seinem Gleiter erzählt hatte.

»Die drei Männer, die nach Kamenskoje kommen, haben eines. Wir müssen es ihnen abnehmen.«

»Wenn du das sagst ...«

»Ich werde Gewalt anwenden müssen. Es könnte sein, dass ich einen der Männer dabei töten muss. Ich will aber nicht töten, denn die Menschen sind meine Untertanen. Vor allem gibt es nur wenige. Oder es könnte einer von ihnen entkommen und sich später an mir rächen wollen. Auch dieses Risiko darf ich nicht eingehen.«

Zsajnu verstand zu kombinieren. »Du hast ihnen eine Falle gestellt?«, vermutete sie.

Chara setzte ihr auseinander, dass er die drei bewegt hatte, nach Talovka zu fahren. »Wenn wir uns schnell auf den Weg machen, erreichen wir Talovka noch vor Sonnenaufgang. Während diese Dummköpfe im Speicher sind, holen wir uns ihr Fahrzeug.«

»Sie werden später nach Kamenskoje kommen«, gab Zsajnu zu bedenken.

»Aber dann werden wir nicht mehr hier sein.«

»Wo sind wir?«

»In Palatka.«

Den Namen kannte Zsajnu nicht. »Was ist Palatka?«

»Eine Stadt im Südwesten. Es gibt dort eine unterirdische Anlage mit großen Verbundrechnern, modernem Gerät und Waffen. Dort werde ich mir besorgen, was ich brauche, um die fremde Macht zu beeindrucken.«

Zsajnu nahm sich in ihrer unnachahmlichen Art der aufsässigen Tiere an. Danach brachen Chara und sie auf.

Mit beachtlicher Geschwindigkeit glitten sie auf ihren Schneebrettern über die nächtliche Ebene. Es war immer noch dunkel, als sie Talovka erreichten.

Shamanov kannte sich in dem Ort aus. Der Proviantspeicher stand am Südrand der Stadt. Hier gab es nur noch wenige andere Gebäude, eines davon in der Nähe des Eingangs, den die drei Männer benutzen würden, wenn sie sich an Charas Ortsbeschreibung hielten.

Der Schnee lag hoch. Zsajnu schaufelte ihn mit den Händen beiseite, bis der Eingang des kleinen Hauses frei war. Chara öffnete die Tür und trat ein. Zsajnu kehrte den Schnee wieder zusammen, so dass niemand auf den ersten Blick sehen konnte, dass hier ein Mensch gearbeitet hatte.

Über dem Gang zur Tür häufte sie den Schnee locker an und niedrig genug, dass Chara freien Ausblick behielt.

Die Sonne ging auf.

Knapp eine Stunde später hörte zuerst Zsajnu ein ungewohntes Geräusch, das sich aus nördlicher Richtung näherte. Wenig später nahm es auch Shamanov wahr. Es war ein hohles Brausen. Der Himmel war zwar dicht bewölkt, aber ein Sturm hatte sich nicht zusammengebraut.

Zsajnu erblickte mit ihren scharfen Augen die wirbelnde Schneewolke. Chara zog eine Windhose in Erwägung, einen Tornado – aber dies war weder die Region noch die Jahreszeit für Tornados.

Die hoch aufstiebende Wolke kam näher. Chara Shamanov überlegte schon, ob er das Versteck räumen solle, um der unbekannten Gefahr auszuweichen, da erschien zwischen zwei Häuserreihen ein seltsames Gefährt. Es sah aus wie eine umgestülpte Wanne, auf der jemand ein kleines Glashaus errichtet hatte. Der untere Rand der Wanne schwebte wenige Handbreit über dem Boden. Im Innern des Aufbaus waren undeutlich mehrere Gestalten auszumachen. Das dröhnende Geräusch ging von diesem fremdartigen Vehikel aus. Ebenso die Schneefontäne.

»Ein merkwürdiges Ding«, murmelte Shamanov. »Ob es wirklich das Fahrzeug ist, das wir erwarten?«

»Es hat vier Passagiere«, sagte Zsajnu.

»Die Rede war nur von drei Männern.«

»Vielleicht sind sie es nicht.«

»Aber sie kommen hierher. Also müssen es jene sein, mit denen ich gesprochen habe!«

»Kannst du das Fahrzeug bedienen?«

Chara hatte an einen Gleiter mehr oder weniger moderner Bauart gedacht, an ein Gefährt, das jedermann bedienen konnte. Mit einem derart grotesken Transportmittel hatte er keine Sekunde lang gerechnet. Trotzdem antwortete er: »Ich werde es bedienen können. Ganz klar.«

Das tosende Dröhnen verebbte, und die Schneefontäne sank in sich zusammen, als das Fahrzeug anhielt. Chara sah, wie ein Luk aufschwang und Männer aus dem Vehikel kletterten. Für Einzelheiten war die Entfernung zu groß. Er erkannte nur, dass einer der Männer einen besonders zerlumpten Eindruck machte.

Zsajnus Augen waren schärfer. »Chara, wir müssen fortgehen!«, drängte sie. Jeder weiche Klang war aus ihrer Stimme verschwunden. Shamanov horchte auf.

»Warum, mein Liebling?«, fragte er.

»Einer der Männer ist ein Roboter. Du weißt, wie sehr ich Roboter verabscheue.«

Chara nickte stumm.

Draußen hatten die vier Personen inzwischen den Eingang des Proviantspeichers geöffnet. Aber Shamanov hatte seinen Plan bereits aufgegeben. Er würde mit Zsajnu auf dem schnellsten Wege nach Kamenskoje zurückkehren. Dabei ging es nicht um das Fahrzeug, von dem er nicht sicher war, ob er es überhaupt bedienen konnte – es ging um Charas Angst und Abscheu vor Robotern.

Die Sonne näherte sich dem Horizont. Das Gelände war uneben geworden. Walik Kauk wagte es nicht, mit mehr als halber Leistung zu fahren. Gegen siebzehn Uhr erreichte der Hovercraft die nordwestlichen Ausläufer der Korjakskij-Bergkette. Wenn sie nicht einen gewaltigen Umweg machen wollten, mussten sie die Berge überqueren.

»Da mache ich in der Finsternis nicht mit.« Walik suchte einen geschützten Platz und setzte den Hovercraft ab. »Bei Tageslicht kommen wir mit halber Anspannung doppelt so schnell voran.«

»Mir recht«, sagte Tingmer. »Seitdem ich glaube, dass ich den Mann von früher kenne, habe ich es nicht mehr so eilig, ihm aus der Patsche zu helfen.«

Sie starteten, als sich die erste Helligkeit über den Gipfeln zeigte, und schon gut eine Stunde nach Sonnenaufgang landeten sie vor dem Südtrakt, den Shamanov ihnen beschrieben hatte. Das Tor war geschlossen, sie mussten es aufbrechen. Drinnen fanden sie Fleischkonzentrate in Hülle und Fülle und luden sich auf, was das Fahrzeug zu tragen vermochte. Das war eine ganze Menge, denn inzwischen hatten sie den größten Teil des in Uelen an Bord genommenen Benzins verbraucht.

Von Talovka bis Kamenskoje waren es kaum noch dreißig Kilometer. Sie würden vor Mittag bei der Laborstation eintreffen.

»Ich habe eine Beobachtung zu melden, Bruder«, sagte Augustus unvermittelt.

Walik Kauk wandte den Blick keine Sekunde lang von dem Kurs, auf dem er das Fahrzeug steuerte. »Berichte!«, forderte er den Ka-zwo auf.

»In der Stadt, die Talovka genannt wird, registrierte ich eine Impulsstrahlung, die der Abart eines PIKs ähnelt.«

Der PIK – Personal-Identifizierungs-Kodegeber – war jenes Mikrogerät, das die aphilischen Machthaber jedem Menschen hatten implantieren lassen, damit ihre Positroniken einen möglichst hohen Überwachungsgrad erreichten. Die PIKs hatten aufgehört zu funktionieren, als

NATHAN sich abmeldete. Walik Kauk wäre daher ohne Bedenken bereit gewesen, Augustus' Wahrnehmung von PIK-Impulsen auf die durcheinander geratene Programmierung des Roboters zu schieben. Aber da war die seltsam gewundene Ausdrucksweise, die der Ka-zwo benutzt hatte.

»Wie soll ich das verstehen?«, fragte er. »Eine Ausstrahlung, die der Abart eines PIKs ähnlich ist?«

»Es gibt mehrere Arten von Identifizierungs-Kodegebern«, versuchte Augustus zu erklären. »Alle arbeiten nach dem Prinzip des PIKs. Aber nur Menschen tragen den PIK.«

»Und wer trägt die anderen?«

»Mir ist nur eine Kategorie von PIK-Trägern außer den Menschen bekannt.«

»Wer gehört dazu?«

»Spielzeuge.«

»Spielzeuge ...?«, echote Walik Kauk.

»Das ist richtig.«

»Was für Spielzeuge?«

»Ich bin nicht in der Lage, eine genauere Erklärung zu geben. Die Grundtatsachen sind mir bekannt, aber der Bereich der Spielzeuge ist in meinen Überwachungsbereich nicht eingeschlossen.«

Augustus wartete noch eine Zeit lang auf eine Frage, die jedoch ausblieb, dann wandte er sich ab. Walik hingegen wusste nicht, ob er die Bemerkungen des Roboters ernst nehmen sollte. Vor allen Dingen hatte er keine Ahnung, was er sich unter dem Begriff »Spielzeuge« vorstellen sollte.

Auf dem Weg nach Kamenskoje versuchte Bluff Pollard, erneut Funkkontakt mit Shamanov aufzunehmen. Der Wissenschaftler meldete sich aber nicht.

»Hoffentlich haben ihn die Hunde nicht aufgefressen«, bemerkte Tingmer nicht ohne Spott.

Der Hovercraft erreichte das Ziel gegen elf Uhr. Walik Kauk steuerte am Nordrand der Stadt entlang und versuchte, Shamanovs Laborstation ausfindig zu machen.

»Es könnte diese Ruine dort sein ... oder?« Tingmer wies mit ausgestrecktem Arm nach rechts.

Sie sahen eingestürzte Mauern und ringsherum dunkle Flecken im Schnee. Die Kante eines anscheinend noch intakten Bauwerks ragte knapp über die Trümmer empor.

Mit langsamer Fahrt glitt der Hovercraft auf die Ruine zu. Einige der dunklen Flecken erwiesen sich als Trümmerstücke, die womöglich von einer Explosion stammten. Walik Kauk setzte das Fahrzeug schließlich ab. Alles schien darauf hinzudeuten, dass die Explosion erst vor ganz kurzer Zeit stattgefunden hatte. War Shamanov einem Unfall oder gar einem Verbrechen zum Opfer gefallen?

Sie stiegen aus. Bluff Pollard eilte zu einem der dunklen Körper im Schnee. »Seht euch das an!«, rief er. »Tote Hunde ... tote Katzen!«

Wo die Trümmer dichter wurden, lagen die Kadaver der Tiere. Manche waren schrecklich verstümmelt. Ihr Blut färbte den Schnee.

»Sie müssen bei der Explosion in dem Gebäude gewesen sein«, mutmaßte Baldwin Tingmer.

»Das waren die Tiere, die Shamanov belagerten«, folgerte Kauk. »Die Frage ist nur, was die Explosion ausgelöst hat.«

»Biophysikalische Experimente sind manchmal ziemlich rabiat ... genauso wie chemische«, spekulierte Baldwin. »Vielleicht ist ihm etwas danebengeraten.«

Wortlos fixierte Walik Kauk die Gebäudekante hinter dem Trümmerberg.

Augenblicke später lief er los, umrundete die Ruinen und verschwand für wenige Sekunden aus dem Sichtfeld seiner Begleiter.

»Vielleicht ist er noch hier drin!«, rief er kurz darauf.

Ein Teil des Gebäudes hatte die Explosion nahezu schadlos überstanden. Es handelte sich um eine flache Konstruktion mit nur leicht geneigtem Dach. Auf der dem Trümmerberg abgewandten Seite gab es drei kleine Fenster. Walik blickte auf eine intakte Glaswand im Innern.

»Wahrscheinlich Panzerglassit«, vermutete Baldwin. »Das ist widerstandsfähiger als meterdickes konventionelles Gussmauerwerk.«

Bluff holte eine Lampe aus dem Hovercraft und leuchtete durch eines der Fenster. Drinnen sah es nicht besonders ordentlich aus, aber auch nicht chaotisch: mehrere Speichergestelle, ein Arbeitstisch, ein weiterer Tisch mit einer altmodischen Funkstation, Stühle und Sessel, ein Kleinrechner. Die rechte Seitenwand des Arbeitsraums war nicht mit der Außenwand des Gebäudes identisch. Dahinter lagen andere Räume, wahrscheinlich eine Hygienezelle und ein Schlafraum.

Eine Tür schimmerte im rötlichen Glanz hochverdichteten Stahls. Sie hatte in den nun zerstörten Experimentierraum geführt. Shamanov war entweder dort entkommen, oder er befand sich in einem der Räume hinter der rechten Seitenwand.

Walik Kauk klopfte an die unzerbrechliche Scheibe. Danach war er überzeugt, dass Chara Shamanov sich nicht im Innern des Restgebäudes befand.

»Wir haben noch etwa dreieinhalb Stunden Tageslicht«, schätzte er. »Genug Zeit, um den Trümmerberg fortzuräumen.«

Nach zwei Stunden hatte der Ka-zwo einen Teil der Panzerglassitwand und die Stahltür freigelegt. Auch unter den Trümmern war von dem Wissenschaftler keine Spur zu finden gewesen. Er musste die Explosion also überlebt haben. Aber wohin hatte er sich gewandt?

Walik sprach die Frage aus.

»Keine Ahnung«, antwortete Tingmer.

Augustus schwieg. Derart unfundierte Fragen gehörten nicht zu seinem Verantwortungsbereich.

»Wohin ist er gegangen?« Diesmal meinte Kauk aber Bluff Pollard, dessen Fehlen ihm erst jetzt auffiel.

»Der Junge schleicht draußen herum«, sagte Tingmer. »Er scheint etwas zu suchen.«

Bluff bewegte sich langsam über die schneebedeckte Ebene. Von Zeit zu Zeit bückte er sich, hob etwas auf und warf es wieder weg. Walik Kauk beobachtete ihn eine Zeit lang, dann verlor er das Interesse.

Sie nahmen die Trümmer in Augenschein, die Augustus beiseite geräumt hatte. Der Ka-zwo folgte ihnen.

»Seht euch das an!«, stieß Tingmer plötzlich hervor. Er hob ein mittelgroßes Stück Gussmauerwerk auf. Auf einer Seite war es geschwärzt. Baldwin roch daran.

»Chemisches Explosivgemisch«, murmelte er. »Wird in handlichen Explosivkapseln verwendet.«

Walik Kauk hielt nicht viel von dieser Hypothese. »Eine Explosivkapsel macht aus einem stabilen Gebäude nicht einen solchen Trümmerhaufen!«, behauptete er.

»Da hast du Recht! Aber mehrere … zehn … fünfzehn«

Walik zuckte mit den Schultern. »Vielleicht. Nur: Dann müsste es außer Shamanov noch jemanden geben, der sie gezündet hat.«

»DieTiere …?«

»Ich weiß, worauf du hinauswillst. Bluff hat beobachtet, dass die streunenden Hunde in Nome eine neue Art von Intelligenz entwickelt haben. Ich kann das bezeugen. Aber so weit, dass sie menschliche Waffen einsetzen, sind sie noch lange nicht.«

Tingmer erkannte den Fehler in seiner Theorie. »Außerdem hätten sie dann nicht sich selbst reihenweise umgebracht.«

In diesem Augenblick kam Bluff Pollard zurück. »Ich weiß nicht, was ich davon zu halten habe«, sprudelte er aufgeregt hervor.

»Wovon?«, fragte Walik.

»Seht euch die Spuren selbst an!«

Er führte die beiden. Die Explosion hatte den Schnee aufgewühlt, doch am Rand dieses Areals gab es Schleifspuren. Sie waren etwa eine Handspanne breit, hatten leicht gekrümmte Ränder und sahen aus, als seien sie durch wiederholtes Aufsetzen ein und desselben Gegenstands hervorgerufen worden. Walik blickte über den glitzernden Schnee und erkannte, dass die Spuren weiter führten, als er sehen konnte.

»Schneebretter«, erkannte Tingmer fachmännisch.

»Wozu sind sie gut?«, wollte Bluff wissen.

»Man bindet sie sich unter die Füße, um nicht im Schnee einzusinken. Hier sind zwei Leute gegangen.«

»Zwei ...?«

»In diese Richtung.« Baldwin Tingmer deutete auf die Ebene hinaus.

»Ich sage euch was«, entschied Walik schließlich. »Wir bleiben bis morgen früh hier. Wenn sich Shamanov bis dahin nicht gemeldet hat, fahren wir weiter. Zeigt er sich jedoch, dann werden wir ihn anhören. Einverstanden?«

»Sicher doch«, antwortete Tingmer.

Immer in der Deckung der Gebäude von Talovka hasteten Shamanov und Zsajnu davon. Die Frau führte. Sie strebte auf einen niedrigen Höhenzug nordwestlich der Stadt entgegen.

Unter Einsatz aller Kräfte lief Chara den Hang schräg hinauf. Als er die Kuppe hinter sich hatte und von der Stadt aus nicht mehr gesehen werden konnte, sank er keuchend in den Schnee.

Zsajnu blieb stehen. Sie konnte eben noch über den Hügel hinwegblicken. Nach einigen Minuten war erneut das laute Dröhnen des altmodischen Fahrzeugs zu hören.

»Sie machen sich auf den Weg«, erklärte Zsajnu. »Ich sehe den Schnee aufwirbeln.«

»Wohin ... fahren sie?«, brachte Chara schwer atmend hervor.

»Einen Augenblick, mein Liebling. Ich kann es noch nicht erkennen.« Weitere zwei oder drei Minuten vergingen. Das Dröhnen wurde lauter. Dann sagte Zsajnu: »Sie kommen nördlich aus der Stadt und wenden sich nach Westen.«

»Das heißt, sie fahren nach Kamenskoje?«

»Das ist möglich.«

Shamanov richtete sich auf. Sein Plan war fehlgeschlagen. Aber er hatte die Hoffnung trotzdem noch nicht aufgegeben, dass er in kurzer Zeit mit einem eigenen Fahrzeug nach Palatka reisen werde.

»Zsajnu«, sagte er, »wir kehren nach Kamenskoje zurück. Die Fremden werden eher dort sein als wir. Sie werden die Ruine finden und sich wahrscheinlich den richtigen Reim darauf machen: dass wir den Experimentierraum mit Explosivkapseln in die Luft gejagt haben, um uns von den Tieren zu befreien. Aber das können sie uns nicht übel nehmen.«

»Nein, das können sie nicht.«

»Zsajnu ... ich brauche das Fahrzeug!«

»Ich gehorche jedem deiner Befehle, mein Liebling. Sage mir, was ich tun soll, und ich werde es tun.«

»Wir müssen den Roboter von dir fern halten. Bist du sicher, dass es ein Roboter war?«

»Ganz sicher.«

»Er darf dir nicht zu nahe kommen. Er darf dich nicht einmal bemerken.«

»Ich verstehe.«

»In den Laborraum kommen die Kerle nicht ... es sei denn, sie zerschießen die Verriegelung. Sie werden ihr Fahrzeug in der Nähe abstellen und darin übernachten. Ich sehe mich um, und erst wenn die Luft wirklich rein ist, rufe ich dich.«

»Ich warte.«

»Dann kommst du aber, so schnell du kannst. Es muss wirklich blitzschnell gehen!«

»Blitzschnell«, bestätigte Zsajnu.

»Und dann ...« Chara stockte plötzlich. Seine Stimme klang schmerzerfüllt.

»Was dann, mein Liebling?«

»Dann muss ich dir etwas Unangenehmes zumuten.«

»Für mich gibt es nichts Unangenehmes, solange ich dir dienen kann. Was soll ich tun?«

»Du musst dich anziehen ...!«

3.

Walik Kauk hatte lange gebraucht, bis er endlich eingeschlafen war, aber schon kurz darauf rüttelte ihn jemand an der Schulter.

»Ich habe soeben eine wichtige Beobachtung gemacht!«, sagte der Kazwo.

»Was für eine Beobachtung?«, fragte Kauk mit unterdrückter Stimme, um die Gefährten nicht zu wecken.

»Ich berichtete bereits von der eigenartigen Impulsstrahlung eines Spielzeugs.«

»Was ist damit?«

»Ich habe dieselbe Strahlung wieder registriert. Allerdings nur für wenige Sekunden.«

»Und jetzt …?«

»Im Augenblick befinde ich mich in einem Zustand der Ungewissheit. Es lässt sich nicht klären, ob die Impulsstrahlung noch vorhanden ist oder nicht.«

Walik gähnte herzhaft. »Weißt du was?«, sagte er zu Augustus. »Leg dich hin oder stell dich in eine Ecke! Im Augenblick interessiere ich mich nicht für Spielzeug.«

Er drehte sich auf die andere Seite und war kurze Zeit darauf wieder eingeschlafen. Doch auch diesmal war ihm nicht viel Ruhe vergönnt. Als ihn erneut kräftige Fäuste wachrüttelten, waren nach seiner Schätzung nicht mehr als ein paar Minuten verstrichen.

»Verdammtes Blechding!«, fuhr er auf. »Kann ich nicht einmal in Ruhe …?«

»Ich bin kein Blechding«, fiel ihm Bluff Pollard ins Wort.

»Was willst du?«

»Ich glaube, Shamanov ist zurück! In dem Gebäuderest brennt Licht. Ich bin vorhin aufgewacht und habe zufällig hinübergeschaut. Da sah ich es.«

Walik wischte sich die Müdigkeit aus den Augen. »Wo?«, fragte er, folgte Bluffs ausgestrecktem Arm mit den Augen und spürte, wie die letzte Müdigkeit von ihm abfiel. »Wir gehen hinüber. Kommst du mit?«

»Klar!«

Sie schlüpften in die Wintermonturen. Augustus, der in der Nähe des Pilotensessels stand, rührte sich nicht und gab keinen Laut von sich, als sie das Luk öffneten. Der Wind heulte leise, als sie in den Schnee sprangen und auf die Ruine zustapften.

Chara Shamanov sah sie kommen. Er hatte sich gedacht, dass es nicht zu lange dauern würde, bis sie das Licht sahen und neugierig wurden. Er hatte, um genau zu sein, das Licht eigens deswegen eingeschaltet.

Dass nur zwei Männer kamen, enttäuschte ihn. Andernfalls hätte er sofort seinen Plan verwirklichen können. So aber musste er sie hinhalten.

»Zsajnu!«, rief er. »Hast du dich versteckt?«

»Niemand wird mich finden«, antwortete sie aus dem Hintergrund.

»Nur zwei kommen. Und der hässliche Roboter ist nicht dabei!« Chara wusste, dass die Fremden ihn beobachten konnten, sobald sie nahe genug waren. Er gab sich den Anschein eines Mannes, der seinen Arbeitsplatz aufräumte. Als es an der Stahltür pochte, fuhr er zusammen.

Er rief: »Wer ist da?«

Eine undeutliche Antwort kam von draußen. Die Tür war fast schalldicht. Chara löste die Verriegelung. Die beiden Fremden standen vor ihm – der eine lang und schlaksig mit wirrem rotem Haar, fast noch ein Kind, der andere zwei oder drei Jahrzehnte älter, stämmig gebaut, mit ebenso verwildertem Haarwuchs, aber klugen, scharf blickenden Augen.

»Du bist Chara Shamanov?«, fragte der Stämmige.

»So ist es.«

»Was ist hier geschehen?«

Chara registrierte, dass es schwer sein würde, den Stämmigen zu überraschen. Der Mann war intelligent, seinen Augen entging nichts. Zudem war er es gewohnt, Anordnungen zu erteilen und Entscheidungen zu treffen. Ein gefährlicher Typ – für Chara Shamanov.

»Ich konnte es nicht mehr aushalten!«, jammerte er mit zitternder Stimme. »Ewig in diesem Raum eingepfercht! Ich liebte meine Tiere, und ich habe bislang keine Ahnung, was sie so aufsässig machte. Es brach mir fast das Herz, sie töten zu müssen, aber letztlich blieb mir keine andere Wahl ...«

Während er sprach, hatte er sich abgewandt und war ein paar Schritte in den Laborraum hineingegangen. Die Männer folgten ihm.

»Du hast den Rest des Gebäudes in die Luft gesprengt?«, fragte der Stämmige erstaunt.

»Mitsamt den Tieren!« Chara gab sich den Anschein, dass ihm die Erinnerung daran fast das Herz brach.

»Lebst du alleine hier?«

»Ja.« Chara Shamanov glaubte, einen leisen Zweifel in den Augen des Fremden zu sehen, und kam der nächsten Frage zuvor: »Ich danke euch, dass ihr meinem Ruf gefolgt seid. Ihr habt keine Ahnung von meiner Verzweiflung. Als ich die Tiere ... umgebracht hatte, hielt ich es hier nicht mehr aus und habe mich den ganzen Tag und den größten Teil der Nacht im Schnee herumgetrieben.«

Der Stämmige nickte knapp. »Das verstehe ich. Übrigens: Mein Begleiter ist Bluff Pollard, ich bin Walik Kauk. Wir wollen morgen nach Terrania City weiter. Du bist eingeladen, mit uns zu kommen. Aber du kannst auch hier bleiben. Wir haben dir genügend Fleischkonzentrat mitgebracht.«

Shamanov quoll über vor Dankbarkeit. »Ich weiß nicht, wie ich das jemals wettmachen soll! Die Einladung nehme ich natürlich gerne an. Wenn ich an die Einsamkeit in den letzten Tagen denke ...«

Kauk und Pollard verabschiedeten sich schließlich. Shamanovs Einladung, in den Laborraum überzusiedeln, hatten sie abgelehnt. Bei Sonnenaufgang würden sie über ihre weiteren Pläne beraten.

»Hast du seine Augen gesehen, Bluff?«, fragte Walik, als im matten Sternenlicht der Hovercraft vor ihnen auftauchte.

»Merkwürdig, oder? Unsteter Blick, ein seltsames Funkeln ...«

»Ich würde sagen, der Mann hat einen Sparren weg«, bemerkte Walik. »Kann natürlich sein, dass das von der Belagerung und der Explosion herrührt und sich in den nächsten Tagen wieder legt. Kann aber auch sein ...« Den Rest des Satzes sprach er nicht aus. Bluff wusste trotzdem, was er meinte. Sie hatten es schwer genug gehabt, mit Baldwin Tingmer zurechtzukommen. Dabei war Tingmer nur ein gewöhnlicher Fall von Alkoholismus. Es war nicht schwer, sich auszumalen, wie es sein würde, wenn sie einen Geistesgestörten in die Gemeinschaft aufnahmen.

»Noch etwas anderes fiel mir auf«, sagte Bluff plötzlich.

»Was?«

»Eine der Türen in der rückwärtigen Wand war nicht ganz geschlossen. Ich konnte hindurchblicken. Dahinter gibt es einen kleinen Lagerraum mit Gestellen bis an die Decke.«

»Ja ...?«

»Ich sah Stapel von Paketen mit gelbrotem Etikett. *Konkarn,* stand auf den Etiketten.«

Walik blieb abrupt stehen. »Fleischkonzentrat?«, stieß er hervor.

»Sieht so aus. *Konkarn* war einer der Namen, unter denen die Konzentrat-Kombinate ihre Produkte verkauften, wenn ich mich richtig erinnere.«

»Du erinnerst dich goldrichtig, mein Junge!«, schnaufte Walik Kauk. »Und eine Menge davon ist da, sagst du?«

»Genug, um einen Mann wenigstens zwei Jahre lang am Leben zu halten.«

»Warum hat er uns dann nach Talovka geschickt?«

»Genau das frage ich mich auch. Ich sage dir, Walik: Da ist einiges nicht ganz geheuer!«

Als sie in die Kabine kletterten, wachte Baldwin Tingmer auf. »Was ist los?«, fragte er schläfrig.

»Der Vogel ist ins Nest zurückgekehrt. Kennst du diesen Biophysiker eigentlich näher?«

»Ich bin ihm nie persönlich begegnet. Aber sein Bild war oft genug in den Nachrichten.«

»Groß? Fleischig bis fett? Hält sich leicht vornübergebeugt? Strähnige blonde Haare, Baumellippe?«

»Du sagst es, Bruder! So sieht Shamanov aus. Außerdem spricht er hastig und verhaspelt sich ziemlich oft.«

»Klarer Fall«, entschied Bluff Pollard. »Das ist Chara Shamanov.«

Sie berichteten Tingmer von der ersten Begegnung.

»Das stinkt drei Meilen gegen den Wind«, brummte der ehemalige Ingenieur. »Aber eines könnten wir wenigstens nachprüfen.«

»Und das wäre?«

»Zwei Spuren führten von hier fort. Wenn nur eine wieder hereinführt, dann hat Shamanov uns wenigstens in diesem Punkt nicht angelogen.«

»Manchmal hast du ganz schlaue Ideen«, sagte Bluff spöttisch und anerkennend zugleich.

»Hüte deine Zunge, mein Sohn!«, knurrte Baldwin in gespieltem Ärger. »Sonst muss ich sie dir eines Tages festnähen!«

Sie rüsteten sich mit Lampen aus und verließen die Kabine erneut. Nur Augustus blieb zurück. Walik meinte, es gäbe keinen besseren Wächter für das kostbare Fahrzeug. Sie schritten durch den Schnee, bis sie sich etwa einen Kilometer von der Ruine entfernt hatten. Schließlich bogen sie ab und schlugen einen weiten Kreis.

Der Wind hatte sich gelegt, die Luft war klar und bitterkalt. Walik Kauk blickte auf und gewahrte hoch über sich im frostigen Himmel der sibirischen Winternacht den hellen Lichtpunkt von Orange 81, jenem Stern, der an diesem fremden Firmament die Rolle des ehemaligen Polarsterns übernommen hatte. Walik selbst hatte ihn getauft und auf dem Marsch von seiner Jagdhütte nach Jensens Camp und weiter nach Nome mit Erfolg als Markierungspunkt benützt.

Sie waren etwa eine halbe Stunde lang durch den Schnee gestapft, als Bluff Pollard plötzlich Halt machte. »Hier haben wir es!«, sagte er.

Im Widerschein seiner Lampe sahen sie die Schleifspuren, erzeugt von oval geformten Schneebrettern. Es handelte sich um zwei parallel verlaufende Spuren, eine für jeden Fuß, also um die Spur eines Menschen.

»Er ist doch allein!«

»Sieht so aus«, gestand Walik Kauk ein. Zu seinem Bild von Shamanov hätte es indes viel besser gepasst, wären sie auf die Spuren von zwei Personen gestoßen.

»So schnell lasse ich mich nicht hinters Licht führen!«, protestierte Tingmer. »Ich schlage vor, wir gehen noch ein Stück weiter!«

Zu ihrer Linken lag, mehr zu ahnen, als zu sehen, die Laborruine. Den Hovercraft konnten sie schon nicht mehr ausmachen. Nach weiteren zwanzig Minuten kam, ebenfalls linker Hand, eine kleine Unebenheit in Sicht. Sie hatten sie gestern bei Tageslicht aus der Nähe gesehen. Dort lagen schneebedeckte Felsblöcke, zwischen denen Krüppelkiefern ein armseliges Dasein fristeten. Von dem Kreis aus gerechnet, auf dem die drei Männer sich bewegten, lag die Felsgruppe etwa auf halbem Weg zwischen ihnen und der Ruine.

Diesmal ging Baldwin Tingmer voran. Es war klar, dass er dem Biophysiker noch mehr misstraute als die anderen. Binnen kurzem zeigte sich, dass sein Misstrauen gerechtfertigt war.

»Hier ist eine zweite Spur!«, sagte er barsch und schwenkte den Lichtkegel seiner Lampe über neue Schleifspuren, die von rechts kamen und zu der Felsengruppe führten.

Sie folgten der Fährte. Im Schatten der Felsen hatte der Unbekannte angehalten.

»Sieht fast so aus, als ob er hier auf etwas gewartet hätte«, erklärte Baldwin, nachdem er die Eindrücke im Schnee untersucht hatte.

Sie schritten um die Felsen herum und sahen, dass die Spur auf der anderen Seite weiterführte … in Richtung der Ruine.

»Der Kerl hat sich verdammt schnell bewegt«, schloss Tingmer aus der geringen Tiefe der Eindrücke.

Bluff blickte nach rechts. »Kein Wunder«, kommentierte er. »Er musste befürchten, von uns gesehen zu werden.«

Der Hovercraft lag mittlerweile wieder in Sichtweite. Er war zwar nur ein dunkler Fleck im Schnee, doch jemand, der die Deckung der Felsen verließ, konnte durchaus von dem Fahrzeug aus beobachtet werden.

»Also hatten wir Recht!«, schloss Walik seine Überlegungen ab.

»Was machen wir nun mit diesem Shamanov?«, fragte Bluff.

»Hier lassen!«, schlug Baldwin bissig vor. »Einfach Gas geben und weiterfahren. Der Kerl bringt uns nichts als Unglück.«

»Die Kerle«, verbesserte Walik Kauk. »Ich möchte ihm trotzdem eine Chance geben und werde ihm auf den Kopf zu sagen, dass wir seine Lügen durchschaut haben. Alles hängt davon ab, wie er reagiert.«

Am neuen Morgen war Chara Shamanov bemerkenswert guten Mutes. Er hatte sein Ziel zwar noch nicht erreicht, aber er war ihm ein gutes Stück näher gekommen.

Als die Sonne aufging, hielt er Ausschau. Falls die Männer den Roboter mitbrachten, würde er ihnen entgegengehen oder sie bitten, die Verhandlung in derselben Besetzung wie in der vergangenen Nacht zu führen. Er konnte vorgeben, eine unüberwindliche Abneigung gegenüber Robotern zu haben.

Zu seiner Erleichterung kletterten jedoch nur Bluff Pollard und Walik Kauk aus dem Fahrzeug. Er öffnete die Tür, als sie bis auf wenige Meter heran waren. Es entging ihm nicht, dass beide sich misstrauisch umsahen.

»Es freut mich«, sagte er, »dass ihr die Verabredung mit einem armen, einsamen Mann so pünktlich eingehalten habt ...«

Er wollte noch mehr sagen, aber Kauk fiel ihm scharf ins Wort: »Du bist kein einsamer, armer Mann, Chara Shamanov, sondern ein erbärmlicher Lügner!«

Shamanov zuckte zusammen. Er war trotz seiner bulligen Gestalt ein Feigling; Entschlossenheit und Härte hatten ihn stets eingeschüchtert. »Ich verstehe nicht ...«, klagte er.

»Du verstehst sehr gut! Erstens bist du so mit Fleischkonzentrat eingedeckt, dass du dich einige Jahre lang nicht darum zu kümmern brauchst ...«

»Ich weiß ...«, jammerte Chara. »Aber versetzt euch in meine Lage. Hier eingeschlossen, ohne Aussicht auf Rettung ... Je mehr Vorräte, desto sicherer fühle ich mich ...«

»Und warum versteckst du deinen Gefährten?«, fragte Kauk jäh.

Shamanov wurde aschfahl. *Sie wussten von Zsajnu!* »Ich habe ... keinen Gefährten!«, ächzte er.

»Zwei Spuren führen hierher. Die eine ist von dir, aber die andere ...?«

Shamanov wand sich wie unter heftigem Schmerz. »Das kann ich euch nicht sagen.«

»Ich warte trotzdem auf eine Erklärung!«, drängte Kauk. Er blieb hart, bis der Biophysiker schließlich nachgab.

»Zweifellos haben überwiegend Männer die Katastrophe überlebt. Ihr und ich ... wir sind der Beweis dafür. Aber ich fand eine überlebende Frau und nahm sie zu mir. Kann ich etwas anderes tun, als sie vor den gierigen Blicken anderer Männer zu verstecken?«

Er sah Verständnis in Waliks Augen und atmete auf. Nun galt es nur noch, ein Hindernis zu überwinden …

Als Shamanov die Frau erwähnte, wurden Walik Kauks heimliche Träume wach. War er selbst nicht der lebende Beweis dafür, dass der Biophysiker Recht hatte? Er schauderte, als er sich auszumalen versuchte, welches Schicksal einer Frau bevorstand, die als Einzige neben vielleicht hundert oder mehr Männern überlebt hatte. War es tatsächlich denkbar, dass die Katastrophe Unterschiede gemacht hatte?

Entsprang Shamanovs Verwirrtheit der Sorge um die Frau?

Der Wissenschaftler erhob sich aus dem Sessel, in den er sich hatte fallen lassen. Mit schwacher Stimme rief er: »Zsajnu, mein Liebling! Komm zu mir! Unser Geheimnis ist bekannt.«

Hinter einer der halb geöffneten Türen in der Rückwand des Laborraums rührte sich etwas. Es hörte sich an, als würden schwere Gegenstände verschoben. Eine schlanke Gestalt erschien unter der schwach beleuchteten Türöffnung. Waliks Herz schlug schneller.

Nur ein Lichtstrahl fiel von der Seite her auf das Antlitz der Frau, die auf den ersten Blick den Eindruck atemberaubender, makelloser Schönheit vermittelte. Die Helligkeit traf ihre Augen, und sofort trat sie einen Schritt zurück in den Halbschatten der Türöffnung. Der Sekundenbruchteil hatte jedoch ausgereicht, um Walik Kauk ihren merkwürdig starren Blick erkennen zu lassen.

Shamanovs Geheimnis wäre ihm vielleicht dennoch verborgen geblieben. Aber da war Augustus' bisher unverständliches Geschwätz von einem Spielzeug. Plötzlich wusste Walik nicht nur, was der Ka-zwo gemeint hatte, sondern er durchschaute auch die Natur der vermeintlichen Frau.

Kauk spürte ein hässliches Würgen in der Kehle. »Für dich und dein Problem gibt es nur eine Lösung«, sagte er schroff. »Du musst hier in der Einsamkeit bleiben. In einer Gemeinschaft vernünftiger Menschen ist für dich kein Platz! Wir brechen sofort auf.« Er sah nicht, wie das Gesicht des Biophysikers sich in eine Grimasse höhnischen Zorns verwandelte. Er wollte nur noch weg von dieser Atmosphäre des Wahnsinns …

»Mit einer Puppe lebt der Kerl also zusammen«, resümierte Baldwin Tingmer, was er eben gehört hatte.

»Mit einer Robotpuppe«, bestätigte Walik. »Sie ist gestylt wie die schönste Frau der Welt, und wer die merkwürdige Starrheit ihres Blickes nicht bemerkt, der erkennt ihr Geheimnis auch nicht. Hochkonjunktur hatten diese Puppen natürlich in der Aphilie, als nur noch der nackte Instinkt herrschte. Weil sie so perfekt menschenähnlich waren, erhielten sie eine Abart des PIKs. Dieses Gerät strahlte jedoch eine charakteristische Impulsfolge aus, die jedem Ka-zwo sofort bewies, dass er es nicht mit einem Menschen, sondern einer Puppe – auch Spielzeug genannt – zu tun hatte.«

Er blickte zu Augustus hinüber, der noch reglos in der Ecke stand, in die er ihn im Ärger der vergangenen Nacht verdonnert hatte. »Ich hätte eher auf den Roboter hören sollen«, sagte er bedauernd. »Shamanov muss mit seiner Puppe in Talovka gewesen sein, Augustus registrierte nämlich die Ausstrahlung des Spielzeugs. Auch heute Nacht bemerkte er die Impulse, konnte mir aber nicht erklären, was unter einem Spielzeug zu verstehen ist.«

»Heute Nacht?«, überlegte Tingmer. »Das muss gewesen sein, als Shamanov zurückkehrte.«

»Richtig.«

»Nimmt er die Impulse immer noch wahr?«

»Mit minimaler Deutlichkeit«, antwortete der Roboter an Waliks Stelle. »An der Unschärfegrenze, so dass es nicht möglich ist zu entscheiden, ob die Impulse existieren oder nicht.«

»Aber warum ...?«, fragte Tingmer erstaunt.

»Ich nehme an, dass Shamanov seine Puppe, wie es diese Leute häufig getan haben, nackt herumlaufen ließ. Einem Roboter macht selbstverständlich die schlimmste Kälte nichts aus. Als wir sie zu sehen bekamen, war sie dagegen ziemlich dick vermummt. Ich bin fast sicher, dass das Gewebe ihrer Kleidung ein Material enthält, das die Ausstrahlung des Kodegebers abschirmt – so effektiv, dass Augustus nicht weiß, ob er noch etwas empfängt oder nicht.«

»Und was wollte Shamanov in Talovka?«, fragte Bluff Pollard.

Walik zuckte mit den Schultern. »Darüber kann ich nur spekulieren. Wir wissen, dass er an Fleischkonzentraten keine Not hat. Es kann also sein, dass er uns nur nach Talovka gelockt hat, um uns dort das Fahrzeug abzunehmen. Erinnert euch: Wir waren alle vier im Speicher. Shamanov hätte nur einzusteigen und fortzufahren brauchen!«

»Warum tat er es nicht?«

»Weil er den Hovercraft nicht bedienen kann. Er muss ziemlich entsetzt gewesen sein, als er unser fauchendes Ungetüm anrauschen sah. Außerdem erkannte er wohl, dass ein Roboter zu unserer Gruppe gehört, der die Impulsstrahlung seiner Puppe entdecken kann. Also nahm er Reißaus und kehrte auf dem schnellsten Weg zu seinem Labor zurück.«

»Hier wollte er seinen Plan dann doch verwirklichen?«

»Das müssen wir annehmen.«

»Wir werden ihm einen Strich durch die Rechnung machen.« Baldwin Tingmer lachte spöttisch. »Oder täusche ich mich in der Annahme, dass wir so schnell wie möglich aufbrechen wollen?«

»Sofort sogar!«Walik Kauk ließ sich im Pilotensitz nieder.

Der Schnee funkelte im Sonnenlicht. Es war ein wundervoller, wolkenloser Wintertag. Kauk betätigte den Hauptschalter und wartete auf das dröhnende Geräusch des Triebwerks.

Aber unter ihm blieb es still. Der Motor reagierte nicht.

Treibstoff war noch ausreichend vorhanden. Walik Kauk standen die Haare zu Berge angesichts Hunderter anderer Fehlermöglichkeiten.

Da schoss ihm ein Gedanke durch den Kopf. »Augustus … hast du dich am Triebwerk oder an den Kontrollen zu schaffen gemacht?«

»Auf meine Person bezogen – negativ!«, antwortete der Roboter.

»Was heißt das? War jemand anders hier?«

»Affirmativ!«

»Wer?«, schrie Kauk wütend.

»Es besteht Grund zu der Annahme«, antwortete Augustus ungerührt, »dass es sich um den Bewohner der Ruine handelt.«

»Wann war er hier? Als wir draußen nach Spuren suchten?«

»Ja.«

»Warum hast du Trottel ihn hereingelassen?«

»Es existierte keine gegenteilige Anweisung.«

»Was wollte er?«

»Er äußerte sich nicht. Er nahm jedoch die Verkleidung der Konsole ab und entfernte einen Gegenstand.«

Walik Kauk fuhr auf. »Schnell!«, rief er. »Seht nach!«

Während Tingmer und der Junge sich an die Arbeit machten, wandte Kauk sich wieder an den Ka-zwo. »Warum hast du nichts davon gesagt, als wir zurückkamen?«

»Es bestand keine entsprechende Weisung. Außerdem befahl mir der Unbekannte, nichts zu sagen.«

Die Deckplatte war gelöst. Fast auf Anhieb erkannte Walik Kauk den leeren Behälter, in dem sich früher eine Batterie befunden hatte.

»Ich wusste, dass dieser Blechkerl eines Tages einen kapitalen Bock schießen würde«, knurrte Tingmer wütend.

Walik unterdrückte seinen Zorn. »Wir haben keine andere Wahl, als uns mit dem Irren in Verbindung zu setzen«, sagte er schroff.

Als gäbe es zwischen ihm und Shamanov eine telepathische Verbindung, meldete sich in dem Moment das alte Funkgerät. Bluff Pollard schaltete auf Empfang.

»Spätestens jetzt habt ihr erkannt, dass es unmöglich ist, dem Herrn der Erde zu trotzen!« Shamanovs Stimme klang hämisch.

»Was willst du, alter Narr?«, fragte Kauk zornig.

»Morgen früh werde ich es euch wissen lassen. Bis dahin – habt Geduld und zeigt Demut!«

Vergeblich suchten sie nach einer Möglichkeit, die fehlende Batterie zu ersetzen oder ihre Funktion zu überbrücken. Danach verbrachten sie mehrere Stunden damit, eine Strategie zu entwickeln, wie sie Shamanovs Laborruine angreifen und ihn zum Nachgeben zwingen könnten. Aber der Biophysiker war eindeutig im Vorteil. Vor allem bestand die Gefahr, dass er die Batterie zerstören würde.

Die Sonne ging unter. Mit der Nacht zogen von Osten her Sturmwolken auf. Die klaren, frostklirrenden Wintertage waren vorüber.

»Haut euch aufs Ohr, Leute!«, empfahl Baldwin Tingmer. »Morgen wird ein harter Tag!«

»Wir müssen eine Wache aufstellen!«, erklärte Kauk.

»Augustus kann ...« Weiter kam Bluff Pollard nicht. Die anderen fielen ihm sofort ins Wort.

»Erwähne den Roboter nicht noch einmal!«, schnaubte Tingmer. Er übernahm freiwillig die erste Wache. Nach ihm kam Kauk an die Reihe, dann der Junge.

Als Baldwin ihn weckte, hatte Walik Kauk noch eine Zeit lang mit dem Schlaf zu kämpfen, der ihm immer wieder die Augen zufallen ließ. Die Wärme in der Kabine war Gift. Also streifte Kauk sich die Montur über, öffnete das Luk und kletterte hinaus.

In engen Kreisen marschierte er um den Hovercraft herum. Den Thermostrahler in der Seitentasche seines Anzugs hielt er fest umklammert. Von Zeit zu Zeit blickte er zu der Ruine hinüber. Aber dort war alles finster.

Er hielt sofort inne, als er ein schwaches Geräusch vernahm. Walik Kauk stand am Heck des Fahrzeugs. Shamanovs Ruine lag zur Linken.

Da war es wieder – ein leises Knirschen und Scharren. Verblüfft sah Walik, wie sich zehn Schritte von ihm entfernt der Schnee bewegte. Ein Loch entstand, und diesem Loch entstieg eine vermummte Gestalt. Im matten Streulicht der Sterne erkannte Walik, dass sie einen langläufigen Nadler in der Armbeuge trug.

Die Gestalt bemerkte ihn nicht. Sie schritt an der Seite des Hovercraft entlang nach vorne, wollte zweifellos das Luk öffnen und die Besatzung unschädlich machen. Der Nadler bot dabei die Gewähr, dass keine Schäden entstanden. Denn Shamanov lag zweifellos viel an dem einzigen betriebsbereiten Fahrzeug weit und breit.

Walik Kauk fühlte zornige Erregung. Die Gestalt hatte sich von der Ruine aus durch den Schnee gewühlt, um nicht gesehen zu werden. Kein Mensch hätte das geschafft, nur ein Roboter war dazu in der Lage.

Geräuschlos zog Walik die Waffe. »Verdammte Robotpuppe!«, schrie er und drückte ab.

Sein Schuss traf das Magazin des Nadlers.

Zsajnu explodierte mitsamt ihrer Waffe …

»Du hast einen schwerwiegenden Fehler gemacht!«, hatte Chara Shamanov zornig zu Zsajnu gesagt, als Kauk und Pollard gegangen waren.

»Verzeih, mein Liebling!«, bat Zsajnu. »Ich konnte nicht wissen, dass die Lampe in diese Richtung schien.«

»Du wirst deinen Fehler wieder gutmachen!«

»Ich tue alles, was du mir aufträgst, mein Liebling.«

Chara war schon halb versöhnt. Aus einem der Einbauschränke im Hintergrund des Raumes holte er einen langläufigen Nadelstrahler. Dann erläuterte er Zsajnu seinen Plan. »Es kommt darauf an«, wiederholte er, »dass dem Fahrzeug kein Schaden zugefügt wird und dass die Besatzung nur kampfunfähig geschossen wird. Ich bin der Herr der Erde und kann es mir nicht leisten, meine wenigen Untertanen umzubringen.«

Mit Ungeduld erwartete Chara den Anbruch der Nacht. Als er meinte, dass die Besatzung des Fahrzeugs inzwischen herausgefunden haben müsse, dass sich die Maschine nicht mehr in Gang setzen ließ, meldete er sich über Funk.

Zwei Stunden vor Mitternacht machte sich Zsajnu auf den Weg. Shamanov löschte alle Lichter und setzte sich an die Glassitscheibe. Er hatte mit der Frau ein Signal verabredet, das ihm ihren Erfolg sofort anzeigen würde.

Eine Stunde verging und noch eine halbe. Chara wusste, dass Zsajnu jetzt etwa den Standort des Fahrzeugs erreicht haben musste. Seine Anspannung wurde fast unerträglich.

Minuten später sah er den grellen Blitz einer Explosion, und Sekunden danach rollte Donner über die Ebene. Shamanov erkannte, dass sein Vorhaben fehlgeschlagen war und dass seine Gespielin nicht mehr existierte. Er ließ den Kopf vornübersinken und weinte haltlos.

Kurze Zeit später gewann sein Zorn die Oberhand. Eine neue Zsajnu würde er sich allemal beschaffen können. Aber die Hybris der drei Männer dort draußen konnte er unmöglich dulden. Sie musste unverzüglich bestraft werden.

Die Explosion hatte Bluff Pollard und Baldwin Tingmer geweckt. »Hoffentlich kommt der Wahnsinnige jetzt endlich zur Besinnung!«, bemerkte Tingmer.

Aus dem Empfänger erklang Augenblicke später die schrille, sich überschlagende Stimme des Wissenschaftlers: »... mir die Liebe brutal entrissen! Mir liegt nichts mehr am Leben, ich scheide fröhlich. Aber ihr herzlosen Bestien sollt in dieser eisbedeckten Wildnis verdammt sein. Das Teil, ohne das ihr euer Fahrzeug nicht bewegen könnt, liegt vor mir – es geht mit mir zusammen in eine bessere Welt! Hört ihr, ihr Ungeheuer?«

»Hör zu, Shamanov!«, schrie Walik Kauk. »Lass in Ruhe mit dir reden, dann ...«

Draußen auf der Ebene zuckte ein Blitz auf. Der Donner einer zweiten Explosion zerriss die nächtliche Stille.

»Verdammter Narr ...!«, fauchte Kauk.

Welchen Schaden die Explosion angerichtet hatte, war nicht zu erkennen. In der Dunkelheit zeichneten sich glühende Trümmerstücke ab. Wahrscheinlich hatte der Irre seinen gesamten Vorrat an Explosivkapseln gezündet, um seine Himmelfahrt eindrucksvoll zu gestalten.

»Wir müssen sofort hinüber!«, entschied Walik. »Die Batterie ist widerstandsfähig. Vielleicht finden wir sie noch!«

Diesmal erteilte er dem Roboter eingehende Instruktionen. Als er durch das Luk kletterte, um Bluff und Baldwin zu folgen, hatte er den Eindruck, dass er sich endlich auf den Ka-zwo verlassen konnte.

Die Explosion hatte kaum einen Stein auf dem anderen gelassen und die Trümmer weit verstreut. Die Suche nach der Batterie im Schein der Lampen war ein mühseliges Unterfangen.

Eine Zeit lang hörte Walik Kauk die knirschenden Schritte der Gefährten noch, dann wurde es still ringsum. Sorgfältig suchte er den schneebedeckten Boden ab. Die Batterie war etwa zwölf Zentimeter hoch und durchmaß acht Zentimeter. Manchmal stürzte er vorwärts in der jähen Überzeugung, das Gesuchte gefunden zu haben. Aber sobald er seinen Fund aufhob, hielt er nur ein harmloses Stück Mauerwerk in der Hand.

Einmal glaubte er, in der Nähe einen halb erstickten Laut zu hören. Er wandte sich um und rief: »Bluff? Baldwin?« Aber niemand antwortete. Unbeirrt arbeitete er sich Meter um Meter weiter vor, bis ihm jäh ein beunruhigender Gedanke durch den Kopf schoss.

Vor einigen Minuten hatte er die Schritte der anderen noch aus geringer Distanz gehört. Seine Rufe waren dementsprechend nur halblaut gewesen. Aber die Nacht war ruhig. Weshalb schwiegen Pollard und Tingmer?

»Baldwin …! Bluff …!« Diesmal wurde er lauter.

Seine Stimme hallte von der Felsengruppe zurück, bei der sie in der letzten Nacht die Spuren der Robotpuppe gefunden hatten. Aber eine Antwort blieb aus. Lediglich ein leises Knirschen war zu hören. Es kam von rechts. Walik fuhr herum.

Eine massige, vornübergebeugte Gestalt schälte sich aus der Dunkelheit. Walik Kauk erstarre. Er hielt die Lampe in der Hand und hatte seine Waffe in der Tasche. Wie sollte er sich wehren?

Er hob die Lampe an, bis ihr Schein die Gestalt erfasste.

»Das Licht weg … oder du bist tot!«, erklang ein wütender Ruf.

Walik blieb nichts anderes übrig, als zu gehorchen. Seine Gedanken überschlugen sich. Wenn es ihm noch einmal gelang, die Lampe zu heben und den Angreifer zu blenden, gewann er vielleicht genug Zeit, um den Strahler zu ziehen.

»Vergiss deine Absicht!«, rief Shamanov höhnisch. »Sie steht dir auf der Stirn geschrieben. Bei der geringsten verdächtigen Bewegung schieße ich!«

Walik ließ die Arme endgültig sinken. Er hielt die Lampe jetzt nach unten, so dass sie nur den Schnee rings um ihn beleuchtete.

»So ist's besser!«, höhnte der Biophysiker. »Halte mich nicht für einen Selbstmörder aus Liebeskummer! Noch dazu wegen einer Robotpuppe. Weißt du, wie viele davon in dem Warenhaus in Manily lagern? Nein, Bruder – so dumm ist der Herr der Erde nicht. Als die Sprengkapseln explodierten, war ich längst in Sicherheit. Und mit mir dieses Teil.« Er streckte den linken Arm aus und balancierte auf der Handfläche den kleinen Batteriezylinder.

»Deine Begleiter sind dir schon um ein paar Minuten voraus«, fuhr Shamanov fort. »Ich weiß, dass ihr freiwillig meinen Anspruch auf die Herrschaft über diesen Planeten niemals anerkennen werdet. Also muss ich euch zwingen. Mit diesem Geschoss erhältst du einen Giftstoff, der in spätestens einer Woche tödlich wirken wird, falls ich dir nicht das Gegengift gebe. Das Gift wird dich zwingen, in meiner Nähe zu bleiben, anstatt davonzulaufen.«

Walik Kauk hörte ein halblautes »Plop« und fühlte einen stechenden

Schmerz in der rechten Schulter. Er wollte mit der linken Hand danach greifen, aber in der Bewegung versagten ihm die Muskeln den Dienst. Bewusstlos sank er in den Schnee.

Ein Erwachen war das nicht, höchstens ein Emporgeschwemmtwerden in Gefilde geringerer Benommenheit. Nur langsam fügten sich Walik Kauks durcheinander wirbelnde Gedächtnisbruchstücke zu einem Bild zusammen.

Er lag ... irgendwo, auf dem Rücken. Wenn er die Augen öffnete, sah er hoch über sich verschwommen eine gerippte Fläche – wahrscheinlich den Glasaufbau der Kabine des Hovercraft. Er versuchte, sich zu bewegen, aber es gelang ihm kaum. Bohrender Schmerz quälte ihn.

Trotzdem schaffte er es, sich auf den Ellenbogen in die Höhe zu stemmen. Mühsam sah er sich um. Unweit von ihm lag Bluff reglos auf dem Boden, das Gesicht nach unten. Und die massige Gestalt hinter dem Jungen musste Baldwin Tingmer sein. Augustus war nicht zu sehen.

Walik hörte ein nervöses Kichern. Er wollte sich zur Seite wälzen, aber es gelang ihm nicht.

»Gib dir keine Mühe«, sagte Shamanov. »Du schaffst es noch nicht. Die Droge hat mehrere Wirkungen.«

»Was hast du vor?«, fragte Walik Kauk mühsam.

»Ich erwarte den Besuch der Überirdischen!«

»Wer ist das?«

»Keine Ahnung. Ich sah ihr Fahrzeug vor wenigen Tagen, als es sich gewaltig und drohend über den Himmel bewegte ...«

»Also selbst darüber hast du uns belogen.«

Shamanov beachtete den Vorwurf nicht. »Ich brauche Geräte und Waffen«, fuhr er stockend fort. »Ich muss den Eindruck der Autorität vermitteln, sobald sie landen.«

»Hier?«

»Wir fahren nach Palatka.«

Den Namen kannte Walik Kauk. Palatka – das war eine der Hauptschaltstationen des Rechner- und Kontrollnetzes der Erde. Palatka lag in der Nähe von Magadan, einer alten Hafenstadt an der Nordküste des Ochotskischen Meeres. In Palatka würde Shamanov sich in der Tat mit allem versehen können, was er brauchte, um Autorität zu beweisen.

»Wie kommst du dorthin?«, fragte Kauk.

»Diese Frage zeugt nicht von Intelligenz«, belehrte ihn Shamanov. »Ihr werdet mir zeigen, wie das Fahrzeug zu bedienen ist.«

»Du hast uns tatsächlich eine tödliche Dosis Gift injiziert?«

»Das habe ich.«

»Aber du führst das Gegengift bei dir?«

»Ich habe es sicher aufbewahrt und werde es holen, bevor wir aufbrechen.«

»Du wirst uns das Gegengift geben, wenn wir nach Palatka kommen?«

»Natürlich.«

»Warum sind Baldwin und Bluff noch bewusstlos?«

»Vielleicht sind sie weniger widerstandsfähig als du. Sie werden bald zu sich kommen.«

»Wo ist Augustus?«

»Wer …?«

»Der Roboter.«

Chara Shamanov kicherte. »Ich weiß es nicht. Ich rief ihn, damit er mir hilft, euch an Bord zu bringen, aber er war nicht mehr da. Seine Spuren führen westwärts durch den Schnee. Ich habe keine Zeit, ihm nachzulaufen.«

Walik Kauk nahm sich vor, den verrückten Biophysiker im Gebrauch des Hovercraft so langsam wie möglich zu instruieren. Je länger sie bei dem zerstörten Labor blieben, desto eher konnte Augustus eingreifen.

4.

»Shamanov …«

»Was willst du?«

»Was hoffst du in Palatka wirklich zu finden?«

Walik Kauk redete, um den Wissenschaftler abzulenken. Aus den Augenwinkeln hatte er die Umrisse einer Gestalt entdeckt, die sich entlang des Hovercraft in Richtung Bug bewegte. Der tobende Schneesturm verzerrte alle Konturen, und Walik konnte Augustus nicht erkennen, doch wer sonst hätte draußen herumschleichen sollen?

»Palatka ist eine alte selbstständige Kontrollstation«, antwortete Chara Shamanov schleppend. »Von dort aus wurde einstmals der nordostasiatische Raum gesteuert.«

»Einstmals …?«

»Die Station wurde vor rund fünfzig Jahren stillgelegt, allerdings niemals ausgeschlachtet. Das heißt, es gibt dort noch bewaffnete Schutzroboter. Sie brauche ich …«

Die schemenhafte Gestalt hatte den Bug des Fahrzeugs erreicht und machte sich am Luk zu schaffen.

»Damit willst du wirklich dieser vermeintlich außerirdischen Macht imponieren?« Walik sah, wie das Luk zentimeterweise aufglitt. Sobald die Öffnung größer war, würde der eindringende kalte Wind Shamanov aufmerksam machen.

Von Baldwin Tingmers Koje erklang ein klägliches Wimmern.

»Was hat er?«, fragte Walik aufgeregt.

»Bauchschmerzen«, antwortete Shamanov geringschätzig. »Er verträgt die Droge nicht. Das wird sich ...«

Walik krümmte sich nun ebenfalls.

»Du auch?«, höhnte der Biophysiker. »Keine Sorge, du wirst das schon überleben. Dreh dich nicht noch weiter herum, sonst ...«

Unter Einsatz aller Kräfte hatte Walik Kauk sich an den Rand seiner Koje gezogen. Es sah aus, als würde er im nächsten Moment über den Rand hinweg zu Boden stürzen. Shamanov stand ungerührt daneben. Im selben Augenblick fauchte ein eisiger Windstoß in das Innere des Fahrzeugs.

»Was ist ...?« Shamanov fuhr herum.

Aber da war es schon zu spät. Augustus schnellte sich schier in die Kabine und riss den Mann von den Beinen.

Chara Shamanov schlug wütend um sich, aber der Griff des Roboters war eisern. Allmählich erlahmten seine Bewegungen, die Augen quollen aus ihren Höhlen hervor.

»Hör auf!«, befahl Walik Kauk dem Ka-zwo.

Augustus ließ von dem Wissenschaftler ab. Shamanov röchelte nur noch, während Walik sich endgültig von der Koje gleiten ließ und ihm die Waffe abnahm. Auch Baldwin und Bluff kamen wieder auf die Beine.

Walik richtete die Projektormündung des Thermostrahlers auf Shamanov. »Gib uns das Gegenmittel!«, herrschte er den Mann an. »Sofort! Her damit!«

Chara Shamanov massierte sich den Hals. Sein Gesicht wurde zur höhnischen Grimasse. »Du kannst mich erschießen – aber du kannst mich zu nichts zwingen!«, krächzte er.

»Ich will dich nicht erschießen.«

»Was dann ...?«Ein Unterton von Angst schwang plötzlich in Shamanovs Stimme mit.

Walik setzte sich auf den Rand einer der Kojen. Das Stehen fiel ihm wegen des injizierten Gifts noch schwer. »Wir werden sterben«, sagte er tonlos, »es sei denn, wir bekommen das Gegenmittel. Doch das erhalten wir nicht, wenn wir dich umbringen. Wenn wir dir aber ... Ich brauche dir die

Einzelheiten nicht zu schildern.« Ärgerlich schüttelte er den Kopf. »Auf jeden Fall wirst du langsam sterben.«

Shamanov war blass geworden. »Du verstehst mich nicht«, brachte er gepresst hervor. »Ich kann euch das Gegenmittel nicht geben. Ich habe es nicht.«

»Du lügst!«, schrie Tingmer unbeherrscht.

Shamanov schüttelte ängstlich den Kopf. »In Palatka gibt es Medo-Geräte, mit denen euch geholfen werden kann.«

»Du sagtest selbst, die Station sei seit langem stillgelegt!«

»Sie wurde im ursprünglichen Zustand erhalten. Ich kenne mich mit den Geräten aus und kann sie in Betrieb nehmen.«

»Diese Maschinen mögen vielleicht einsatzbereit sein, aber es gibt keine Energieversorgung mehr.«

»Palatka ist autark!« Shamanovs Stimme verriet, dass er den bulligen, zornigen Ingenieur fürchtete.

»Was bleibt uns jetzt noch?«, fragte Bluff Pollard.

»Wir fahren nach Palatka«, antwortete Kauk. »Sobald der Sturm nachlässt.«

Erst gegen Mittag des nächsten Tages konnten sie aufbrechen. Der Schneefall hatte nur unmerklich nachgelassen.

Chara Shamanov war gefesselt worden und wurde von Augustus bewacht.

Mühsam kämpfte sich das Fahrzeug durch die wirbelnden Schneemassen. Walik Kauk hatte Mühe, sich auf die Flugroute zu konzentrieren. Das Gift wirkte ermüdend. Mehrmals ertappte er sich in den ersten Stunden beim Träumen und erkannte ein Hindernis erst im letzten Augenblick.

Später hielt Walik auf die Eisfläche der Penshina Bay hinaus. Dort gab es zwar keine Hindernisse mehr, aber dafür fühlte er sich in dieser monotonen weißen Wüste entsetzlich verloren und hatte Mühe, dem Kompass zu vertrauen.

Als es dunkel wurde, erreichte das Fahrzeug die Küste nahe dem Südzipfel der Tajgonos-Halbinsel. Walik Kauk stoppte die Fahrt.

»Ich kann nicht mehr!«, sagte er, doch niemand antwortete ihm. Bluff Pollard und Baldwin Tingmer waren vor Erschöpfung eingeschlafen. Nur Shamanov war noch wach. Walik kümmerte sich nicht um den Biophysiker, er sank auf sein Lager und war Sekunden später eingeschlafen.

Am nächsten Morgen gab es keine Wolken mehr. Hell glänzten die Sterne einer fremden Galaxis, vielleicht sogar eines fremden Universums, in der Dämmerung. Walik Kauk war als Erster auf den Beinen und fühlte sich ein wenig kräftiger. Er brachte den Hovercraft erneut auf Kurs. Bis die Sonne aufging, hatte er die Tajgonos-Halbinsel bereits überquert und lenkte auf die glitzernde Eisfläche der Schelechowa Bay hinaus.

Bluff und Baldwin bereiteten ein karges Frühstück, von dem auch der Gefangene seinen Teil abbekam. »Obwohl er keinen Bissen verdiente«, wie Tingmer meinte.

Am Nachmittag stießen sie in der Gegend von Jamsk wieder auf Land. Von hier aus waren es nur noch knapp zweihundert Kilometer bis Palatka. Am Rand einer Bergkette entlang steuerte Kauk den Hovercraft nach Ostnordost. Es wurde bald wieder dunkel, aber schließlich blieben die Berge zurück, und voraus öffnete sich eine weite Ebene, deren Schneedecke das Licht der Sterne reflektierte.

Voraus entdeckte Walik Kauk bald darauf am Nachthorizont einen Fleck verwaschener Helligkeit. Das Leuchten wurde mit jeder Minute intensiver. Walik machte Baldwin darauf aufmerksam, und der studierte die großmaßstäbliche Karte.

»Wenn mich nicht alles täuscht, liegt der Fleck rund fünfzehn Kilometer nördlich von Palatka«, sagte Tingmer schließlich.

»Das ist die Kontrollstation!«, meldete sich Shamanov. »Ich habe doch gesagt, dass sie autark ist.«

Die Helligkeit nahm allmählich Konturen an. Sie bildete ein blauweiß leuchtendes Band, das sich dicht an den Boden schmiegte. Darüber erhob sich eine weniger kräftig leuchtende Kuppel, die nach Tingmers Schätzung eine Höhe von fast einem Kilometer erreichte.

»Der Narr hat Recht«, gab Baldwin schließlich missmutig zu. »Das ist die Kontrollstation Palatka! Der Himmel mag wissen, weshalb sie wieder aktiv ist.«

Walik Kauk landete den Hovercraft in einiger Distanz von dem leuchtenden Band. Erst bei Tageslicht würde er den Weg fortsetzen.

Zwei Tage waren vergangen, seit Shamanov ihnen das Gift injiziert hatte. Fünf Tage blieben ihnen noch zum Leben ...

Im Sonnenlicht war von der Kuppel über der Station nur noch ein ungewisses Flimmern wahrzunehmen. In einiger Entfernung flog der Hovercraft rings um das geheimnisvolle Gebilde, das in etwa Kreisform hatte und gut zehn Kilometer durchmaß. Die Wand, etwa acht Meter hoch, bestand ohne Zweifel aus reiner Energie.

Einzelheiten waren unschwer zu erkennen. Gebäude reihte sich an Gebäude, es gab keine Straßen, keine Fenster – überhaupt nichts, was den Bauwerken auch nur die Spur des Anscheins verliehen hätte, sie seien jemals von Menschen benutzt oder bewohnt worden. Das Ganze machte einen derart funktionell abstrakten Eindruck, dass es schon fremdartig und unmenschlich wirkte.

»Wie kommt man hinein?«, drängte Walik.

Sie umrundeten die leuchtende Ringmauer fast zweimal, bis sie den Eingang fanden. Er war durch einen winzigen hellroten Strich gekennzeichnet, der in das energetische Leuchten der Mauer eingebettet zu sein schien. Als Walik den Hovercraft darauf zusteuerte, konnte er schließlich eine kleine, metallisch graue Säule erkennen. Sie diente offensichtlich dazu, Besucher mit Kontrollmechanismen innerhalb der Riesenanlage zu verbinden.

Walik Kauk landete das Fahrzeug und verließ es zusammen mit Tingmer. Der Schnee bedeckte die Basis der Säule knapp einen Meter hoch. Baldwin Tingmer schaufelte mit bloßen Händen und legte eine rote Sensorfläche frei, die er schließlich berührte. Aus der Säule erklang eine täuschend menschliche Stimme: »Sie wünschen?«

»Wir sind krank«, antwortete Walik Kauk. »Wir brauchen die Hilfe eines Medo-Systems!«

»Nennen Sie Ihre Berechtigungsquote!«

Tingmer und Kauk blickten einander verblüfft an. »Ich kenne meine Berechtigungsquote nicht«, antwortete Walik Kauk schließlich.

»Diese Aufforderung wird viermal wiederholt. Bleibt eine zufrieden stellende Antwort aus, wird der Dialog nach der letzten Wiederholung abgebrochen.« Die Stimme, so menschlich sie zuerst geklungen hatte, sprach jetzt im Tonfall maschineller Unerbittlichkeit.

»... es gibt höchstens noch eine Hand voll Leute auf dieser Welt!«, protestierte Kauk. »Wir sind krank – ein tödliches Gift wird uns in wenigen Tagen umbringen! Deshalb brauchen wir dringend Hilfe!«

»Nennen Sie Ihre Berechtigungsquote!«

»Ich bin ein Mensch!«, schrie Walik voller Verzweiflung. »Ist das nicht Berechtigung genug?«

Aber die Maschine reagierte nicht darauf. »Nennen Sie Ihre Berechtigungsquote!«, wiederholte sie.

Chara Shamanov hatte sich schnell mit seiner Situation abgefunden. Das Leben hatte ihn gelehrt, Rückschläge zu meistern. Eine überirdische Macht hatte ihn dazu ausersehen, der Herr der Erde zu sein – einer nahezu entvölkerten Erde, aber doch immerhin ihr Herrscher. Schon deshalb kam ihm gar nicht in den Sinn, die Hände in den Schoß zu legen. Wie konnte er besser unter Beweis stellen, dass die Überirdischen den richtigen Mann gewählt hatten, als dadurch, dass er sich selbst befreite? Aus der Situation heraus würde sich ergeben, ob er Kauk, Tingmer oder Pollard zu schonen vermochte oder ob er auf seine Untertanen keine Rücksicht nehmen durfte.

Die Suche nach dem Medo-System würde die Männer derart beanspruchen, dass sich für ihn eine Gelegenheit zur Flucht ergeben musste. Auch der Ka-zwo würde beschäftigt sein, denn die Kontrollstation war nicht für den Aufenthalt von Menschen gedacht, und daraus ergab sich zwangsläufig, dass der Roboter bei der Suche eingesetzt werden musste.

Dass Kauk und Tingmer von ihrem ersten Versuch, die Kontrollstation zu betreten, erfolglos zurückkehrten, ärgerte Shamanov. Sein Plan war in Frage gestellt, wenn der positronische Pförtner sich weiterhin so störrisch verhielt.

Chara Shamanov entwickelte binnen kurzer Zeit einen Plan, den er für erfolgversprechend hielt. »Ich habe eine Idee«, sagte er und hatte im Nu die volle Aufmerksamkeit aller Anwesenden.

Begleitet von Augustus, verließen Walik Kauk und Chara Shamanov wenige Minuten später den Hovercraft und schritten durch den Schnee auf die Rufsäule zu.

»Ich kann mich an den Text der Asimovschen Gesetze nicht erinnern«, erklärte Walik. »Bringst du sie zusammen?«

»Es wird auf den genauen Wortlaut nicht ankommen«, sagte Shamanov. »Pfortenroboter sind gute Maschinen, erst recht bei einer Anlage dieser Größe. Sie besitzen eine leistungsfähige Kombinatorik. – Ist es nicht merkwürdig«, er kicherte, »dass wir einen Roboter als Begleiter haben und trotzdem den Text der Asimovschen Gesetze nicht erfragen können?«

»Kein Ka-zwo kannte jemals die Robotergesetze. Sie wurden nach anderen Grundsätzen programmiert.«

Wieder begann das Zeremoniell der Anmeldung. »Wir sind Menschen in Not«, sagte Shamanov. Ohne der Positronik Gelegenheit zur nächsten Frage zu lassen, fuhr er im selben Atemzug fort: »Nach den Grundgesetzen der Robotik bist du verpflichtet, Not leidenden Menschen zu helfen. Dieser Pflicht kannst du dich nicht entziehen!«

»Welches ist Ihre Berechtigungsquote?«

»Meine Berechtigungsquote ist die Not, die ich leide!«, erklärte Shamanov mit Nachdruck. »Meine Begleiter und ich sind krank und dem Tod ausgeliefert, wenn uns nicht geholfen wird. Du bist verpflichtet, uns Hilfe zu leisten. Wir brauchen ein Medo-System!«

»Die Asimovschen Gesetze bedürfen der jeweiligen Interpretation.«

Walik Kauk reagierte erregt. Immerhin war es dem verrückten Wissenschaftler gelungen, den Pfortenroboter von seiner Frageroutine abzubringen.

Aber schon der nächste Satz machte Waliks Hoffnungen wieder zunichte. »Das Wohl der Gesamtheit aller Menschen«, fuhr die Positronik fort, »geht über das Wohl einer kleinen Zahl von Individuen. Ich kann nicht gestatten, dass Sie die Station ohne eine entsprechende Berechtigungsquote betreten.«

Die Abweisung bedeutete den Tod. Das Medo-System der Kontrollstation war Walik Kauks einzige Hoffnung auf Rettung. Andere Stationen waren zu weit entfernt, zudem gab es keinen Grund für die Annahme, dass es leichter sei, sie zu betreten.

Enttäuscht wandte Walik sich ab. Das war der Moment, in dem Augustus zu singen anfing.

Der Vorgang war so unglaublich, dass Walik Kauk wenigstens für einige Sekunden seine Sorgen vergaß. Der Roboter gab eine Reihe melodischer Summtöne von sich, wie sie von positronischen Geräten zum akustischen Signalisieren verwendet wurden.

Die Rufsäule antwortete mit ähnlichen Tonfolgen. Zwischen ihr und dem Ka-zwo entwickelte sich eine Art Duett. Erst nach mehreren Minuten schwiegen beide.

Walik Kauk wandte sich von neuem an den Roboter. »Was war das?«, wollte er wissen.

»Die Frage ist unverständlich«, erwiderte Augustus.

»Was war das für ein Summen?«

»Ich verstehe nicht«, beharrte Augustus. »Dein Gedächtnis verzeichnet offensichtlich eine Fehlspeicherung.«

Walik erreichte auch nichts, als er weiter fragte. Für den Ka-zwo schien es den Vorgang nicht gegeben zu haben, als wäre sein positronisches Gehirn minutenlang blockiert gewesen.

Chara Shamanov reagierte kaum weniger niedergeschlagen als Kauk. Sie wandten sich um und gingen zu dem Hovercraft zurück, jedoch waren sie kaum zehn Schritte entfernt, da meldete sich die Rufsäule aufs Neue: »Die Gründe, die zur Ablehnung Ihres Wunsches führten, sind erneut analysiert und als nicht zutreffend befunden worden.«

Walik fuhr herum. »Soll das … heißen, dass wir die Station … betreten dürfen?«

»Der Zugang zur Kontrollstation Palatka steht Ihnen offen«, bestätigte die Säule.

Walik Kauk war fast davon überzeugt, dass Augustus' seltsames Verhalten mit der erstaunlichen Entwicklung zusammenhing. Aber Beweise dafür gab es noch nicht.

Mit Bluff und Baldwin schritt er auf die leuchtend rote Zone in der Energiewand zu. »Wie finden wir das Medo-System?«, wollte er von der Rufsäule wissen.

»Folgen Sie der Leuchtmarkierung mit der Wellenlänge sieben-null-zwo Nanometer. Diese Markierung führt zum Medo-Komplex!«

Baldwin Tingmer nickte. »Siebenhundertundzwei Nanometer, das ist im tiefroten Bereich«, erklärte er.

In der Energiemauer entstand eine mehrere Meter breite Lücke. Sie schritten hindurch und erreichten den Eingang eines lang gestreckten Gebäudes. Vor ihnen lag ein kahler Korridor. Eine seiner Lumineszenzplatten leuchtete in tiefem Rot.

»Das muss unser Wegweiser sein«, bemerkte der Ingenieur.

Walik und Baldwin gingen voraus, ihnen folgte der Roboter mit dem Gefangenen, den Schluss machte Bluff Pollard. Walik trug den Strahler, den er dem Ka-zwo abgenommen hatte, Bluff hatte einen Schocker aus dem Inventar der Laborstation an sich genommen. Hinter ihnen schloss sich der Eingang. Die Temperatur im Gebäude betrug etwa fünfzehn Grad – ein wohltuender Gegensatz zu der grimmigen Kälte draußen.

Es bestand kein Zweifel daran, dass sich Palatka voll in Betrieb befand. Stationen wie diese bildeten die zweithöchste Stufe des Kontrollsystems, das einst von NATHAN, der auf dem Mond stationierten Hyperinpotronik, geleitet worden war.

Nach etwa zweihundert Metern verzweigte sich der Korridor mehrfach. Das flache Gebäude war wohl ohne erkennbaren Bruch in ein anderes, größeres Bauwerk übergegangen, denn einige Abzweigungen führten ziemlich steil in die Höhe, gewunden und gewinkelt, nicht wie Gänge gebaut, durch die sich Menschen bewegen, sondern für den Verkehr seelenloser Maschinen eingerichtet.

Die rote Leuchtmarkierung wies zusammen mit anderen in einen mäßig ansteigenden Gang hinein. Erst nach gut einer halben Stunde erreichte die Gruppe einen kreisförmigen Raum. In der Mitte gähnte ein ebenfalls kreisförmiges Loch, ein einfacher Antigravschacht. Auf der gegenüberliegenden Seite führten zwei Gänge tiefer ins Innere der Anlage. Unangenehm war, dass die rote Markierung zum einen am Rand des Antigravschachts nach unten zeigte, sich aber auch in einen der gegenüberliegenden Gänge hinein fortsetzte.

»Baldwin – du prüfst den Korridor!«, bestimmte Walik. »Bluff und ich sehen uns den Schacht an. In spätestens dreißig Minuten treffen wir uns wieder hier. Augustus bleibt währenddessen zurück und behält Shamanov im Auge.«

Kauk und Pollard schwebten nach unten; Tingmer verschwand in dem Korridor. Chara Shamanov wartete, bis er keinen der drei mehr sehen konnte, dann wandte er sich an Augustus. »Du hattest Verbindung mit dem Kontrollorgan?«, fragte er.

»Ich habe ständig Kontakt mit dem Kontrollorgan.«, antwortete der Roboter, der sich seit Wochen einredete, das Netz der Knoten- und Lokalrechner aus der Zeit der Aphilie existiere noch.

»Du hattest Verbindung mit einem besonderen Kontrollorgan«, korrigierte Shamanov. »Draußen, als wir vor der Säule standen. Nur deshalb durften wir eintreten.«

»Das ist richtig«, antwortete der Ka-zwo. »Diese Verbindung war die einzige Möglichkeit, das Plankonzept zu realisieren.«

»Hast du in diesem Augenblick Verbindung mit dem Kontrollorgan?«

Augustus zögerte kaum merklich. Er hatte einmal Knoten- und Lokalrechner wahrgenommen, wo gar keine mehr waren, und dadurch war ein Denkmuster geschaffen worden, auf das er jetzt zurückgreifen konnte.

»Die Verbindung besteht auch in diesem Augenblick«, bestätigte er.

»Dann hörst du die Anweisung«, erklärte Shamanov mit solcher Bestimmtheit, als stehe er ebenfalls mit dem Kontrollorgan in Kontakt.

»Ich höre sie«, bekannte Augustus.

»Also zögere nicht!«, drängte Shamanov. »Geh an die Arbeit! Öffne den Kasten dort oben, sonst werden wir nie erfahren, welcher der Wege wirklich zum Medo-System führt.«

Augustus wusste jetzt, wie die Anweisung lautete, die das Kontrollorgan ihm zukommen ließ. Wie Chara Shamanov davon Kenntnis haben konnte, war für ihn uninteressant. Er entfernte die Abdeckung des Gerätekastens. Eine Serie von Steckplatten kam zum Vorschein.

»Entferne alle Steckplatten bis auf eine!«, rief Shamanov ungeduldig.

Die künstlichen Schwerefelder des Antigravschachts würden ausfallen, sobald der Ka-zwo den Befehl befolgte. Shamanov war dem Schicksal dankbar, dass es ihm die Entscheidung, ob er seinen Bewachern Schaden zufügen sollte oder nicht, so elegant aus der Hand genommen hatte. Ihm kam es nur darauf an, dass sie dort unten irgendwo stecken blieben und nicht mehr nach oben konnten. Falls sie sich in diesem Augenblick aber noch im Schacht befanden, würden sie abstürzen und zumindest schwer verletzt werden.

Mit einem Ruck holte Augustus sämtliche Steckkarten aus dem Kasten. Aus dem Schacht erklang ein flüchtiges Knistern und etwas wie ein erstickter Schrei aus der Tiefe. Danach war alles wieder ruhig.

Der Ka-zwo stand reglos und wusste nicht, was er als Nächstes zu tun hatte.

»Du hörst den Befehl!«, sagte Chara Shamanov. »Wirf die Karten in den Schacht, die Abdeckung ebenso!«

Augustus gehorchte. Chara hörte, dass die Gegenstände erst nach Sekunden aufschlugen. Der Schacht war also ziemlich tief.

»Damit steht fest, dass der richtige Weg geradeaus und nicht in die Tiefe führt«, erklärte der Biophysiker.

Augustus wollte sich in Bewegung setzen, aber Shamanov hielt ihn zurück. »Wir müssen auf Tingmer warten! Er wird in wenigen Minuten zurückkehren.«

Gehorsam verharrte der Ka-zwo. Chara postierte sich neben den Roboter, damit Tingmer nicht vorzeitig Verdacht schöpfte. Dem Wissenschaftler war klar, dass der bisherige Erfolg nichts wert war, wenn nur einer seiner Verfolger handlungsfähig blieb. Auch Tingmer musste unschädlich gemacht werden. Erst dann war er frei.

Während er wartete, glaubte er, ein feines Geräusch zu hören – fast wie das Kichern einer menschlichen Stimme. Er sah sich um; aber da war nichts. Da sich das Geräusch nicht wiederholte, vergaß er den Vorfall rasch.

Noch vor Ablauf der halben Stunde näherten sich Schritte. Chara Shamanov musterte den Roboter. Sobald er Tingmer angriff, ging er ein gewisses Risiko ein, weil er nicht wusste, wie es um Augustus' Loyalität bestellt war.

Baldwin Tingmer erschien wieder. »Ich glaube, hier geht es weiter!«, rief er schon von weitem. »Sind Walik und Bluff zurück?«

»Bislang noch nicht«, antwortete Shamanov.

Tingmer trat aus der Gangmündung hervor. Er sah sich um. Sekunden später bemerkte er, dass die Leuchtmarkierung am Schachtrand erloschen war. Chara sah ihn zusammenzucken. Noch ahnte der Mann die Zusammenhänge nicht ... aber der Moment des Handelns war gekommen. Shamanov schnellte vorwärts, und Tingmer, der auf diesen Angriff nicht gefasst war, verlor das Gleichgewicht. Mit den Armen rudernd, versuchte er, sein Gleichgewicht zu halten, aber die Wucht des Aufpralls war zu groß gewesen. Er taumelte über den Rand des Antigravschachts hinweg und stürzte mit einem schrillen Schrei in die Tiefe.

Ein oder zwei Sekunden lang hörte Shamanov den Körper des Ingenieurs an der Schachtwand entlangstreifen, dann erstarb jedes Geräusch. Er erwartete, auch den Aufprall zu vernehmen, doch in dem Moment fragte Augustus: »Ist die Anweisung des Kontrollorgans dahin gehend zu interpretieren, dass wir uns nun weiter auf die Medostation zubewegen?«

Shamanov unterdrückte eine Verwünschung. Er konnte nun nicht sicher sein, ob Tingmer tatsächlich mit zerschmetterten Knochen auf der Schachtsohle lag. Womöglich hatte der Mann sich irgendwo abgefangen.

»Die Anweisung ist in der Tat so zu verstehen«, antwortete er dem Kazwo misslaunig. »Wir brechen sofort auf!«

Es fiel Shamanov nicht sonderlich schwer, den Roboter davon zu überzeugen, dass von nun an nicht mehr die Medostation ihr Ziel war. Vorsichtig formulierte er die Umdisposition.

»Du hältst nach wie vor Verbindung mit dem Kontrollorgan?«

»So ist es.«

»Dann kennst du die Anweisung, dass wir uns in Richtung eines Vorratslagers bewegen sollen?«

»Ich kenne sie.«

»Also dürfen wir uns nicht mehr nach den roten Markierungen richten.«

»Das ist richtig interpretiert.«

Shamanov wusste einiges über die Anlage, zum Beispiel, dass die Ersatzteillager sich im Ostsektor befanden. Da er mit seinen Bewachern von Süden her gekommen war und seitdem nördlichen Kurs eingehalten hatte, wurde es Zeit, dass er sich bei nächster Gelegenheit nach rechts wandte.

In der Hauptsache ging es ihm um Waffen, nur durfte er nicht hoffen, in der Station handgerechte Thermostrahler oder Desintegratoren zu finden. Was hier lagerte, war als Ersatz für die Ausrüstung der Kampfroboter gedacht, die einst diese Anlage bewacht hatten – Halbfertiggeräte, die der Installation bedurften, bevor sie eingesetzt werden konnten. Aber Shamanov würde eine Möglichkeit finden, die Waffen zu installieren und anzuschließen.

In Gedanken versunken, wusste er schon nicht mehr zu sagen, wie viele Stunden seit Beginn der Suche verstrichen waren, als er endlich auf einen großen Lagerraum stieß. Schon kurz darauf entdeckte er Lagerbehälter, die mittelschwere bis schwere automatische Waffen für den Einbau in Kampfrobotern enthielten.

»Davon sollen wir aufladen, soviel wir können!«

Augustus verschwand fast unter der Last, die Chara ihm aufbürdete. Anschließend musste er sich von Shamanov dirigieren lassen, als sie den Rückweg antraten.

Sie gelangten in die Halle zurück, in der Shamanov sich seiner Bewacher entledigt hatte. Von hier aus folgten sie der roten Markierung und erreichten mühelos den Ausgang. Der Wissenschaftler fragte sich noch, ob die Tür sich freiwillig öffnen würde. Aber als er sich ihr bis auf drei Schritte genähert hatte, glitt sie ohne sein Zutun beiseite, und Shamanov gelangte endgültig zu der Überzeugung, dass heute sein Glückstag sei.

Die breite Öffnung in der Energiewand existierte nach wie vor. Chara Shamanov schritt hindurch. Plötzlich stocke das Blut in seinen Adern.

Er starrte hinüber, wo die tief in den Schnee gefräste Spur des Hovercraft endete. Das Fahrzeug war verschwunden …

5.

Unter sich konnte Walik Kauk schon die Sohle des Antigravschachts erkennen. Urplötzlich huschten die Wände an ihm vorbei, und über ihm stieß Bluff einen halb erstickten Schrei aus.

»Wir stürzen ab …!«

Wenige Meter nur, dennoch prallte Walik heftig auf den Boden. Mit dem Kopf krachte er gegen die Schachtwand und verlor das Bewusstsein.

Als er wieder zu sich kam, erinnerte er sich zunächst an nichts. Sein Körper schmerzte, und er fühlte sich elend und matt. Trotzdem schaffte er es, sich zu erheben.

Der Schacht war noch erleuchtet. Bluff Pollard wimmerte leise; Walik kniete nieder und kümmerte sich um den Jungen. Eine riesige Beule zierte Bluffs Stirn, und über die linke Wange zog sich ein blutiger Riss. Ansonsten wirkte er zumindest äußerlich unverletzt.

Am Rand der Schachtsohle lagen mehrere kleine, rechteckige Gebilde. Walik Kauk verstand nicht viel von Technik, dennoch glaubte er, dass es sich um Steckkarten handelte, wie sie in Rechnern und Kontrollgeräten verwendet wurden.

Er blickte in die Höhe. Etwa drei Meter über der Schachtsohle befand sich die Einmündung eines Korridors. Allein hatte Walik keine Chance, da hinaufzugelangen, aber sobald Bluff wieder zu sich kam, war das eine andere Sache. Einer konnte auf des anderen Schultern steigen und die Gangmündung erreichen. Und irgendwo würde sich etwas finden – ein Stück Tau oder gar eine Leiter –, mit dem auch der Zweite wieder nach oben gelangen konnte.

Das war dringend. Denn jede Stunde, die ungenutzt verstrich, verringerte ihre Überlebenschancen.

Der Angstschrei blieb Baldwin Tingmer in der Kehle stecken, als eine unsichtbare Kraft nach ihm griff und den tödlichen Sturz bremste. Nur noch langsam sank er abwärts.

An der Einmündung eines Stollens endete die sanfte Abwärtsbewegung sogar. Baldwin wurde in den hell erleuchteten Stollen hineingeschoben und stand gleich darauf wieder auf eigenen Beinen.

Vom Schachtrand aus blickte er in der Röhre noch einmal nach oben. Die Mündung lag mindestens zehn bis zwölf Meter über ihm. Völlige Stille herrschte. Baldwin streckte den Arm in den Schacht und spürte sein Gewicht. Das schwerelose Feld existierte also nicht mehr.

Er zweifelte nicht daran, dass Shamanov dafür verantwortlich war. Irgendwie war es dem geisteskranken Biophysiker gelungen, den Ka-zwo auf seine Seite zu bringen ... denn Augustus hatte zweifellos den Befehl missachtet, den Gefangenen keine verdächtige Bewegung machen zu lassen.

Es gab eine Überlegung, die Baldwin seine Lage nicht für katastrophal ernst halten ließ: *Er war nicht allein.* Die geheimnisvolle Kraft, die seinen Sturz aufgefangen und ihn in diesem Gang abgesetzt hatte, handelte ohne Zweifel überlegt und zielbewusst. Und vor allem: Hätte sie ihn vor dem Absturz bewahrt, wenn sie nicht beabsichtigte, sich auch weiterhin um ihn zu kümmern?

Ermutigt machte er sich daran, seine neue Umgebung zu erforschen.

Eine Zeit lang stand Chara Shamanov starr vor Schreck. Er sah die Spuren des Hovercraft im Schnee. Mehrere Male war das Luftkissenfahrzeug an der leuchtenden Energiemauer entlanggefahren, bevor der Pilot es etliche Meter vor der Rufsäule aufgesetzt hatte.

Shamanov fand den tiefen Abdruck, den die Landung hinterlassen hatte, aber keinen Hinweis darauf, auf welchem Weg das Fahrzeug danach verschwunden sein konnte.

Obwohl zumindest Kauk, Tingmer und Pollard ihm nicht zuvorgekommen sein konnten, war es ihm nun unmöglich geworden, nach Kamenskoje zurückzukehren.

Andererseits musste eine Kontrollstation wie die von Palatka, obwohl sie nur von Robotern bemannt gewesen war, über Fahrzeuge verfügen. Also würde er sich ein zweites Mal auf die Suche machen. Shamanov blickte zu der schimmernden Energiewand hinüber und vergewisserte sich, dass die Öffnung nach wie vor existierte. Er überlegte, was mit den Waffen zu tun sei, die er dem Ka-zwo aufgebürdet hatte, und erteilte schließlich dem Roboter den Befehl, sie im Schnee zu vergraben, und zwar so, dass die Stelle, an der sie lagen, nur von einem Eingeweihten gefunden werden konnte.

»Du hörst ebenfalls die neuen Anweisungen des Kontrollorgans«, stellte Chara Shamanov dann fest. »Wir sollen also nach einem Fahrzeug Ausschau halten.«

Sie gingen auf die Öffnung in der Energiewand zu. Als sie die Rufsäule passierten, blieb Augustus stehen.

»Komm weiter!«, herrschte Shamanov ihn an.

Aber der Roboter reagierte nicht. Starr, mit in die Ferne gerichtetem Blick stand er da; und Chara hörte, dass der Ka-zwo und die Rufsäule eine melodische Unterhaltung führten. Zwar rief Shamanov energisch dazwischen, aber es war, als nehme der Ka-zwo seine Anwesenheit überhaupt nicht mehr wahr.

Erst nach einigen Minuten verstummten die Summtöne, und Augustus' weltentrückter Blick normalisierte sich.

»Was war das?«, wollte Shamanov wissen.

»Die Frage ist unzureichend formuliert«, erwiderte der Ka-zwo.

Da wusste der Biophysiker, dass er ebenso wenig eine Antwort erhalten würde wie Walik Kauk vor ihm.

Wortlos durchschritt er neben dem Roboter die Öffnung in der Energiewand und wartete, bis der Zugang in das niedrige Gebäude offen stand. Als er weitergehen wollte, hörte Shamanov das leise Kichern zum zweiten Mal. Wieder wirbelte er herum, weil er den Urheber entdecken wollte.

Aber hinter ihm – dort, woher das Kichern gekommen war – lagen nur die schimmernde Energiewand mit ihrer Öffnung und jenseits die schneebedeckte Ebene mit den Spuren des Hovercraft.

»Hast du etwas gehört?«, wandte er sich an den Roboter.

»Ich höre ständig die üblichen Hintergrundgeräusche, Bruder«, antwortete Augustus würdevoll. »Bezog sich deine Frage darauf?«

»Nein. Da war ein leises Kichern.«

Augustus schüttelte in menschlicher Manier den Kopf.

Chara trat durch die offene Tür. Er hatte einen Teil seiner Zuversicht verloren. Weder für den verschwundenen Hovercraft noch für das geheimnisvolle Kichern hatte er eine Erklärung.

Kulliak Jon war mit der Entwicklung der Dinge zufrieden. Nach Jahrzehnten der Einsamkeit gab es endlich wieder Abwechslung. Er hatte seinen Spaß, vernachlässigte aber dennoch seine Aufgabe nicht, die Kontrollstation vor Beschädigung und Benutzung durch Unbefugte zu schützen.

Kulliak war ständig mit dem Zentralrechner verbunden. Dieser überwachte alle Räume der Anlage. Kulliak Jon konnte also jederzeit erfahren, wo und wann sich etwas Absonderliches zugetragen hatte. Die Verbindung war außerdem so eingerichtet, dass der Zentralrechner Kulliak informierte, sobald Ungewöhnliches geschah.

Deshalb hatte er von den vier Männern und dem Roboter erfahren, die sich in der Station zu schaffen machten. Kulliak verstand nicht, auf welche Weise diese Personen überhaupt in die Station hatten gelangen können. Auch der Zentralrechner wusste dazu nichts zu sagen, obwohl es seine Aufgabe war, die Berechtigung aller Einlass Suchenden zu prüfen und zu verifizieren. Der Zentralrechner wusste lediglich, dass keiner der vier Männer – und schon gar nicht der Roboter – eine ausreichende Berechtigungsquote besaß. Trotzdem waren sie da. Kulliak war nicht sicher, was er davon zu halten hatte.

Die vier Männer lebten nicht in Eintracht. Einer von ihnen war in einen abgeschalteten Antigravschacht gestoßen worden. Anstatt abzustürzen und sich das Genick zu brechen, war er – so berichtete der Zentralrechner – sanft und ohne Schaden zu nehmen bis zum ersten Querstollen geschwebt.

Kulliak Jon konnte sich das nicht erklären. Es erschien ihm undenkbar, dass es nach vierzig Jahren in dieser Station noch etwas geben könne, wovon er nichts wusste. Und dennoch war es offenbar so.

Irgendjemand hatte die Fremden eingelassen.

Irgendjemand hatte den Mann vor dem tödlichen Sturz bewahrt.

Irgendjemand machte sich in der Kontrollstation Palatka zu schaffen, ohne dass Kulliak Jon jemals von seiner Existenz erfahren hätte …

Bluff Pollard kam endlich wieder zu sich. Mit einem halblauten Gurgeln fuhr er hoch und starrte wild um sich. »Wir stürzen …!«, schrie er.

Walik Kauk fasste ihn bei den Schultern und drückte ihn sanft auf den Boden zurück. »Wir sind gestürzt«, verbesserte er. »Wie fühlst du dich?«

»Miserabel!« Der Junge ächzte.

Walik fuhr ihm vorsichtig durch das wirre rote Haar. Er fühlte eine verkrustete Stelle. Bluff zuckte zusammen.

»Platzwunde«, lautete Waliks Diagnose. »Hast du Kopfschmerzen?«

Der Junge nickte.

»Verständlich. Übelkeit?«

»Nein.«

»Vielleicht kommst du ohne Gehirnerschütterung davon.«

»Was war eigentlich los?«, wollte Bluff wissen.

»Auf den letzten sechs oder sieben Metern fiel das künstliche Schwerefeld aus. Ein Wunder, dass wir uns nichts gebrochen haben.«

»Zufall …?«

Walik Kauk schüttelte den Kopf. »Ich glaube nicht.«

»Shamanov?«

»Er muss Augustus wieder beschwatzt haben, und das scheint ihm sogar ziemlich leicht gefallen zu sein. Du weißt, wie man den Ka-zwo dazu bringt, etwas zu tun, was er eigentlich nicht tun will …«

»Man behauptet, der Lokalrechner hätte eine entsprechende Anweisung ausgegeben.«

»Shamanov muss dahinter gekommen sein.«

»Woher weißt du das alles? Ich meine … wieso kann es kein Zufall sein?«

Walik Kauk hob die Steckplatten hoch. »Ich fand das hier unten. Ich bin sicher, dass es uns nachgeworfen wurde. Wahrscheinlich stammen die Platten aus einem Kontrollmechanismus, der für den Antigravschacht verantwortlich ist.«

Bluff stand vorsichtig auf und blickte in die Höhe. »Was jetzt?«

»Wir suchen weiter nach der Medostation.«

Sie einigten sich darauf, dass Walik Kauk als Erster den Schacht verlassen sollte, weil er besser bei Kräften war als der Junge. Bluff stellte sich mit dem Rücken an die Schachtwand und verschränkte die Hände vor dem Leib zu einer Stufe, über die Walik auf seine Schultern stieg. Anschließend gelangte der Mann mühelos nach oben.

»Hab Geduld!«, rief er dem Jungen zu. »Ich bin zurück, sobald ich kann!« Dann eilte er davon.

Der Gang folgte einer lang gestreckten Krümmung und verlief anschließend etwa einhundert Meter weit geradlinig, bevor er sich in einen weiten, dreieckigen Raum öffnete. Eine unüberschaubare Vielzahl technischen Geräts stand hier.

Walik sah sich nicht lange um. Er ergriff die erstbeste Metallstange, die ihm zwischen die Finger kam, und eilte zurück. Als er den Schacht wieder erreichte, waren fast zwei Stunden vergangen. Aber Bluff beschwerte sich nicht. Mit Hilfe der Stange kletterte er zu Walik empor.

»Immer der Nase nach, Junge.« Walik Kauk deutete in den Gang hinein.

Nach fünf Stunden erfolglosen Umherirrens war von Baldwin Tingmers Zuversicht nicht mehr allzu viel übrig. Seine Umgebung hatte sich stetig verändert, aber nirgendwo hatte er eine rote Leuchtmarkierung der Art gefunden, die zur Medostation wies.

Er war müde und hungrig, und irgendwann würde er Halt machen müssen. Dann aber blieben kaum mehr vier Tage, um das Medo-System zu finden und sich behandeln zu lassen. Die Zeit wurde knapp.

Als ehemaliger Ingenieur wusste Tingmer mehr als Walik Kauk oder Bluff Pollard über die Struktur der Kontrollstationen vom Typ der Palatka-Station. Sie waren unmittelbare Untergebene des Großrechners NATHAN und erhielten von diesem Aufgaben übertragen, die sie jeweils für ein Gebiet, eine Region, einen Bezirk ausübten. NATHAN ließ seinen Untergebenen ziemlich viel Spielraum. Den Kontrollstationen wurden in der Mehrzahl der Fälle nur die zu erreichenden Ziele genannt – zum Beispiel der reibungslose Ablauf des Oberflächenverkehrs, die Versorgung der Bevölkerung und der Industrie mit Energie. Wie sie diese Ziele jedoch erreichten, blieb den Kontrollstationen überlassen. Sie waren demnach weitgehend autark. NATHAN behielt sich zwar die Möglichkeit eines Direkteingriffs vor, aber soweit Baldwin wusste, hatte es in den vergangenen Jahrhunderten höchstens fünf solcher Eingriffe gegeben.

Eine der Aufgaben der Kontrollstationen war die medizinische Betreuung der Bevölkerung. Jeweils eine Sektion war allein dem vorbehalten. Das Medo-System hatte nicht unmittelbar mit Menschen zu tun – wie überhaupt der Anblick eines Terraners im Innern einer Kontrollstation eine Seltenheit war. Vielmehr lieferten die Rechner die von den in der Region ansässigen Ärzten und sonstigen medizinischen Versorgungseinrichtungen angeforderten Daten, schlugen Heilmethoden vor, erstellten Diagnosen und was es dergleichen sonst noch zu tun gab.

Das Medo-System an sich war also nicht für die unmittelbare Untersuchung und Behandlung von Kranken eingerichtet. Wer sich hier behandeln lassen wollte, der musste zunächst eine Reihe von Umbauten vornehmen, die medizinischen und technischen Sachverstand erforderten.

Weder Baldwin Tingmer noch Walik Kauk – von Bluff Pollard schon gar nicht zu reden – besaßen derartigen Sachverstand. Als der Pförtner ihnen den Zutritt erlaubt hatte, da war es Baldwins Hoffnung gewesen, dass entweder Shamanov oder der Zentralrechner, vielleicht sogar beide, das Medo-System so manipulieren würden, dass es ihnen helfen konnte.

Doch mittlerweile hatte Shamanov sich aus dem Staub gemacht. Und ob es Baldwin gelingen würde, den Zentralrechner zur Kooperation zu veranlassen, war zumindest fraglich.

Die Lage war also alles andere als hoffnungsvoll. Baldwin fragte sich, ob er seine Rettung vor dem Absturz im Antigravschacht wirklich dem zielbewussten Wollen einer fremden Kraft zuschreiben durfte. Vielleicht war alles nur Zufall gewesen.

Er gelangte auf einen kreisrunden Platz mit kuppelförmiger Decke, auf den ein gutes Dutzend weiterer Korridore mündete. Jeder dieser Übergänge war mit einer Leuchtmarkierung versehen. Der Weg, dem Baldwin während der letzten Stunde gefolgt war, trug eine tiefgrüne Markierung.

Vierzehn Gänge waren gleichmäßig über die Rundwand verteilt, aber es gab eine Ausnahme: Auf der gegenüberliegenden Seite des Raumes lagen zwei weiter voneinander entfernte Öffnungen. Die rechte war hell gelbgrün markiert, die zur Linken dunkel türkisfarben.

Baldwin Tingmer blickte am Rund entlang und stellte fest, dass die Farben nach Wellenlängen geordnet waren. Von ihm aus gesehen nach rechts wurden die Wellenlängen größer – bis hin zu jener hellen gelbgrünen Markierung ihm gegenüber. Nach links nahmen die Wellenlängen ab.

Baldwin schloss daraus – und war sich dabei im Klaren, dass es sich um eine gewagte Vermutung handelte –, dass die Roboter dieser Station bei der Auswahl der optischen Frequenzen für die Wegmarkierungen nicht wahllos vorgegangen waren. Es gab eine Ordnung, und sie entsprach der Reihenfolge der Wellenlänge. Ein Ort, zu dem eine gelbe Wegmarkierung führte, lag einem Ort mit grüner Markierung näher als einem solchen mit blauer.

Da rote Markierungen in Richtung des Medo-Systems führten, war es für Baldwin Tingmer logisch, sich in Richtung der größten Wellenlängen zu wenden. Er betrat also den rechten der beiden Gänge, die ihm gegenüberlagen, denjenigen mit der gelbgrünen Markierung.

Trotzdem vergingen noch Stunden, bis es an der Richtigkeit seiner Theorie keinen Zweifel mehr gab. Wann immer er an eine Gangkreuzung kam, folgte er von dort aus dem Gang mit der Markierung der größten Wellenlänge. Schließlich gelangte er wiederum in einen großen Rundraum. Zuletzt war er einer Markierung in kräftigem Orange gefolgt. Diese Farbe gehörte zu den kürzesten hier vertretenen Wellenlängen. Die längste war ein kräftiges, tiefes Rot.

Baldwin Tingmer spürte neue Hoffnung. Eine halbe Stunde später gelangte er in eine riesige Halle, die wie der obere Teil eines Trichters geformt war und mehr technisches Gerät enthielt, als er jemals an einem Ort gesehen hatte. Er selbst befand sich auf dem Boden des Trichters. Ringsum strebten die Wände, nach außen geneigt, in die Höhe. In regelmäßigen Abständen gab es Absätze, die wie Ringe rings an den Wänden entlangliefen – umso breiter, je höher sie über dem Boden lagen. Und auf den Absätzen standen mehr Maschinen, und die Luft war erfüllt von einem steten Summen und Brausen, das verriet, dass alles betriebsbereit war.

Hoch oben, im Zenit des Raumes, leuchteten starke Sonnenlampen. Sie bildeten einen Kreis, in dessen Zentrum eine Leuchtplatte in tiefem Glutrot strahlte. Baldwin Tingmer zweifelte nicht daran, dass er die Medostation erreicht hatte.

Chara Shamanov war einigermaßen sicher, dass Fahrzeuge in demselben Bereich zu finden sein mussten wie die Waffen, in jenem Sektor nämlich, der den Lagerräumen vorbehalten war. Er schlug daher von neuem die Richtung ein, die er schon einmal mit Erfolg genommen hatte, und folgte den Leuchtzeichen in Türkis bis Lichtblau.

Augustus stieß eine Reihe hastiger Summtöne aus. Chara fuhr herum. »Was ist los mit dir?«, fragte er nervös.

Der Ka-zwo summte sekundenlang vor sich hin. Dann wandte er sich dem Biophysiker zu. »Der Zentralrechner gibt an, meine drei früheren Begleiter seien auf dem Weg zur Medostation.«

Shamanov erstarrte. Über Kauks und Pollards Schicksal hatte er nur Vermutungen anstellen können. Aber von Tingmer war er sicher gewesen, dass er sich in dem Schacht den Hals gebrochen hatte. Und jetzt waren alle drei, also auch Tingmer, auf dem Weg zum Medo-System? »Du hast gar keine Verbindung mit dem Zentralrechner«, warf er dem Roboter vor.

»Negativ«, antwortete Augustus. »Die Verbindung besteht.«

Chara Shamanov schaute den Ka-zwo an, als erwarte er von ihm guten Rat. Und in der Tat hatte der Roboter einen Vorschlag.

»Aufgrund der vorangegangenen Feindseligkeiten sind bei einer Begegnung große Schwierigkeiten zu erwarten«, erklärte er. »Vorbeugende Gegenmaßnahmen erhöhen die Sicherheit.«

»Was für Gegenmaßnahmen sollen das sein?«

»Der Ort des Zusammentreffens muss nach den Gesichtspunkten eines waffenlosen Kampfes ausgewählt werden!«

Fassungslos starrte Chara den Roboter an. »Du redest, als hättest du eine bestimmte Idee. Lass hören!«

»Ein passendes Gelände ist die Medostation«, sagte Augustus.
»Woher weißt du das?«
»Aus den Daten des Zentralrechners.«
Chara zögerte. Er wusste nicht, ob er dem Ka-zwo wirklich vertrauen durfte. »Kannst du mich zur Medostation führen?«, fragte er.
»Ja«, antwortete Augustus.
Von nun an ging der Roboter voraus. Die Farbmarkierungen, nach denen er sich richtete, wechselten über Grün, Gelb und Orange nach Rot. Shamanov verstand das System endlich ebenfalls.
Eine weitere Stunde verging, dann mündete der letzte Korridor auf eine Art Plattform mit fremdartigen Aggregaten. In der Höhe leuchteten kräftige Sonnenlampen, die eine Leuchtplatte von tiefroter Farbe umschlossen. Interessiert schritt Shamanov zwischen den Aggregaten hindurch.
»Vorsicht!«, warnte der Roboter.
Die Plattform endete abrupt und ohne jede sichernde Absperrung. Der Raum hatte insgesamt die Form eines Trichters, und diese und andere Plattformen zogen sich in regelmäßigen Abständen an den Wänden entlang. Chara Shamanov stand etwa achtzig Meter über dem tiefsten Punkt des Trichters.
In der Tiefe zeichnete sich eine Bewegung ab. Shamanov legte sich auf den Boden und rutschte bäuchlings bis an den Rand der Plattform heran, um besser sehen zu können.
Ein Mann hatte soeben die Halle betreten. Wegen der Entfernung waren Einzelheiten nicht zu erkennen, aber der bulligen Gestalt nach zu urteilen, musste es Baldwin Tingmer sein.
Der Wissenschaftler verstand endlich, warum der Ka-zwo ihn an diesen Platz geführt hatte. Er war waffenlos, doch hier standen schwere Aggregate, die er mit Augustus' Hilfe bis an den Rand der Plattform schleppen und hinunterstoßen konnte. Die Form der Halle machte sorgfältiges Zielen unnötig. Was in die Tiefe stürzte, würde auf der kleinen Bodenfläche aufschlagen.
Shamanov schob sich zurück und erhob sich. »Machen wir uns an die Arbeit!«, drängte er.
Der Roboter wandte sich einem Aggregat zu, das nicht weit vom Rand der Plattform entfernt stand, und löste es aus seiner Halterung. In diesem Augenblick hörte Chara Shamanov das leise Kichern zum dritten Mal. Eine dünne, silberhelle Stimme stieß es aus, fast die Stimme eines Kindes. Chara sah sich um. »Wer lacht da?«, schrie er wütend.
Doch eine Antwort blieb aus.

Kulliak Jon amüsierte sich umso mehr, je länger die Angelegenheit dauerte. Über das Sensorsystem des Zentralrechners verfolgte er die Aktivitäten des Fremden, und aus der Unterhaltung des hoch aufgeschossenen Jungen mit den roten Haaren und des stämmig gebauten Mannes namens Walik erfuhr er einiges von den Zusammenhängen, die das Verhältnis der Männer untereinander bestimmten.

Er war beeindruckt von der Schläue des Bulligen mit den dunklen Haaren, der sich so leicht seiner Widersacher hatte entledigen können und dem Roboter ein ums andere Mal vorspiegelte, dass er auf Geheiß einer Autorität, wie er das Kontrollorgan nannte, handele. Allerdings wirkte der Roboter programmgestört. Womöglich hatte er nur deshalb überleben können. Soweit Kulliak informiert war, hatte die Katastrophe auch die Produkte der aphilischen Robotik zerstört.

Einen vorläufigen Höhepunkt hatte Kulliak Jons Amüsement erreicht, als der Bullige mit dem Roboter die Station verließ und entdeckte, dass sein Fahrzeug verschwunden war. Mit Hilfe der Sensoren in der Rufsäule hatte Kulliak ihn beobachten können. Er hatte nie zuvor einen Menschen derart entsetzt und niedergeschlagen gesehen.

Nach über vierzig Jahren der totalen Einsamkeit tat es ihm gut, an einem solchen Schauspiel teilzunehmen, bei dem er nicht nur beobachten, sondern je nach Wunsch direkt in die Handlung eingreifen konnte. Dann aber hatten sich wiederum einige geheimnisvolle Dinge ereignet, die Kulliak beunruhigten, weil sie sogar für ihn unerklärlich waren. Zunächst hatte der Roboter mit der Säule akustische Signale ausgetauscht – und wieder wusste der Zentralrechner nichts von dem Vorgang. Der Signalaustausch schien dem Roboter einen Teil seiner verlorenen künstlichen Intelligenz wiedergegeben und eine gewisse Kenntnis der Kontrollstation vermittelt zu haben. Diese Informationen brachte er in dem Augenblick zum Einsatz, in dem er – nach eigener Aussage – vom Zentralrechner der Station davon erfuhr, dass die drei Männer sich aus ihrer Notlage befreit hatten.

Als der Ka-zwo das erste Aggregat an die Kante der Plattform rückte, war Kulliak Jon in unmittelbarer Nähe, und als er daran dachte, was für ein Gesicht der Bullige machen würde, wenn sein Plan im entscheidenden Augenblick scheiterte, musste er lachen. Dennoch geriet er keine Sekunde lang in Gefahr, entdeckt zu werden.

Danach wandte er sich den anderen Mitgliedern der Gruppe zu. Auf den Einzelgänger musste er trotzdem ein Auge haben, denn der Bullige konnte jederzeit durchdrehen und ihn mit den schweren Aggregaten bewerfen, ohne die Ankunft der beiden anderen abzuwarten.

Diese beiden fand Kulliak Jon nach einiger Suche noch weit von der

Medostation entfernt. Sie befanden sich in heller Aufregung, und als Kulliak vernahm, was sie einander zu sagen hatten, wurde auch er sofort hellhörig ...

Nach gut einer Stunde erreichten Walik Kauk und der Junge den Raum, aus dem Walik die Metallstange geholt hatte. Walik blieb wie angewurzelt stehen.

»Was ist los?«, fragte Bluff verwundert. »Weshalb gehst du nicht weiter?«

»Die Maschinen ...«, ächzte Walik.

»Was für Maschinen?«

»Sie waren hier!« Kauk machte eine hilflose Geste. »Der ganze Raum war voll!«

»Jetzt ist er jedenfalls leer«, stellte Pollard fest. »Bist du sicher, dass es dieser Raum war?«

»Ganz sicher!«

Vergeblich suchten sie nach Spuren. Aber die Räume im Innern der alten Kontrollstation waren so makellos sauber, dass es nicht einmal die dünnste Staubschicht gab, in der ein Gegenstand einen Abdruck hätte hinterlassen können.

»Ich muss wissen, was hier vorgeht. Wenn alles Inventar dieses Raumes verschwunden ist, dann dürfte wohl auch die Stange verschwunden sein, klar?«

»Aber wie sollte sie ...?«

»Das weiß ich nicht. Und gerade deshalb muss mich vergewissern.«

Bluff nickte. »Ich soll hier auf dich warten?«

»Ja. Allein bin ich schneller.«

Bluff Pollard hockte sich ohne weitere Umstände auf den Boden. Allerdings nahm er den Schocker zur Hand, um nicht ganz wehrlos zu sein.

Walik hastete davon. Er spürte, dass seine Kräfte allmählich nachließen. Zudem erinnerte er sich nicht, wann er zum letzten Mal etwas gegessen hatte. Die Wirkung des Giftes wurde stündlich deutlicher.

Nach kaum mehr als vierzig Minuten erreichte Walik Kauk wieder den Antigravschacht. Die Stange war tatsächlich verschwunden.

Er gönnte sich eine kurze Verschnaufpause. Wirre Gedanken quälten ihn. Warum waren die Maschinen verschwunden? Weshalb die Stange? Gab es einen geheimnisvollen Wächter, der verhindern wollte, dass Unbefugte sich an wichtigen Aggregaten zu schaffen machten? Vergeblich versuchte Walik, sich die Form der einzelnen Geräte ins Gedächtnis zu rufen, um vielleicht ihre Funktionen erkennen zu können. Aber er war zu sehr in Eile gewesen und hatte sich nicht genug Zeit genommen, sich umzusehen.

War die Sache andererseits überhaupt von Bedeutung?

Bluff hockte noch immer auf dem Boden, als Walik zu ihm zurückkehrte und von seinen Überlegungen berichtete.

Sie gingen weiter. Allmählich machten sie im Zusammenhang mit den Leuchtmarkierungen dieselbe Beobachtung, die vor ihnen schon Baldwin Tingmer gemacht hatte, und letztlich näherten sie sich einer Region, in der Rottöne vorherrschten.

Endlich erreichten sie den trichterförmigen Raum der Medostation.

Baldwin Tingmer kam zugute, dass er von Technik eine ganze Menge verstand. Die Maschinen waren nicht für menschliche Bedienung entworfen worden, insofern hatten sie wenig Ähnlichkeit mit Maschinen derselben Funktion, die man etwa in einer Klinik zu finden erwartet hätte. Sie waren überaus wartungsfreundlich gebaut, das Abnehmen von Deckplatten und Verkleidungen kostete kaum mehr als einen Handgriff. Baldwin gelang es bald, die Diagnosegeräte von den anderen medizinischen Installationen zu unterscheiden.

Shamanov hatte während der Fahrt im Hovercraft einige Erklärungen zu dem Gift abgegeben, das er den Männern verabreicht hatte. Es handelte sich um eine im Blut lösliche Substanz, die nach einem kritischen Zeitpunkt explosiv die Sauerstoff bindende Kraft der roten Blutkörperchen zerstörte und somit zum Erstickungstod führte.

Tingmer suchte demzufolge einen Hämatographen ... eine jener Maschinen für die exakte Blutanalyse, die zudem aufgrund des Befundes eine Therapie vorschlugen.

Es dauerte lange, bis er in der Vielzahl von Aggregaten das richtige fand. Allerdings hatte er seine Kräfte überschätzt. Bei dem Bemühen, einen winzigen Schlauch mit einem Sondenendstück aus dem Unterbau des Hämatographen hervorzuziehen, kippte Baldwin vor Schwäche einfach vornüber und schlief ein, noch bevor er den Boden berührte.

So kam es, dass Walik Kauk und Bluff Pollard, als sie ebenfalls die Medostation erreichten, von seiner Anwesenheit zunächst nichts bemerkten. Erst als sie sich umsahen, fanden sie den schlafenden Gefährten.

Inzwischen hatte sich andernorts die Entwicklung zugespitzt. Ohne dass es weiterer Anweisungen bedurft hätte, hatte der Ka-zwo einen Maschinenklotz nach dem anderen aus der Halterung gehoben, bis an den Rand der Plattform geschafft und alle so aufgereiht, dass die Kraft eines nicht allzu schwächlichen Menschen ausreichte, um sie in die Tiefe zu stoßen.

Chara Shamanov verfolgte die Vorbereitungen mit wachsender Genugtuung. Dass er die Entscheidung getroffen hatte, auf das Wohl dreier Untertanen keine Rücksicht mehr zu nehmen, kam ihm nicht in den Sinn. Er beobachtete den Mann in der Tiefe, den er für Tingmer hielt und der mit Entschlossenheit und Tatkraft zu Werke ging, um die Maschinen zu identifizieren, die er für seine Genesung brauchte.

Eine Zeit lang nachdem der Roboter seine Arbeit beendet hatte, hallten aus der Tiefe neue Geräusche herauf. Shamanov sah zwei Männer die Halle betreten. Einer war stämmig gebaut und mittelgroß, der andere hoch aufgeschossen und mit langem rötlichem Haar. Kauk und Pollard ...

Aus ihren erregten Rufen schloss der Biophysiker, dass sie Tingmer gefunden hatten. Mit ihm würden sie eine Weile beschäftigt sein und sich vorerst nicht zurückziehen.

»Wir sind so weit!«, sagte Shamanov zu dem Ka-zwo. »Du beginnst an jenem Ende, ich an diesem hier. Wir stoßen die Aggregate rasch hinunter!«

»Ich habe verstanden«, bestätigte Augustus.

Mit der rechten Schulter stemmte der Wissenschaftler sich gegen die am weitesten außen stehende Maschine. Sie würde sich leicht bewegen lassen. Er bedauerte, dass er nicht beobachten konnte, wie die Geschosse aufschlugen. Schließlich würde er genug damit zu tun haben, die Aggregate schnell hintereinander über die Kante zu wuchten.

Er blickte nach rechts. Dort musste der Roboter stehen und auf das Zeichen warten. Aber der Ka-zwo war nirgendwo zu sehen. Irritiert trat Shamanov einen Schritt zurück, um einen besseren Überblick zu haben. »Wo ist der verdammte Blechkerl ...?«, knurrte er.

Da hörte er hinter sich Augustus' schnarrende Stimme: »Hier bin ich!«

Chara fuhr herum. Der Roboter stand drei Schritte entfernt, neben einem etwa mannshohen Block.

»Was tust du da?«, fauchte Chara Shamanov. »Du hast dort drüben zu stehen ...!«

»An deiner Befehlsberechtigung bestehen Zweifel«, fiel ihm der Kazwo ins Wort.

»An meiner Befehlsberechtigung ...?« In seinem Zorn vergaß Shamanov jede Vorsicht und schrie: »Du hast dich dort hinzustellen ...!«

»Deine Berechtigungsquote wird nicht anerkannt.«

Dem Wissenschaftler schoss das Blut ins Gesicht. Wie ein wütender Stier ging er gegen den Roboter vor. »Hier gibt es keine Berechtigungsquoten mehr!«, brüllte er. »Du tust, was ich sage, du verdammtes ...« In sinnloser Wut schlug er mit den Fäusten auf den Roboter ein. Sein hochrotes Gesicht mit den blutunterlaufenen Augen hatte sich zu einer Grimasse verzerrt. Wer ihn in diesem Moment sah, dem wäre es schwer gefallen zu glauben, dass er vor wenigen Minuten noch wie ein vernünftiges Wesen gehandelt und gesprochen hatte.

Augustus ließ die wirkungslosen Faustschläge eine Weile über sich ergehen. Dann sagte er: »Eine vorübergehende Außerbetriebsetzung erscheint angebracht.«

Der Schlag seiner rechten Hand traf Shamanov zwischen Schulter und Nacken, und der Biophysiker ging lautlos zu Boden.

Kulliak Jon stand da wie gelähmt; selbst für seinen geschulten Verstand war die Entwicklung zu schnell gekommen. Er hatte nicht untätig mit ansehen wollen, wie die drei Ahnungslosen getötet wurden, und war bereit gewesen, den Mann und seinen Roboter vorübergehend auszuschalten – und jetzt das! Kulliak wusste nicht, was er davon halten sollte. Offenbar hatte der Roboter die ganze Zeit über Theater gespielt. Es war ihm niemals in den Sinn gekommen, bei dem Anschlag mitzuhelfen, obwohl er selbst den Plan entworfen hatte.

Kulliak Jon beobachtete den Ka-zwo, wie er sich den reglosen Körper des Bulligen über die Schultern legte, zum Hintergrund der Plattform schritt und in einem Korridor verschwand. Es fiel Kulliak nicht schwer, sich auszumalen, dass das Maschinenwesen auf dem Weg nach unten war, zu den drei Ahnungslosen, von denen zwei – durch den Lärm aufgeschreckt – verwundert in die Höhe blickten und zu ergründen versuchten, was geschah.

Auch für Kulliak Jon war es an der Zeit, seinen Posten zu verlassen. Allein schon seines inneren Seelenfriedens wegen musste er herausfinden, was in der Station gespielt wurde.

Die vier Männer waren sicher genauso ahnungslos wie er. Aber der Roboter konnte ihm vermutlich Auskunft geben. Wenn er wollte.

Nach vierzig Jahren als geheimer Wächter der Kontrollstation Palatka fand Kulliak Jon die Vorstellung erheiternd, dass es ausgerechnet einem heruntergekommenen Ka-zwo einfallen sollte, seine Berechtigungsquote für nicht ausreichend zu halten …

6.

Walik Kauk und. Bluff Pollard starrten nach oben und suchten die Ränge der Plattformen ab. Aber sie fanden nicht heraus, woher das Geräusch kam. Schließlich war gedämpftes Poltern zu vernehmen, danach herrschte wieder Stille.

»Ich weiß nicht mehr als du, Junge.« Walik beantwortete Bluffs fragenden Blick mit einem kurzen Achselzucken. »Anscheinend gibt es in dieser Station mehr Leben, als wir uns hätten träumen lassen.«

»Wir müssen uns umsehen!«

»Das werden wir tun«, versprach Kauk. »Aber das Wichtigste kommt zuerst. Mir scheint, unser Freund Baldwin hat das richtige Medo-Gerät schon gefunden. Wenn er wieder zu sich kommt, wird er uns hoffentlich sagen können, wie man es bedient.«

Er gähnte. Die Müdigkeit hüllte ihn ein wie ein warmer Mantel. Er durfte die Augen keine Sekunde lang schließen, dann wäre er sogar im Stehen eingeschlafen.

Sie warteten ungeduldig.

Als von irgendwoher das Geräusch hastiger Schritte erklang, zog Walik den Strahler. Das Geräusch wurde lauter; es hatte einen blechernen Unterton. Im nächsten Moment stapfte eine menschliche Gestalt um die Ecke eines Aggregatblocks, die gelbbraune Montur vielfach zerrissen und die synthetische Haut an manchen Stellen so mitgenommen, dass Metall darunter zu blinken schien.

Der Roboter blieb stehen. Er ließ Shamanovs reglose Gestalt zu Boden gleiten.

»Augustus, woher kommst du ...?«, fragte Kauk verblüfft.

»Mir wurde ein Auftrag erteilt«, antwortete der Ka-zwo.

»Den Auftrag, den ich dir gab, hast du vernachlässigt.«

»Nicht von dir«, korrigierte ihn der Ka-zwo.

»Von wem dann?«

»Unbekannte Identität.«

Bluff war auf Shamanov zugetreten. »Was ist mit dem?«, fragte er.

»Bewusstlos«, lautete Augustus' Diagnose.

»Ich habe geschworen, dich zu einem Schrotthaufen zu machen, wenn ich dir wieder begegne«, sagte Bluff mit ernster Stimme. »Aber ich nehme an, du hast deinen Fehler wieder gutgemacht.«

Walik Kauk spürte, dass der Ka-zwo sich verändert hatte. In dieser Anlage gab es viele Großrechner. War es möglich, dass Augustus sich an einem davon reorientiert hatte? »Hattest du Verbindung mit einem Kontrollorgan?«, erkundigte er sich. Die Antwort ließ ihn nach Luft schnappen.

»Es gibt keine Kontrollorgane mehr. Seit NATHANS Abschaltung hat der administrative Rechnerverbund die Arbeit eingestellt.«

Walik Kauk war sprachlos. Der Ka-zwo hatte sein eigenes Tabu gebrochen! Seit Wochen funktionierte er trotz seiner durcheinander geratenen Programmierung nur, weil er sich standhaft weigerte zu glauben, dass es keine Knoten- und Lokalrechner mehr gab. Seit Wochen erhielt ihn der unerschütterliche Glaube an die Existenz dieser Kontrollorgane aufrecht. Und auf einmal hatte er die Wirklichkeit erkannt und dabei keinen Schaden genommen? Das war mehr, als Kauk sich im Moment erklären konnte. »Wie kamst du zu Shamanov?«, fragte er deshalb.

Augustus berichtete knapp. Als er die Sprache darauf brachte, dass der Hovercraft verschwunden sei, stöhnte Bluff Pollard auf.

»Das Fahrzeug ist weg?«

»Spurlos«, bestätigte der Ka-zwo und fuhr mit seinem Bericht fort.

Als der Roboter schließlich wieder schwieg, war Walik Kauk ziemlich sicher, dass er nie zuvor eine derart konfuse Geschichte gehört hatte. Oberflächlich passte alles, der zeitliche Ablauf war richtig, und die Logik schien gewahrt. Aber es gab so viele unerklärbare Ereignisse, dass Walik nicht wusste, wo er anfangen sollte, sich einen Reim darauf zu machen.

»Der Bericht ist für den menschlichen Verstand nicht annehmbar«, erklärte er. »Fehlende Informationen sind zu ergänzen.«

Augustus verblüffte ihn ein zweites Mal, indem er rundheraus feststellte: »Dazu ist deine Berechtigungsquote nicht hoch genug.«

Ein silberhelles Kichern wie von einer Kinderstimme erklang in unmittelbarer Nähe und war dennoch so schwach, dass es ungehört verhallt wäre, wenn Augustus' letzte Bemerkung nicht jedermann die Sprache verschlagen hätte.

Bluff Pollard reagierte impulsiv. Mit einem wütenden Knurren fuhr er herum und schoss aus der Hüfte. Der Schocker summte hell auf, und von irgendwoher erklang ein spitzer Schrei. Bluff stand starr und hilflos, als er erkannte, dass nirgendwo ein Ziel in Sicht war. Sein Schuss schien ins Leere gegangen zu sein. Dennoch musste jemand da sein. Woher wäre sonst der Schrei erklungen?

Zwei Sekunden vergingen … Da tauchte hinter einem Maschinensockel eine winzige Gestalt auf, ein Zwerg von kaum einer Handspanne Größe. Er taumelte und wollte sich noch festhalten, aber die Kräfte verließen ihn. Er stürzte.

Walik Kauk, der sich als Erster aus seiner Überraschung löste, kniete neben dem grünhäutigen Wesen nieder. Er sah die Miniaturausgabe eines knapp fünfzehn Zentimeter großen Menschen, in eine mattgraue Montur gekleidet.

Der Fremde schien nicht tot, sondern nur bewusstlos zu sein. Kauk fiel ein Stein vom Herzen. »Mein Gott«, hauchte er. »Ein Siganese …«

Als Kulliak Jon zu sich kam, verhielt er sich zunächst still. Er hörte Männer in der Nähe sprechen und entnahm ihren Worten, dass sie sich um ihn sorgten. Einer von ihnen bekam Vorwürfe zu hören, dass er so leichtfertig geschossen hatte.

Da richtete Kulliak sich auf und erklärte, so laut er konnte: »Sie sind offenbar ein ganz gefährlicher Verein von Narren!«

Er befand sich noch an der Stelle, an der er zusammengebrochen war. Drei Männer knieten ringsum auf dem Boden. Im Hintergrund lag ein vierter, an Händen und Füßen gefesselt, und noch weiter abseits stand der Roboter.

»Und wer bist du, Männchen?«, erkundigte sich Walik Kauk.

»Ich bin der Wächter von Palatka«, antwortete Kulliak nicht ohne Stolz. »Aufgrund eines Auftrags von höchster Stelle. Bitte vermeiden Sie die vertrauliche Anrede!«

»Oh«, platzte Baldwin Tingmer heraus. »Eingebildet ist er obendrein.«

»Ich will Ihnen die höfliche Anrede gerne zubilligen«, sagte Kauk nicht ohne Spott, »wenn Sie uns verraten, was Sie hier suchen.«

»Ich sagte es schon. Ich bin der Wächter dieser Anlage. Seit über vierzig Jahren!«

»Man beschreibt Siganesen sonst als höflich, zuvorkommend und gefällig. Wie kommt es, dass Sie eine derart drastische Ausnahme bilden?«

»Wollen Sie damit sagen, dass ich nicht höflich, zuvorkommend und gefällig bin?«, giftete Kulliak.

»So ähnlich«, gab Walik ungerührt zu.

»Obwohl ich im Begriff bin, Ihnen einen großen Dienst zu erweisen?«

»Welchen Dienst?«

»Sie sind vergiftet worden. Sie brauchen die Geräte dieser Station, um den Tod abzuwenden. Können Sie mit den Maschinen umgehen?«

Die drei starrten ihn verblüfft an.

»Woher … wissen Sie das?«, fragte Baldwin Tingmer schließlich.

»Ich bin der Herr dieser Station. Ich weiß über alles Bescheid, was hier vorgeht.«

»Und Sie sind bereit, uns zu helfen?«

»Deswegen bin ich hier!«

Bluff Pollard senkte den Kopf. Eine Salve, die einen normal gewachsenen Menschen nur für einige Zeit außer Gefecht setzte, war für einen Siganesen unter Umständen tödlich. Dass Kulliak Jon sich noch gesund und munter fühlte, verdankte er nur dem Umstand, dass Bluff ungezielt geschossen hatte.

»Nur nicht so schuldbewusst, mein Junge!«, rief der Siganese mit heller Stimme. »Ich glaube, das war zum Teil auch meine Schuld. Ich hätte mich zeigen sollen, anstatt nur zu kichern.« Er schüttelte den Kopf. »Ich muss mir das während der vierzig Jahre Einsamkeit angewöhnt haben.« Dann blickte er zu Walik auf. »Bevor Sie behandelt werden können, müssen an dem Hämatographen Umbauten vorgenommen werden. Ich nehme an, Sie sind müde?«

Kauk nickte.

Kulliak Jon sah die Männer der Reihe nach an. »Wollen Sie sich ausruhen und mir den Roboter für eine Weile anvertrauen? Dann könnte ich inzwischen den Umbau ausführen ...«

Walik Kauk lachte. »Die Frage kann ich seit neuestem nicht mehr beantworten. Augustus ist sehr selbstständig geworden. Wenn Sie etwas von ihm wollen, dann ...« Er hielt jäh inne und musterte den Siganesen misstrauisch. »He! Haben denn nicht Sie den Roboter umprogrammiert?«

»Nicht, dass ich wüsste«, erwiderte Kulliak.

»Also gut! Von mir aus können Sie Augustus haben, aber wie gesagt, wenn er nicht will ... Augustus, komm her!«

Der Roboter setzte sich in Bewegung und baute sich vor Walik Kauk auf.

»Dieser Mann«, Kauk deutete auf den Siganesen, »braucht deine Hilfe beim Umbau einer Maschine. Wirst du ihm helfen?«

»Ich stehe zur Verfügung«, antwortete der Ka-zwo.

Kulliak kicherte. »Das ist eine ausgesprochen vornehme Gesellschaft, in der man sogar die Roboter höflich bitten muss.« Er schritt auf die Basis des Hämatographen zu. »Komm her, mein Junge!«, rief er dem Ka-zwo zu. »Siehst du die braune Schaltleiste dort ...?«

»Ich sehe sie«, bestätigte Augustus.

»Sie muss abmontiert werden!«

Während der Ka-zwo arbeitete, streckten sich die drei Männer zwischen den Maschinen aus. Der Gefangene schien ebenfalls zu schlafen. Kulliak nahm sich vor, ein Auge auf ihn zu haben, denn Shamanov war zweifellos gemeingefährlich.

Unter Kulliak Jons Anweisungen arbeitete Augustus sehr geschickt. Wer sich daran erinnerte, dass Ka-zwo-Roboter im Grunde primitive Maschinen waren, die weiter nichts zu tun hatten, als auf Signale zu reagieren und den Regeln der Aphilie zuwiderhandelnde Personen an Ort und Stelle mit Schlägen zu bestrafen, der erkannte, dass Augustus eine Wandlung durchgemacht hatte, die ihn weit über das Niveau des typischen Ka-zwo hinaushob.

Der Siganese beobachtete ihn scharf. Er war ausgebildeter Kybernetiker und konnte aus der Weise, wie Augustus auf seine Anordnungen reagierte und wie viel zusätzlicher Erklärungen er bei der Arbeit bedurfte, recht genau auf das Ausmaß seiner künstlichen Intelligenz schließen.

Im Verlauf des Umbaus war es notwendig, neue Schwachstromverbindungen herzustellen. Kulliak gab keine andere Anweisung, als dass die bestehenden Verbindungen zu lösen und neue derart herzustellen seien, dass ein soeben angeschlossenes Analyseaggregat mit Signalstrom versorgt wurde. Da es mehr als dreißig verschiedene Signalstromwege gab, handelte es sich um keine leichte Aufgabe. Trotzdem erledigte Augustus sie in wenigen Minuten.

»Kein Ka-zwo besitzt die Fähigkeit, eine solche Installation in derart kurzer Zeit vorzunehmen«, stellte Kulliak Jon verwundert fest. »Du bist ein Ka-zwo. Woher hast du die Fähigkeit?«

»Die Schaltvorgänge waren mir klar, da ich selbst das Analyseaggregat zusammengebaut hatte«, antwortete Augustus.

»Aus der Information während des Zusammenbaus konntest du auf den richtigen Verlauf der Stromwege schließen?«

»Das ist richtig.«

»Hör zu!«, sagte Kulliak Jon spöttisch. »Das ist nicht richtig! Denn dazu bedarf es einer Kombinatorik, die ein Ka-zwo nicht hat.«

Augustus reagierte darauf nicht.

»Nun – was hast du dazu zu sagen?«, drängte der Siganese.

»Nichts.«

»Jedermann merkt, dass du seit kurzer Zeit eine verdammt schlaue Maschine bist«, unternahm Kulliak Jon einen zweiten Versuch. »Wer hat dich dazu gemacht?«

»Die Frage ist unverständlich formuliert.«

»Das lügst du in deinen metallenen Hals«, knurrte Kulliak. »Wer dreißig Stromkreise richtig kombinieren kann, der versteht auch meine Frage.«

»Der Begriff Lüge ist irrelevant.«

»Das behauptest du.« Der Siganese wurde ärgerlich. »Aber in Wirklichkeit … Na ja, ist egal. Mach weiter! Schaltbrettmontage als Nächstes …«

Kulliak Jon hatte eingesehen, dass er den Roboter mit Fragen nicht zum Reden bringen würde. Er musste anders vorgehen.

Nach zwei Stunden vorsichtigen Manövrierens hatte Jon den Roboter schließlich so weit. Während der Ka-zwo den Energiefluss überprüfte, nahm Kulliak eine Kurzschlussschaltung vor, die Teilbereiche unter Spannung setzte.

Als Augustus mit dem blanken Metall in Berührung kam, stiegen Funken auf. Die Kontrollen für Augustus' motorischen Sektor wurden jäh außer Betrieb gesetzt. Er stürzte polternd zu Boden und befand sich nun in einem Zustand, der menschlicher Bewusstlosigkeit glich. Allerdings waren schon in diesem Augenblick Mechanismen am Werk, die den entstandenen Schaden schnellstmöglich beheben und den Roboter in einen funktionsfähigen Zustand zurückversetzen würden. Kulliak Jon durfte also keine Zeit verlieren. In den vielleicht sechzig Minuten, die ihm zur Verfügung standen, hoffte er, wenigstens einen Zipfel des Geheimnisses zu lüften, das über Augustus' neuer Identität lag.

Etwa zwanzig Minuten lang machte Kulliak Jon sich unter Einsatz aller verfügbaren Hilfsmittel zu schaffen, um den schweren Roboter in die Nähe eines der Kontrollrechner zu bringen, die das Medo-System steuerten. Wer ihn dabei beobachtet hätte, wäre erstaunt gewesen über die Fülle der Ressourcen, die dem Siganesen zur Verfügung standen, und über die Selbstverständlichkeit, mit der er – unterstützt durch fast mikroskopisch kleine Servomechanismen – selbst das schwerste und massigste Gerät handhabte.

Unter Jons Schaltungen erwachte die Medostation zum Leben und enthüllte die Vielfalt ihrer Perfektion. Winzige Wartungsroboter schossen aus den Sockeln der Maschinen hervor und besorgten die Schaltungen, mit denen der Roboter an den Kontrollrechner angeschlossen wurde. Schließlich war alles bewerkstelligt. Das Programm, das Kulliak von den eiförmigen Helfern hatte erstellen lassen, bewirkte das Auslesen der vier Hauptspeicher des Ka-zwo. Die Ausgabe erfolgte auf einem Datenkristall. Später würde Jon sich ansehen, welche Informationen in der »Seele« des Ka-zwo gespeichert gewesen waren.

Allerdings war seine Neugierde zu groß, als dass er geduldig gewartet hätte. In das Analyseprogramm eingebaut war eine Funktion, mit deren Hilfe der Programmablauf jederzeit angehalten und die zuletzt gelesenen Datenblöcke des Speicherinhalts als Hologramm ausgegeben werden konnten. Von dieser Möglichkeit machte Kulliak trotz des Zeitdrucks mehrmals Gebrauch.

Was er sah, erschreckte ihn zutiefst. Hätte er den Roboter nicht zielbewusst arbeiten sehen, wäre er beim Anblick der Daten unweigerlich zu dem Schluss gekommen, der Speicherinhalt sei rettungslos durcheinander geraten und unbrauchbar. Nichts ergab noch einigermaßen einen Sinn.

Da Augustus aber bewiesen hatte, dass er durchaus bei Verstand war, konnte diese Beobachtung nur bedeuten, dass er in einem völlig unbekannten Kode grundlegend neu programmiert worden war. Das Programm war offenbar viel effektiver als das üblicherweise für Ka-zwos verwendete. Daher kam es, dass Augustus bei unveränderter Speichergröße jetzt eine wesentlich höhere Intelligenz besaß als der typische Ka-zwo.

Vom ersten Lebenszeichen des Roboters bis zur Wiederherstellung seiner vollen Einsatzbereitschaft vergingen nur wenige Minuten. Kulliak Jon wartete angespannt auf die erste Reaktion.

»Ausfall verursacht durch Hochspannung!«, konstatierte Augustus.

»Das ist richtig«, bestätigte der Siganese. »Gibt es remanente Schäden?«

»Keine.«

»Bist du bereit weiterzuarbeiten?«

»Bereit!«

Kulliak Jon beobachtete den Roboter scharf. Dass der Ort, an dem er zu sich gekommen war, mehr als zwanzig Meter von der Stelle entfernt lag, an der er das mechanische Bewusstsein verloren hatte, schien den Ka-zwo nicht zu stören.

Die drei Männer schliefen noch, nur der Gefangene war wach. Kulliak kümmerte sich nicht um ihn.

»Ich möchte Analyse und Therapie in ein und demselben Gang durchführen«, sagte Kulliak. »Während der Therapiephase ist es wichtig, dass die Patienten ruhig bleiben. Ich plane, ihnen nach Abschluss der Analyse ein Sedativum zu injizieren. Bestehen dagegen Bedenken?«

»Keine Bedenken«, antwortete Augustus.

Der Siganese atmete auf. Sein Vorhaben hätte am Misstrauen des Roboters scheitern können.

Walik Kauk fühlte sich nach dem Schlaf gekräftigt. Die Taubheit, die sich in den vergangenen Tagen in Muskeln und Adern ausgebreitet hatte, schien verschwunden zu sein.

»Wie fühlen Sie sich?«, fragte Kulliak Jon.

»Ausgezeichnet«, antwortete Walik. »Haben Sie etwa schon die ganze Behandlung ...?«

Jon nickte gewichtig. »Genau das habe ich – mit der Hilfe Ihres gelehrigen Roboters. Alle Anzeigen sind positiv. Ihre Gefährten müssen ebenfalls bald erwachen. Sie sind wieder gesund.«

»Ich danke Ihnen.« In Kauks Stimme lag mehr Aufrichtigkeit, als er mit einer langen Rede hätte zum Ausdruck bringen können.

Während der nächsten fünf Minuten kamen zuerst Bluff Pollard und dann Baldwin Tingmer zu sich. Um den Gefangenen kümmerte sich vorläufig niemand. Er war gefesselt. Außerdem galt als sicher, dass Augustus diesmal nicht tatenlos zusehen würde, falls es Shamanov gelang, sich erneut zu befreien.

»Was haben Sie weiter vor?«, fragte Jon.

Kauk berichtete von ihrem ursprünglichen Plan und dass sie den Weg nach Terrania City baldigst fortsetzen wollten. »Nur haben wir kein Fahrzeug mehr«, sagte er niedergeschlagen. »Augustus hat uns darüber aufgeklärt.«

»Das ist richtig«, bestätigte Kulliak Jon. »Ich bin dafür verantwortlich.«

»Sie ...?«

»Ja. Ich habe es beiseite geschafft ... oder vielmehr: Ich ließ es beiseite schaffen. Dieser Narr dort hätte es sich sonst angeeignet und wäre damit verschwunden.« Er deutete auf Shamanov.

»Aber Sie können es wieder herbeischaffen, nicht wahr?«, fragte Baldwin Tingmer erregt.

Der Siganese schüttelte den Kopf. »Es ist in seine Einzelteile zerlegt. Ich glaube kaum, dass Sie es jemals wieder zusammensetzen können ... nicht ein so kompliziertes und altmodisches Ding.«

»Aber wie konnten Sie ...?« Tingmers Ärger war unüberhörbar.

Jon fiel ihm ins Wort: »Ich bin der Wächter von Palatka. Ich habe dafür zu sorgen, dass kein Unbefugter die Station betritt und sich in ihrem Innern zu schaffen macht. Als Sie ankamen, wusste ich nicht, wer Sie waren. Ich hielt Sie für Verzweifelte, die plündern und sich mit Waffen und Gerät versehen wollten. Ich hatte keinen Grund anzunehmen, dass Sie die Anlage jemals lebend wieder verlassen würden.« Er schwieg eine Zeit lang und rief sich die Einzelheiten der Entwicklung ins Gedächtnis zurück. »Erst später kam ich allmählich dahinter, dass sich drei von Ihnen durch ein Verschulden des Vierten in ernster Gefahr befanden und von der Station weiter nichts als medizinische Hilfe erwarteten. Ich beschloss, Ihnen behilflich zu sein. Shamanov war bereits auf dem Weg zu den Lagerräumen, um sich ein Fahrzeug zu beschaffen. Ich glaubte, dass es vorteilhaft sein würde, wenn er während Ihrer Therapie hier im Medo-System anwesend war. Denn nur er kannte das Gift wirklich. Deshalb wollte ich Shamanov zur Medostation dirigieren.«

Walik Kauk blickte den Siganesen verwundert an. »Sie wollten ... Sie planten ... Das klingt alles so, als sei Ihre Planung misslungen.«

»Das ist sie auch«, behauptete Jon.

»Aber Shamanov ist hier …«
»Nicht als Ergebnis meines Plans.«
»Sondern …?«
»Ein anderer hat eingegriffen … oder meinetwegen etwas anderes.«
»Wer?«
»Das weiß ich nicht«, antwortete der Siganese. »Aber hören Sie sich die Geschichte an …«

Kulliak Jon berichtete von seinen Beobachtungen, die den Schluss nahe gelegt hatten, dass in der Station eine unbekannte Macht am Werk sein müsse. Es überraschte ihn zu hören, dass Kauk schon ähnliche Überlegungen angestellt hatte … zum Beispiel aufgrund des akustischen Signalaustauschs zwischen Augustus und der Rufsäule, für den der Siganese jegliche Verantwortung bestritt.

Noch erstaunter aber war Jon, als er von dem Raum erfuhr, aus dem im Laufe von zwei Stunden Unmengen technischen Geräts verschwunden waren. Wortlos lauschte er Walik, als der auch die ebenfalls verschwundene Stange erwähnte.

»Wie erklären Sie sich das?«, fragte der Siganese, nachdem er über Kauks Schilderung nachgedacht hatte.

»Ich dachte, wir hätten vielleicht einer fremden Macht zu tief in die Karten geschaut. Da räumte sie einfach beiseite, was wir nicht sehen durften.«

»Wäre es dem oder den Unbekannten nicht leichter gefallen, Sie anstelle der Maschinen zu beseitigen?«

»Der Gedanke ist mir gekommen. Aber ich kann die Überlegungen der fremden Macht nicht nachvollziehen. Ich weiß nicht, warum sie tut, was sie tut.«

In dem Moment rief Shamanov schrill: »Ihr zerbrecht euch unnütz die hohlen Schädel! Nur ich weiß, um welche Macht es sich handelt. Es sind die Überirdischen, die mich zum Herrn der Erde bestimmt haben! Sie haben diese Station in Besitz genommen … und wehe euch, wenn sie euch ergreifen! Ihr seid des Todes, denn ihr habt euch an mir vergriffen!«

»O mein Gott …«, murmelte Walik Kauk.

»Vielleicht können wir ihm helfen«, sagte Bluff. Als sich aller Blicke auf ihn richteten, fuhr er, wie um sich zu verteidigen, fort: »Ich denke … wir sind hier in der Medostation. Warum sollte sie nicht auch einem Geisteskranken helfen können?«

»Das wäre ziemlich schwierig«, erwiderte Jon. »Gerade bei Geisteskrankheiten kommt es darauf an, wie intensiv der Kranke selbst den Heilungsprozess unterstützt. Glauben Sie, dass Shamanov besonders entgegenkommend sein wird?«

Bluff Pollard bezweifelte das.

»Es ist sicherlich besser, ihn in die Obhut eines Arztes zu bringen«, kommentierte der Siganese. »Sie sprachen davon, dass sich in Terrania City bereits einige Überlebende der Katastrophe zusammengefunden haben?«

»Wir hatten kurzzeitig Funkkontakt.«

»Dann bringen Sie Shamanov lieber dorthin.«

»Das bringt uns zum Thema Nummer eins zurück. Wir brauchen ein Fahrzeug.«

Kulliak Jon schwieg lange. Dann erklärte er mit Bedacht: »Ich glaube nicht, dass ich meinen Auftrag verrate, der mir von Perry Rhodan selbst gegeben wurde, wenn ich Ihnen ein Fahrzeug dieser Station überlasse. Es handelt sich um eine Sonderfertigung, die nach Programm, aber auch von Hand gesteuert werden kann und von dem Funksicherungsnetz unabhängig ist.«

Walik, Baldwin und Bluff sahen einander an.

»Wenn Sie das für uns tun wollten, dann …« Walik grinste hilflos.

Kulliak winkte ab. »Ich handle nicht ganz uneigennützig.«

»Wie meinen Sie das?«

»Ich möchte, dass Sie mich mitnehmen!«

Die Eröffnung kam so überraschend, dass keiner der drei Männer zunächst wusste, wie er darauf reagieren sollte. Kulliak Jon missverstand ihre Überraschung. »Sie halten mich für einen Deserteur?«, fragte der Siganese.

Walik winkte ab. »Nichts dergleichen. Nur waren Sie bisher so überzeugt von der Wichtigkeit Ihres Auftrags.«

»Das bin ich immer noch. Aber ich habe auch Angst!«

Niemand wollte darauf etwas erwidern; also fuhr Jon nach kurzer Pause fort: »Ich bin zweihundert Jahre alt, nach siganesischen Begriffen ein junger Mann. Als der Großadministrator mir den Auftrag erteilte, über diese Station zu wachen, nahm ich mit Freuden an, denn der Auftag erfüllte mich mit Stolz. In meinem Alter bekommt man solche Dinge sonst nicht angetragen. Ich verbrachte hier fast zweiundvierzig Jahre in völliger Einsamkeit, unter abgeschalteten Maschinen und stillgelegten Robotern. Nur ein einziger Kommunikationskanal verband mich mit der Außenwelt, so dass ich mitverfolgen konnte, was sich auf Terra abspielte.

Die Aphilie ging spurlos an mir vorüber. Ich war nie Aphiliker. Eines Tages kam dann die große Katastrophe. Ich war mehrere Tage lang bewusstlos. Als ich wieder zu mir kam, war die Station mit einem Mal lebendig geworden. Die Maschinen arbeiteten zwar noch nicht, aber das Kraftwerk produzierte Leistung, die Geräte waren einsatzbereit und konnten jederzeit wieder anspringen.

Ich aktivierte den Zentralrechner und einige Vorrichtungen, die es mir ermöglichten, die Station leichter zu überwachen. Ich nahm an, dass in Kürze etwas geschehen würde. Und ich fragte mich, ob es in Rhodans Plan gelegen haben mochte, dass die Station unmittelbar nach der Katastrophe zum Leben erwachte ... und wenn ja, warum er mir davon keine Mitteilung gemacht hatte.

Ein paar Monate lang geschah nichts. Ich fühlte mich nach wie vor als Herr der Kontrollstation Palatka. Ich nahm zur Kenntnis, dass NATHAN ausgefallen war, und dachte mir, dass die Station womöglich dazu aktiviert worden war, einen Teil von NATHANS Funktionen zu übernehmen.

Dann kamen Sie ... und ich erkannte, dass ich längst nicht mehr allein in der Station war. Ein Fremder, Unheimlicher hatte sich eingenistet und zu schalten und zu walten begonnen, ohne dass ich ihn daran hindern konnte. Ich weiß nicht, wer er ist, ob er der Erde und den Menschen freundlich gesinnt ist oder nicht. Ich weiß nur, dass er mehr Macht über die Maschinerie dieser Anlage hat als ich.

Was soll ich also hier noch? Ich bin überflüssig geworden. Meine Funktion als Wächter wird zur Farce, da ich außerstande bin, dem Unbekannten das Handwerk zu legen. Außerdem fürchte ich mich vor ihm, da er in seiner Unberechenbarkeit jederzeit zu dem Schluss gelangen kann, einer von uns beiden sei hier zu viel. Da er fast die ganze Macht in Händen hält, kann das nur bedeuten, dass ich ausgeschaltet werde.« Kulliak Jon schaute nachdenklich zu Boden. »Deswegen bitte ich Sie, mich mitzunehmen.«

»Es bedarf keiner Bitte«, sagte Walik Kauk. »Wir nehmen Sie selbstverständlich mit!«

7.

Kulliak Jon übernahm die Führung. Er saß auf Walik Kauks Schulter und wies auf die Farbmarkierungen, denen es zu folgen galt. Vor dem Aufbruch hatte er die Männer und ihren Gefangenen mit einer geringen Menge an Konzentratnahrung versehen. In der Station gab es nicht viel Proviant – nur das, was Kulliak Jon selbst benötigte, und darüber hinaus ein wenig Reserve. Es fiel dem Siganesen jedoch nicht schwer, sich von seinen Vorräten zu trennen.

»Die Katastrophe hat den Überlebenden eine Menge unbeantworteter Fragen hinterlassen«, sagte Walik. »Haben Sie sich jemals damit beschäftigt?«

»Manchmal«, antwortete Kulliak Jon. »Ziemlich oberflächlich aber nur, fürchte ich.«

»Warum sind die Menschen verschwunden? Und wohin? Wo im Universum befinden wir uns jetzt? War die große Katastrophe wirklich ein reines Naturereignis, oder ist sie Teil eines groß angelegten Plans, von dem wir keine Ahnung haben? Wem gehören die merkwürdigen Flugkörper, die ab und zu auftauchen und spurlos wieder verschwinden?«

Der Siganese seufzte. »Ich weiß, was Sie meinen. Aber die zweiundvierzig Jahre Einsamkeit haben mich denkfaul gemacht. Ich hoffte, die Erklärung würde sich eines Tages von selbst einstellen.«

»Vielleicht tut sie das auch«, antwortete Walik. »Aber bis dahin sind einige von uns vor Neugierde gestorben.«

»Das ist der Unterschied zwischen Terranern und Siganesen. Ihre Kurzlebigkeit fördert Wissbegierde und Tatkraft. Wir hingegen haben Zeit, alles abzuwarten.« Dabei klang es ganz und gar nicht so, als halte Jon das Los der Terraner für bedauernswert. Im Gegenteil, er machte einen recht unglücklichen Eindruck.

»Haben Sie die Möglichkeit in Betracht gezogen, dass es in dieser Station Informationen gibt, mit denen sich wenigstens ein paar Fragen beantworten lassen?«, fragte Kauk.

»Wie meinen Sie das? Wegen des Fremden ...?«

»Ist er wirklich ein Fremder? Ich meine: Muss er das sein? Diese Station hat sich unmittelbar nach der Katastrophe von selbst wieder angeschaltet. Sieht das nicht aus wie ein Ergebnis langfristiger Planung? Und wer hat den Vorgang ausgelöst? NATHAN ist – für unsere Begriffe – tot. Sie sagen, dass die Rechner in dieser Station schon im Jahr 3540 desaktiviert waren. Wer also hat Palatka wieder zum Leben erweckt? Könnte es nicht irgendein Effekt, ein Mechanismus, irgendetwas gewesen sein, was schon von allem Anfang an – oder wenigstens seit der Stilllegung – in dieser Station auf den Augenblick der Entscheidung wartete?«

»Und dieses Etwas ... wer sollte es hier installiert haben?«, erkundigte sich Kulliak Jon voller Zweifel.

»Ich weiß es nicht. Aber einer müsste uns Auskunft geben können.«

»Wer?«

»Der Zentralrechner.«

Der Siganese wollte antworten, dass er den Zentralrechner in jüngster Zeit mehrmals als einen Ausbund an Ignoranz kennen gelernt hatte. Aber dann ging ihm auf, dass er eine ganz andere Art von Fragen gestellt hatte –

Fragen zur augenblicklichen Lage, zu aktuellen Vorgängen. Es war durchaus denkbar, dass der Zentralrechner über weiter zurückliegende Zusammenhänge besser Bescheid wusste.

»Sie machen mich neugierig«, bekannte Jon schließlich. »Wollen Sie den Rechner befragen?«

»Wenn es ohne weitere Schwierigkeiten möglich ist, ja.«

Baldwin Tingmer hatte die Unterhaltung mitverfolgt. Jetzt meldete er sich zum ersten Mal zu Wort. »In jeder großen Kontrollstation gibt es einen Raum, in dem autorisierte Personen einen Dialog mit der Zentralpositronik führen können. Wie steht es damit in Palatka?«

»Es gibt diesen Raum«, bestätigte Jon.

»Führen Sie uns dorthin!«

»Noch vor dem Fahrzeughangar?«

»Ja.«

Der Siganese zögerte nur einen Augenblick lang. »Richten Sie sich von jetzt an nach den tiefvioletten Markierungen!«

Sie hielten vor einer Tür aus zwei violett leuchtenden Lumineszenzplatten. Kulliak Jon, der noch auf Waliks Schulter saß, rief: »Öffne dem Wächter!«

»Ihre Berechtigungsquote?«, antwortete eine Stimme – dem Klang nach dieselbe, die aus der Rufsäule gesprochen hatte.

»Alpha blau.« Zudem hatte der Siganese ein winziges Gerät aus der Tasche gezogen, wahrscheinlich einen Impulsgeber.

»Ihre Quote wird anerkannt. Übernehmen Sie die Verantwortung für die Subjekte in Ihrer Begleitung?«

»Ich übernehme die volle Verantwortung.«

»Mehrere Subjekte sind bewaffnet. Ist Ihnen das bekannt?«

»Es ist mir bekannt.«

»Der Wächter und seine Begleitung dürfen eintreten!«

Beide Türhälften glitten auseinander. Dahinter lag ein höchstens zwanzig Meter langer Korridor, der von bläulich violetten Leuchtplatten kaum hinlänglich erhellt wurde. Walik Kauk spürte ein unangenehmes Prickeln im Nacken. Er war sicher, dass es hinter den Wänden, über der Decke und unter dem Boden von Spürgeräten und Sensoren nur so wimmelte. Er hatte überdies keinen Zweifel daran, dass der Zentralrechner alle denkbaren Abwehrmittel zum Einsatz bringen würde, sobald er auch nur die Spur einer Bedrohung witterte.

Die nächste Tür öffnete sich ohne Aufforderung. Hinter ihr lag ein nicht sonderlich großer kreisrunder Raum mit niedriger Decke, der überraschend behaglich möbliert war und den Eindruck eines Warteraums in einer teuren Privatklinik erweckte. In der Mitte standen acht schwenkbare Sessel zu einem Halbkreis angeordnet. In die linke Armlehne jedes Sessels war eine Schaltleiste eingebaut; außerdem gab es zwischen jeweils zwei Sesseln einen niedrigen Tisch mit einer Servierautomatik.

Walik Kauk grinste bei dem Gedanken, dass das Gespräch mit dem Zentralrechner früher das Privileg hoch gestellter Persönlichkeiten gewesen war, deren Bequemlichkeit man sich einiges hatte kosten lassen, während die Maschine jetzt mit einer Horde zerlumpter Individuen vorlieb nehmen musste, die sich kaum mehr daran erinnerten, wie ein anständig gemixter Cocktail schmeckte.

Dem offenen Ende des Halbkreises gegenüber waren zwei große Holoschirme in die Wand eingelassen. Beide waren dunkel.

»Bitte setzen Sie mich dort ab!« Kulliak Jon deutete auf einen Datenleser.

Walik hob den Siganesen auf den Rand der Konsole.

»Ich habe eine Weile zu tun«, erklärte Jon. »Erst danach kann die Unterhaltung mit dem Zentralrechner erfolgen.«

Shamanov musste sich auf den Boden legen; seine Beine wurden erneut gefesselt. Augustus blieb in der Nähe des Eingangs stehen. Baldwin Tingmer und Bluff Pollard setzten sich. Walik Kauk dagegen blieb neben dem Lesegerät stehen. Eine Zeit lang beobachtete er Jon, dann wanderte sein Blick an der Wand entlang bis zu einer Stelle, die bei der Bestückung mit technischem Gerät ausgespart worden war. Es war ein Stück nackte Wand, und wenn der Einfallswinkel des Lichtes nicht so günstig gewesen wäre, hätte Walik die haarfeine Nut, die ein großes Rechteck abgrenzte, niemals bemerkt.

»Was ist das?«, fragte er. »Ein zweiter Ausgang?«

Jon sah auf. Walik Kauk gewann dabei den Eindruck, dass seine Frage dem Siganesen nicht sonderlich genehm kam, und er verstand auch sogleich, warum. »Ich weiß es nicht«, bekannte Jon. »Ich habe den Zentralrechner danach gefragt; aber er weiß nichts von der Existenz eines zweiten Zugangs zu diesem Raum.«

»Haben Sie versucht, das Ding zu öffnen?«

»Hunderte von Malen. Es bewegt sich nicht. Mittlerweile bin ich nicht mehr sicher, ob es sich wirklich um eine Tür handelt oder doch eher um ein unfertiges Ornament.«

Kauk schwieg. Manches am Verhalten des Siganesen verstand er nicht. Mochte es daran liegen, dass die kleinen Leute von Siga anders dachten und empfanden als Terraner … oder daran, dass die Einsamkeit Jons Initiative gelähmt hatte? Walik Kauk jedenfalls hätte keinesfalls mehr als vierzig Jahre in der Station zugebracht, ohne das Geheimnis des zweiten Ausgangs zu erkunden.

Inzwischen war Kulliak Jon mit seinen Vorbereitungen fertig. »Ich bin dem großen Geheimnis auf der Spur«, stellte er fest. »Aus bestimmten Gründen kann ich aber noch nicht mehr darüber sagen.« Er schaltete das Lesegerät ein.

Der Erfolg war außerordentlich. Begleitet von einem kratzenden Geräusch, quoll schwarzer Rauch auf. Verblüfft sah Walik den Siganesen vom Rand der Konsole emporspringen. Im nächsten Augenblick saß Jon wieder auf seiner Schulter. »Deckung!«, schrie er.

Walik Kauk ließ sich einfach fallen. Über ihm gab es einen dumpfen Schlag, dann war ringsum nur noch düsterer Qualm.

Hustend und keuchend kam Walik Kauk wieder auf die Beine. Jon hatte sich an seiner Montur festgekrallt und den Halt zum Glück nicht verloren.

»Was war das?« Walik versuchte, mit wedelnden Handbewegungen die Qualmwolken zu zerteilen.

»Sie hatten Recht«, antwortete der Siganese schrill. »Jemand mag nicht, dass wir ihm in die Karten sehen. Der Datenkristall enthielt eine Aufzeichnung des Hauptspeicherinhalts Ihres Roboters.«

Walik Kauk verstand. Sein erster Blick galt dem Gefangenen. Aber Shamanov lag in unveränderter Haltung auf dem Boden, und Augustus hatte sich keinen Millimeter weit vom Fleck bewegt. Baldwin und Bluff waren tief in die Polster ihrer Sessel hinabgerutscht.

Wo vor wenigen Augenblicken noch das Lesegerät gestanden hatte, war die Wand rußgeschwärzt. Auf dem Boden lag ein Meer von Splittern.

»Wir sollten vielleicht lieber die Finger davon lassen«, sagte Jon. Das sollte humorvoll klingen. Doch Kauk kannte den Siganesen mittlerweile gut genug, um den angstvollen Unterton in seiner Stimme herauszuhören.

Jeder wartete darauf, dass der Zentralrechner sich meldete und Klage über den angerichteten Schaden führte. Auch Kulliak Jon schien auf etwas Derartiges zu warten, denn minutenlang verhielt er sich völlig ruhig. Schließlich sagte er: »Am besten sollten wir jetzt mit der Befragung anfangen. Setzen Sie sich! Walik – betätigen Sie den roten Leuchtsensor an der Schaltleiste.«

Einer der Holoschirme erhellte sich. Ein Symbol war zu sehen: zwei menschliche Hände, die eine Galaxis umspannten.

»Der Dialog kann eröffnet werden.«

Der Zentralrechner hatte die Explosion also nicht zur Kenntnis genommen. *Oder er misst ihr keine Bedeutung bei,* schoss es Walik Kauk durch den Sinn. Auf jeden Fall fand er die Sache merkwürdig.

»Sprechen Sie!«, zischte ihm der Siganese ins Ohr. »Die Maschine wartet auf Ihre erste Frage!«

»Die Erde wurde vor etwa fünf Monaten von einer Katastrophe schwerster Art heimgesucht«, eröffnete Walik. »Ist dir das bekannt?«

»Das ist mir bekannt«, antwortete der Zentralrechner.

»Die gesamte Menschheit – mit Ausnahme von ein paar Individuen – ist von der Oberfläche der Erde verschwunden. Wohin?«

»Das ist unbekannt.«

»Die Erde, mitsamt den Himmelskörpern in ihrer unmittelbaren Nachbarschaft, hat eine Transition durch eine hyperenergetische Diskontinuität, genannt ›der Schlund‹, vollzogen und sich dabei weit von ihrem früheren Standort entfernt. Wie groß ist diese Entfernung, und in welchem Sektor des Universums befindet sich die Erde jetzt?«

»Beides ist unbekannt.«

»Sind Bemühungen im Gange, Antworten auf die vorläufig nicht beantwortbaren Fragen zu finden?«

»Nein.«

»Dein Grundprogramm enthält keine Anweisung, die Lage der Erde nach der Katastrophe zu analysieren?«

»Nein.«

Walik Kauk starrte nachdenklich vor sich hin. Der Rechner war entweder tatsächlich ignorant, oder er zog es aus unbekannten Gründen vor, sich so zu geben. Mit der üblichen Fragestellung kam er jedenfalls nicht weiter. Er stellte seine erste Falle.

»Wann erfolgte die letzte Revision deines Betriebssystems?«

»Am zehnten September drei-fünf-acht-eins allgemeiner Zeit.« Die Antwort kam prompt.

Walik Kauk pfiff leise durch die Zähne. Mit dieser Antwort hatte die Zentralpositronik zugegeben, dass es eine übergeordnete Autorität gab. Da aber NATHAN nicht mehr existierte … wer konnte es sein?

Baldwin Tingmer und Kulliak Jon hatten die Bedeutung der letzten Frage – und besonders der Antwort – voll verstanden. Atemlos vor Spannung erwarteten sie die Fortsetzung des Dialogs.

»Wer war für die Revision verantwortlich?«, fragte Kauk.

»Unterbrecher Null.«

»Wer ist Unterbrecher Null?«

»Die Fragestellung ist redundant.«

Die Spannung fiel in sich zusammen wie ein Kartenhaus und wich blanker Enttäuschung. Der Versuch war fehlgeschlagen. Der Zentralrechner bezeichnete die Fragestellung als redundant, weil ihm die Identität des geheimnisvollen Unbekannten nicht anders als unter dem Begriff »Unterbrecher Null« bekannt war. Für die Positronik war »Unterbrecher Null« die tiefste Ebene der Definition, die Urdefinition. Jede Frage nach einer Definition der Urdefinition aber war überflüssig.

Unterbrecher – auch Interruptus genannt – sind jene Mechanismen, die die Aufmerksamkeit auf ein außerhalb des aktuellen Tätigkeitsbereichs liegendes Ereignis lenken. Unterbrecher sind mit verschiedenen Prioritäten ausgestattet, so dass der Rechner bei gleichzeitiger Anmeldung mehrerer Unterbrecher entscheiden kann, welchem er seine Aufmerksamkeit zuerst zuwendet. Unterbrecherprioritäten sind absteigend nummeriert.

Schon die Bezeichnung »Unterbrecher Null« bedeutete daher eine Absonderlichkeit. Die Ziffer Null sollte zum Ausdruck bringen, dass die Priorität dieses Unterbrechers weit über der aller anderen lag.

Trotz des Fehlschlags gab Walik Kauk noch nicht ganz auf. Er suchte nach einer neuen Formulierung, mit der er den Zentralrechner dazu bringen konnte, mehr über die Identität des Unbekannten zu verraten.

Aber das holografische Symbol flackerte plötzlich und änderte seine Farbe zu grellem Rot. Eine bisher nicht gehörte Stimme erklang: »Ortung meldet ein unbekanntes Flugobjekt! Die Möglichkeit eines Angriffs ist in Erwägung zu ziehen!«

Sirenen heulten. Der zweite Holoschirm leuchtete auf. Er zeigte einen Ausschnitt blauen Himmels und davor jenen seltsamen Flugkörper, den Walik Kauk und seine Begleiter nun schon zum dritten Mal erblickten.

Der klare Winterhimmel war ein vertrauter Anblick. Aber der fremde Flugkörper gehörte nicht ins Bild. Es war unmöglich abzuschätzen, in welcher Höhe er sich bewegte, und ebenso unmöglich, ein Gefühl für seine Größe zu bekommen. Walik Kauk gab sich Mühe, die äußere Form des Gebildes mit bekannten geometrischen Formen zu vergleichen. Aber der Versuch blieb erfolglos. Etwas war an diesem Objekt, was sich der Erfassung durch den menschlichen Verstand entzog.

Still und dennoch mit bedeutender Geschwindigkeit zog das geheimnisvolle Schiff seine Bahn über den wolkenlosen Himmel. Seine Konturen veränderten sich nicht, sie waren starr, aber dennoch unmöglich zu beschreiben. Dieser Flugkörper erschien wie ein Gegenstand aus einer höheren Dimension, der mit seinen Extremitäten in das untergeordnete Kontinuum der Menschen hereinragte und nur deshalb sichtbar wurde.

Die Sirenen waren verstummt. Schon bevor sich die unbeschreibliche Kontur in ein Nichts auflöste.

Walik Kauk atmete auf. Die Begegnungen mit diesem fremden Objekt gehörten zu den unheimlichsten Ereignissen seines Lebens. Er spürte die Drohung, eine Gefahr, die von dem geheimnisvollen Fahrzeug ausging, und er fühlte sich hilflos.

»Ortung verzeichnet Abgang des unbekannten Flugobjekts!«, meldete die zweite Stimme des Zentralrechners. »Der Alarmzustand ist beendet!«

Walik Kauk war in Gedanken versunken, doch Shamanovs gellender Schrei schreckte ihn auf.

»Die Überirdischen kommen!«

Walik nahm noch einen huschenden Schatten wahr, dann traf ein wuchtiger Schlag seine Schulter und schleuderte ihn zur Seite. Er fühlte irgendetwas an seinem Gürtel, achtete jedoch nicht darauf. *Shamanov ist frei!*, schoss es ihm durch den Sinn ...

ZWISCHENSPIEL

An Bord des Raumschiffs beobachteten fremde Geschöpfe den Planeten. Ihre Messgeräte erfassten jede Einzelheit seiner Oberfläche. Mit den Geräten gekoppelt waren Konverter, die diese Messergebnisse in ultraenergetische Impulse umwandelten und einem Ultrasender zuleiteten, der sie durch übergeordnete Kontinua abstrahlte.

Dorthin, wo die Inkarnation CLERMAC residierte ...

Gleichzeitig bekamen die Geschöpfe an Bord des Raumschiffs die Resultate ihrer Messungen zu sehen.

Die Fremden waren überrascht, denn die Resultate entsprachen nicht den Vorhersagen.

Eine wichtige Planphase hatte einen Misserfolg gezeigt.

Mit unverändertem Eifer setzten sie ihre Vermessung fort. Da die bisherigen Ergebnisse den Fehlschlag einer Planphase in den Bereich des Wahrscheinlichen rückten, war es von äußerster Wichtigkeit, dass zusätzliche detaillierte Messungen mit äußerster Sorgfalt durchgeführt würden.

Aus den Resultaten der Zusatzarbeiten würde man schlussfolgern können, wie der Fehlschlag – falls es sich wirklich um einen solchen handelte – im Einzelnen zustande gekommen war.

Aber es war nicht Aufgabe der Besatzung an Bord des Raumschiffs, diese Folgerungen zu ziehen. Das war Sache der Inkarnation CLERMAC, deren Geschöpfe die Fremden waren.

Schon während des Marsches hatte Shamanov begonnen, an seinen Fesseln zu arbeiten. Zwei Dinge waren ihm dabei zugute gekommen: dass der Roboter kaum auf ihn zu achten schien und dass die Leute, die ihn gefesselt hatten, davon so gut wie nichts verstanden.

Seine Chance kam, als das Lesegerät explodierte. Shamanov lockerte auch die Fußfesseln so weit, dass er sie jederzeit vollends lösen konnte.

Bis dahin war er mit nüchterner Überlegung vorgegangen. Als jedoch der Alarm ertönte und das Raumschiff im Holo erschien, da packte auch ihn die Erregung. Er achtete kaum noch auf den Roboter, der sich seinerseits nur wenig um ihn zu kümmern schien. Blitzschnell entledigte er sich der Fesseln. Kauk, Tingmer und Pollard waren von der fremdartigen Erscheinung derart abgelenkt, dass sie nicht bemerkten, was sich hinter ihrem Rücken abspielte. Dem Siganesen erging es nicht anders.

Shamanov sprang auf. Das war der Moment, in dem der Flugkörper wieder verschwand. Nun zählte jede Sekunde.

»Die Überirdischen kommen!« Mit dem Aufschrei warf er sich auf Kauk. Den traf der Aufprall unvorbereitet. Chara griff blitzschnell nach dem Strahler, entsicherte die Waffe und richtete die Projektormündung auf die verborgene Tür. Fauchend stach der Energiestrahl gegen die Wand und schnitt hindurch wie durch Butter. Binnen Sekunden entstand eine Öffnung, die groß genug war, um einen Mann durchzulassen. Dahinter war es finster.

Mit triumphierendem Schrei wirbelte der Verrückte herum. Seine Schüsse zwangen jeden in Deckung. Irr lachend warf sich Shamanov mit einem mächtigen Sprung durch die entstandene Öffnung, deren Ränder noch glühten.

Walik Kauk war nach dem Zusammenprall zwar wieder auf die Beine gekommen, hatte sich jedoch erneut zu Boden geworfen, als der Wissenschaftler seine letzte Salve abfeuerte. Noch halb benommen, raffte er sich auf. Jenseits der finsteren Öffnung hörte er das meckernde Lachen des Irren verklingen.

»Augustus – warum hast du ihn entkommen lassen?«, fragte Walik verbittert.

»Er entgeht seiner Bestimmung nicht«, antwortete der Ka-zwo. »Ich handle auf höchste Anweisung.«

Walik Kauk verlor endgültig die Geduld. »Wer zum Teufel ist diese höchste Autorität?«, schrie er den Roboter wütend an. »Und wer gibt ihr das Recht, mit uns wie mit einer Horde unmündiger Kinder zu verfahren? Was soll diese lächerliche Heimlichtuerei?«

»Ihr werdet sehen«, antwortete Augustus ruhig. »Der Zeitpunkt ist gekommen!«

Der Ka-zwo trat auf den geheimen Ausgang zu. Die Öffnung, die Shamanov gewaltsam geschaffen hatte, glühte immer noch nach.

Augustus musste einen unhörbaren Befehl gegeben haben, denn die Überreste der Tür bewegten sich plötzlich zur Seite. Der Gang öffnete sich.

»Ich gehe voran!«, erklärte der Ka-zwo. Niemand widersprach ihm.

Der Korridor verlief etwa fünfzig Meter geradlinig bis zu einer scharfen Biegung, dann war in der Ferne matte Helligkeit zu sehen. Gleichzeitig wurden Laute hörbar, die entfernte Ähnlichkeit mit einer menschlichen Stimme hatten. Augustus bewegte sich langsamer. Sein Gefolge verstand, dass es darauf ankam, Geräusche weitgehend zu vermeiden.

Sie erreichten den Eingang zu einem Raum, der ein Duplikat dessen zu sein schien, den sie vor wenigen Minuten verlassen hatten. Auch hier zwei Holoschirme, positronische Geräte und eine Sitzgruppe mit acht Sesseln und kleinen Tischen. So verblüffend war die Übereinstimmung, dass Walik unwillkürlich nach der leeren Stelle an der Wand Ausschau hielt, an der sich eine weitere Geheimtür verbarg. Allerdings gab es keine solche Stelle.

Immerhin verstand er, dass sie endlich das eigentliche Kommandozentrum der Kontrollstation Palatka vor sich hatten. Der Zentralrechner war nur eine vorgeschobene Instanz. Es gab eine weitere Positronik, die der wahre Herrscher der Station war.

Im Gegensatz zu dem ersten Dialograum war dieser nur matt erleuchtet. Umso gespenstischer wirkte die Szene, die sich vor den Augen der Überraschten abspielte.

Chara Shamanov hatte in einem der Sessel Platz genommen und führte Schaltungen aus. Im linken Holo leuchtete ein grünes Symbol: das Modell eines Sonnensystems mit zwei Planeten, von denen der äußere einen Satelliten besaß. Niemand hatte dieses Symbol je zuvor gesehen, doch jedem war klar, dass es das System der Sonne Medaillon mit ihren Begleitern Goshmos Castle und Terra darstellte.

»Ich bin der, den ihr zum Herrn dieses Planeten ausersehen habt!«, rief Shamanov schrill. »Ich bin hier, um mich euch zur Verfügung zu stellen. Ich habe diese Station in meinen Besitz gebracht! Meldet euch, ihr Überirdischen!«

Waliks Blick suchte und fand den Strahler, den Shamanov in seiner Aufregung einfach fallen gelassen hatte. Der Wahnsinnige war unbewaffnet und konnte jederzeit überwältigt werden.

Shamanov erhielt auf seine großspurige Ankündigung zunächst keine Antwort. Das ließ ihn unruhig reagieren.

»Zeigt euch, ihr Überirdischen!«, rief er. »Ich bin der Herr dieser Station. Ich bin in der Lage, euch zu empfangen, wie es eurem Rang gebührt!«

Unvermittelt dröhnte eine Stimme: »Du bist nicht der Herr der Station. *Ich* bin es!«

»Gewiss doch!« Shamanov schluckte verwirrt. »Du bist der Herr! Zeig dich mir, Überirdischer!«

»Ich bin kein Überirdischer!«

»Was sonst ...?«

»Ich bin der Sklave!«

Ungläubig starrte Shamanov in die Richtung, aus der die Stimme kam. »Du bist ... der Sklave?«

»Ich bin der Sklave. Und niemand hat dich zum Herrn der Erde ausersehen! Du bist ein Narr, dem nur noch ein Psychophysiker helfen kann.«

Das war zu viel für Shamanov. Erst schien er die Worte nicht verstanden zu haben, dann schoss ihm das Blut in den Kopf. Seine Augen quollen aus ihren Höhlen hervor. Gurgelnd sprang er auf. »Du hältst mich nicht zum Narren, Sklave!«, schrie er mit sich überschlagender Stimme. »Ich bin der Herr der Erde! Ich bin auserwählt, diesen Planeten zu beherrschen ...!«

Mit übermenschlicher Kraft riss er einen der kleinen Tische aus seiner Halterung und schleuderte ihn in Richtung des Holos mit dem Planetensymbol.

»Hör auf!«, dröhnte da die fremde Stimme.

Irr lachend zerrte Shamanov den nächsten Tisch aus seiner Verankerung. Dann aber geschah etwas, das seiner Zerstörungswut Einhalt gebot.

Aus dem Hintergrund des Raumes ertönte ein feines Singen. Im matten Widerschein der Lumineszenzplatten schien Nebel aus dem Boden und der Decke hervorzuquellen und sich zu einem länglichen Gebilde zu formen. Dieses Gebilde schwebte auf den Wahnsinnigen zu.

Chara Shamanov bot einen erbarmungswürdigen Anblick. Er war mitten in der Bewegung erstarrt und hielt den Tisch noch immer erhoben. Er hatte sich halb zur Seite gewandt und sah den Nebel auf sich zukommen. Angstschweiß perlte auf seiner Stirn.

»Bist du ... der Überirdische?«, brachte er tonlos hervor.

Der Nebel veränderte sich weiter. Aus den verschwommenen Umrissen wuchs die Silhouette einer menschlichen Gestalt. Sie erschien übergroß, und während ihre Züge sich formten, bot sie einen wahrhaft gespenstischen Anblick.

»Sprich ...!«, jammerte der Irre. »Bist du ...?« Mit einem ächzenden Laut auf den Lippen brach er zusammen. Der Tisch polterte zu Boden.

Die nebelhafte Gestalt vollendete ihre Metamorphose. Mit einem Mal war nichts Nebelhaftes mehr an ihr. Ein schlanker, hochgewachsener und junger Mann stand da.

Baldwin Tingmer war der Erste, der seine Überraschung überwand. »Raphael ...!«, stöhnte er.

In den Tagen der Krise, als Aphiliker und Immune mit vereinten Kräften den Sturz der Erde in den Schlund im letzten Augenblick verhindern wollten, hatte NATHAN ein aus Formenergie bestehendes Wesen geschaffen und mit dem Auftrag zur Erde gesandt, diese Bemühungen zu vereiteln.

Reginald Bull hatte Raphael schließlich entlarvt und, indem er alle Kommunikationsverbindungen zwischen NATHAN und der Erde blockieren ließ, unschädlich gemacht.

Die Existenz des Energiewesens war in den Tagen vor der großen Katastrophe nie weithin publik geworden. Nur wenige hatten von Raphael jemals gehört, aber auch sie hatten nie erfahren, was aus Raphael geworden war, nachdem er sich scheinbar in nichts aufgelöst hatte.

Baldwin Tingmer hatte damals auf aphilischer Seite an dem gemeinsamen Projekt gearbeitet. Er hatte Raphael mehrmals zu sehen bekommen und erkannte ihn sofort wieder.

»Ja, ich bin Raphael!«, bekräftigte das Energiewesen Tingmers erstaunten Ausruf. »Ich bin der Wächter von Palatka.« Er sah den Siganesen auf Walik Kauks Schulter sitzen und brachte ein mattes, fast menschlich wirkendes Lächeln zustande. »Ich weiß ... du hieltest dich für den Wächter der Station. Du warst das auch, bis die Entwicklung zusätzliche Sicherungsmaßnahmen erforderte. Dein und mein Auftrag stammen von derselben Autorität ...«

»Von Perry Rhodan?«, forschte Kulliak Jon.

»Von NATHAN«, lautete die Antwort. »NATHAN, der sich *der Sklave* nannte, sah voraus, dass die Katastrophe nicht alle Menschen von der Erde hinwegraffen würde. Eine Hand voll musste überleben ... und sei es nur, um der Statistik Genüge zu tun. Um die Überlebenden zu sichern, wurde diese Station reaktiviert. Ich bin hier, damit sie ihre Leistung in den Dienst der wenigen stellt, die diese Welt bevölkern. Meine Mission sollte geheim sein. Ich hoffe, dass sie es bleiben wird, obwohl ihr mein Geheimnis kennt. Denn niemand gewinnt etwas aus der Kenntnis, dass *der Sklave* einen Erben hinterlassen hat.«

Walik Kauks Starre war gewichen. »An uns soll es nicht liegen«, erklärte er. »Aber was wird aus Shamanov?«

»Er ist tot«, antwortete Raphael gelassen. »Er hat die Enttäuschung und den Schreck nicht überlebt.«

Eine Zeit lang hegte Walik Kauk die Hoffnung, die Begegnung mit Raphael würde ihm zu den Antworten verhelfen, die ihm der Zentralrechner verweigert hatte. Aber es stellte sich heraus, dass das Energiewesen ebenso wenig gesprächig war wie die Positronik.

Kauk gewann den Eindruck, dass Raphael einiges daran lag, seine Besucher auf dem raschesten Weg wieder aus der Kontrollstation zu entfernen. Er bot ihnen ein leistungsfähiges Fahrzeug an, mit dem sie Terrania City in kürzester Zeit erreichen konnten.

Kulliak Jon hatte seinen Entschluss, Palatka zu verlassen, inzwischen revidiert; seine Furcht vor dem Unheimlichen war gewichen. Er erklärte sich bereit, sein Amt weiterhin auszuüben, wenn auch nur als Zweiter Wächter. Die Erkenntnis, dass sein Auftrag nicht, wie er geglaubt hatte, von Perry Rhodan stammte, sondern von NATHAN, hatte ihn zunächst niedergeschlagen gestimmt. Inzwischen aber war er wieder guten Mutes und glaubte an eine zufrieden stellende Zusammenarbeit zwischen ihm und Raphael. Das ergab sich für ihn daraus, dass das Energiewesen die unerwarteten Besucher der Kontrollstation ebenso behandelt hatte, wie er selbst es getan haben würde. Raphael hatte den Pförtner dazu bewogen, Walik Kauk und seine Begleiter einzulassen, als er erkannte, dass sie tatsächlich in Todesgefahr schwebten. Raphael hatte Baldwin Tingmer vor dem tödlichen Sturz bewahrt. Raphael hatte den Ka-zwo umprogrammiert, als Shamanov sich selbstständig machen wollte, und ihn dazu gebracht, den wahnsinnigen Biophysiker in die Medostation zu führen und dort zu überwältigen.

Nur ein einziges Mal war Kulliak Jon dem Energiewesen zuvorgekommen: als er eine Schar von Werkrobotern aussandte, den Hovercraft zu zerlegen und in der Station abzuladen, damit Shamanov nicht entkommen konnte.

Über den geheimnisvollen Raum, aus dem die Maschinen auf so unerklärliche Weise verschwunden waren, machte Raphael nur verschwommene Aussagen. Walik Kauk gelangte zu dem Schluss, dass das Energiewesen, um Gestalt annehmen zu können, auf Projektorstationen angewiesen war, von denen es wahrscheinlich mehrere gab. Raphael hatte wohl befürchtet, dass aus den Maschinen einer solchen Station auf seine Existenz geschlossen werden könne, und hatte alles umgelagert, bevor Kauks

Neugierde ihm gefährlich werden konnte. Die Funktion der Stange, die an einem gänzlich anderen Ort verschwunden war, wurde nicht erläutert.

Kulliak Jon führte die drei Männer und den Roboter zum Ausgang. Raphael war zurückgeblieben. In der Energiemauer klaffte nach wie vor die Lücke. Draußen stand ein Gleiter modernster Bauart. Er war außer mit einem konventionellen Funkgerät auch mit einem kleinen Hypersender ausgestattet, barg Proviant und einen Vorrat an Waffen.

»Leben Sie wohl!«, sagte der Siganese würdevoll zum Abschied. »Es würde mich freuen, wenn unsere Pfade sich in besseren Zeiten wieder einmal kreuzten.«

»Wir werden Sie nicht vergessen, Kulliak!«, versprach Walik Kauk. »Wir sind ein ziemlich verlotterter Haufen, aber wir vergessen das Gute nicht, das man uns zukommen lässt.«

Der Siganese winkte ab. »Reden Sie nicht davon! Wenn Sie nicht dazwischengekommen wären, säße ich weiterhin einsam und verlassen dort drinnen. Jetzt habe ich wenigstens Gesellschaft ... auch wenn es nur ein unberechenbares Energiewesen ist. Das ist mehr wert als alles, was ich für Sie tun konnte.«

Walik wollte widersprechen, aber Jon ließ ihn nicht zu Wort kommen. »Gehen Sie, bevor mich die Rührung packt!«, bat er. »Leben Sie wohl! – Und fast hätte ich's vergessen: Raphael lässt Ihnen ausrichten, dass Sie sich um Augustus keine Sorgen mehr zu machen brauchen.«

Was er damit meinte, wurde erst eine Zeit lang später offenbar.

Es war ein klarer, sonniger Wintertag. In einer Höhe von wenig mehr als einhundert Metern flog der Gleiter nach Südwesten. Palatka lag schon über achthundert Kilometer entfernt. Die Männer waren guter Laune. Vor wenigen Stunden war die erste Funkverbindung mit Terrania City zustande gekommen. Sante Kanube und seine Leute erwarteten ihre Ankunft voll Ungeduld.

Während des Fluges sprachen die drei oft über die Kontrollstation Palatka und ihren geheimen Wächter. Baldwin Tingmer war der Ansicht, dass allein die Sorge um die überlebenden Terraner Raphaels Existenz nicht rechtfertigte.

»Leicht kann man eine Kontrollstation so vorprogrammieren, dass sie zu einer gewissen Zeit anspringt und vorgegebene Aufgaben löst ...«, sagte Tingmer. »Dazu braucht man kein kompliziertes Energiegeschöpf wie Raphael.«

»Was für eine Aufgabe hat er dann deiner Ansicht nach?«, wollte Bluff wissen.

»Keine Ahnung«, brummte Baldwin. »Vielleicht soll er auf Gefahren von außen achten. Ich bin überzeugt, dass NATHAN und damit auch dieser merkwürdige Raphael weitaus mehr über die Hintergründe der Katastrophe wissen, als sie zugeben wollen. Denkt doch nur an das merkwürdige Raumschiff. Raphael kam mit keinem Wort darauf zu sprechen. Sollte da eine Aufgabe für ihn liegen?«

»He!«, rief Walik Kauk. »Ich weiß einen, den wir fragen können! Jetzt wird er uns die Auskunft hoffentlich nicht mehr verweigern.« Er wandte sich um. »Augustus?«

»Hier!«, antwortete der Roboter. Der Ka-zwo, der die ersten Stunden des Fluges im Ruhezustand im rückwärtigen Bereich der Kabine verbracht hatte, richtete sich auf und kam herbei.

»Wie ist das mit Raphael?«, erkundigte sich Walik. »Welche Rolle spielt er? Was weißt du über ihn?«

Augustus legte den Kopf ein wenig schief, als lausche er einer Stimme, die menschliche Ohren nicht vernehmen konnten. Eine dumpfe Ahnung stieg in Walik auf. Er erinnerte sich an Kulliak Jons letzte Worte.

»Dem Kontrollorgan ist eine Person der Identität Raphael nicht bekannt«, erklärte Augustus.

Walik Kauk wusste nicht, ob er sich freuen oder verzweifeln sollte. Raphael hatte Wort gehalten: Der Ka-zwo war in den ursprünglichen Zustand zurückversetzt worden.

»Ach, du meine Güte«, jammerte Baldwin Tingmer. »Jetzt spinnt er wieder …«

8.

Die Katze war auf einen Baum geklettert und hatte sich in einen Strick verwickelt. Sie konnte sich aus eigener Kraft nicht mehr befreien und war verurteilt, zu ersticken oder zu verhungern.

Da erschienen fünf Mäuse unter dem Baum.

»Befreit mich!«, jammerte die Katze kläglich.

Die Mäuse blickten hoch und erwiderten: »Warum sollten wir? Du bist unser Feind!«

Aber die Katze versprach ihnen ewige Freundschaft. So kletterten die Mäuse auf den Baum und durchnagten den Strick, und die Katze kam frei.

Kaum befreit, stürzte sie sich auf die Mäuse, tötete und verschlang sie.

Eine Fabel

Sante Kanube zerstrahlte das Türschloss mit einem Schuss und taumelte aufatmend in den halbdunklen Raum hinein. Er ging bis zur nächsten Wand, ließ sich einfach zu Boden sinken und pumpte weiter Luft in seine überanstrengten Lungen.

Walik Kauk, der hinter ihm hereinkam, warf die Tür wieder zu. Auch hier drinnen war das Toben des Orkans zu hören.

»Ich habe den Eindruck, dass diese Unwetter schlimmer werden. Und sie kommen in immer kürzeren Abständen.« Kauk lehnte sich mit dem Rücken gegen die Tür. Er schaltete seinen Scheinwerfer ein und leuchtete den Raum ab.

Walik Kauk, Baldwin Tingmer und Bluff Pollard sowie der Roboter Augustus hatten vor nunmehr drei Tagen Terrania City erreicht und sich der von Alaska Saedelaere geleiteten Gruppe angeschlossen. Kanube und Kauk waren unterwegs, um Vorräte zu beschaffen. Wenige Stunden nachdem sie das Hauptquartier der Gruppe verlassen hatten, waren sie von diesem Unwetter überrascht und dazu gezwungen worden, sich einen Unterschlupf zu suchen.

»Es wird zu einer globalen Naturkatastrophe kommen«, befürchtete Kanube.

Kauk hatte überhaupt nicht zugehört, sondern den Raum mit schnellen Schritten durchquert. Unter einem dreidimensionalen Bild blieb er stehen.

Im Lichtkegel erkannte Kanube das Porträt einer jungen Frau. »Hören Sie *damit* auf!«, sagte er ärgerlich.

Kauk nahm das Bild ab und drehte es unschlüssig. »Wo mag sie jetzt sein?«, fragte er leise.

Hagelkörner prasselten gegen das große Fenster neben der Tür. Es klang wie eine Serie ferner Explosionen.

»Sie haben gut lachen«, fuhr Kauk fort. »Sie haben Marboo!«

»Wir haben keine intime Beziehung!«, brauste Kanube auf.

»Ich dachte, Sie teilen die Frau mit Speideck.«

»Wenn Sie nicht sofort ruhig sind …!«

»Tut mir Leid«, sagte Kauk. »Das war dumm von mir.« Er schob das Bild in seinen Proviantsack und schaute sich weiter um.

»Dieser Tingmer …«, brach Sante Kanube nach einer Weile das Schweigen, »… trinkt er häufig?«

Kauk drehte den Kopf zur Seite. »Bei unserem ersten Zusammentreffen hätte er mich in seinem Rausch beinahe umgebracht. Danach war es eigentlich besser. Erst seit wir in Terrania sind …«

»Ich bin froh, dass wir uns endlich ungestört unterhalten können«, unterbrach Kanube. »Frauen sind in unserer Gruppe unterrepräsentiert, das ist das erste Problem. Außerdem werden einige von uns mit der Situation nicht fertig. Tingmers Vorbild könnte Schule machen – das ist unser zweites Problem.«

Kauk lachte rau. »Wenn Sie Alaska zuhören, gibt es nur das Problem: die Menschheit zu finden!«

»Er versucht, uns ein Ziel zu geben!«

»Ich bin Realist, Sante. Was Alaska und dieser merkwürdige Fremde wollen, interessiert mich nicht. Ich bin sogar dafür, Douc Langur wegzuschicken. Er passt nicht zu uns. Wissen Sie, was er kurz nach unserer Ankunft getan hat?«

»Vermutlich hat er Sie gefragt, ob Sie ihn für einen Roboter oder für ein organisches Wesen halten.«

»Woher wissen Sie das?« Kauk schien überrascht. »Aber damit nicht genug, hat er sich mit dieser verdammten Problematik sogar an Augustus herangemacht. Der Ka-zwo wäre sicher durchgedreht, wenn ich ihn nicht gerettet hätte.«

Kanube lachte. »Eigentlich eine seltsame Gemeinschaft, wir Überlebenden«, sagte der Afroterraner dann. »Jeder hat seine individuellen Schwierigkeiten. Da erscheint es fast grotesk, dass Alaska diese Organisation gründen will.«

»Was denken *Sie*, das er ist?«

»Langur? – Das kann niemand beantworten.«

»Saedelaere will ihn zum Mond schicken!« Kauk stieß eine derbe Verwünschung aus.

»Warum nicht? Douc Langur hat das einzige verfügbare Raumschiff. Wir müssen jede Chance nutzen, um NATHAN zu reaktivieren. Wenn das gelingt, sind wir auf einen Schlag viele Sorgen los.«

Tief atmete Kauk ein. »Ich befürchte, dass Langur Unheil anrichten wird. Er hat keine Ahnung, was er auf Luna tun muss.«

»Alaska wird ihn instruieren.«

Ein Donnerschlag übertönte Kauks Antwort. Eine schwere Bö riss die Tür fast aus der Verankerung, aber danach wurde es still. Totenstill beinahe, als hole die gequälte Atmosphäre des Planeten Luft.

»Wenn wir jetzt nicht zu den anderen zurückkehren, schaffen wir es so schnell nicht mehr«, behauptete Sante Kanube.

Walik Kauk nickte nur stumm.

Augenblicke später liefen sie wieder los. Es war nahezu völlig dunkel geworden, obwohl die Nacht erst in einigen Stunden hereinbrechen würde.

Sieben Menschen (vielleicht die letzten Menschen der Erde), ein Extraterrestrier und ein Ka-zwo hatten sich im Ausstellungsraum in der oberen Etage des Cherryl-Hauses versammelt. Die Atmosphäre war eher gereizt als feierlich. Die Kalenderuhren zeigten den 4. März des Jahres 3582, es war kurz vor zwanzig Uhr. Mara Bootes hatte eine Musikdatei in ein batteriebetriebenes Wiedergabegerät geschoben.

Liszt!, dachte Alaska Saedelaere erstaunt. Der Teufel mochte wissen, wo sie ausgerechnet dieses Werk aufgetrieben hatte.

Wenn er zum Oberlicht aufsah, konnte er erkennen, dass es schneite. Der Schnee taute aber sofort wieder weg.

Alaska ließ seinen Blick wandern.

Vor ihm saß Walik Kauk, ein selbstbewusster, entschlossener Mann. Kauk hatte die Beine von sich gestreckt und weit gespreizt. Seine Haltung drückte Widerspruch aus. Er wollte weiterleben, das war sein einziges Ziel.

Hinter Kauk stand Bluff Pollard. Der Junge würde tun, was Kauk anordnete. Walik Kauk war so etwas wie eine Vaterfigur für ihn.

Saedelaeres Blick streifte die junge Frau, die mittlerweile einen Becher mit Tee in Händen hielt. Wenn auch niemand darüber sprach, so bedeutete die Ankunft der Gruppe um Kauk doch eine zusätzliche Belastung für sie, denn die Männer belauerten sich gegenseitig. Ihretwegen.

Sante Kanube und Jan Speideck waren noch mit der Installation der Hyperfunkanlage beschäftigt, die sie aus dem Gleiter der neuen Gruppe ausgebaut hatten. Zweifellos war Kanube der Zuverlässigste, wenn es darum ging, für das Allgemeinwohl zu arbeiten. Speideck musste immer erst für etwas begeistert werden.

Baldwin Tingmer gebärdete sich wie ein Raubein, aber damit versuchte er nur, seine Schwächen zu überdecken.

Außerdem waren da noch Douc Langur und Augustus. Der Ka-zwo bedeutete kein Problem, er wurde von Kauk einwandfrei kontrolliert.

Und Langur?

Sie wussten viel zu wenig von diesem Fremden, um sich ein Bild von ihm machen zu können. Immerhin schien der Extraterrestrier zur Zusammenarbeit bereit zu sein.

»Fangen Sie schon an!«, drang Kauks Stimme in Alaskas Gedanken. »Ich habe noch zu tun.«

Walik Kauk hatte immer irgendetwas zu tun, seine Aktivität war manchmal geradezu beängstigend. Er hatte eine große 3-D-Karte von Terrania City beschafft und redete davon, dass sie ein neues Hauptquartier beziehen sollten. Alaska ließ ihn gewähren, obwohl für ihn feststand, dass sie früher oder später nach Imperium-Alpha umziehen würden.

Saedelaere schaltete den Translator ein, damit Douc Langur ihn verstehen konnte.

»Niemals zuvor«, sagte er, »hat das Schicksal eine Gruppe von Menschen unter ungewöhnlicheren Bedingungen zusammengeführt. Wir hoffen, dass es auf Terra noch mehr Überlebende gibt, aber vorerst müssen wir davon ausgehen, dass wir die letzten Menschen der Erde sind.«

Bestürzt stellte er fest, dass ihm diese Worte wie eine Selbstverständlichkeit über die Lippen kamen. Bedeutete dies, dass er das Verschwinden der Menschheit bereits als *endgültig* akzeptiert hatte? Er rückte die Plastikmaske vor seinem Gesicht zurecht und fuhr fort: »Wir wissen wenig voneinander, denn wir sind uns nach der Katastrophe zum ersten Mal begegnet. Keiner von uns konnte sich sein Schicksal aussuchen. Daraus ergibt sich eine gewisse Problematik, denn nachdem Sie alle vom Fluch der Aphilie befreit sind, haben Sie Ihre individuelle Persönlichkeit erlangt.«

Für Sekunden war es beängstigend still.

»Noch nie waren Menschen so sehr aufeinander angewiesen, wie wir es sind«, fuhr Alaska Saedelaere fort. »Das muss uns allen klar sein. Wir müssen begreifen, dass nicht jeder für sich leben und arbeiten kann. Das Einzelinteresse muss hinter dem Allgemeinwohl zurückstehen, und wir müssen uns Aufgaben zuwenden, die vielleicht unüberwindbar erscheinen.«

Niemand rührte sich. Alaska fragte sich besorgt, ob er nur den Verstand seiner Zuhörer erreichte oder ob er auch ihre Gefühle ansprach. Wenn es ihm nicht gelang, sie zu überzeugen, waren seine Pläne gefährdet.

»Ich bin niemals Aphiliker gewesen«, sagte er ruhig. »Deshalb fällt es mir schwer, Ihren psychischen Zustand zu verstehen. Ich weiß aber, dass Sie Zeit brauchen, um mit Ihren neu gewonnenen Fähigkeiten fertig zu werden. Gefühle, von denen Sie früher nichts gewusst haben oder die Ihnen verdammenswert erschienen, stürmen auf Sie ein. Hinzu kommt die gefährliche Situation, in der wir uns befinden.«

»Ich dachte, wir gründen eine Organisation!«, rief Tingmer. Seine Wangen waren zwar gerötet, dennoch schien er völlig nüchtern zu sein.

»Im Grunde genommen«, antwortete Saedelaere in seiner holprigen Sprechweise, »brauchen wir keine Organisation zu gründen, denn ihre Notwendigkeit ergibt sich von selbst. Ich bin jedoch der Meinung, dass wir gewisse Leitsätze haben müssen, nach denen wir handeln können.«

Er hatte ein Plakat vorbereitet, das noch zusammengerollt neben ihm auf dem Tisch lag. Nun ergriff er es.

»Wir sind hier zusammengekommen, um die TERRA-PATROUILLE zu gründen!« Er hielt das Plakat am oberen Ende fest und rollte es auf, so dass alle lesen konnten, was da stand:

TERRA-PATROUILLE

Die TERRA-PATROUILLE hat folgende Zielsetzungen:

1. Der Standort Terras muss bestimmt werden.
2. Die Menschheit muss wiedergefunden werden.
3. Alle noch auf der Erde lebenden Menschen müssen gefunden und in die TERRA-PATROUILLE aufgenommen werden.
4. NATHAN muss wieder aktiviert werden.

Zusatz: Aus jedem dieser Punkte ergibt sich eine Reihe von Nebenaufgaben, die der Situation entsprechend behandelt werden sollen.
Die Mitglieder der TERRA-PATROUILLE verpflichten sich, ausschließlich für die oben genannten Ziele dieser Organisation tätig zu sein.
Gründungsmitglieder sind:
Sante Kanube (Terraner), Jan Speideck (Terraner), Mara Bootes (Terranerin), Walik Kauk (Terraner), Baldwin Tingmer (Terraner), Bluff Pollard (Terraner), Alaska Saedelaere (Terraner).
Der Forscher Douc Langur (Extraterrestrier unbestimmbarer Herkunft). Der Ka-zwo-Roboter Augustus.

Terrania City, den 4. März 3582

Als alle das Plakat gelesen hatten, sagte Alaska: »Ich möchte, dass Sie durch Ihre Unterschrift bestätigen, dass Sie Mitglieder der TERRA-PATROUILLE sind.«

Kanube kam sofort zum Tisch und setzte seine Unterschrift unter das Gründungsdokument. Ihm folgten Speideck, Mara Bootes, Tingmer und Alaska selbst.

Kauk saß noch immer auf seinem Platz.

»Was ist mit Ihnen, Walik?«, erkundigte sich der Transmittergeschädigte. »Wollen Bluff und Sie nicht unterschreiben?«

Kauk sah ihn finster an. »Sie haben uns überrumpelt«, versetzte er ärgerlich. »Ich kann Sie nicht daran hindern, dass Sie sich solche Ziele setzen, aber ich halte das für Unsinn. Ich habe darüber nachgedacht. Die Menschheit ist verschwunden und wird es immer bleiben.«

»Glauben Sie das wirklich?«

»Ja!« Kauk sprang auf und rief mit Nachdruck: »Wir sollten uns lieber darum kümmern, wie wir weiter überleben können. Das wird von Tag zu Tag schwerer. Jeder braucht nur einen Blick ins Freie zu werfen, um das zu erkennen. Meinetwegen können wir später einmal daran denken, NATHAN wieder zu aktivieren, aber im Augenblick ist das unmöglich. Ich habe auch nichts dagegen, wenn wir mit anderen Menschen Kontakt aufnehmen – sofern es überhaupt noch andere außer uns gibt. Andererseits ist es mir völlig egal, wo die Erde sich befindet, denn das Wissen um ihren Standort ändert nichts an unserer Lage. Die Suche nach der Menschheit ist sowieso ein Hirngespinst.« Er drehte sich um und stapfte aus dem Saal.

Pollard warf Alaska einen zögernden, beinahe um Entschuldigung bittenden Blick zu, dann folgte er Kauk. Tingmer lachte und sagte spöttisch: »Genau das habe ich geahnt.«

Alaska Saedelaere war viel zu betroffen, als dass er etwas hätte sagen können. Dass Kauk so reagierte, erschien ihm unbegreiflich. Vor allem machte er sich Vorwürfe, dass er die Sache nicht vorher mit ihm diskutiert hatte. Sicher hätte der Mann sich mit den richtigen Argumenten überzeugen lassen.

Er merkte kaum, dass Douc Langur näher gekommen war. Erst als der Forscher ihn mit einer Greifklaue berührte, blickte er auf.

»Jetzt bin ich an der Reihe!«, pfiff Langur. Seine Worte wurden vom Translator in Interkosmo wiedergegeben.

Alaska überreichte ihm den Schreibstift. Langur machte ein merkwürdiges Zeichen auf das Plakat.

»Was heißt das?«, wollte Sante Kanube wissen.

Wenn ein Mensch überhaupt feststellen konnte, dass Douc Langur eine würdevolle Haltung einnahm, dann in diesem Augenblick. »Es ist ein Zeichen«, erklärte der Fremde. »Das Zeichen der Kaiserin von Therm.«

»Ich dachte, Sie könnten sich an nichts erinnern?«, warf Marboo ein.

»Manchmal«, gab Langur zurück, »kommt mir irgendetwas in den Sinn.«

»Nun bist du noch übrig.« Saedelaere wandte sich an den Ka-zwo.

Augustus neigte den Kopf zur Seite, als lauschte er auf eine Stimme, die nur ihm verständlich war. »Nein!«, krächzte er.

»Nein?«, wiederholte Alaska. »Warum nicht?«

»Das Kontrollelement hat mir Anweisung erteilt, dass ich noch nicht unterzeichnen soll.« Augustus stakte mit ungelenken Schritten hinaus.

»Ich wette, das Kontrollelement heißt Walik Kauk«, versuchte Kanube zu scherzen.

Aber niemand war zum Lachen zumute. Die Gründung der TERRA-PATROUILLE, eigentlich Anlass für eine feierliche Zeremonie, war zu einer schweren Belastungsprobe für die kleine Gruppe geworden.

Am nächsten Morgen waren Kauk, Pollard und der Ka-zwo noch immer nicht zurück, aber Tingmer winkte nur ab, als Kanube nach ihnen fragte.

»Ich bin sicher, dass sie in der Nähe geblieben sind«, sagte der Ingenieur. »Walik ist kein Narr. Er weiß, dass er in der Gruppe besser aufgehoben ist als bei Bluff und dem Ka-Zwo. Außerdem wird er ...«

Saedelaere, der gerade hereingekommen war, schaute ihn an. »Außerdem – was?«

»Mara!«, erklärte Tingmer widerwillig. »Walik wird uns nicht verlassen, solange die einzige Frau bei unserer Gruppe ist.«

Mara Bootes hielt sich noch in ihrem Schlafraum auf. Saedelaere hatte den Eindruck, dass sie sich immer öfter zurückzog. Außerdem war sie dazu übergegangen, sich unauffällig zu kleiden und ihre weiblichen Reize unter weiten Jacken zu verbergen. Der Zellaktivatorträger wünschte, er hätte mehr über die Gefühle von Menschen gewusst, die ihr Leben lang Aphiliker gewesen waren und nun mit einem Ansturm von Emotionen zurechtkommen mussten.

»Ich muss jetzt zu Langur«, verkündete er. »Der Forscher ist startbereit.«

»Ich begleite Sie!«, erbot sich Tingmer.

Gemeinsam verließen sie das Cherryl-Haus. Die HÜPFER stand noch mitten auf der Straße, kein Sturm hatte dem kleinen Schiff bisher etwas anhaben können. Es war nur halb von Schnee zugeweht. Douc Langur stand neben der Schleuse, seine Spuren führten vom Hauptportal des Cherryl-Hauses bis zur HÜPFER durch den knöcheltiefen Schnee. Es war kalt, der Schnee knirschte unter den Füßen.

»Trauen Sie ihm eigentlich?«, fragte Baldwin Tingmer. »Wir wissen doch so gut wie nichts von ihm.«

»Ich weiß von ihm so wenig wie von Ihnen und allen anderen«, erwiderte Saedelaere.

»Aber er ist kein Terraner!«

»Douc Langur kann als Einziger Luna erreichen. Wir müssen es riskieren.«

Sie waren bei der HÜPFER angelangt. Langur fuhr seine Sinnesorgane aus und pfiff: »Die Vorbereitungen sind abgeschlossen.«

Alaska warf einen Blick durch die offene Schleuse ins Innere des

Kleinstraumschiffs. Inzwischen wusste er, dass Langur sein Schiff in regelmäßigen Abständen aufsuchte, um eine Prozedur zu vollziehen, die für seine körperliche Regeneration notwendig war.

»Denken Sie daran, dass NATHAN ein Komplex ist, der praktisch den gesamten Mond umschließt«, erinnerte Saedelaere. »Natürlich gibt es zentrale Stellen, vor allem die Großspeicher. Sie haben alle Pläne, die wir beschaffen konnten.«

»Ich habe die Instruktionen verstanden«, antwortete Langur zuversichtlich.

Einem inneren Impuls folgend, hätte der Maskenträger beinahe die Hand ausgestreckt. Er erinnerte sich aber rechtzeitig daran, dass der Forscher diese Geste wahrscheinlich gar nicht verstanden hätte.

Langur stieg in die Schleuse. Gleich darauf wurde der Bug der HÜPFER transparent. Die beiden Männer konnten Douc Langur auf einem seltsamen Auswuchs vor den Kontrollen kauern sehen.

Tingmer trat einen Schritt zurück. »Ob wir ihn jemals wiedersehen?«

»Vergessen Sie nicht, dass wir mit ihm in Funkverbindung bleiben«, antwortete Alaska. »Anders können wir ihm keine Ratschläge geben.«

Die HÜPFER hob ab, schwebte lautlos über der Straße und gewann dann allmählich an Höhe.

In diesem Augenblick stürmten Kauk, Pollard und Augustus aus einem benachbarten Haus. Kauk vorneweg, seine Pelzkappe tief in die Stirn gezogen.

»Die Rebellen kommen!«, bemerkte Tingmer sarkastisch.

Walik Kauk blieb vor Saedelaere stehen und warf einen Blick in den wolkenverhangenen Himmel, wo die HÜPFER gerade noch als dunkler Punkt zu sehen war. Schließlich senkte er den Kopf und sagte dramatisch: »Dies war der *erste* Fehler der TERRA-PATROUILLE.« Er nickte Pollard und Augustus zu und ging an Alaska und Tingmer vorbei ins Cherryl-Haus.

Tingmer grinste breit. »Immerhin haben sie sich entschlossen, ihr Frühstück gemeinsam mit den Mitgliedern der TERRA-PATROUILLE einzunehmen.«

Gegen Mittag beendeten Kanube und Speideck die Montage der Hyperfunkanlage. Alaska beglückwünschte sie zu der vollendeten Arbeit und nahm vor dem Gerät Platz.

»Was haben Sie vor?«, erkundigte sich Marboo.

»Wir funken das Manifest der TERRA-PATROUILLE in den Weltraum.«

»Wozu?«, fragte Speideck verblüfft. »Niemand kann uns hören.«

»Das stimmt«, gab Alaska zu. »Es soll auch nur eine symbolische Handlung sein.«

»Sie halten wohl eine Menge von symbolischen Dingen?«, knurrte Kauk.

Saedelaere gab keine Antwort, sondern sendete den Text. Er tat es nur, um die Mitglieder der TERRA-PATROUILLE davon zu überzeugen, dass ihre Arbeit von großer Bedeutung war. Seine Handlungsweise beruhte auf der Hoffnung, dass diese erst seit kurzem von der Aphilie befreiten Menschen für solche Dinge zugänglich waren.

Nach geraumer Zeit wollte er abschalten und sich erheben. In dem Moment reagierte der Empfänger. Alaska hielt mitten in der Bewegung inne und blickte wie gebannt auf das Gerät.

»Da meldet sich jemand!«, stieß Walik Kauk ungläubig hervor.

Die anderen drängten sich plötzlich hinter Saedelaere.

»Schalten Sie endlich ein!«, schrie Tingmer. »Worauf warten Sie?«

Der Aktivatorträger schluckte krampfhaft. Er zitterte so stark, dass er zweimal zugreifen musste, um die Schaltungen durchzuführen.

»Ich verbiete Ihnen, so etwas zu machen!«, rief eine harte Männerstimme. »Die Gründung der TERRA-PATROUILLE ist illegal.«

»Wer … ist das?«, brachte Marboo irritiert hervor. »Von wo spricht er?«

»Aus dem Weltraum«, sagte Alaska Saedelaere, aber seiner Stimme war anzuhören, dass er diese unglaubliche Tatsache selbst noch nicht akzeptiert hatte.

Was bin ich eigentlich?, fragte sich Douc Langur. *Ein Forscher der Kaiserin von Therm oder der Beauftragte dieser wenigen Geschöpfe, die sich Terraner nennen und eine rätselhafte Katastrophe überlebt haben?*

Natürlich hing die Erledigung seiner früheren Tätigkeit davon ab, dass er das MODUL wiederfand und an Bord der gigantischen Station die nächsten Punkte der Großen Schleife abflog. Langur glaubte nicht, dass er das MODUL jemals wiedersehen würde, aber er hätte sich zumindest darum bemühen können. Stattdessen hatte er sich beinahe spontan für die Belange der Terraner engagiert – und das, obwohl sie ihn beim zweiten Zusammentreffen lebensgefährlich verletzt hatten.

Der Forscher zog die oszillierende Kugel aus der Tasche. »Was hältst du von unserem neuen Auftrag, LOGIKOR?«, fragte er den Rechner.

»Es liegt eine verwirrende Fülle von Informationen vor«, lautete die Antwort. »Unter diesen Umständen kann ich mir kein Bild von dieser Angelegenheit machen.«

»Manchmal«, sagte Langur resignierend, »frage ich mich, wozu ich dich überhaupt mit mir herumtrage.«

»Zur Unterstützung bei der Lösung schwieriger Probleme«, erklärte LOGIKOR.

»Aber es hat sich alles geändert. Wir orten und messen nicht mehr, sondern wir haben sehr individuelle Arbeiten übernommen. Sogar unsere Auftraggeber haben gewechselt.«

LOGIKOR schwieg. Douc Langur rutschte ein Stück auf dem Sitzbalken in Richtung des transparenten Bugs der HÜPFER und blickte hinaus.

Schräg vor sich sah er einen Ausschnitt der Oberfläche des einzigen Mondes von Terra. Die Terraner hatten den Satelliten ausgehöhlt und in eine riesige Weltraumstation verwandelt. Doch die robotischen Werftanlagen standen still, die Transmitter waren abgeschaltet, und der biopositronische Großrechner, von dem so viel abhing, funktionierte nicht mehr. Trotz aller technischen Einrichtungen war Luna tot.

Ein toter Zeuge einer mächtigen Zivilisation!, dachte Langur. Zum ersten Mal glaubte er verstehen zu können, was in den sieben Überlebenden auf der Erde vor sich ging. Erstaunlich, dass sie noch eine derartige Aktivität entwickelten.

Sie gaben nicht auf, sondern träumten davon, den einstigen Zustand wiederherzustellen. Diese kleine Gruppe leistete sich sogar Uneinigkeit darüber, wie die Ziele verwirklicht werden sollten. Zweifellos gehörten die Terraner zu einer hoch entwickelten Zivilisation. Umso enttäuschender war es, dass sie sein, Douc Langurs, Problem bisher nicht gelöst hatten. Niemand konnte ihm sagen, ob er ein organisches Wesen oder ein Roboter war.

»Gemessen an der Erscheinungsform der Terraner solltest du eigentlich in der Lage sein, mich zu beurteilen«, sagte er zu LOGIKOR. »Du musst doch Vergleiche anstellen.«

»Du bist anders als sie«, verkündete LOGIKOR.

Der Forscher wurde ärgerlich und schob den Rechner in die Gürteltasche. Er änderte den Kurs der HÜPFER und ließ das kleine Schiff auf die Oberfläche des Mondes sinken. Er hatte ein Plateau entdeckt, das früher einmal als Landefläche gedient hatte. Jedenfalls deuteten alle Anzeichen darauf hin.

Vielleicht war es angebracht, mit Alaska Saedelaere über Funk zu beraten, wo ein geeigneter Landeplatz für die HÜPFER lag.

Douc Langur bekam jedoch keinen Kontakt.

Verblüfft fragte er sich, was die Terraner dazu veranlasst haben mochte, die Funkanlage unbesetzt zu lassen. Das war ungewöhnlich. Eine Folge ihrer Streitigkeiten? Er würde eben auf eigene Faust handeln.

Die Landung bereitete ihm keine Schwierigkeiten. Die Gravitation des Mondes betrug nur ein Sechstel des Wertes auf Terra. Und oberflächlich betrachtet gab es zwischen Luna und dem MODUL eine gewisse Ähnlichkeit. Das betraf allerdings weniger die Form als die Struktur.

Langur blickte durch den transparenten Bug hinaus. Das von Terra reflektierte Licht genügte, um Einzelheiten erkennen zu lassen. Nirgendwo zeichnete sich eine Bewegung ab. Die Ortungen der HÜPFER reagierten lediglich auf Masseverdichtungen, alle anderen Werte schienen unerheblich zu sein.

Langurs Körper auf dem Sitzbalken wurde schlaff. Er war sich der Größe dieser Station bewusst. Wie sollte er, ein Einzelgänger, der zudem erst damit begonnen hatte, sich mit der terranischen Technik vertraut zu machen, hier irgendetwas erreichen?

Obwohl er nicht damit rechnete, dass seine Ankunft eine robotgesteuerte Reaktion auslöste, wartete er längere Zeit, bevor er etwas unternahm.

Sein neuer Versuch, mit den Menschen in Terrania City in Funkverbindung zu treten, klappte sofort. Alaska Saedelaere meldete sich und entschuldigte sich für sein Schweigen. »Es ist etwas Unvorhergesehenes geschehen«, informierte er Langur. »Wir haben Kontakt mit einem Menschen im Weltraum.«

»Nach allem, was Sie mir bisher gesagt haben, ist das unmöglich«, gab der Forscher kühl zurück. »Das Sonnensystem wurde aus einem Gebiet, das Sie Mahlstrom nennen, in eine Ihnen unbekannte Galaxis versetzt. Wie wollen Sie unter diesen Umständen die Anwesenheit eines Menschen im Weltraum erklären, zumal alle anderen Bewohner Ihres Planeten angeblich verschwunden sind?«

»Wie sehr, glauben Sie, bereitet uns das schon Kopfzerbrechen?«

»Haben Sie mir Informationen vorenthalten?«, fragte Langur argwöhnisch.

»Keineswegs«, versicherte Saedelaere. »Ich bitte Sie, zunächst auf eigene Faust zu handeln. Wir melden uns wieder, sobald wir in dieser anderen Angelegenheit Fortschritte erzielt haben.«

»Soll ich aussteigen?«

»Ja«, bestätigte Alaska. »Überprüfen Sie Ihren Schutzanzug und verlassen Sie die HÜPFER.«

Langur sagte: »Ich habe keinen Schutzanzug.«

Eine Zeit lang herrschte Stille. »Das ist doch nicht möglich!«, rief Saedelaere schließlich. »Auf den Gedanken bin ich überhaupt nicht gekommen. Unter diesen Umständen ist Ihre Mission sinnlos. Warum haben Sie das nie erwähnt?«

»Weil ich keinen Schutzanzug brauche!«, gab Douc Langur zurück.

9.

Jentho Kanthalls oberstes Prinzip hieß: *Verlasse dich nur auf dich selbst!*

Seit er vor drei Tagen aus seiner langen Bewusstlosigkeit erwacht war, wusste er, dass das Prinzip diesmal versagen würde und dass dieses Versagen gleichbedeutend mit seinem Tod war. Es erschien ihm wie eine Ironie des Schicksals, dass der enge Behälter, in dem er sich befand, die Bezeichnung *Rettungskapsel Zwei* trug, denn unter den gegebenen Umständen war kein Name unzutreffender als dieser. Die Rettungskapsel war ein Sarg!

Kanthall war jedoch nicht derjenige, der vor einer aussichtslosen Situation kapitulierte. So begann er, rund zweitausend Kilometer von der Erdoberfläche entfernt, darüber nachzudenken, wie er sich retten konnte.

Es gab drei entscheidende Veränderungen, die er dabei zu berücksichtigen hatte:

1. Medaillon, Terra und Luna waren durch den Schlund gestürzt und in einer anderen Galaxis herausgekommen.

2. Die Menschheit war von der Erde verschwunden. Genau diesen Eindruck hatte er bislang gewonnen.

3. Er war nicht mehr aphilisch.

Vielleicht deshalb, weil sie ihn unmittelbar betraf, erschien Kanthall die dritte Veränderung am fantastischsten.

Er rekonstruierte die Ereignisse, wie sie vor dem Sturz Terras in den Schlund stattgefunden hatten. Zu seiner Überraschung erinnerte er sich an alle Einzelheiten.

Am 1. September 3581 hatte er das Regierungsgebäude unter einem Vorwand verlassen und seine Privatwohnung aufgesucht. Ohne sich um die chaotischen Zustände auf der Erde zu kümmern, war er nach Bulgan aufgebrochen. Dort, an einer schwer zugänglichen Flussbiegung des Orhon, hatte er schon vor Jahren ein größeres Areal aufgekauft, wo er neben vielen anderen Ausrüstungsgegenständen einen Raumjäger aufbewahrte.

Kanthall hatte sich niemals darauf verlassen, dass die anderen genug tun würden, um der drohenden Katastrophe zu begegnen. Die Vernichtung praktisch aller zur Verfügung stehenden Raumschiffe hatte ihm schließlich bewiesen, dass sein Prinzip richtig war.

Am Morgen des 2. September 3581 war Jentho Kanthall mit seinem Raumjäger gestartet. Er erinnerte sich noch genau an den scheinbar in Flammen stehenden Himmel. Der Schlund war schon sehr nahe gewesen, und deshalb hatte die Schubkraft des Jägers nicht ausgereicht, um wirklich noch zu entkommen. Unter dem Einfluss unbekannter Energien war das Triebwerk explodiert.

Für Kanthall hatte die Kapsel die letzte Rettungsmöglichkeit bedeutet. Es war ihm sogar noch gelungen, die *RK-2* mit Hilfe der schwachen Korrekturdüsen in eine einigermaßen stabile Umlaufbahn um die Erde zu bringen. Allerdings waren Hilferufe vergeblich gewesen, denn auf der Erde hatte jeder mit sich selbst zu tun gehabt.

Deshalb hatte Jentho Kanthall Terras Sturz in den Schlund an Bord der Rettungskapsel mitgemacht.

Als er wieder zu sich gekommen war, hatte die Datumsfunktion der Kapsel den 2. März 3582 angezeigt.

Kanthall war sich noch immer nicht darüber im Klaren, wie ein Mensch derart lange ohne Bewusstsein bleiben konnte, ohne körperlichen Schaden zu erleiden. Wahrscheinlich war auch das auf die besonderen Umstände der Bewusstlosigkeit zurückzuführen.

Schon der erste Blick durch die transparente Kuppel der *RK-2* hatte ihm gezeigt, dass er sich nicht mehr im Mahlstrom befand. Das Medaillon-System war in einer anderen Galaxis materialisiert. Es war sinnlos, sich darüber den Kopf zu zerbrechen, er musste das akzeptieren. Danach hatte er sich der Beobachtung der Erde zugewandt und festgestellt, dass sie weitgehend entvölkert, wenn nicht sogar völlig verlassen war.

Er selbst war nicht mehr aphilisch. Aber die Gewissheit, erkrankt zu sein, hielt nicht lange an. Kanthall erkannte schnell, dass sein Zustand angenehmer und offensichtlich auch normaler war als während der Aphilie.

Also hatten die Immunen mit ihren Beteuerungen Recht gehabt! Kanthall wurde eine Zeit lang von seinem schlechten Gewissen geplagt. Was hatte er sich nicht alles ausgedacht, um Immune aufzuspüren und auszuschalten.

Kanthall überwand diese Periode der Selbstvorwürfe schnell, denn es kam nun darauf an, seiner misslichen Situation zu entrinnen. Die Schubkraft der *RK-2* reichte aber bestenfalls dazu aus, die Umlaufbahn zu korrigieren. An ein Landemanöver war überhaupt nicht zu denken.

Wahrscheinlich hatte es ihn ermüdet, die vielen unbekannten Gefühle zu verarbeiten – jedenfalls war Jentho Kanthall eingenickt.

Scheinbar unbeirrbar zog der konische Körper, in dem er wie in einem Kokon steckte, seine Bahn um die Erde. Die *Rettungskapsel Zwei* war zweieinhalb Meter hoch, dazu kam noch die halbkugelförmige Kuppel aus transparentem Glassit. An ihrer dicksten Stelle durchmaß die Kapsel eineinhalb Meter und fünfzig Zentimeter an der dünnsten, die gleichzeitig ihr unteres Ende darstellte.

In dem Wulst im oberen Drittel waren die Steuerdüsen untergebracht.

Unmittelbar darunter ragten zwei stählerne Armgelenke mit Greifzangen aus der Hülle. Sie konnten aus der Kapsel bedient werden und waren für Reparaturen an der Außenhülle größerer Schiffe installiert.

Auf ihrer Bahn hielt die *RK-2* stets das obere Ende zur Erdoberfläche hin gerichtet, sie kreiste also in vertikaler Stellung um den Planeten.

Jentho Kanthall erwachte von einem Geräusch, das er vor langer Zeit zum letzten Mal gehört hatte, das aber eine Reihe von Erinnerungen in ihm weckte. Seine Bewegungsfreiheit war auf ein Minimum eingeschränkt, dementsprechend sparsam waren seine sichtbaren Reaktionen. Er hob den Kopf, blickte auf die Instrumente und winkelte die Arme an, um die Kontrollen bedienen zu können.

Kanthalls Benommenheit wich mit einem Schlag, als er sich der Tatsache bewusst wurde, dass er eine Hyperkomsendung empfing.

Er regulierte die Feineinstellung. Gleich darauf war in der Kapsel eine Stimme zu hören. Ein für ihn Fremder sprach. Kanthall hätte eine so eigenartige Stimme jedenfalls unter vielen tausend anderen sofort wiedererkannt.

»... oben genannten Ziele dieser Organisation tätig zu sein«, sagte der Unbekannte. »Gründungsmitglieder sind: Sante Kanube (Terraner) ...« Insgesamt neun Namen wurden aufgeführt, darunter der eines Extraterrestriers und eines Ka-zwo.

»Terrania City, den vierten März drei-fünf-acht-zwei«, sagte der Mann abschließend.

Kanthalls Herzschlag raste vor Erregung. Dem letzten Satz der seltsamen Nachricht konnte er entnehmen, dass die Nachricht von Terrania City aus gesendet wurde und dass seine Borduhr ziemlich genau ging, denn sie zeigte den fünften März. Bevor er darüber nachdenken konnte, erklang die Stimme erneut.

»TERRA-PATROUILLE ...« Während Kanthall zuhörte, begriff er sehr schnell, dass es sich um eine Art Manifest handelte, das da verlesen wurde. Dieses Manifest war am vierten März erstellt worden – also zeigte die Borduhr die richtige Zeit.

Er entnahm der Sendung eine Vielzahl von Informationen, und er stellte fest, dass er die Situation beinahe richtig eingeschätzt hatte. »Ich verbiete Ihnen, so etwas zu machen!«, rief er in das Mikrofon der Rettungskapsel. »Die Gründung der TERRA-PATROUILLE ist illegal.«

Eine längere Periode des Schweigens folgte, so dass Kanthall schon befürchtete, man könnte ihn nicht hören. Endlich, als er vor Ungeduld mit den Fingerspitzen auf die Instrumente trommelte, kam die Antwort.

»Wo sind Sie?«

Jentho Kanthall schloss die Augen und gab sich der Erleichterung hin. »Im Erdorbit!«, rief er.

»Wer sind Sie?«

»Jentho Kanthall!«, gab er zurück. Einen Sekundenbruchteil danach biss er sich auf die Unterlippe. Er wusste, dass er einen unverzeihlichen Fehler begangen hatte.

Douc Langur war über sich selbst überrascht. Er wusste nicht, worauf es zurückzuführen war, dass sich die Anzahl spontaner Erinnerungen jetzt immer schneller vergrößerte, doch er vermutete, dass dies mit der unerwarteten Aktivität zusammenhing, die er entfaltete.

»Warum hast du mich nicht längst darauf aufmerksam gemacht, dass ich die HÜPFER ohne Schutzanzug verlassen kann, selbst wenn draußen ein Vakuum herrscht?«, fragte er LOGIKOR.

»Du hast nie danach gefragt«, antwortete die Kugel. »Außerdem ging ich davon aus, dass dir diese Fähigkeit bekannt ist.«

»Diese ... Fähigkeit wirft ein bezeichnendes Licht auf meinen Status«, sagte Douc Langur verzweifelt. »Kein organisches Wesen kann ohne Schutzanzug im Weltraum überleben. Daraus folgert, dass ich ein Roboter sein muss.«

»Keineswegs. Es ist möglich, dass du einen veränderlichen Metabolismus besitzt. Vielleicht kannst du deinen Körper für gewisse Zeiträume auf extreme äußere Bedingungen umstellen. Es ist nicht ausgeschlossen, dass es solche Organismen gibt.«

»Natürlich, natürlich«, jammerte Langur. »Aber das sind alles sehr *unkomplizierte* Organismen.«

»Ich sage nur, was ich weiß!«

Langur hing auf dem Sitzbalken und überlegte. Jeder weitere Schritt, den er machte, würde ihn mit neuen Offenbarungen konfrontieren, die immer deutlicher darauf hinwiesen, dass er ein Roboter war. Diese Vorstellung war unerträglich.

Andererseits, dachte er hoffnungsvoll, wusste er viel zu wenig über sich, um die Aussage LOGIKORS völlig abzulehnen. Vielleicht war wirklich etwas an der Theorie des veränderlichen Metabolismus.

Langur war froh, dass die Menschen auf der Erde mit ihren eigenen Problemen beschäftigt waren, denn er hatte keine Lust, mit ihnen seine Ängste zu diskutieren. Er musste sich erst wieder innerlich festigen. Fast wäre er dem Drang gefolgt, sich in der Antigravwabenröhre zu regenerieren. Doch so feige wollte er sich nicht verhalten. Außerdem war er nicht nach Luna gekommen, um sich zu entspannen. Arbeit wartete auf ihn.

Er schob sich vom Sitzbalken und öffnete die Schleuse der HÜPFER. Neugierig blickte er hinaus. Wie viel hatte sich doch verändert, seit er dieses fremde Sonnensystem bei der Materialisation entdeckt hatte. Beinahe ohne eigenes Zutun war er in Ereignisse verwickelt worden, die mit seinen Problemen nichts zu tun hatten.

Noch war Zeit zur Umkehr. Er konnte die Schleuse schließen und starten. Niemand würde ihn daran hindern, wenn er mit der HÜPFER dieses System verließ und sich wieder auf die Suche nach dem MODUL begab. Vielleicht war dies sogar die letzte Chance, zwischen zwei Wegen zu wählen.

»Sollen wir weitermachen?«, erkundigte er sich bei LOGIKOR.

Er erhielt keine Antwort, denn im Vakuum pflanzten sich keine Schallwellen fort. Die Rechenkugel konnte ihn nicht verstehen.

Niemand würde ihm bei seiner Entscheidung helfen. Aber das war auch nicht nötig, denn Douc Langur hatte sich längst entschlossen, auf dem eingeschlagenen Weg zu bleiben. Er hatte sich schon zu tief in die Angelegenheiten der Terraner verstrickt. Hinzu kam die Überzeugung, dass er nicht in der Lage sein würde, das MODUL wiederzufinden.

Er brauchte auch nicht zu hoffen, dass das MODUL nach der HÜPFER suchte. Langur war nur einer von vielen tausend Forschern, die vom MODUL aus operierten. Es war sogar zweifelhaft, dass man seine Abwesenheit schon bemerkt hatte.

Douc Langur kletterte aus der Schleuse. Überall ragten die Kuppeln der sublunaren Station aus dem Boden. Daneben gab es aufgeschüttete Wälle mit großen Schleusen, Antennentürme und Lagerhallen, die sich scheinbar bis zum Horizont erstreckten. Die HÜPFER stand am Rand des Plateaus, das Langur als Landefeld identifiziert hatte.

Dem Forscher fiel auf, dass er das Funkgerät vergessen hatte, über das er sich mit den Menschen auf der Erde ab und zu in Verbindung setzen wollte. Er kehrte jedoch nicht um. Schließlich konnte er selbst entscheiden, wie er vorzugehen hatte. Sein erster Ausflug würde eben ohne Funkverbindung stattfinden.

Unmittelbar an das Landefeld grenzte eine schräge Metallwand, die in dreifacher Körperhöhe abknickte und parallel zum Boden weiter nach hinten verlief. Dort endete sie in einer Reihe von turmähnlichen Aufbauten.

Die schräge Wand wies drei schleusenähnliche Zugänge ins Innere der Station auf. Alle waren verschlossen, aber Saedelaere hatte in allen Einzelheiten erklärt, wie sie von außen geöffnet werden konnten.

»Achten Sie darauf, dass Sie sich ordnungsgemäß durchschleusen«, hatte ihn der Terraner ermahnt. »Ich möchte nicht, dass es in weiten Bereichen der Mondstation zu Druckverlusten kommt. Da NATHAN zurzeit nicht arbeitet, gibt es keine Möglichkeit, verlorenen Sauerstoff zu ersetzen. Wir wissen nicht, inwieweit wir noch darauf angewiesen sein werden, den Mond aufzusuchen und dort zu leben.«

Langur durfte nicht so egoistisch sein und davon ausgehen, dass er nicht unbedingt Atemluft benötigte. Er musste auf den Metabolismus der Terraner Rücksicht nehmen. Sein Forscherinstinkt mahnte ihn außerdem, möglichst alles unverändert zu lassen; nur dann würde er die originale Umgebung inspizieren können, wie sie von ihren Erbauern zurückgelassen worden war.

Da der positronische Öffnungsmechanismus ausgefallen war, betätigte Douc Langur den manuellen Öffner. Als das Schleusentor aufglitt, zögerte er nicht einen Augenblick, sondern trat ein. Die Vorstellung, dass in diesem Mond eine gigantische Rechenzentrale untergebracht war, die sich selbst abgeschaltet haben sollte, berührte ihn seltsam. Er hatte das Gefühl, etwas Verbotenes zu tun.

»Kanthall!«, stieß Walik Kauk hervor. Es hörte sich an wie ein Fluch. »Jentho Kanthall!« Er beugte sich über Alaska und schaltete den Hyperkom ab, bevor der Transmittergeschädigte verstand, was er vorhatte.

Saedelaere sprang auf und starrte Kauk wütend an. Dann fiel sein Blick auf die Gesichter der anderen. Er las darin Furcht und Ablehnung, ja sogar Hass. Irgendetwas ging mit diesen Menschen vor, was er nicht verstand. Die Nennung eines Namens hatte sie aufgebracht und scheinbar unkontrollierbare Emotionen in ihnen geweckt.

»Keiner von uns«, sagte Kauk düster, »wird auch nur ein einziges Wort mit Kanthall wechseln. Und wenn er hier auftauchen sollte, werden wir ihm den Prozess machen und ihn aburteilen, wie es diesem Verbrecher zukommt.«

Abwehrend hob Alaska beide Arme. »Einen Augenblick!«, rief er. »Ich weiß nicht, worum es überhaupt geht. Sie vergessen, dass ich die Erde über vierzig Jahre lang nicht betreten habe.«

»Er hat Recht«, wandte Kanube sich an die anderen. »Natürlich kann er nicht wissen, wer Kanthall ist und was er getan hat.«

»Dann sagt es ihm!«, brummte Kauk.

»Kanthall war Stellvertretender Regierungschef unter Trevor Casalle«, berichtete Marboo. »Außerdem fungierte er mehrere Jahre lang als Oberbefehlshaber der Terranischen Flotte. Er galt als einer der einflussreichsten und mächtigsten Männer in der Regierung der Aphiliker. Einen besonderen Namen hat er sich durch die gnadenlose Verfolgung der Immunen gemacht.«

»Man sollte ihn hinrichten!«, schrie Speideck. »Wir nehmen ihn gefangen und richten ihn hin.«

Seinen Worten folgte ein unbeschreiblicher Tumult. Etwas, das sich in diesen Männern aufgestaut hatte, brach mit einem Mal los. Trotzdem konnte Alaska Saedelaere heraushören, dass sie Speideck zustimmten. Wahrscheinlich hätten sie Kanthall gelyncht, wenn er in der Nähe gewesen wäre.

Endlich verstummte der Lärm.

»Wir werden feststellen, wo er ist! Dann holen wir ihn und bestrafen ihn!« Walik Kauk wollte Saedelaere zur Seite schieben, um an die Funkanlage heranzukommen, doch er musste feststellen, dass der Hagere seinen Anstrengungen scheinbar mühelos standhielt. Hinter Kauk versammelten sich die anderen. Ihre Gesichter waren gerötet.

»Einen Augenblick!«, sagte der Aktivatorträger ruhig. »Sie benehmen sich wie Wahnsinnige! Woher wollen Sie wissen, dass es *dieser* Kanthall ist, mit dem ich gesprochen habe?«

»Wir täuschen uns nicht!« Kauk sprach gehetzt, als hätte er keine Zeit zu verlieren. »Es gibt dafür zwei Indizien: Kanthall befindet sich im Weltraum. Dort konnte nur ein Mann mit seinen Mitteln hinkommen. Außerdem versuchte er gleich nach der Kontaktaufnahme, die Gründung der TERRA-PATROUILLE zu verbieten. Das ist typisch für ihn.«

Saedelaere schüttelte den Kopf. »Ihre Erregung lässt Sie den Blick für die Tatsachen verlieren. Wie wollen Sie an Kanthall herankommen? Er befindet sich im Weltraum.«

»Es gibt Möglichkeiten«, sagte Kauk trotzig. »Wir können ein Raketenfort aktivieren und Kanthall abschießen!«

Speideck klatschte in die Hände.

»Und nun«, sagte Walik Kauk drohend, »gehen Sie zur Seite, bevor wir Sie gewaltsam von diesem Platz wegholen!«

Alaska hob die Hand und griff nach seiner Maske. Die anderen wussten inzwischen, was er darunter verbarg, und wichen vor ihm zurück.

»Es ist doch erstaunlich, wie viel Aggressivität die letzten Menschen der Erde aufbringen, um sich gegenseitig Schwierigkeiten zu machen«, sagte der potenziell Unsterbliche müde.

»Warum gehen Sie nicht?«, fragte Kauk aufgebracht. »Sie und Ihre verdammten Hirngespinste, wie die TERRA-PATROUILLE eines ist. Lassen Sie uns in Ruhe, wir wissen selbst, was wir zu tun haben.«

Alaska verschränkte die Arme vor der Brust und verharrte vor der Funkanlage. Er begriff, was hier geschah und warum es geschah. Schon deshalb durfte er Kauks Forderung nicht nachkommen. Er musste den anderen klar machen, wie es zu dieser Entwicklung kommen konnte.

»Ich verlasse Sie nicht!«, sagte er bestimmt. »Nicht etwa deshalb, weil ich besondere Sympathien für Sie hege, sondern weil ich der einzige Mensch hier bin, der niemals aphilisch war. Deshalb weiß ich auch, warum Sie so reagieren.«

»Geschwätz!«, rief Kauk.

Kanube trat neben ihn. »Alaska soll sagen, was er denkt! Vielleicht gibt es Dinge, die wir wirklich übersehen.«

Tingmer, der sich kurz von der Gruppe entfernt hatte, kehrte mit einer Flasche in der Hand zurück und sagte inbrünstig: »Darauf trinken wir einen ...« Niemand beachtete ihn.

»Sie glauben, dass Sie Jentho Kanthall hassen«, sagte Alaska Saedelaere. »Aber in Wirklichkeit hassen Sie sich selbst. Sie können sich nicht verzeihen, dass Sie aphilisch waren; der Gedanke daran ist Ihnen unerträglich. Sie wollen Kanthall hinrichten, aber das Ziel dieser Aktion sind Sie selbst. Sie wollen die Aphilie ungeschehen machen, indem Sie einen ihrer prominentesten Vertreter ermorden. Das ist die Wahrheit. Sie alle sind intelligent genug, um die psychologischen Zusammenhänge zu begreifen, wenn Sie nur dazu bereit sind.«

Es wurde so still, dass sie den wieder anhebenden Sturm hörten. Plötzlich schluchzte Bluff Pollard. »Es ist nicht wahr!«, stieß er unter Tränen hervor. »Warum sagt ihm keiner, dass er sich täuscht? Ich will niemanden ermorden.«

Baldwin Tingmer schmetterte die Flasche auf den Boden, dass sie zerbarst. »Ich war genauso Aphiliker wie Kanthall! Wenn ich einen Immunen erwischt hätte, wäre ich zur nächsten Ka-zwo-Station gegangen – das ist die Wahrheit.«

Mein Gott!, dachte Alaska. *Was habe ich ihnen angetan?* Er hoffte, dass kein irreparabler Schaden entstanden war.

So leise, dass die anderen ihn kaum verstehen konnten, sagte Walik Kauk, der ehemalige Industrielle: »Also gut, Maskenmann! Reden *Sie* mit ihm.«

Wie Douc Langur erwartet hatte, gab es im Innern der Station eine Atmosphäre. Außerdem war die Notbeleuchtung eingeschaltet. Die gesamte Anlage schien in Wartestellung zu verharren. Der Forscher bewegte sich durch einen breiten Korridor und ignorierte die beidseits liegenden Hallen und Räume.

Er wollte möglichst bald einen von NATHANS zentralen Knotenpunkten erreichen, die Saedelaere ihm beschrieben hatte. Eine Biopositronik solchen Ausmaßes musste in der Lage sein, auch Langurs Probleme zu lösen und auf seine Fragen eine Antwort zu finden. So gesehen lag NATHANS Aktivierung in Douc Langurs eigenem Interesse.

Er nahm LOGIKOR in eine Greifklaue. »Ich habe das Funkgerät zurückgelassen. Wir können uns ungestört in aller Ruhe umsehen.«

»Es gibt sehr viele Informationen«, gab die Rechenkugel zurück. »Es wird einige Zeit in Anspruch nehmen, sie zu einem komplexen Bild zusammenzufügen.«

»Dessen bin ich mir bewusst. Jetzt kommt es in erster Linie darauf an, eine Verbindungsstelle zu NATHAN zu finden.«

Er bog in einen Seitenkorridor ab. Da er LOGIKOR bei sich hatte, brauchte er nicht zu befürchten, sich in dem Labyrinth von Gängen und Räumlichkeiten zu verirren.

Entsprechend den Beschreibungen, die er von Saedelaere erhalten hatte, musste das Gebiet, in das er eingedrungen war, zum Verwaltungsbezirk gehören. Die Werftanlagen befanden sich weiter südlich.

Eigentlich war es unvorstellbar, dass alle Intelligenzwesen, die hier gelebt und gearbeitet hatten, für immer verschwunden bleiben sollten. Erneut hatte Langur den Eindruck, dass sie jeden Augenblick zurückkehren konnten. Aber weder Saedelaere noch die übrigen Mitglieder der kleinen Gruppe in Terrania City hatten die geringste Ahnung, wohin die Menschheit verschwunden war.

Wäre die Bevölkerung bei der Katastrophe umgekommen, hätte man Leichen finden müssen.

Oder waren die Bewohner des Planeten von unbekannten Energien aufgelöst worden?

Das war keine befriedigende Antwort, dachte der Forscher. Ein solcher Prozess hätte auch alle anderen Lebensformen auf der Erde treffen müssen.

An den Wänden entdeckte er Zeichen, wie Saedelaere sie ihm beschrieben hatte. Es handelte sich um Hinweise auf die Position einer zentralen Schaltstelle. Der Forscher folgte den Symbolen. Nachdem er mehrere Räume mit transparenten Wänden durchquert hatte, kam er an den Eingang zu einer Halle. Er öffnete das Schott.

»Das ist eine Schaltzentrale!«, rief er aus. »Sie sieht genauso aus, wie Saedelaere sie mir beschrieben hat.«

»Was willst du jetzt tun?«, fragte LOGIKOR.

Douc Langur richtete seine fächerförmigen Sinnesorgane auf die mit Instrumenten übersäte Wand. »Ein Verbindungselement zu NATHAN«, stellte er fest. »Es sieht aber nicht so aus, als würde es Energie führen.«

Er hütete sich, Schaltungen anzurühren, die er nicht kannte, zumal er von Saedelaere die Lage der Hauptkontrollen kannte. Langsam bewegte er sich an der Instrumentenwand entlang. Eine seltsame Frage kam ihm in den Sinn. Was, wenn es ihm gelingen sollte, NATHAN zu aktivieren? Wie würde der Großrechner auf die Anwesenheit eines Fremden reagieren? Musste NATHAN nicht zu der Folgerung kommen, dass Langur ein Gegner war?

Aber der Realitätsgehalt dieser Überlegungen würde sich wahrscheinlich niemals überprüfen lassen. Nach allem, was Langur gesehen hatte, war die Anlage in ihrer Gesamtheit abgeschaltet. Es bedurfte sicher größerer Anstrengungen, als er sie erbringen konnte, um NATHAN zu aktivieren.

Unbeeindruckt von solchen grundsätzlichen Feststellungen, machte der Extraterrestrier sich an die Arbeit.

Das Warten war schrecklich, aber Kanthall wäre nie auf die Idee gekommen, von sich aus einen neuen Versuch zur Kontaktaufnahme zu machen. Vielleicht würde sich die kleine Gruppe in Terrania City überhaupt nicht mehr melden. Je länger Kanthall nachdachte, desto mehr schwanden seine zunächst erwachten Hoffnungen.

Wenn er auch voraussetzte, dass diese Menschen ein Raumschiff besaßen – was nicht sehr wahrscheinlich war –, konnten sie es wohl kaum fliegen. Bei den Überlebenden handelte es sich offenbar um eine bunt zusammengewürfelte Gruppe. Kanthall hatte nur einen der verlesenen Namen schon einmal gehört: *Alaska Saedelaere!* Er konnte sich aber nicht erinnern, in welchem Zusammenhang.

Als Kanthall schon nicht mehr mit einer neuen Verbindung rechnete, meldete sich die Gruppe wieder.

»Hier spricht Alaska Saedelaere! Jentho Kanthall, hören Sie uns?«

»Natürlich!«, grollte Kanthall. »Ich bin ja nicht taub.«

»In unserer Gruppe bestehen Unklarheiten hinsichtlich Ihrer Identität.«

Kanthall lachte dröhnend. »Das kann ich mir denken – aber keine Sorge: Ich bin es! Da Trevor Casalle offensichtlich mitsamt der Menschheit verschwunden ist, bin ich jetzt Regierungschef von Terra.«

Sein unsichtbarer Gesprächspartner überging diese Bemerkung. »Sie sagten, dass Sie sich im Erdorbit befinden. Können Sie genaue Angaben über Ihren Standort machen?«

Kanthall las die Positionsdaten von den Instrumenten ab.

»Warum landen Sie nicht?«

Das, dachte Kanthall, war die entscheidende Frage. Sollte er seinen hilflosen Zustand eingestehen? »Ich habe im Augenblick keine Veranlassung dazu«, erwiderte er ausweichend.

»Welcher Art ist Ihr Raumfahrzeug?«, wollte Saedelaere wissen.

Dieser Mann hatte eine direkte Art, eine einmal aufgenommene Spur zu verfolgen, anerkannte Kanthall. Wieder stand er vor der Entscheidung, ob er die Wahrheit sagen sollte. Wenn die Menschen auf der Erde technisch und wissenschaftlich nicht geschult waren, sagte ihnen die Bezeichnung *RK-2* überhaupt nichts.

»Ich halte mich in einer Rettungskapsel auf«, sagte er.

Es entstand eine Pause. Kanthall fragte sich, ob die anderen berieten, was sie seiner Information entnehmen konnten.

Saedelaere hatte den Sender abgeschaltet und sich zu den anderen umgewandt. »Wir brauchen ihn nicht mehr hinzurichten«, sagte er bedeutungsvoll. »Er ist durch besondere Umstände zum Tode verurteilt worden, und niemand kann ihn vor seinem Schicksal bewahren.«

»Wie kommen Sie darauf?«, rief Walik Kauk.

»Er sagt, dass er sich in einer Rettungskapsel befindet. Damit kann er nicht landen. Er hat auch keine Chance, sich irgendwo anders in Sicherheit zu bringen.«

»Und wenn Kanthall lügt?«, wandte Speideck ein.

»Warum sollte er?«

»Wie kommt er überhaupt nach oben?«, wollte Marboo wissen. »Wenn er mit der Kapsel nicht landen kann, hat er die Erde damit auch nicht verlassen.«

»Das ist richtig.« Alaska nickte. »Wahrscheinlich befand er sich an Bord eines größeren Raumfahrzeugs und musste wegen einer Gefahrensituation aussteigen.«

»Fragen Sie ihn, was geschehen ist!«, drängte Tingmer.

»Augenblick!«, unterbrach Kauk. »Warum sollen wir überhaupt noch mit ihm sprechen? Wir sind sicher, dass er hilflos ist und wir ihn nicht retten können. Trotzdem besitzt der Kerl noch die Unverschämtheit und gibt sich als Regierungschef aus.«

Alaska unterdrückte ein Lachen. »Rechtlich gesehen kann ihm niemand widersprechen. Casalle und alle anderen Regierungsmitglieder sind verschwunden. Solange keine Neuwahlen stattfinden oder andere Regelungen getroffen werden, ist Kanthall Regierungschef.«

»Er könnte seine Anordnungen ebenso gut aus der Hölle herauffunken!«, bemerkte Kauk ironisch.

Alaska forderte die anderen mit einer Handbewegung zur Ruhe auf, dann schaltete er den Hyperkom wieder ein. Er forderte Kanthall auf, zu berichten, wie er in einer Rettungskapsel in den Erdorbit kam. Kanthall gab einen kurzen Bericht der Ereignisse am 1. und 2. September des vergangenen Jahres.

»Sie waren länger bewusstlos als Ihre Schicksalsgenossen auf der Erde«, erklärte Saedelaere. »Andererseits ist Ihr ungewöhnlicher Standort wohl dafür verantwortlich, dass Sie nicht ebenfalls verschwunden sind.«

»Ich habe genug erzählt«, erwiderte Kanthall abweisend. »Ihr Name ist mir irgendwie geläufig. Ich möchte endlich wissen, mit wem ich es zu tun habe.«

Alaska sagte es ihm bereitwillig.

»Wenn Sie dieser Alaska Saedelaere sind, wissen Sie auch, in welcher Lage ich mich befinde«, stieß Kanthall hervor.

»Natürlich. Sie sind in der Kapsel gefangen und haben keine Möglichkeit, sie zu verlassen.«

»Ich trage nicht einmal einen Schutzanzug. Die Frage ist, ob ich verdurste, ersticke oder in der Erdatmosphäre verglühe.«

»Lassen Sie uns Zeit zum Nachdenken!«, bat Alaska. »Vielleicht finden wir doch eine Rettungsmöglichkeit für Sie.«

»Das gehört aber nicht zum Programm der TERRA-PATROUILLE«, spottete Kanthall.

»Alle noch lebenden Menschen müssen gefunden und in die TERRA-PATROUILLE aufgenommen werden!«, zitierte Alaska Saedelaere. »Das trifft auch für Sie zu.«

Kanthall antwortete nicht. Alaska versuchte, sich in die Lage des einsamen Mannes zu versetzen. Obwohl Kanthall wusste, dass er keine Überlebenschancen besaß, machte er keinen niedergeschlagenen Eindruck. Er schien eine kraftvolle Persönlichkeit zu sein und konnte als solche ein wertvolles Mitglied für die Gruppe werden. Abgesehen von Walik Kauk besaß kein Mitglied der TERRA-PATROUILLE Führungsqualitäten. Und Kauk hatte das Manifest bislang nicht unterzeichnet.

Das bedeutete, dass Alaska die TERRA-PATROUILLE führen musste, solange kein geeigneter Stellvertreter gefunden war. Er brauchte jedoch viel Zeit für andere Nachforschungen und Arbeiten. Alaska musste ein geeignetes Quartier in Imperium-Alpha einrichten, ein brauchbares Kleinraumschiff beschaffen und sich um die Phänomene kümmern, von denen Kauks Gruppe berichtet hatte.

Sollten sich tatsächlich Vertreter einer unbekannten Macht auf der Erde niedergelassen haben, würde er kaum noch Zeit für seine Aufgaben finden. Deshalb wäre Kanthall ein brauchbarer Mann gewesen.

Alaska verschwieg den anderen seine Überlegungen, denn sie hätten heftig dagegen protestiert..

Jentho Kanthall war kein Aphiliker mehr, und was unter den Vorzeichen des Waringer-Effekts unmenschliche Auswirkungen gehabt hatte, konnte sich nun durchaus positiv auswirken.

»Ich melde mich wieder, sobald wir eine Idee haben«, sendete Saedelaere. »Sollten Sie den Wunsch verspüren, mit jemandem zu reden, können Sie sich jederzeit mit uns in Verbindung setzen.«

»Ich kann warten.« Kanthall beendete das Gespräch.

»Im Raumhafen gibt es Projektoren für Traktorstrahlen«, überlegte Sante Kanube. »Glauben Sie, dass wir damit etwas erreichen könnten?«

Der Transmittergeschädigte hatte ebenfalls schon an diese Möglichkeit gedacht. Die Projektoren waren jedoch von NATHAN überwacht worden, und ohne die Unterstützung der Biopositronik auf Luna konnten sie nicht eingesetzt werden.

»Wie lange hat er Ihrer Ansicht nach noch zu leben?«, erkundigte sich Tingmer.

»Vier oder fünf Tage«, antwortete Alaska überzeugt. »Auf keinen Fall länger als eine Woche.«

Bluff Pollard kam zu ihm an den Tisch. »Wo haben Sie dieses Dokument?«, erkundigte er sich mit einem trotzigen Seitenblick zu Kauk. »Ich unterschreibe.«

Alaska schaute an dem Jungen vorbei ebenfalls in Walik Kauks Richtung.

»Werden Sie bloß nicht rührselig!«, knurrte Kauk. »Mich kriegen Sie damit nicht herum.«

Jentho Kanthall dachte daran, dass er erst vierzig Jahre alt war. An der Lebenserwartung eines Menschen gemessen, war er noch blutjung.

Hinzu kam, dass er als Aphiliker überhaupt nicht richtig gelebt hatte. Ausgerechnet jetzt, im Angesicht des Todes, lernte er das Spektrum menschlicher Gefühle kennen. Kanthall bedauerte, dass er nie das Glück haben würde, mit anderen Non-Aphilikern zusammenzuleben.

Wie eng war er doch mit der Aphilie verbunden gewesen!

Seine Blindheit gegenüber allen Immunen erschien ihm im Nachhinein unvorstellbar. Er hatte diese Menschen als Kranke verachtet und verfolgt, dabei war er selbst der Kranke gewesen.

Kanthall wurde es in der Kapsel zu eng. Er hatte das Gefühl, ersticken zu müssen. Sollte er seinem armseligen Leben wenigstens ein schnelles Ende bereiten und die Transportkuppel öffnen?

Doch so schnell gab er sich nicht geschlagen. Solange er Luft und Nahrungskonzentrate besaß, wollte er um sein Leben kämpfen. Es war die

Passivität, zu der ihn das Schicksal verurteilt hatte, die ihm am meisten zu schaffen machte.

Kanthall starrte nach draußen. Durch eine Wolkenlücke konnte er die Westküste des ehemaligen amerikanischen Nordkontinents sehen.

Jäh war er hellwach.

Für den Zeitraum weniger Sekunden sah er ein mächtiges schwarzes Objekt zwischen den Wolken. Majestätisch schwebte es dahin. Seine äußere Form war schwer zu bestimmen, aber zweifelsohne handelte es sich um ein Flugobjekt.

Einen Augenblick lang war Kanthall sprachlos. Dann schaltete er die Funkanlage an und schrie mit sich überschlagender Stimme: »Ihr verdammten Halunken! Ihr habt ein Raumschiff! Ihr könntet mich retten, aber ihr habt Angst vor mir. Es macht euch nichts aus, mich in diesem verdammten Sarg sterben zu lassen!«

Bluff Pollard, der Wachdienst am Hyperkom hatte, rief Alaska Saedelaere zu sich. »Ich glaube, Kanthall ist verrückt geworden!«, stieß er hervor.

Alaska las die Aufzeichnung der letzten Sendung. »Das ist wirklich mysteriös«, sagte er nachdenklich. Auch die anderen waren aufmerksam geworden und kamen näher heran. Nur Kauk und Tingmer fehlten. Sie waren aufs Dach hinaufgegangen, um das Signalfeuer zu überprüfen.

»Ob er bereits Halluzinationen hat?«, fragte Marboo besorgt.

Sie stellten eine Verbindung her. Kanthall meldete sich zwar nicht, aber Alaska war sicher, dass der Mann in der Kapsel zuhörte.

»Kanthall, ich versichere Ihnen, dass wir kein Raumschiff haben. Warum sagen Sie uns nicht, was Sie gesehen haben, damit wir die Sache überprüfen können?« Als keine Antwort erfolgte, fuhr der Zellaktivatorträger fort: »Handelt es sich um ein großes schwarzes Objekt mit undeutlichen Konturen?«

Jetzt schrie Kanthall wieder: »Sie geben es also zu! Sie haben ein Schiff!«

Saedelaere erklärte, was Kauk, Tingmer und Pollard mehrmals erlebt hatten. Er berichtete auch von dem seltsamen Effekt im UKW-Bereich, den Kauk auf die Anwesenheit dieses Objekts zurückführte.

»Überlegen Sie doch! Wir sind nur sieben Menschen. Wie sollten wir ein so großes Schiff steuern?«

Kanthall schien sich zu beruhigen. Jedenfalls klang seine Stimme gedämpft, als er fragte: »Was geht überhaupt auf der Erde vor?«

Alaska seufzte. »Ich wünschte, wir wüssten eine Antwort darauf.«

»Der Gedanke, dass fremde Mächte auf unserer Heimatwelt walten, ist mir unerträglich«, sendete der Mann in der Rettungskapsel. »Warum unternehmen Sie nichts dagegen?«

»Sie machen mir Spaß. Wir haben Probleme genug.«

»Auf jeden Fall ist die Zielsetzung der TERRA-PATROUILLE unvollständig«, kritisierte Kanthall. »Sie müssen unter allen Umständen einen fünften Punkt in das Manifest aufnehmen. Darin muss festgestellt werden, dass die TERRA-PATROUILLE sich bemüht, dieses Phänomen zu klären.«

Er hatte dieser rätselhaften Erscheinung bisher viel zu wenig Bedeutung beigemessen. Das gestand Saedelaere sich ein. Dabei war denkbar, dass sie etwas mit dem Verschwinden der Menschheit zu tun hatte. Es sprach für Kanthall, dass er trotz seiner hoffnungslosen Lage mehr Übersicht bewies als die Mitglieder der TERRA-PATROUILLE auf der Erde. Saedelaere hatte sich nicht getäuscht: Kanthall war ein Mann, der immer an das Nächstliegende dachte.

»Unter jenen, die das Manifest unterzeichnet haben, befand sich ein Extraterrestrier namens Douc Mankur«, fuhr Kanthall fort.

»Langur«, korrigierte Alaska.

»Wie kommt er auf die Erde? Ist es möglich, dass er mit diesem Flugobjekt zu tun hat?«

Saedelaere hatte sich diese Frage ebenfalls schon gestellt. Natürlich war nicht auszuschließen, dass der Forscher ein Doppelspiel betrieb. »Langur ist in Ordnung«, sagte er dennoch zögernd.

»Ich will ihn sprechen!«, forderte Kanthall.

»Das geht nicht. Er befindet sich zurzeit auf dem Mond.«

»Was?«, brauste Kanthall auf. »Ausgerechnet im Bereich der lebenswichtigen Biopositronik NATHAN? Wer hat das veranlasst?«

»Das war ich!«

»Sie müssen wahnsinnig sein!«, hielt ihm Kanthall vor. »Rufen Sie den Burschen sofort zurück! Er darf unter keinen Umständen an NATHAN herankommen, das könnte schlimme Folgen für uns haben.«

Alaska winkte unwillkürlich ab, was der andere aber nicht sehen konnte. »NATHAN ist total ausgefallen. Deshalb haben wir Langur zum Mond geschickt. Er soll wenigstens teilweise eine Reaktivierung versuchen.«

Nach wenigen Augenblicken des Schweigens sagte Kanthall: »Warum sind Sie noch nicht auf den Gedanken gekommen, mich von diesem Langur retten zu lassen?«

Nach dem dritten Versuch gab der Forscher der Kaiserin von Therm auf. Es war sinnlos, wenn er sich weiter bemühte, seine Schaltungen hatten keine Reaktion bewirkt. Wer NATHAN aktivieren wollte, musste wahrscheinlich in die eigentliche Zentrale eindringen und dort Manipulationen vornehmen, zu denen Langur selbst jedenfalls nicht in der Lage war. Der Forscher bezweifelte auch, dass es einer der Terraner von der Erde geschafft hätte.

Er entschloss sich, die Station wieder zu verlassen und zu der HÜPFER zurückzukehren. Auf der Erde wartete man sicher schon ungeduldig auf eine Nachricht von ihm.

»Es fällt mir nicht leicht, Ihnen die Wahrheit zu sagen«, antwortete Alaska Saedelaere zögernd. »Doch Langurs Schiff ist für eine Rettungsaktion zu klein. Natürlich gäbe es eine Möglichkeit, wenn Sie einen Schutzanzug trügen.«

»Die Kapsel passt nicht in die Schleuse dieses Schiffes?«, fragte Kanthall gespannt.

»Stellen Sie sich eine Keule vor, zwanzig Meter lang und von acht Metern Durchmesser am Bug auf zwei Meter am Heck verjüngt. Das ist Langurs Schiff.«

»Ich werde darüber nachdenken«, erklärte Kanthall. »Es *muss* eine Möglichkeit geben. Sie sollten sich ebenfalls Gedanken machen.« Damit schaltete er ab.

Saedelaere saß vor der Anlage und schwieg. Kanthall machte sich etwas vor, wenn er an eine Rettung durch die HÜPFER glaubte. Dabei klammerte er sich keineswegs an den berühmtem Strohhalm – er wollte sich nur einfach nicht mit seiner Situation abfinden.

Inzwischen waren Kauk und Tingmer vom Dach zurückgekehrt. Sie hatten den letzten Teil des Gesprächs mitgehört. Kauk warf seine heizbare Jacke über einen Stuhl und sagte kopfschüttelnd: »Sie sollten ihm das schnell wieder ausreden, sonst lässt er uns nicht mehr in Ruhe.«

Tingmer deutete in die Höhe. »Uns erwartet ein Sturm, wie wir ihn wahrscheinlich noch nicht erlebt haben! *Darum* müssen wir uns kümmern.« Er suchte seine Utensilien zusammen.

»Was haben Sie vor?«, fragte Marboo.

»Ich werde die kommenden Stunden oder Tage im Keller verbringen«, erklärte Tingmer. »Da ich dem Konstrukteur des Cherryl-Hauses nie begegnet bin, konnte er mir nicht sagen, ob dieses Gebäude einem Orkan standhalten wird.«

»Jemand muss in der Nähe der Funkanlage bleiben«, warf Kanube ein.

»Machen Sie das doch!«, schlug Tingmer ungerührt vor und verließ den Ausstellungssaal.

»Rufen Sie ihn zurück!«, schrie Pollard wütend. »Sie können ihm das nicht durchgehen lassen, Alaska.«

»Baldwin hat leider Recht«, gab der Maskenträger zurück. »Da die Menschheit das Klima unter Kontrolle hatte, bestand keine Notwendigkeit mehr, sturmsichere Gebäude zu errichten.«

Speideck lachte auf. »Glauben Sie wirklich, dass ein noch so starker Orkan den Häusern ringsum etwas anhaben könnte?«

»Ich weiß es nicht. Aber wir müssen an alles denken.«

»Langur meldet sich!«, rief Kanube dazwischen.

»Das wird auch Zeit«, stellte Saedelaere fest. »Lassen Sie mich mit ihm reden!«

Walik Kauk spuckte auf den Boden. »Das läuft doch nur auf den verrückten Vorschlag hinaus, Kanthall mit der HÜPFER zu retten«, sagte er erbost.

10.

ZWISCHENSPIEL

Zu einem Zeitpunkt, der ihnen befohlen wurde, beendeten die Sendboten der Inkarnation CLERMAC ihre Messungen und Beobachtungen von der Atmosphäre aus. Alles, was sie in Erfahrung gebracht hatten, entsprach offenbar den Vorstellungen ihres Befehlsgebers.

Aber ihre Arbeit war noch nicht abgeschlossen. Die Inkarnation CLERMAC forderte neue, genauere Informationen an.

Um in den Besitz solcher Informationen zu gelangen, mussten die Sendboten ihren Kurs ändern. Sie würden landen und sich mit aller Intensität der Untersuchung der Planetenoberfläche zuwenden.

Genau so, wie es die Inkarnation CLERMAC befahl.

Südwestlich des Bradbury Mountain, an der ehemaligen Bundesstraße Nr. 202 zwischen Lewiston und Westbrook, liegt das Städtchen Dry Mills. Das Gebiet ringsum gehörte zu einem riesigen Naturschutzreservat, vor dessen Vernichtung sogar die Aphiliker zurückgeschreckt waren. Insgesamt gab es im ehemaligen Bundesstaat Maine drei Naturschutzparks, aber jener rund um den Bradbury Mountain war der größte.

Am Morgen des achten März des Jahres 3582 sah Bilor Wouznell einen Elchbullen auf der Straße zwischen Daimler's Store und der kleinen buddhistischen Kirche am Ortseingang. Als wüsste das Tier genau, dass ihm keine Gefahr drohte, trottete es über den von einer dünnen Schneeschicht bedeckten Asphalt. Vor Daimler's Store blieb es stehen und starrte scheinbar interessiert in die Auslage.

Wouznell öffnete das Fenster, hinter dem er stand und beobachtete. Er legte die schwere Kalzoon-44 auf die Fensterbank, so dass er sicher sein konnte, nicht zu zittern. Dann wartete er.

Der Elchbulle befand sich im Zentrum der Zieloptik. Wouznell bewegte den Abzug jedoch nur in Gedanken, obwohl sein Verlangen nach Frischfleisch groß war. Seit er vor etwa zwei Monaten zu sich gekommen war und festgestellt hatte, dass er allein war, tauchten immer wieder Tiere in Dry Mills auf.

Wouznell hatte bislang aber nicht einen Schuss abgefeuert. Er schreckte einfach vor dem Lärm zurück, den er dabei machen würde, und er fürchtete sich davor, die Aufmerksamkeit von irgendetwas Gefährlichem auf sich zu lenken.

Dieser Gedanke war absurd, aber er ließ Wouznell nicht mehr los, nachdem er sich in sein Bewusstsein geschlichen hatte.

Nach einer Weile drehte der Elch um und verschwand in einer Seitenstraße. Wouznell hob das Gewehr und schloss das Fenster. Er zitterte vor Anspannung.

»Also essen wir weiterhin Konserven und Konzentrate, Bilor!«, sagte er zu sich selbst. Diese Selbstgespräche waren ihm zur Gewohnheit geworden.

Vielleicht, versuchte er sich zu trösten, wäre er überhaupt nicht fähig gewesen, den Elchbullen zu häuten und auszunehmen. Er hatte so etwas noch nie getan. Schon die Zubereitung eines Kaninchens hätte ihm Schwierigkeiten bereitet.

Immerhin brauchte er sich keine Sorgen um seine Ernährung zu machen. Allein was in Dry Mills lagerte, erschien unerschöpflich, und nötigenfalls konnte er die kurze Strecke nach Gray auf der anderen Seite der Bundesstraße hinüberwandern.

Wouznell wusste, dass die Erde durch den Schlund im Mahlstrom gestürzt und in einer anderen Galaxis herausgekommen war. Ein paarmal war nachts die Wolkendecke aufgerissen, und er hatte den klaren unbekannten Nachthimmel gesehen.

Darüber hinaus war Bilor Wouznell überzeugt davon, dass alle Menschen von der Erde verschwunden waren und dass er selbst eine unglaubliche Ausnahme bildete. Diese Überzeugung beherrschte ihn so stark, dass er noch nicht einmal auf den Gedanken gekommen war, wenigstens den Versuch einer Kontaktaufnahme zu anderen Überlebenden zu unternehmen.

Wouznell war sechsundzwanzig Jahre alt, ein mittelgroßer Mann mit langen dünnen Beinen und mageren Schultern. Sein längliches Gesicht war von roten Äderchen durchzogen. Dünnes Blondhaar hing ihm strähnig in die Stirn.

Vor der Katastrophe hatte Wouznell als Rechercheur für den *Portland Globe* gearbeitet. Das war überhaupt die einzige ausgeprägte Fähigkeit, die er besaß: Er konnte, wenn er einmal eine Spur gefunden hatte, jede Sache bis ins letzte Detail aufklären. Sein Sinn für Zusammenhänge war geradezu phänomenal und versagte eigentlich nur, wenn es um Bilor Wouznell selbst ging.

In den letzten Tagen vor der Katastrophe war die PILLE auch in Dry Mills aufgetaucht, und Wouznell hatte jede nur erreichbare Dosis in sich hineingeschlungen. Manchmal fragte er sich, ob das der Grund dafür war, dass er sich noch auf der Erde befand, während alle anderen Menschen verschwunden waren.

Da er schon früher allein gelebt und alle zwischen Portland und Dry Mills an Ungeselligkeit übertroffen hatte, machte ihm die Einsamkeit nicht viel aus – bis auf die Tatsache, dass er hinter der unermesslichen Stille einer menschenleeren Welt eine schreckliche Gefahr vermutete.

An diesem Morgen schienen sich seine düsteren Ahnungen zu bestätigen, denn das Raumschiff der Inkarnation CLERMAC landete ausgerechnet zwischen Dry Mills und dem Sebago Lake.

Wouznell sah es landen.

Douc Langur sagte sich, dass es ein ziemlich niederschmetterndes Gefühl war, wenn man sich ständig in Entwicklungen verstricken ließ, die mit einem Misserfolg endeten. Die Serie unglücklicher Ereignisse hatte begonnen, als er das MODUL verpasst hatte und in dieses fremde Sonnensystem eingeflogen war. Auch das neueste Unternehmen schien von vornherein ein Fehlschlag zu sein.

Langur hockte auf dem Sitzbalken und beobachtete durch die transparent gewordene Bugkuppel das merkwürdige Flugobjekt, in dem der Terraner steckte. Die HÜPFER hatte sich der Rettungskapsel bis auf kurze Distanz genähert.

Der Forscher zog LOGIKOR aus seiner Gürteltasche. »Es sieht genauso aus, wie es mir beschrieben wurde«, teilte er der Rechnerkugel mit. »In die Schleuse der HÜPFER passt es keinesfalls.«

»Fragen?«, erkundigte sich LOGIKOR.

»Vorläufig nicht, denn das wirklich Wichtige kannst du mir sowieso nicht beantworten: Wie retten wir den Fremden?«

»Nach den mir vorliegenden Informationen komme ich zu dem Schluss, dass eine Rettung unmöglich ist.«

Das brauchst du *mir nicht zu sagen!,* dachte Langur missgelaunt.

Er schaltete das Funkgerät ein und rief Terrania City. Als Alaska Saedelaere sich meldete, vernahm Langur im Hintergrund Geräusche.

»Ich habe die Kapsel gefunden!«, meldete Langur. »Ich befinde mich in Sichtnähe.«

»Wie sind die Aussichten?«

»Wenn dieser Mann keinen Schutzanzug trägt, weiß ich nicht, wie ich ihn in die HÜPFER bringen soll, ohne ihn dabei zu töten.«

»Das habe ich mir gedacht!« Die Stimme des Terraners war kaum noch zu verstehen, so dass Langur sich zu der Frage veranlasst sah, was für ein Krach in der Stadt herrschte.

»Wir haben hier einen Orkan!«, lautete die Antwort.

»Gefährlich?«

»Schwer zu sagen, aber auf jeden Fall habe ich alle anderen nach unten geschickt.«

Vor Langurs geistigen Sehorganen entstand das Bild des hageren Terraners mit der Maske, wie er allein in dem großen Saal vor dem Funkgerät hockte.

»Sie sollten sich ebenfalls in Sicherheit bringen!«

»Nein«, erwiderte Alaska knapp. »Ich muss mit Ihnen in Verbindung bleiben, damit ich Sie eventuell beraten kann.«

Langur sah ein, dass dies ein unwiderlegbares Argument war. Er beugte sich über die Kontrollen. Langsam, aber sicher schwebte das kleine Raumschiff näher an die Kapsel heran. Es war für den Forscher nur schwer vorstellbar, dass sich in diesem kleinen Flugobjekt überhaupt ein Mensch aufhielt. Wenn er bedachte, dass Aggregate und Instrumente viel Platz beanspruchten, blieb für den Passagier nur wenig davon übrig. Wahrscheinlich konnte der Mann sich nicht einmal richtig bewegen.

Douc Langur wurde von Mitleid überwältigt. Er schloss LOGIKOR an die Bordinstrumente der HÜPFER an, damit der Rechner alle verfügbaren Daten aufnehmen und auswerten konnte. Wenn es überhaupt eine Rettungsmöglichkeit gab, musste sie auf unorthodoxe Weise eingeleitet werden.

Als die HÜPFER und die *RK-2* fast schon auf Tuchfühlung nebeneinander dahinglitten, synchronisierte Langur die Geschwindigkeit seines Forschungsschiffs. Die HÜPFER befand sich schräg vor der transparenten Seite der Rettungskapsel.

Über der Tagseite des Planeten konnte Langur sogar den Oberkörper des Terraners sehen. Er machte etwas völlig Lächerliches: Er winkte mit einer Greifklaue.

Aber offensichtlich hatte der Mann in der Kapsel diese Geste wahrgenommen, denn er bewegte einen Arm.

Ich muss ihm vorkommen wie ein Narr!, dachte Douc Langur missmutig. *Vielleicht glaubt er noch, dass ich nur hergekommen bin, um ihm zuzuwinken.* Dann aber dachte er daran, dass Saedelaere mit Kanthall in Funkverbindung stand. Der Mann auf der Erde hatte sicher bereits in allen Einzelheiten berichtet, worum es bei diesem Manöver ging.

Es war eine merkwürdige Sache, jemandes Hoffnungen zu schüren und dann *nichts* zu tun.

Aber was, im Namen der Kaiserin von Therm, hätte er schon tun sollen? Diese Rettungsaktion war eben nur ein weiteres unglückliches Ereignis.

»Sind Sie sicher, dass dieser hässliche Bursche das ganze Unternehmen nicht als einen interessanten Ausflug ansieht?« Kanthall war empört. »Er beobachtet mich nur.«

Batteriegespeiste Lampen erhellten den Ausstellungsraum, denn draußen herrschte völlige Dunkelheit. Saedelaere war nicht unglücklich darüber, dass er nicht sah, was sich im Freien abspielte. Gemessen an seinem infernalischen Getöse steigerte sich der Orkan zu einem neuen Höhepunkt.

»Sind Sie noch da?«, erklang Kanthalls Stimme wieder.

»Ja«, bestätigte Saedelaere. »Ich kann mir denken, dass Sie ungeduldig sind. Trotzdem müssen Sie Langur vertrauen. Er wird sich alles in Ruhe ansehen und dann handeln.«

»Er ist mir *zu* ruhig!« Kanthalls Sarkasmus war unüberhörbar.

Ein Donnerschlag ließ Alaska zusammenzucken. War das überhaupt ein Gewitter? Oder war etwas explodiert? Er musste sich dazu zwingen, seinen Platz nicht sofort zu verlassen.

Augustus kam heran. »Walik Kauk schickt mich. Ich soll Sie in den Keller holen.«

»Verschwinde!«, schnaubte Alaska.

»Kauk sagt, dass ich Sie nötigenfalls gewaltsam zum Verlassen dieses Raumes bewegen soll!«

Alaska Saedelaere stieß eine Verwünschung aus. Doch Augustus würde stur das tun, was Walik Kauk ihm aufgetragen hatte. Als Ka-zwo würde er auch kaum Skrupel dabei empfinden, Gewalt anzuwenden. Ausgerechnet jetzt, da es für Jentho Kanthall um Leben und Tod ging, schickte Kauk den Ka-zwo.

»Gehen wir!«, drängte Augustus.

»Ja«, sagte Saedelaere diplomatisch und richtete sich auf. »Aber ich bitte dich, mir vorher noch einen Gefallen zu tun.«

»Es kommt darauf an, ob das in Widerspruch zu meinen Befehlen steht.«

»Bestimmt nicht. Ich bitte dich lediglich, aufs Dach hinaufzugehen und nach dem Feuer zu sehen.«

»Natürlich«, sagte der Roboter.

Als der Ka-zwo sich dem Ausgang zum Dach näherte, überlegte Saedelaere, dass er dort draußen wohl kaum auf den Beinen bleiben würde. Es bestand sogar die Gefahr, dass er abstürzte. Wenn er bedachte, wie sehr Kauk an diesem Roboter hing …

Alaska wollte Augustus doch wieder zurückrufen, aber der Ka-zwo hatte bereits die Tür des Aufgangs hinter sich geschlossen. Nun war es eben passiert, und es war nicht mehr zu ändern.

Der Transmittergeschädigte gewann den Eindruck, dass das Toben des Sturmes apokalyptische Ausmaße annahm. Vielleicht, dachte er bedrückt, erlebten sie den Beginn des Weltuntergangs.

Er konzentrierte sich wieder auf den Hyperkom. »Ich weiß nicht, wie lange ich mich hier noch halten kann«, sagte er zu Casalles Stellvertreter. »Sie müssen damit rechnen, dass Sie und Langur das Manöver ohne meine Vermittlung durchführen müssen.«

»Was für ein Manöver?«, erwiderte Kanthall bissig. »Es ist überhaupt noch nichts passiert.«

Ein berstendes Geräusch ließ Saedelaere hochfahren. Er hob den Blick und sah, dass das Oberlicht unter der Schneelast geborsten war. Schmelzwasser tropfte in den Ausstellungsraum.

Augenblicke später brach die transparente Decke ein. Die Trümmer des Fensters kamen zusammen mit den Schneemassen herab. Dazwischen erkannte Alaska eine wild rudernde Gestalt.

»Augustus!«, stöhnte er.

»Ihr könnt denken, was ihr wollt, aber da oben ist irgendetwas passiert«, sagte Walik Kauk. »Sonst wäre Augustus längst wieder zurück.«

Kanube, der neben ihm auf der Kellertreppe hockte, lachte geringschätzig. »Glauben Sie, Alaska würde nicht mit dem Ka-zwo fertig? Da müssen Sie sich schon mehr einfallen lassen.«

»Ich bitte Sie!«, rief Tingmer. »Walik handelt schließlich aus lauteren Motiven.«

Kauk brummte misslaunig. »Ich weiß, dass wir Alaska brauchen. Er kennt sich in Imperium-Alpha aus und ist außerdem Raumfahrer. Wir können uns einfach nicht leisten, ihn zu verlieren.«

»Und was wollen Sie dagegen tun?«, fragte Speideck.

Kauk gab keine Antwort, sondern stieg die Kellertreppe hoch. Dann trat er in den Vorraum und leuchtete mit der Lampe in Richtung des Hauptportals. Es war an einer Stelle eingedrückt. Schnee wehte herein. Walik ließ den Anblick ein paar Sekunden auf sich einwirken, dann lief er zur Treppe.

Plötzlich war Speideck an seiner Seite. »Etwas Training kann nicht schaden«, grinste der ehemalige Boxer. »Warum nehmen wir nicht den Lift? Er ist doch betriebsbereit.«

»Bei diesem Unwetter? Wenn er ausfällt, sind wir gewesen.«

»Na schön.« Speideck nahm vier Stufen auf einmal. »Draußen ist die Hölle los – hören Sie?«

Sie stürmten die Treppe hinauf, bis sie schließlich die oberste Etage erreichten. Durch die offene Tür des Ausstellungsraums wurde Schnee ins Treppenhaus geblasen. Der Lärm war ohrenbetäubend.

»Da stimmt etwas nicht!«, schrie Kauk gegen das Tosen an.

Speideck zog den Kopf zwischen die Schultern und drang in den großen Saal ein. Es schien, als wäre der obere Teil des Gebäudes abgerissen und davongeweht worden, doch nur das Oberlicht war eingestürzt.

Zwischen den Trümmern bewegten sich zwei Gestalten, die den Hyperkom in Richtung des Ausgangs schleppten. Saedelaere und der Ka-zwo. Sie hatten es verdammt eilig.

Und tatsächlich – kaum befanden sich alle wieder im Treppenhaus, gab der Rest der Decke über dem Saal endgültig nach und krachte auf den Boden herab.

Wenn er später danach gefragt wurde, konnte Bilor Wouznell nie genau sagen, was er gesehen hatte.

Als das Ding erschien, befand er sich in der Nähe der vier großen Tennisplätze am Ortsausgang von Dry Mills. Einmal am Tag pflegte er auf die große Tribüne hinaufzusteigen und sich umzusehen. Von der oberen Sitzreihe aus hatte er einen guten Ausblick zum Sabbathday Lake und zum Sebago Lake.

Nicht, dass Wouznell erwartet hätte, irgendetwas zu entdecken. Er wollte einfach seine Tage einteilen und hatte sich einige Unternehmungen zur Gewohnheit gemacht.

Noch bevor er die Tribüne erreichte, fiel ein Schatten über Dry Mills. *Ein verdammter Schneesturm!,* war sein erster Gedanke.

Wouznell blickte zum Himmel hinauf und erkannte, dass der bedrohliche Schatten nicht von einer Wolke, sondern von einem ungefügen schwarzen Gebilde stammte, das lautlos über Dry Mills schwebte.

Dieses Ding wurde von irgendetwas eingehüllt, was eine genaue Bestimmung seiner äußeren Umrisse unmöglich machte. Trotzdem glaubte Wouznell, dass es sich um eine Art Flugkörper handelte.

Das Gebilde wirkte fremdartig und bedrohlich. Es schien alle Gefahren in sich zu vereinen, von denen Wouznell sich insgeheim bedroht gefühlt hatte, und für einen Moment fragte er sich, ob er sich das alles womöglich nur einbildete.

Aber nein! Dieses Ding war echt!

Nach einer Weile bewegte sich der schwarze Riesenkörper.

Wie eine Welle am Himmel!, schoss es Wouznell durch den Kopf – und das war der Vergleich, den er später immer wieder benutzte, weil ihm keine besseren Worte einfielen, um das Ding zu beschreiben.

Die Welle ... die Wolke ... der Flugkörper oder was immer es war, glitt westwärts in Richtung Sebago Lake.

Über der Ebene von Dry Mills kam das Ding zum Stillstand. Es sank tiefer und schien das Land unter sich zu erdrücken und auszulöschen. Eine etliche Quadratkilometer große Fläche war plötzlich schwarz.

Wouznell fiel das Atmen schwer.

Er schüttelte den Druck von sich ab und setzte sich wieder in Bewegung. Unwillkürlich ließ er die Kalzoon-44 fallen, denn sein Instinkt riet ihm, nicht mit einer Waffe herumzulaufen, solange das Ding in der Nähe war.

Er hatte den Eindruck, dass es noch stiller war als sonst, und augenblicklich fiel ihm auf, woher diese Veränderung rührte: Die Vögel waren verstummt!

Wouznell glaubte, dass er sich auf die Signale der Natur verlassen konnte.

Sein Atem ging keuchend, als hätte er eine schwere Last zu tragen. In seinen Ohren rauschte es, und sein Herz schlug bis zum Hals.

Er erreichte den Aufgang zur Tribüne. Flüchtig dachte er daran, dass er dort oben ausgezeichnet zu sehen sein würde, geradezu eine Herausforderung für jeden, der ihn beobachtete. Trotzdem stieg er hinauf. Das Geräusch seiner Schritte erschien ihm so laut, dass er sich fragte, ob es bis hinüber zum Sebago Lake zu hören war.

Wouznell hockte sich auf die oberste Bank, leicht nach vorn gebeugt, die Augen weit aufgerissen. Nach diesem Ereignis, das spürte er mit aller Deutlichkeit, würde nichts mehr so sein wie früher. Das Erscheinen des Gebildes bedeutete die zweite Zäsur in seinem Leben innerhalb weniger Monate.

In einem Anflug von Selbstmitleid fragte sich Wouznell, warum das alles ausgerechnet ihm widerfuhr.

Da sah er den Elchbullen wieder! Das Tier, das er vor Stunden auf der Straße beobachtet hatte, befand sich auf der Ebene von Dry Mills. Es verharrte in abwartender Haltung.

Der Bulle, schätzte Wouznell, befand sich nur wenige hundert Meter von der Stelle entfernt, wo der Schatten des unheimlichen Gebildes begann. Wieder überkam ihn eine Vorahnung. Alles in ihm verkrampfte sich, denn er fühlte mit absoluter Sicherheit, dass etwas passieren würde. Vielleicht hatte die Einsamkeit seine Sinne geschärft, vielleicht war es auch nur eine unbekannte Kraft, die an seine Gedanken rührte – auf jeden Fall *wusste* er, dass nun etwas geschehen würde.

Der Elchbulle wurde durchsichtig. Er stand in einem Strahlenfinger, der aus der Schwärze unter dem Flugkörper kam und so breit ausfächerte, dass er das Tier in seiner vollen Größe einhüllte.

Wouznell konnte das Innere des Elchs sehen: Organe, Muskeln, Nervenstränge und Knochen. Er wunderte sich, dass der Bulle nicht umfiel oder davonlief oder sonst reagierte.

Nach einem Zeitraum, der ihm wie eine Ewigkeit erschien, wurde das Tier wieder kompakt. Es stand da, als wäre nichts geschehen, als hätte es selbst überhaupt nichts wahrgenommen.

Der Strahl war jedoch nicht erloschen. Er wanderte weiter, lief über das zum Teil von Schnee bedeckte Gras, erreichte die Umzäunung des Tennisplatzes, schuf sich eine leuchtende Schneise auf dem Kunststoffbelag und huschte die Tribüne hinauf ... Genau auf Wouznell zu!

Kanthall hieb mit einer Faust auf die Funkanlage. »Saedelaere!«, rief er.

Keine Antwort.

Auch das noch!, dachte Kanthall. Der Kontakt zur Erde war abgerissen. Hoffentlich war Saedelaere nichts zugestoßen, denn er schien das einzige Mitglied der TERRA-PATROUILLE zu sein, das ernsthaft an Kanthalls Rettung interessiert war. In Terrania City mussten schreckliche Zustände herrschen. Kanthall konnte sich nicht vorstellen, dass Bewohner dieser Stadt von einem Unwetter bedroht wurden.

Alles hatte sich verändert! Er presste die Lippen zusammen. Vielleicht ersparte ihm ein gütiges Schicksal einen qualvollen Tod auf der Erde, indem es ihm hier im Weltraum ein Ende bereitete.

Kanthall stützte die Ellenbogen auf die Konsole zu beiden Seiten und schob sich etwas in die Höhe. Aus den Augenwinkeln heraus nahm er eine Bewegung wahr. Mit einem Ruck drehte er den Kopf.

Mein Gott, dachte er fassungslos, *der Kerl steigt aus!*

Alles, was er in seinem gewiss nicht ereignisarmen Leben gesehen hatte, wurde von dem Anblick des Fremden übertroffen, der in diesem Augenblick sein keulenförmiges Raumschiff verließ. Bisher hatte Kanthall das Wesen nur durch den transparenten Bug des Raumschiffs beobachtet, nun erblickte er es zum ersten Mal vollständig, wenn es auch durch die scharfe Abgrenzung von Licht und Schatten wie halbiert aussah.

Der Fremde erinnerte an ein großes Sitzkissen, dem vier Beine und zwei Arme gewachsen waren. Einen Kopf besaß er überhaupt nicht. Aber weniger Langurs Aussehen verblüffte Kanthall als vielmehr die Tatsache, dass er ohne Schutzanzug im All schwebte.

Langur machte Zeichen.

Was wollte der Kerl? Was versuchte er Kanthall klar zu machen?

Jentho schüttelte den Kopf. Es war unmöglich, dass sie sich auf diese Weise verständigten.

Langur schwebte heran und deutete auf die Greifarme am Wulst der Kapsel.

Kanthall reagierte schnell. Die angewinkelten stählernen Arme der *RK-2* bewegten sich. Wenig später waren sie weit ausgestreckt.

Langur schien damit zufrieden zu sein. Er zog irgendetwas hinter sich her, eine Trosse oder etwas Ähnliches.

Endlich begriff Kanthall, was der Fremde vorhatte. Er wollte die Kapsel an seinem Raumschiff befestigen und dann ein Landemanöver einleiten.

Jentho Kanthall schloss die Augen und holte tief Luft. Heftig winkte er mit beiden Armen, um dem Extraterrestrier klar zu machen, dass er damit nicht einverstanden war. Was dachte sich Langur eigentlich? Glaubte er wirklich, dass er die Kapsel im Huckepackverfahren zur Erde bringen könnte? Vielleicht kam er tatsächlich unten an, aber er selbst, Kanthall, würde dann nicht mehr am Leben sein.

»Hör auf!«, schrie Kanthall. »Lass das bleiben, du verrückter Kerl!«

Langur arbeitete unverdrossen weiter, und Kanthall fluchte heftig. Er drückte auf einen Schalter, so dass die Greifarme in Ruhestellung zurückschnellten.

Zu spät! Die Trosse machte die Bewegung mit. Sie war bereits mit den Greifzangen verbunden.

Kanthall fuhr herum und beugte sich über den Hyperkom. »Saedelaere!«, schrie er. »Melden Sie sich! Ihr feiner Freund ist im Begriff, mich umzubringen.«

Niemand hörte ihn. Die Verbindung zur Erde war nach wie vor unterbrochen. Kanthall machte sich steif und presste sich mit dem Rücken gegen die Innenwand der *RK-2*. Er sah ein, dass er keine andere Wahl hatte, als sich in sein Schicksal zu fügen.

Er, der es gewohnt war, Entscheidungen allein zu treffen und die Initiative zu ergreifen, musste erleben, dass ein unbekanntes Wesen von einem fernen Planeten die verrückteste Rettungsaktion einleitete, von der er je gehört hatte.

Kanthall lachte wild. Im Grunde genommen hatte er nichts zu verlieren. Wenn er bei diesem Manöver starb, hatte Langur ihm sogar einen Gefallen getan, denn er hatte das Warten auf den Tod verkürzt.

Wieder machte der Fremde ihm Zeichen. »Ich verstehe dich nicht!«, bedauerte Kanthall. »Ich weiß nicht, was du willst.«

Langur schwebte schwerelos zwischen beiden Schiffen hin und her, als hätte er nie in seinem Leben etwas anderes getan.

Kanthall wurde allmählich ruhiger. Er beschränkte sich darauf, zu beobachten. Nach einer Weile traten sie wieder in den Nachtschatten ein. An dem keulenförmigen Raumschiff flammten Lichter auf, der Fremde arbeitete unverdrossen weiter. Zwischen der *RK-2* und Langurs Schiff bestanden inzwischen mehrere trossenähnliche Verbindungen.

Plötzlich konnte Kanthall den Fremden nicht mehr sehen. Langur war offenbar in sein Schiff zurückgekehrt.

Ein Ruck ging durch die Kapsel. Sie wurde an den Trossen gezogen und prallte gegen die Außenhülle von Langurs Schiff. Dort blieb sie bewegungslos hängen.

Kanthall versuchte erneut, Verbindung mit Terrania City zu bekommen. Auch diesmal ohne Erfolg. Aber wahrscheinlich hätte er bei der bevorstehenden Höllenfahrt sowieso keinen Ton hervorgebracht.

Wouznell sah an sich hinab. Er war transparent und kam sich nackt und hilflos vor.

Das Ganze dauerte nur Sekunden, dann wanderte der Strahlenfinger scheinbar ziellos weiter und verschwand schließlich hinter einer Reihe von Bäumen neben den Tennisplätzen.

Jemand – etwas – *hat mich untersucht!,* dachte Wouznell betroffen. Gemessen an der Zeit, die der Strahlenfinger auf ihm geruht hatte, war er für die unbekannten Beobachter nicht interessanter als der Elchbulle. Vielleicht war das sein Glück gewesen.

Er saß noch auf der Tribüne, als die Nacht hereinbrach. Das schwarze Ding über der Ebene war nach wie vor da, aber es vereinigte sich jetzt mit der Dämmerung.

Wouznell stand auf. Mit unsicheren Schritten stieg er die Tribüne hinab.

Nichts rührte sich. Er fand die Kalzoon-44 dort, wo er sie weggeworfen hatte, hob die Waffe auf und ging langsam nach Dry Mills zurück.

Seit er nach der Katastrophe zu sich gekommen war, hatte er an Dry Mills immer als an seine Stadt gedacht. Dry Mills war seine Heimat, wo er einsam lebte und einsam sterben würde. Doch das hatte sich geändert.

Etwas Fremdes hatte von Dry Mills Besitz ergriffen. Und von allem, was zu Dry Mills gehörte – einschließlich Bilor Wouznell.

Douc Langur schob sich auf den Sitzbalken. Die Arbeit im Weltraum hatte ihn erschöpft, und es wäre an der Zeit gewesen, die Antigravwabenröhre aufzusuchen. Seine Verletzung machte ihm immer noch zu schaffen.

Durch den transparenten Bug konnte er die untere Spitze der Rettungskapsel sehen. Er fragte sich, wie dem Terraner in dem Behälter zumute sein mochte.

»Ich habe die Kapsel an der Außenfläche der HÜPFER vertäut«, berichtete er LOGIKOR. »Jetzt kehren wir zur Erde zurück.«

»Nach den mir vorliegenden Informationen ist dies ein risikoreiches Unternehmen«, antwortete die Kugel. »Die damit für dich verbundene Gefahr steht in keinem Verhältnis zu dem zu erwartenden Erfolg.«

»Das ist relativ. Was, denkst du, würde der Mensch in der Kapsel dazu sagen?«

»Ich bin nicht für seine Sicherheit verantwortlich, sondern für die des Forschers Douc Langur!«

»Schon gut«, pfiff Langur. »Ich weiß, dass du nur deine Pflicht tust. Andererseits sind die Aussichten, das MODUL jemals wiederzufinden, äußerst gering. Das kann bedeuten, dass wir für immer bei den Terranern bleiben werden. Wir müssen uns also um ein gutes Verhältnis bemühen. Wenn wir den Mann in seiner Kapsel retten, sind sie uns verpflichtet.«

»Diese Argumentation wimmelt von Abstraktionen.«

»Das weiß ich selbst!« Langur wurde grob. Er schob LOGIKOR in die Gürteltasche, beschleunigte dann vorsichtig und steuerte die HÜPFER aus ihrer bisherigen Umlaufbahn heraus.

Nun hätten ihn die anderen Forscher sehen sollen! Er spürte ein Gefühl wie Heiterkeit, und zum ersten Mal, seit er den Kontakt zum MODUL verloren hatte, war er völlig zufrieden. Endlich hatte er wieder eine richtige Aufgabe.

In diesem Augenblick sprach die Ortung an.

Ausgerechnet jetzt!, dachte Langur nervös. Die Signale schienen von einem ziemlich großen Körper auszugehen. Wahrscheinlich derselbe, den er schon einmal wahrgenommen hatte.

Langur beschränkte sich darauf, die Koordinaten zu bestimmen. Das unbekannte Objekt befand sich auf dem nördlichen Teil des Doppelkontinents, den Saedelaere »Amerika« genannt hatte.
Douc Langur widmete sich wieder der Steuerung.

Nachdem die Funkanlage im Keller des Cherryl-Hauses aufgebaut war, versuchte Saedelaere, mit Langur in Verbindung zu treten, doch der Extraterrestrier meldete sich nicht.
Wenigstens war das Unwetter nicht so stark geworden, wie es zunächst ausgesehen hatte. Der Transmittergeschädigte befürchtete dennoch, dass es in Terrania City schwere Verwüstungen angerichtet hatte.
Speideck kam mit einem Tablett aus dem Nebenraum. »Tee!«, rief er fröhlich. »Tee und Sandwiches mit Käse.«
Tingmer hob den Kopf. »Wo ist mein Bier?«, fragte er. »Wenn ich weiter arbeiten soll, brauche ich ein Bier.«
Alaska gewann allmählich den Eindruck, dass der Ingenieur nur trank, um die anderen zu ärgern. Sein seelisches Gleichgewicht hatte Baldwin Tingmer jedenfalls längst wiedergefunden.
»Sobald sich das Wetter gebessert hat, müssen wir umziehen«, erklärte Kauk. »Im Cherryl-Haus können wir nicht bleiben.«
»Wir warten, bis Langur zurückkommt«, sagte Saedelaere. »Dann gehen wir gemeinsam nach Imperium-Alpha.«
»Ich gehe, wohin ich will!«, verkündete Kauk. »Denken Sie daran, dass ich dieses Stück Papier nicht unterzeichnet habe. Da ich kein Mitglied der TERRA-PATROUILLE bin, brauche ich auch keine Anweisungen entgegenzunehmen.«
»Ich verstehe Sie nicht«, bemerkte Kanube. »Imperium-Alpha ist der beste Platz, den wir uns wünschen können. Alaska kennt sich dort aus.«
»Du hast Recht, Sante!«, pflichtete ihm Speideck bei. »Ich kann mir auch nicht vorstellen, dass Kauk allein zurückbleiben wird.«
»Nicht allein!«, korrigierte der Roboter. »Ich werde bei ihm sein.«
»Das Unwetter hat bewiesen, dass die Ziele der TERRA-PATROUILLE zu hoch gesteckt sind«, sagte Walik Kauk. »Wir müssen uns um uns selbst kümmern.«
Saedelaere erwiderte bissig: »Vielleicht wären Sie einverstanden, wenn wir das Unternehmen KAUK-PATROUILLE genannt hätten?«
Der Industrielle zuckte mit den Schultern und biss in sein Sandwich.
Alaska warf einen Blick auf die Uhr. »Die Nacht endet bald. Ich sehe mich draußen um. Jan, Sie bleiben am Funkgerät.«

Als er den Keller verließ, folgte ihm Mara Bootes. Sie wirkte übernächtigt.

»Walik Kauk kommt mir wie ein Störenfried vor«, sagte sie, nachdem sie die Tür geschlossen hatte. »Warum kann er sich nicht mit uns solidarisieren?«

»Kauk ist kein so großes Problem, wie Sie denken.«

»Denken Sie, dass er sich ändert?«

»Er braucht sich nicht zu ändern! Es kann nichts schaden, wenn die TERRA-PATROUILLE jemanden hat, der sie herausfordert und anspornt.«

»Ich mag ihn nicht!«, stieß Marboo heftig hervor.

Sie hatten das Hauptportal erreicht. Draußen dämmerte es bereits. Alaska Saedelaere stemmte sich gegen die eingedrückte Tür. Es gelang ihm, sie so weit zu öffnen, dass er sich ins Freie zwängen konnte.

Alle umliegenden Gebäude standen noch, aber die Straße war mit Trümmern übersät. Zudem hatten sich Schneeverwehungen gebildet.

»Ich hoffe, dass sich das Wetter bald einpendelt«, sagte Saedelaere. »Dann müssen wir wenigstens keine neuen Katastrophen fürchten.«

»Und wenn es schlimmer wird?«

»Weshalb, glauben Sie, kümmert sich die TERRA-PATROUILLE um NATHANS Aktivierung?«

»Ich weiß nicht, ob wir das jemals schaffen werden. Woher nehmen Sie nur Ihren Optimismus?«

»Oh, ich bin sicher nicht optimistischer als Sie. Aber wir erleben jetzt nur den Anfang von etwas mit. Warten Sie ab, wie die TERRA-PATROUILLE in ein paar Monaten aussehen wird!«

»Sie meinen, dass wir von Imperium-Alpha aus bessere Möglichkeiten haben werden?«

»Nicht nur das«, entgegnete der Zellaktivatorträger. »Wir werden die Organisation vergrößern, denn es gibt sicher noch Menschen, die wir finden und nach Terrania City holen müssen.«

Marboo blickte die verlassene Straße entlang. »Seltsam – ich kann mir kaum mehr vorstellen, wie das einmal ausgesehen hat, als alles noch belebt war.«

Bevor Alaska antworten konnte, kam Bluff Pollard auf die Straße gerannt. »Saedelaere!«, schrie er. »Kommen Sie schnell! Der Hyperkom – wir haben Kontakt zu Kanthall.«

»Was sagt er?«, wollte Alaska wissen, als er dem Jungen in das Haus folgte.

»Langur schleppt ihn ab!«, schnaufte Pollard.

»Er schleppt ihn ab?« Alaska blieb unwillkürlich stehen. »Wie soll das funktionieren?«

»Ich weiß auch nicht«, erwiderte der Junge kläglich. »Aber Kanthall meint, dass es ihn umbringt.«

Douc Langur stellte fest, dass die mit der HÜPFER verbundene Stahlkapsel die Manövrierfähigkeit seines Raumschiffs stärker beeinträchtigte, als er ursprünglich angenommen hatte. Da er sich mit seinem seltsamen Flugobjekt jedoch schon in den oberen Schichten der Atmosphäre befand, entschloss er sich, das einmal begonnene Unternehmen auch zu Ende zu bringen.

Der Forscher war sich der Tatsache bewusst, dass er bis zur Landung mit dem Terraner auf Gedeih und Verderb verbunden war, denn um die Trossen zu kappen, hätte er aussteigen müssen. Abgesehen davon, dass dies unter den gegebenen Umständen wenig Erfolg versprach, wäre eine Abtrennung der Kapsel zu diesem Zeitpunkt einer Ermordung des Terraners gleichgekommen.

Er würde diesen Kanthall zur Erde bringen – tot oder lebendig!

11.

Kanthall hatte sich vor Schwäche übergeben und dabei die Transparentkuppel der *RK-2* so verschmiert, dass er kaum noch etwas von der Außenwelt sehen konnte. Er wusste nicht, ob das Brausen von der Luftreibung herrührte oder von seinem überlasteten Kreislauf ausgelöst wurde. Er besaß nur noch genügend Geistesgegenwart, um die Arme zu spreizen. Auf diese Weise verkeilte er sich in der Kapsel und verhinderte, dass er sich schon durch die stärker werdenden Erschütterungen ernsthaft verletzte.

Der Druck wurde stärker. Blut tropfte aus seiner Nase.

Beinahe dankbar registrierte Jentho Kanthall, dass er das Bewusstsein verlor.

Als es hell wurde, flaute der Sturm endgültig ab, und Jan Speideck ging mit Bluff Pollard hinaus, um die Haupteingangstür zu reparieren. Im Grunde war das eine sinnlose Arbeit. Speideck kam es jedoch darauf an, die Zeit totzuschlagen. Er war froh, dass Bluff ihn begleitete, denn mit dem Jungen unterhielt er sich am liebsten.

»Mein Plakat hat es in der vergangenen Nacht davongeweht« stellte Speideck bedauernd fest.

»Machen Sie sich nichts daraus«, erwiderte Pollard. »Sie hätten unter den gegenwärtigen Umständen sowieso keinen Gegner gefunden.«

Speideck ballte eine Hand. »Ich habe den härtesten Schlag, den man sich vorstellen kann«, prahlte er.

»Wie viel Kämpfe haben Sie eigentlich bestritten?«

»Vierzig«, log Speideck. »Oder waren es fünfzig? Ich weiß es nicht mehr. Auf jeden Fall habe ich alle gewonnen.«

»Seltsam, dass man nie etwas von Ihnen gehört hat – ich meine, bei uns in Alaska.«

»Du weißt ja, wie diese Aphiliker waren.« Speideck winkte ab. »Sie haben sportliche Ereignisse mehr oder weniger ignoriert.«

Pollard sagte: »Ich würde Sie gern boxen sehen!«

»Vielleicht ergibt sich bald eine Gelegenheit – wenn dieser Kanthall kommt.«

»Sie wollen ihn verprügeln?«

»Warum nicht? Wenn er sein Maul aufreißt und denkt, dass er sich hier als der große Mann aufspielen kann.« Speideck packte den Türflügel und hob ihn aus den Angeln. »Fass mal mit an, Bluff. Wir legen die Tür auf den Boden.«

Als Bluff sich wieder aufrichtete, fiel sein Blick auf die Straße. Er riss die Augen weit auf und streckte einen Arm aus. »Sehen Sie doch!«, brachte er hervor.

Jan Speideck folgte mit den Blicken der Richtung, in die Bluff deutete. »Schnell!«, herrschte er Pollard dann an. »Ruf die anderen!«

Er verließ den Platz am Eingang und ging auf die Straße hinaus. Als er stehen blieb, starrte er auf die merkwürdigste Konstruktion, die er jemals in der Luft gesehen hatte.

Es war die HÜPFER. Und schräg darüber, mit armselig aussehenden Trossen befestigt, ein stählerner Behälter. Das Gebilde landete krachend etwa dreißig Meter von Speideck entfernt.

Speideck hörte, dass die anderen hinter ihm auf die Straße stürmten, aber er wandte sich nicht um, denn er wollte keine Sekunde dieses denkwürdigen Schauspiels versäumen. Der aufgewirbelte Schnee senkte sich langsam wieder herab.

Nichts regte sich.

Waren Kanthall und der Fremde tot?

Doch dann öffnete sich die Schleuse der HÜPFER, und Douc Langur trat heraus. Er kam auf die Menschen zu und pfiff etwas in seiner schrillen Sprache. »Kümmern Sie sich um Ihren Artgenossen!«, übersetzte sein Translator.

Augenblicke später sprang die Kuppel der Rettungskapsel auf. Ein massig aussehender Mann rutschte heraus, glitt an der Außenhülle der HÜPFER entlang und stürzte in den Schnee.

Speideck wunderte sich, dass niemand dem Mann zu Hilfe eilte.

Kanthall richtete sich langsam auf. Er hielt einen Stofffetzen vor seine blutende Nase und taumelte auf die Wartenden zu.

Speideck hatte niemals zuvor einen derart erschöpft wirkenden Menschen gesehen. Kanthall hielt sich aber dennoch auf den Beinen. Er torkelte an Speideck vorbei und blieb vor dem Mann mit der Maske stehen.

»Sie ... sind Saedelaere?«

»Ja«, sagte Alaska.

Kanthall hustete und schnaubte, dann schleuderte er das blutgetränkte Tuch in den Schnee und wischte sich mit dem Handrücken über das verschmierte Gesicht. »Von nun an«, sagte er mit erhobener Stimme, »übernehme ich wieder die Regierungsgeschäfte.«

Dann schlug er der Länge nach hin und rührte sich nicht mehr. Tingmer und Kanube trugen ihn ins Haus.

Jemand zupfte den wie gelähmt dastehenden Speideck am Arm. Es war Bluff Pollard. »Werden Sie gegen ihn kämpfen?«, fragte der Junge begierig.

Speideck dachte einen Augenblick nach und schüttelte dann langsam den Kopf. »Mit solchen Typen prügelt man sich nicht. Ich will dir auch erklären, warum, mein Junge. Du kannst solche Menschen k.o. schlagen, sooft du willst – die stehen immer wieder auf!«

Alaska Saedelaere stand im Hintergrund des Raumes und beobachtete Kanthall beim Essen.

Der Gerettete war knapp 1,80 Meter groß und massig. Auf den ersten Blick hätte man denken können, Kanthall neige zum Fettansatz, aber Alaska wusste es besser. Er hatte Kanthall aus dem Waschraum kommen sehen. Der Mann, der sich in jungen Jahren in der aphilischen Regierung bis zum Stellvertreter Casalles hochgearbeitet hatte, war muskulös und durchtrainiert.

Kanthall hatte alle Haare abrasiert, so dass nur seine buschigen Augenbrauen darauf hinwiesen, dass die freiwillig geopferte Haarpracht pechschwarz gewesen war. Er hatte große hellblaue Augen, mit denen er scheinbar staunend alles betrachtete. Doch auch dieser Eindruck täuschte, denn in Wirklichkeit war Kanthalls Blick forschend. Alaska war sicher, dass diesem Mann so schnell nichts entging.

Endlich sah Kanthall auf.

»Wenn Ihre einzige Beschäftigung darin besteht, anderen Menschen beim Essen zuzusehen, kann ich mir ausrechnen, welche Fortschritte wir mit unserer Arbeit machen.«

»Da Sie mich abgelöst haben, musste ich mir ein Urteil bilden«, sagte Alaska belustigt.

Die dichten Augenbrauen hoben sich. »Zu welchem Ergebnis sind Sie gekommen?«

»Ich wäre ein schlechter Beobachter, wenn ich meine Erfahrungen sofort preisgeben würde«, erwiderte Saedelaere.

Damit schien das Thema für Kanthall erledigt zu sein. »Ich bin dafür, dass wir Bestandsaufnahme machen. Sie berichten mir, was hier los ist, danach treffe ich meine Entscheidungen.«

»Werden Sie unser Manifest unterschreiben?«

Kanthall streckte eine Hand aus. »Geben Sie her! Da Sie die Führung dieser Gruppe an mich abgegeben haben, besteht kein Grund, die TERRA-PATROUILLE aufzulösen. Die Ziele sind schließlich vernünftig.«

Nachdem Kanthall unterschrieben hatte, fragte Alaska: »Die anderen sagten mir, dass Sie über eine besondere Fähigkeit verfügen. Sie nannten Sie einen Situations-Diagnostiker. Was soll ich darunter verstehen?«

»Mein Gehirn gibt mir in allen denkbaren Situationen mathelogische und psychoparaemotionelle Impulse«, antwortete Kanthall. »Darüber hinaus besitze ich ein außerordentliches technisches und hyperphysikalisches Wissen.«

»Sind Sie immer so selbstbewusst?«

Kanthall lachte auf. »Wie, denken Sie, wird man Casalles Stellvertreter? Mit Händchenhalten?«

»Gewiss nicht«, beteuerte der Transmittergeschädigte. »Ich habe bereits davon gehört, dass Sie Mitbewerber skrupellos aus dem Feld geschlagen haben.«

Kanthalls Miene wurde abweisend. »Wir waren alle Aphiliker!«

»Richtig! Mich interessiert auch nicht der Aphiliker Kanthall, sondern was von ihm übrig geblieben ist.«

»Das sehen Sie vor sich!« Mit wuchtigen Schritten durchquerte Jentho Kanthall den Raum. »Aber lassen wir das. Sie wollen mit der Gruppe nach Imperium-Alpha umziehen?«

»Wenn Sie damit einverstanden sind.«

»Was wollen Sie eigentlich?«, knurrte Kanthall. »Soll ich die Gruppe führen oder nicht? Wenn ja, hören Sie auf, mich zu gängeln. Wenn nein, müssen wir die Sache austragen.«

Alaska nickte. »Sie haben Recht. Ich denke, Sie sind in Ordnung. Aber die anderen werden Sie nicht so ohne weiteres akzeptieren. Sie sind für sie das Sinnbild der Aphilie schlechthin.«

»Darüber bin ich mir im Klaren, doch es ist mein Problem, wie ich damit fertig werde.« Kanthall blickte auf das Manifest. »Kauk hat noch nicht unterschrieben?«

»Nein.«

»Ich werde mich später darum kümmern«, kündigte Kanthall an. »Jetzt müssen wir den Umzug vorbereiten.«

»Es gibt noch ein Problem.«

»Ja?«

»Es handelt sich um den unbekannten Flugkörper, der schon mehrfach beobachtet wurde und den Sie auch gesehen haben.«

»Was ist damit?«

»Er ist gelandet. Langur hat ihn während des Rückflugs geortet und die Koordinaten bestimmt.« Alaska warf eine Karte auf den Tisch. »Ich habe nach diesen Angaben die Position bestimmt und angekreuzt.«

Kanthall setzte sich und breitete die Karte aus. »Im ehemaligen nordamerikanischen Staat Maine«, stellte er fest. »Zwischen Lewiston und Portland.«

»Hm«, machte Alaska. »Ich gestehe, dass mir diese Geschichte große Sorgen bereitet. Es sieht so aus, als sei eine fremde Macht dabei, die verlassene Erde zu untersuchen.«

»Sie sind sicher, dass Douc Langur nichts mit der Sache zu tun hat?«

»Absolut!«

Kanthall fegte die Karte vom Tisch. »Wir verschieben den Umzug! Erst kommt das!«

Kanthall entschied sich fast so, wie Alaska Saedelaere es erwartet hatte.

»Reden Sie mit Langur!«, schlug er vor. »Ich glaube, dass Sie ein gutes Verhältnis zu ihm haben. Er wird Sie mit der HÜPFER nach Amerika bringen, wo Sie sich umsehen können.«

»Ich dachte, Sie würden das unternehmen«, behauptete Alaska.

»Ich werde hier gebraucht. Und ich weiß, dass Sie im Umgang mit außerirdischen Intelligenzen eine Erfahrung besitzen, die mir nicht zur Verfügung steht. Trotzdem will ich, dass Sie mit aller Vorsicht operieren. Wir sind nur eine Hand voll Menschen, und niemand weiß, welche Konsequenzen der Kontakt oder gar die Konfrontation mit einer fremden Macht hätte.«

»Richtig«, pflichtete Alaska ihm bei. »Es ist für uns besser, wenn wir im Verborgenen operieren. Wir hätten einem Gegner nichts entgegenzusetzen.«

»Wir sind überhaupt nicht da.« Kanthall lächelte, und damit war das Thema abgeschlossen.

Zum Glück war die HÜPFER beim Aufprall auf der Straße kaum beschädigt worden. Douc Langur hatte zwanzig Stunden in seiner Antigravwabenröhre verbracht und kam gut erholt heraus.

Er war sofort bereit, mit Saedelaere loszufliegen, um das Geheimnis des unbekannten Flugobjekts zu lösen. Offenbar hatte er nur auf einen solchen Vorschlag gewartet, um nicht auf eigene Faust aufbrechen zu müssen.

Die Stimmung der Gruppe war gereizt. Die Mitglieder der TERRA-PATROUILLE gingen Kanthall aus dem Weg, aber sie widersprachen ihm auch nicht. In seiner Rolle war er ein unbeliebter Anführer, und Saedelaere war gespannt, ob Kanthall überhaupt von diesem Image loskommen konnte.

Mara und die Männer mussten doch spüren, dass sie Kanthall brauchten. Natürlich hätte Alaska die Gruppe ebenso führen können, aber das hätte ihn eingeengt. Er zog Sonderaufgaben vor.

Douc Langur empfing ihn in der Schleuse der HÜPFER. »Sie sind ziemlich bepackt«, stellte der Außerirdische fest. »Wollen Sie mit dieser Ausrüstung einen Krieg beginnen?«

»Das wäre sicher das Letzte«, antwortete Alaska. »Ich will nur für alle Eventualitäten gerüstet sein.«

Er kletterte ins Innere des Raumschiffs. Langur hatte ihm die HÜPFER schon gezeigt, deshalb kannte er sich aus. Die Platzverhältnisse waren alles andere als bequem, aber für den Flug über den Pazifik ausreichend.

Der Forscher pfiff schrill. »Kommt keiner Ihrer Freunde, um Sie zu verabschieden?«

Saedelaere kicherte. »Sie arbeiten«, sagte er. »Kanthall hat sie hart an die Kandare genommen.«

»Ich wundere mich, dass Sie die Gruppe verlassen, wenn es auch nur vorübergehend ist.«

»Jetzt kann ich das«, gab Alaska mit Überzeugung zurück.

Als sie die amerikanische Küste erreichten, schaltete Douc Langur die Ortung der HÜPFER ein. Eine Zeit lang machte er sich an den Instrumenten zu schaffen, dann bemerkte er offensichtlich enttäuscht: »Es scheint verschwunden zu sein!«

»Das Raumschiff? Sind Sie sicher?« Alaska versuchte, auf dem holoschirmähnlichen Gerät über den Kontrollen etwas zu erkennen. »Ist es nicht denkbar, dass die Unbekannten eine Art Ortungsschutz eingeschaltet haben?«

»Denkbar schon«, meinte Langur. »Doch damit unterstellen Sie, dass unsere Annäherung registriert wurde.«

Das war logisch. Alaska überlegte, wer die Fremden sein mochten und welche Absichten sie verfolgten. Sicher gab es in der Galaxis, in der die Sonne Medaillon mit ihren beiden Planeten materialisiert war, raumfahrende Völker. Zumindest eines davon war so weit entwickelt, dass es in der Lage gewesen war, sofort auf die Ankunft dieses Sonnensystems zu reagieren.

Wie anders hätte er die Anwesenheit des unbekannten Flugkörpers erklären sollen?

Alaska schloss auch die Möglichkeit nicht aus, dass die Fremden etwas mit dem Verschwinden der Menschheit zu tun haben könnten.

Dass Langur die Erde gefunden hatte, war offensichtlich ein Zufall. Als er den Kontakt zu seinem Mutterschiff, das er MODUL nannte, verloren hatte, war Medaillon aufgetaucht.

Alaska wich der bohrenden Frage nach eventuellen Zusammenhängen aus. Zu einem ganz bestimmten Zeitpunkt tauchten verschiedene Wesen auf einer Welt auf, die durch kosmische Gewalten von einer Galaxis in die andere versetzt worden war. Galt das nicht auch für ihn selbst?, sinnierte er. War er nicht durch den Zeitbrunnen von Derogwanien gegangen, nachdem sich die Katastrophe ereignet hatte?

Die Wissenschaftler behaupteten, dass die gesamte Natur des Universums letztlich auf einer Kette von Zufälligkeiten beruhte. Um ihrem Dasein einen Sinn zu geben, bemühten sich alle intelligenten Wesen, in diesen Zufälligkeiten eine Bestimmung zu entdecken.

»Worüber denken Sie nach?«, pfiff Langur.

»Erstaunlich, dass Sie feststellen, wann ein Mensch nachdenkt«, erkannte Saedelaere an.

»Ich habe lediglich überlegt, ob Sie sich in einer gewissen Stimmung befinden. Der Translator hat es dann entsprechend übersetzt.«

Saedelaere wollte eine Bemerkung über Langurs Bescheidenheit machen, aber unter ihnen waren die Longfellows aufgetaucht. Die HÜPFER überflog den ehemaligen US-Bundesstaat Maine.

»Wie genau können Sie den Landeplatz bestimmen?«, fragte Saedelaere.

»Ich dachte, ich könnte ihn ausmachen.« Langur rutschte auf dem Sitzbalken zurück. »Leider ist das Objekt nicht mehr zu registrieren, und das erschwert die Sache etwas.«

»Ich schlage vor, dass wir die Strecke zwischen Lewiston und Portland abfliegen. Vielleicht werden wir fündig.« Alaska fiel ein, dass Langur mit den Städtenamen nichts anfangen konnte. »Wenn Sie damit einverstanden sind, bestimme ich jetzt die Richtung.«

»Ihr Schiff!«, sagte Langur höflich.

Es war später Nachmittag, mit ausgezeichneten Sichtverhältnissen. Anhand seiner Karte fand Alaska Lewiston. Mittlerweile hatte er sich an den Anblick großer verlassener Städte gewöhnt; sie riefen in ihm nicht mehr jenes Gefühl der Bestürzung hervor, wie das noch in Südamerika der Fall gewesen war, unmittelbar nach seiner Rückkehr zur Erde.

Auch hier lag überall Schnee.

New Gloucester, Dry Mills, Gray, North und South Windham, Gorham, Westbrook – das war die Route, für die Saedelaere sich entschied. Auf diese Weise konnten sie das gesamte Gebiet zwischen dem Sebago Lake und der Küste während des Fluges inspizieren.

»Mir fällt auf, dass die Städte dieses Planeten einander sehr ähneln«, bemerkte Langur.

»Das liegt daran, dass die Wesen, die hier lebten, sich ebenfalls sehr ähnlich waren«, antwortete Saedelaere.

»Bisher dachte ich, dass in Ihren Städten chaotische Zustände geherrscht haben müssen«, gestand der Forscher. »Alles sieht sehr individuell aus – innerhalb einer Stadt.«

Saedelaere schaute den Forscher nachdenklich an. »Ist es nicht seltsam? Sie haben überhaupt keine Vergleichsmöglichkeiten, denn angeblich erinnern Sie sich an nichts. Trotzdem fällen Sie ein Urteil.«

»Denken Sie, dass ich Ihnen etwas verheimliche?«

»Keineswegs! Aber ich bin sicher, dass Sie Ihr gesamtes Wissen erschließen können, wenn Sie nur wollen. Sie haben eine perfekte Erinnerung, Sie müssen sie nur nutzen.«

Obwohl sie miteinander sprachen, ließ Alaska das Land unter ihnen keinen Augenblick unbeobachtet.

»Ich wünschte, ich könnte es«, sagte Langur, und Saedelaere spürte seine Traurigkeit. »Mit einer Erinnerung könnte ich leichter auf Ihrer Erde leben. Außerdem wüsste ich, ob ich ein Roboter oder ein organisches Wesen bin.«

»Sie sind bestimmt kein Roboter!«

Langur bedankte sich. Dann widmete er sich wieder seinen Kontrollen.

»Haben Sie etwas entdeckt?«, fragte der Terraner ungeduldig.

Langurs rechte Greifklaue zeigte auf eine Leuchtfläche. »Schwache Impulse! Es könnte sich um eine Reststrahlung handeln.«

»Wir nähern uns Dry Mills«, stellte Alaska mit einem Blick auf die Karte fest. So gut es ging, schob er sich dichter an den Transparentbug der HÜPFER heran. »Da!«, stieß er unvermittelt hervor.

»Was meinen Sie?«, fragte Langur verständnislos.

»Dieser gewaltige dunkle Fleck zwischen der Stadt und dem See.«

»Ich sehe ihn, aber was ist damit?«

»Dort liegt kein Schnee!«, stieß Alaska hervor. »In diesem riesigen und fast kreisrunden Gebiet ist der Schnee weggeschmolzen.«

»Der Landeplatz!«, pfiff Douc Langur triumphierend.

Bilor Wouznell hielt sich mit geradezu peinlicher Genauigkeit an seine Gewohnheiten. Auch an diesem Mittag verließ er Dry Mills und begab sich zu den Tennisplätzen, wo er auf der Tribüne seinen Beobachtungssitz einnahm. Die Kalzoon-44 lag auf seinen Knien.

Als er die HÜPFER über der Ebene auftauchen sah, verlor er die Nerven.

Zu viel hatte sich in den vergangenen Tagen in ihm aufgestaut. Angst und Verzweiflung suchten ein Ventil. Er sprang auf, riss das Gewehr an die Wange, zielte und drückte ab.

Kanthall sah Marboo hereinkommen und mit den Päckchen hantieren, die sie in den vergangenen Stunden zusammengetragen hatte. Sie sah ihn nicht an, und ihr ganzes Verhalten drückte aus, dass sie sich in seiner Nähe unsicher fühlte.

»Was machen Sie da?«, fragte Kanthall nach einer Weile.

»Das sehen Sie doch! Ich packe Proviant für den Umzug zusammen. Schließlich steht nicht fest, ob wir in Imperium-Alpha ausreichend viel finden. Ich halte es für besser, wenn wir genügend mitnehmen, damit wir nicht jeden Tag einen Mann nach Terrania City schicken müssen, der Nachschub holt.«

Kanthall verschränkte die Arme vor der Brust. »Ich hatte nicht angeordnet, dass Sie das tun sollen.«

»Wollen Sie, dass wir aufhören zu denken?« Ihre Augen funkelten.

»Aber nein«, versicherte Kanthall milde. »Es ist nur wichtig, dass die Aufgaben koordiniert werden. Wenn jeder macht, was ihm gerade einfällt, kommen wir nie zu einer vernünftigen Zusammenarbeit. Deshalb weise ich jedem Mitglied der TERRA-PATROUILLE eine Aufgabe zu. Soweit ich mich erinnere, habe ich Ihnen befohlen, mit der Zusammenstellung einer Bibliothek zu beginnen. Es ist außerordentlich wichtig, dass wir möglichst viel kulturelles Gut bewahren.«

»Bücher«, sagte sie verächtlich. »Davon wird niemand satt.«

Kanthall kam auf den Tisch zu, an dem Mara Bootes arbeitete. Unwillkürlich wich sie zurück, denn in der Art, wie der Mann sich bewegte, lag etwas Bedrohliches. Vor dem Tisch blieb er stehen und hob eines der Päckchen hoch. »Tee«, sagte er verwundert.

Mara verhielt sich abwartend. Ihre Intuition sagte ihr, dass noch in diesem Augenblick etwas geschehen würde.

Und es geschah … Kanthall hob den Tisch auf der einen Seite an. Die Päckchen gerieten ins Rutschen und landeten auf dem Boden.

Marboo wurde rot vor Zorn.

»Es ist sicher kein günstiger Augenblick«, erklärte Kanthall, »aber ich verlange von Ihnen, dass Sie sich in absehbarer Zeit einen Mann auswählen.«

»Was?« Mara war fassungslos.

»Ja«, sagte Kanthall. »Wir sind die letzten Menschen auf Terra. Wir müssen etwas tun, damit wir nicht aussterben.«

»Heißt das … heißt das …?« Ihre Stimme versagte.

»Genau«, sagte Kanthall zufrieden.

»Sie Scheusal!«

»Sie sollten zufrieden sein«, meinte Casalles ehemaliger Stellvertreter. »Immerhin können Sie wählen. Genauso gut hätte ich bestimmen können, dass *ich* dieser Mann sein soll.«

»Sie? – Sie bekommen mich nie!«

»Ich bekomme immer, was ich will!« Kanthall hockte sich auf die Tischkante und ließ die Beine baumeln. Nach einer längeren Pause sagte er: »Aber ich lasse Ihnen ja die Wahl. Es ist nicht nur im Interesse der vorausschauenden Planung, sondern es wird zugleich einige psychologische Probleme unserer Gruppe lösen. Ich bin es satt, diese Männer wie eine Schar aufgeplusterter Gockel um Sie herum zu sehen. Sobald Sie Ihre Wahl getroffen haben, wird jeder sich damit abfinden. Die Situation wird dann nicht eskalieren.«

Mara würdigte ihn keines Blickes, sondern stürmte hinaus. Draußen stieß sie auf Speideck, der einige Aggregate zusammenpackte.

»Wie siehst du denn aus?«, fragte er. »Man könnte denken, der Teufel selbst wäre dir begegnet.«

»O ja!«, fuhr sie ihn an. »Das ist er auch – und er heißt Kanthall!«

Pling!

Alaska Saedelaere fuhr hoch. »Was war das?«, fragte er erschrocken.

»Ein Geschoss«, antwortete Langur. »Es hat die HÜPFER getroffen.«

»Die Fremden!«, rief der hagere Mann. »Sie sind noch da?«

»Nein«, sagte Langur bestimmt. »Das war ein Mensch.«

Pling!

Alaska starrte angestrengt ins Freie, konnte aber nichts erkennen, was auf die Anwesenheit eines Schützen hingedeutet hätte.

»Zum Glück«, bemerkte Langur mit einer Gelassenheit, als würde er die Vorzüge seines Raumschiffs einer Gruppe interessierter Techniker erklären, »ist die HÜPFER mit solchen läppischen Waffen nicht zu beschädigen.«

»Können Sie feststellen, wo der Angreifer sich verborgen hält?«

Langur machte sich an den Kontrollen zu schaffen. »Er ist drüben vor der Stadt, und er hält sich nicht einmal verborgen.«

Auf einer leuchtenden Fläche entstand das Bild eines Gerüsts. Ganz oben auf dieser Konstruktion stand ein Mann mit einem altmodischen Jagdgewehr.

»Er hat Angst vor uns, sonst würde er nicht so reagieren«, stellte Saedelaere fest. »Wie können wir ihn dazu bringen, von diesem Unsinn abzulassen?«

»Sie steigen aus und zeigen sich ihm. Sobald er sieht, dass er einen Menschen vor sich hat, erkennt er, dass ihm keine Gefahr droht.«

»Sie haben Nerven! Mit meiner Maske sehe ich nicht eben vertrauenerweckend aus.« Alaska beugte sich zu seinem Ausrüstungsbündel hinab. »Es wird am besten sein, wenn wir ihn paralysieren.«

Douc Langur erhob keine Einwände. Er änderte den Kurs der HÜPFER und flog auf Dry Mills zu. Über den Holoschirm konnte Saedelaere beobachten, dass der Schütze das Gewehr sinken ließ. Augenscheinlich hatte er begriffen, dass er gegen den Flugkörper nichts ausrichten konnte.

»Öffnen Sie die Schleuse!«, bat Alaska.

Es war so einfach, dass er fast Mitleid mit dem Unbekannten empfand. Er brauchte sich nur in die offene Schleuse zu stellen und abzudrücken.

Der Mann auf dem Gerüst – es war eine Tribüne, wie Alaska jetzt erkannte – drehte sich um die eigene Achse und fiel mehrere Stufen hinab.

»Wir nehmen ihn an Bord. Das wird dann sicher sehr eng, aber vielleicht weiß dieser Bursche etwas über das fremde Raumschiff.«

»Er hat sich überhaupt nicht geändert«, stellte Speideck fest. »Man könnte denken, er sei noch immer Aphiliker – und vielleicht stimmt das sogar. Schließlich hielt er sich während der Katastrophe im Weltraum auf. Niemand weiß, welche Nachwirkungen das hat.«

»Reden Sie keinen Unsinn!«, fuhr Kauk ihn an. »Die Aphilie wurde durch den Waringer-Effekt der Sonne Medaillon ausgelöst. Diese seltsame Eigenstrahlung existiert nicht mehr. Also ist Kanthall kein Aphiliker.«

»Aber er hat alle Anlagen zum Diktator!«, beharrte Speideck.

Walik Kauk sah die Versammelten an. Sie hatten sich im Keller des Cherryl-Hauses getroffen, um zu beraten. Kanthall war nicht da. Er war aufgebrochen, um im Regierungssitz private Sachen sicherzustellen.

»Wir müssen uns darüber klar werden, was wir eigentlich wollen.« Kauk lächelte humorlos. »Wenn wir nur schimpfen, kommen wir keinen Schritt weiter. Ich halte mich sowieso aus allem heraus. Schließlich gehöre ich nicht zur TERRA-PATROUILLE.«

»Ich auch nicht!«, wandte Augustus ein.

»Sei jetzt still!«, rief Kauk ungehalten.

»Man könnte glauben, dass Sie für Kanthall sind«, sagte Kanube.

»Er weiß wenigstens, was er will. In der kurzen Zeit hat er ein klares Konzept entwickelt. Wenn es meine Firma noch gäbe, würde ich ihn jederzeit als Organisator einstellen.«

Marboo schaltete sich ein. »Er ist einfach unmenschlich, das ist das Problem! Jetzt, da wir endlich von den Fesseln der Aphilie befreit sind, sollten wir uns nicht gefallen lassen, dass ein Mann wie Kanthall hier herumkommandiert.«

Kanube, der die Besprechung leitete, fragte: »Hat jemand konkrete Vorschläge, was wir tun sollen?«

»Ja«, sagte Marboo. »Wir sagen ihm, dass wir ihn nicht bei uns haben wollen.«

Bevor jemand dazu Stellung nehmen konnte, entstand am Eingang Lärm. Die Tür wurde aufgestoßen, und Jentho Kanthall kam mit zwei schweren Packen in den Keller gestampft. Er warf sie auf den Boden und öffnete einen davon.

»Sie werden es nicht glauben, was ich gefunden habe!«, sagte er triumphierend und zog eine bauchige Flasche hervor. »Echter Champagner aus Casalles Vorräten!«

Kanthall entkorkte die Flasche, und die hochsteigende Flüssigkeit lief ihm über die Hand. »Wir haben ziemlich hart gearbeitet, deshalb sollten wir uns einen guten Schluck genehmigen!« Er hielt den anderen die Flasche entgegen.

Eine Zeit lang blieben alle wie erstarrt sitzen, dann stieß Kauk eine Verwünschung aus, stand auf, griff nach der Flasche und trank. Er gab sie an Marboo weiter.

»Wozu haben Sie sich eigentlich hier zusammengesetzt?«, fragte Kanthall arglos. »Ist etwas Besonderes vorgefallen?«

Marboo, die noch nicht getrunken hatte, wollte antworten, doch Kanube kam ihr zuvor.

»Es handelt sich um eine alte Gewohnheit, die wir nicht aufgeben wollten. Wir treffen uns regelmäßig zu solchen Beratungen.«

»Ausgezeichnet!«, lobte Kanthall. »In Zukunft möchte ich als Anführer der TERRA-PATROUILLE jedoch bei diesen Beratungen anwesend sein.«

»Natürlich«, sagte Kanube. »Es ging diesmal auch nur um unwesentliche Dinge.«

Kanthall hockte sich auf einen der beiden Packen und stützte die Ellenbogen auf die Knie. Sein Blick war auf den Boden gerichtet.

»Wir werden in Zukunft wenig Gelegenheit zum Feiern haben«, sagte er nachdenklich. »Wenn wir überleben wollen, müssen wir hart arbeiten und dürfen keine Fehler begehen. Jeder von uns muss sich voll einsetzen.«

Als er aufblickte, sah er, dass Marboo getrunken hatte und die Flasche an Tingmer weitergab. »Worauf haben Sie getrunken?«, erkundigte sich Kanthall bei der jungen Frau.

»Darauf, dass Sie hoffentlich nicht nur ein verdammter Taktiker sind«, gab sie zurück.

Kanthalls hellblaue Augen schienen sich noch um eine Spur zu vergrößern. Aber er lächelte.

Jentho Kanthall ließ sich von Augustus helfen, seine Last in die große Halle auf der ersten Etage des Cherryl-Hauses zu transportieren. Dort trugen die Mitglieder der TERRA-PATROUILLE alles zusammen, was sie bei dem Umzug nach Imperium-Alpha mitzunehmen gedachten.

Als Augustus die Halle wieder verlassen wollte, rief Kanthall ihn zurück. Er schnürte das zweite Paket auf und brachte ein kompaktes Gerät zum Vorschein. »Weißt du, was das ist?«, fragte er den Roboter.

Ohne zu überlegen, erwiderte der Ka-zwo: »Ein Kontrollelement!«

»Nicht irgendein Kontrollelement, sondern jenes, das für diesen Bezirk zuständig ist, verstehst du?«

»Ja«, sagte Augustus zögernd.

»Es funktioniert nicht, weil ich es aus dem Gesamtkomplex ausgebaut habe«, fuhr Kanthall fort. »Bevor ich das jedoch tat, hatte ich Verbindung zu ihm, und ich habe ihm eine Frage gestellt.«

Der Ka-zwo schwieg. Kanthall ließ ihn nicht aus den Augen. Er hatte nicht vor, den Roboter in ein Logik-Dilemma zu bringen, also musste er behutsam vorgehen.

»Ich fragte das Element, wie es zur TERRA-PATROUILLE steht und ob es nicht befürwortet, dass du in diese Organisation eintrittst.«

Kanthall war nicht sicher, aber er hatte den Eindruck, dass der Ka-zwo einen inneren Kampf mit sich austrug. Es war schwer zu sagen, auf welcher Ebene dieser Kampf stattfand, doch für Augustus, der über den Ausfall aller positronischen Anlagen informiert war und sich dennoch in geradezu schizophrener Weise mit imaginären Kontrollelementen »unterhielt«, bedeutete Kanthalls Forderung ein nahezu unlösbares Problem.

Kanthall wusste, dass er ein Risiko einging. Es war möglich, dass der Ka-zwo sich einfach desaktivierte.

»Wenn das Kontrollelement befiehlt, dass ich der TERRA-PATROUILLE beitreten soll, werde ich das tun«, sagte Augustus nach einer Weile.

Kanthall rollte das von Saedelaere angefertigte Papier auf. »Hier«, sagte er und hielt dem Ka-zwo einen Schreibstift hin. »Unterschreibe das Manifest!«

Augustus unternahm einen letzten Versuch, aus der Falle zu entrinnen. »Ich kann nicht schreiben«, erklärte er.

»Dann mach ein Zeichen!«, drängte Kanthall. »Jeder wird wissen, dass es *dein* Zeichen ist.«

»Was für ein Zeichen?«

»Ein K. Sieh her, ich male dir einen solchen Buchstaben auf die Tischplatte. Du brauchst ihn nur nachzuzeichnen.«

Augustus gab sich einen Ruck. Er nahm den Stift und malte zwei K auf das Papier.

Kanthall hob die Augenbrauen. »Wieso zwei?«, erkundigte er sich.

Der Roboter richtete sich auf. »Ka-*zwo!*«, sagte er.

Kanthall bekam einen Heiterkeitsausbruch und warf sich vor Lachen auf die beiden Packen.

»Das war eine feierliche Zeremonie!«, wies ihn Augustus zurecht. »Ihr Verhalten ist wenig würdevoll.«

Der Terraner entschuldigte sich.

Als Augustus gegangen war, rollte Kanthall das Dokument zusammen. *Nun ist Kauk eingekreist!,* dachte er zufrieden.

Mit dem paralysierten Mann an Bord warteten Langur und Saedelaere knapp zwei Stunden über dem Landeplatz.

»Wir sind zu spät gekommen«, bedauerte Alaska schließlich. »Wahrscheinlich ist das Objekt wieder in den Weltraum verschwunden oder befindet sich auf einem anderen Kontinent.«

Er hörte den Paralysierten stöhnen.

»Vielleicht erfahren wir von ihm etwas!«

Der Mann befand sich in der geöffneten Antigravwabenröhre, sonst war nirgendwo Platz gewesen.

»Erschrecken Sie nicht!«, sagte Alaska. »Mein Name ist Saedelaere. Dieser Extraterrestrier und ich sind Angehörige der TERRA-PATROUILLE, die ihren Sitz in Terrania City hat. In dieser Organisation arbeiten alle Menschen zusammen, die nach der Katastrophe noch auf der Erde leben. Es gehört zu unseren Aufgaben, Menschen wie Sie zu finden.«

Sein Gegenüber nickte schwach. Er hatte also verstanden.

»Überanstrengen Sie sich nicht«, empfahl ihm Saedelaere. »Wir haben noch viel Zeit, miteinander zu reden.«

Nach einiger Zeit hatte sich der neue Passagier so weit erholt, dass er reden konnte. »Ich bin Bilor Wouznell«, stellte er sich vor. »Verzeihen Sie, dass ich die Nerven verloren und auf Sie geschossen habe. Ich dachte, Sie hätten etwas mit diesem großen schwarzen Ding zu tun.«

»Was wissen Sie davon?«, fragte Alaska gespannt.

Wouznell berichtete. Alaska hatte sich zwar mehr erhofft, aber immerhin schien sich zu bestätigen, dass die Unbekannten auf der Erde Untersuchungen anstellten. Die Frage war nur, zu welchem Zweck sie diese Anstrengungen unternahmen.

Bereiteten sie eine Besetzung des verlassenen Planeten vor? Diese Vermutung bereitete Alaska Kopfzerbrechen.

»Wenn Sie damit einverstanden sind, nehmen wir Sie mit nach Terrania City. Sie können mit unserer Gruppe zusammenarbeiten und in die TERRA-PATROUILLE eintreten.«

Wouznell deutete auf Langur. »Woher kommt er?«

»Er ist ein Forscher der Kaiserin von Therm«, verkündete Alaska. »Aber fragen Sie ihn nicht, wer oder was das ist – er hat es vergessen.«

»Was hast du getan?«, schrie Walik Kauk außer sich.

»Ich habe das Manifest der TERRA-PATROUILLE unterzeichnet«, wiederholte Augustus.

Kauk konnte es nicht fassen. Er befand sich mit Augustus auf der Straße und wartete auf die Ankunft der HÜPFER, deren Erscheinen über Funk angekündigt worden war.

»Wie kommst du auf diese absurde Idee?«, fasste er nach.

»Es war der Wunsch des Kontrollelements!«

»Das darf doch nicht wahr sein!«, stöhnte Kauk. »Warum hast du nicht vorher mit mir darüber gesprochen?«

»Ich habe mit Kanthall gesprochen!«

»Mit Kanthall?« Kauks Augen verengten sich. Ein Verdacht erwachte in ihm. »Kannst du mir den Vorgang dieser Unterzeichnung schildern?«

Augustus berichtete bereitwillig, was sich ereignet hatte. Kauk hörte mit wachsendem Zorn zu.

»Kanthall hat dich überlistet!«, stieß er schließlich hervor. »Aber es ging ihm gar nicht um dich, sondern um mich. Dieser Fuchs weiß genau, was er will.«

»Ich weiß gar nicht, warum Sie sich so erregen«, sagte der Ka-zwo.

Kauk winkte ab. Es hatte keinen Sinn, wenn er mit dem Roboter darüber diskutierte. Die Sache war nicht mehr zu ändern.

Nach einer Weile kam Kanthall aus dem Haus und gesellte sich zu ihnen. »Er muss jeden Moment auftauchen«, sagte er.

Kauk bedachte ihn mit einem bösen Blick, schwieg jedoch.

»Ah«, machte Kanthall. »Augustus hat geredet!«

»Das haben Sie geschickt eingefädelt«, sagte Kauk widerwillig. »Es war Ihnen sogar die Mühe wert, in eine Kontrollstation einzudringen und das Element auszubauen.«

»Sie sehen, was Sie mir wert sind!«

Kauk knirschte mit den Zähnen.

»Da kommt die HÜPFER!« Kanthall deutete nach oben.

Als Bilor Wouznell, von Alaska begleitet, das Cherryl-Haus betrat, waren die Vorbereitungen für den Umzug praktisch abgeschlossen. Saedelaere stellte zufrieden fest, dass die Gruppe unter der Führung von Kanthall schnell und gut gearbeitet hatte.

Es gab offenbar niemanden, der noch etwas gegen Kanthall einzuwenden hatte. Alaska war über diese Entwicklung erleichtert.

Als er Wouznell das Manifest der TERRA-PATROUILLE zur Unterschrift vorlegte, entdeckte er die beiden mit ungelenker Hand geschriebenen K auf dem Papier. »Was bedeutet das?«, erkundigte er sich bei Kanube, der gerade in der Nähe war.

Der Afroterraner grinste. »Ka-*zwo!*«, sagte er.

Kauks Unterschrift fehlte nach wie vor, aber Alaska nahm das nicht so tragisch, denn der ehemalige Industrielle arbeitete mit der Gruppe zusammen. Er war viel zu vernünftig, um die anderen zu verlassen und als Einzelgänger sein Glück zu versuchen.

Auf Kanthalls Vorschlag hin wurde ein fünfter Punkt in die Zielsetzung der TERRA-PATROUILLE aufgenommen. Er lautete: *Die Hintergründe über das Auftreten einer unbekannten Macht auf der Erde müssen aufgeklärt werden.*

Alaska war sich darüber im Klaren, dass nahezu unüberwindbare Aufgaben auf sie warteten. Sie waren eine winzige Gruppe, die auf der von Naturkatastrophen bedrohten Erde operieren musste. Nun deutete sich zu allen anderen Problemen auch noch eine Gefahr von außen an.

»Vielleicht handelt es sich nur um einen einzigen Besuch«, vermutete Kanthall, als Alaska mit ihm darüber sprach, was er in Maine gesehen hatte. »Sie haben ihre Forschungen beendet und die Erde wieder verlassen.«

»Sie werden wiederkommen!«, prophezeite der Mann mit der Maske. »Ich habe eine Ahnung, die bestimmt nicht trügt. Auf keinen Fall dürfen sie merken, dass es eine organisierte Gruppe Eingeborener gibt – das würde sie nur herausfordern, wer immer sie sind.«

»Wir werden also aus dem Verborgenen heraus vorgehen müssen!«

»Wir müssen vorsichtig sein«, bestätigte Saedelaere. »Wir sind die letzten Menschen der Erde. Das ist für uns eine Verpflichtung.«

Am nächsten Morgen brach die Gruppe auf. Die HÜPFER mit Douc Langur und Alaska Saedelaere an Bord flog langsam voraus, die anderen folgten zu Fuß. Sie transportierten die gesamte Last mit Hilfe von Antigravprojektoren.

»Es sind beängstigend wenige«, pfiff Langur.

»Sie sind die TERRA-PATROUILLE«, antwortete Alaska Saedelaere stolz. »Und sie werden alle Aufgaben lösen.«

12.

Skan Mavrees war ein Optimist, aber in erster Linie ein Dickschädel. Als der Sturm für wenige Stunden nachließ, zog es ihn auf die See hinaus. Seit mehr als einer Woche lebte er von Konserven und sehnte sich nach dem würzigen Geschmack von frischem Fisch.

Als Skan aus der Bewusstlosigkeit erwacht war, hatte er in Stoksund genug herrenlose Boote gefunden, aber seine Enttäuschung war groß gewesen, als sich bei keinem der Fahrzeuge auch nur der Motor hatte anwerfen lassen. Später hatte er festgestellt, dass Gleiter und Landfahrzeuge ebenfalls nicht mehr starteten. Irgendetwas musste mit dem Funkleitnetz geschehen sein. Vielleicht existierte es nicht mehr, und ohne diese Sicherung war es kein Wunder, dass die Motoren nicht mehr ansprangen.

Also hatte Skan sein eigenes Boot gebaut. Er verstand sehr viel davon, und es war ein gutes Fahrzeug geworden und fünfzig Fuß lang. Bei ruhiger See machte es bis zu achtzehn Knoten.

Das Meer war noch immer aufgewühlt, als Skan Mavrees die SOLVI aus dem Bootshaus gleiten ließ. Er startete den Motor und verließ den Hafen nach Steuerbord. Die schroffen Klippen von Stoköy ragten vor ihm auf, an ihrem Fuß entlang glitt Skan auf die offene See hinaus.

Doch kaum war die felsige Küste unter der Kimm verschwunden, frischte der Wind auf. Eine halbe Stunde später befand sich Skan Mavrees mit der SOLVI in einem ausgewachsenen Orkan.

Zuerst gingen die Netze über Bord, dann wurde die SOLVI mit einem Ruck in die Höhe geschleudert und Sekunden später von einer haushohen Woge fast in Stücke zerschlagen. Skan glaubte sein letztes Stündlein gekommen. Aber wie durch ein Wunder hielt sein Boot der mörderischen Belastung stand. Nur das Ruder war verschwunden.

Der Orkan tobte die Nacht hindurch. Skan hatte sich in der Kajüte festgezurrt. In sein Schicksal ergeben, erwartete er das Ende.

Gegen Morgen wurde es plötzlich ruhig – merkwürdig schnell für Skans Empfindungen. In seiner Kajüte fing er an zu schwitzen. Eines der wenigen Instrumente, die an Bord der SOLVI noch funktionierten, war das Thermometer. Skan überzeugte sich, dass es tatsächlich warm geworden war. Die Temperatur lag um elf Grad höher als noch vor einer Stunde.

An diesem Morgen sah er zum ersten Mal seit langer Zeit wieder die Sonne aufgehen – den riesigen, orangeroten Ball von Medaillon. Benommen starrte Skan Mavrees in den dunkelblauen Himmel hinauf und überließ es den Sonnenstrahlen, seine durchnässte Kleidung zu trocknen. Die See lag inzwischen glatt wie ein Spiegel. Skan hatte keine Ahnung, wo er sich befand. Der Sturm konnte ihn Hunderte von Meilen weit abgetrieben haben.

Seine Situation war um keinen Deut besser geworden. Er kannte seine Position nicht, hatte keinen Motor mehr, und selbst die Netze waren fortgespült worden. Obwohl es in dem blaugrünen Wasser von Fischen nur so wimmelte, würde er wahrscheinlich verhungern müssen.

Denn es gab auf dieser Welt nur noch Skan Mavrees.

Niemand würde kommen, um ihn zu retten.

Der Umzug war abgeschlossen. Die Hallen von Imperium-Alpha hatten wieder Bewohner. Jentho Kanthall war mit seinen Leuten in das ehemalige Kommandozentrum des Solaren Imperiums eingedrungen – was keinerlei ernsthafte Schwierigkeiten bereitete, da die Sicherheitsanlagen weitestgehend ausgefallen waren.

Zwei unterirdische Räume hatte die TERRA-PATROUILLE mit Beschlag belegt. Der eine war ein geräumiger Hangar mit angrenzenden Wohn- und Aufenthaltsräumen. Bei dem andern handelte es sich um ein ehemaliges Rechen- und Kontrollzentrum, fünfhundert Meter vom Hangar entfernt und etwas tiefer gelegen. Ein Korridor verband beide Räumlichkeiten. Zwar war die Energieversorgung wegen NATHANS Ausfall lahm gelegt, doch der TERRA-PATROUILLE war es gelungen, Notaggregate in Gang zu setzen, so dass Licht, Wärme und Wasser ausreichend zur Verfügung standen.

Der Hangar war groß genug, um die HÜPFER aufzunehmen und außerdem zwei Hochleistungsgleiter, die mit viel Mühe von den unbrauchbaren Kontrollmechanismen befreit worden waren.

Am Rand des Hangars standen mittlerweile Tische und Bänke. Technisches Gerät sammelte sich hier, Funkgeräte zum Beispiel, die gebraucht wurden, wenn Kommandos nach oben gingen, um Ausschau zu halten oder Proviant zu besorgen.

Eine altmodische Digitaluhr zeigte den 6. April 3582.

Walik Kauk machte sich an den Kommunikationsgeräten zu schaffen. Noch immer trug er das kleine Stück Schreibfolie mit dem Rufkode bei sich, über den er von Alaska aus per Radakom einen fremden, wahrscheinlich nichtterranischen Teilnehmer erreicht hatte. Walik spielte mit dem Gedanken, das Experiment zu wiederholen. Aber noch war er sich über das Risiko nicht im Klaren.

Gegen zwanzig Uhr betraten Bilor Wouznell und Mara Bootes den Hangar. Ihnen folgte Jentho Kanthall, dessen Augen sich verengten, als er Baldwin Tingmer etwas abseits sitzen sah. Mit schnellen Schritten ging er auf Tingmer zu, der den Kopf aufgestützt hatte. »Ist das alles, was du kannst … saufen?«, platzte Kanthall heraus.

Baldwin Tingmer blickte nur zögernd auf. »Was geht's Sie an?«, brachte er schwerfällig hervor.

»Sehr viel!«, antwortete Kanthall eisig. »Du bist Mitglied der PATROUILLE, und ich bin ihr Leiter!«

»Ha-ha-hallelujah …!«, ächzte Tingmer.

Kanthall packte zu und zog ihn in die Höhe. »Du verschwindest jetzt im Bad, duschst eiskalt und meldest dich in fünfzehn Minuten stocknüchtern wieder bei mir! Ist das klar?!«

Baldwin Tingmer schwankte unter dem harten Griff. Es war vorauszusehen, dass er den Halt verlieren würde, sobald Kanthall ihn losließ. In diesem Augenblick kam Walik Kauk näher, der die Szene bislang schweigend verfolgt hatte.

»Lassen Sie den Mann in Ruhe!«, forderte er Kanthall auf. »Den kriegt in fünfzehn Minuten niemand wieder nüchtern!«

»Das werden wir sehen«, antwortete Kanthall.

Walik Kauk war nicht so groß wie Kanthall, aber ebenso stämmig. »Nichts werden wir sehen!«, schimpfte er. »Sie kümmern sich heute Abend nicht mehr um Baldwin. Ist das klar?«

Jentho Kanthalls Blick wirkte leicht amüsiert. »Wollen Sie mir Befehle geben?«, fragte er.

»Das war ein Ratschlag.« Kauk zuckte mit den Schultern. »Aber wenn Sie es als Befehl auffassen ... bitte!«

Kanthall ließ den Betrunkenen langsam wieder auf seinen Sitz zurückgleiten. »Ich nehme von Ihnen keine Befehle an«, erklärte er bedrohlich ruhig.

»Baldwin von Ihnen auch nicht. Es ist acht Uhr abends. Das ist seine private Zeit, und wenn er sich jetzt besaufen will, dann kann er das.«

Jentho Kanthall lächelte. »Walik Kauk, Sie nehmen den Mund ein wenig zu voll!«

»Stört Sie das?«

»Ja, das stört mich.«

»Dann unternehmen Sie doch etwas dagegen!«

»Genau das hatte ich vor.«

Kanthalls Linke schoss vor. Aber das war nur eine Finte, um Kauk abzulenken, während die Rechte in die Höhe stach. Doch Walik war auf den Angriff gefasst. Blitzschnell drehte er sich zur Seite, zugleich zuckten seine Arme vorwärts, und die Fäuste trafen Kanthalls Kinn und Wangenknochen.

Der ehemals zweite Mann der aphilischen Regierung ging zu Boden. Er war angeschlagen, aber sein Blick war klar und suchte den Gegner. In wenigen Augenblicken wäre Jentho Kanthall wieder kampfbereit gewesen und hätte sich auf den Herausforderer gestürzt. Doch es kam anders ...

Der Lärm der Auseinandersetzung hatte weitere Zuschauer herbeigelockt. Alaska Saedelaere erschien mit Sante Kanube und Jan Speideck. Aus einer anderen Tür kam Augustus.

Der Roboter sah Kanthall fallen. Er erkannte aber auch, dass der Kampf noch nicht vorüber war, und fürchtete um Walik Kauk. Mit raschen Schritten eilte Augustus an Kauks Seite.

Ebenso schnell reagierte Saedelaere. Als Kanthall ächzend wieder auf die Beine kam, stellte sich der Maskenträger vor ihn und hielt ihn fest.

»Auf diese Weise wurden noch nie Probleme gelöst«, sagte Saedelaere ruhig.

Kanthall wischte sich mit dem Handrücken über die blutende linke Wange.

»Ich werde weitere Angriffe auf Bruder Walik nicht dulden!«, verkündete der Roboter.

Kanthall winkte ab. »Keine Sorge, ich gebe auf!« Seine Stimme klang, als hätte er eine geschwollene Zunge.

Baldwin Tingmer hatte von der ganzen Sache wenig mitbekommen. Er war eingeschlafen.

Jentho Kanthall schaute Kauk an. »Du hast einen verdammt harten Schlag«, gab er unumwunden zu.

»Das war der erste Boxkampf seit der Katastrophe, aber ich verpasse die wichtigste Runde.« Jan Speideck rang sichtlich nach Fassung. »Fangt wieder an!«

Niemand achtete auf ihn.

»Keinen Schritt näher, Kanthall!«, warnte der Ka-zwo. »Ich werde diese Bedrohung nicht ...« Kauk schob ihn einfach beiseite, und Augustus schwieg verblüfft.

Kauk streckte Kanthall die Hand entgegen. »Du bist in Ordnung«, sagte er. Jentho Kanthall griff zu und schüttelte die dargebotene Hand.

»Und jetzt bringt mir die Rolle!«, schlug Walik Kauk vor.

»Welche Rolle ...?«

»Hurra und halleluja!« Sante Kanube wirbelte herum und verschwand durch eine der offenen Türen. Sekunden später kam er wieder zum Vorschein. Er trug eine zusammengerollte Druckfolie. Sie enthielt das Manifest der TERRA-PATROUILLE.

Walik Kauk zog seinen Schreibstift hervor und setzte endlich seinen Namen unter das Dokument.

In diesem feierlichen Augenblick verließ Douc Langur sein Raumschiff. »Es ist etwas Seltsames eingetreten«, erklärte er.

»Keine Floskeln! Erzähl schon!«, forderte ihn Jentho Kanthall auf.

Die höfliche Anrede, die ohnehin nur noch einige benutzt hatten, fiel endgültig den Umständen zum Opfer. Es schien, als hätte sich die Atmosphäre urplötzlich verändert.

»Fast der ganze Planet wird von Stürmen und Überschwemmungen heimgesucht«, sagte Douc Langur. »Nur auf der Nordhalbkugel registriere ich eine eng begrenzte Zone ohne klimatische Turbulenzen.«

»Auch über Terrania City ist es im Augenblick ziemlich ruhig«, warf Kauk ein.

»Es ist ein Unterschied zwischen *ziemlich* und *völlig*«, gab Douc Langur zu bedenken. »Außerdem besteht dieser Zustand schon seit geraumer Zeit.«

»Wo?«, fragte Jentho Kanthall knapp.

Einer von Langurs Armen entfaltete sich und streckte sich aus. Die dreifingrige Klaue präsentierte eine Druckfolie. Sie zeigte die Konturen der Kontinente und mittendrin einen roten Kreis.

»Nordeuropa«, konstatierte Kanthall. »Norwegen!«

Douc Langurs Greifhand zeigte auf den Kreis. »Das etwa ist die Position der Kalmenzone. Ringsherum toben heftige Stürme.«

»Seit wann besteht dieser Zustand?«

»Über vierzig Stunden«, erklang es aus dem Translator.

»Wie genau ist die Abgrenzung eingezeichnet? Handelt es sich wirklich um einen Kreis?«

»Die maximale Ungenauigkeit beträgt weniger als ein Prozent«, antwortete Langur. »Es handelt sich tatsächlich um einen Kreis.«

Kanthall und Kauk sahen einander an. »Das muss untersucht werden«, entschied Kanthall.

Kauk lächelte. »Bist du bereit, mir den ersten Auftrag zu geben?«

»Ich habe nur auf die Gelegenheit gewartet.«

»In Ordnung. Meine Begleiter sind Baldwin, Bluff und Augustus. Einverstanden?«

»Ich lasse deine Wahl gelten, weil sie gut ist«, sagte Kanthall. Damit war die Sache erledigt.

Als Skan Mavrees »das Ding« sah, trieb er schon zwei Tage und zwei Nächte auf dem Meer und war von Hunger und Durst geschwächt. Er spürte die unheimliche Bedrohung, die von dem Gebilde ausging, eine Aura tödlicher Gefahr.

Woher es gekommen war, hatte Skan nicht wahrnehmen können. Die aufgehende Sonne hätte das Ding eigentlich beleuchten müssen, doch es war so schwarz wie die Nacht selbst. Es stand ziemlich hoch über der See. Wie hoch, das konnte er nicht abschätzen. Das Ding schien zu atmen, es pulsierte, seine Umrisse veränderten sich.

Eine Zeit lang verhielt es an Ort und Stelle. Dann nahm es Fahrt auf und glitt nach Osten. Skan duckte sich unwillkürlich. Obwohl für ihn nichts dringender war, als dass er endlich gerettet wurde, wollte er doch auf keinen Fall, dass er von diesem Ding geborgen würde.

Das schwarze Flugobjekt strich über ihn hinweg. Es bewegte sich geräuschlos und verursachte nicht einmal einen Windhauch. Skan folgte ihm mit den Blicken. Im Osten lag das rettende Land. Das schwarze Ding blieb noch etwa eine Minute lang sichtbar, schließlich verschwand es unter der Kimm.

Skan Mavrees legte sich auf die Planken und verschränkte die Arme unter dem Kopf. Reglos starrte er in den blauen Himmel hinauf. Er war unsagbar müde. Vielleicht, so überlegte er, würde ihn der Tod im Schlaf überraschen ... dann war es nicht so schlimm. Doch der Anblick des schwarzen Objekts gab ihm zu denken. Das Ding selbst wirkte drohend und gefährlich. Aber wies nicht gerade dessen Existenz darauf hin, dass noch andere Menschen die Katastrophe überlebt hatten? In diesem Fall bestand allen Befürchtungen zum Trotz Hoffnung auf Rettung, und der Schlaf wurde zur Gefahr.

Skan raffte sich wieder auf und holte den Schöpfeimer. Kraftlos warf er ihn an einem langen Tau über Bord und holte ihn halb voll wieder ein. Mit dem salzigen Wasser befeuchtete er sein Gesicht. Das erfrischte momentan – und wenn später die Sonne das Wasser getrocknet hatte, würde das Salz auf der Haut brennen und den Schlaf vertreiben.

Die Sonne stieg höher. Sie wärmte fast wie im Sommer.

Skan Mavrees dachte zum hundertsten Mal daran, dass er sich ein Segel nähen könne, mit dem er das Boot wieder in die Gewalt bekam. Die Sache hatte nur einen Haken: Seit dem Ende des Orkans herrschte völlige Flaute.

So weit war er in seinen Gedanken, als er das Geräusch hörte.

Ska Mavrees fuhr auf und sah sich um. *Motorengeräusch!,* entschied er und entdeckte schließlich ein blitzendes Etwas, das sich dicht über dem Wasser auf ihn zubewegte. Es kam aus Westen ... genau wie zuvor das schwarze Ding.

Skan Mavrees stand an der Reling und brüllte und winkte, bis ihn die Kräfte verließen ...

Bei einem Schnitt von tausend Stundenkilometern brauchte der schwere Transporter sechs Stunden, um das von Douc Langur auf der Karte markierte Gebiet zu erreichen. Walik Kauk, der den Gleiter flog, wich nach Norden aus und steuerte in sicherer Entfernung aufs Meer hinaus. Die Region war gebirgig und unübersichtlich, Kauk wollte den geheimnisvollen Kreis deshalb von der See her anfliegen.

Er ließ den Transporter bis auf eine Flughöhe von wenigen Metern absinken. Die Antigrav-Stabilisatoren arbeiteten wegen des Sturmes auf Höchstleistung. Bisweilen raubten dichte Schneewolken fast jede Sicht. Die Ortung zeigte jedoch, dass die Sturmzone nur wenige Kilometer nach Süden reichte.

Walik Kauk korrigierte den Kurs zweimal. Er näherte sich nun dem Kreis, wo dieser am weitesten nach Westen auf die See hinausreichte.

Bluff Pollard starrte aus dem Bugfenster. Baldwin Tingmer kauerte schräg hinter dem Piloten und hielt in nordwestlicher Richtung Ausschau; der Rausch der vergangenen Nacht war spurlos an ihm vorübergegangen. Augustus saß steif im Hintergrund der Kabine und hielt den Kopf leicht geneigt. Wahrscheinlich unterhielt er sich wieder mit einem der imaginären Kontrollelemente.

Der Übergang zur Windstille war abrupt. In der einen Sekunde herrschte noch dichtes Schneetreiben, und in der nächsten brannte die Sonne vom Himmel herab. Das Summen des Triebwerks wurde schlagartig leiser, als die Stabilisatoren keine Turbulenzen mehr ausgleichen mussten.

Walik reduzierte die Geschwindigkeit. Unter dem Gleiter funkelte die spiegelglatte See. Am rückwärtigen Horizont und zu beiden Seiten wuchs eine düstere grauschwarze Wand auf; das war die soeben durchflogene Sturmzone. Vorab herrschte klare Sicht, und als Walik Kauk das Fahrzeug kurzzeitig bis auf knapp tausend Metern steigen ließ, erschien über der Kimm die Küste Norwegens.

Erst wieder dicht über der Wasseroberfläche beschleunigte er von neuem.

»Die Temperatur steigt«, meldete Baldwin. »Innerhalb von zehn Minuten um fast zwanzig Grad. Aktuell siebzehn Grad Celsius.«

Fast wie im Sommer, dachte Kauk. In diesen Breiten dauerte es gewöhnlich bis Juni, bis die Tagestemperaturen die Zehngradmarke überschritten. Die Kraft der Sonne allein reichte für eine solche Erwärmung also noch nicht aus. Etwas anderes musste im Spiel sein.

»Ein Fahrzeug voraus!«, rief Bluff plötzlich.

Was der Junge entdeckt hatte, war ein eigenartig konstruiertes Boot. Es erweckte zudem den Anschein, als hätte es einen schweren Sturm überstanden. An der Reling stand ein Mann und ruderte wild mit den Armen. Walik Kauk nahm Kurs auf das Boot.

Noch bevor sie den Mann erreichten, brach er zusammen.

Er war mittelgroß und hatte dichtes weißes Haar. Seine eingefallenen Wangen verrieten, dass er längere Zeit keine Nahrung mehr zu sich genommen hatte. Baldwin Tingmer injizierte ihm ein Stärkungsmittel. Bald darauf kam der Unbekannte wieder zu sich.

Skan Mavrees fühlte sich von Minute zu Minute besser. Das Wasser, das man ihm vorsetzte, hätte er am liebsten literweise in sich hineingegossen, und die Konzentratkekse wären seinem Heißhunger binnen weniger Minuten zum Opfer gefallen. Er war jedoch klug genug, sich zu beherrschen. Jeweils zwischen zwei kleinen Schlucken oder Bissen erzählte er seine Geschichte.

Vor der Katastrophe hatte er bei einem Fischerei- und Fischverwertungskombinat gearbeitet. Er war immer ein Eigenbrötler gewesen, das Verschwinden der Menschen hatte er daher mit einiger Gelassenheit ertragen.

Er hatte selbst keine Vorstellung davon, weshalb ausgerechnet er verschont geblieben war ... bis Walik Kauk ihm erklärte, es müsse an der Überdosis PILLEN gelegen haben, die er Stunden vor der Katastrophe geschluckt hatte.

Skan Mavrees redete über den Sturm und die entnervenden Tage danach. Schließlich schilderte er das Auftauchen des schwarzen Flugobjekts.

»Es bewegte sich genau nach Osten?«, fragte Kauk und betätigte einige Sensorschalter. Auf einem Monitor erschien eine Karte der norwegischen Küste. Die Position des Gleiters war rot markiert.

»Dann müsste es das Festland etwa in der Gegend des Namsen-Fjords erreicht haben.«

»Ich dachte, der Sturm hätte mich weiter abgetrieben«, stellte Mavrees erstaunt fest. »... nach Süden. Weil es so warm ist.«

»Als der Sturm aufhörte, wurde es da langsam warm?«, fragte Kauk.

»Fast schlagartig«, antwortete Mavrees. »Ich habe so etwas noch nie erlebt.«

Kauk, Tingmer und Pollard warfen einander bedeutungsvolle Blicke zu. Es wurde immer deutlicher, dass hier eine fremde Kraft im Spiel war, die Windstille und Wärme erzeugte.

Skan Mavrees legte keinen Wert mehr auf sein Boot. Als er erfuhr, dass der Flug zum Namsen-Fjord führen sollte, äußerte er den Wunsch, bei seinen Rettern bleiben zu dürfen. »Ich wollte schon immer nach Namsos. Es gibt dort ein Fischereimuseum, das ich mir ansehen möchte.«

Mit langsamer Fahrt näherte sich der Gleiter dem Land. Bislang gab es kein Anzeichen dafür, dass sich im Fjordgebiet etwas befand, was nicht dorthin gehörte. Der Gleiter war mit einem Hypertaster ausgerüstet, für den die Berge rings um den Fjord kein Hindernis bedeuteten.

Allerdings galt es, die Messergebnisse mit Vorsicht zu betrachten, denn der Verdacht bestand, dass das schwarze Fahrzeug über einen Ortungsschutz verfügte.

In der Gegend von Fosnes erreichte der Gleiter die Küste. Kurz darauf durchflog er die menschenleeren Straßen der kleinen Stadt.

»Sieht nicht so aus, als wäre vor kurzem jemand hier gewesen«, bemerkte Tingmer.

Mavrees starrte ungläubig an den bewaldeten Hängen jenseits der Stadt hinauf. »Kein Schnee mehr!«, staunte er. »Nicht einmal an den Nordhängen!«

»Ist das ungewöhnlich?«, fragte Kauk.

»Und ob! An den Nordhängen liegt der Schnee manchmal sogar im Sommer. Vor Ende Juni gibt's hier allemal noch Schnee.«

Walik Kauk hielt wieder auf den Fjord zu und flog den Arm entlang, der bei der Stadt Namsos begann. Die Landschaft war beeindruckend in ihrer Unberührtheit und Wildheit. Aber die Männer hatten keinen Sinn für die Schönheiten der Natur. Der Fjord war vielfach gewunden, und hinter jedem Felsvorsprung konnte der unbekannte Gegner lauern.

Dennoch erreichten sie unbehindert Namsos. Die Häuser standen bis unmittelbar am Fjordufer. Beidseits des Namsen-Flusses reichte die Bebauung ein Stück weit die Berghänge hinauf. Walik Kauk flog auf das Südufer zu.

»He!«, protestierte Mavrees. »Das Museum liegt in der anderen Richtung!«

»Um dein Museum werden wir uns ein andermal kümmern«, wies Baldwin Tingmer ihn zurecht. »Zuerst brauchen wir einen Stützpunkt!«

In einem weitläufigen Park fanden sie ein altes und solide gebautes Haus, das ihnen als Unterkunft geeignet schien. In der zugehörigen großen Garage wurde der Gleiter abgestellt.

Das Gebäude war dreigeschossig. Vom obersten Stockwerk aus bot sich ein wunderbarer Ausblick über die Stadt, den Beginn des Fjordes und, auf der anderen Seite, den Namsen hinauf bis dorthin, wo er am Fuß eines etwa tausend Meter hohen Berges abrupt nach Norden abbog und in einem Seitental verschwand.

Die Männer richteten sich ein, so gut es ging. Die zentrale Energieversorgung des Hauses wurde an den mitgebrachten Kompaktgenerator angeschlossen. Somit gab es Licht, Wärme und fließendes Wasser, wobei es wegen der sommerlichen Temperaturen auf die Wärme am wenigsten ankam.

Walik Kauk funkte seinen ersten Lagebericht nach Terrania City. »Wir bleiben hier und warten«, entschied er. »Wer auch immer diese Schönwetterzone aufgebaut hat, verfolgt damit eine bestimmte Absicht. Solange die Zone besteht, haben wir Aussicht, mehr zu erfahren.«

»Einverstanden«, antwortete Kanthall. »Haltet mich auf dem Laufenden.«

Am Nachmittag flogen Kauk und Tingmer los, um die Ausdehnung der Schönwetterzone zu bestimmen. Bluff Pollard, der Ka-zwo und Mavrees blieben zurück.

Der Gleiter kehrte erst nach Sonnenuntergang zurück. Die Messungen hatten Douc Langurs Angaben bestätigt: Die Schönwetterzone war in der Tat ein geometrisch genauer Kreis von beachtlichem Durchmesser. Er reichte nach Westen weit aufs Meer hinaus und ostwärts bis tief in den ehemaligen Bezirk Schweden hinein.

Am erstaunlichsten aber war, dass die Stadt Namsos das Zentrum bildete. Auf Langurs Karte ohne eingezeichnete Städte war das nicht deutlich geworden.

»Wenn überhaupt etwas passiert, dann wird es genau hier passieren ... in Namsos!«, sagte Walik Kauk mit schwerer Stimme:

13.

ZWISCHENSPIEL

Im Vorpostenschiff der Inkarnation CLERMAC ging eine Arbeitsphase zu Ende. Geräte wurden desaktiviert und verstaut. Die Rechner werteten die Vielfalt der Ergebnisse aus und legten sie dem Aufseher vor, der dafür zu sorgen hatte, dass alle Daten unverzüglich an die Empfangsstation im Heimathafen weitergeleitet wurden.

Konklon, der Aufseher, war in höchstem Maße verwirrt. Als der Beauftragte der Inkarnation ihm das Kommando für diese Mission übertragen hatte, da waren ihm gleichzeitig Unterlagen zur Verfügung gestellt worden, die ihn mit der Lage vertraut machen sollten, die er im Einsatzgebiet vorfinden würde. Konklon hatte sich diese Informationen zu Eigen gemacht. Auf parapsychischer Basis arbeitende Lehrgeräte hatten sie fest im Sachspeichersektor seines Bewusstseins verankert. Seitdem besaßen die Informationen den Status von Erfahrungen, die Konklon selbst gemacht hatte. Eine solche Behandlung kam ihnen auch zu. Denn die Informationen stammten von der Inkarnation und waren somit als grundlegende Wahrheiten zu betrachten.

Vieles von dem, was in den Informationen angegeben war, hatte sich inzwischen wirklich ereignet.

Als Konklons Vorpostenschiff im Zielgebiet materialisiert war, hatte es nicht mehr lange gedauert, bis aus dem Nichts eine Sonne mit zwei Planeten erschienen war. Dieser Vorgang, so ungewöhnlich er gewesen sein mochte, beeindruckte Konklon und seine Untergebenen aus dem Volk der Hulkoos in keiner Weise, denn die Informationen der Inkarnation besagten, dass eben dies erwartet worden war.

Die Beschreibung des Systems war ebenfalls korrekt. Die Größe und Strahlkraft der Sonne, die Daten der Planeten und ihrer Umlaufbahnen, die Daten des Trabanten, der den äußeren Planeten umkreiste – das alles war richtig.

Aber dann hatten die Überraschungen begonnen.

Der äußere Planet war als von einer einigermaßen fortschrittlichen Zivilisation dicht besiedelt geschildert worden. Fortschrittliche Zivilisationen sind mit geeigneten Detektoren schon aus großer Entfernung zu erkennen. Ein unbesiedelter Planet besitzt ein elektromagnetisches Strahlungsspektrum, das seiner mittleren Temperatur entspricht. Im Bereich der infraoptischen und besonders der infrathermischen Wellenlängen kommt dabei kaum eine nennenswerte Intensität zustande. Anders bei zivilisierten Welten. Da der planetare Funkverkehr sich gerade auf den infrathermischen Wellenbändern abspielt, strahlt der Planet in diesem Wellenlängenbereich intensiv, als besäße er die Temperatur eines Sonnenkerns. »Zivilisationswärme« nannten die Hulkoos den Effekt, der eine ungewöhnlich hohe Temperatur vortäuschte, weil die Sendemechanismen der fremden Zivilisation im Bereich der infrathermischen Wellenlängen arbeiteten. Nach Konklons Informationen hätte der äußere Planet ein wahres Leuchtfeuer im Gebiet der infrathermischen Strahlung sein sollen.

Die Messungen hatten jedoch keine Spur von Zivilisationswärme ergeben. Daraufhin hatte Konklon sein Schiff für Detailuntersuchungen in unmittelbare Nähe dieser Welt gesteuert. Die Ergebnisse lagen nun vor. Sie bestätigten, dass es auf dieser Welt einst eine einigermaßen fortschrittliche Zivilisation gegeben hatte, deren Träger jedoch spurlos verschwunden waren. Nur leere Bauten zeugten von ihrer vergangenen Existenz.

Als diese Beobachtungen der Inkarnation gemeldet worden waren, hatte sie Konklon befohlen, eine weitere, noch detailliertere Serie von Messungen anzustellen.

Diese neue Messserie brachte zunächst keine überraschenden Ergebnisse; aber schließlich wurde doch etwas gefunden, was den feinfühligen Instrumenten der Hulkoos bisher entgangen war. Es war nicht so, dass es auf dem fremden Planeten gar keine Intelligenz gab, nur hatte Konklon bei der Kalibrierung der empfindlichen Apparatur den Schwellenwert für den Nachweis zu hoch gewählt. Die Intelligenz der Bewohner des fremden Planeten erwies sich als geringer, als Konklon aufgrund der ihm zuteil gewordenen Informationen hat-

te annehmen müssen. Im Übrigen lag auch die Schätzung der Zahl der Bewohner des Planeten weit neben dem wirklichen Wert.

Konklons Verwirrung rührte daher, dass er zum ersten Mal in seinem langen Leben einen Irrtum der Inkarnation zu erkennen glaubte. Die Informationen waren zum Teil falsch gewesen. Wie aber konnte sich CLERMAC jemals irren?

Konklons Bericht an den Heimathafen des Vorpostenboots besaß folgenden Wortlaut: »Zahlenstärke und Intelligenz der Bewohner des Zielobjekts wurden als unerwartet gering ermittelt. Die Gesamtzahl der Bewohner wird auf weniger als zwei hoch siebenundzwanzig geschätzt. Das Intelligenzniveau liegt unter dem zweiten Schwellenwert. Der Aufseher Konklon erbittet die in göttlicher Weisheit getroffene Entscheidung des Obersten Kriegsherrn, ob das Projekt wie geplant weiter abgewickelt werden soll.«

Danach verging eine gewisse Zeit, bis die Antwort der Inkarnation eintraf.

»Der Oberste Kriegsherr hält die angestellten Messungen für falsch und spricht ihnen daher jede das Projekt beeinflussende Kraft ab. Gegen den Aufseher Konklon und seine Mannschaft wird wegen inkompetenter Durchführung eines Auftrags ein Tadel des vierten Grades ausgesprochen. In Abwesenheit brauchbarer Messungen ist das Projekt wie geplant weiterzuführen.«

Konklon und seine Untergebenen nahmen die Botschaft ohne Bitternis entgegen. Ihr Glaube an die Unfehlbarkeit der Inkarnation war wiederhergestellt. Wie hatte Konklon auch je annehmen können, CLERMAC habe ihm unrichtige Informationen mitgegeben? Warum war er nicht selbst auf den Gedanken gekommen, die Messungen könnten falsch sein? Wahrscheinlich besaß die fremde Zivilisation Mittel, um die hulkischen Messgeräte irrezuführen.

Konklon machte sich an die Arbeit. Zuerst erforderte das Projekt die Einrichtung einer Zone klimatischer Nullturbulenz auf der Oberfläche des Planeten.

Am dritten Tag hatte sich noch immer nichts ereignet. Skan Mavrees war am Ende seiner Geduld angelangt. »Wenn ihr mich nicht zum Museum fahrt, dann muss ich eben zu Fuß hingehen!«, schimpfte er.

Niemand nahm ihn ernst, aber am Nachmittag war er plötzlich verschwunden.

»Dieser Narr!«, fluchte Walik Kauk, als feststand, dass Skan sich wirklich nicht mehr im Haus befand. »Was, wenn die Sache jetzt losgeht?«

Skan Mavrees kümmerte das Geschwätz über das schwarze Raumschiff und die Schönwetterzone keine Sekunde lang. Er wollte das Museum sehen, das war alles.

Anstatt der Straße zu folgen, die sich in Serpentinen den Hang hinabzog, kletterte er den geraden Weg abwärts. Dabei kam er an einem Hagebuttengebüsch vorbei und stellte verwundert fest, dass sich infolge der warmen Witterung bereits Blattknospen gebildet hatten.

Ehe er sich's versah, fuhr aus dem Gestrüpp ein Rudel verwilderter Hunde auf ihn los. Er hatte keine Waffe, deshalb suchte er sein Heil in der Flucht.

Aber dann tauchten auch vor ihm Hunde auf und versperrten ihm den Weg. Als er ausweichen wollte, sprangen ihm aus einem Baum mit tief hängenden Ästen mehrere Katzen an. Mit wütendem Fauchen zerrissen sie den Kragen seiner Montur und zerkratzten ihm das Gesicht. Erst als Skan sich zur Wehr setzte, ließen die Katzen von ihm ab.

Skan Mavrees wandte sich daraufhin in die andere Richtung. Die Hunde folgten ihm mit geringer Distanz, in den Bäumen turnten etliche Katzen hinter ihm her. Hunde und Katzen schienen zusammenzuarbeiten. Skan Mavrees, der Derartiges nie zuvor erlebt hatte, reagierte höchst verwundert. Er bewegte sich jetzt auf eine Gruppe von Büschen zu, zwischen denen nur ein schmaler Pfad hindurchführte. Dieser Weg erschien ihm wegen seiner Unübersichtlichkeit nicht geheuer. Doch als er auszuweichen versuchte, kamen die Hunde zähnefletschend näher.

Skan gab schließlich nach und drang vorsichtig in das Gebüsch ein. Hinter ihm kläfften die Tiere. Es klang jedoch, als entferne sich das Bellen. Skan kam schließlich an eine Stelle, an der Zweige dicht aufeinander geschichtet waren. Er konnte sie nicht umgehen, weil das Gebüsch zu beiden Seiten dornig verfilzt war. Als er auf die Zweige trat, verlor er den Boden unter den Füßen und stürzte in die Finsternis.

Von weitem hörte er noch das Bellen. Es klang wie Spott. Im matten Schimmer des Tageslichts sah er, dass er sich in einer etwas über zwei Meter tiefen Grube befand. Ihre Öffnung war von mehreren Lagen Zweigen bedeckt, und das Ganze sah aus wie eine Falle, die Steinzeitjäger angelegt hatten, um Wild zu fangen.

Erbärmlicher Gestank ging von dem Kadaver eines Tieres aus, das schon vor Monaten ein Opfer dieser Falle geworden sein musste. Für ihn bedeutete die jedoch keine ernsthafte Bedrohung. Als er das Kläffen der Hunde nicht mehr hören konnte, nahm Skan Anlauf, rannte die abgeschrägte Wand hinauf, bekam den Grubenrand zu fassen und zog sich ins Freie.

Kopfschüttelnd stand er, nachdem er das Zweiggelege entfernt hatte, am Grubenrand und starrte auf den Kadaver hinab. Die Hunde und Katzen hatten seine Anwesenheit als Bedrohung empfunden. Wahrscheinlich zogen sie in dem Hagebuttengestrüpp ihre Jungen groß. Sie hatten ihn beseitigen wollen und deshalb buchstäblich in die Falle gelockt.

Mein Gott, dachte er entsetzt, *sind die Tiere auf einmal schlau geworden ...?*

Als es dunkel wurde, war Skan Mavrees noch immer nicht zurück. Walik Kauk spielte eine Zeit lang mit dem Gedanken, zum Fischereimuseum zu fahren und den Mann dort abzuholen. Aber es ärgerte ihn, dass Skan wahrscheinlich darauf wartete. Also verzichtete er darauf. Eine Gefahr bestand ohnehin nicht, denn die Nacht war völlig ruhig.

Augustus übernahm wie immer die Nachtwache. Der Ka-zwo kannte keine Müdigkeit. Andererseits war seine Intelligenz beschränkt. Walik Kauk hatte es sich daher zur Gewohnheit gemacht, sich mehrmals in der Nacht davon zu überzeugen, dass wirklich noch alles in Ordnung war.

Kauk gab den Tagesbericht nach Terrania City. Wie üblich meldete sich Kanthall.

»Nichts Neues«, sagte Walik lakonisch. »Ich frage mich, ob es Sinn hat, weiter zu warten.«

»Ihr werdet hier im Augenblick nicht gebraucht«, antwortete Kanthall. »Also hat es Sinn!«

»Douc Langur ist auch nicht weiter?«

»Er sitzt den halben Tag in der HÜPFER und beschäftigt sich mit seinen Instrumenten. Aber er kriegt nichts herein. Vor allem behauptet er, dass das schwarze Schiff wohl einen vorzüglichen Ortungsschutz besitzt.«

»Daran haben wir auch schon gedacht.«

Das war alles. Walik Kauk schaltete ab und gönnte sich einige Stunden Schlaf. Als er aufwachte, war es taghell.

Augustus kam hereingepoltert. »Ein außerplanmäßiges Ereignis ist eingetreten!«, meldete er. »Draußen ist es hell geworden, ohne dass zuvor der Sonnenaufgang beobachtet werden konnte.«

Fassungslos starrte Kauk den Roboter an. Er konnte die Schaltkreise im Innern des künstlichen Leibes sehen. Es war, als gäbe es die Hülle aus künstlicher Haut und Stahl nicht mehr. Augustus war durchsichtig geworden!

Dann blickte er an sich selbst hinab. Bilor Wouznells Schilderung war ihm in den Sinn gekommen. Es überraschte ihn kaum mehr, festzustellen, dass auch er selbst transparent war.

So glücklicher Stimmung war Skan Mavrees seit Jahren nicht mehr gewesen. Vier Stunden hatte er in dem alten Fischereimuseum zugebracht. Dass die Ausstellungsgegenstände wie Kraut und Rüben durcheinander lagen, weil die aphilische Regierung Sinn und Zweck nicht mehr hatte erkennen können und sämtliche Haushaltsmittel für den Unterhalt solcher Institutionen rigoros gestrichen worden waren, störte ihn kaum. Er bewunderte die uralten Netze, die Bootsmodelle, die bis zu den Zeiten der Wikinger zurückreichten, die Fischspeere, die aus dem Pazifik stammten, und vor allen Dingen die Darstellungen der Köder, die Fischer in früheren Zeiten verwendet hatten, als es die mit Ultraschall und elektromagnetischen Impulsen arbeitenden Fangmaschinen noch nicht gab. Was für Zeiten mussten das gewesen sein!

Er machte sich daran, das Museum aufzuräumen. Weit kam er allerdings nicht. Mit einem Mal wurde es draußen dunkel. Irgendwie hatte er damit gerechnet, dass die anderen ihn mit dem Gleiter abholen würden, aber diese Rechnung war nicht aufgegangen. Am besten machte er sich sofort auf den Rückweg. Die Stadt war schon stockfinster.

Er hatte den Eingang des Museums mit Gewalt geöffnet. Bevor er hinausschlüpfte, schob er einen alten Schrank vor die weitgehend zersplitterte Tür. Lediglich ein Spalt blieb, durch den nur einer eindringen konnte, der so schlank wie Mavrees war.

Er marschierte los. Um die ersten drei oder vier Ecken fand er sich noch gut zurecht, aber dann wurde er unsicher und folgte dem Geruch des Flusses, der wegen der warmen Witterung besonders deutlich war. Schließlich erreichte er das Ufer, allerdings mehr als einen Kilometer oberhalb der einzigen Brücke, die den Namsen überquerte. Auf der einsamen Uferstraße schritt er abwärts.

Von der Entfernung, die ihn von der Brücke trennte, hatte er knapp die Hälfte zurückgelegt, als das Unglaubliche geschah. Von einem Augenblick zum nächsten wurde es wieder taghell.

Skan Mavrees stieß einen entsetzten Schrei aus und blieb wie angewurzelt stehen. Fassungslos blickte er sich um. Es war kein natürliches Licht, das auf einmal über dem Land lag. Er konnte durch die Wände der Häuser blicken. Und er sah durch den Belag der Straße hindurch den felsigen Untergrund.

Als er an sich selbst hinabblickte, erkannte er, dass er ebenfalls durchsichtig geworden war. Wie auf einem Röntgenbild sah er sein Skelett, und dazwischen zeichneten sich die Umrisse der Organe ab.

Das war zu viel für ihn. Skan Mavrees sank zu Boden, schlug die Hände vors Gesicht und schluchzte hemmungslos.

Baldwin Tingmer und Bluff Pollard waren ebenfalls auf den Beinen. Das Seltsame an dem Licht war, dass es nicht nur durch die Fenster, sondern auch durch Decken und Wände hereinfiel. Es durchdrang alles – aber dennoch war es wohl unschädlich, denn Walik Kauk fühlte nicht das leiseste Unbehagen. Auch die anderen äußerten keine Klagen.

Kauk trat auf den Balkon hinaus, auf dem Augustus Wache gehalten hatte. Er versuchte, die Quelle der ungewöhnlichen Helligkeit auszumachen, aber er hatte keinen Erfolg. Das bleiche Licht war über das ganze Firmament ausgebreitet. Gespenstisch schwarz zeichneten sich nur die Silhouetten der Berge ab. Es schien, als wären sie dicht genug, ein Durchdringen des fahlen Scheins zu verhindern.

Augenblicke später stand die Funkverbindung nach Terrania City. »Es geht los«, eröffnete Walik Kauk.

»Ist es dasselbe Licht, von dem Wouznell berichtet hat?«, wollte Kanthall wissen.

»Scheint so zu sein.«

»Deine Leber ist in Ordnung«, bemerkte Kanthall trocken angesichts der Bildübertragung. »Gerade die richtige Größe. Ich wette, bei Baldwin ist es anders.«

Irritiert sah Walik an sich hinab. *Ich werde mich daran gewöhnen müssen, dass ich durchsichtig bin,* dachte er.

»Kann Douc Langur nichts erkennen?«, fragte er.

Kanthall deutete mit dem Daumen über die Schulter. »Wenn Langur etwas bemerkt hätte, wäre er längst aus seinem Schiff herausgekommen.«

»Ich nehme an, dass das schwarze Raumschiff irgendwo über uns steht«, sagte Kauk schwer. »Falls das Licht wirklich die Ausstrahlung eines Detektors ist, wie Bilor vermutet, dann hat man uns vielleicht schon ausgemacht.«

Kanthall nickte. »Vergiss nicht: Ihr seid dort zum Beobachten und nicht, um zu kämpfen!«

Walik Kauk lachte bitter. »Mann, daran brauchst du mich nicht zu erinnern. Dazu ist mir die eigene Haut zu wertvoll.«

»Halte die Ohren steif!«, riet ihm Kanthall, bevor er abschaltete.

Die Nacht verging langsam. Zwei Stunden vor Sonnenaufgang erklangen aus der Stadt seltsame Laute. Sie erinnerten an das Grölen eines Betrunkenen.

»Das ist Skan«, sagte Bluff Pollard. »Er hat Angst und ruft um Hilfe.«

Walik Kauk und der Roboter gingen Mavrees entgegen. Der Mann kauerte an einer Haarnadelkurve der Serpentinenstraße und schrie und wimmerte abwechselnd. Sie griffen ihm unter die Arme und zogen ihn in die Höhe. Skan zitterte wie Espenlaub.

»Die Hölle hat sich aufgetan …«, jammerte er.

Die Sonne ging auf, und ihr Schein vermischte sich mit dem fahlen fremden Licht zu einer unwirklichen Helligkeit, in der die Dinge nur noch halb durchsichtig waren. Bilor Wouznell hatte den Verdacht geäußert, dass das »Röntgenlicht« den Fremden in dem schwarzen Raumschiff für Untersuchungen und Analyse diente. Wenn das stimmte, gingen sie äußerst vorsichtig zu Werke. Immerhin war es sechs Stunden her, dass die bleiche Helligkeit Walik Kauk geweckt hatte.

Erst gegen neun Uhr morgens erlosch das bleiche Licht abrupt. Kauk blickte an sich hinab und stellte erleichtert fest, dass die Transparenz verschwunden war. Im nächsten Moment schaute er über den Himmel.

Das schwarze Raumschiff war zunächst ein kleiner, verwaschener Fleck. Es erweckte den Eindruck eines alle Helligkeit absorbierenden Loches. Dessen Ränder waren in pulsierender Bewegung, als atmete das Fahrzeug. Lautlos senkte sich das finstere Gebilde herab. Walik Kauk sah die Gipfel der Berge verschwinden, als die Schwärze sie einhüllte, und später wieder auftauchen. Das Gebilde landete in der Ebene im Nordosten der Stadt. Es lag da – nicht wie ein Raumschiff, sondern wie ein Stück Finsternis, ein schwarzes Etwas, das die Welt verdunkelte.

Sie starrten das Ding an. Dass sie sich in Gefahr befinden könnten, kam ihnen nicht in den Sinn. Das schwarze Etwas war äußerst fremdartig.

Walik Kauk erwachte wie aus einer Trance, als der Funkempfang ansprach.

»Habt ihr was?«, fragte Kanthall an.

»Das Ding ist gelandet.«

»Douc Langur hat noch immer keine Ortung.«

Kauk lachte bitter. »Es sieht aus wie ein Loch in der Welt. Etwa tausend mal dreihundert Meter. Das Ding liegt außerhalb der Stadt, nordöstlich des Stadtzentrums.«

Er trug das Funkgerät auf den Balkon hinaus, so dass die Optik das fremde Objekt erfasste.

»Damit kann man nicht viel anfangen.« Jentho Kanthall machte ein verbissenes Gesicht.

»Irgendwann werden sie den Schutzschirm öffnen müssen, und dann sind wir zur Stelle«, sagte Kauk.

Der Pulsrhythmus des schwarzen Raumschiffs hatte sich beschleunigt. Zur gleichen Zeit wuchs es. Die Schwärze drängte nach außen und schien dabei an Finsternis zu verlieren.

»Es löst sich auf!«, staunte Baldwin Tingmer.

Etwas Ähnliches schien der Vorgang in der Tat zu bedeuten. Die Finsternis verflüchtigte sich, je weiter sie sich ausdehnte. Im Innern kam ein Gegenstand zum Vorschein – das eigentliche fremde Raumschiff.

Der Vorgang dauerte etwa vier Minuten. Dann war die Schwärze verschwunden, und an ihrer Stelle lag vor der Stadt ein Ding, das zwar ebenfalls schwarz war, aber von einer halbmatten Beschaffenheit, die das Sonnenlicht wenigstens andeutungsweise reflektierte. Das Fahrzeug war um einiges kleiner als das finstere Loch, in dem es sich bisher versteckt hatte. Walik Kauk schätzte die Länge auf neunhundert, die Breite auf rund zweihundert Meter. Das Schiff hatte die Form eines Ovals, sein Durchmesser betrug im Mittel etwa einhundert Meter. Quer um den Rumpf lief eine Unebenheit, die auf der oberen Rumpfhälfte als Einschnürung, in der unteren dagegen als Wulst ausgebildet war. Walik nahm an, dass diese Unebenheit mit dem Antrieb zu tun hatte.

Vom Balkon aus war nicht deutlich zu erkennen, ob das fremde Raumschiff gelandet war oder dicht über dem Boden schwebte. Walik Kauk nahm Letzteres an, da der Wulst der unteren Rumpfhälfte ohne Zweifel dafür gesorgt hätte, dass der Rumpf entweder nach hinten oder nach vorne kippte, bis er mit dem Heck oder dem Bug ebenfalls auflag. Das Schiff hielt jedoch die Horizontale ein.

Eine halbe Stunde verging, in der sich Jentho Kanthall wieder meldete. »Douc Langur hat das Ding jetzt erfasst«, erklärte er.

»Das bestätigt unsere Hypothese vom Ortungsschutz«, antwortete Walik. »Die finstere Kontur ist verschwunden, wir sehen jetzt das Fahrzeug selbst.«

In der Nähe des fremden Raumschiffs wurde es lebendig. Niemand konnte sehen, woher sie kamen … aber plötzlich wimmelte es rings um den Landeplatz von Gestalten. Walik Kauk beobachtete sie mit starker optischer Vergrößerung. Zunächst empfand er die Vielfalt der Erscheinungsformen als verwirrend und fragte sich, was für ein Volk das war, das ein derartiges Durcheinander an Körpergröße, Aussehen und Fortbewegungsart hervorbrachte.

Nach einer Weile ordnete sich das Durcheinander. Bei den meisten Gestalten handelte es sich offenbar um Roboter. Sie bewegten sich hüpfend, gleitend, rollend oder gehend. Es gab sie in allen Größen – von winzig bis zu mächtigen Maschinen, die höher in die Luft ragten als die Häuser am nordöstlichen Stadtrand.

Zwischen ihnen bewegten sich – in geringer Zahl – organische Wesen. Sie waren humanoid und hatten jeweils zwei kurze, aber ungemein stämmige Arme und Beine. Die geringe Länge der Beine bewirkte einen watschelnden Gang. Ein Eindruck der Unbeholfenheit entstand jedoch nicht.

Die Schädel der Fremden wirkten unnatürlich breit. Das Gesicht wurde beherrscht von einem ungewöhnlich großen hellblauen Organ, wahrscheinlich einem Auge. Andere Sinnesorgane konnte Kauk wegen der großen Entfernung nicht wahrnehmen.

Die Fremden waren spärlich bekleidet. Um die Hüfte trugen sie ein winziges Kleidungsstück, darüber wurde der stämmige Leib von einem breiten Gürtel umschlungen, der zur Aufbewahrung aller möglichen Utensilien zu dienen schien.

Die Fremden schienen kleiner zu sein als ein normal gewachsener Terraner, dafür aber wesentlich stämmiger. Fast erinnerten sie an Epsaler. Ihr tiefschwarzer, von Stacheln durchsetzter Pelz ließ nur das Gesicht frei.

Gegen Mittag wurde ein Hangar geöffnet und ein Strom technischen Geräts entladen. Riesige Maschinen und Aggregate verteilten sich über das Gelände am Stadtrand. Alles war so schwarz wie das Raumschiff, die Roboter und die Fremden selbst.

»Sieht aus wie eine Baustelle«, bemerkte Bluff Pollard.

Skan Mavrees wurde langsam unruhig. Die Geräte näherten sich allmählich auch dem Fischereimuseum. »Sie sollen die Finger von dem Museum lassen!«, knurrte er. »Sonst kriegen sie es mit mir zu tun!« Niemand nahm ihn ernst.

Bis gegen sechzehn Uhr beschränkten die Fremden ihre Tätigkeit auf die unmittelbare Umgebung ihres Landeplatzes. Das änderte sich aber, als Robotertrupps in die Stadt eindrangen.

»Das kann kritisch werden!«, stellte Walik Kauk fest. »Sobald sie bis auf weniger als einen Kilometer herankommen, verschwinden wir!«

»… und geben das Museum preis?«, protestierte Mavrees.

»Du und dein Museum«, brummte Baldwin Tingmer. »Dem wird schon nichts geschehen.«

»Das will ich hoffen!«

Es stellte sich bald heraus, dass die Roboter nicht die Absicht hatten, den Fluss zu überqueren. Sie blieben auf der Nordseite. Mitunter verschwanden sie zwischen den Gebäuden. Ihr Treiben war rätselhaft.

»Ich seh wohl nicht recht!«, stieß Tingmer verblüfft hervor, als sie wieder zum Vorschein kamen.

Die Roboter trieben Hunde und Katzen vor sich her, obwohl die Tiere sich dagegen zu sträuben schienen. In fünf Gruppen wurden die Tiere aus der Stadt geschafft und erst am Stadtrand zu einer großen Rotte vereinigt. Die Roboter wendeten jetzt Waffen an. Es schien sich um schwache Schocker zu handeln. Tobend vor Furcht und Schmerz, stoben die Tiere davon.

»Jetzt kuschen sie plötzlich!«, bemerkte Skan Mavrees mit unüberhörbarem Ärger in der Stimme. Er berichtete von seiner Begegnung mit den Tieren. Seine Gefährten hatten halbintelligente Hunde und Katzen schon in Alaska kennen gelernt und auch von dem Biophysiker Shamanov einiges gehört.

Ein Zusammenhang mit der Vertreibung der Tiere durch die Roboter der Fremden wurde nicht offenbar.

Dunkelheit senkte sich über das Land. Die Fremden und ihre Roboter waren an Bord des Fahrzeugs zurückgekehrt.

Gegen einundzwanzig Uhr sprach Kauk mit Terrania City.

»Glaubst du, dass sie euch wahrgenommen haben?«, erkundigte sich Jentho Kanthall, nachdem er aufmerksam zugehört hatte.

»Dann hätten sie sich um uns gekümmert.«

»Kann sein, dass sie euch nicht für wichtig genug halten ... oder nicht?«

Walik Kauk dachte darüber nach. »Unwahrscheinlich«, entschied er. »Ihre Vorgehensweise ist auf äußerste Vorsicht aufgebaut. Wir sind ziemlich sicher, dass es sich bei dem bleichen Licht, das alle Gegenstände durchsichtig erscheinen lässt, um einen Analyseprozess handelt. Sie haben also diese Gegend stundenlang unter die Lupe genommen, bevor sie sich zur Landung entschlossen. Leute, die so vorsichtig sind, neigen nicht dazu, eine Gruppe von vier beziehungsweise fünf Beobachtern für unwichtig zu halten.«

Jentho Kanthall gab ihm schließlich Recht. »Andererseits fällt es schwer zu verstehen, warum Wesen mit einer derart ausgefeilten Technik euch nicht wahrnehmen können«, sagte er dazu. »Schon unsere Funkkontakte müssten ihnen doch auffallen!«

»Die Schwarzen wissen nicht, was sie hier erwartet. Sie haben also zwei Möglichkeiten, Beobachtungen anzustellen: gezielt und statistisch. Wer gezielt vorgehen will, muss wenigstens eine Ahnung davon haben, wie das Ding aussieht, das er beobachten möchte. Die statistische Beobachtungsweise beruht darauf, die Summe aller Eindrücke zu kategorisieren und aus der Analyse Schlüsse zu ziehen. Ich bin nahezu sicher, dass die Fremden darauf angewiesen sind, statistisch zu beobachten. Da wir aber nur eine Hand voll Leute sind, kommen wir in der Statistik nicht zum Vorschein.«

Kanthall wiegte nachdenklich den kahl rasierten Schädel. »Klingt furchtbar gelehrt.« Er seufzte.

Es war mitten in der Nacht, als Augustus die Männer weckte.

Ein Dom aus düsterem Rot hatte sich über dem Landeplatz des fremden Raumschiffs gebildet. Ein unangenehmer Gestank wie von heißem Gestein hing in der Luft.

Walik Kauk glaubte, Rauchwolken aufsteigen zu sehen, aber er konnte nicht erkennen, was brannte.

»Was ist das?«, fragte Baldwin.

»Ich weiß es nicht«, antwortete Walik knapp. »Steck dir eine Waffe ein und mach das Fahrzeug startbereit!«

»Du willst hinüber? Sie werden uns bemerken ...«

»Das glaube ich nicht. Und wäre es nicht allmählich an der Zeit, herauszufinden, wie sie auf unsere Anwesenheit reagieren?«

»Das schon. Aber wir haben den Auftrag ...«

Kauk wandte sich so abrupt um, dass Tingmer unwillkürlich innehielt. »Mensch!«, fauchte Walik ihn an. »Wir fliegen hinüber. Ist das klar – oder nicht?«

Sie eilten die Treppe hinab. Die früheren Eigentümer des Hauses hatten Komfort wie Aufzüge oder Antigravschächte verschmäht.

Kauk bedauerte nur, dass er nicht über ein kleineres Fahrzeug verfügte. »Wir schließen so nahe auf, wie es geht«, bestimmte er. »Den Rest werden wir allerdings zu Fuß gehen müssen.«

»Ist mir recht«, knurrte Tingmer. »Ich brauche ohnehin Bewegung.«

Mit beachtlichem Tempo schwebten sie durch den Südteil der Stadt. Den Fluss überquerten sie einige hundert Meter nördlich der Brücke. Der Gestank wurde intensiver, das Atmen fiel mit jeder Minute schwerer.

»Hast du dir schon mal überlegt, dass wir vielleicht gar nicht weit genug herankommen können?«, fragte Tingmer.

»Dann kehren wir um und fordern aus Terrania City Atemmasken oder Schutzanzüge an«, antwortete Kauk sarkastisch.

Dichter Dunst wogte durch die Straßen und beschränkte die Sicht auf wenige Meter, als der Gleiter endlich aufsetzte.

»Hast du ein Tuch bei dir?«, fragte Kauk. »Bind's dir über Mund und Nase ... und dann komm mit!«

Das düsterrote Licht erhellte den Dunst, so dass sie sich einigermaßen orientieren konnten. Die Luft war nur schwer atembar. Jedes Atemholen reizte zum Husten. Es war heiß, und schon nach den ersten Schritten waren die Männer schweißgebadet.

Ein eigenartiges Summen lag in der Luft, ein immer währendes Fauchen. Walik Kauk hielt den Strahler schussbereit.

Schließlich erreichten sie den Stadtrand. Das rote Glühen wuchs vor ihnen auf. Im Dunst sahen sie die Gestalten fremdartiger Roboter. Und sie erblickten Maschinenkolosse, von denen das rote Leuchten ausging, das wie eine Kuppel über dem Gelände zwischen der Stadt und den Bergen lag.

Aber das waren nur Beobachtungen am Rande. In eine Vertiefung außerhalb der Stadt fuhren die glühend roten Strahlen der riesigen Maschinen hinein. Aus der Grube stieg der Dunst auf, der die Sicht nahm und die Luft verpestete.

Die Fremden verdampften den Boden! Ihre Maschinen arbeiteten auf Desintegratorbasis, die roten Energiestrahlen lösten die molekularen Bindungen auf. Unersättlich fraßen sich immer weiter vor.

Wortlos beobachteten die beiden Männer. Scharen von Robotern installierten kleinere Maschinen am Stadtrand. Diese Maschinen glühten nach kurzer Zeit ebenfalls auf, und dann verschwammen die Häuser unmittelbar am Stadtrand hinter einem Vorhang aus rötlichem Licht. Als sie wieder sichtbar wurden, da waren aus den Gebäuden fremdartige Gebilde geworden, flach und lang gestreckt und schimmernd in ihrer neu geschaffenen Kontur.

»Mein Gott ...«, ächzte Baldwin Tingmer.

Walik Kauk achtete nicht auf ihn. Besessen von einer unheimlichen Faszination, beobachtete er die Verwandlung der Häuser. Die Wirkung der kleinen Maschinen schien wie eine Walze über sie hinwegzurollen. Sie glühten auf, verschwanden in der Lichtwand ... und kamen wieder zum Vorschein: fremde Gebilde, aus irdischen Werkstoffen erstellt.

Das alles ist nur eine gigantische Baustelle, schoss es Walik durch den Kopf. Genau das hatte Bluff schon am Nachmittag gesagt. Wie Recht der Junge doch hatte! Die Fremden bauten etwas. Den Boden desintegrierten sie, und um ihre eigenen Gebäude zu erstellen, benutzten sie vorhandenes Material: die Häuser der Stadt Namsos.

Der Vorgang war gespenstisch und faszinierend zugleich. Walik Kauk konnte den Blick nicht abwenden. Alle Macht und Überlegenheit der Fremden kam in diesem Prozess zum Ausdruck.

Baldwins Stimme riss ihn aus seinen Überlegungen. Tingmer deutete auf die Grube. »Wir müssen weg ...!«, schrie er. »Der Rand kommt auf uns zu!«

Walik bemerkte erst jetzt, dass der Dunst dichter geworden war. Eine neue Phase der Bauarbeiten hatte begonnen. Die Maschinen emittierten grellere Strahlen als bisher. Einen Augenblick lang reagierte Kauk Walik verwirrt – und dieser eine Augenblick hätte beinahe sein Leben gekostet.

Eine brodelnde Dunstwand näherte sich. Walik fühlte, wie der Boden unter ihm mit einem Mal heiß wurde, dann gab das Erdreich nach …

Er sprang auf. Auf dem ins Rutschen geratenen Untergrund hätte er das Gleichgewicht verloren und wäre in die brodelnde Senke gestürzt, wäre da nicht Baldwins zupackende Hand gewesen; sie zog ihn hastig zurück.

»Danke!«, keuchte Walik. »Nichts wie weg von hier!«

14.

Es war unglaublich, wie schnell die Maschinen den Boden auflösten. Der Gesteinsdampf hing wie eine alles erstickende Dunstglocke über der Stadt.

Schon nach wenigen Schritten sahen die beiden Männer das rote Glühen nicht mehr. Nur die Hitze blieb. Aber sie wussten, dass die dampfende, kochende Hölle immer weiter um sich griff.

Sie hetzten durch die Dunkelheit. Irgendwo vor ihnen stand der Gleiter … aber der Himmel mochte wissen, ob sie die richtige Richtung eingeschlagen hatten.

Eine Hausecke tauchte aus dem Dunst auf. Kauk glaubte, sie auf dem Herweg gesehen zu haben. »Nach rechts …!«, kommandierte er.

Hinter ihnen barst und krachte es, als der Rand der Senke die Häuser unterlief und sie einstürzen ließ. Vorübergehend versuchte Kauk festzustellen, aus welcher Richtung der Lärm kam. Aber der Nebel erzeugte ein vielfältiges Echo. Es klang, als stürzten ringsum alle Gebäude in sich zusammen.

Walik Kauk hatte seine Waffe längst in den Gürtel zurückgeschoben. In dieser Hölle erwartete er keine andere Bedrohung. Auf der Baustelle waren ohnehin nur Werkroboter tätig, und die Fremden selbst hielten sich in ihrem Raumschiff auf.

Die Straße neigte sich dem Fluss zu. Das war die falsche Richtung! Der Gleiter stand ziemlich hoch. Walik hielt an, um sich zu orientieren. Dabei bemerkte er, dass Baldwin zurückgeblieben war.

»Mach schon!«, herrschte er Tingmer an. »Ich glaube, wir müssen links hinüber!«

Er hastete weiter. Tingmer folgte ihm schwerfällig. Das Dröhnen der einstürzenden Gebäude wurde lauter. Die heiße Luft brannte bei jedem Atemzug in den Lungen. Kauk fühlte, dass seine Kräfte erlahmten. Wie mochte sich Tingmer erst fühlen …?

Er blieb abermals stehen.

»Baldwin …?«

Seine Stimme war nur noch ein heiseres Krächzen. Er glaubte, ein röchelndes Stöhnen zu hören, und taumelte darauf zu. Tingmer war gestürzt. Die Hitze versengte bereits sein langes Haar.

»Geh!«, krächzte Tingmer. »Ich … kann nicht … mehr. Sieh zu …«

Kauk packte den Gefährten unter beiden Armen und zerrte ihn mit einem Ruck hoch. Er fragte sich selbst, woher er noch Kraft dazu nahm, aber er schob Baldwin vor sich her.

Durch den Dunst sah er zur Linken ein Haus in sich zusammensinken. Infernalischer Lärm rollte heran. Über den Schutthügel hinweg stob ein Gluthauch, der den Atem raubte. Aber im selben Augenblick sah Kauk den Aufbau des Gleiters.

»Wir haben … es geschafft!«, krächzte er.

Baldwin schwang sich in die Kabine und auf den Sitz des Piloten. Als Walik ihm folgte, sprang das Triebwerk schon an. Das Fahrzeug gewann an Höhe, kaum dass Walik Kauk das Luk schloss.

Die Welt drehte sich um ihn herum. Bis Walik seine Schwäche einigermaßen überwunden hatte, bugsierte Tingmer den Gleiter schon in die Garage.

Sie stiegen aus. Wortlos streckte Baldwin Tingmer Kauk die Hand entgegen. »Du hast mir das Leben gerettet!«, sagte er tonlos.

»Du mir etwa nicht? Ohne dein Zupacken läge ich auf dem Grund der Grube … oder auch schon nicht mehr.«

In Tingmers Gesicht zuckte es. »Also bedanken wir uns gegenseitig?«

Sie schüttelten einander die Hände, dann stiegen sie in die oberste Etage hinauf. Skan Mavrees blickte ihnen zornig entgegen.

»Haben die Fremden das Museum angerührt?«

»Ich glaube nicht, Skan«, antwortete Kauk müde. »So genau konnten wir das nicht sehen.«

»Wehe ihnen …!«, murmelte Mavrees.

»War's schlimm?« Bluff starrte die beiden an. »Haare versengt … Brandwunden …«

Walik Kauk ließ sich auf die nächstbeste Sitzgelegenheit fallen. »Es war die Hölle!«, sagte er dumpf.

Als die Sonne Medaillon über den Bergen im Osten aufging, war der Dunst weitgehend verschwunden. Nur der Gestank hing noch in der Luft.

Aufgrund der Schilderungen wusste jeder in etwa, was er zu erwarten hatte. Dennoch war der Anblick atemberaubend …

Der Nordostsektor der Stadt war verschwunden. An seiner Stelle erstreckte sich eine gewaltige schüsselförmige Vertiefung mit einem Durchmesser von etwa zwei Kilometern. Wie weit sie in den Boden hinabreichte, ließ sich kaum abschätzen, weil die Roboter am diesseitigen Rand einen Wall errichtet hatten, der keinen Einblick erlaubte. Ringsum – zum Teil sogar am inneren Rand der Vertiefung selbst – waren fremdartige Bauwerke entstanden.

»Sie sind noch nicht ganz fertig!«, rief Bluff Pollard. »Anscheinend wollen sie den Wall ringsum schließen. An mehreren Stellen arbeiten Robotkolonnen!«

»Sie sind gefährlich nahe am Museum!«, stellte Skan Mavrees fest, als interessierte ihn nichts anderes.

Auf der Baustelle war – bis auf die Trupps, die an dem Wall arbeiteten – Ruhe eingetreten. Nur einmal verließ ein großer Pulk von Robotern mit technischem Gerät das Raumschiff. Den Beobachtern fiel das allerdings erst auf, als die Maschinen aus dem Sichtschatten des Kolosses hervorkamen.

Der Zug bewegte sich am Nordufer des Namsen flussaufwärts und erreichte innerhalb kurzer Zeit den Abschnitt, in dem der Fluss nach Norden abbog und hinter einem Bergvorsprung verschwand. Es sah ganz so aus, als wolle die Kolonne dort am Ende des Tales eine weitere Baustelle einrichten.

Baldwin Tingmer hatte seine Brandwunden längst verarztet. Walik Kauk deckte seine Verbrennungen erst jetzt mit flüssigem Wundverband ab. Danach wollte er sich nur für wenige Minuten ausruhen, doch er fiel in einen erschöpften Schlaf und träumte von scheußlichen Monstren, die Terra überfluteten.

Es waren hässliche Träume, und Kauk hatte allen Grund, Augustus dankbar zu sein, als dieser ihn weckte.

»Keinen Grund zur Besorgnis«, sagte der Ka-zwo.

Walik Kauk blinzelte verwirrt. »Dann hättest du mich schlafen lassen können, oder?«

»Die anderen bestanden darauf, dass ich dich wecke.«

»Also sind sie doch besorgt?«

»Sie schon. Ich nicht. – Skan Mavrees ist verschwunden!«

Walik Kauk fuhr mit einem Satz in die Höhe. »Dieses Rindvieh …!«, schimpfte er.

Eigentlich hatte Mavrees eine Waffe mitnehmen wollen, aber dazu hätte er an Walik Kauk vorbeigemusst, und derart wollte er sein Glück nicht auf die Probe stellen. Es erschien ihm schon verwunderlich, dass ihn niemand beim Hinausschleichen bemerkt hatte.

Diesmal blieb er auf der Straße. Er hatte den Entschluss gefasst, das Museum vor dem Zugriff der Fremden zu retten, wer immer sie sein mochten. Er hatte sein Leben in Einsamkeit verbracht, und für ihn war jeder ein Fremder – ob weißhäutig und hellhaarig oder schwarz und mit einem Stachelpelz. Dass die Pelzigen von einer anderen Welt stammten, bedeutete Skan Mavrees nichts.

Er kannte nur die Werte, die er sich selbst in der Einsamkeit seiner Überlegungen geschaffen hatte. Die Fischerei war etwas Großartiges. Wie der Mensch es fertig brachte, seinen Lebensunterhalt aus dem Meer zu bestreiten, das faszinierte ihn. Es war umso bewundernswerter, je weiter die Epoche zurücklag. Wie viel Furcht mussten die Menschen des Altertums und der Vorzeit überwunden haben, bevor ihre Boote zum Fischen ausgelaufen waren.

Die Brücke über den Namsen war noch intakt. Aber sie lag gefährlich nahe an dem Wall, den die Fremden errichtet hatten. Skan Mavrees blieb geraume Zeit diesseits der Brücke in Deckung, bis er sicher sein konnte, dass ihn niemand beim Überqueren der Brücke entdecken würde. Außer vielleicht die Männer oben im Haus. Aber Skan hatte den Eindruck, dass er ihnen wenig bedeutete. Also würden sie ihm wohl auch nichts in den Weg legen, wenn er zum Museum ging.

Jenseits der Brücke ließ Skan den Wall hinter sich. Obwohl es für ihn keinen wesentlichen Unterschied zwischen Menschen und den Bewohnern fremder Sterne gab, hielt er die Schwarzen und ihre Roboter für überaus gefährlich. Er ahnte, dass sie etwas dagegen haben würden, wenn er das Fischereimuseum verteidigte. Also war er entschlossen, ihnen diese Absicht so lange wie möglich zu verheimlichen.

Gegen sechzehn Uhr erreichte er sein Ziel und überzeugte sich mit einem Rundgang, dass im Gebäude noch alles in Ordnung war. Von einem der großen Fenster aus konnte er sehen, dass der Rand der schüsselförmigen Vertiefung kaum zweihundert Meter entfernt lag. Ein Robotkommando hatte begonnen, den Wall auch an dieser Stelle aufzuschütten.

Fasziniert und zutiefst entsetzt starrte Skan Mavrees auf die fremdartigen Maschinenwesen.

»Wir müssen ihn zurückholen, bevor er Schaden anrichtet!«, sagte Walik Kauk.

Bluff Pollard gab sich einen Ruck. »Ich werde das tun!«

»Du …?«

Bluff wurde zuerst rot im Gesicht und dann wütend. »Warum nicht ich? Ich bin fast sechzehn, und ich hab's langsam satt, als Küken behandelt zu werden!«

»Du machst dich, mein Junge.« Kauk grinste. »Ich verleihe dir hiermit den Kriegsnamen *Brüllendes Küken*.«

Bluffs Aufregung sank in sich zusammen wie ein Ballon, der plötzlich ein Loch bekommen hatte. Der Junge ließ die Schultern hängen. »Ich muss es tun«, sagte er dumpf. »Bitte, lass mich …!«

»Was nimmst du mit?«, fragte Walik scharf.

Bluff sah auf. Hoffnung leuchtete in seinen Augen. »Nichts!«, stieß er begeistert hervor. »Ich gehe zu Fuß. Höchstens … einen Schocker. Für den Fall, dass Skan nicht freiwillig mitkommt.«

»Akzeptiert. Außerdem hältst du dich aus dem Blickfeld der Fremden, klar?«

»Ganz klar! Kann ich gleich losgehen?«

In diesem Augenblick kam Augustus vom Balkon. »Das gesuchte Subjekt befindet sich in unmittelbarer Nähe des Bauwerks, mit dessen Hilfe die Straße den Fluss überquert«, meldete er stoisch.

»Wo …?«, riefen Kauk und Pollard gleichzeitig.

Augustus führte sie würdevoll zur Brüstung. »Dort!«, zeigte er.

Es dauerte eine Weile, bis sie Skan ausmachten. Er lag in sicherer Deckung. Walik Kauk gestand sich ein, dass er den Mann falsch beurteilt hatte. Mavrees schien sich der Gefahr sehr wohl bewusst zu sein. Er wartete lange, bevor er die Brücke überquerte.

»Er stellt sich ziemlich vernünftig an«, sagte Walik erleichtert. »Wahrscheinlich brauchen wir uns um ihn nicht zu sorgen, solange die Fremden nicht direkt gegen das Museum vorgehen. Nimm dir also Zeit, Junge … und sieh zu, dass du den Schwarzen nicht unter die Augen kommst!«

»Klar!«, bestätigte Bluff Pollard.

Noch nie in seinem Leben hatte Skan Mavrees dergleichen gesehen. Er hatte sich immer vor Spinnen geekelt und sich auszumalen versucht, wie das Leben sein würde, wenn die Spinnen ebenso groß wären wie die Menschen. Mit Schaudern hatte er die Geschichten gelesen, in denen Taucher von Riesenkraken angefallen und in die Tiefe hinabgezerrt wurden, und sich mit Entsetzen vorgestellt, er selbst geriete in eine solche Lage.

Hier aber waren sie ... die Ausgeburten seiner Albträume, kaum mehr als hundert Meter von ihm entfernt, Spinnen und Riesenkraken und manchmal auch Kombinationen von beiden.

Sie schwebten in der Luft, und ihre Tentakel peitschten. Sie hatten kugelförmige Körper, und die Tentakel hatten einen pelzigen Besatz. Sie waren schwarz wie die Nacht und unerhört beweglich. Am meisten beeindruckte Skan, dass er nicht unterscheiden konnte, wo an ihren Körpern vorne und hinten war. Sinnesorgane sah er nicht. Die fremden Wesen dagegen schienen sich vor- und rückwärts ebenso behände bewegen zu können wie seitwärts.

Er fragte sich, ob sie ihn wahrnahmen. Immerhin war es heller Nachmittag, und das Fenster, hinter dem er stand, besaß imposante Ausmaße. Er wich ein wenig zur Seite. Die anderen hatten behauptet, diese Geschöpfe seien Roboter. Skan Mavrees, der sie aus der Nähe sah, war sich dessen nicht so sicher.

Er überlegte, was er tun würde, falls sie gegen das Museum vorgingen. Aber die Wirklichkeit holte seine Gedanken sehr schnell ein. Drei der kugelförmigen, mit Tentakeln bewehrten Wesen lösten sich von der Gruppe und glitten auf die Front des Museums zu.

Hätte Skan Mavrees mehr Zeit gehabt, wäre er vielleicht zu dem Schluss gekommen, dass es besser sei, den unheimlichen Kreaturen aus dem Weg zu gehen. So jedoch war er zu einer raschen Entscheidung gezwungen.

Mit einem wütenden Schrei fuhr er herum. Sein suchender Blick fand eine verrostete Eisenstange, die inmitten der Ausstellungsstücke lag. Er zog sie aus dem Gewirr hervor und stürmte zum Ausgang.

Mit dem Fuß riss er die Tür weit auf. Er sah die drei Tentakelwesen in weniger als zwanzig Metern Entfernung. Langsam und unbeirrbar glitten sie näher. Skan wartete noch mehrere Sekunden ... aber sie wichen nicht aus. Als ihm klar wurde, dass sie es wirklich auf das Museum abgesehen hatten, sprang er nach vorne.

Die Eisenstange schwingend, stürmte er auf die drei Fremden zu. Die schienen seine Anwesenheit überhaupt nicht wahrzunehmen, sondern bewegten sich in aller Ruhe weiter. Skan brüllte ihnen Schimpfworte entgegen. Auch darauf achteten sie nicht. Er tauchte unter einem Tentakelpaar hindurch, das etwa in Schulterhöhe auf ihn zukam, denn wenn er überhaupt Aussicht auf Erfolg haben wollte, musste er den Schlag mit der Eisenstange unmittelbar gegen die Körper der unheimlichen Kreaturen führen.

Dann war einer dieser schwarzen, behaarten, sirrenden Körper unmittelbar vor ihm. Mit einem Schrei, der nichts Menschliches an sich hatte, holte Skan Mavrees zum Schlag aus.

Gleichzeitig schien eine Bombe in seinem Gehirn zu explodieren, und er erfuhr zunächst nicht, ob er getroffen hatte.

Bluff Pollard überquerte die Brücke ähnlich vorsichtig wie vor ihm Skan Mavrees. Danach bewegte er sich im Schatten der Häuser in Richtung des Museums. Manchmal musste er die Einmündungen von Seitenstraßen überqueren. Dann wartete er, bis er sicher sein konnte, dass keine Gefahr bestand. Mitunter blieb er auch stehen, weil er sirrende und summende Geräusche zu hören glaubte. Aber jedes Mal, wenn er anhielt, erstarben auch die Geräusche. Also hielt er sie für etwas, das die Aufregung ihm vorgaukelte.

An einer Straßenkreuzung hörte er die Geräusche von neuem. *Einbildung!*, sagte er sich – und sprang.

Er kam bis zur Mitte der Kreuzung. Dann waren sie rings um ihn. Schwarze Gestalten. Roboter. Er hatte keine Ahnung, woher sie gekommen waren.

Instinktiv griff er nach der Waffe. Aber Roboter konnte er mit dem Schocker nicht beeindrucken. Also ließ er die Hand wieder sinken. Die Roboter setzten sich in Bewegung und schlossen ihn ein.

Kurz darauf öffnete sich der Kreis ... nach Norden hin, zum Stadtrand. Bluff sah den Ausweg und rannte los. Er hatte keinen Plan, seine Gedanken funktionierten nicht mehr. Er wollte nur weg, fort von den fremden Maschinen.

Aber die Roboter folgten ihm. Es bereitete ihnen keine Mühe, Schritt zu halten. Sie wollten ihn nicht einholen, nur ihm auf den Fersen bleiben. Bluff erkannte das nicht. Er floh vor Panik und holte das Letzte aus sich heraus. Er schoss über das Ende der Straße hinaus, stolperte im Gras, stürzte und raffte sich wieder auf. Immer weiter ging die Flucht, und die Schar der schwarzen Roboter blieb hinter ihm.

Dann geschah es. Er stieß gegen einen halb verrotteten Baumstumpf oder eine Wurzel oder sonst etwas. Vor Schmerz stieß er einen schrillen Schrei aus. Er stürzte, und als er sich wieder erheben wollte, versagte ihm der verletzte Fuß den Dienst. Bluff drehte sich auf den Rücken, um den Verfolgern entgegenzusehen.

Endlich schoss ihm der richtige Gedanke durch den Kopf. *Sie behandeln mich wie ein Tier!*

Er hatte selbst mit angesehen, wie Roboter die Hunde und Katzen aus der Stadt getrieben hatten. Machten sie mit ihm nicht dasselbe?

Die Verfolger hielten an. Sie bildeten jetzt eine gerade, lang gestreckte Front. Bluff unternahm einen letzten Versuch, ihnen zu entkommen. Er stemmte sich in die Höhe und schonte dabei den verletzten Knöchel. Das ging. Er humpelte weiter ... in Richtung des Waldes, der etwa vierhundert Meter weiter den Fuß eines Berghangs umsäumte.

Hatte er vergessen, wie sich die Fremden vergewissert hatten, dass die Tiere nicht mehr in die Stadt zurückkehrten?

Er war noch keine zehn Schritte weit gehumpelt, da traf ihn ein sengender Schlag wie von einer mit Dornen bewaffneten Keule. Im Grunde genommen war die Wirkung der Waffe ziemlich harmlos. Die Hunde und Katzen hatte sie nur veranlasst davonzujagen, fort von den entsetzlichen Geschöpfen, die sich solcher Dinge bedienten.

Bluff Pollard aber war am Ende seiner Kraft angelangt. Auf ihn hatte die fremde Waffe keinerlei belebende Wirkung.

Der Schock warf ihn stattdessen zu Boden und raubte ihm das Bewusstsein.

Jemand sang. Ein offenbar uraltes Lied von der Seefahrt.

Bluff Pollard stemmte sich mühsam auf den Ellenbogen in die Höhe und horchte. Die Stimme war ihrer Melodie nicht sonderlich sicher, aber dafür hartnäckig.

Er lag am Rand eines niedrigen Gebüschs. Nicht weit entfernt ragten die ersten Häuser auf. Bluff entsann sich. Die Roboter hatten ihn gejagt, aber weiter hatte ihr Interesse nicht gereicht. Inzwischen waren sie spurlos verschwunden.

Es knackte im Gebüsch. Eine menschliche Gestalt bewegte sich durch das Buschwerk.

»He, Skan ...!«, rief Bluff.

Mavrees blieb überrascht stehen. »Junge!«, stieß er hervor. »Wie kommst du hierher?« Er stieß das Gestrüpp mit den Armen auseinander und eilte auf Bluff zu.

»Zu Fuß.« Pollard grinste ein wenig verlegen. »Und du?«

Skan Mavrees hob die Schultern und breitete die Arme zur sprechenden Geste der Unwissenheit. »Ich hab keine Ahnung. Das Letzte, an das ich mich erinnere, ist das Museum.«

»Du warst dort?«

»Ja, ich ... und eine Menge von den schwarzen, haarigen Dingern mit Tentakeln. Sie kamen auf mich zu. Ich hatte eine Eisenstange, ich schlug nach ihnen, und ... hier bin ich!«

Er wirkte gut gelaunt und schien sich über sein Geschick nicht weiter den Kopf zerbrechen zu wollen. Wenn die Roboter ihn wirklich in der Nähe des Museums überwältigt hatten, mussten sie ihn hierher geschleppt haben. Das war, fand Bluff, äußerst rücksichtsvoll von Wesen, die ansonsten rigoros zupackten und wenig Rücksicht nahmen.

»Was hast du jetzt vor?«, fragte er Skan.

»Ich weiß nicht so recht«, antwortete der Alte. »Am besten zurück nach Hause, wie?«

»Das wollte ich vorschlagen«, sagte Bluff. »War ziemlich dumm von dir, was du da angestellt hast. Wir alle haben uns Sorgen um dich gemacht.«

Skan Mavrees nickte. »Ja, das habe ich mir inzwischen auch gedacht. War wirklich dumm.« Aber er sah den Jungen dabei nicht an, sondern starrte zu Boden. Und irgendetwas in seiner Stimme warnte Bluff.

»Also gehen wir!«

Hinter den Klippen, die den Fjord in mehrere Arme spalteten, neigte sich die Sonne dem Horizont zu. Bluff Pollard dachte an die Roboter, die ihn wie einen Hund aus der Stadt gejagt hatte. Er fürchtete eine zweite Begegnung. Lieber würde er durch das eiskalte Wasser des Fjords schwimmen, als noch einmal das Risiko eines solchen Zusammentreffens auf sich zu nehmen.

»Ich fürchte, wir werden nachsehen müssen«, sagte Baldwin Tingmer.

»Noch nicht«, wehrte Kauk ab. »Wir warten bis Mitternacht. Wenn sie dann noch nicht zurück sind, unternehmen wir etwas.«

Bei den Baustellen hatte sich nichts Nennenswertes ereignet. Am Ende des Tales war nicht so recht zu erkennen, was die Schwarzen vorhatten. Am Stadtrand waren sie dabei, den Wall zu vervollständigen.

Auch Jentho Kanthall hatte nichts Neues zu melden. Douc Langur hatte sein Raumschiff seit mehr als zwanzig Stunden nicht verlassen. Entweder war er mit langwierigen Beobachtungen befasst, oder er regenerierte sich in seiner Wabenröhre.

Als Skan und Bluff bei Sonnenuntergang noch nicht zurück waren, zog Walik Kauk einen nächtlichen Vorstoß in die Stadt ernsthaft in Erwägung. Es bestand die Gefahr, dass die beiden von den Fremden eingefangen worden waren. In diesem Fall wussten die Schwarzen von der Anwesenheit des Stoßtrupps, und das ergab eine gänzlich neue Situation. Vor allen Dingen musste jederzeit mit einem Angriff gerechnet werden. Schon der Anblick der Fremden ließ nur schwer den Gedanken an Freundlichkeit aufkommen.

Eines unserer alten Vorurteile, dachte Walik Kauk ein wenig bitter. *Was nicht so aussieht wie wir, kann nicht gut sein!*

Wenn sie wirklich das Haus angreifen wollten, musste auf jedes Zeichen geachtet werden, das den Beginn der Offensive erkennen ließ. Allerdings konnte es sein, dass die Schwarzen einfach ihre Bordgeschütze einsetzen und das Versteck einäschern würden. Dagegen half auch die größte Vorsicht nicht.

Walik schärfte dem Ka-zwo ein, seinen Posten auf dem Balkon nicht zu verlassen und mit aller Sorgfalt Ausschau zu halten. Augustus versicherte, dass die Verantwortung für die Sicherheit der Truppe bei ihm in den besten Händen ruhe, aber dann geschah etwas Seltsames. Walik Kauk hatte sich abgewandt und wollte eben ins Haus zurückgehen, da drehte der Roboter sich um und sagte mit lauter, klirrender Stimme:

»Nanoor este sebaan ...«

Kauk fuhr herum. Die fremden Worte hallten in ihm nach.

»Was hast du gesagt?«

Augustus blickte ihn starr an. »Ich versicherte, dass die Verantwortung für die Sicherheit der Gruppe in keinen anderen Händen als den meinen ...«

»Unsinn!«, unterbrach ihn Walik. »Ich meine danach.«

»Danach habe ich nichts mehr gesagt, außer dem soeben begonnenen Satz.«

»Nanoor este sebaan ...«

»Bitte?«, fragte der Ka-zwo.

Walik Kauk winkte ab. »Nichts. Vergiss es wieder!«

Er ging ins Haus. *Allmählich,* dachte er, *drehen wir durch!*

Schließlich entschieden sie sich doch anders. Der Vorschlag stammte von Skan Mavrees, der manchmal ganz vernünftige Ideen hatte.

»Am sichersten sind wir da, wo die Schwarzen mit der Arbeit schon fertig sind«, sagte Skan, und Bluff erschien das recht logisch.

Also drangen sie bis zum Wall vor und bewegten sich an seinem Fuß entlang zunächst nach Westen, dann nach Südwesten. Der Wall durchschnitt hier ehemaliges Stadtgebiet. Manchmal führte er quer durch ein Haus hindurch. Den größten Teil der Hauswände hatten die Fremden zu Bestandteilen des Walles umgeformt. Aber ein Rest von Mauerwerk stand noch und erweckte den Eindruck der Verlorenheit.

Bluff dachte daran, dass Baldwin und Walik sich wahrscheinlich um ihn sorgten. Er wünschte sich ein Armbandfunkgerät, aber da er darüber nicht verfügte, blieb ihm nichts anderes übrig, als Skan zur Eile zu treiben, worauf der antwortete, man könne entweder in Eile oder vorsichtig sein. Und damit hatte er auch wieder Recht.

Von vielen Häusern waren nur noch die Umrisse zu sehen. Bald würde der Mond erscheinen. Bluff blickte die Straße hinab, und auch Skan Mavrees äugte aufmerksam in diese Richtung.

»Wenn mich nicht alles täuscht, geht es da entlang zum Museum.«

Bluff hielt es für angebracht, nicht darauf einzugehen. Das Fischereimuseum regte den Alten zu den absonderlichsten Gedanken und Taten an. Wer mochte wissen, mit welch verschrobenen Ideen Skan als Nächstes aufwartete!

Plötzlich fühlte Bluff, dass der Boden zitterte.

»He, was ist das …?«, rief Mavrees verblüfft.

Auf einmal war die Stille des Abends wie weggewischt. Lautes Krachen und Bersten war zu hören, ein bösartiges Fauchen erhob sich aus der Dunkelheit.

»Der Wall …!«, schrie Skan Mavrees.

Bluff schnellte sich instinktiv zur Seite. Wo er eben noch gestanden hatte, barst der Wall auseinander. Ein Hagel von Gesteinsbruchstücken prasselte herab. Bluff rettete sich hinter ein Fassadenfragment. Atemlos beobachtete er, wie in der gewaltigen Masse des Walls eine Bresche entstand. Eine riesige Maschine wurde sichtbar. Die zerstörende Wirkung ging offenbar von ihr selbst aus. Erst schoss Bluff der wirre Gedanke durch den Kopf, es müsse sich um ein terranisches Kampfgerät handeln, das dem Bauwerk der Schwarzen zu Leibe rückte. Aber bevor er den gänzlich irrationalen Eindruck noch korrigieren konnte, sah er mit eigenen Augen, dass der Roboter nicht wirklich zerstörte, sondern nur umbaute.

Beim Durchstoßen der Bresche war die Maschine bis auf die Straße herausgeglitten. Jetzt bewegte sie sich rückwärts, fuhr in die Walllücke hinein und ebnete deren Wände. Auf diese Weise wurde aus der Bresche ein regelmäßig geformter Einschnitt in Keilform, wobei die Spitze nach oben wies.

Als diese Arbeit beendet war, kam die Maschine zum zweiten Mal zum Vorschein. Sie schwebte dicht über dem Boden. Sekundenlang hielt sie an, dann brachen aus ihrem Unterteil fauchende Flammenbündel und fuhren in den Boden. Grässlicher Gestank breitete sich aus. Bluff sah, dass ein Graben entstand, der sich unmittelbar an die keilförmige Lücke im Wall anschloss, als sollte ein Kanal entstehen, der das Innere der riesigen Vertiefung mit einem anderen Punkt verband.

Die Maschine bewegte sich gemächlich weiter. Sie fraß den alten Straßenbelag auf und ließ hinter sich einen tiefen Graben mit zackigen Rändern zurück. Stinkender Rauch wogte überall. Bluff wich weiter zurück.

In der Düsternis stieß er mit Skan Mavrees zusammen.

»Verdammt!«, knurrte der Alte. »Sie haben es schon wieder auf das Museum abgesehen …!«

15.

Zwei Stunden vor Mitternacht kehrten die beiden Vermissten zurück. Bluff Pollard und Skan Mavrees erstatteten Bericht. Walik Kauk war erleichtert, denn aus der Schilderung schien hervorzugehen, dass die Fremden von der Anwesenheit zweier intelligenter Wesen keine Kenntnis genommen hatten. Skan Mavrees war beseitigt worden, wie man ein lästiges Hindernis aus dem Weg räumte: Man hatte ihn unbeweglich gemacht und fortgeschleppt wie einen Gegenstand. Bluff dagegen hatte man anscheinend für ein Tier gehalten.

Bluff und Skan behaupteten übereinstimmend, sie hätten es nur mit Robotern zu tun gehabt. Zwar behauptete Mavrees, die Tentakel der Roboter wären behaart gewesen, und Pollard glaubte, Ähnliches bemerkt zu haben ... aber das musste nicht bedeuten, dass es sich bei den Widersachern um organische Wesen gehandelt hatte. Der vermeintliche Haarbesatz mochte aus winzigen Sensoren bestehen. Nach derzeitigem Erkenntnisstand waren nur die humanoiden schwarzstacheligen Geschöpfe organischer Herkunft.

Trotz der Erleichterung war Walik zornig, als er sich schließlich an Mavrees wandte. »Ich hätte gute Lust, dich nach Stoksund zurückzubringen und auszusetzen«, fuhr er den Alten an. »Hier bringst du uns in Schwierigkeiten.«

»Ich weiß, dass ich für euch eine Last bin«, bekannte Skan Mavrees. »Mir hat es halt das alte Museum angetan. Aber ich verspreche, dass ich nichts mehr tun werde, was euch nicht gefällt!«

»Das hast du nach deiner ersten Dummheit schon versprochen«, knurrte Walik. »Warum sollte ich mich diesmal darauf verlassen?«

»Frag den Jungen!«, bat Skan und deutete auf Bluff. »Ihm gegenüber habe ich schon zugegeben, dass ich mich dumm benommen habe.«

Waliks fragenden Blick beantwortete Bluff mit einem stummen Nicken. Aber ihm war sichtlich unwohl dabei.

»Du bist gewarnt!«, sagte Kauk schließlich. »Noch eine einzige Unvorsichtigkeit ...«

»Weiß schon«, unterbrach ihn Skan. »Dann bin ich wieder in Stoksund. Das wolltest du sagen, nicht wahr?«

»Ich wollte es nicht nur sagen«, bestätigte Walik grimmig, »sondern ich meine es auch verdammt ernst!«

In diesem Moment kam der Ka-zwo vom Balkon herein.

»Wer hat dir erlaubt, deinen Posten zu verlassen?«, herrschte Kauk den Roboter an.

»Nanoor este sebaan …«, sagte Augustus.

»Was ist das für ein Gequatsche?«, brummte Baldwin Tingmer.

»Nanoor este sebaan«, wiederholte der Ka-zwo. Dann redete er hastiger. Er war stehen geblieben und bewegte sich nicht mehr. Wenn er nicht ein Roboter gewesen wäre, hätte man vermuten können, er befinde sich in Trance. Die Worte, die er von sich gab, entstammten einer unbekannten Sprache. Trotzdem kamen sie ihm leicht und flüssig über die künstlichen Lippen.

»Völlig durchgedreht!«, stieß Tingmer hervor. »Programmierung durcheinander geraten oder sonst etwas.«

Walik Kauk hatte plötzlich einen grotesken Gedanken. »Schaltet die Aufzeichnung ein!«, befahl er.

Augustus redete minutenlang. Dann stockte er. Nach einer kurzen Pause sprach er zweimal hintereinander dieselben Worte: »Ammoon sente sebaan …« Danach wandte er sich um und schritt durch die offene Tür wieder auf den Balkon hinaus. Er nahm seinen Beobachtungsposten wieder ein, als wäre nichts geschehen.

Baldwin Tingmer wollte ihm folgen, aber Kauk hielt ihn fest. »Lass! Augustus erinnert sich sowieso an nichts.«

»Woher weißt du …?«

»Dasselbe ist schon einmal geschehen. Aber da meinte ich, ich hätte mir das eingebildet.«

Bluff Pollard schaltete die Aufzeichnung auf Wiedergabe. Monoton erklang Augustus' blecherne Stimme.

»Was ist das?«, fragte Bluff.

»Ihr erinnert euch an Palatka?« Walik Kauks Frage war rhetorisch. Wie hätten sie Palatka vergessen können.

»Raphael …?«, fragte Tingmer.

»Ja, Raphael! Er fuhr wie ein Geist in Augustus und verwandelte ihn in ein hochintelligentes Wesen. Dasselbe scheint hier der Fall zu sein. Ich glaube nicht, dass Raphael in der Nähe ist. Aber es muss einen anderen Einfluss geben, der von Zeit zu Zeit die Kontrolle über Augustus übernimmt.«

»Wer könnte das tun? Und zu welchem Zweck?«

»Das wissen wir nicht«, antwortete Kauk. »Aber ich habe eine dumpfe Ahnung, dass gar keine Absicht damit verbunden ist.«

»Du glaubst also an einen Zufall?«, erkundigte sich Bluff Pollard.

Kauk lächelte. »Ich habe eine völlig verrückte Idee«, gestand er. »Die Zukunft wird beweisen, ob sie richtig ist.«

»Lass hören!«

»Am anderen Ende der Stadt liegt ein fremdes Raumschiff. Nicht der Zufall hat es hierher verschlagen, sondern ein bestimmter Plan. Das erkennen wir an der Vorgehensweise der Schwarzen. Ohne Zweifel liegt ihre Heimat in dieser Galaxis. Von dort sind sie aufgebrochen, um die Erde anzufliegen. Mit ihrer Heimatwelt stehen sie in regelmäßiger Verbindung ... wahrscheinlich über Hyperfunk. Sie melden Beobachtungsergebnisse und erhalten Anweisungen.«

Walik Kauk schwieg. Tingmer starrte ihn verständnislos an. »Und ...?«, fragte er.

»Ich nehme an, dass Augustus als Antenne und Empfänger fungiert, ohne dass die Fremden davon wissen. Irgendetwas in Augustus' Innenleben spricht auf die Hyperfunkimpulse der Fremden an. Augustus empfängt diese Impulse, sie aktivieren einen Steuermechanismus, und er fängt an zu reden!«

»Mensch ...«, staunte Baldwin.

»Dann wäre also, was Augustus spricht, die Sprache der Fremden?«, rief Bluff begeistert.

»Das kann ich nicht sagen«, dämpfte Walik den Überschwang des Jungen. »Wir wissen zu wenig über die Kommunikationsmethoden der Schwarzen ... nämlich gar nichts. Augustus empfängt hyperenergetische Impulse. Diese Impulse veranlassen ihn, Laute von sich zu geben. Ob die Schwarzen die Impulse mit Hilfe derselben Laute deuten wie Augustus, das wissen wir nicht.«

Sie dachten darüber nach. Waliks Hypothese war, wie er selbst zugegeben hatte, weit hergeholt. Aber sie klang plausibel.

»Mit einer Positronik könnten wir die Sache auswerten«, sagte Tingmer. »Vielleicht kann Douc Langur etwas damit anfangen!«

Kauk nickte. »Für ihn ist die Aufzeichnung auch bestimmt.«

Skan Mavrees fand an der theoretischen Diskussion nur wenig Interesse und trat hinaus auf den Balkon. Minutenlang stand er schweigend neben dem Roboter. »Bist du wieder bei dir, Blechmann?«, fragte er endlich.

»Nach der Aussage des Kontrollelements ist die Bezeichnung ›Blechmann‹ eine Beleidigung der exekutiven Autorität und mit einem Schlag auf die rechte Schulter von nicht weniger als fünfzig Newtonmeter, unter Auflage der ganzen Handfläche, zu bestrafen.«

Mavrees blieb unbeeindruckt. »Wie klug du daherschwätzen kannst!«, sagte er spöttisch. »Was war das für ein Geplapper, das du im Zimmer von dir gegeben hast?«

»Ich war seit mehr als sechzehn Stunden nicht mehr im Zimmer«, behauptete Augustus.

»Soso«, machte Skan Mavrees. »Legt das Kontrollelement Wert darauf, dass du solche Dinge sofort wieder vergisst? Es gab da eine Andeutung, die ich nicht verstanden habe. Sie muss sich darauf beziehen.«

»Du stehst mit dem Kontrollelement in Verbindung?«, fragte Augustus.

In den Tagen seiner Zugehörigkeit zu Kauks Gruppe hatte Skan Mavrees gelernt, wie der Roboter zu behandeln war. »Nicht nur mit dem örtlichen Kontrollelement, sondern auch mit dem Kontrollzentrum in Narvik«, behauptete er mit Nachdruck.

»Du bist ein Privilegierter?«

»Des höchsten Grades. Das musst du doch der Anweisung entnommen haben, die du vorhin erhalten hast.«

Augustus erinnerte sich nicht, eine Anweisung erhalten zu haben. Aber seine Programmierung enthielt einen Fehler im Systemteil der Verhaltenskontrolle, der ihn daran hinderte, solches einzugestehen.

»Ich habe der Anweisung nichts dergleichen entnommen.«

»Wahrscheinlich, weil es nur implizit gesagt wurde. Daran, dass ich den Befehl bei unserem Vorhaben übernehme, muss man erkennen, dass ich ein Privilegierter bin.«

»Das ist richtig«, bestätigte der Ka-zwo und suchte nach Informationen über das Vorhaben, bei dem Skan Mavrees den Befehl übernehmen sollte. Er fand nichts.

»Es wurde nicht spezifiziert, wann das Vorhaben zu beginnen hat«, stellte Augustus fest.

Im Grunde stellte er sich ganz geschickt an, wenn es darum ging, Dinge zu erfahren, die er angeblich schon wusste. Natürlich hatte der Ka-zwo keine Ahnung, dass dieses Geschick denen, die ihn zu verführen suchten – wie in diesem Augenblick Skan Mavrees –, in die Hände spielte.

»Diese Angabe war in einer Vorabinformation enthalten, die du nicht bekommen hast«, erklärte Skan. »Wir brechen um Mitternacht auf. Du darfst den Sprengkörper nicht vergessen. Er muss einen einstellbaren Zünder mit einer Zünddauer bis zu zwei Stunden besitzen.«

»Das weiß ich«, behauptete Augustus. »Ich werde ihn nicht vergessen!«

»Auch nicht, dass niemand sonst von unserem Vorhaben erfahren darf?«

»Selbstverständlich nicht.«

»Ich werde entsprechende Maßnahmen treffen müssen«, erklärte Skan.

»Das ist klar.«

»Baldwin, Walik und Bluff dürfen uns nicht im Wege stehen. Sie müssen vorübergehend unschädlich gemacht werden.«

»Verstanden«, bestätigte der Roboter.

Das Gefährliche an Augustus war, dass es in seinem komplizierten Programmsystem nicht nur eine, sondern gleich mehrere fehlerhafte Partitionen gab. Um genau zu sein: Seine Programmierung war so gestört, dass er – hätte die Aphilie weiterbestanden – bei der nächsten Inspektion unweigerlich eingestampft worden wäre. So aber war die Erde in den Schlund gestürzt, die Menschen – und mit ihnen die Aphilie – hatten aufgehört zu existieren. Augustus hatte aufgrund seiner fehlerhaften Programmierung die Große Katastrophe überlebt, die alle seine Artgenossen funktionsunfähig gemacht hatte.

Als Skan Mavrees vom Balkon zurückkehrte, dauerte die Diskussion über das Verhalten des Ka-zwo noch an. Niemand beachtete ihn, als er den Ausgang ins Treppenhaus nahm, und keiner bemerkte, dass er einen Schocker an sich brachte. Von da an hatte Mavrees nur noch Interesse für die Zeitanzeige. Mitternacht rückte näher.

Als nur mehr wenige Minuten fehlten, zog Mavrees die Waffe. Er richtete sie zuerst auf Walik Kauk, der ihm am gefährlichsten zu sein schien. Der Schocker gab ein helles, singendes Geräusch von sich. Kauk, der eben Baldwin Tingmers Argumentation zuhörte, machte ein erstauntes Gesicht und sank in sich zusammen. Tingmer unterbrach sich mitten im Satz, und Pollard lief auf den Ohnmächtigen zu. Niemand kam auf die Idee, Skan Mavrees zu verdächtigen. Skan schoss nun auf Tingmer. Da erst reagierte der Junge.

»Du …?«, rief er entsetzt.

Unbewegt drückte Skan Mavrees zum dritten Mal ab. Bluff Pollard ging ächzend zu Boden.

Die Waffe ließ Skan Mavrees einfach fallen; er brauchte sie nicht mehr. Der Weg war frei … und gegen das, was sich draußen herumtrieb, musste er mit anderen Mitteln kämpfen.

Augustus trat ein. »Es ist Mitternacht«, sagte er und ging zu dem Schrank im Hintergrund des Raumes. Aus einem verschlossenen Behälter brachte er eine kleine, metallisch schimmernde Kapsel zum Vorschein. Sie hatte die Form und die Größe eines Hühnereis.

»Der Sprengkörper«, erklärte er und verstaute den gefährlichen Gegenstand in einer der letzten noch intakten Taschen seiner Montur.

»Wir brechen auf!«, sagte Mavrees. »Ziel ist das Fischereimuseum.«

Die Garage stand offen. Augustus, der in Terrania City Unterricht in der Handhabung von Bodenfahrzeugen genossen hatte, setzte sich hinter die Kontrollen. Gleich darauf verließ der Gleiter die Garage und nahm Kurs den Hang hinunter.

Skan Mavrees erläuterte sein Vorhaben.

»Auf der Straße, die in annähernd westlicher Richtung vom Wall bis zum Museum führt, bewegt sich eine Maschine. Sie muss vernichtet werden.«

»Verstanden!«

Der Mond stand am kaum bewölkten Himmel. Einmal befahl Skan Mavrees dem Roboter anzuhalten. Er öffnete das Luk und horchte in die Nacht hinaus. Das fauchende Geräusch der großen Arbeitsmaschine war nicht zu hören. Vielleicht hatte sie eine Pause eingelegt.

Vielleicht – bei dem Gedanken stockte Mavrees der Atem – *hatte sie ihre schmutzige Arbeit auch schon vollendet!*

»Weiter!«, befahl er zornig.

Augustus steuerte den Gleiter am Fuß des Walles entlang. Sie erreichten die Stelle, an der die Bresche in den Wall geschlagen war. Eine Straße gab es dort nicht mehr. An ihrer Stelle erstreckte sich ein kanalähnlicher Graben, so weit das Auge reichte. Von der Maschine war keine Spur.

»Den Graben entlang!«, befahl Mavrees, von einer entsetzlichen Ahnung gequält.

Langsam folgte Augustus dem Verlauf des Kanals, der bis zum Ufer des Fjords zu führen schien. Mavrees verkrampfte sich, als das Fischereimuseum in Sicht kam.

Seine Ahnung … Der Graben führte mitten durch das Museumsgelände. Wie es die Art der Fremden war, hatte die Maschine das alte Gebäude einfach verdampft und nur seitlich niedrige Mauern stehen lassen, die ihr nicht im Weg gewesen waren.

Eine Minute lang betrachtete Skan Mavrees mit starrem Blick die Zerstörung. Wahrscheinlich verwirrte sich in diesem Augenblick sein ohnehin schon verschrobener Geist völlig. Aus Zorn und Trauer wuchs Wahnsinn.

»Justiere den Zünder auf zwei Stunden!«, herrschte er den Ka-zwo an.

Augustus nahm die entsprechende Schaltung an der Sprengkapsel vor.

»Leg das Ding hierher!« Skan Mavrees deutete auf eine Nische unter der Konsole.

Augustus gehorchte.

»Und jetzt fahren wir den Damm entlang, bis wir eine Stelle finden, an der die Schwarzen etwas besonders Großes und Kompliziertes gebaut haben. Dann legen wir das Ei ins Nest und schauen zu, bis das Wunderwerk in die Luft fliegt.« Er kicherte gehässig.

Augustus reagierte nicht und blickte starr durch die Frontscheibe.

»Du sollst endlich fahren!«, kreischte Mavrees.

»Nanoor este sebaan …«, sagte Augustus.

Skan Mavrees verlor in dem Moment die Beherrschung. Er schwang herum und trommelte mit beiden Fäusten auf den Roboter ein. »Du verdammtes Blechding … wirst du wohl tun, was ich dir sage! Fahr schon!«

Mag sein, dass es die mechanische Erschütterung war, hervorgerufen durch die wilden Faustschläge, die den Roboter zur Besinnung brachte. Jedenfalls erwachte er aus der Starre und wischte Mavrees' Arme mit einer mühelosen Bewegung beiseite. »Du gefährdest das Vorhaben«, erklärte er würdevoll.

»Fahr endlich los!«, zischte Skan, außer sich vor Wut.

»Im Augenblick empfiehlt sich eine andere Taktik«, widersprach der Roboter.

»Ich brauche deine Ratschläge nicht!«, keifte Mavrees. »Hier gebe ich die Befehle …!«

Aber der Ka-zwo blieb eisern. »Schau dort hinaus!«, empfahl er dem Wütenden und deutete zur Seite.

Skan Mavrees fuhr herum. Vor ihm erstreckte sich der Kanal, bis auf dessen Grund der Schein des Mondes nicht reichte. Aus der Finsternis der Kanalsohle stiegen, sirrend und mit peitschenden Tentakeln, fremde Roboter herauf …

Mitternacht war seit vierzig Minuten vorbei. Walik Kauk richtete sich auf. Noch benommen, setzte er die Bruchstücke seiner Erinnerung zu einem Bild zusammen. Am Boden lagen Bluff Pollard und Baldwin Tingmer. Bluff bewegte sich bereits, aber Skan Mavrees war verschwunden.

Walik taumelte auf den Balkon hinaus. »Augustus …?«

Der Ka-zwo war ebenfalls nicht da. *Mavrees!,* fuhr es Kauk durch den Sinn. Er hatte also das Fischereimuseum noch immer nicht aufgegeben und plante etwas Verrücktes!

Von einer bösen Ahnung gepackt, hastete Walik die Treppe hinunter. Die Garage war leer. Er fluchte vor sich hin. Wenn ihm Mavrees jetzt vor die Fäuste gekommen wäre, hätte er die fürchterlichste Tracht Prügel seines Lebens bezogen.

Mit weit ausgreifenden Sätzen hastete Walik wieder hinauf. Die Nachwirkungen des Nervenschocks erzeugten ein dumpfes Pochen im Schädel.

Bluff war inzwischen vollends zu sich gekommen, hockte aber noch auf dem Boden. Tingmer stöhnte. Er hatte die Augen geschlossen, doch seine Arme zuckten durch die Luft, als suchten sie Halt.

»Skan und Augustus sind verschwunden!«, rief Walik Kauk.

»Richtig«, murmelte Bluff dumpf. »Ich sah, wie Skan auf Baldwin schoss … und dann auf mich!«

Die Brisanz dessen schien ihm erst jetzt zum Bewusstsein zu kommen. Er sprang auf. »Daran ist nur das verfluchte Museum schuld! Kein Zweifel … sie sind dorthin unterwegs!«

Kauks Blick huschte über die Gerätschaften auf dem Tisch und zu dem Schrank, in dem weniger oft gebrauchte Dinge aufbewahrt wurden. »Nehmt die Waffen!«, befahl er. »Baldwin, unsere Aufzeichnungen sind wichtig! Bluff, kümmere dich um das Funkgerät!«

Minuten später waren sie bereit zum Aufbruch. Zum letzten Mal trat Walik Kauk auf den Balkon hinaus. Mattes Mondlicht lag auf den Dächern der alten Stadt und auf der Krone des riesigen Walls.

Die Nacht war ruhig.

Die Katastrophe, so schien es, hatte noch nicht begonnen.

Mit einem gurgelnden Schrei fuhr Skan Mavrees in die Höhe. »Ungeziefer!«, keuchte er und stieß das Luk auf. »Mörder!«

»Deine Verhaltensweise ist gefährlich!«, warnte der Ka-zwo.

Mavrees hörte nicht auf ihn. Er sah nur noch die verhassten fremden Gebilde – Maschinen wie jene, die das Museum vernichtet hatte.

Er stieg aus.

Zwölf der Roboter schwebten zu beiden Seiten des Grabens. Ihre kugelförmigen Leiber bewegten sich nicht, nur die Tentakel spielten. Es war nicht zu erkennen, ob sie Skan wahrgenommen hatten. Er schritt langsam, halb gebückt und die Hände geballt, auf sie zu.

Augustus verhielt sich ruhig. Sein Auftrag lautete, eine Maschine zu zerstören. Sein Ziel war das Fischereimuseum im Norden der Stadt. Das Ziel existierte nicht mehr, und von der Maschine gab es keine Spur. Also hatte der Auftrag derzeit keine Gültigkeit, und Augustus war berechtigt, nach den Erfordernissen der Lage zu handeln. Er kannte die Stärke der fremden Roboter nicht, außerdem hatte er Walik Kauks Anweisung gespeichert, die Fremden auf keinen Fall herauszufordern.

Vor einem der tentakelbewehrten Roboter blieb Mavrees stehen. Wenn das fremde Maschinenwesen überhaupt Wahrnehmungsorgane im üblichen Sinn besaß, musste es ihn längst erfasst haben. Mavrees starrte das fremde Ding an. Er sah die feinen Härchen auf der Oberfläche des kugelförmigen Körpers zittern. Er forschte nach Anhaltspunkten, die ihm gezeigt hätten, wo an dem unheimlichen Ding vorne war.

Jäh übermannte ihn die Wut. Mit einem wilden Schrei warf er sich auf den fremden Roboter. Seine Fäuste schlugen auf den schwarzen behaarten Körper.

Die Berührung war schmerzhaft. Wie Feuer jagte es durch Mavrees' Arme. Er taumelte. Aber noch beherrschte ihn die Wut, und er griff erneut an. Ein Tentakel peitschte durch die Luft, traf seinen Rücken. Skan schrie gellend auf. Der brennende Schmerz raubte ihm fast die Besinnung.

Die Roboter gerieten jetzt in Bewegung. Skan Mavrees sah sie kommen. Der Schmerz trübte seinen Blick, doch er warf sich herum. Die Berührung mit dem Tentakel war derart unangenehm gewesen, dass Skan eine Wiederholung vermeiden wollte. Am Rand des Grabens glitt er aus und wäre um ein Haar in die Tiefe gestürzt. Mit unglaublicher Gewandtheit fing er sich jedoch in letzter Sekunde ab, zog sich in die Höhe und hetzte davon.

Er rannte am Rand des Kanals entlang. Die Roboter folgten ihm. Sie bewegten sich gemächlich und schienen es nicht eilig zu haben, als wüssten sie, dass ihr Opfer ihnen nicht entgehen konnte.

Kaum dreihundert Meter betrug die Entfernung vom Museum bis zu der Bresche im Wall. Als Skan Mavrees den Einschnitt erreichte, waren die schwarzen Roboter etwa fünfzig Schritte hinter ihm.

Rechts und links führte eine alte Straße am Wall entlang. Aber dort würden ihm die Maschinen leicht folgen können. Der beste Weg war der geradeaus. Mavrees blickte an dem Wall in die Höhe – dann trat er an den Rand des Grabens und sprang hinunter.

Gleichzeitig hielten die Verfolger an. Skan Mavrees hätte das als bedrohliches Zeichen werten müssen, aber er sah es entweder nicht oder maß ihm in seiner Verwirrung keine Bedeutung bei. Auf dem Grund des Grabens warf er sich herum und schickte sich an, durch die Lücke in den Wall selbst vorzudringen.

Jäh flammte es zwischen den Wänden auf. Ein bisher unsichtbares Energiefeld erwachte zu tödlichem Leben. Skan schrie. Bläuliche Flammen hüllten ihn ein, und sein Schrei erstarb. Sekundenlang leuchtete aus dem Wabern des Energiefelds ein Gebilde, das die Umrisse von Skan Mavrees hatte.

Schließlich sank es zuckend in sich zusammen und erlosch. Dunkelheit breitete sich wieder in der Bresche aus.

Skan Mavrees aber war verschwunden.

Die schwarzen Roboter drehten ab.

Gegen ein Uhr fünfzig erreichten die drei Männer unweit des Fjordufers den Graben, der sich in westöstlicher Richtung durch das Gelände zog. Bluff versuchte, sich zu orientieren.

»Das muss der Kanal sein, den die Maschine gestern gegraben hat«, vermutete er.

Der Graben verlief schnurgerade bis hinab zum Ufer. Die Wände waren geglättet worden.

»Wozu das gut sein mag?«, wunderte sich Baldwin Tingmer.

»Sobald wir wissen, wozu die Vertiefung gut ist, werden wir auch über den Graben etwas erfahren«, antwortete Walik voller Grimm.

»Rechts von uns liegt das Museum«, sagte Bluff Pollard.

»Also dann ...«

Sie liefen am Graben entlang. Ein hohes, feines Sirren lag plötzlich in der Luft. »Schwarze Roboter!«, zischte Pollard und duckte sich.

Ein Schrei gellte aus der Dunkelheit. Es mochte Mavrees' Stimme gewesen sein, aber sicher war Bluff sich dessen nicht.

Irgendwo vor ihnen war etwas im Gange. Die Stimme erklang noch mehrmals, blieb aber unverständlich.

Weit entfernt, genau in der Richtung, in die der Graben verlief, wuchs eine Leuchterscheinung auf. Farben waberten wie bunte Flammen, in ihrem Zentrum ein in grellem Weißblau strahlender Kern.

Der Spuk dauerte nur wenige Augenblicke, dann war er verschwunden, und die Nacht wurde wieder ruhig. Gerade wollte Kauk den Befehl zum Weitergehen geben, da erklang von nicht allzu weit her ein vertrautes Geräusch: ein dumpfes, verhaltenes Summen.

»Ein Motor ...«, stieß Tingmer hervor.

Über den Dächern der Stadt erschien ein Schatten. Er hatte einen länglich ovalen Umriss, und der Oberteil seines kanzelartigen Aufbaus glänzte im Mondlicht.

»Oh, verdammt ... der Gleiter!«, entfuhr es Walik Kauk.

Augustus hatte Skan Mavrees' Ende beobachtet. Er sah auch, wie die fremden Roboter davonglitten und über der Wallkrone verschwanden. Danach wartete er eine Zeit lang, bis es wohl keine akute Gefahr mehr gab.

Ohne Zweifel waren die Männer im Haus längst wieder handlungsfähig und hatten sich auf die Suche gemacht. Es war also zwecklos, zum Haus zurückzukehren. Walik, Baldwin und Bluff wussten, dass Mavrees' Ziel nur das Museum gewesen sein konnte. Dorthin würden sie vorstoßen.

Bei diesen Überlegungen stellte Augustus fest, dass es im Speicher seiner jüngsten Erfahrungen eine Lücke gab. Analyseprogramme versuchten zu ermitteln, ob dieser Leerstelle eine besondere Bedeutung zukam. Sie kamen zu keinem Ergebnis.

Augustus startete den Gleiter. Seine Hypothese erwies sich bald als richtig. Als er mit geringer Fahrt dahinglitt, entdeckte er am Rand des Grabens drei Gestalten.

Kaum war er gelandet, kamen die Männer auf ihn zu.

»Wenn ich wüsste, dass es etwas nützt ...«, knurrte Walik Kauk zornig, »... dann würde ich dir dein blechernes Fell versohlen!«

Augustus hatte Derartiges vorherberechnet. »Ich bin an die Befehle des Kontrollelements gebunden«, antwortete er starr.

»Du und dein Kontrollelement ...!«, fauchte Walik. Den Rest des Satzes ließ er unausgesprochen. Fürchtete er am Ende den Zeitpunkt, in dem das Kontrollelement nicht mehr existieren würde?

»Skan Mavrees ist tot.« Übergangslos schilderte der Ka-zwo seine Beobachtungen.

Währenddessen war ein kleiner Teil seines positronischen Bewusstseins immer noch damit beschäftigt, die Lücke in dem Erfahrungsspeicher zu analysieren. Der leere Speicherplatz war eine Unregelmäßigkeit, fast schon ein Defekt, und nichts durfte unversucht bleiben, die Ursache zu ergründen.

»Trotz allem tut er mir Leid«, sagte Walik Kauk bedrückt, nachdem Augustus den Bericht beendet hatte.

In diesem Augenblick stieß das Programm der Bewusstseinsanalyse auf die erste Spur. Das Folgende entwickelte sich in Millisekunden.

»Deckung!«, warnte der Ka-zwo und warf sich vorwärts. Er rannte Kauk um. Der taumelte gegen Tingmer, und dieser riss den Jungen mit. Augustus schob alle drei über den Rand des Grabens hinweg und folgte ihnen dichtauf.

»Was zum Teufel ...?«, schrie Kauk. Was er außerdem sagte, verhallte ungehört. Eine brüllende Detonation zerriss die Stille der Nacht. Greller Feuerschein loderte über den Rand des Grabens.

Die Männer waren wie benommen. »Ein Sprengsatz, sagtest du?«, fragte Walik Kauk.

»So lautete der Befehl des Kontrollelements«, antwortete Augustus mit der für ihn charakteristischen Würde. »Später befahl Skan Mavrees, den Zünder zu aktivieren und auf zwei Stunden einzustellen.«

»Warum?«

»Das weiß ich nicht. Es gibt da eine Lücke in meiner Erinnerung ...«

»Warum hast du die Bombe nicht entfernt?«

»Ich wusste nichts mehr von ihr«, antwortete Augustus ungerührt. »Ich sagte schon, es gibt eine Lücke in meiner Erinnerung.«

Kauk und Tingmer kletterten die Grabenwand hinauf. Der Gleiter war zerfetzt, seine glühenden Trümmer lagen weit verstreut umher.

Im Osten wurde es hell.

»Die Schwarzen!«, stieß Walik Kauk hervor. »Sie wollen wissen, was hier geschehen ist!« Hastig rutschte er wieder in den Graben hinab.

»In ein paar Minuten wird es ringsum von Fremden wimmeln!«, rief Tingmer. »Die Explosion hat ihre Aufmerksamkeit erregt. Wir müssen verschwinden!«

»Im Fjordhafen liegen alte Boote«, erinnerte Bluff. »Wenn wir Glück haben, finden wir eines darunter, das nicht auf Funksteuerung angewiesen ist.«

»Also zum Hafen!«, entschied Kauk. »Wir bleiben im Graben, dann sieht uns so schnell keiner!«

Oben wurde es laut. Die Fremden und ihre Roboter näherten sich.

Die drei Terraner und der Ka-zwo eilten den Graben entlang, der nach etwa einem halben Kilometer die Kaimauer des Hafens durchstieß. Walik Kauk ging auf die Knie und schob sich langsam vorwärts. Der Wasserspiegel lag kaum eine Handspanne unter ihm. Zur Rechten wuchs die Silhouette eines Bootes auf.

Walik bekam den Bordrand zu fassen und zog sich hinauf Das Boot war alt, es hatte vielleicht zu den Museumsbeständen gehört.

In der Kajüte gab es keinen Hinweis darauf, dass das Fahrzeug an das globale Funksicherungsnetz angekoppelt werden musste. Die Beschriftungen der Schaltkonsole verrieten jedoch, dass das Boot über einen Elektromotor verfügte, der von einer Kernzerfallsbatterie gespeist wurde. Die Batterieanzeige schimmerte grün.

»Wir haben auch ein wenig Glück verdient«, murmelte Kauk.

Die Gefährten und der Ka-zwo waren mittlerweile ebenfalls an Bord gekommen.

»Wie ist das Boot festgemacht?«

»Einfaches Plastiktau«, antwortete Tingmer vom Heck her.

»Kappen!«, befahl Kauk und setzte den Motor in Gang, der nahezu geräuschlos ansprang. Ein sanfter Ruck durchlief das Boot, als es mit geringer Fahrt in das düstere Wasser des Fjords hinauszog.

ZWISCHENSPIEL

Am Morgen wurde an Bord des Vorpostenschiffs der Inkarnation CLERMAC die Sendestation in Betrieb genommen. Konklon, der Aufseher, hatte sich den Wortlaut der Botschaft von den Bordrechnern zusammenstellen lassen. Damit besaß er die Gewissheit, dass der Ärgernisindex so gering wie möglich blieb. Die Inkarnation würde ob dieser Meldung nicht in Zorn ausbrechen.

Die Nachricht lautete: »Alle Vorarbeiten sind abgeschlossen. Das Projekt wurde planmäßig durchgeführt. Es gab eine geringe Zahl unerwarteter Störungen, aber die Analyse hat ergeben, dass diese ohne Bedeutung sind. Das Becken der Empfängnis befindet sich in einer Zone der Ruhe und des Friedens. Der Aufseher Konklon erbittet weitere Anweisungen des Obersten Kriegsherrn.«

Es dauerte nicht lange, bis die Antwort eintraf. Konklon erschauerte vor Ehrfurcht, als ihm der Text vorgelegt wurde.

»Der Oberste Kriegsherr spricht dem Aufseher Konklon und seiner Mannschaft wegen planmäßig durchgeführter Arbeiten ein Lob vierten Grades aus, welches den jüngsten Tadel derselben Kategorie kompensiert. Ruhe und Frieden in der Zone des Beckens der Empfängnis sind unbedingt zu wahren. Die Ankunft einer Kleinen Majestät steht unmittelbar bevor!«

Mit angemessener Würde machte sich Konklon daran, diese ehrfurchtgebietende Botschaft seiner Mannschaft zu übermitteln.

Ebenfalls am Morgen erreichte das alte Boot die Mündung des Fjords. Als die tückischen Klippen schließlich zurückblieben und voraus eine weite Strecke freier See auftauchte, fixierte Walik Kauk das Ruder und ging hinaus auf Deck.

Der Erste, der ihm begegnete, war Augustus.

»Eigentlich gehörst du verschrottet!«, knurrte Walik. »Und wer weiß … womöglich wird Jentho uns genau diesen Befehl geben!«

Augustus schwieg dazu.

Auf dem Achterdeck saßen Tingmer und Pollard. Sie blickten finster drein.

»Ihr wisst, was uns erwartet?«, fragte Kauk.

Baldwin nickte.

»Ich kann ihn jetzt schon hören«, seufzte Bluff. »Inkompetenz … Narrheit … Amateure! Er hat Ausdrücke, die wirklich unter die Haut gehen.«

»Schon mal daran gedacht, dass wir sie uns wahrscheinlich verdient haben?«

»Augustus hat sie verdient!«, brummte Baldwin.

»Aber der hat keine Haut, sondern ein verdammt dickes Fell.«

»Redet nicht so viel herum!«

Kauk streckte fordernd die Hand aus. Bluff sah ihn mit gespielter Verständnislosigkeit an. »Das Funkgerät!«, fuhr Walik den Jungen an. »Was ist …?«

Pollard griff hinter sich und brachte einen sorgfältig in Folie eingewickelten Packen zum Vorschein.

Während Walik Kauk die Folie entfernte, überlegte er, wie er seine Meldung formulieren sollte, damit Jentho Kanthall nicht schon nach den ersten Worten explodierte.

Die SOL

In der Galaxis Dh'morvon

16.

Die Menschheit ist wie eine Blume. Ihre Wurzel ist die Erde, und sie muss verkümmern, wenn man ihr die Wurzel nimmt. Behält sie ihre Wurzel aber lange genug, dann kann sie erblühen, dann wird der Atem des Universums sie streicheln, dann werden ihre Raumschiffe gleich Blütenstaub hinweggetragen, um zu verderben oder um andere Blumen zu befruchten. Aber genauso wie eine frisch erblühte Blume nicht weiß, wie die Frucht beschaffen ist, die nach ihrem Verblühen kommt, genauso wenig weiß die Menschheit über den Sinn und das Ziel ihres Menschseins. Wer darüber verzweifeln möchte, der schaue sich eine Blume an, wie sie erblüht und verwelkt und im Verwelken erst den tieferen Sinn ihres Blühens preisgibt – und er stelle sich vor, wie die Frucht heranreift, zu Boden fällt und eine neue Blume werden lässt.

Der Sinn dieses Werdens und Vergehens ist aber nicht die Reproduktion, sondern die im Wechselspiel von Mutation und Selektion voranschreitende permanente Evolution. Das bedeutet, dass nichts sich wiederholt, sondern dass das Universum sich ständig verändert – und mit ihm die Blumen, die immer wieder neu erblühen …

Aus DAS UNIVERSUM BLÜHT von Yun Kwailong

Garo Mullin streichelte seine ZenZahn-Orgel und entlockte ihr eine Melodie, die das gesamte Spektrum menschlicher Gefühle ansprach.

Ich hörte fasziniert zu, während ich verstohlen unseren feyerdalischen Betreuer beobachtete. Farays Gesicht blieb unbewegt; nur das zunehmende Glitzern seiner hellgrünen Augen verriet, dass die Melodie ihn erregte. Auch die Wachmannschaft aus sechs Feinsprechern vermochte sich der seltsamen Faszination dieser Musik nicht zu entziehen.

Wir befanden uns in einer merkwürdigen Situation. Nachdem wir auf Kursobilth die dort lebenden Feyerdaler davor bewahrt hatten, einem verbrecherischen Komplott zum Opfer zu fallen, hatte man uns als Helden gefeiert. Als besondere Auszeichnung war die Einladung nach Pröhndome erfolgt, einer der Kontaktwelten der mysteriösen Kaiserin von Therm.

Das war ein vielversprechender Anfang gewesen. Wir alle hatten gehofft, auf Pröhndome in direkten Kontakt mit der Superintelligenz treten zu können. Die Kaiserin von Therm wusste eventuell Konkretes über den Verbleib der Erde, denn in einer Hyperfunksendung war kurz das Bild einer Sonne und zweier Planeten aufgetaucht, bei denen es sich sehr wahrscheinlich um Medaillon, die Erde und Goshmos Castle gehandelt hatte.

Doch unsere Ankunft im Truhterflieng-System, in dem Pröhndome als vierter Planet um die dunkelrote Riesensonne kreiste, hatte sich anders gestaltet als erwartet. Die SOL war zum Planeten Caljoohl umgeleitet worden, wo wir in der subtilen Kunst des Feinsprechens ausgebildet werden sollten, denn wie man uns erklärte, durften nur wirkliche Feinsprecher auf Pröhndome landen.

Auf Caljoohl aber herrschten derart verworrene Zustände, dass niemand daran dachte, uns wirklich die Kunst des Feinsprechens beizubringen. Vielmehr war sogar versucht worden, Galto Quohlfahrt und mich zu töten.

Zuletzt hatte sich jemand – vielleicht die Kaiserin von Therm oder einer ihrer Beauftragten – eingeschaltet und die Feinsprecher angewiesen, uns doch die Landung auf Pröhndome zu gestatten. Allerdings waren namentlich sieben für diese Aufgabe keineswegs qualifizierte Personen als meine Begleiter bestimmt worden.

Um gerecht zu sein, muss ich sagen, dass sie keineswegs Versager sind und sich im Rahmen ihrer Möglichkeiten bewährt haben. Aber unsere Mutanten wären mir eine größere Hilfe gewesen.

Auf Pröhndome gerieten wir vom Regen in die Traufe. Die Feyerdaler auf der Kontaktwelt waren nicht in der Lage gewesen, die Zeichen richtig zu deuten, als auf unser Quartier ein Sprengstoffanschlag verübt wurde. Auch unseren Verdacht, dass DAS WORT, eine geheimnisvolle Gruppe von Verkündern, nichts anderes war als ein Instrument der gegnerischen Inkarnation VERNOC, hatten sie nicht nur ignoriert, sondern uns daraufhin sogar eingesperrt. Nun brachten sie uns zum Raumhafen, um uns endgültig abzuschieben.

Als Garo Mullin sein Orgelspiel abbrach, schienen unsere Begleiter aus einer Trance zu erwachen. »Es ist kaum zu glauben, dass jemand von Ihnen eine so faszinierende Kunst beherrscht, Perry Rhodan«, sagte Faray zu mir, noch unter dem Eindruck des Orgelspiels stehend, und er wandte sich im selben Atemzug an Mullin: »Wären Sie so liebenswürdig, mir zu verraten, welche aufwühlenden Visionen Sie bewegten, während Sie diese Melodie schufen?«

Garo Mullin zupfte an seinem kümmerlichen Spitzbart und grinste verschmitzt.

»Na-ghi min-karal atissi ma-ji jin-ra«, antwortete er – zu meiner Überraschung in der Sprache der Feyerdaler. Prompt übersetzten unsere Translatoren den Satz ins Interkosmo. »Für Ihre Freundlichkeit, mir zuzuhören, werde ich dankbar sein«, klang es aus den Lautsprecherfeldern der Geräte.

Überrascht blickte Faray den Astronomen an. »Sie beherrschen unsere Sprache, haben aber statt eines formellen Schlusssatzes einen Eröffnungssatz verwendet«, sagte er. »Das soll keine Kritik sein, sondern eine Hilfe.«

Mullin nickte. »Es war sogar eine große Hilfe. Schade, dass wir nicht länger auf Pröhndome bleiben können.«

»Sie werden mich nicht dazu bringen, den Entschluss zu ändern«, stieß Faray hastig hervor.

Unser Transportfahrzeug summte über die breite Straße, die Faraghlorg mit dem Raumhafen verband. Ich warf einen Blick zurück auf die Skyline der Hauptstadt. Bedauern oder Wehmut empfand ich jedenfalls nicht dabei.

Ich hatte mir eine Kontaktwelt anders vorgestellt. Bedauerlich war nur, dass wir unverrichteter Dinge wieder abreisen mussten. Das bedeutete, dass wir keine Informationen über das Schicksal der Erde erhalten würden.

Als wir die Sicherheitszone rings um das Raumhafenareal erreichten, bog das Fahrzeug auf eine Nebenstraße ab.

»Bringen Sie uns nicht zum Raumhafen?«, erkundigte sich Cesynthra Wardon.

»Doch, selbstverständlich«, versicherte unser Betreuer. »Aber wir müssen um den Platz herumfahren, da Ihr Schiff auf der anderen Seite steht.«

Tatsächlich erreichten wir bald darauf das Ziel. Eine Nebenpforte in der Absperrung öffnete sich. Wir nahmen Kurs auf ein kleines Schiff, das abseits aller anderen stand.

Als wir zwischen den Landestützen hindurchfuhren, öffnete sich die Bodenschleuse. Eine Rampe senkte sich herab. Am Fuß der Rampe hielt unser Wagen.

Faray erhob sich – und die Wachmannschaft folgte seinem Beispiel.

»Wenn ich Sie in aller Höflichkeit darum bitten darf, uns zu jenem Schiff zu begleiten, das ...«

»... wir alle längst gesehen haben«, beendete Asuah Gemroth Farays Satz. Der Hydroponik-Biologe hielt es offenbar nicht mehr für nötig, jetzt noch übertrieben höflich zu sein.

Natürlich war der Delegationsleiter der Feyerdaler pikiert, doch er zeigte es nicht. Gemessen schritt er uns voraus ins Schiff. Er hielt es nicht für erforderlich, uns der Schiffsführung vorzustellen. Wir bekamen eine geräumige Gemeinschaftskabine zugewiesen. Mehr war nicht erforderlich, denn der Flug nach Caljoohl würde nur wenige Stunden dauern.

Mit einigen Floskeln verabschiedete sich unser Betreuer.

»Das wäre also das Ende unseres vielversprechenden Abstechers nach Pröhndome«, sagte Garo Mullin resigniert.

»Ich bin froh, dass wir bald wieder auf der SOL sein werden«, sagte Amja Luciano.

»Aber ja«, antwortete Mullin – offensichtlich nicht bei der Sache. »Nur gehen mir zurzeit andere Dinge durch den Kopf.« Er blickte mich an. »Sie haben gehört, was ich zu Faray sagte, Perry Rhodan, nicht wahr?«

»... und ich habe nicht schlecht gestaunt, Garo. Ich wusste nicht, dass Sie die feyerdalische Sprache gelernt haben.«

»Das habe ich auch nicht«, erwiderte Mullin. »Das heißt, ein wenig schon. Dabei habe ich etwas festgestellt, was möglicherweise bedeutungsvoll ist, wenn wir das seltsame Gehabe der Feinsprecher verstehen wollen.«

Ich beugte mich interessiert vor. Von der Theorie einer überlieferten Tradition bis zum Ausdruck feyerdalischer Dekadenz hatten wir schon alles in Erwägung gezogen, ohne jedoch zu einem befriedigenden Ergebnis zu kommen.

Mullin rückte sich in seinem Sessel zurecht. Seine Augen funkelten. Er fühlte sich immer wohl, wenn er im Mittelpunkt stand.

»Ich habe alle Gespräche zwischen Feinsprechern belauscht, die ich nur belauschen konnte«, berichtete er. »Dabei ist mir aufgefallen, dass jede Konversation mit einem formelhaften Eröffnungssatz eingeleitet und mit einem ebenso formelhaften Satz beschlossen wird. Noch kenne ich nicht alle Satzformeln, aber die, die ich bisher kennen gelernt habe, weisen Besonderheiten auf. In der Konversation selbst kommen sie nicht vor.

Diese Besonderheiten bestehen darin, dass die Satzformeln keine anderen Vokale enthalten als a und i, obwohl es in der feyerdalischen Sprache nach meinen Feststellungen insgesamt acht Vokale und fünf Halbvokale gibt. Außerdem ist in den bisher bekannten Satzformeln die Reihenfolge der a- und i-Silben gleich. Nun sind ausgerechnet a und i zwei Vokale, die von positronischen Sprachanalysatoren am leichtesten unterschieden werden können.«

»Ich ahne, worauf du hinauswillst«, warf Sagullia Et ein. »Du vermutest in der Folge der a- und i-Silben einen Kode, der ideal dazu geeignet ist, von einem Vocoder umgesetzt und in eine Folge binärer Signale verwandelt zu werden. Aber anscheinend vergisst du dabei, dass hochwertige Positroniken nicht nach diesen primitiven Prinzipien funktionieren.«

»Ich habe das keineswegs vergessen«, entgegnete Mullin gekränkt. »Aber die Fakten sprechen für sich. Nehmen wir an, dass eine a-Silbe einer Eins und eine i-Silbe einer Null entspricht. Dann ließe sich jeder Eröffnungssatz in die Bitfolge 1001 1100 1001, hexadezimal 909, übersetzen. Alle Schlusssätze wären nach diesem System in die Bitfolge 1011 1001 1011, hexadezimal 898, zu übersetzen. Das kann unmöglich nur auf einem Zufall beruhen.«

»Da stimme ich Ihnen zu, Garo«, sagte ich. »Es fragt sich nur, welchen Schluss wir daraus ziehen können.«

»Vielleicht sind die Feinsprecher gar keine echten Feyerdaler, sondern robotische Nachbildungen!«, stieß Amja Luciano aufgeregt hervor. »Das würde erklären, warum sie Eröffnungs- und Schlusssätze verwenden, die dem altterranischen STX und ETX adäquat sind.«

Ich schaute die Hangartechnikerin verwundert an. »Woher kennen Sie die altterranischen Formelzeichen, die noch dazu Abkürzungen einer Sprache sind, die längst nicht mehr benutzt wird?«, wollte ich wissen.

Amja errötete, als wäre sie bei etwas Unerlaubtem ertappt worden. »Ich kannte mal einen Positroniker, der nebenbei Sprachforscher war«, erklärte sie mit einem verlegenen Seitenblick zu Garo Mullin. »Von ihm habe ich erfahren, wie die Datenverarbeitung und Übermittlung in der Vorzeit vonstatten ging.«

Ich schluckte erst einmal, denn in der »Vorzeit«, wie Amja Luciano sie nannte, war ich geboren worden.

»Robotische Nachbildungen!«, stieß Cesynthra Wardon abfällig hervor. »Da muss ich lachen, Amja. Nicht tausend Roboter zusammen könnten sich so dumm anstellen wie ein einziger feyerdalischer Feinsprecher.«

»Es sei denn, die Roboter wären so programmiert, dass sie sich wie fehlerhafte organische Intelligenzen benehmen«, warf Sagullia Et ein. »Aber ich kann mir, ehrlich gesagt, auch nicht vorstellen, dass wir es auf Pröhndome mit Robotern zu tun hatten.«

»Möglich ist alles«, sagte Mullin, wenn auch ohne große Überzeugungskraft.

In diesem Moment liefen die Triebwerke an, und ihr Dröhnen übertönte alle anderen Geräusche.

Start!, dachte ich.

Allerdings sank das Dröhnen gleich darauf zu einem dumpfen Grollen ab, das allmählich verebbte.

Die Triebwerke waren wieder abgeschaltet worden.

Wir sahen uns verblüfft an.

»Das hat etwas zu bedeuten«, folgerte Pryth-Fermaiden.

»Aber bestimmt nichts Gutes«, sagte Goor Toschilla.

Wir warteten geduldig einige Minuten. Doch weder wurden die Triebwerke wieder eingeschaltet, noch sagte uns jemand Bescheid, was eigentlich los war.

Pryth-Fermaiden erhob sich. »Sind Sie damit einverstanden, dass ich mich in der Zentrale erkundige, warum der Start abgebrochen wurde, Rhodan?«

Ich schüttelte den Kopf. »Solange wir nicht wissen, was los ist, sollten wir zusammenbleiben. Möglicherweise haben die Feinsprecher etwas mit uns vor. Falls sie uns aus dem Schiff holen und einsperren wollen, müssen wir schnell und gemeinsam handeln.«

»Sollen wir dann die Zentrale stürmen?«, erkundigte sich Sagullia Et unternehmungslustig.

»Ja«, erklärte ich. »Oder wollen Sie nicht wieder auf die SOL zurück?«

Cesynthra Wardon sprang auf. »Niemand wird uns auf einem Planeten festhalten! Wir gehören zur SOL wie die Sterne zum All und könnten nirgendwo anders leben. Außerdem sind meine beiden Kinder auf der SOL.«

Pryth-Fermaiden lächelte ihr zuversichtlich zu. »Keine Sorge, wir kommen zur SOL zurück«, sagte er.

Ich vernahm ein leises Klicken, wie es von aufschnappenden Türverriegelungen erzeugt wird, und gab meinen Gefährten durch ein Handzeichen zu verstehen, sich zurückzuhalten. Wenn gehandelt werden musste, dann wollte ich den Zeitpunkt bestimmen – weil ich über die größten einschlägigen Erfahrungen verfügte.

Im nächsten Moment betrat Faray unsere Gemeinschaftskabine. Ich erkannte fast sofort, dass er unsicher war. Seine Augen glitzerten nicht mehr, und seine Bewegungen verrieten, dass er zumindest versuchte, seine Zweifel zu verbergen.

»Dieses Schiff wird vorläufig nicht starten«, sagte er. »Ich wurde beauftragt, Ihnen auszurichten, Sie möchten ...«, er schluckte und bewegte einige Male stumm die hornigen Lippen, »... Sie möchten hier bleiben.«

»Heißt das, Sie laden uns ein, die zweifelhafte Gastfreundschaft der Feinsprecher noch einige Zeit zu genießen?«, erkundigte ich mich.

»So ist es«, antwortete Faray, nachdem er einen harten Kampf gegen sich selbst ausgefochten hatte. »Es wurde dafür gesorgt, dass Sie mit einem Gleiter nach Yuurmischkohn reisen können.«

In meinem Kopf machte es »klick«. Faray sprach von jenem kleinen Kontinent, auf dem sich die Kontaktzentrale der Kaiserin von Therm befinden sollte.

»Will die Kaiserin von Therm Kontakt mit uns aufnehmen?«, fragte Goor Toschilla, bevor ich etwas sagen konnte.

Faray blickte die Navigator-Anwärterin an. Seine Augen glitzerten wieder. Da ich die feyerdalische Mimik inzwischen kannte, merkte ich, dass in dem Feinsprecher mühsam unterdrückter Zorn brodelte – gemischt mit einer gehörigen Portion Eifersucht.

War er eifersüchtig, weil wir die Gelegenheit erhielten, in die Kontaktzentrale zu gehen?

»Die Anordnung kam aus dem Berührungskreis«, erwiderte er ausweichend. »Mehr kann ich Ihnen nicht sagen. Bitte, würden Sie mir folgen!«

»Vielleicht sind wir gar nicht mehr daran interessiert, den Kontaktkreis aufzusuchen«, sagte ich.

Aufmerksam beobachtete ich Farays Mienenspiel. Zuerst entdeckte ich Erleichterung, dann Schreck, Verlegenheit und schließlich Entschlossenheit.

»Ich bitte tausendmal um Vergebung, wenn ich mich in den vergangenen Tagen hinreißen ließ, die Gebote der Gastfreundlichkeit nicht in jeder Hinsicht zu beachten«, sagte er. »Ich würde es als sehr großes Entgegenkommen betrachten, wenn Sie sich in Ihrer grenzenlosen Güte dazu herabließen, meiner Bitte zu entsprechen.«

»Diesen Ton sind wir gar nicht mehr gewohnt!«, entfuhr es Cesynthra Wardon. »Das waren ja mindestens zwei Kilo Süßholz, die er da geraspelt hat.«

Faray schaute die Psychologin fragend an. »Süßholz?«, echote er.

Ich räusperte mich, um seine Aufmerksamkeit auf mich zu richten. »Wir fühlen uns durch Ihre Worte außerordentlich geehrt und werden Ihrer Einladung folgen, Faray«, erklärte ich.

Diesmal spiegelte sein Gesicht Erleichterung wider. »Dann bitte ich Sie, mich zu begleiten!«, sagte der Feyerdaler, wandte sich würdevoll um und ging uns voran.

Ein großer geschlossener Gleiter wartete auf uns. Daneben stand ein Mann, den wir noch nicht kannten – und in dem Gleiter saßen weitere zwei Personen.

Faray stellte uns seinen Kollegen mit dem Namen Ruurdoc vor, und Ruurdoc bat uns blumig, in seinem Gleiter Platz zu nehmen. Wenige Minuten später hob das Fahrzeug ab.

Als ich mich umwandte, stand Faray noch da, wo wir ihn verlassen hatten. Er blickte uns unverwandt nach, und ich hätte zu gern gewusst, was in ihm vorging …

Wir flogen in rund zehn Kilometern Höhe nach Süden. Unter uns lag das Meer, wenn auch während der meisten Zeit unter dichten Wolken verborgen.

Einmal entdeckte ich durch ein Loch in der Wolkendecke ein ausgedehntes Atoll. Wie lange hatte ich die See, die Wolken und das Land der Erde nicht mehr gesehen? Ich fragte mich, was wirklich aus Terra geworden sein mochte.

»Haben Sie die Insel gesehen?«, wandte ich mich an meine Begleiter. »Sie ähnelt den Atollen auf der Erde.«

»Ah!«, machte Asuah Gemroth einsilbig. Er versuchte gar nicht erst, einen Blick in die Tiefe zu erhaschen.

»Warum sind Sie nur so stur?«, fragte ich. »Ohne die Erde würde es weder die SOL noch uns geben. Wir alle sind Kinder dieses einen Planeten.«

Sagullia Et schüttelte nachsichtig den Kopf. »Alle Lebewesen sind Kinder des Weltalls«, belehrte er mich. »Ohne das All würde es weder Planeten noch organische Materie geben, denn das All hat die Planeten geboren und war der Ursprung der Evolution. Niemals hätte sich auf den Planeten Leben entwickelt, wären die vielfältigen Einflüsse von außen nicht gewesen. Wir sind eindeutig Kinder des Weltalls – und deshalb gehören wir dorthin und nicht auf einen Materieklumpen, der doch nur als Zeugungsstätte diente.«

»Du verletzt seine Gefühle, Sagullia«, sagte Goor Toschilla.

Et sah mich betroffen an. »Das wollte ich nicht, wirklich nicht, Sir«, erklärte er.

»Vielleicht schadet es mir gar nichts, wenn ich meine Gefühle ein wenig abhärte.« Ich lächelte schmerzlich. »Aber das ›Sir‹ ist ein Relikt aus vergangener Zeit, also lassen wir das. Natürlich weiß ich, dass ohne einen Kräfteaustausch alle Planeten steril geblieben wären, Sagullia. Aber die Menschheit hat sich auf der Erde durch Höhen und Tiefen hindurch erst zum kosmischen Menschen entwickelt. Milliarden und Abermilliarden Menschen sind auf dem Blauen Planeten geboren worden, haben gelacht und geweint, geliebt und gehasst, haben gelitten und Wonnen gekostet, sind gestorben und vergangen und wieder und wieder in den Zyklus des Lebens einbezogen worden. Das ist etwas so Einmaliges, dass ich mir keine neue Blütezeit der Menschheit vorstellen könnte ohne eine innige Bindung an die Erde – so, wie eine Blume zwar noch blühen, aber keine Frucht mehr bilden kann, wenn man sie ausreißt.«

Amja Luciano starrte mich aus geweiteten Augen an. In ihrem Gesicht zuckte es, als würde sie im nächsten Moment in Tränen ausbrechen.

»Auf der SOL werden auch Menschen geboren und sterben«, sagte Cesynthra Wardon vorwurfsvoll. »Dort wird auch gelebt und wird alles immer wieder in den Kreislauf einbezogen. Ich respektiere Ihre sentimentale Bindung an den Planeten, denn Sie wurden dort geboren, aber unsere Welt ist eben die SOL. Bitte respektieren Sie das endlich.«

Ich schluckte trocken.

In dem Moment erwachte der Feinsprecher Ruurdoc, der bislang durch eisiges Schweigen geglänzt hatte, aus seiner Erstarrung. Er deutete mit ausgestrecktem Arm nach vorn und sagte ehrfurchtsvoll: »Yuurmischkohn!«

Schräg unter uns ragte eine Insel aus dem Ozean. Im ersten Moment war ich überrascht über ihre geringe Größe, dann erst bemerkte ich, dass wir nur die höchsten Erhebungen der Insel sahen. Alles andere lag unter einem Wolken- und Nebelschleier.

»Trübe!«, kommentierte Garo Mullin. Er zog seine ZenZahn-Orgel aus der Tasche, das silberfarbene Musikinstrument von doppelter Eigröße, und strich mit den Fingerspitzen darüber. Eine wehmütige Melodie hallte durch den Innenraum des Fluggleiters. Allmählich wurden die Klänge optimistischer, bis sie sich zu einem enthusiastischen Jubel steigerten. Unsere feyerdalischen Begleiter lauschten fasziniert und beinahe andächtig.

Der Gleiter neigte den Bug. Erneut schaute ich in die Tiefe.

Die Nebel hatten sich aufgelöst, nur an dem höchsten Gipfel des Kleinkontinents klebte noch eine düstere Wolke. Ich ertappte mich bei der unsinnigen Überlegung, ob Mullin mit seinem Orgelspiel den Himmel über Yuurmischkohn aufgeheitert hätte.

Ich wandte mich an Ruurdoc. »Wäre es möglich, Yuurmischkohn per Rundflug genauer zu besichtigen?«

Seine Miene wurde abweisend, dennoch formulierte er seine Absage überaus höflich. »Es ist uns leider nicht gestattet, den Berührungskreis zu inspizieren, Perry Rhodan. Deshalb kann ich Ihren Wunsch bedauerlicherweise nicht erfüllen.«

»Werden Sie uns direkt in die Kontaktzentrale bringen, Ruurdoc?«, fragte Honth Pryth-Fermaiden, der Techniker und Tierpfleger.

Ruurdoc hob die Hände und spreizte die Finger. »Meine Gefährten und ich sind nicht würdig, die Kontaktzentrale auch nur zu sehen«, antwortete er. »Das bleibt allein den Regelerschaffern und Unfehlbarkeiten vorbehalten. Deshalb werden wir Sie auch nicht direkt zur Kontaktzentrale bringen können.«

»Unfehlbarkeiten?« Sagullia Et schüttelte verwundert den Kopf. »Das ist ein sehr gewagter Titel angesichts der Tatsache, dass niemand unfehlbar ist.«

»Die Regelerschaffer sind es«, behauptete Ruurdoc. »Sie haben dafür viele Jahre an sich gearbeitet, denn nur Unfehlbare sind in der Lage, den Willen der Kaiserin von Therm zu verstehen und für uns zu interpretieren.«

»Dann muss die Kaiserin von Therm extrem fremdartig sein – mit den Feyerdalern verglichen«, sagte Cesynthra nachdenklich.

»Auch ES ist extrem fremdartig – für uns«, wandte ich ein. »Obwohl es eine Art von Wesensverwandtschaft zwischen uns und ES geben muss. Aber auch wir haben oft Schwierigkeiten, seine Botschaften zu interpretieren.«

»ES?«, fragte Ruurdoc. »Was meinen Sie damit, Rhodan?«

»ES ist eine Superintelligenz, ähnlich der Kaiserin von Therm«, antwortete ich. »Gewissermaßen ist ES *unsere* Superintelligenz. Allerdings gibt es zwischen ES und uns keinen ständigen Kontakt, sondern nur hin und wieder meist rätselhafte Botschaften.«

»Ist ES ein Gegenspieler der Kaiserin von Therm?«, wollte der Feyerdaler wissen.

»Dafür gibt es keine Hinweise«, sagte ich. »Mit großer Wahrscheinlichkeit verhält sich ES der Kaiserin gegenüber neutral.«

»Und wie ist es mit dem Hüter des Lichts?«, warf Goor Toschilla ein. »Ich habe neulich eine Informationsreihe über Tengri Lethos und die Kinder des Lichts gestartet. Danach haben diese Wesen schon mehrfach direkt eingegriffen, um Gefahren von uns abzuwenden beziehungsweise um zwischen Maahks und Menschen zu vermitteln.«

»Der Hüter des Lichts ist kein Herrscher«, erwiderte ich. »Er hat keinen Herrschaftsbereich im Universum, und er zieht sich keine Hilfsvölker heran, obwohl er es zweifellos könnte. Er ist in der Lage, seine Ziele durchzusetzen, ohne gegen jemanden zu kämpfen.«

»Wie kann man Ziele durchsetzen, ohne zu kämpfen?«, fragte Ruurdoc zweifelnd.

Ich lächelte. »Ich sagte nicht, dass der Hüter des Lichts niemals kämpft. Er kämpft auch, aber niemals gegen jemanden oder etwas, sondern für jemanden oder etwas. Er verabscheut jegliche Gewalt und kann sich das auch leisten, denn sein Geist und seine Defensivmittel bewahren ihn davor, von anderen Lebewesen ernsthaft bedroht zu werden. Dennoch ist er überaus menschlich.«

»Das glaube ich nicht«, wandte Cesynthra ein. »Wahrscheinlich kann er sich nur besonders gut in die Psyche anderer Wesen einfühlen, so dass jedes Volk, mit dem er Kontakt hat, an ihm verwandte Züge entdeckt.«

»Das wäre möglich.« Ich nickte. »Dennoch, ich war oft mit dem Hüter des Lichts zusammen, und ich habe den Eindruck gewonnen, dass sein Volk mit uns Menschen verwandt ist – beziehungsweise wir mit ihm.«

Ruurdoc blickte mich ehrfurchtsvoll an. Offenbar hatte ihn der Gedanke, wir Menschen seien mit einem Superwesen verwandt, stark beeindruckt. Allerdings kamen wir nicht dazu, unser Gespräch fortzusetzen, denn kurz darauf landete der Gleiter auf dem sandigen Uferstreifen einer kleinen Bucht.

Die Bucht war von Felsen eingerahmt, auf denen karge Vegetation gedieh. Nur die weniger steilen Hänge waren bewaldet. Das Meer brach sich an zwei niedrigen Barrieren, die gleich den Spitzen einer Mondsichel von beiden Enden der Bucht hinausgriffen und nur eine enge Passage frei ließen. Dadurch war das Wasser innerhalb der Bucht verhältnismäßig ruhig. An einem Bootssteg lagen zwei kleine goldene Schiffe.

»Schön ist es hier«, sagte Pryth-Fermaiden. »Beinahe wie im Solarium der SOL.«

Dieser Vergleich bewies einmal mehr, dass die Solaner unser Schiff als ihre Heimat betrachteten. Während ich alles schön fand, was mich an die Erde erinnerte, fanden sie alles schön, was der SOL glich.

Ungefähr fünfzig Meter entfernt erhob sich eine glasklare Kuppel zwischen den Geröllbrocken, die im Laufe der Zeit von den Felswänden herabgestürzt waren. Die Kuppel war etwa drei Meter hoch und durchmaß das Doppelte. Sie schien leer zu sein.

Mein Blick wanderte aufwärts – und ich entdeckte an der Rückwand einer Felsterrasse mehrere regelmäßig geformte Flächen. Wahrscheinlich handelte es sich um Panoramafenster aus glassitähnlichem Material.

Ruurdoc, der meine Blicke verfolgt hatte, sagte: »Dort oben lebt Seine Unfehlbarkeit, der Regelerschaffer Sathogenos.« Er sagte es voller Ehrfurcht – oder schwang sogar echte Furcht in seiner Stimme mit? – und fuhr dann fort, indem er auf die gegenüberliegende Felswand deutete: »Und dort lebt Seine Unfehlbarkeit, Regelerschaffer Rezalsrohn.«

»Leben nur diese beiden Regelerschaffer hier?«, erkundigte ich mich. Den Titel »Unfehlbarkeit« brachte ich nicht über die Lippen, und ich hatte auch nicht die Absicht, mich dazu zu zwingen.

»Nein.« Ruurdoc zeigte zur Mitte der Felseinfassung der Bucht. »Dort oben gibt es eine komplexe Wohnanlage. Sie ist tief in den Berg integriert.

In ihr leben und arbeiten die Schüler der Unfehlbarkeiten und Regelerschaffer, ausgesuchte Feinsprecher, die einmal selbst Unfehlbarkeiten oder Regelbewahrer sein werden.« In seinen Augen glitzerte es stärker. Offenbar hoffte er, selbst eines Tages zu den Auserwählten zu gehören.

Cesynthra Wardon seufzte. Ihr ging diese Beweihräucherung wohl auf die Nerven. »Können wir nicht endlich aussteigen?«, erkundigte sie sich.

»Nun haben Sie sich nicht so, Ruurdoc!«, drängte auch Pryth-Fermaiden. »Machen Sie uns mit den beiden Fehlervertuschern bekannt!«

Der Feyerdaler schnappte entsetzt nach Luft, aber er öffnete den Gleiter. Drückend heiße Luft schlug über uns zusammen. Innerhalb von Sekunden waren wir alle schweißgebadet.

Außerhalb des Gleiters war nichts besser; die Luft in dem Talkessel kochte förmlich.

Hinter uns summte es, und als wir uns umwandten, hob der Gleiter bereits ab. Er gewann schnell an Höhe.

»Das ist keineswegs die feine Art.« Sagullia Et wischte sich den Schweiß von der Stirn. »Was hältst du von einem erfrischenden Bad im Meer?«, wandte er sich an Goor.

»Ausgeschlossen!«, warnte ich. »Wer weiß, was für Räuber es schon in Ufernähe gibt.«

Der junge Hyperphysiker lächelte amüsiert. Da erst begriff ich, dass er das meinetwegen gesagt hatte. Wie konnte ich auch nur annehmen, ein Solaner würde sich nach einem Bad im Meer eines Planeten sehnen?

Eine unmodulierte Translatorstimme riss mich aus meinen Gedanken.

»Seine Unfehlbarkeit, Regelerschaffer Sathogenos, bittet die Gäste des Berührungskreises um die Freundlichkeit, ihm zuzuhören! Er würde es als besonderen Vorzug anerkennen, wenn die Gäste des Berührungskreises auch seine Gäste sein wollten. Falls Sie mir die Ehre erweisen, treten Sie in die Kuppel, die sich für Sie öffnen wird!«

Wir wandten uns in die Richtung, aus der die Stimme erklang, und blickten auf die transparente Kuppel unterhalb der Behausung von Sathogenos.

»Wahrscheinlich kommt man von dort aus hinauf«, vermutete Gemroth. »Ich hatte schon beinahe befürchtet, wir würden klettern müssen.«

»Gehen wir?«, fragte Amja Luciano. Der Schweiß tropfte über ihr Gesicht.

Ich wollte gerade zustimmen, da ertönte eine ebenfalls unmodulierte Stimme aus der Gegenrichtung.

»Seine Unfehlbarkeit, Regelerschaffer Rezalsrohn, bittet die Gäste des Berührungskreises um die Freundlichkeit, ihm zuzuhören! Er würde es als besonderen Vorzug anerkennen, wenn die Gäste des Berührungskreises auch seine Gäste sein wollten. Falls Sie mir die Ehre erweisen, treten Sie in die Kuppel, die sich für Sie öffnen wird!«

Erst jetzt erblickten wir unterhalb von Rezalsrohns Behausung eine zweite transparente Kuppel.

»Welcher Einladung sollen wir folgen?«, fragte Mullin. »Offensichtlich will jeder der eingebildeten Unfehlbarkeiten uns mit Beschlag belegen. Warum eigentlich?«

»Konkurrenzkampf«, kommentierte Cesynthra lakonisch.

»Dann müssen wir uns teilen, um keinen zu benachteiligen«, schlug Pryth-Fermaiden vor.

»Nein!«, entschied ich. »Wir werden uns nicht um den Konkurrenzkampf der Superfeinsprecher kümmern. Da uns die Hitze zu schaffen macht, gehen wir zu der uns am nächsten liegenden Kuppel – und das ist die von Sathogenos. Die andere Kuppel ist mindestens fünfmal so weit entfernt.«

17.

Eine Öffnung hatte sich in der transparenten Kuppel gebildet, und als sie sich hinter uns schloss, registrierten wir die segensreichen Auswirkungen einer Klimaanlage. Amja und Asuah atmeten sichtlich auf, sie waren einem Kreislaufkollaps schon sehr nahe gewesen.

Ein Antigravschacht erwartete uns. Entschlossen trat Sagullia Et als Erster über die Öffnung – und sank sanft wie ein fallendes Blatt abwärts.

Wir folgten ihm mit geringen Abständen. Das Kraftfeld arbeitete prinzipiell wie die Antigravschächte auf der SOL. Das galt jedoch nur bis zu einem gewissen Punkt. Als wir glaubten, den Grund des Schachtes zu erreichen, stellte sich heraus, dass es keinen Boden gab, sondern vielmehr eine nach oben gebogene Krümmung. Das Kraftfeld verhinderte, dass wir auf dem tiefsten Punkt der Krümmung stoppten, es zog uns durch eine Röhre, die zuerst nur schräg aufwärts führte, nach einer gewissen Distanz jedoch im Winkel von neunzig Grad. Mein Armbanddetektor wies das eindeutig nach.

Knapp eine Minute später schwebten wir erneut durch eine Bodenöffnung – diesmal allerdings nach oben. Hier fächerte das Kraftfeld auf und setzte uns behutsam ab.

Wir hatten eine Halle erreicht, deren Wände mit leuchtenden Symbolen bedeckt waren. Winzige Mosaiksteine, die wiederum Symbole darstellten, bildeten den Boden. Als ich mir alles genauer ansah, bemerkte ich, dass der Raum von einer imaginären Linie durchschnitten wurde. Sie teilte die Halle in zwei absolut symmetrische Teile.

Musik erklang. Es war eine eintönige Melodie, die stereotyp das Motiv wiederholte. Nein, doch nicht! Bei jeder Wiederholung wurde eine Winzigkeit angefügt, so dass das Grundthema sich allmählich verlängerte und veränderte. Nach einiger Zeit sank die Lautstärke so weit ab, dass die Musik fast verhallte.

Zu diesem Zeitpunkt öffnete sich im Hintergrund der Halle eine Tür.

Das Geschöpf, das dort in die Halle trat, war zweifellos ein Feyerdaler, wie an der geringen Körpergröße und dem schwarzhäutigen Gesicht mit den großen ovalen Augen, der stumpfen, aufgewölbten Nase, den hornigen Lippen und dem steil aufragenden Nervengeflecht des Gehörorgans zu erkennen war.

Aber der Mann bewegte sich nicht in der für Feyerdaler typischen Weise, die durch die stark entwickelte Muskulatur dieser an mindestens 1,2 Gravos Schwerkraft gewöhnten Intelligenzen bedingt war. Der Feyerdaler schwebte beinahe, tänzelte dabei abgezirkelt nach beiden Seiten und vollführte rituelle Armbewegungen.

Gekleidet war er in einen locker fallenden weißen Umhang mit schwarzen Symbolen darauf, der nur den kahlen Schädel und die Hände frei ließ.

Sagullia Et pfiff leise zwischen den Zähnen hindurch.

Der Feyerdaler hielt ruckartig inne, als wäre er gegen eine unsichtbare Barriere geprallt. In seinen grünen Augen erschien das für Erregungszustände typische Glitzern. Aber nur für wenige Sekunden, dann bewegte er sich so marionettenhaft anmutig weiter wie zuvor.

Ungefähr drei Schritte vor mir blieb der Feyerdaler stehen, wandte den Kopf zur Seite und richtete die Augen auf einen imaginären Punkt an der Wand.

»Ich danke Ihnen für die Mühsal, die Sie auf sich genommen haben, um sich in meine unwürdige Gastfreundschaft zu begeben. Sie müssen die allerfeinsten der feinen Feinsprecher sein, denn sonst hätte der Berührungskreis Sie nicht gerufen.«

Ich war nicht gewillt, mich in geschwollenen Phrasen zu ergehen, deren Gesetze wir ohnehin nicht kannten. »Wir sind keine Feinsprecher«, erklärte ich deshalb.

Die Augen meines Gegenübers weiteten sich und strahlten beinahe unerträglich hell. Im nächsten Moment senkte der Feyerdaler den Kopf, beugte sich tief hinab und legte die Handflächen auf den Boden.

»Ich bitte um Vergebung für meine abrupte Reaktion. Es war ein Verstoß gegen die Regeln, für den ich fünf Tage fasten werde, um die innere Harmonie wiederherzustellen.«

Sagullia Ets Bemerkung stoppte ich mit einer Handbewegung. Er hätte die Gefühle des Regelerschaffers vermutlich verletzt, und das wollte ich vermeiden.

»Der Berührungskreis hat uns nicht angefordert, weil wir Feinsprecher sind«, fuhr ich fort. »Aber er hat uns angefordert. Dafür muss er seine Gründe gehabt haben, und wir wären Ihnen sehr verbunden, würden Sie uns diese Gründe nennen.«

Langsam richtete sich der Feyerdaler auf. Er zitterte, bemühte sich aber, das zu verbergen. Vermutlich hatte ich gegen eine Vielzahl von Regeln verstoßen.

»Sie sind Sathogenos?«, fragte Cesynthra Wardon.

Ein schmerzliches Zucken lief über das Gesicht des Feyerdalers. So direkte Fragen wurden sonst bestimmt nicht gestellt. Außerdem war er es sicher gewohnt, mit seinen Titeln angesprochen zu werden.

»Ich bin der Regelerschaffer, Seine Unfehlbarkeit, Sathogenos«, antwortete der Feyerdaler endlich tonlos. Es musste ihn ungeheure Überwindung kosten, auf unsere plumpe Art einzugehen.

Cesynthra lächelte verkrampft. »Dann erfüllen Sie uns die Bitte, uns in die Quartiere zu bringen!«, sagte sie drängend. »Ich weiß, das verstößt gegen Ihre Etikette, aber wenn Sie es nicht tun, erleben Sie einen weitaus schlimmeren Verstoß.«

Ich sah, dass die Psychologin sich verkrampfte. Sathogenos gab ein Ächzen von sich. Sein Blick irrte von einem zum anderen.

»Wir wären Ihnen wirklich sehr verbunden, wenn Sie uns diese Bitte sofort erfüllen könnten«, warf ich ein.

»Sofort?« Sicher hatte Sathogenos noch nie erlebt, dass jemand ihn drängte.

Cesynthra trat nervös von einem Fuß auf den anderen. »Ja, sofort!«, wiederholte ich. »Danach berichten Sie uns, weshalb wir in den Berührungskreis gerufen wurden. Entschuldigen Sie bitte unsere Direktheit, aber wir sind weder Feyerdaler noch Feinsprecher. Auf Caljoohl sollten wir in der Feinsprache geschult werden, doch die Leute dort haben versagt.«

Sathogenos sah aus, als würde er innerhalb der nächsten Sekunden zusammenbrechen. Ich fragte mich, wie die Feyerdaler mit einer solch dekadenten Oberschicht in der Lage gewesen waren, die Herrschaft über eine ganze Galaxis zu erringen. Offenbar war es früher anders gewesen.

Sathogenos drehte sich um. »Bitte folgen Sie mir!«, sagte er dumpf.

Der Feyerdaler führte uns in einen Korridor mit zwei gegenläufigen Transportbändern. Die hellgrünen Wände waren von unverständlichem Gekritzel bedeckt.

Nachdem wir uns auf ein Transportband geschwungen hatten, wurde das Gekritzel beinahe verständlich. Es formte sich infolge unserer Geschwindigkeit zu Symbolgruppen, die für Feyerdaler oder Feinsprecher bestimmt einen Sinn ergaben.

In einer großen Kuppelhalle begegneten wir anderen Feyerdalern. Sie erstarrten schier, als sie uns erblickten. Nach einigen komplizierten Verrenkungen unseres Begleiters bewegten sie sich jedoch wieder und taten so, als wären er und wir nicht vorhanden.

Sathogenos führte uns in einen anderen Korridor. Er deutete auf die Schotten in den Wänden. »Das sind Ihre Unterkünfte. Sie werden, wenn Sie diesen Bezirk nicht verlassen, keinem Feyerdaler begegnen. Ich warte in der Verteilerhalle, bis Sie bereit sind, mit mir zu sprechen. Ihr Einverständnis voraussetzend, werde ich mich jetzt zurückziehen.«

Er vollführte wieder einige Verrenkungen, dann bewegte er sich mit Schritten, die an einen präkosmischen terranischen Gesellschaftstanz erinnerten, aus dem Korridor hinaus. Kaum war er verschwunden, eilte Cesynthra zu einem Schott. Als es sich lautlos vor ihr öffnete, seufzte sie und verschwand in dem dahinter liegenden Raum.

»Neun Schotten, das bedeutet neun Räume«, sagte ich. »Jeder von uns könnte also ein Quartier für sich allein beziehen. Ich nehme jedoch an, dass Sie das nicht wünschen – jedenfalls nicht alle.«

»Wir werden wieder zusammenwohnen«, erklärte Sagullia Et und legte seinen Arm um Goor Toschillas Schultern.

»Wir auch«, sagten Garo Mullin und Amja Luciano wie aus einem Mund.

Honth räusperte sich. »Das gilt selbstverständlich auch für Cesynthra und mich. Sobald wir wieder auf der SOL sind, werden wir einen Ehevertrag schließen.«

»Das ist Ihre Privatangelegenheit«, sagte ich. »Also werden Asuah und ich je eine der anderen Räumlichkeiten nehmen. Wir treffen uns in einer halben Stunde in dem Raum hinter dem Schott am Ende dieses Korridors. In der Zwischenzeit können wir uns frisch machen.«

Der Raum, den ich bezog, war ungefähr sechs mal sechs Meter groß und etwa drei Meter hoch. Die Wände waren mit einer schwarzen Masse verkleidet und mit einem weißen Gittermuster verziert. Den Fußboden bedeckte eine ockergelbe Schaumstoffschicht, während die Decke in hellem Blau gehalten war.

Die Einrichtung bestand aus einem Tisch mit quadratischer Platte, zwei Sesseln und einem Einbauschrank, einem in die rechte Wand eingelassenen Holoschirm und einem niedrigen Versorgungsautomaten. Eine Tür führte zu einem Schlafraum mit großem Bett und Spiegelwand, eine andere in ein geräumiges Bad, von dem wieder eine Tür zur Hygienezelle ging.

Ich duschte, trocknete mich unter dem Warmluftstrom und ließ mich von dem an der Wand installierten Massageroboter einölen und durchkneten. Herrlich erfrischt kehrte ich in den Wohnraum zurück und öffnete den Einbauschrank.

Ich fand dort Kleidungsstücke, die mir helfen würden, die Zeit zu überbrücken, bis meine verschwitzte eigene Kleidung nach einer Reinigung wieder zur Verfügung stand. Es handelte sich um seidenweiche flexible Unterwäsche. Darüber zog ich einen Umhang, der dem von Sathogenos glich, aber nicht mit Symbolen verziert war. Er reichte mir nur bis zu den Knien und war mir an den Schultern viel zu weit, aber lange wollte ich dieses Kleidungsstück sowieso nicht tragen.

Inzwischen war die halbe Stunde vergangen. Ich kehrte auf den Korridor zurück. Gemroth wartete bereits. Er war genauso bekleidet wie ich und grinste bei meinem Anblick.

»Gehen wir zu Sathogenos!«, sagte ich, als auch die anderen eintrafen.

Neben dem Regelerschaffer stand ein zweiter Feyerdaler. Ich tippte sofort darauf, dass es sich um Rezalsrohn handelte.

Um einer umständlichen formalen Begrüßung zu entgehen, sagte ich: »Wenn Sie Rezalsrohn sind, dann wissen Sie sicher schon, dass wir keine Feinsprecher sind und uns mit Ihren Förmlichkeiten nicht auskennen. Lassen Sie uns also bitte auf alle Rituale verzichten und gleich zur Sache kommen.«

Der Feinsprecher, den ich für Rezalsrohn hielt, krümmte sich innerlich. Meine direkte Art musste ihn schwer getroffen haben, doch darauf konnte ich keine Rücksicht nehmen. Sathogenos dagegen schien sich schon an unseren Umgangston gewöhnt zu haben. Ich hatte sogar für einen Moment den Eindruck, dass er seinen Kollegen schadenfroh von der Seite ansah.

»Ich wette, Sathogenos hat den anderen nicht über uns aufgeklärt«, flüsterte Cesynthra neben mir.

»Das würde bedeuten, dass die beiden sich nicht riechen können«, gab ich ebenso leise zurück. »Wahrscheinlich sind sie erbitterte Konkurrenten beim Buhlen um die Gunst des Kontaktzentrums.«

Aber sie vermieden es, das offen zu zeigen, wie mir Sathogenos' Reaktion gleich darauf verriet. Der Feinsprecher wandte sich an den anderen und sagte: »Es tut mir außerordentlich Leid, dass die Besucher Sie nicht schonend auf ihre besondere Art vorbereitet haben, hochverehrter Regelerschaffer Rezalsrohn. Bitte nehmen Sie mein Bedauern zur Kenntnis.«

Rezalsrohn erholte sich relativ schnell von seinem Schock. Er zelebrierte einige Verrenkungen und erwiderte: »Ich danke Ihnen, dass Sie mir Ihr Bedauern über etwas ausgesprochen haben, was allerdings nicht der Wirklichkeit entsprach. Ich habe meine Emotionen niemals außer Kontrolle geraten lassen, denn ich bin ein wahrer Feinsprecher.«

»Das würde ich nie bezweifeln, schließlich beherrsche ich die Kunst des Feinsprechens in höchstem Maße«, erklärte Sathogenos starr.

Garo Mullin strich gedankenverloren über seine Orgel. Ein heller Ton erklang. Sofort richtete sich die Aufmerksamkeit der Feyerdaler auf den Astronomen. Aber im Unterschied zu allen anderen zeigten sie keine weitere Reaktion.

Garo lächelte sie an. »Der Berührungskreis hat uns sicher nicht angefordert, weil wir so schön sind«, sagte er. »Aus welchem Grund dann?«

»Wir haben Sie im Auftrag der Kontaktzentrale in den Berührungskreis bringen lassen«, antwortete Sathogenos. »Man wird Sie vorlassen, wenn es an der Zeit ist.«

»Wir haben unsere Zeit nicht gestohlen«, protestierte Sagullia Et. »Warum lässt man uns nicht gleich vor?«

»Das ist schwierig zu erklären«, erwiderte Rezalsrohn.

»Versuchen Sie es einfach!«, forderte ich ihn auf.

»DAS WORT bereitet im Auftrag der Kontaktzentrale ein Gastspiel für alle Feinsprecher auf Yuurmischkohn vor. Deshalb werden noch ein paar Tage vergehen, bevor man Sie vorlässt.«

»So?«, sagte Honth und blickte die Feinsprecher grimmig an. »DAS WORT bereitet ein Gastspiel vor? Mir ist klar, dass DAS WORT dadurch stark beansprucht wird, aber was hat das mit der Kontaktzentrale zu tun? Will die Kontaktzentrale ebenfalls ein Gastspiel geben?«

»Sicher nicht«, sagte Sathogenos.

»Warum kann sie uns dann nicht vorlassen?«

Beide Feyerdaler vollführten Verrenkungen, die wahrscheinlich ihre Ratlosigkeit ausdrücken sollten. In mir keimte der Verdacht, dass entweder Sathogenos und Rezalsrohn oder andere Feinsprecher mit allen Mitteln versuchten, uns von der Zentrale fern zu halten. Möglicherweise hatten sie ihre Gründe dafür, einen Kontakt zwischen uns und der Kaiserin von Therm zu sabotieren. Wenn sie sich schon gegenseitig auszustechen versuchten, dann mussten sie die Konkurrenz fremder Intelligenzen noch weit mehr fürchten.

Asuah Gemroth raunte mir zu: »Sollen wir den Burschen sagen, dass wir DAS WORT verdächtigen, ein Instrument von VERNOC zu sein?«

Ich schüttelte den Kopf. »Man würde uns auch hier nicht glauben und uns mit noch größerem Misstrauen begegnen.«

Laut sagte ich, an die Feyerdaler gewandt: »Ursprünglich wurden wir nach Pröhndome eingeladen, um eine Vorstellung DES WORTES verfolgen zu können. Leider waren wir bei der ersten Vorstellung etwas indisponiert. Aber vielleicht können wir einer Vorstellung beiwohnen, die DAS WORT auf Yuurmischkohn gibt. Wo hält es sich derzeit auf?«

»Bei der Bucht der blauen Geier«, übersetzte mein Translator Rezalsrohns Antwort. Wieso die Translator-Positronik ausgerechnet auf die Übersetzung »Geier« kam, war mir ein Rätsel. Selbst wenn es auf Yuurmischkohn geierähnliche Vögel gab, so hatten die Feinsprecher gewiss einen anderen Namen dafür – und solche Namen wurden für gewöhnlich nicht übersetzt.

»Wir sind nicht befugt, weitere Auskünfte zu geben, hochverehrter Regelerschaffer Rezalsrohn«, sagte Sathogenos. »Ich schlage vor, wir ziehen uns zurück, um unseren verantwortungsvollen Arbeiten nachzugehen.«

»Der Vorschlag des hochverehrten Regelerschaffers Sathogenos findet meine Zustimmung«, erwiderte Rezalsrohn. »Ich danke Ihnen dafür, dass Sie meinen Gästen und mir Ihre Zeit opferten.«

»Es sind auch meine Gäste«, entgegnete Sathogenos. »Sie kamen außerdem zuerst zu mir, hochverehrter Regelerschaffer Rezalsrohn.«

»Das war ein durch die örtlichen Gegebenheiten bewirkter Zufall, hochverehrter Regelerschaffer Sathogenos«, erklärte Rezalsrohn. »Ich habe bereits veranlasst, dass dem Feinsprecher Ruurdoc eine Rüge erteilt wird, weil er den Gleiter nicht genau in der Mitte zwischen unseren Empfangskuppeln landete.«

»Jetzt reicht es mir aber!«, empörte sich Sagullia Et. »Hochverehrte Regelverkehrer, ich schlage vor, dass ihr eure Nettigkeiten woanders austauscht oder euch mal richtig prügelt.«

Beide Feyerdaler stießen halb erstickte Schreie aus, dann eilten sie nach verschiedenen Richtungen davon.

»Unter der Maske ihrer feinsprachlichen Höflichkeiten gärt es«, erklärte Cesynthra. »Ich würde mich nicht wundern, wenn sie eines Tages Amok liefen.«

»Zweifellos entsprechen die Feinsprecherei und das damit verbundene rituelle Gehabe nicht der feyerdalischen Mentalität«, erwiderte ich. »Das haben wir an Hommersolth und Kordahl gesehen. Sie sind hochintelligente, selbstbewusste und kluge Taktiker dazu. Meiner Meinung nach repräsentieren sie die unverfälschten Vertreter ihrer Art, während die so genannten Feinsprecher ihre eigene Natur vergewaltigen.«

»Wir werden noch unser blaues Wunder erleben«, sagte Garo. »Aber was tun wir jetzt?«

»Wir sorgen zuerst dafür, dass unsere Kombinationen gereinigt werden«, erklärte ich. »Danach nehmen wir Kontakt zu den Schülern der Regelerschaffer auf und erfragen, wo die Bucht der blauen Geier liegt.«

»Sie wollen dorthin?«, fragte Amja Luciano.

»Wir müssen herausbekommen, was DAS WORT vorbereitet«, antwortete ich grimmig. »Ich fürchte, es plant einen Anschlag auf die Kontaktzentrale. Wenn wir Beweise dafür bekommen, können wir unsere Warnung vorbringen.«

»Wenn wir Beweise bekommen«, echote Sagullia. »Das ist uns schon einmal missglückt – und es hatte nicht die besten Folgen für uns.«

Sagullia Et deutete in die Nähe eines so genannten Lernlabyrinths. »Sehen Sie die Feyerdalerin, Perry?«, flüsterte er. »Sie ist allein – die Gelegenheit, mehr über die Verhältnisse im Berührungskreis zu erfahren.«

Für die Verhältnisse auf dem Kontinent Yuurmischkohn war die Frau noch ungewöhnlich jung. Die anderen waren ausnahmslos älter, jedenfalls alle, die wir bisher gesehen hatten. Kein Wunder, denn man musste schon ein besonders guter Feinsprecher sein, um Schüler der Regelerschaffer und Unfehlbarkeiten werden zu können.

»Sie will offenbar ins Labyrinth gehen«, erwiderte ich. »Soweit wir es beobachten konnten, kommt dort nur durch, wer bestimmte superfeinsprachliche Verhaltensweisen praktiziert. Wir würden jedenfalls hoffnungslos stecken bleiben.«

»Also müssen wir sie vor dem Labyrinth abfangen«, drängte Sagullia. »Kommen Sie!«

Obwohl wir uns beeilten, kamen wir nicht mehr rechtzeitig. Die Feyerdalerin hatte das Labyrinth bereits betreten. Aber sie war erst wenige Schritte weit eingedrungen.

Sagullia stellte sich an den Eingang und pfiff eine flotte Melodie. Mir sträubten sich beinahe die Haare angesichts dieser Methode, aber vielleicht war ich einfach schon zu alt, um die Psyche junger Menschen noch richtig zu verstehen.

Als die Feyerdalerin sich umwandte, vollführte Sagullia eine Verrenkung, die nach einer Mischung von Kratzfuß und Kniebeuge aussah. »Für Ihre Freundlichkeit, mir zuzuhören, werde ich ewig dankbar sein«, verkündete er salbungsvoll. »Ich bin Sagullia, und mein Begleiter heißt Perry.«

Die Feyerdalerin war über die Unterbrechung ihrer Aufgabe sichtlich empört. Schon fürchtete ich, dass sie uns einfach ignorieren würde, da sagte sie – und mein Translator übersetzte: »Ich danke für die Freundlichkeit, Kontakt mit mir aufzunehmen, und danke Ihnen auch dafür, dass Sie mir zugehört haben, Sagullia und Perry.«

Ich musste innerlich lächeln. Das war eine in freundlichem Ton vorgetragene Zurückweisung. Etwas anderes hatte ich auch nicht erwartet.

Sagullia erwies sich dennoch als beharrlich. »Ich bitte darum, meine Unschicklichkeit zu verzeihen, aber ich benötige Hilfe«, sagte er flehend. »Darf ich mein Ersuchen formulieren?«

Wieder funkelten die Augen der Feyerdalerin. Aber diesmal war nicht Empörung die Ursache, sondern Unschlüssigkeit.

Mehrere Minuten verstrichen, dann antwortete die Frau: »Ich bitte darum, Ihr Ersuchen zu formulieren, Sagullia. Mein unbedeutender Name lautet Addumia.«

»Ein wunderschöner Name!«, sagte Sagullia schwärmerisch. »Der Name einer bezaubernden Blume, wie es sie nur einmal auf diesem Schiff – äh, ich meine, auf diesem Planeten – gibt: Addumia!«

Immer noch glitzerten ihre Augen. Sie fühlte sich geschmeichelt, auch wenn ein Mensch niemals dem Schönheitsideal einer Feyerdalerin entsprechen konnte und es deshalb ausgeschlossen war, dass sie sich in einen Menschen verliebte.

»Bitte formulieren Sie Ihr Ersuchen, Sagullia«, erwiderte sie.

»Danke!« Sein Gesicht verzog sich schmerzlich, und er wischte eine imaginäre Träne aus seinem linken Auge. »Liebste Addumia, ich flehe dich an, dich zu erbarmen! Mein Freund und ich bewundern die Kunst der Feinsprache so sehr, dass wir es als grausamen Mangel empfinden, dass wir sie nicht ebenso beherrschen. Wir hörten, dass dieses Labyrinth eine wertvolle Hilfe beim Erlernen der Kunst der Feinsprache sein kann, und würden uns dieser Hilfe gern bedienen.«

Ich musste ein Stöhnen unterdrücken. Wie konnte Et es wagen, eine angehende Regelbewahrerin mir nichts, dir nichts zu duzen? Doch zu meinem Erstaunen blieb die Abfuhr aus.

»Ihr würdet nicht über den Ersten Grad hinauskommen«, erklärte Addumia.

»Deshalb bitte ich dich, uns zu helfen, liebste Addumia! Wenn du uns jedes Mal genau erklärst, was wir zu tun haben, schaffen wir es vielleicht.«

Ich biss die Zähne zusammen, um Et nicht zur Ordnung zu rufen. In

Anwesenheit der Feyerdalerin durfte ich nicht schimpfen, das hätte ihr einen Schock versetzt. Aber konnte Sagullia sich vorstellen, was uns blühte, wenn wir uns durch alle Schwierigkeitsphasen des Lernlabyrinths durchquälten?

»Wenn ihr bereit seid, euch den Regeln zu unterwerfen, will ich euch helfen«, sagte Addumia. »Bitte, kommt zu mir!«

Et wandte den Kopf und lächelte mich an. Als er meine finstere Miene sah, schien er zu begreifen, was er uns eingebrockt hatte, doch da konnten wir nicht mehr zurück, wenn wir die Feyerdalerin nicht tödlich beleidigen wollten – und so ganz ohne gutes Benehmen sind wir Menschen schließlich auch nicht.

Ich ersparte es mir, auf Einzelheiten unseres Labyrinthgangs einzugehen und meine Erinnerungen daran aufzufrischen. Jedenfalls schafften wir den Ersten Grad noch halbwegs elegant. Danach steigerte sich die Qual von Grad zu Grad in einem Maß, wie selbst ich es nicht vorausgeahnt hatte. Addumia war eine Lehrmeisterin mit unübertrefflicher Geduld. Sie erklärte uns peinlich genau, was wir zu tun und wie wir uns zu benehmen hatten, um die jeweils nächste Schwierigkeitsphase zu überstehen.

Als wir aus dem Ausgang des Labyrinths taumelten, waren unsere frisch gereinigten Kombinationen schon wieder schweißgetränkt, unsere Knie fühlten sich an wie Pudding, die Kehlen wie Reibeisen, und unsere Lider zuckten unkontrolliert. Ich musste Sagullia stützen, sonst wäre er zusammengebrochen. Er hatte immerhin noch mehr geleistet als ich, denn trotz aller Schwierigkeiten hatte er seinen ganzen Charme strahlen lassen und der Feyerdalerin eine Menge Informationen entlockt.

»Wir danken dir, schönes Kind«, seufzte Sagullia benommen. »Wenn ich einmal Zeit habe, dann ...« Er verstummte, und ich stellte fest, dass er eingeschlafen war.

Auch mir drohten die Augen zuzufallen. Glücklicherweise beschleunigte mein Zellaktivator die Regeneration. Dennoch schwankte ich, weil ich Sagullia stützen musste.

»Ich danke dir ebenfalls«, sagte ich mühsam.

Addumia zelebrierte ein vollständiges Ritual, dann erwiderte sie: »Ihr habt euch gar nicht so schlecht gehalten, Perry. Wenn ihr noch zehn Jahre fleißig übt, werdet ihr bestimmt einigermaßen gute Feinsprecher.«

Sagullia fing leise an zu schnarchen.

»Wir werden uns nach Kräften bemühen«, log ich. »Könntest du uns wohl einen weiteren Gefallen tun und einen Medoroboter für meinen Freund rufen, Addumia?«

Auch dazu erklärte sich die Feyerdalerin bereit. Wenige Minuten später schwebte summend ein medizinischer Roboter heran, fuhr eine Trage aus und bettete Sagullia Et darauf. Sein Analysator klickte, dann traten einige Hochdruckinjektoren in Funktion.

»Wohin soll der Patient gebracht werden?«, fragte der Roboter.

»Du brauchst mir nur zu folgen«, antwortete ich.

Wir versammelten uns im Wohnraum der Unterkunft, die hinter dem Schott am Ende unseres Korridors lag. Sagullia schlief auf der Trage des Medoroboters. Goor Toschilla musterte ihn mitleidsvoll.

»Oh, Addumia ...«, flüsterte Sagullia im Schlaf.

Goor wirbelte herum und blickte mich an. »Addumia?«, fragte sie wild. »Was bedeutet das? Hat er ...?«

»Er hat nicht, Goor. Beruhigen Sie sich!« Ich legte ihr meine Hand auf die Schulter. »Addumia ist der Name einer alten Feyerdalerin, die uns durch das Labyrinth geführt hat. Wir haben Tausende von Verrenkungen vollführt und noch mehr Formalsätze nachgesprochen, und zwischendurch hat Ihr Freund die Feyerdalerin ausgefragt. Die Idee war wirklich gut, denn auf andere Weise hätten wir nicht einen Bruchteil der Informationen bekommen. Sagullias Erschöpfung kommt wirklich nur von den Feinsprechübungen.«

Ich trat zurück und ließ mich in einen Sessel fallen. »Es ist in der Tat so, dass die Regelerschaffer und Unfehlbarkeiten, wie beispielsweise Sathogenos und Rezalsrohn, sich einen erbitterten Konkurrenzkampf liefern. Natürlich tragen sie ihn nicht offen aus, denn dann würde die Kontaktzentrale sie disqualifizieren. Nach außen begegnen sie sich mit ausgesuchter Höflichkeit, hinter der kleine Bosheiten versteckt sind, die sie aber als sachliche Argumente tarnen. Der Konkurrenzkampf spielt sich in erster Linie in dem fieberhaften Bemühen ab, die vorbildlichste Unfehlbarkeit zu sein und es den Verantwortlichen in der Kontaktzentrale besonders recht zu machen. Dabei reiben sie sich natürlich auf. Addumia verriet uns, dass alle Regelerschaffer nach verhältnismäßig kurzer Zeit zu nervlichen Wracks werden und durch die am weitesten fortgeschrittenen Schüler ersetzt werden.«

»Was geschieht mit den abgelösten Regelerschaffern?«, wollte Cesynthra Wardon wissen.

»Addumias Auskünfte in dieser Frage waren verworren«, antwortete ich. »Offenbar gibt es keine Informationen, es gehen nur widersprüchliche Gerüchte um. Die einen besagen, die abgelösten Regelerschaffer würden in einer paradiesischen Gegend von Yuurmischkohn wieder aufgerichtet und danach in der Kontaktzentrale eingesetzt. Andere Gerüchte wollen wissen, dass die Abgelösten liquidiert oder in ein Reservat auf Yuurmischkohn gebracht und psychiatrisch behandelt werden. Einer dieser Orte soll die Bucht der blauen Geier sein.«

»Wo DAS WORT stationiert sein soll?«, fragte Garo Mullin.

»Richtig! Addumia verriet uns auch, dass diese Bucht nur rund dreißig Kilometer von hier entfernt ist. Dort bereitet DAS WORT sich für seinen Auftritt vor. Wiederum rund dreißig Kilometer davon entfernt liegt die Kontaktzentrale in einem zerklüfteten Hochgebirge.«

Sagullia stöhnte leise, dann schlug er die Augen auf. Goor beugte sich sofort über ihn. »Wie geht es dir, du Ärmster?«, fragte sie zärtlich.

»Be...« Sagullia besann sich und brach sofort wieder ab. Ein Lächeln glitt über sein Gesicht. »Ich danke dir für die freundliche Nachfrage und dafür, dass du bereit bist, mich anzuhören. Ich will dich nicht unnötig beunruhigen, deshalb schweige ich über meinen Zustand. Aber ich versichere dir in aller Aufrichtigkeit, dass ich mich bald wieder vollständig erholt haben werde. Indem ich dir dafür danke, dass du mir zugehört hast, beende ich meine Informationen.«

»Bei der Großen Dakkarschleife!«, entfuhr es Goor. »Er ist übergeschnappt. Helft ihm!«

Ich lachte und sagte: »Er hat nur eine Kostprobe seines neu erworbenen Könnens gegeben.«

»Herzlichen Dank für Ihre tief schürfende Analyse, Rhodan.« Sagullia Et erhob sich.

»Ich empfehle dringend, eine längere Regenerationspause einzulegen«, schnarrte der Roboter.

»Das wird nicht nötig sein.« Sagullia reckte sich. »Ein erfrischendes Bad und wieder gereinigte Kleidung genügen. Ich danke dir für deine freundliche und erfolgreiche Behandlung.«

Der Roboter erwiderte nichts darauf und schwebte davon.

»Sagullia und ich werden duschen und etwas essen«, erklärte ich. »In der Zwischenzeit lassen Asuah und Honth unsere Kombinationen reinigen. In einer Stunde treffen wir uns wieder hier. Dann müsste es nach meiner Schätzung draußen dunkel sein. Wir teilen uns in drei Gruppen. Die erste besteht aus Sagullia und mir. Wir werden eine der beiden in unserer Bucht ankernden goldenen Barken übernehmen und in See stechen. Unser Ziel ist die Bucht der blauen Geier – und DAS WORT.

Die zweite Gruppe bilden Cesynthra und Honth. Sie müssen versuchen, an die Kontaktzentrale heranzukommen, die nördlich der Bucht der blauen Geier liegt. Da wir unbewaffnet sind und mit wilden Tieren im Landesinnern rechnen müssen, dürfte Honths Vertrautheit mit Tieren die beste Hilfe sein. In der Kontaktzentrale wird dann Cesynthra die

Führung übernehmen, wofür sie als Psychologin am besten geeignet sein dürfte.

Die dritte und stärkste Gruppe, bestehend aus Goor, Amja, Garo und Asuah, bleibt in der Station. Sie ist verantwortlich dafür, dass die Regelerschaffer die Motive unseres Verschwindens nicht durchschauen. Zu diesem Zweck müssen die Zurückbleibenden bei Sathogenos und Rezalsrohn intrigieren. Das Ziel: Jeder Regelerschaffer soll denken, sein Konkurrent hätte uns geschickt, um Beweise für das eigene Fehlverhalten zu beschaffen. Ich hoffe, sie werden sich dann belauern und sich so viele Schwierigkeiten bereiten, dass unsere Expeditionsgruppen unbehelligt bleiben.«

Garo Mullin lächelte. »Es wird mir Spaß machen, die Unfehlbarkeiten gegeneinander aufzuhetzen.«

»Ich stufe das nicht als Spaß ein, sondern als bittere Notwendigkeit«, entgegnete ich. »Im Grunde genommen bedauere ich die Regelerschaffer. Ich würde sie niemals gegeneinander ausspielen, wenn es nicht notwendig wäre, die Feyerdaler vor einem Anschlag DES WORTES zu bewahren.«

»Tut mir Leid, Rhodan«, erwiderte Garo zerknirscht. »Aber wenn Sie erlauben, werde ich, sooft ich Zeit finde, die Gespräche zwischen den Regelerschaffern und zwischen ihnen und der Kontaktzentrale abhören und aufzeichnen. Vielleicht ergibt sich bei der Auswertung die Lösung des Geheimnisses der feyerdalischen Feinsprache.«

»Das ist ein guter Gedanke. Einverstanden.« Ich bewegte mich unbehaglich in meiner durchgeschwitzten Kleidung. »In einer Stunde treffen wir uns wieder.«

Sagullia Et und ich betraten die Verteilerhalle. Die Schüler warfen uns verstohlene Blicke zu, aber wir taten so, als bemerkten wir es nicht.

Wir wollten noch nicht aufbrechen, sondern zuvor unseren Bewegungsspielraum testen. Erst wenn wir zurückkehrten und berichteten, dass wir die Station ungehindert verlassen konnten, würden wir und die zweite Gruppe gemeinsam aufbrechen.

Da wir keinen anderen Weg nach draußen kannten als den durch die Wohnanlage von Sathogenos, sprangen wir auf das in diese Richtung führende Transportband. Während wir aus der Halle getragen wurden, registrierte ich aus den Augenwinkeln, dass einer der Schüler zu einer Wandnische eilte, in der ein Bildsprechgerät installiert war.

»Gleich wird Sathogenos wissen, dass wir zu seiner Wohnanlage unterwegs sind«, flüsterte ich.

»Er wird annehmen, dass wir ihn besuchen wollen«, erwiderte Sagullia. »Darauf, dass wir die Station verlassen wollen, wird er eigentlich nicht kommen.«

»Wir dürfen ihn nicht unterschätzen, obwohl er wahrscheinlich schizophren ist«, sagte ich.

Hinter uns glitten zwei Regelbewahrer-Schüler auf dem gleichen Transportband wie wir aus der Verteilerhalle. Sie unterhielten sich angeregt und schienen uns nicht zu beachten. Trotzdem argwöhnte ich, dass sie uns im Auge behalten wollten.

Nach wenigen Minuten erreichten wir die Halle, in der Sathogenos uns empfangen hatte. Nur die Musik fehlte jetzt. Die Tür, durch die Sathogenos gekommen war, blieb, auch nachdem wir vom Transportband gestiegen waren, geschlossen.

Die beiden Schüler mussten notgedrungen ebenfalls vom Transportband springen, da es in der Halle endete. Sekundenlang standen sie ratlos herum, dann absolvierten sie komplizierte Übungen. Ich bezweifelte nicht mehr, dass sie uns gefolgt waren, um herauszufinden, was wir vorhatten.

Sagullia war zu dem gleichen Schluss gekommen, denn er flüsterte: »Wenn wir jetzt weitergehen, können wir uns nicht mehr darauf herausreden, dass wir Sathogenos besuchen wollten.«

Ich lächelte. »Wir gehen trotzdem weiter. Ich habe schon so viele Ausreden erfunden, dass mir auch diesmal eine einfallen wird.«

Wir schlenderten auf den Antigravschacht zu. Wie Dolche spürte ich die Blicke der Feinsprecher in meinem Rücken.

Niemand versuchte, uns zurückzuhalten, als wir den Antigravschacht benutzten. Auch in der transparenten Kuppel befand sich niemand, der uns aufhielt oder kontrollierte. Sie öffnete sich sogar automatisch vor uns, so dass wir ins Freie gelangten.

Meine Schätzung stimmte nicht ganz, denn die Sonne war noch nicht untergegangen. Sie hing als riesiger dunkelroter Feuerball neben der westlichen Felszunge der Bucht über dem Meer. Ihr Schein färbte alles blutig rot. Auch die vor Anker liegenden goldenen Barken der Regelerschaffer wirkten wie mit Blut übergossen. Ein kühler Nordostwind stürzte über die Berghänge der Bucht herab und wehte aufs offene Meer hinaus.

»Ein Glück, dass es nicht mehr so heiß ist«, bemerkte Sagullia.

»Ich fürchte, es wird während der Nacht sogar ziemlich kalt werden«, erwiderte ich. »Der lange Planetentag sorgt für eine intensive Aufwärmung, aber nachts kühlt es entsprechend stark ab.«

»Stürme?«, fragte Sagullia und blickte unsicher auf die vor sich hin dümpelnden Barken. »Werden die winzigen Boote nicht kentern, wenn wir in einen Sturm geraten? Ich habe so etwas noch nie erlebt.«

»Ich dafür umso öfter«, erwiderte ich. »Die Menschen der Erde haben sich seit jeher mit unzulänglichen Mitteln aufs Meer gewagt, in der Vorzeit hauptsächlich aus Notwendigkeit, später aus Freude am Abenteuer.«

Sagullia erschauderte. »Das widerspricht aller Vernunft.«

»Der Mensch muss manchmal unvernünftig handeln, sonst wird er zum organischen Roboter, Sagullia. Ich denke, wir laufen kurz zu den Barken, sehen sie uns an und kehren danach zu unseren Freunden zurück. Anscheinend lassen uns die Feinsprecher genug Bewegungsfreiheit.«

Wir gingen über Sand und Geröll zum Ufer. Die Barken lagen an einem sehr stabil wirkenden Steg, was meine Befürchtungen erhärtete, dass es nachts starke Turbulenzen gab. Allerdings hatte mein Translator den feyerdalischen Namen wohl sehr frei übersetzt, denn beide Boote waren für terranische Begriffe keine Barken. Sie hatten überhaupt keine Besegelung und glichen, um einen Vergleich zu konstruieren, sehr kleinen, schmalen und eleganten Drachenschiffen, die ausschließlich mit skullähnlichen Riemen, die mit einer Belederung auf Drehdollen gelagert waren, bewegt wurden.

Ich deutete auf die Rollsitze und Stemmbretter und versuchte Sagullia zu erklären, wie man mit ihnen umging, um eine optimale Wirkung zu erzielen.

»Wir werden die *Obya* nehmen«, sagte ich abschließend und deutete auf das an der linken Stegseite befestigte Boot. Die Beschriftung konnten wir nur deshalb lesen, weil Addumia sie uns beschrieben hatte. Sathogenos und Rezalsrohn sollten die Barken bisher nicht benutzt haben.

»Darf ich Probe sitzen?«, fragte Sagullia.

»Gern«, erwiderte ich und hielt die *Obya* am Ausleger fest, damit sie nicht zu heftig schaukelte, wenn Sagullia einstieg.

Doch er kam nicht mehr dazu, denn plötzlich tauchten hinter und neben uns Gestalten auf. Die Feinsprecher mussten in der Nähe gelauert haben, sonst hätte ich ihre Annäherung rechtzeitig bemerkt.

»Der Regelerschaffer, Seine Unfehlbarkeit Sathogenos, hat den Wunsch geäußert, seine beiden Gäste bei sich zu empfangen«, sagte einer der Feyerdaler.

Ich musterte die Männer. Sie trugen keine Waffen, aber sie waren uns durch ihre Überzahl überlegen. Es wäre sinnlos gewesen, sich ihnen widersetzen zu wollen.

»Wir hatten gehofft, mit Sathogenos sprechen zu können«, erwiderte ich. »Allerdings hier. Aber wenn er es anders wünscht, haben wir keine Einwände.«

In der Mauer, die die Feyerdaler um uns gebildet hatten, entstand eine

Gasse, die in Richtung Kuppel wies. Schweigend gingen Sagullia und ich hindurch. Die Feinsprecher folgten uns mit einigen Schritten Abstand.

Wir schwebten in dem Antigravschacht nach oben, betraten die Halle und sahen, dass die Tür zu Sathogenos' Gemächern offen stand. Ohne zu fragen, ob es unseren Begleitern recht war, traten wir hindurch.

Der Regelerschaffer erwartete uns in einem Raum, der offenbar als Schaltzentrale diente. Wahrscheinlich stand Sathogenos von hier aus mit der Kontaktzentrale in Verbindung.

»Ich frage mich, warum Sie zum Strand gingen, wenn Sie mich sprechen wollten«, sagte Sathogenos ohne jede feinsprachliche Förmlichkeit.

Ich blickte mich suchend um. »Kann jemand unser Gespräch abhören?«, erkundigte ich mich in verschwörerischem Tonfall.

»Das ist unmöglich«, antwortete Sathogenos. »Aber ich begreife Ihre Frage nicht, Perry Rhodan.«

»Dann ist es gut.« Ich atmete hörbar auf. »Was wir hier besprechen, darf Rezalsrohn auf keinen Fall erfahren. Wir sind nur deshalb zum Strand gegangen, weil wir hofften, Sie würden uns folgen. Dort draußen kann niemand belauschen, was wir zu sagen haben.«

»Ich verstehe«, erwiderte der Regelerschaffer. »Doch ich habe keine Geheimnisse vor Rezalsrohn.«

»Aber er vor Ihnen«, erklärte ich. »Er hat sich heimlich mit uns in Verbindung gesetzt und angedeutet, dass er uns benutzen will, um bei der Kontaktzentrale Pluspunkte für sich zu sammeln, was natürlich bedeuten würde, dass Ihr Ansehen zu seinen Gunsten fällt.«

Sathogenos war offenkundig verwirrt und erregt. Seine Augen glitzerten unerträglich. Er wandte sich ab und vollführte eine Serie ritueller Verrenkungen.

Als er sich uns erneut widmete, war seine Erregung zumindest oberflächlich abgeklungen.

»Ich danke Ihnen für Ihren Besuch, Rhodan«, sagte er. »Aber es ist unmöglich, dass Rezalsrohn so etwas getan hat. Derartige Manipulationen gibt es unter Regelerschaffern und Unfehlbarkeiten nicht. Sie haben Rezalsrohn zweifellos missverstanden. Dennoch sind Sie mir selbstverständlich stets willkommen. Sagen Sie mir ruhig alles, was Sie noch von Rezalsrohn erfahren, damit ich Ihr Misstrauen zerstreuen kann.«

»Wir danken Ihnen, dass Sie uns angehört haben, Sathogenos«, erwiderte ich. »Dürfen wir uns in unsere Quartiere zurückziehen?«

»Sie dürfen«, antwortete der Regelerschaffer gönnerhaft.

Draußen, außer Hörweite der Feyerdaler, fragte Sagullia: »Er hat doch nur so getan, als ob er uns nicht glaubte, oder?«

»Selbstverständlich«, erwiderte ich. »Wir haben sein Misstrauen gegen

Rezalsrohn, das bestimmt latent vorhanden war, gesteigert. Als Feinsprecher darf er das nicht eingestehen, aber seine Aufforderung, ihm alles zuzutragen, was wir noch von seinem Konkurrenten erfahren, beweist, dass er ihm alles Schlechte zutraut.«

»Und wie stellen wir es an, die Station doch zu verlassen, Perry? Ich fürchte, das ist unmöglich.«

»Keineswegs. Wir gehen zu Rezalsrohn und tischen ihm die gleiche Geschichte mit umgekehrten Vorzeichen auf. Ich bin sicher, dass beide Regelerschaffer innerhalb der nächsten Stunde alle ihre Schüler mobilisieren, um die Gegenseite auszuspionieren. Das wird uns Gelegenheit geben, aus der Station zu verschwinden.«

»Und im Meer zu ertrinken«, sagte Sagullia düster.

»Wir bleiben so dicht an der Küste, dass wir notfalls an Land schwimmen können. Sie können doch schwimmen, oder?«

Sagullia Et nickte. »Ja, aber das Meer ist kein Swimmingpool.«

18.

Wir blickten auf, als Garo Mullin den Gemeinschaftsraum betrat, in dem wir auf seine Rückkehr gewartet hatten.

»Alles läuft wunschgemäß«, berichtete der Astronom, nachdem das Schott sich hinter ihm geschlossen hatte. »Sathogenos und Rezalsrohn haben ihre Schüler vorgeschickt. Natürlich hat inzwischen jede Partei bemerkt, dass die Anhänger der anderen Seite ihr nachspionieren. Die Regelerschaffer müssen das als Beweis für unsere Behauptungen ansehen.«

»Die Frage ist nur, ob man uns nicht ebenfalls schärfer bewacht«, warf Cesynthra Wardon ein.

»Von Bewachen kann keine Rede mehr sein, Cesynthra.« Garo grinste breit. »Ich konnte hingehen, wohin ich wollte. Allerdings beachtete man mich stärker als zuvor. Die Feinsprecher haben sich bald vor Eifer überschlagen, mir in jeder Weise behilflich zu sein. Sie ignorierten meine Grobsprecherei völlig, boten mir ausgesuchte Speisen und Getränke an und öffneten mir sogar die wenigen verschlossenen Türen.«

»Beide Seiten buhlen um unsere Gunst«, erklärte ich. »Wir brechen sofort auf, denn wir müssen auch mit der Möglichkeit rechnen, dass unsere Intrige in absehbarer Zeit platzt. Jeder von uns besitzt ein Armbandfunkgerät. Ich erwarte, dass nur im Notfall davon Gebrauch gemacht wird, um Hilfe anzufordern oder vor feindlichen Aktionen zu warnen. Ansonsten muss Funkstille gewahrt werden, damit die Regelerschaffer uns nicht anpeilen können. Ich hoffe, wir sehen uns bald wieder.«

Ich wandte mich zum Gehen.

Wir kamen in die Verteilerhalle und wurden prompt von zahlreichen Schülern in Gespräche verstrickt. Es dauerte fast eine halbe Stunde, bis wir uns aus dem Gedränge gelöst hatten.

Nachdem wir die Kuppel verlassen hatten, mussten sich unsere Wege trennen. Ich gab Cesynthra und Honth noch einige Ratschläge mit auf den Weg. Trotzdem sah ich ihnen mit gemischten Gefühlen nach. Sie waren ausgesprochene Kinder des Weltalls und hatten noch keine Erfahrungen mit der Wildnis eines Planeten gesammelt. Normalerweise hätte ich sie niemals in diesen Einsatz geschickt. Aber ich hatte nur sie, auf die ich zurückgreifen konnte.

»Wenn wir wieder auf der SOL sind, werde ich ein Trainingsprogramm mit simulierten planetarischen Einsätzen für alle Solaner ausarbeiten lassen«, sagte ich zu Sagullia.

»Ich werde Sie dabei unterstützen«, erwiderte er. »Aber ich bezweifle, dass Sie bei der Masse der Solaner auf Gegenliebe stoßen werden.«

»Das ist mir egal! Ich trage die Verantwortung für die Sicherheit der gesamten Besatzung, und ich kann ihr nur gerecht werden, wenn ich alle auf ein möglichst breites Situationsspektrum vorbereite. Schließlich kann niemand voraussehen, welche Überraschungen die Zukunft für uns bereithält.«

Cesynthra und Honth tauchten in den Schatten einer Felsrinne und entschwanden unserer Sicht. Ich wandte mich um und ging zur Anlegestelle.

Die Boote dümpelten leicht. Ihre Vergoldung schimmerte im üppigen Sternenlicht. Ein rhythmisches Klatschen hallte von weiter draußen herein und verriet, dass größere Wellen gegen die beiden Felsbarrieren anbrandeten.

»Was haben Sie, Perry?«, drang Sagullias Stimme wie durch Watte an mein Ohr.

Ich schrak auf und merkte, dass ich in Gedanken auf der Erde gewesen war.

»Es ist nichts, Sagullia«, erwiderte ich und packte den Steuerbordausleger der *Obya*. »Steigen Sie vorsichtig ein. Nein, lassen Sie mich zuerst einsteigen, dann muss ich nicht alles erklären!«

Ich bedeutete Et, den Ausleger festzuhalten, dann stieg ich ins Boot und nahm auf dem vorderen Rollsitz Platz. Da mit dem Rücken zum Bug gerudert wurde, würde ich so meinen Begleiter im Auge behalten können. Ich nahm die Riemen hoch, legte sie mit der Belederung, die hier allerdings aus Kunststoff bestand, in die Drehdollen und drückte das Blatt des Backbordriemens auf die Wasseroberfläche, um die Bootslage zu stabilisieren. Danach hielt ich mich und das Boot mit der rechten Hand am Steg fest und forderte Sagullia Et zum Einsteigen auf.

Wie erwartet verlagerte er sein Gewicht falsch. Es sah aus, als würde er im nächsten Moment ins Wasser fallen.

»Hinsetzen!«, befahl ich scharf.

Er gehorchte, setzte sich aber verkehrt herum.

Erst Minuten später konnten wir ablegen. Vorsichtig stießen wir uns mit den Steuerbord-Riemen vom Bootssteg ab, dann tauchten die Blätter ins Wasser, und wir glitten langsam in die Bucht hinaus. Ich war bald durchnässt, denn Sagullia schöpfte mit seinen Riemenblättern bei jedem Schlag Wasser und schleuderte es nach hinten.

Doch als wir nach mehrmaligen Kursabweichungen die Passage zwischen den Felsbarrieren erreichten, war bei Sagullia das Eis gebrochen. Er hatte begriffen, dass er sich nach meinen Kommandos richten musste, wenn wir eine gleichmäßige Schlagfolge erzielen wollten, und er drehte sogar die Riemenblätter zumeist richtig. Dennoch pullte er im Vergleich zu mir nur mit halber Kraft.

Wir ließen die Passage hinter uns. Sofort wurde das Boot von einer Welle angehoben. Ihre Kraft reichte aus, um Sagullia die Holme aus den Händen zu prellen. Er stieß einen halb erstickten Schrei aus, griff aber sofort wieder zu und gab sich alle Mühe, meinen Schlagtakt von neuem zu erreichen.

Honth Pryth-Fermaiden wandte sich erschrocken um, als hinter ihm ein halb erstickter Schrei erscholl. Als er sah, dass Cesynthra von dem schmalen Pfad abgerutscht war, beugte er sich nach hinten und packte den Kragen ihrer Kombination.

»Du musst mit den Füßen irgendwo Halt bekommen!«, sagte er, während er auf die Knie ging. »Und bleib ruhig!«

Cesynthras Augen waren angstvoll weit aufgerissen. Dennoch ließ die Psychologin die schroffe Kante des Pfades nicht los. Ihre Füße suchten nach einem Halt und fanden ihn endlich. Dann löste sie die rechte Hand von der Felskante und griff nach Honths Arm.

Langsam zog er sie hoch. Als sie endlich neben ihm auf dem Pfad lag, setzte er sich ächzend.

»Wie ist das passiert?«

»Ich bin plötzlich abgerutscht.« Cesynthra erschauderte. »Es geht hier mindestens hundert Meter steil in die Tiefe. Warum warten wir nicht bis zum Tag?«

»Bis dahin müssen wir einige Kilometer von der Station entfernt sein. Sonst besteht die Gefahr, dass wir entdeckt werden.«

»Und wenn wir nachts in den Bergen herumkriechen, besteht die Gefahr, dass wir bis morgen tot sind«, entgegnete Cesynthra heftig.

Honth nahm sie in den Arm. Er fühlte sich selbst hilflos und verloren in dieser finsteren Bergwildnis. Alles war völlig anders als auf der SOL, wo immer ein angenehmes Klima herrschte, wo man nur das Licht einzuschalten brauchte, wenn man es wollte, wo zahllose Sicherheitssysteme dafür sorgten, dass niemand versehentlich in Gefahr geriet.

»Wenn wir zurück sind, werde ich diesem Terraner meine Meinung sagen«, erklärte Honth. »Was bildet er sich eigentlich ein, Solaner zu Planetenkriechern zu machen?«

Cesynthra hob den Kopf. »Nein, wir werden ihm nichts dergleichen sagen!«, erklärte sie mit einer Bestimmtheit, die in krassem Gegensatz zu ihrer eben noch erkennbaren Hilflosigkeit stand. »Sollen wir Solaner uns von einem Terraner beschämen lassen? Niemals! Wir müssen ihm beweisen, dass wir genauso gut sind wie er – und vielleicht noch besser.«

Honth öffnete überrascht den Mund und musterte Cesynthras Gesicht im Sternenlicht. Lächelnd ergriff er ihre Hand. »Damit du mir nicht verloren gehst«, erklärte er. »Und nun weiter!«

Nach einiger Zeit neigte sich der Pfad in eine Schlucht. Der nasse Boden schmatzte unter den Stiefeln. Dichte Baumkronen verdunkelten den Weg und schütteten Wassergüsse herab, sobald ein Windstoß durch das Geäst fuhr. Cesynthra und Honth mussten ihre Lampen einschalten.

Etwas Dunkles huschte lautlos durch die Lichtkegel.

»Was war das?«, fragte Cesynthra.

»Vermutlich ein Flattertier«, antwortete Honth.

»Gefährlich?«

»Wahrscheinlich nicht ...« Honth hatte noch mehr sagen wollen, doch in dem Moment stießen einige der Tiere auf sie herab. Er schlug um sich, traf mehrmals lederhäutige Schwingen, und eines der Flattertiere stürzte zu Boden. Seine Flughäute zuckten, dann stieg es unbeholfen wieder auf und verschwand. Der Spuk war so schnell vorbei, wie er gekommen war.

»Ich glaube nicht, dass sie es auf uns abgesehen hatten«, stellte Honth fest. »Wahrscheinlich wollten sie uns nur klar machen, dass wir in ihrem Revier nichts zu suchen haben. Jetzt werden sie uns in Ruhe lassen, hoffe ich.«

»Woher weißt du, dass es so ist?«

»Als Tierpfleger kenne ich mich eben mit den Verhaltensweisen aus«, erklärte Pryth-Fermaiden stolz. »Verhaltensnormen und Instinktreaktionen haben viele Tierarten gemeinsam.«

»Tatsächlich?«

Weit vor ihnen erscholl ein dumpfes Brüllen, gefolgt von einem schrillen Kreischen und Fauchen. Cesynthra zuckte zusammen. »Das war auch ein Tier, nicht wahr? Kannst du seine Reaktionen ebenso vorhersagen?«

»Ein Raubtier, das Beute geschlagen hat. Wenn wir es beim Fressen stören, wird es uns angreifen. Deshalb müssen wir einen Umweg machen.«

»Wieder klettern?«

»Was bleibt uns anderes übrig, wenn wir Rhodan beweisen wollen, dass Solaner besser sind als Terraner?«

Cesynthra seufzte. »Ich hatte nicht gedacht, dass es so anstrengend sein würde.«

Der Türsummer ertönte. »Herein!«, rief Garo Mullin, ohne von seiner Arbeit aufzusehen.

Mit leisem Zischen glitten die Schotthälften auseinander. Schritte näherten sich. Als Garo aufsah, blickte er in Asuah Gemroths Gesicht.

»Guten Morgen«, sagte Asuah.

»Ich hoffe, du hast gut geschlafen«, erwiderte Garo.

»Natürlich. Ich war ja allein. – Wo ist Amja?«

»Im Bad. Aber setz dich doch. Ich bin gleich fertig.«

»In der Nacht muss es ziemlich stürmisch gewesen sein. Ich habe umgestürzte Bäume gesehen. Hoffentlich ist Perry und Sagullia nichts passiert. Was wird das eigentlich, was du da konstruierst?«

»Ich habe mein Armbandgerät mit einem Translator gekoppelt«, erklärte der Astronom. »Dadurch brauche ich die abgehörten Gespräche nicht erst zu speichern und danach abzuspielen und übersetzen zu lassen, sondern sie werden so übersetzt, wie ich sie auffange.«

Erneut summte der Türmelder. Goor Toschilla kam.

»Hoher Besuch«, meldete sie. »Sathogenos steht draußen und will mit uns sprechen – mit allen!«

»Oh, verdammt!«, entfuhr es Mullin. »Ob er bemerkt hat, dass vier von uns verschwunden sind?«

»Wenn er es noch nicht weiß, dann wird er es bald sehen.«

»Könnten wir keine Ausrede erfinden?«, fragte Garo Mullin. »Sathogenos wird mir kaum glauben, dass sein Kollege unsere Freunde ausgeschickt hat.«

»Dann lass mich mit ihm reden«, erklärte Gemroth. »Ich hoffe, dass ich ihn täuschen kann. Goor, sag bitte Sathogenos Bescheid, dass wir in wenigen Minuten in den Gemeinschaftsraum kommen!«

»Wird gemacht«, versprach die Frau und huschte davon.

Nachdem Amja Luciano ebenfalls fertig war, gingen die drei Solaner in den Gemeinschaftsraum. Sathogenos stand in der Mitte des Zimmers und lauschte dem Lied, das Goor Toschilla vortrug. Die Sportlehrerin und Navigator-Anwärterin schrieb nebenbei Gedichte und komponierte und textete eigene Lieder. Dem Regelerschaffer schien ihr Gesang zu gefallen.

Goor brach ab, als sie die drei Gefährten sah.

»Wir freuen uns außerordentlich über Ihren Besuch, Regelerschaffer Sathogenos«, sagte Asuah. »Nehmen Sie doch Platz, bitte!«

In Sathogenos' Gesicht zuckte es schmerzlich. Er hatte sich noch immer nicht daran gewöhnt, dass seine Gäste keine Feinsprache verwendeten. Doch er fing sich schnell wieder.

»Ich danke dafür, dass Sie mich empfangen haben«, erwiderte er. »Aber wollen wir mit dem Gespräch nicht warten, bis alle versammelt sind?«

»Es wird niemand mehr kommen«, sagte Asuah Gemroth. »Vier von uns haben die Station verlassen. Sie waren zutiefst betroffen darüber, dass Rezalsrohn Ihnen nachspioniert und versucht, Sie bei der Kontaktzentrale zu diskriminieren. Deshalb sind sie aufgebrochen, um nach Beweisen für Rezalsrohns Fehlverhalten zu suchen.«

»Wie?«, entfuhr es Sathogenos gar nicht feinsprachlich. »Sie haben die Station verlassen?«

»So ist es«, bestätigte Asuah.

»Aber wie können sie annehmen, außerhalb der Station Beweise für Rezalsrohns Fehlverhalten zu finden? Ganz abgesehen davon, dass es lächerlich ist, anzunehmen, ein Regelerschaffer würde sich zu einem Fehlverhalten verleiten lassen.«

»Wir sind sicher, dass Rezalsrohn heimlich gegen Sie arbeitet«, versicherte Asuah treuherzig. »Weshalb sind Sie eigentlich zu uns gekommen?«

Sathogenos wirkte zerstreut. »Ach, das ist nicht mehr wichtig«, antwortete er. »Ich muss mich zurückziehen, um über Ihren ungeheuerlichen Verdacht nachzudenken.«

Als er gegangen war, sagte Amja: »Das hast du gut gemacht, Asuah. Sathogenos ist völlig durcheinander.«

Asuah Gemroth nickte. »Ich denke, dass er mir glaubt, auch wenn er das als Feinsprecher niemals zugeben wird. Sicher wird er nichts unternehmen, um die beiden Gruppen zurückzuholen.«

»Ich sehe vorsichtshalber nach, ob Sathogenos an der Tür lauscht.« Garo öffnete das Schott.

Er prallte überrascht zurück, denn draußen stand tatsächlich der Regelerschaffer. Dann erst erkannte er Rezalsrohn.

»Wir sind sehr geschmeichelt, dass Sie persönlich gekommen sind, um uns einen Besuch abzustatten, Regelerschaffer Rezalsrohn«, sagte Garo. »Wären Sie so liebenswürdig, hereinzukommen?«

»Ich folge der Einladung gern.« Rezalsrohn betrat den Raum und musterte die Anwesenden. »Wie geht es Ihnen? Ich vermisse vier meiner Gäste und hoffe, dass sie sich nicht unwohl fühlen.«

»Das hat Sathogenos auch gefragt, als er hier war«, sagte Asuah Gemroth. »Sie müssten ihm eigentlich begegnet sein, als Sie zu uns kamen.«

»Ich sah ihn, aber ich ahnte nicht, dass er hier war«, erklärte Rezalsrohn wenig überzeugend. »Sind die Fehlenden wirklich krank?«

»Nein«, antwortete Asuah. »Wir haben das zwar Sathogenos erzählt, aber es stimmt nicht. Unsere Freunde haben die Station verlassen, um nach Beweisen für Sathogenos' Fehlverhalten zu suchen. Wir haben schon gestern festgestellt, dass Sathogenos Ihnen nachspionieren lässt und alles versucht, um Sie bei der Kontaktzentrale schlecht zu machen.«

Rezalsrohn streckte dem Hydroponik-Biologen abwehrend die Hände entgegen. »Nein, das kann nicht stimmen!«, rief er. »So etwas würde nicht einmal ein gewöhnlicher Feinsprecher tun, geschweige denn ein Regelerschaffer. Ihr Verdacht ist so unsinnig, dass ich ihn nicht zur Kenntnis nehme. Außerdem, wie könnten Ihre Freunde in der Wildnis Beweise für ein Fehlverhalten von Sathogenos finden, das nicht vorliegt?«

»Das haben sie uns nicht verraten«, erwiderte Asuah. »Aber sie werden sich schon etwas dabei gedacht haben.«

»Gewiss, gewiss«, murmelte Rezalsrohn zerstreut. »Bitte entschuldigen Sie mich. Ich muss mich zurückziehen und nachdenken.«

»Aber Sie haben uns noch gar nicht den Grund Ihres Besuches genannt«, warf Garo Mullin ein.

»Ach so«, erwiderte der Regelerschaffer. »Ich wollte mich nur erkundigen, ob es Ihnen hier gefällt oder ob Sie irgendwelche Beschwerden haben.«

»Wir finden es sehr schön hier«, sagte Asuah.

Rezalsrohn vollführte einige Verrenkungen, wobei er ein paar Formalsätze sagte, danach verließ er den Gemeinschaftsraum.

»Diese Regelerschaffer und Unfehlbarkeiten!« Goor Toschilla schüttelte den Kopf. »Ich begreife nicht, wie die Kaiserin von Therm derart degenerierte Schwachsinnige als Verbindungsleute einsetzen kann.«

Der Wind war nicht stärker geworden, dennoch rollten immer höhere Wogen heran, als wollten sie uns gegen die schroffen Uferfelsen werfen. Sagullia Et stöhnte und krümmte sich.

»Ich sterbe!«, jammerte er.

»Das ist die Seekrankheit«, erklärte ich. »Ziehen Sie die Riemen ein und atmen Sie tief und ruhig durch. Wenn es nicht anders geht, müssen Sie eben die Fische füttern. Sie ...«

Ich brachte meine Erklärung nicht mehr zu Ende. Hektisch zog Sagullia die Riemen ein, umklammerte mit beiden Händen die Bordwand und beugte sich würgend vor. Natürlich fühlte er sich sterbenselend. Das ging jedem so, der zum ersten Mal seekrank wurde. Nur hatte der Ärmste keine Ahnung gehabt, dass es so etwas wie Seekrankheit überhaupt gab.

Ich sah, dass wir wieder einmal auf eine weit vorspringende Landzunge zutrieben, und packte die Riemen fester. Um Sagullia konnte ich mich nicht mehr kümmern.

Schnell kamen wir der Klippe näher. Es war erstaunlich, dass unser schmales Boot noch nicht umgeschlagen war. Offenbar verfügte es über einen besonders schweren Außenkiel.

Sagullia würgte inzwischen mit leerem Magen. Ich wollte ihm zurufen, den Brechreiz zu unterdrücken, damit es nicht zu einem Erstickungsanfall kam. Aber in dem Moment schlug eine gewaltige Welle über dem Boot zusammen.

Als ich wieder sehen konnte, war Sagullias Platz leer. Ich wandte den Kopf nach Steuerbord, denn nur dorthin konnte die Woge ihn gerissen haben. Tatsächlich sah ich ihn, rund fünf Meter entfernt, spuckend, hustend und wild mit den Armen rudernd.

»Aushalten!«, rief ich.

Nach einem neuerlichen Blick auf die nahe Klippe fand ich mich damit ab, dass unsere Seereise beendet war, denn ich konnte nur rudern oder Sagullia retten. Beides ging nicht. Das Boot trieb zwar hinter ihm her, und ich beugte mich weit vor, um ihn greifen zu können, aber eine zweite Woge schleuderte mich beinahe ebenfalls über Bord. Ich schluckte Wasser, rang nach Luft, und dann erwischte ich irgendwie Sagullias Hände und zerrte ihn in die Barke zurück.

»Danke!«, ächzte er.

»Wir werden ohnehin gleich schwimmen müssen«, erwiderte ich. »Die Klippe ...«

Erst jetzt bemerkte ich, dass der schroffe Fels bereits hinter uns lag. Das Boot trieb, sich langsam drehend, aus der Gefahrenzone.

Ich atmete erleichtert auf.

»Wie geht es Ihnen?«, fragte ich.

»Mir ist nicht mehr schlecht, aber dafür wird mir kalt.«

Ich nickte. Das Wasser selber war warm, da es die tagsüber empfangene Sonnenwärme speicherte und im Verlauf einer Nacht nur einen Teil davon wieder abgab. Aber der Nachtwind war empfindlich kühl, von allem, wenn man ihm mit triefend nasser Kleidung ausgesetzt war.

»Nehmen Sie die Riemen und bewegen Sie sich!«, sagte ich. »Das ist die beste Vorbeugung gegen eine Lungenentzündung. In ein paar Stunden dürften wir die Bucht der blauen Geier erreicht haben.«

Wir kamen eine Zeit lang trotz des Wellengangs gut voran. Allerdings registrierte ich besorgt, dass wir uns immer weiter vom Land entfernten. Da sich Yuurmischkohn, von der Station der Regelerschaffer aus gesehen, weit nach Südwesten krümmte und die Bucht der blauen Geier nur wenige Kilometer hinter dem südwestlichen Landvorsprung liegen sollte, durfte ich jedoch hoffen, dass die Strömung uns nicht zu weit vom Ziel abtreiben würde.

Als zirka eine Stunde später die Sonne aufging, legten wir eine Pause ein. Die Küstenformationen waren nur undeutlich als düstere Masse zu erkennen, da sie sich hinter Nebelschleiern verbargen. Nur die Gipfel der höchsten Berge ragten über den Nebel hinaus.

Unter einem dieser Gipfel musste die Kontaktzentrale liegen – und hinter dem Nebel arbeiteten sich Cesynthra Wardon und Honth Pryth-Fermaiden durch die Wildnis. Hoffentlich stieß ihnen nichts zu.

An Steuerbord und etliche Kilometer von uns entfernt sprangen hohe Klippen weit ins Meer vor. Eine von ihnen war vom Festland durch einen schmalen Meeresarm getrennt und hatte eine torbogenähnliche Öffnung. So hatte uns Addumia Yuurmischkohns Südwestzipfel beschrieben.

»Wir sind zu weit abgetrieben worden«, sagte ich.

Sagullia verzog sein Gesicht, das trotz seiner Jugend schon scharfe Falten aufwies, zu einem optimistischen Lächeln. »Dann müssen wir eben nach Norden rudern«, sagte er. »Bis jetzt haben wir uns doch gut gehalten.«

»Zeigen Sie mir mal Ihre Handflächen, Sagullia!«

Et nahm die Hände von den Holmen, drehte sie um und zeigte sie mir. Anscheinend sah er sie dabei selbst zum ersten Mal genau an, denn er verzog ein wenig erschrocken das Gesicht. Kein Wunder, er hatte bestimmt noch nie Blasen an den Händen gehabt.

»Das ist nur natürlich«, beruhigte ich ihn. »Erstens sind Ihre Hände solche Beanspruchungen nicht gewohnt, und zweitens haben Sie mit nassen Händen gerudert.«

Ich zog die flache Sprühdose mit Wundplasma aus der Beintasche meiner Kombination und sprühte eine dünne Schicht über Sagullias Handflächen.

»Das wird wenigstens verhindern, dass Sie sich die Blasen aufreiben«, erklärte ich. »Wir haben nämlich noch ein hartes Stück Arbeit vor uns.«

Wir nahmen die Riemen wieder auf, drehten das Boot mit dem Bug nach Nordosten und pullten mit langen, kraftvollen Schlägen. Nach einer halben Stunde hielt ich inne und wandte den Kopf.

»Verflixt!«, entfuhr es mir.

»Was ist los?«, fragte Sagullia.

»Inzwischen hätte sich die Entfernung zum Festland deutlich verringern müssen«, antwortete ich. »Aber das Gegenteil ist der Fall. Die Strömung ist so stark geworden, dass es sinnlos wäre, noch länger gegen sie anzukämpfen.«

»Also treiben wir immer weiter hinaus«, erkannte Sagullia.

Ich nickte. »Wir können nur darauf hoffen, dass die Strömung wieder in Richtung Festland abbiegt. Falls es Sie beruhigt – vor uns ist es schon Millionen Seefahrern ähnlich ergangen, und die meisten sind zurückgekommen.«

Das war ein schwacher Trost. Wir zogen die Riemen ein und ließen uns treiben. Schräg hinter uns stieg die Sonne über die Berge von Yuurmischkohn und vertrieb die letzten Nebelschleier.

Als der Bug des Bootes sich langsam nach Norden drehte, stieß Sagullia einen Jubelruf aus.

Wir tauchten die Riemenblätter ein und legten uns kräftig ins Zeug. Aber schon bald merkten wir, dass das Boot sich immer noch drehte. Die Bugspitze wies nach Nordosten, wanderte weiter nach Osten, nach Süden und zeigte innerhalb von rund zwanzig Minuten wieder nach Westen, also in die ursprüngliche Richtung.

»Wir kommen nicht dagegen an«, brachte Sagullia gepresst hervor. »Was ist das bloß für eine seltsame Strömung? Ha, wir drehen wieder nach Norden ab!«

»Das ist keine normale Strömung«, argwöhnte ich. »Wir sind in einen großen Strudel geraten.« Ich konzentrierte mich und deutete schließlich auf einen imaginären Punkt, den wir offenkundig wieder und wieder umkreisen würden. »Der Meeresspiegel sinkt von allen Seiten gleichmäßig zu diesem Mittelpunkt ab. Es ist der Schlund des Strudels, der uns in die Tiefe ziehen wird, wenn wir nicht herauskommen.«

»Aber wir haben es doch versucht«, erwiderte Sagullia. »Es geht nicht.«

»Da wussten wir noch nicht, dass wir in einen Strudel geraten sind«, sagte ich. »Wir warten ab, bis der Bug wieder nach Norden zeigt, dann müssen wir um unser Leben rudern.«

»Könnten wir nicht mit unseren Funkgeräten Hilfe herbeirufen?«

Ich schüttelte den Kopf. »Unsere Freunde können uns nicht helfen, und die Feyerdaler würden keinen Finger für uns rühren, wie ich sie einschätze. Entweder helfen wir uns selbst – oder Schluss. Gleich ist es so weit!«

Ich gab einen kurzen, harten Takt an, und wir setzten unsere ganze Kraft ein. Für wenige Sekunden sah es aus, als würde es uns schnell gelingen, dem Strudel zu entkommen, aber für einen ungeübten Ruderer wie Sagullia war die Anstrengung einfach zu viel. Er kam aus dem Schlagtakt. Sofort fielen wir wieder zurück und wurden von diesem Sog in die alte Bahn gezwungen.

Die Distanz zum Mittelpunkt des Strudels war etwas geschrumpft. Bald würden wir uns im Zentrum rasend schnell um uns selbst drehen. Dann musste entweder die *Obya* zerbrechen oder in einem Stück in die Tiefe gerissen werden. Mit Raumanzügen hätten wir wahrscheinlich eine gute Chance gehabt, uns auf dem Meeresboden zu befreien, aber so …

»Wir müssen etwas unternehmen!«, schrie Sagullia Et in aufkeimender Panik. »Die SOL kann uns retten!«

»Wir können sie nicht erreichen«, erwiderte ich. »Sobald der Bug wieder nach Norden zeigt, versuchen wir es noch einmal! Das ist unsere einzige Chance.«

Diesmal geriet Sagullia nicht aus dem Takt. Dennoch gelang es uns nicht, dem Sog zu entkommen. Wir erreichten nur, dass das Boot sich mehrmals um sich selbst drehte. Ein unheilvolles Knirschen zeigte an, dass es diese Belastung nicht oft vertragen würde.

»Warum mussten wir die Sicherheit der SOL verlassen?«, fragte Et.

»Weil es ohne ständige Auseinandersetzungen mit der Umwelt keine Sicherheit gibt«, antwortete ich, während ich fieberhaft nach einer Möglichkeit suchte, doch aus der aussichtslos erscheinenden Lage zu entkommen.

Ein Schatten verdunkelte die Sonne.

Ich schaute nur mäßig interessiert hoch, weil ich annahm, dass eine Wolke den Schatten warf. Doch ungefähr zehn Meter über uns erblickte ich einen riesigen geierähnlichen Vogel mit blauem Gefieder, der mit weit ausgebreiteten Schwingen beinahe reglos in der Luft hing.

Sagullia hatte den Vogel noch nicht gesehen. Jäh beschrieb das Tier einen Bogen, kehrte im Sinkflug zurück – und hockte plötzlich auf dem hochgewölbten Bugspriet der *Obya.*

Mein Begleiter schrie erschrocken auf, riss einen Riemen aus der Dolle und wollte nach dem Geier schlagen.

»Lassen Sie das!«, befahl ich scharf. »Der Vogel hat uns nicht angegriffen, also brauchen wir uns auch nicht zu verteidigen.«

Das Tier legte den Kopf schief und musterte uns aus seinen gelblich leuchtenden Augen, dann gab es ein hartes Krächzen von sich. Sagullia steckte den Riemen in die Drehdolle zurück.

Der Riesenvogel spreizte die Schwingen auf ungefähr halbe Spannweite, hob und senkte abwechselnd die Füße mit den dolchartigen Krallen und schwang sich wieder empor.

Aufmerksam und gespannt beobachtete ich, wie der Geier mit trägem Flügelschlag vor dem Bug unseres Bootes herflog, allmählich in Richtung Strudelmitte abwich und zu einem spiralförmig verlaufenden Kurs ansetzte. Dabei näherte er sich dem alles verschlingenden Strudelkern bis auf rund vierzig Meter. Zugleich beschleunigte sich sein Flug. Ich schätzte unsere Entfernung von der Strudelmitte auf zweihundert Meter. Immer schneller flog der Vogel um die Strudelmitte herum. Seine Flugbahn wurde elliptisch.

Ich hielt den Atem an, als ich begriff – oder vielmehr erahnte –, was vor unseren Augen geschah. Es wirkte unheimlich, weil es ein logisch fundierter Vorgang war, dessen ein instinktgeleitetes Tier nicht fähig sein konnte. Es sei denn, dieser geierähnliche Vogel war nicht ausschließlich ein von Instinkten geleitetes Bündel aus Knochen, Muskeln, Sehnen und Federn, sondern besaß wenigstens ansatzweise die Fähigkeit, vorausdenkend zu planen und zu handeln. Was nicht mehr, aber auch nicht weniger bedeutete, als dass der Vogel indirekte Erfahrungen sammeln konnte, indem er gewisse Handlungen in seiner Fantasie durchspielte. Das aber vermochten nur intelligente Wesen.

Ich sah das Tier mit anderen Augen, als es aus der elliptischen Flugbahn ausbrach und in einer Geraden den flachen Hang des Strudels überstrich – und über dessen Rand hinausflog. Es hatte uns demonstriert, wie wir aus dem Bannkreis des Schlundes entkommen konnten, nämlich, indem wir uns von dem Sog beschleunigen ließen und diese Beschleunigung künstlich erhöhten, indem wir, anstatt uns gegen den Sog zu wehren, in seine Richtung fuhren. Danach mussten wir in einer Ellipse – beziehungsweise einer halben Ellipse – um den Kern des Strudels herumschwingen und würden genügend Fahrt bekommen, um auszubrechen.

»Haben Sie gesehen, was der Vogel uns gezeigt hat?«, rief ich.

»Ja, aber ich begreife nicht, wieso ein Vogel ein Beispiel aus der Raumfahrt einsetzen kann«, erwiderte Sagullia. »Woher weiß er, dass ein antriebsloses Raumfahrzeug sich von der Anziehungskraft eines Himmelskörpers so beschleunigen lassen kann, dass es um diesen Körper herumschwenkt und dadurch so viel kinetische Energie mitgeteilt bekommt, dass es aus seinem Anziehungsbereich ausbricht?«

Ich musste lachen. »Das weiß der Vogel garantiert nicht, Sagullia. Aber wir beide wissen es. Wir hätten längst erkennen sollen, dass man die betreffenden Gesetze auf unseren Fall übertragen und anwenden kann. Worauf warten wir noch?«

Wir tauchten die Riemenblätter ins Wasser und richteten den Bug so aus, dass er dicht am Strudelkern vorbeizielte. Danach legten wir uns kraftvoll ins Zeug.

Beängstigend schnell näherten wir uns dem wirbelnden Schlund. Ich sah, wie ein zersplitterter Baum herumgeschleudert wurde und nach einem letzten Aufbäumen im Trichter verschwand. So würde es dem Boot und uns ergehen, falls unser Vorhaben misslang.

Knapp vierzig Meter vor dem Sog rissen wir das Boot durch einseitiges Gegensteuern aus dem Kurs. Die Riemen bogen sich dabei, und ich fürchtete schon, sie würden brechen. Aber sie hielten. Rechts von uns brauste, gurgelte und donnerte der Schlundtrichter. Die Wassermassen wirbelten in ihm so schnell umeinander, dass sie glatt wie Glas wirkten.

Unser Boot flog förmlich über das Wasser. Wir stemmten die Riemen hoch, um die Fahrt nicht zu bremsen. Hinter uns rauschte und gurgelte das Kielwasser. Die *Obya* schwang halb um den Schlund herum. Nun kam es darauf an, ob sie genug Fahrt mitbekommen hatte.

Als sie schräg aufwärts schoss, dem Rand des Strudels entgegen, schrien Sagullia und ich vor Freude und Erleichterung. Erneut legten wir uns in die Riemen und arbeiteten mit langen, kraftvollen Schlägen.

Wir registrierten, wie das unsichtbare Band zerriss, das uns an den Strudel gefesselt hatte. Die Fahrt des Bootes wurde glatter, freier – und mit jedem Schlag blieb der Rand des Strudels weiter hinter uns zurück.

»Wir haben es geschafft!«, jubelte Sagullia Et.

Ich blickte nach oben. Der Vogel kreiste über uns, den Kopf nach unten gereckt und schräg gehalten, so dass eines seiner gelben Augen uns beobachten konnte.

Ich winkte ihm zu. »Danke, Freund!«, rief ich, obwohl er mich nicht verstehen konnte. Aber vielleicht vermochte er die Bedeutung der Geste zu begreifen.

Es schien wirklich so, denn im nächsten Moment schraubte er sich zu uns herab und landete wieder auf dem Bugspriet. Diesmal wandte er sich aber nicht uns zu, sondern der Küste von Yuurmischkohn, und der gekrümmte Schnabel deutete auf den Punkt, an dem die Bucht der blauen Geier liegen musste.

Es war später Vormittag, als die *Obya* in die Bucht einlief. Die Vögel, denen sie ihren Namen verdankte, kreisten zu Hunderten hoch über dem klaren Wasser. Ab und zu stießen sie einzeln oder in exakt formierten Ketten herab, bohrten ihre Krallen durch die Wasseroberfläche und stiegen mit Beute auf.

Diese Bucht war mindestens fünfmal so groß wie jene bei der Station der Regelerschaffer. Hinter einem durchschnittlich hundert Meter breiten Kiesstrand ragten schroffe Klippen gut zweihundert Meter empor. Auf den kleineren Felsen nisteten die geierähnlichen Vögel, auf den beiden größten erhoben sich prunkvolle Wohnanlagen. Zwei schmale Brücken verbanden diese Klippen, weitere Brücken führten zu einer Hochebene, die in das typische Inlandsgebirge von Yuurmischkohn überging.

»Hier also wohnen die abgesetzten Regelerschaffer«, sagte ich nachdenklich. »Es geht ihnen offenbar gut.«

»Lebt hier überhaupt jemand?«, erwiderte Sagullia. »Wenn ja, dann scheinen die Bewohner zu schlafen.«

Je länger ich die Häuser betrachtete, desto stärker wurde mein Gefühl, dass tatsächlich manches nicht stimmte. Es war zu ruhig. Vielleicht waren die Ansiedlungen von ihren Bewohnern verlassen worden – oder die Feyerdaler hatten Gründe, in ihren vier Wänden zu bleiben und sich still zu verhalten.

Der Riesenvogel, der fast unbeweglich auf dem Bugspriet gesessen hatte, stieß einen krächzenden Schrei aus und schwang sich auf. Seine Artgenossen erwiderten den Schrei. Sie kreisten über der *Obya* und beobachteten uns. Hin und wieder stieß ein Tier herab, berührte mit den Krallen die Meeresoberfläche in der Nähe des Bootes und beäugte uns aus der Nähe, bevor es sich wieder zu den anderen hinaufschwang.

»Sie scheinen uns zu mögen«, stellte Sagullia fest.

Den Eindruck hatte ich ebenfalls. Ich deutete auf mehrere hohe Felsblöcke am Ufer.

»Dort werden wir das Boot verstecken. Anschließend suchen wir einen Weg zu einer der Siedlungen. Wir bewegen uns vorläufig so, dass die Feyerdaler uns nicht entdecken. Ich weiß nicht, wie sie auf unser Erscheinen reagieren würden. Vielleicht ist eine Kontaktaufnahme zu ihnen unmöglich, aber in erster Linie suchen wir DAS WORT.«

»Und wenn wir es gefunden haben?«

»Dann sehen wir weiter.«

Noch einmal legten wir uns in die Riemen. Sagullia und ich waren mittlerweile ein eingespieltes Team.

Wenige Minuten später glitt der Bug des Bootes knirschend über den Kiesstrand. Sagullia und ich sprangen hinaus und zogen die *Obya* zwischen die Felsblöcke. Fünf blau gefiederte Riesenvögel ließen sich auf den Felsen nieder und äugten zu uns herab.

Als Et sich aufrichtete, wurde er blass und stützte sich mit einer Hand ab. »Der Boden schwankt!«, rief er.

Ich lachte. »Das Gefühl täuscht, Sagullia. Ihr Gleichgewichtssinn hat sich darauf eingestellt, die Bewegungen des Bootes auszugleichen, und muss sich erst wieder umgewöhnen.«

»Es gibt so viel, was ich bisher nicht wusste.«

»Natürlich«, erwiderte ich ernst. »Ein Raumschiff kann immer nur ein künstliches Zerrbild der Umweltverhältnisse auf einem Planeten bieten. Je eher ihr Solaner versteht, dass die SOL keine Welt, sondern nur ein Transportmittel ist, desto besser wird es für uns alle sein.«

Sagullia Et schüttelte den Kopf. Trotzdem schien ich ihn halb überzeugt zu haben.

Unsere Kleidung war längst wieder getrocknet. Deshalb legten wir keine Rast ein, sondern machten uns sofort auf den Weg zur nächsten Wohnklippe. Es war hier nicht so heiß und stickig wie in der anderen Bucht, denn eine frische Brise wehte von der See herein und brachte Kühlung.

Auf Anhieb entdeckten wir die in den Fels gebrannten Stufen. Sie führten in Serpentinen aufwärts, waren aber offensichtlich lange nicht mehr benutzt worden. Moose und Flechten und sogar dünnes blaues Gras wuchsen.

»Sie gehen voran!«, bestimmte ich. »Halten Sie sich immer dicht am Hang und sehen Sie niemals nach unten! Hier gibt es keine Sicherheitsautomatik, die rettend eingreift, wenn Sie einen Fehler machen.«

Er zuckte geringschätzig mit den Schultern. Warum, war mir klar. Erstens sieht die steilste Treppe von unten ungefährlich aus, und zweitens fehlte ihm jede diesbezügliche Erfahrung, so dass er nicht ahnen konnte, welche Gefühle einen Menschen überkommen, sobald er in halber Höhe zurückschaut.

Erst als wir schon oben waren, wandte er sich um. Übergangslos wurde er blass und taumelte. Ich sprang die letzten beiden Stufen hoch und drückte Sagullia auf das Gipfelplateau.

»Wir müssen doch nicht wieder da hinunter?« Er schluckte krampfhaft.

»Wahrscheinlich nicht.« Ich packte ihn an den Schultern und drehte ihn herum, so dass wir die Wohnanlage überblicken konnten. Ihre Gestaltung zeugte von Verspieltheit, aber auch von Schönheitssinn. Weniger schön wirkten die vielen zerbrochenen Fensterscheiben und die ebenso zahlreichen mit starken Platten verschlossenen Fensterhöhlen.

Ein Torweg führte durch eines der Häuser hindurch. Wir konnten den Ausschnitt eines Platzes oder Innenhofs sehen und gingen darauf zu.

Stöhnend prallte Sagullia zurück. Ich hielt ihn fest und blickte kaum weniger entsetzt auf die grausige Szene, die sich uns bot.

Auf dem Platz lagen zwei Feyerdaler. Ihr Aussehen ließ keinen Zweifel daran aufkommen, dass sie eines gewaltsamen Todes gestorben waren. Zwei Arbeitsroboter hatten sie anscheinend in dem Augenblick erreicht, in dem auch wir erschienen waren. Sie hoben die Toten auf ihre stählernen Arme und stapften zu einem zweiten Torweg zu unserer Linken.

»Nehmen Sie sich zusammen, Sagullia!«, flüsterte ich. »Wir folgen den Robotern. Vielleicht erfahren wir, was hier gespielt wird.«

Et nickte.

Zweifellos hatten die Roboter uns bemerkt, dennoch reagierten sie nicht. Nachdem wir den zweiten Torweg passiert hatten, gelangten wir auf eine schmale Brücke. Sie führte zu einer anderen Klippe.

Die Roboter trugen die schrecklich zugerichteten Toten hinüber und weiter bis zum jenseitigen Ende des Felsens. Dort warfen sie die sterblichen Überreste einfach in die Tiefe. Anschließend kehrten sie um und gingen an uns vorüber, ohne uns zu beachten.

Wir schauten uns entsetzt an, dann eilten wir wie auf ein geheimes Kommando hin zum Rand der Klippe, ließen uns auf den Boden sinken und krochen so weit vor, dass wir gerade noch ungefährdet in die Tiefe schauen konnten. Sagullia schien sein Schwindelgefühl allmählich zu überwinden.

Unten prallten die Wellen gegen den Fuß der Klippe. Von oben stießen die blau gefiederten Vögel herab und rissen mit Krallen und Schnäbeln an dem, was auf der Wasseroberfläche trieb.

Sagullia zog sich hastig zurück, stemmte sich auf die Knie hoch und übergab sich. Mir war ebenfalls flau im Magen, obwohl ich mir sagte, dass es so viele Bestattungsarten wie Völker gab. Dennoch erschien mir die Beseitigung der sterblichen Überreste der ehemaligen Regelerschaffer unwürdig. Vor allem aber quälte mich die Frage, ob die beiden Feyerdaler durch einen Unfall umgekommen waren – oder durch Mord.

»Wenn Ihnen wieder besser ist, gehen wir, Sagullia«, sagte ich leise.

»Wohin?«, fragte er tonlos und richtete sich auf.

»In die zweite Wohnanlage. Vielleicht lebt dort jemand.«

19.

Um unser neues Ziel zu erreichen, mussten wir die erste Siedlung durchqueren. Doch so weit kamen wir gar nicht, denn schon im Torweg hörten wir Stimmen. Der Tonfall klang nach Streit.

»Wir beobachten nur«, raunte ich Sagullia zu.

Wir schlichen bis zur Einmündung des Torwegs auf den Platz und hielten uns dicht an der Wand, um nicht sofort entdeckt zu werden. Die Stimmen wurden lauter. Mein Translator übersetzte jedoch nur Bruchstücke, da mehrere Feyerdaler gleichzeitig redeten beziehungsweise schrien.

Schräg gegenüber stand eine Gruppe von fünf Personen und stritt lautstark mit einer anderen Gruppe, die sich auf einer Terrasse in gut acht Metern Höhe befand. Ich konnte nicht herausfinden, worum es bei der Auseinandersetzung ging.

Plötzlich flog von oben ein Wurfgeschoss herab, wahrscheinlich ein Stein, und traf einen der unten stehenden Feyerdaler an der Schulter. Mit einem spitzen Aufschrei ging der Mann zu Boden. Die anderen liefen auseinander und holten aus den Taschen ihrer weiten Gewänder ebenfalls Wurfgeschosse hervor. Sie warfen sie nach oben, und schrilles Geheul bewies, dass sie ebenfalls Treffer erzielten.

Hier und da tauchten auch in den Fenstern Feyerdaler auf. Beschimpfungen gellten über den Platz; Fäuste wurden drohend emporgereckt. Aus einer Tür stürmten drei mit Knüppeln bewaffnete Personen, und ein wildes Handgemenge entstand.

Immer mehr Türen flogen auf, und weitere Feyerdaler mischten sich unter die Kämpfenden. Ebenso viele schleuderten von Fenstern, Terrassen und Dächern Wurfgeschosse herab. In diesem wüsten Durcheinander kämpfte jeder gegen jeden.

Sagullia ballte ebenfalls die Hände. Er war blass, aber seine Augen funkelten. Ich wusste, was das bedeutete. Aggressionen stecken an, und nur Erfahrungen können einem helfen, sich nicht von aufgeweckten Instinkten hinreißen zu lassen.

»Sie schlagen sich gegenseitig tot!«, stieß Et hervor. »Wir müssen sie auseinander bringen!«

»Wenn wir eingreifen, vermehren wir die Anzahl der Prügelnden nur um zwei Personen, und höchstwahrscheinlich wenden sich alle Feyerdaler gegen uns. Nein, ohne Lähmwaffen ist nichts zu machen.«

»Aber sie trampeln auf den Verletzten herum!«, schrie Sagullia mich an.

Ich presste die Lippen zusammen. Es fiel mir nicht leicht, tatenlos zuzusehen, wie intelligente Lebewesen sich gegenseitig umbrachten, aber wir hätten tatsächlich nichts ausgerichtet. Da die Feyerdaler uns körperlich weit überlegen waren, wären wir selbst die nächsten Opfer geworden.

»Das sind bestimmt keine ehemaligen Regelerschaffer«, sagte Sagullia. »Das kann nicht sein.«

»Doch«, gab ich bedrückt zurück. »Wahrscheinlich schon. Sie haben sich als Regelerschaffer und Unfehlbarkeiten zu größter Perfektion steigern und sich gegenseitig den Rang ablaufen wollen. Das erzeugt Stress in höchster Potenz, und dieser Stress fordert seine Opfer. Sie brachen psychisch zusammen. Deshalb wurden sie schließlich abgesetzt – und hier, wo die Regeln der Feinsprache offenbar nicht mehr gelten, bricht ihr latenter Wahnsinn beim geringsten Anlass aus.«

»Dann ist es ein Verbrechen, sie sich selbst zu überlassen«, entgegnete Sagullia mit Tränen in den Augen. »Sie gehören in Sanatorien, unter die Obhut fachkundiger Spezialisten, aber nicht hierher.«

Ich zog den zitternden Solaner tiefer in den Torweg zurück, damit er das Schreckliche nicht länger mit ansehen musste.

»Sagen Sie das den amtierenden Regelerschaffern«, erwiderte ich. »Aber ich wette, dass diese Superfeinsprecher Ihnen kein Wort glauben werden, weil sie von ihrer Unfehlbarkeit so überzeugt sind, dass ihr Unterbewusstsein sich gegen die Wahrheit sträuben wird. Weil nicht sein kann, was nicht sein darf.«

»Aber … das ist Wahnsinn«, flüsterte Sagullia. »Wir müssen helfen, Perry! Ich denke, Sie fühlen sich verpflichtet, allen beizustehen, die Ihrer Hilfe bedürfen?«

»Sofern ich in der Lage bin, zu helfen«, erklärte ich. »Vorläufig können wir für diese armen Kerle nichts tun.« Ich zog ihn noch weiter zurück. »Wir müssen versuchen, über die Dächer zur anderen Seite des Platzes zu gelangen, denn nur von dort können wir die Brücke zur Nachbarsiedlung erreichen. Unsere vordringliche Aufgabe ist immer noch, DAS WORT zu finden.«

Sagullia Et widersprach nicht mehr, aber die Erschütterung spiegelte sich noch lange in seinen Zügen.

Wir fanden an der Rückseite eines Gebäudes eine Außentreppe. Über sie gelangten wir auf das Dach. Da die einzelnen Bauwerke schier aneinander klebten, konnten wir von einem Dach zum nächsten überwechseln, sofern die Höhenunterschiede nicht zu groß waren.

Während wir einige gefährliche Kletterpartien überstanden, folgte uns der hysterische Kampflärm. Das zerrte an den Nerven, und immer öfter machten wir uns mit Verwünschungen Luft, wenn wir ein Hindernis nicht sofort überwinden konnten.

Als das Geschrei endlich verstummte, atmeten wir erleichtert auf. Doch Sekunden später war in der relativen Stille das Stöhnen der Verletzten zu hören.

Wieder musste ich Sagullia zurückhalten, der unbedingt umkehren und helfen wollte. Es wäre Wahnsinn gewesen, wenn wir als völlig Fremde ausgerechnet jetzt den Platz betreten hätten. Das hätte die Gemüter erneut bis zur Weißglut erhitzt.

Ich half Sagullia über eine Dachkante hoch. Erst jetzt bemerkten wir, dass es heißer geworden war. Landeinwärts türmten sich dunkle Wolkenberge. Wahrscheinlich würde in wenigen Stunden ein Gewitter losbrechen. Die Sonne hing gleich einem wabernden Glutkessel über uns.

Auf der benachbarten Klippe stand die zweite Wohnanlage der ausgedienten Regelerschaffer, und zwischen unserer und ihrer Klippe spannte sich eine rund dreihundert Meter lange Brücke.

»Dort ist es still«, sagte Sagullia. »Ich sehe niemanden.«

Mein Blick wanderte über die Dächer der Nachbarsiedlung hinweg, glitt über die schmale Brücke, die sie mit dem Festlandplateau verband, und blieb an etwas Glitzerndem hängen, das weit im Hintergrund unter einem einzelnen großen Baum zu sehen war.

»Was ist los?«, fragte Sagullia.

Ich zeigte ihm meine Entdeckung. Er kniff die Augen zusammen und schüttelte schließlich den Kopf.

»Sie sind es nicht gewohnt, weite Entfernungen zu überschauen«, stellte ich fest. »Das ist eine weitere negative Auswirkung des ständigen Aufenthalts in einem Raumschiff. Es wird Zeit, dass wir die Erde wiederfinden.«

»Was sehen Sie denn?«, fragte Sagullia, ohne auf meine Bemerkung einzugehen.

Dunkle Wolken schoben sich vor die Sonne. Es blieb hell genug, aber da das Objekt meiner Aufmerksamkeit nicht mehr direkt von den Sonnenstrahlen getroffen wurde, reflektierte seine Oberfläche auch nicht mehr. Dadurch konnte ich es viel besser erkennen.

»Es ist ein schwerer Gleiter mit feyerdalischer Aufschrift.« Ich beschattete meine Augen mit der flachen Hand. »Tatsächlich ... Die Zeichen sind eindeutig: DAS WORT. Dort müssen wir hin.«

»Aber was macht DAS WORT in der Nähe dieser Wahnsinnigen?«, fragte Sagullia erstaunt.

Ich zuckte mit den Schultern. »Woher soll ich das wissen! Jedenfalls ist es dort.«

Vom Platz her erklangen die schweren Schritte von Robotern. Wir schauten nicht hinab, sondern sprangen auf das Dach des letzten Gebäudes.

Die Gewitterwolken am Horizont türmten sich bedrohlicher auf. Auch vor der Sonne ballten sich immer mehr Wolken zusammen. Weit hinter uns lärmten die Geier. Als ich mich umwandte, erkannte ich, dass Hunderte der blauen Riesenvögel über den Klippen und dem Meer kreisten und immer wieder im Sturzflug Beute schlugen.

»Hier gibt es keine Außentreppe«, stellte Sagullia fest, der sich über den Dachrand gebeugt hatte.

Ich deutete auf eine halb offene Dachluke. »Dann müssen wir nach innen ausweichen.«

Gemeinsam wuchteten wir den transparenten Lukendeckel hoch und klappten ihn um. In dem Dämmerlicht unter der Öffnung führte eine schmale Treppe in einen anscheinend unbewohnten Raum.

Ich stieg als Erster hinab. Der quadratische Raum enthielt kein Mobiliar. Zwei der vier Fensterscheiben waren zerbrochen, die anderen starrten vor Schmutz. Auf dem Fußboden lag eine fingerdicke Staubschicht.

Hinter mir polterte es. Ich fuhr herum. Sagullia hatte die vorletzte Stufe verpasst und war in den Staub gefallen. Eine graue Wolke wirbelte auf und hüllte den jungen Mann ein – und aus der Wolke kam ein lautes Niesen.

»Warum passen Sie nicht auf?«, herrschte ich ihn an. »Sollen die Feyerdaler uns unbedingt hören?«

Sagullia Et nieste noch zweimal, dann tauchte er aus der Staubwolke auf und ging zu einem der Fenster. »Bitte entschuldigen Sie«, sagte er. »Ich sah dieses Ding; deshalb achtete ich nicht darauf, wohin ich trat.«

»Was für ein Ding?«

Er nahm etwas von der Fensterbank und hielt es mir auf der Handfläche entgegen. Es war eine daumendicke, zirka sieben Zentimeter durchmessende Scheibe aus schwach rötlich leuchtendem Material, deren Oberfläche mit erhabenen Symbolen bedeckt war.

Sagullia zog die halb durchsichtige hellgrüne Kette auseinander, die an der Scheibe befestigt war, und streifte sie sich über den Kopf. »Sieht hübsch aus, nicht wahr?«, fragte er lächelnd.

»Dann behalten Sie es doch. Es scheint keinen Besitzer mehr zu haben. Wahrscheinlich ist es eine Art Amulett.«

»Es wird mich immer an unseren Kampf gegen das Meer erinnern«, erwiderte Sagullia erschaudernd.

»Kommen Sie!«, drängte ich. »Wir müssen weiter. Offenbar hat niemand den Krach gehört, den Sie verursacht haben. Aber passen Sie künftig besser auf! Ich möchte nicht eine Horde Feyerdaler am Hals haben.«

Ich öffnete die einzige Tür. Dahinter war es fast völlig dunkel. Dennoch erkannte ich die Konturen einer weiter nach unten führenden Treppe. Leise stiegen wir hinab. Als wir einen flüsternden Laut hörten, erstarrten wir und lauschten. Doch es blieb danach still.

Draußen herrschte ein fahles Halbdunkel. Die Luft erschien zum Schneiden dick.

Auch drüben, in der zweiten Siedlung, herrschte eine drohend wirkende Stille. Als wir die Brücke betraten, schien sie zu schwanken. Doch das konnte nur Einbildung sein, denn die Konstruktion wirkte sehr stabil. Trotzdem verfielen wir in einen Laufschritt, als fürchteten wir mit einem Mal um unsere Sicherheit.

Als wir drüben ankamen, war es schon fast dunkel. Der Torweg, der auch hier ins Innere der Anlage führte, wirkte wie ein finsterer Schlund. Ich glaubte plötzlich, eine lauernde Gefahr zu spüren, aber ich schüttelte das Gefühl ab. Langsam gingen wir in den Torweg hinein.

Der Eindruck einer Bedrohung wurde stärker, und schließlich erkannte ich, dass ich besser daran getan hätte, auf meinen Instinkt zu hören. Dunkle Gestalten versperrten uns jäh den Weg. Als wir uns umwandten, sahen wir, dass uns auch der Rückweg abgeschnitten war.

»Was wollt ihr von uns?«

Der Translator übersetzte meine Frage ins Feyerdalische, aber die Gestalten reagierten nicht darauf. Schweigend näherten sie sich.

»Wir werden kämpfen«, raunte Sagullia Et.

»Wir müssen kämpfen!«, erwiderte ich. »Wir brechen nach vorne durch. Gelingt das nicht, müssen wir eine Tür finden und aufs Dach des nächsten Hauses fliehen.«

Langsam gingen wir weiter. Ich hielt Sagullia am Arm fest, damit er nicht zu früh losstürmte. Als die schweigende Mauer der Feyerdaler nur noch drei Schritte entfernt war, ließ ich ihn los.

Wir sprangen vor und rammten zwischen den Feyerdalern hindurch, schlugen uns den Weg mit Fäusten und Ellenbogen frei. Die ehemaligen Regelerschaffer wurden von unserem Angriff überrascht. Bevor sie reagieren konnten, hatten wir ihre Front durchbrochen und hasteten weiter. Hinter uns erschollen Rufe, die Enttäuschung, Wut und Ärger ausdrücken mochten.

Wir stürmten auf den Platz und liefen ungefähr zwanzig Meter weit, bevor wir erkannten, dass wir noch längst nicht in Sicherheit waren. Ringsum standen an den Hauswänden schweigende Feyerdaler und Feyerdalerinnen. Ihre teils von Narben entstellten Gesichter waren unbewegt. Nur ihre Augen glitzerten unerträglich grell. Hier traten Aggressivität und Vitalität eines großen Volkes offen zutage, die bei den Feinsprechern und amtierenden Regelerschaffern unter der Tünche formaler Verhaltensweisen begraben lagen.

Ich blickte zum gegenüberliegenden Torweg. Durch ihn mussten wir, wenn wir die Brücke zum Plateau erreichen wollten. Ob dort ebenfalls Feyerdaler lauerten, war nicht zu erkennen. Aber wir hatten gut fünfhundert Meter zu überwinden.

»Flugaggregate müssten wir haben«, bemerkte Sagullia trocken.

Ich entdeckte in seinen Augen etwas, das ich als Galgenhumor definierte. So war es oft gewesen, wenn eine Lage aussichtslos erschienen war.

Ferner Donner grollte. Als wäre er ein Signal gewesen, setzten die Feyerdaler sich in Bewegung. Die Situation wirkte unheimlich und grotesk zugleich.

Das Amulett auf Sagullias Brust schien stärker aufzuleuchten und schuf in den düsteren Schatten der Gewitterwolken einen kleinen Kreis rötlicher Helligkeit. Das war niemals nur ein Schmuckstück, sondern wahrscheinlich ein Gerät, dessen Funktion wir allerdings nicht kannten. Sagullia bemerkte meinen Blick und schaute an sich hinab. Danach blickte er mich verblüfft an.

»Was kann das sein?«, fragte er.

Im Norden wetterleuchtete es. Sekunden später hörten wir das schmetternde Krachen der ersten Blitze. Die Feyerdaler schienen es überhaupt nicht wahrzunehmen. Sie kamen Schritt um Schritt näher.

Uns blieb nichts anderes übrig, als weiterzugehen, bis wir an die Umrandung des Zierbrunnens stießen, der hier wie in der Nachbarsiedlung den Mittelpunkt des Platzes kennzeichnete. Einer Eingebung folgend, zog ich meine Handlampe vom Gürtel und leuchtete in die Brunnenröhre hinab.

Ein Zierbrunnen muss nicht unbedingt Wasser enthalten, dennoch war ich überrascht, dass der Schacht leer und trocken war. Noch mehr überraschte mich allerdings, dass er bis in eine Tiefe von gut neun Metern reichte.

Der Lichtkegel glitt über die Wände und den Grund der Röhre. Sie war aus grob behauenen Steinen gemauert, die starke Verwitterungsspuren aufwiesen. Wahrscheinlich war der Brunnen weit vor der Wohnanlage gebaut worden, vielleicht im Zentrum einer früheren primitiven Siedlung, die einst hier gestanden hatte.

Wo die Wandung auf den schuttbedeckten Grund des Brunnens stieß, entdeckte ich zwei halb vom Rost zerfressene Eisengitter. Das bestätigte meine Vermutung, dass der Brunnen das Werk einer primitiven Zivilisation war.

»Wir müssen hinunter«, sagte ich zu Et. »Die Gitter dürften sich aufbrechen lassen, und wahrscheinlich liegen hinter ihnen Hohlräume oder Stollen, in denen wir uns eine Zeit lang verbergen können.«

»Aber dann säßen wir endgültig in der Falle.«

»Wie nennen Sie das hier oben?«

Sagullia musterte den Kreis der näher kommenden Feyerdaler, dann nickte er.

»Sie zuerst!«, sagte ich. »Aber halten Sie sich gut fest!«

Schweigend schwang er sich über die Ummauerung und tastete mit den Füßen nach einem Halt. Im nächsten Aufblitzen sah ich sein entschlossen wirkendes Gesicht. Als sich in das folgende Donnern ein anderes Geräusch mischte, sah ich mich wieder nach den Feyerdalern um.

Die Front der Wahnsinnigen rückte schneller vor, und einige der ehemaligen Feinsprecher stimmten ein wütendes Geheul an. Sie hatten begriffen, dass wir durch den Brunnen fliehen wollten.

Ein Stein traf meinen Brustkorb. Ihn hatte ich nicht kommen sehen, da es fast dunkel war. Weitere Steine dröhnten gegen die Ummauerung des Brunnens.

Ich schaltete die Lampe aus. Gleichzeitig schrammte ein weiterer Brocken über meine linke Schulter. Ich schrie vor Schmerz auf, dann schwang ich mich ebenfalls über den Brunnenrand.

Das Gebrüll der wahnsinnigen Feyerdaler wurde ohrenbetäubend und hallte von allen Seiten wider. Ein weiterer Stein flog haarscharf an meinem Kopf vorbei, dann befand ich mich im Brunnen und rutschte hastig abwärts, mit Händen und Füßen nach Halt tastend.

Von unten drang ein Knirschen herauf, gefolgt von dumpfen Schlägen und einem Splittern.

»Ein Gitter ist offen!«, rief Sagullia. Seine Lampe flammte auf. »Ein Gang, Perry!«

Als ein Hagel von Steinen und Knüppeln in den Brunnenschacht prasselte, ließ ich mich die letzten Meter einfach fallen. Sagullia war bereits in den Gang gekrochen. Er packte mich und zog mich ebenfalls hinein. Damit rettete er mir vermutlich das Leben, denn kaum war ich im Gang, als hinter mir kopfgroße Steine aufschlugen.

Ich holte tief Luft. »Weiter!«, drängte ich.

Falls die Feyerdaler uns folgten, stand ein Wettlauf bevor, den wir – falls überhaupt – nur gewinnen konnten, wenn wir einen möglichst großen Vorsprung herausholten.

Jäh wurde der Brunnenschacht bis in den letzten Winkel in gleißende Helligkeit getaucht – und fast im gleichen Augenblick rollte der Schall eines Donnerschlags heran, der uns schier betäubte.

Bevor ich wieder hören konnte, registrierte ich die Wassermassen, die in den Brunnenschacht stürzten und im Nu den Schutt überfluteten. Dann drang das Rauschen des Wolkenbruchs an meine Ohren. Von den Feyerdalern war nichts mehr zu hören. Dennoch mussten wir weiter, wenn wir nicht ertrinken wollten.

Im Schein unserer Lampen bewegten wir uns durch einen niedrigen Gang, der zu gebückter Haltung zwang.

Dieser Tunnel stammte zweifellos aus der Zeit des Brunnenbaus. Wände und Decken waren aus grob behauenen Natursteinen zusammengefügt, und der Boden war mit Steinpflaster befestigt. Er wies ein leichtes Gefälle auf, so dass das Regenwasser aus dem Brunnen uns folgte, sobald es mit dem Einstieg auf gleiche Höhe gekommen war. Dennoch konnte es uns nicht einholen, sondern versickerte in vergitterten Löchern, die in regelmäßigen Abständen in den Boden eingelassen waren.

Das Gewitter tobte über uns. Kleine Steine und Schmutz fielen von der Decke.

Unvermittelt mündete der niedrige Gang in eine rechteckige Kammer von zirka zwei Metern Höhe. Kühle Luft schlug uns entgegen. Die Lichtfinger der Lampen geisterten über Boden und Wände und rissen verschiedene Dinge aus dem Dunkel: eine mit verrostetem Eisen beschlagene Truhe, mehrere Gewehre, von denen allerdings nur noch Läufe und Schlösser erhalten geblieben waren, sowie drei Skelette.

Skelette von Feyerdalern – zweifellos. Aber nur ein Skelett stammte von einem erwachsenen Feyerdaler, die anderen waren kleiner. Vermutlich stammten sie von Kindern.

»Was mag sich hier ereignet haben?«, fragte Sagullia erschüttert.

»Um das zu beantworten, müssten wir die Geschichte der Feinsprecher auf dieser Welt kennen«, erwiderte ich. »Wenn die Truhe und die Gewehre allerdings von Feyerdalern angefertigt wurden, dann muss es auf Pröhndome einen vorübergehenden Rückfall der ersten Siedler in die Barbarei gegeben haben. Die Toten könnten Flüchtlinge sein, die, aus welchem Grund auch immer, Zuflucht in diesem Gewölbe suchten und hier starben. Aber wir dürfen uns nicht aufhalten.«

Zwei Türen befanden sich in der Kammer. Die eine war durch einen Deckeneinsturz verschüttet worden, hinter der anderen setzte sich der Gang fort. Wir stießen sehr bald auf eine nach oben führende Steintreppe.

Sagullia blieb stehen. »Da geht es wieder in die Wohnanlage hinauf, Perry.«

»Wir können nicht ewig in diesem Gewölbe bleiben.«

Ich stieg entschlossen nach oben. Wahrscheinlich würden wir wieder

Feyerdalern begegnen, aber sicher nur einzelnen. Mit denen mussten wir irgendwie fertig werden.

Die Treppe endete auf einem Podest – und vor einer festen Wand. Ich trat mit dem Fuß dagegen. Nichts bewegte sich. Ohne Werkzeug würden wir die Mauer wohl nicht durchbrechen können.

»Es sieht so aus, als müssten wir umkehren«, sagte ich resignierend.

»Das gefällt mir gar nicht.« Sagullia trat ebenfalls mit dem Fuß dagegen, fünfmal, dann hielt er inne.

Plötzlich sträubten sich mir die Nackenhaare. Ich wirbelte herum und leuchtete nach unten. Aber niemand war uns gefolgt.

»Sie haben es auch gehört, nicht wahr?«, fragte Sagullia.

»Ja«, erwiderte ich. »Jemand hat geflüstert. Aber hier ist niemand außer uns. Oder waren Sie das?«

Sagullia Et schüttelte den Kopf. »Nein, Perry. Aber diesen flüsternden Laut haben wir schon in dem Haus gehört. Und auch da haben wir niemanden gesehen.«

»Die Geister der Toten!«, entfuhr es mir.

Sagullia lächelte nachsichtig. »Glauben Planetarier an solche Geschichten?«, erkundigte er sich. Jäh weiteten sich seine Augen. »Was ist das?«

Ich folgte seinem Blick und sah, dass die Wand, die uns den Weg versperrte, rissig geworden war. Ohne lange zu überlegen, trat ich nochmals dagegen. Diesmal löste sich ein großes Stück der Mauer und fiel auf die andere Seite.

»Das gibt es nicht, oder?« Sagullia betastete die Ränder des Loches. »Es scheint, als wäre die Materialstruktur verändert worden.«

Ich trat noch einmal zu. Ein zweites Stück löste sich – und nach weiteren Tritten hatte ich eine Öffnung geschaffen, durch die wir ohne Verrenkungen hindurchsteigen konnten. Ich erblickte eine Art Kellerraum mit Klimaanlage und Wasserfilter.

»Ich begreife das nicht«, raunte Et. »Der Strukturzerfall des Materials lässt sich mit Einflüssen aus der dimensional normalen Ebene nicht erklären.«

»Geister wohnen auch nicht auf unserer dimensional normalen Ebene, Sagullia.« Ich blickte ihn nachdenklich an. »Vielleicht haben wir einen Schutzgeist als Begleiter. Ich schlage vor, dass wir, wenn er wieder flüstert, die Umgebung peinlich genau auf Veränderungen absuchen.«

Meine Erwiderung war nur teilweise scherzhaft gemeint gewesen. Ich war in der Tat überzeugt, dass etwas oder jemand zu unseren Gunsten eingegriffen hatte, nur verfügte ich im Unterschied zu Sagullia über so viele einschlägige Erfahrungen, dass mich dieses Ereignis nicht erschüttern konnte.

Wir durchquerten den Keller, stiegen eine weitere – allerdings neuzeitliche – Treppe hinauf und wollten uns gerade zur Haustür wenden, als über uns ein Geräusch ertönte.

»Da hat jemand gestöhnt«, erschrak Sagullia.

Bevor ich etwas erwidern konnte, eilte er die Fortsetzung der Treppe hinauf. Mir blieb nichts anderes übrig, als ihm zu folgen. Eine halbe Minute später stand ich in einem Wohnraum und blickte auf eine Feyerdalerin hinab. Sie lag auf einem Pneumobett und starrte uns aus matt glitzernden Augen an. Ihre rechte Kopfseite war blutüberströmt.

Sagullia holte Wasser und tupfte das Blut ab. Zum Vorschein kam eine klaffende, aber nicht lebensgefährliche Platzwunde. Ich betastete vorsichtig die Schädelknochen und stellte fest, dass sie heil waren. Wahrscheinlich hatte die Frau eine Gehirnerschütterung erlitten, sonst hätte sie aufstehen und ihre Wunde selbst versorgen können.

»Können Sie mich hören?«, fragte ich, während Et die Ränder der Wunde zusammendrückte und Heilplasma darauf sprühte.

»Ich höre Sie«, antwortete die Feyerdalerin schwach. »Sie sind Fremde – von einem anderen Planeten. Haben Sie Pröhndome erobert?«

»Wir sind Gäste des Berührungskreises und aller Feyerdaler«, antwortete ich. »Allerdings kommen wir mit der Feinsprache nicht zurecht.«

»Die Feinsprache ist Irrsinn«, erklärte die Frau. Also konnte sie noch klar denken. »Ich muss verblendet gewesen sein, als ich mich darum bewarb, Regelerschafferin zu werden. Aber hier ist die Hölle. Nur DAS WORT kann uns retten.«

»DAS WORT will Sie und Ihre Gefährten retten?«, fragte ich verwundert.

Die Frau wurde schläfrig. »Psychische Überlastung«, flüsterte sie. »Mentale Kräfte DES WORTES sollen ausgleichen.«

Ich nickte nachdenklich. Offenbar hatte man in der Kontaktzentrale von den grauenhaften Zuständen in der Bucht der blauen Geier erfahren und DAS WORT geschickt, damit es durch seine mentale Ausstrahlung die psychische Verkrampfung der ausgedienten Regelerschaffer löste und ihren Aggressionstrieb dämpfte. Nur ahnte man in der Kontaktzentrale nicht, dass DAS WORT von den Kräften VERNOCS übernommen war.

»Sie schläft«, stellte Sagullia fest. »In wenigen Tagen ist sie wieder gesund, und in ein paar Stunden wird sie schon aufstehen können.«

»Wir gehen«, sagte ich. »Ich muss wissen, was DAS WORT wirklich hier treibt. VERNOC wird kaum daran interessiert sein, zu helfen.«

Wir verließen das Haus. Der Himmel war wieder klar. Kein Feyerdaler ließ sich sehen. Wir nutzten die Gelegenheit und eilten zu dem Torweg, der aus der Wohnanlage führte. Auch hier begegneten wir niemandem.

Endlich erreichten wir die Brücke, die zu dem Plateau führte, auf dem ich DAS WORT entdeckt hatte. Wir gingen hinüber.

Augenblicke später blieb ich stehen.

»Was gibt es, Perry?«, fragte Sagullia.

»Der Gleiter ist verschwunden!«

»Ich denke, DAS WORT soll hier auftreten?«

Ich lachte zornig. »Es hat jedenfalls eine Zeit lang so getan, als wollte es das. Ich fürchte, wir sind wieder einmal zu spät gekommen. VERNOCS Abgesandte dürften bereits auf dem Weg zur Kontaktzentrale sein, um dort ihre Absichten zu verwirklichen.«

»Dann müssen wir ebenfalls zur Kontaktzentrale.«

»Aber nicht zu Fuß. Wir kämen wahrscheinlich zu spät. Wir brauchen einen Gleiter.« Ich blickte zu der Wohnsiedlung zurück, die wir eben verlassen hatten. »Vielleicht finden wir dort einen – und vielleicht hilft uns unser Schutzgeist und bewahrt uns davor, von den Wahnsinnigen erschlagen oder gesteinigt zu werden.«

»Können wir allein gegen VERNOCS Leute überhaupt etwas ausrichten?«, fragte Sagullia.

»Wir müssen es«, antwortete ich. »Denn ich ahne, dass sich sonst auf Pröhndome Schreckliches ereignen wird. Kommen Sie!«

20.

Das Universum funktioniert quasiintelligent, was in seiner Ganzheit für uns Menschen nicht überschaubar, aber teilweise begreifbar ist. Die Atom-Reaktionen der Sterne, angefangen von der Proton-Proton-Reaktion, bei der Wasserstoff in Helium umgewandelt wird, über den 3-Alpha-Prozess, bei dem durch die Vereinigung dreier Heliumkerne Kohlenstoff entsteht, bis hin zu vielen weiteren Prozessen, als deren Produkte sich auch schwere Elemente bilden, sind der für uns auffälligste Teil dieser quasiintelligenten Funktion. An diesem Beispiel lässt sich am ehesten begreifen, dass die Evolution der Materie auf eine zielstrebige Erhöhung der Qualität ausgerichtet ist. Wir Menschen – und alle anderen lebenden Organismen des Universums – haben Anteil an dieser Evolution, weil wir untrennbar mit dem Universum verbunden sind.

Es darf als sicher angesehen werden, dass auch im Bereich der lebenden Organismen eine zielstrebige Erhöhung der Qualität stattfindet. Nur dürfen wir nicht erwarten, dass die unpersönliche Quasiintelligenz des Universums unsere Definition von der Erhöhung der Qualität kennt und sich danach rich-

tet. Ob wir durch lange Beobachtungsreihen eine Übereinstimmung zwischen unseren Vorstellungen und der Realität feststellen können, wird davon abhängen, ob unsere Intelligenz sich das quasiintelligente Funktionieren des Universums zu Eigen machen kann. Was unter einer zielstrebigen Erhöhung der Qualität zu verstehen ist, dürfte sich vielleicht ergründen lassen, wenn wir genügend Relikte vergangener Entwicklungen finden und miteinander und mit uns vergleichen. Ich persönlich hoffe, dass die Ergebnisse solcher Vergleiche uns nicht niederschmettern, sondern hoffnungsvoll stimmen.

Aus DAS UNIVERSUM BLÜHT von Yun Kwailong

Fröstelnd erwachte Honth Pryth-Fermaiden. Er wollte sich aufrichten, wurde aber von etwas daran gehindert. Im ersten Augenblick erschrak er, dann sah er, dass Cesynthra ihre Arme um ihn geschlungen hatte – und er erinnerte sich, dass er und die Psychologin sich in der Bergwildnis von Yuurmischkohn befanden und dass sie die halbe Nacht lang bergauf und bergab geklettert waren, manchmal von großen Flattertieren attackiert und immer wieder ausweichend, wenn ihnen Geräusche verrieten, dass auf ihrem Weg große Raubtiere lauerten. Schließlich hatten sie sich erschöpft in einer Höhle verkrochen und waren eingeschlafen.

Honth zitterte, als ihm nachträglich klar wurde, dass sie in dieser Bergwildnis niemals beide zugleich hätten schlafen dürfen.

Cesynthra murmelte im Traum. Es widerstrebte ihm, sie zu wecken, denn sie würde beim Weitermarsch alle Kräfte brauchen. Deshalb löste er sich behutsam aus ihrer Umarmung und erhob sich.

Draußen herrschte fahle Helligkeit. Ein kalter Wind strich um die Felsen. Erst jetzt sah Honth, dass sie in der Nacht den Aufstieg bis in die höchsten Bergregionen geschafft hatten. Die Baumgrenze lag unter ihnen, allerdings von undurchdringlichen Nebelbänken verhüllt. Nur im Nordwesten ragte eine noch höhere Gipfelgruppe in den Himmel. Ihre Spitzen wirkten wie in Blut getaucht, als die Strahlen der aufgehenden Riesensonne Truhterflieng über das Firmament geisterten.

Honth erschauderte. Für ihn, der auf der SOL geboren und aufgewachsen war, stellte jeder Planet eine fremdartige Umwelt dar. Außerdem erschreckten ihn die riesigen Entfernungen. Man hätte meinen können, für Kinder des Weltalls wären planetarische Entfernungen überhaupt nichts im Vergleich zu den Distanzen im All. Doch das Gegenteil war der Fall. Die Entfernungen im Weltraum waren zu gewaltig, um einen Raumgeborenen zu beeindrucken. Er konnte sie nicht mit den Augen abschätzen, sondern musste sie von Kontrollen ablesen, auf denen sie als abstrakte

Zahlengruppen erschienen. Auf einem Planeten waren Entfernungen Realitäten, zumal dann, wenn man sie zu Fuß bewältigen musste.

Ein knirschendes Geräusch erklang hinter ihm. Honth wandte sich um und sah Cesynthra, die ihm schlaftrunken und vor Kälte zitternd folgte.

In diesem Augenblick zerrissen die unter der Felskuppe liegenden Nebelbänke. Eine düstere Tiefe gähnte vor der Höhle. Cesynthra schrie erschrocken auf. Sie taumelte, bis Honth sie von dem schmalen Felsband zurückdirigierte. Auch ihm war beim Anblick der Tiefe schwindlig geworden.

Der Schreck hatte Cesynthra jedenfalls endgültig zu sich gebracht. »Wie sind wir hier heraufgekommen?«, fragte sie bebend.

Honth Pryth-Fermaiden lachte unsicher. »Im Dunkeln, Cesy. Andernfalls hätten wir es wohl nie geschafft.«

Cesynthra Wardon runzelte die Stirn. Sie deutete auf die nordwestliche Gipfelgruppe. »Das ist unser Ziel, nehme ich an. Folglich müssen wir uns weiter auf solchen Pfaden bewegen – aber diesmal tagsüber. Glaubst du, wir schaffen das?«

»Wir können sowieso nicht hier oben bleiben. Unsere Konzentrate reichen noch fünf Tage, nicht länger. Und wir werden aus freien Gewässern trinken müssen.« Honth schüttelte sich bei dem Gedanken daran.

Cesynthra hob den rechten Arm an, so dass der Ärmel ihrer Bordkombination nach oben rutschte und den Blick auf ihr Mehrzweckarmband freigab. »Damit könnten wir einen Gleiter anfordern, der uns abholt. Natürlich nur theoretisch«, schränkte sie seufzend ein. »Auf was haben wir uns da nur eingelassen?«

»Rhodan kann nichts dafür«, entgegnete Honth. »Nicht er hat uns als Begleiter bestimmt, sondern Maltsaan.«

Nachdem sie jeder einen Konzentratriegel gegessen und den Rest aus ihren Wasserflaschen getrunken hatten, suchten sie nach einem Weg, der sie rasch zu der noch fernen Gipfelgruppe brachte.

Sie fanden einen Felsgrat, der zu einem unter ihnen liegenden Plateau führte. Es war spärlich bewaldet und schien bis an den Fuß der nordwestlichen Gipfel zu reichen.

Honth Pryth-Fermaiden und Cesynthra Wardon hätten diesen Weg nicht gewählt, wenn sie jemals zuvor einen Felsgrat beschritten hätten. Zwar war der Grat durchschnittlich drei Meter breit, aber die beidseits nahezu senkrecht abfallenden Wände ließen diese Breite in den Augen der Solaner bis auf wenige Zentimeter schrumpfen.

An der tiefsten Stelle des Grates angelangt, ließen sie sich zitternd nieder. Inzwischen brannte Truhterflieng heiß vom Firmament herab.

»Hast du noch Wasser in deiner Flasche, Honth?«, krächzte die Psychologin.

»Nein, Cesy. Wir hätten welches aus dem Rinnsal schöpfen sollen, das drüben auf der Kuppe entspringt. Ich weiß nicht, warum ich es nicht getan habe.«

»Es war der Widerstand des Unterbewusstseins«, erwiderte Cesynthra. »Es sträubt sich dagegen, Wasser zu trinken, das nicht durch hochwertige Filter gepumpt, entkeimt und mit vielen Zusätzen angereichert wurde. Außerdem sind wir es immer noch gewohnt, einfach ein paar Schritte zum nächsten Versorgungsautomaten zu gehen.«

Honth lächelte schief. »Das werden wir uns schnell abgewöhnen. Wir haben noch gut zwei Stunden in der Hitze zu klettern, bevor wir uns nach einem Gewässer umschauen können. Das wird mir eine Lehre sein.«

Cesynthra blickte an dem ansteigenden Teil des Grates hinauf, der vor ihnen lag. »Ob Perry die Bucht der blauen Geier schon erreicht hat?«

»Wahrscheinlich. Er und Sagullia müssen nicht zu Fuß gehen wie wir. Allerdings sah das Boot ziemlich zerbrechlich aus.«

»Ich glaube, wir können froh sein, dass wir nicht an Bord dieses Bootes sind.« Cesynthra erhob sich. »Weiter!«, stieß sie tonlos hervor.

Sie hatten sich viel vorgenommen. Allerdings machten sie die Erfahrung, dass ein steiler Aufstieg weniger belastend ist als ein ebenso steiler Abstieg. Sie waren keineswegs unsportlich, denn auf der SOL gab es zahlreiche Möglichkeiten, die körperliche Leistungsfähigkeit durch Training zu steigern. Aber es war eben ein gewaltiger Unterschied, ob man täglich eine Stunde Konditionstraining betrieb oder unter einer Schwerkraft von 1,21 Gravos in glühender Hitze und mit ausdörrender Kehle stundenlang über einen mit Geröll übersäten Grat kletterte.

Der Himmel bewölkte sich. Als sie den Grat hinter sich ließen und das Plateau betraten, war es beinahe dunkel geworden.

Honth entdeckte in der Nähe eine Quelle, deren Rinnsal sich zwischen Steinen und Pflanzen verlor. Er wollte Cesynthra darauf aufmerksam machen, kam aber nicht mehr dazu.

Der gesamte Himmel schien mit einem Mal in Flammen zu stehen. Netzartig verästelte Entladungen zuckten zwischen den Wolken hin und her, andere Entladungen fuhren mit großer Heftigkeit herab. Ein mächtiger Baum wurde schlagartig von Feuer umlodert.

Das ohrenbetäubende Krachen schien nicht mehr enden zu wollen. Cesynthra und Honth warfen sich zu Boden, bargen die Gesichter in den Armbeugen und warteten auf ihr Ende.

Irgendwann öffnete der Himmel alle Schleusen. Für die beiden Solaner war es, als würde eine Flutwelle über sie hinwegrollen. Immer wieder schnappten sie verzweifelt nach Luft, bis nach gut einer halben Stunde die Sintflut so schnell abbrach, wie sie gekommen war.

»Das war ein Gewitter«, schnaubte Honth.

»Ich habe nicht angenommen, dass wir aus Strahlgeschützen beschossen werden«, erwiderte Cesynthra zaghaft.

Honth schaute sie verblüfft an, dann lachte er. Cesynthra stimmte in sein Gelächter ein. Schließlich schüttelte sie ihr tropfnasses Haar aus.

»Das Unwetter hat sich nach Südwesten verzogen«, bemerkte Honth. »Es dürfte jetzt über der Bucht der blauen Geier toben.«

»Dann bekommen Sagullia und Perry wenigstens auch etwas davon ab. – Planeten sind lebensgefährliche Ungeheuer«, stellte Cesynthra fest. »Versuch gar nicht erst, mir das auszureden. Es ist so!«

»Nur auf Planeten kann Leben entstehen, wie wir es kennen«, erwiderte Honth leise. »Das dürfen wir nicht vergessen.« Er kletterte zu der kleinen Quelle hinüber, die er entdeckt hatte, bevor das Gewitter losgebrochen war. Dort ging er in die Knie, schöpfte mit der hohlen Hand und kostete von dem Nass.

»Wie schmeckt es?«, wollte Cesynthra wissen.

»Anders. – Anders als das Wasser auf der SOL ... aber nicht schlechter.« Honth füllte seine Wasserflasche, dann reichte er sie seiner Gefährtin. »Probier ruhig!«

Misstrauisch roch Cesynthra an der Öffnung, nahm einen winzigen Schluck – und spie ihn sofort wieder aus.

»So schlecht schmeckt es wirklich nicht«, sagte Honth vorwurfsvoll.

Cesynthra verzog das Gesicht. Dann genehmigte sie sich einen größeren Schluck, behielt ihn aber erst eine Weile im Mund. »Tatsächlich«, stellte sie endlich verwirrt fest. »Überraschend rein und erfrischend. Es fehlt etwas, aber das macht es nicht schlechter, sondern sogar besser als das Wasser der SOL.« Noch einmal setzte sie die Flasche an – leerte sie zur Hälfte und gab sie Honth zurück. »Du kannst gleich beide Flaschen füllen!«

Pryth-Fermaiden nickte wortlos. Er beobachtete die aufsteigenden Luftblasen, als er die Flaschen eintauchte.

»Dort ist etwas!« Cesynthra deutete auf den Rand des Regenwalds, der sich gleich einer dampfenden Mauer hinter dem Plateau erstreckte.

»Was kann das sein?«, flüsterte Honth zurück.

»Es sieht fast wie ein Feyerdaler aus.«

»Das kann kein Feyerdaler sein. Ein Feyerdaler ohne Kopf könnte sich nicht bewegen, aber dieses Ding bewegt sich – und es hat keinen Kopf.«

»Aber sonst sieht es wie ein Feyerdaler aus.«

Honth Pryth-Fermaiden schluckte. »Das ist keiner, Cesy. Es versucht nur, wie ein Feyerdaler auszusehen.«

Cesynthra stockte der Atem. »Perry vermutet, dass DAS WORT von Agenten VERNOCS unterwandert ist. Von Wesen, die das Aussehen der ursprünglichen Künstlergruppe nachahmen, wenn auch in einem Fall fehlerhaft. Aber ich wusste bisher nicht, dass das so weit gehen kann.«

»Es muss mehr dahinter stecken«, sagte Honth erregt. »Wenn wir uns beeilen, können wir vielleicht das Geheimnis von VERNOCS Agenten lüften.«

»Wir sollen – dorthin?«, fragte Cesynthra zögernd.

»Wir müssen dorthin, Cesy!« Honth nickte. »Oder fürchtest du dich?«

»Ja.«

»Ich auch. Dennoch bleibt uns nichts anderes übrig, als die Gelegenheit wahrzunehmen.«

Die Gestalt am Waldrand hatte sich unterdessen verändert. Zwischen den Schultern quoll eine schwarz glänzende Masse heraus und formte sich zu dem für alle Feyerdaler charakteristischen kurzen Hals. Damit war der erschreckende Prozess aber keineswegs abgeschlossen. Weiteres Gewebe oder was immer das sein mochte, stieg aus dem Hals empor und schien den Kopf eines Feyerdalers nachzubilden.

Cesynthra und Honth rannten los. Zwischen ihnen und dem fremden Wesen lagen mehrere hundert Meter – und auf dem Plateau wuchs ein lichter Wald aus niedrigen, dünnen Bäumen. Zwischen diesen Stämmen wucherten dornenbesetzte Ranken. Glücklicherweise stand das alles nicht sehr dicht. Dennoch kamen Honth und seine Gefährtin mehrmals zu Fall.

Sie hatten den lichten Wald ungefähr zur Hälfte durchquert, als der Nebel sich wieder verdichtete. Die Sicht reichte nur noch wenige Meter weit.

Schwer atmend hielten die beiden Solaner am Waldrand inne. Pryth-Fermaiden sog an einem hässlichen Riss, der sich quer über seinen linken Handrücken zog.

»Das ganze Universum scheint sich mit diesem verwünschten Dunst gefüllt zu haben. Von dem Regenwald ist überhaupt nichts mehr zu sehen, obwohl wir nicht einmal mehr hundert Meter entfernt sein können.«

»Willst du aufgeben?«

Honth murmelte etwas Unverständliches und ging weiter. Gespenstisch krochen die Nebelschwaden über den Boden.

Unvermittelt blieb Honth abermals stehen. Cesynthra stieß gegen ihn. »Was ist los?«, flüsterte sie.

Er trat zur Seite, tastete nach ihrer Hand und zog die junge Frau neben sich. Der Rand des Regenwalds war nur noch wenige Meter entfernt und wirkte im Nebel bleigrau, düster und drohend.

»Hier muss das Wesen gestanden haben!« Honth deutete mit der freien Hand nach vorn.

Zögernd gingen sie weiter.

Zwischen den Bäumen wucherten große Farnpflanzen mit gefiederten hellgrünen Blättern.

»Da!«, hauchte die Frau.

Honth sah im gleichen Augenblick, was sie meinte: Eines der Farnblätter war geknickt.

»Das könnte auch ein Tier gewesen sein«, schränkte Cesynthra ein.

»Wir haben seit unserem Erwachen keine großen Tiere gesehen, nur einige Vögel. Ich bin sicher, dass dieses Blatt von dem Wesen geknickt wurde. Wahrscheinlich hat es uns ebenfalls bemerkt und sich in den Wald zurückgezogen.«

Skeptisch blickte Cesynthra in den wogenden Dunst. »Glaubst du, dass wir es dort drinnen finden können?«

»Wahrscheinlich nicht. Außerdem könnte es uns auflauern. Ich schlage vor, dass wir weitergehen und versuchen, die Kontaktzentrale zu finden.«

Noch vor wenigen Tagen hätte ihnen allein schon der Gedanke an einen planetaren Urwald eisige Schauer über den Rücken gejagt. Mittlerweile dachten sie nicht mehr daran. Sie mussten weiter!

Wir hatten den Torweg durchschritten, ohne einem einzigen Feyerdaler zu begegnen, und standen wieder am Rand des weiten Innenhofs, in dem die Bewohner der Ansiedlung vor eineinhalb Stunden versucht hatten, uns zu steinigen.

Sagullia Et und ich blickten misstrauisch über den Platz. Feyerdaler waren nicht zu sehen, dafür aber mehrere Arbeitsroboter, die alle Spuren des einseitigen Kampfes beseitigten. Auch in den Fenstern und Türen der bizarr verschachtelten Wohneinheiten rings um den Platz ließ sich kein Feyerdaler blicken.

»Wahrscheinlich sind sie nach ihrem Ausbruch unkontrollierter Emotionen erschöpft«, vermutete ich.

Sagullia nickte. Er wusste ebenso wie ich, dass wir die Kontaktzentrale vor VERNOCS Agenten warnen mussten, die sich in Gestalt DES WORTES in den Berührungskreis eingeschlichen hatten und sicherlich ebenfalls auf dem Weg zur Kontaktzentrale waren. Da VERNOCS Agenten über einen Gleiter verfügten, hätten wir sie zu Fuß niemals eingeholt. Deshalb mussten wir uns ein Fahrzeug beschaffen, und zwar möglichst einen schnellen Gleiter. Ob es in der Siedlung überhaupt Fahrzeuge gab, wussten wir nicht.

Ich drückte gegen eine Tür. Leise glitt sie auf.

Drinnen war es still – und dunkel.

Wir leuchteten den Hausflur aus. Er war leer. Da wir nicht wussten, wo die Bewohner sich momentan aufhielten, öffneten wir einfach die nächste Tür.

In dem dahinter liegenden Raum war es hell, so dass wir unsere Lampen wieder abschalten konnten. Die Ausstattung schien einstmals luxuriös gewesen zu sein, aber mittlerweile gab es kein Möbelstück mehr, das nicht beschädigt war.

Auf einer breiten Liege, die schief auf nur noch einem von ursprünglich vier kurzen Beinen stand, lag ein stämmiger Feyerdaler. Ich schätzte ihn auf sechzig Jahre.

Er bemerkte uns sofort, doch er wandte nur den haarlosen Kopf in unsere Richtung und blickte uns an. An dem matten Glanz seiner hellgrünen Augen erkannte ich seine Apathie.

»Wir kommen in Frieden. Mein Name ist Rhodan und der meines Gefährten Et. Dürfen wir eintreten und mit Ihnen sprechen?«

Das netzförmige Gespinst aus Nervenfasern an beiden Seiten des Kopfes bewegte sich schwach, als wartete der Feyerdaler darauf, dass ich mehr sagte. Nach einer Weile öffneten sich seine hornigen Lippen.

»Ich bin Waagnomh. Ihr seid weder Feyerdaler noch Feinsprecher. Wie kommt ihr in den Berührungskreis?«

»Wir wurden von der Kontaktzentrale eingeladen und kommen von der Station der Regelerschaffer Sathogenos und Rezalsrohn, um DAS WORT zu suchen.«

»Sathogenos und Rezalsrohn? Ah, ich erinnere mich. Sie waren Schüler der untersten Stufe, als Urgasenth und ich als Regelerschaffer das Verbindungselement hüteten. Haben sie es also geschafft, sich an die Spitze der Wahnsinnspyramide hochzuarbeiten …« Waagnomhs Augen glänzten heller. »Jawohl, Wahnsinn! Alle eifern und buhlen um die Gunst der Kaiserin, bis sie entweder den Verstand verlieren oder in die Kontaktzentrale aufgenommen werden.«

Die letzte Aussage erschien mir hochinteressant, besagte sie doch, dass nicht alle Regelerschaffer in den Wahnsinn getrieben wurden, sondern dass einigen von ihnen, die psychisch stabil blieben, der Aufstieg in die Kontaktzentrale gelang. Möglicherweise stellten die ins extreme übersteigerte Feinsprache und der Konkurrenzkampf der Regelerschaffer sogar so etwas wie ein Ausleseverfahren dar.

Doch wir hatten keine Zeit, uns um diese Dinge zu kümmern. Wir mussten uns darauf konzentrieren, die Bedrohung abzuwenden.

»Uns wurde mitgeteilt, DAS WORT bereite ein Gastspiel für Sie und Ihresgleichen vor«, sagte ich. »Aber wir wissen, dass DAS WORT von

VERNOC übernommen wurde und sich auf Yuurmischkohn befindet, um in die Kontaktzentrale einzudringen.«

Der Feyerdaler richtete sich blitzschnell auf. Seine Augen glitzerten plötzlich in fast unerträglichem Feuer.

»Das ist nicht wahr!«, stieß er erregt hervor. »DAS WORT ist hier, um uns die Wahrheit zu verkünden. Die Ausstrahlung seiner mentalen Wolke wird uns helfen, unsere psychische Krankheit zu überwinden. Ich kann nicht zulassen, dass DAS WORT verleumdet wird.«

»Bitte ziehen Sie keine voreiligen Schlüsse, Waagnomh!«, wandte Sagullia ein. »Bedenken Sie, dass die Kontaktzentrale uns gerufen hat. Es ist der Wille der Kaiserin von Therm, dass wir VERNOCS verhängnisvolles Wirken unterbinden. Außerdem, wenn DAS WORT Ihnen helfen wollte, müsste es doch hier sein.«

»Es ist hier«, erwiderte der Feyerdaler. »Ich kann Ihnen den Gleiter zeigen, mit dem DAS WORT gekommen ist.«

»Dann bitte ich Sie, uns den Gleiter zu zeigen«, sagte ich, mich mühsam zur Zurückhaltung zwingend. Es hätte keinen Sinn gehabt, den ehemaligen Regelerschaffer zu drängen. Wir durften schon froh darüber sein, dass er sich augenscheinlich in einer Phase klaren Denkens befand.

»Folgen Sie mir!«, sagte Waagnomh.

Er schritt zügig aus, was bewies, dass es nur eines entsprechenden Anstoßes bedurft hatte, um ihn aus seiner Apathie zu reißen. Noch war kein anderer Feyerdaler zu sehen, aber das konnte uns nur recht sein.

Innerhalb weniger Minuten verließen wir die Ansiedlung und erreichten die Brücke, die zu dem Plateau führte, auf dem ich den Gleiter entdeckt hatte. Waagnomh deutete bereits hinüber, doch dann blieb er ebenso abrupt stehen wie ich kurze Zeit zuvor. Ein krampfartiges Zittern durchlief seinen Körper. Der Arm sank kraftlos herab.

»Das kann nicht wahr sein«, wimmerte er, und es dauerte Minuten, bis er sich einigermaßen gefasst hatte.

»Wir müssen die Kontaktzentrale warnen«, sagte ich.

»Unmöglich«, widersprach der Feyerdaler. »Wir besitzen kein Verbindungselement zur Kontaktzentrale.«

Ich unterdrückte den Zwang, mich über den Begriff »Verbindungselement« genauer zu informieren. Es war dringender, die Probleme zu lösen.

»Falls es hier einen Gleiter gibt, können wir zur Kontaktzentrale fliegen«, erwiderte ich.

Der Feyerdaler starrte mich derart an, dass ich schon fürchtete, er würde durchdrehen. »Das wäre gleichbedeutend mit Selbstmord«, ächzte er.

»Weder Sie noch ich sind autorisiert, in den Bereich der Kontaktzentrale einzudringen. Die Verteidigungsanlagen würden das Fahrzeug sofort abschießen.«

»Darf ich Ihren Worten entnehmen, dass Sie über einen Gleiter verfügen?«

»Wir besitzen einen Gleiter, der allerdings von Vulposer unter Verschluss gehalten wird«, antwortete Waagnomh.

»Dann reden wir eben mit ihm!«, drängte Sagullia. »In der Station, aus der wir kommen, gibt es wohl ein Verbindungselement. Wir brauchen also nur zurückzufliegen und die Kontaktzentrale über dieses Element zu warnen. Wenn Sie mitkommen und vor Sathogenos und Rezalsrohn bezeugen, dass DAS WORT verschwunden ist, werden die Regelerschaffer es sicher glauben.« Er blickte mich in plötzlich aufkeimender Skepsis an. »Oder auch nicht.«

»Ich bezweifle, dass die Regelerschaffer uns glauben«, erklärte der Feyerdaler. »Aber ich bin bereit, es zu versuchen. Wenn Agenten von VERNOC in die Kontaktzentrale eindringen, ist unsere Verbindung zur Kaiserin von Therm gefährdet.«

»Ist die Kontaktzentrale auf Yuurmischkohn die einzige Direktverbindung Ihres Volkes zur Kaiserin?«, erkundigte ich mich.

»Pröhndome ist nur eine von siebzig Kontaktwelten. Aber der Ausfall einer einzigen Zentrale würde genügend Unruhe hervorrufen, um die Stabilität unserer Zivilisation zu gefährden.«

»Dann sollten wir den Gleiter schnell holen!«, sagte ich.

»Vorher muss ich mit Fahlenz reden«, erwiderte der Feyerdaler. »Vulposer wird den Schlüssel zum Gleiterhangar nicht freiwillig herausgeben. Er fühlt sich als Vertrauter der Kaiserin von Therm – und er hat sich irgendwann eine Strahlwaffe beschafft. Zweimal schon hat er auf einige von uns damit geschossen – und auch getötet. Fahlenz ist der Einzige von uns, den Vulposer manchmal zu sich vorlässt.«

»Worauf warten wir dann noch?« Ich hatte das Gefühl, dass uns die Zeit davonlief.

Waagnomh führte uns in das neunte Gebäude auf der linken Seite des Platzes. Fahlenz wohnte in der dritten Etage. Auf der zweiten Ebene ertönte stoßartiges Schluchzen hinter einer der Türen. Sagullia wollte impulsiv nachschauen, aber ich hielt ihn zurück. Wir konnten die Probleme der ehemaligen Regelerschaffer nicht lösen, sosehr uns ihr Schicksal auch bedrückte.

Als unser Führer dann eine Tür öffnete, erblickten wir eine ähnliche Ausstattung wie in seinem Wohnraum. Das Mobiliar war allerdings besser erhalten. Vor der Servierplatte des Versorgungsautomaten kauerte ein

Feyerdaler auf einer Art Schemel. Er hatte sich tief über eine Schüssel mit Nahrung gebeugt und schaufelte Fleischbrocken und eine Art Brei in sich hinein. Ich vermutete, dass das gierige Verschlingen der Mahlzeit zu den Symptomen seiner geistigen Erkrankung gehörte.

Als wir ihn fast erreicht hatten, fuhr er erschrocken hoch. Seine rechte Hand streckte sich nach einem zylindrischen Stab auf der Servierplatte aus. Unbewusst kaute er weiter, während er uns irr anstarrte.

»Ich bin noch in der ruhigen Phase, Fahlenz.« Waagnomh zeigte dem anderen seine leeren Hände. Dann deutete er auf Sagullia und mich. »Das sind Rhodan und Et, zwei Gäste des Berührungskreises.«

Fahlenz würgte den letzten Bissen hinunter und legte den Stab auf die Servierplatte zurück. Das Glitzern seiner Augen milderte sich etwas, während er Sagullia und mich musterte.

»Sie sind keine Feyerdaler und stammen von keinem Volk, das mir bekannt ist.«

»Wir sind Terraner«, erklärte ich unüberlegt.

»Ich bin Solaner«, korrigierte Sagullia prompt.

»Jedenfalls sind wir beide Menschen«, fuhr ich fort. »Wir wurden nur auf verschiedenen Himmelskörpern geboren. Aber das ist unwesentlich. Waagnomh, bitte erklären Sie Fahlenz, was geschehen ist und was wir unternehmen müssen!«

Waagnomh gab einen kurzen Bericht. Fahlenz zitterte danach am ganzen Körper und schien nicht in der Lage zu sein, irgendetwas zu sagen oder zu unternehmen.

»Wir brauchen den Gleiter!«, schrie Waagnomh ihn an. »Du musst zu Vulposer gehen und ihn dazu bringen, dass er dir den Schlüssel zum Hangar gibt!«

Fahlenz hörte auf zu zittern, er hatte sich offenbar gefangen. »Vulposer wird mir den Schlüssel niemals geben«, erwiderte er. »Ich fürchte sogar, dass er mich umbringt, wenn ich das von ihm verlange.«

»Dann greifen wir zu einer List«, schaltete ich mich ein. »Halten Sie es für möglich, dass Sie Vulposer durch ein Gespräch so ablenken können, dass es Ihnen gelingt, sich den Schlüssel heimlich anzueignen?«

»Das könnte gelingen«, antwortete Fahlenz nach einigem Nachdenken.

»Dann gehen Sie, bitte! Die Zeit arbeitet gegen uns; wir müssen uns beeilen. Et und ich werden mitkommen und sicherheitshalber vor Vulposers Tür wachen. Wenn Vulposer rabiat wird, rufen Sie um Hilfe.«

»Wenn er etwas merkt, werde ich schneller tot sein, als ich rufen kann«, erwiderte Fahlenz. »Aber der Tod wäre nur eine Erlösung für mich. Deshalb fürchte ich mich nicht.«

Zu viert verließen wir die Wohnung. Draußen führten die ehemaligen

Regelerschaffer uns quer über den Platz zu einem Gebäude, dessen Außentür ein aufgemaltes Symbol schmückte.

»Vulposer hält es für das Symbol der Kaiserin von Therm«, bemerkte Fahlenz. »Er ist wahnsinniger als wir alle zusammen.«

Vulposer bewohnte das Gebäude, in dem sich insgesamt acht Wohneinheiten befanden, ganz allein. Während Waagnomh unten wartete, um Störungen fern zu halten, schlichen wir anderen nach oben. Dort postierten Sagullia und ich uns neben der Tür. Fahlenz zögerte noch einen Moment, dann gab er sich einen Ruck und trat ein.

Wir konnten das Gespräch der beiden Feyerdaler teilweise mithören. Sagullia Et lächelte ironisch darüber, dass Fahlenz Vulposer als Statthalter der Kaiserin von Therm anredete. Ich registrierte weit mehr, dass Fahlenz mit seinem Leben spielte.

Das Gespräch in Vulposers Unterkunft zog sich beinahe endlos in die Länge. Endlich näherten sich Schritte der Tür. Ich spannte unwillkürlich die Muskeln an, um das Überraschungsmoment zu nutzen – aber nur Fahlenz kam. Hinter ihm schloss sich die Tür wieder.

Fahlenz taumelte auf der Treppe, fing sich aber wieder. Wir folgten ihm leise.

»Es gilt, schnell zu sein!«, sagte der Alte unten. »Wenn Vulposer merkt, dass sein Schlüssel fehlt, wird er sehr zornig werden und sofort zum Gleiterhangar kommen.«

Wir liefen los. Ein einzelner Feyerdaler schlurfte auf der anderen Seite des Platzes an den Häusern entlang. Er hielt den Kopf gesenkt und nahm uns überhaupt nicht wahr.

Waagnomh und Fahlenz führten uns durch den Torweg. Auf der anderen Seite gab es eine rechteckige Öffnung im Boden, die von drei Seiten durch ein niedriges Geländer abgesichert war. Die beiden Feyerdaler hasteten die breiten Treppenstufen hinunter. Sagullia und ich folgten ihnen nicht weniger schnell.

Unten versperrte eine Metallplastiktür den Weg. Fahlenz drückte den Schlüssel dagegen, der einem Kodeimpulsgeber ähnelte. Es knackte leise, dann bildete sich in der Mitte der Tür ein senkrechter Spalt,der sich rasch verbreiterte. Dahinter flammte Licht auf.

Wir blickten in eine geräumige Halle, in der mindestens fünfzig große Gleiter Platz gefunden hätten. Es stand aber nur eines dieser elliptisch geformten geschlossenen Fahrzeuge darin. Seine Oberfläche glänzte wie poliertes Weißgold, und an der Seite prangte das gleiche Symbol wie auf der Tür zu Vulposers Haus.

»Beeilen Sie sich!«, rief Waagnomh. Er öffnete bereits den Einstieg. Hinter ihm schwang sich Fahlenz in das Fahrzeug. Sagullia und ich folgten ihnen.

Waagnomh setzte sich wie selbstverständlich vor die Kontrollen. Die Antigravgeneratoren sprangen mit leisem Summen an. Über uns entstand in der Hangardecke eine Öffnung.

Ich verfolgte jeden von Waagnomhs Handgriffen. Niemand konnte uns sagen, wie lange die beiden Feyerdaler normal blieben. Wenn sie unterwegs durchdrehten, musste ich die Steuerung übernehmen.

Als Waagnomh die Druckfeldgeneratoren aktivierte und die Impulssteuerung betätigte, hob der Gleiter ab und schwebte auf die Öffnung in der Decke zu.

Ein Schrei riss mich aus meinen Überlegungen. Ich blickte auf und sah einen seltsam herausgeputzten Feyerdaler außerhalb des Hangartors, das wir inzwischen durchflogen hatten. Der Feyerdaler zielte mit einem Impulsstrahler auf den Gleiter.

Er feuerte. Unsere Maschine schüttelte sich, obwohl der Energiestrahl nur die linke Seite gestreift hatte.

»Vulposer!«, schrie Fahlenz entsetzt.

»Voll beschleunigen!«, rief ich Waagnomh zu.

Ein zweiter Schuss traf die Oberseite der Kanzel. Glühende Splitter prasselten auf uns herab.

Waagnomh schaltete. Die Aggregate heulten auf, dann senkte sich der Bug des Gleiters. Die Maschine raste vorwärts. Ich hörte einen dumpfen Aufprall. Gleichzeitig zog Waagnomh das Fahrzeug wieder hoch und zwang es in eine Linkskurve.

Als ich zurückschaute, sah ich nahe dem Hangartor, das sich langsam wieder schloss, eine verrenkte Gestalt am Boden liegen. Es gab keinen Zweifel daran, dass Vulposer tot war.

Ich war erschüttert. Sicher, Vulposer hatte uns töten wollen, aber sein Geist war umnachtet gewesen, und er trug keine Verantwortung für sein Tun. Waagnomh konnte ich keinen Vorwurf machen, obwohl ich sicher war, dass er Vulposer absichtlich gerammt hatte. Er hatte in Notwehr gehandelt, und vielleicht lebten wir andernfalls nicht mehr.

Noch einmal blickte ich zurück. Wir waren bis auf mehrere hundert Meter Höhe aufgestiegen und hatten uns bereits gut eineinhalb Kilometer von der Siedlung entfernt.

21.

»Ich habe inzwischen so viele Gespräche beider Regelerschaffer mit der Kontaktzentrale abgehört, dass ich sicher bin, die richtigen Folgerungen ziehen zu können«, sagte Garo Mullin, als sich alle in seinem Wohnraum eingefunden hatten.

»Du bist eben wirklich gut, Garo«, stellte Amja fest.

Er schmunzelte, wurde aber schnell wieder ernst.

»Und?«, fragte Gemroth.

»Eines halte ich für absolut sicher: Die Feinsprache der Feyerdaler ist in ihren Grundzügen so gestaltet, dass ihre Aussage unmittelbar elektronisch oder positronisch verarbeitet werden kann. Ich nehme an, dass mit der Feinsprache auch die Fähigkeit der Feinsprecher gebildet wurde, elektronische beziehungsweise positronische Kommunikationssymbole und -formen zu verstehen.«

»Die Feinsprecher denken demnach nicht mehr wie organische Intelligenzen, sondern wie Positronengehirne?«, warf Goor Toschilla ein.

»So ist es. Allerdings sind die Gehirne von Feyerdalern eben keine Positronengehirne. Sie werden durch die intensiven Bemühungen, sich der Denkweise von Positroniken anzupassen, vergewaltigt. Daraus resultiert die geistige Verkrampfung der Feinsprecher und besonders der Regelerschaffer. Wahnsinn ist die unausweichliche tragische Folge.«

»Ihre Entwicklung wurde dahin gehend beeinflusst, sie wie Roboter denken zu lassen?« Goor Toschilla blickte Garo an und lächelte. »Ich nehme an, du bist zu dem Schluss gekommen, dass diese Beeinflussung durch die Kaiserin von Therm bewirkt wurde.«

»Es kann gar nicht anders sein, denn es ist den extremsten Beherrschern der Feinsprache vorbehalten, Kontakt mit der Kaiserin aufzunehmen.«

»Dann müsste die Kaiserin von Therm ein Roboter sein – oder jedenfalls eine Positronik«, vermutete Amja Luciano.

»Ein solcher Schluss drängt sich geradezu auf«, gab er zu. »Dennoch erscheint er mir voreilig. Dobraks Theorie über die Superintelligenzen des Universums enthält mehr als genug Hinweise darauf, dass die Superintelligenzen Zwischenergebnisse der Evolution sind. Ich persönlich glaube nicht, dass eine Positronik sich zu der Beherrscherin einer Mächtigkeitsballung entwickeln könnte. Eher stellt die Kaiserin von Therm im Vergleich zu uns und zu den Feyerdalern eine derart fremde Lebensform dar, dass ihr eine Verständigung nur mit Hilfe hochwertiger Positroniken möglich ist.«

»Aber sie muss doch bemerken, dass die Feinsprecher durch ihre Bemühungen, wie Positroniken zu denken, zu geistigen Krüppeln werden«, sagte Asuah Gemroth. »Warum schafft sie nicht Abhilfe?«

»Deine Frage beantwortet sich von selbst, wenn du das Verhältnis zwischen der Menschheit und ES heranziehest«, erwiderte Goor Toschilla. »ES, das wir als *unsere* Superintelligenz betrachten dürfen, hat zwar einige Menschen mit Zellaktivatoren bedacht, aber ihnen nicht dabei geholfen, sie zu bekommen, sondern ihnen sogar noch Schwierigkeiten in den Weg gelegt. Auch sonst hat ES der Menschheit nie aktiv geholfen, abgesehen davon, dass dieses Wesen ein paar Fiktivtransmitter zur Verfügung stellte. Wir müssen uns damit abfinden, dass die Mentalität von Superintelligenzen sich von der tiefer stehender Wesen deutlich unterscheidet.«

»Außerdem können Superintelligenzen kaum daran interessiert sein, tiefer stehenden Wesen zu sehr zu helfen«, pflichtete Garo bei. »Sie würden sich nur Konkurrenten heranzüchten. Ganz abgesehen davon, dass niedere Intelligenzen übergeordnete Machtmittel bewusst oder unbewusst missbrauchen und die Ordnung im Kosmos gefährden würden.«

»Richtig«, erwiderte Goor Toschilla. »Dennoch vermute ich, dass wir das Rätsel der Feinsprache erst zu einem Teil gelöst haben. Ich hoffe, Perry, Sagullia, Cesynthra und Honth bringen von ihren Exkursionen weitere Erkenntnisse mit.«

Bevor Garo Mullin etwas sagen konnte, sprach sein Armbandempfänger an. Schon nach dem ersten feinsprachlichen Eröffnungssatz stand fest, dass er ein Funkgespräch zwischen den Regelerschaffern Sathogenos und Rezalsrohn empfing.

Das eigentliche Gespräch fing erst danach an.

Sathogenos: »Das Verschwinden von vier Gästen hat eine Lage geschaffen, die uns vor die schwierige Aufgabe stellt, sie zu interpretieren. Wie denken Sie darüber, hochverehrter Regelerschaffer Rezalsrohn?«

Rezalsrohn: »Ich stimme mit Ihnen überein, hochverehrter Regelerschaffer Sathogenos, dass wir die Lage interpretieren müssen. Selbstverständlich glaube ich nicht im Mindesten etwas von den Gerüchten, die über die Beweggründe der verschwundenen Gäste umgehen. Dennoch gibt es diese Gerüchte, und sie könnten unserem Ansehen schweren Schaden zufügen, wenn wir zulassen, dass diese Gerüchte irgendwie in die Kontaktzentrale gelangen.«

Sathogenos: »Das ist richtig. Auch ich weise den Gedanken weit von mir, die betreffenden Gerüchte könnten einen wahren Kern besitzen. Ebenso sehe ich die Gefahren für unser Ansehen, falls man in der Kontaktzentrale etwas vom Verschwinden der vier Gäste erfahren sollte. Die Nachforschungen dürfen auf keinen Fall auf die kursierenden Gerüchte stoßen. Ich schlage vor, dass wir der Gefahr begegnen, indem wir eine Etikettierung des Falles verbreiten, die der unbeherrschten und unzivilisierten Natur unserer Gäste am nächsten kommt. Unter dieser Etikettierung wird sich dann die richtige Interpretation von selbst einstellen.«

Rezalsrohn: »Ich erkenne, dass Sie auf den gleichen Gedanken gekommen sind wie ich, hochverehrte Unfehlbarkeit Sathogenos. Nehmen wir also amtlich an, dass die vier verschwundenen Gäste geflohen sind, weil sie die Natur von wilden Tieren haben.«

Sathogenos: »Ich stimme Ihnen zu, hochverehrte Unfehlbarkeit Rezalsrohn. Diese Beschreibung verlangt selbstverständlich von uns, dass wir die Kontaktzentrale über den Vorfall unterrichten. Dort wird man Gegenmaßnahmen einleiten, die bei der Natur der Gäste zur Bestätigung unserer Auffassung führen.«

Es folgte der Austausch der üblichen Schlusssätze, dann war das Gespräch beendet.

Die vier Menschen blickten sich an.

»Wir sind also unbeherrscht und unzivilisiert und haben die Natur wilder Tiere«, sagte Asuah Gemroth erbittert. »Und das nur, weil wir nicht die Kunst der feinsprachlichen Wortklingelei beherrschen.«

Garo Mullin lachte leise. »Intelligenzen, die kaum noch wie Lebewesen zu denken vermögen, können uns gar nicht anders einschätzen. In Wirklichkeit sind die Regelerschaffer – jeder für sich – mehr als zuvor davon überzeugt, dass es stimmt, was wir ihnen eingeflüstert haben: dass nämlich unsere Gefährten aufgebrochen sind, um Beweise für die Intrigen des anderen zu suchen.«

Wieder sprachen die gekoppelten Geräte an. Nach der formelhaften Eröffnung sagte Sathogenos: »Ich nehme an, hochverehrter Regelerschaffer Rezalsrohn, dass Ihre Überwachungssysteme das Gleiche festgestellt haben wie meine, nämlich, dass ein nicht angemeldeter Gleiter unsere Station anfliegt.«

»Das trifft zu, hochverehrter Regelerschaffer Sathogenos. Der Gleiter enthält zudem vier Personen. Es wäre denkbar, dass es sich um unsere verschwundenen vier Gäste handelt, wenn sich auch noch keine Erklärung dafür anbietet, woher diese Personen den Gleiter haben könnten.«

»Sagullia kommt zurück!«, rief Goor Toschilla und verließ den Raum, bevor jemand reagieren konnte.

Garo Mullin erhob sich. »Ich denke ebenfalls, dass unsere Freunde zurückgekehrt sind. Wir sollten dabei sein, wenn sie von den Regelerschaffern empfangen werden.«

Waagnomh hatte den Gleiter überraschend sicher zur Station gesteuert. Der ehemalige Regelerschaffer zog den Gleiter tiefer und setzte ihn auf der Terrasse vor Sathogenos' Unterkunft auf.

Ich nickte Sagullia zu und stieg aus. Hinter uns folgten Waagnomh und Fahlenz. Beide Feyerdaler wirkten nervös, dennoch schienen sie entschlossen zu sein, das zu Ende zu führen, was sie auf unsere Veranlassung hin begonnen hatten.

»Kommen Sie, Rhodan und Et!« Waagnomh und Fahlenz gingen auf eine Tür neben der Glassitfront zu, stießen sie auf und drangen in einen Raum ein, dessen Wände von Ornamenten geschmückt waren. Sagullia und ich folgten ihnen und sahen, dass die Regelerschaffer Sathogenos und Rezalsrohn bereits warteten.

In dem Moment öffnete sich eine Tür im Hintergrund des Raumes, und unsere Gefährten der dritten Gruppe stürmten herein. Goor Toschilla stieß einen Freudenschrei aus und warf sich in Sagullias Arme.

»Habt ihr Cesynthra und Honth nicht mitgebracht?«, erkundigte sich Mullin.

»Wir konnten noch nicht Verbindung zu ihnen aufnehmen«, erklärte ich.

Sathogenos und Rezalsrohn standen wie erstarrt. In ihren Augen musste es eine Obszönität sein, dass ihre Gäste sich miteinander unterhielten, ohne auf die Anwesenheit von Regelerschaffern und Unfehlbarkeiten Rücksicht zu nehmen.

Auffordernd blickte ich Waagnomh und Fahlenz an. Sie waren immerhin im gleichen Rang gewesen wie Sathogenos und Rezalsrohn heute. Das musste bessere Voraussetzungen für eine Verständigung schaffen.

Doch kaum sagte Waagnomh die ersten Worte, zerplatzte meine Hoffnung wie eine Seifenblase.

»Erwartet von uns nicht, dass wir uns dieser idiotischen Feinsprache bedienen«, erklärte Waagnomh den amtierenden Regelerschaffern brüsk. »In der Bucht der blauen Geier geht es auch nicht vornehm zu. Oder würdet ihr es vornehm und eines Feinsprechers würdig nennen, wenn die ehemaligen Regelerschaffer und Unfehlbarkeiten sich in Anfällen geistiger Umnachtung gegenseitig umbringen?«

Sathogenos und Rezalsrohn taumelten zurück, als hätte ihnen jemand Schläge ins Gesicht versetzt. Abwehrend streckten sie die Hände aus, zwei ihrer je vier Daumen nach oben und zwei nach unten gerichtet. Es musste sich um eine uralte Beschwörungsgeste handeln.

»Tut nicht, als hättet ihr nie davon gehört, was in der Bucht vorgeht!«, schrie Fahlenz. Er zitterte am ganzen Körper. Ich fürchtete, dass es für ihn nur noch ein kleiner Schritt bis zum neuen Irrsinn war.

»Ihre Sinne müssen verwirrt sein«, stieß Sathogenos hervor. »Nur die Fantasie fiebernder Sinne kann derart Unglaubliches erfinden.«

»Es ist wahr!«, erklärte ich hart. »Auch ein Regelerschaffer sollte noch in der Lage sein, der Wahrheit ins Auge zu sehen. Aber darum geht es nicht – jedenfalls nicht vorrangig. Wir sind gekommen, um über das Verbindungselement eine Warnung an die Kontaktzentrale zu schicken. Es geht darum, dass DAS WORT von VERNOC unterwandert und auf dem Weg zur Kontaktzentrale ist.«

Die amtierenden Regelerschaffer fuhren zu mir herum. Ihre Augen glitzerten unerträglich, ein Zeichen dafür, wie chaotisch es in ihnen aussah.

»Wären Sie nicht Gast des Berührungskreises, würde ich dafür sorgen, dass Sie nie mehr Ihre Stimme erheben könnten, Rhodan!«, zischte Sathogenos. »Aber ich werde wenigstens dafür sorgen, dass Sie keine weiteren Verleumdungen verbreiten können, solange Sie auf Yuurmischkohn sind.«

»Er hat DAS WORT gelästert!«, stammelte Rezalsrohn. »Dafür muss er gemäß *Kodex Njinkao* bestraft werden.«

»Rhodan hat die Wahrheit gesagt.« Waagnomhs Stimme klang schrill. »Ich selbst habe gesehen, dass DAS WORT sich nicht mehr in der Nähe der Bucht der blauen Geier befindet, obwohl es dort angeblich ein Gastspiel für uns ehemalige Regelerschaffer vorbereitet. Ich glaube, dass höchste Gefahr droht.«

»Die Kontaktzentrale ist unangreifbar«, stellte Sathogenos fest. »Selbst wenn die wahnwitzige Verleumdung zuträfe, wäre es niemandem möglich einzudringen, der dazu nicht autorisiert ist.«

»Und er kann nur durch die Kontaktzentrale selbst dazu autorisiert werden«, ergänzte Rezalsrohn.

»Die Inkarnation VERNOC, was immer sie auch sein mag, ist sicher nicht dumm«, warf Sagullia Et ein. »Wenn sie DAS WORT unterwandert hat, muss sie sich vorher ausgerechnet haben, dass die Erfolgsaussichten das Risiko rechtfertigen.«

»Selbst wenn das nicht zutrifft, habt ihr die Pflicht, die Kontaktzentrale zu verständigen«, wandte sich Waagnomh wieder an die amtierenden Regelerschaffer.

»Und zwar schnell!«, drängte ich. »Ich weiß, dass nicht mehr viel Zeit bleibt. VERNOC ist gefährlich, sonst würde man ihn nicht so fürchten. Nur scheint Ihnen durch die Feinsprache der Instinkt für Gefahren abhanden gekommen zu sein.«

»Die Feinsprache ist das Produkt der Bemühungen, organische Gehirne in positronischen Kategorien denken zu lassen«, erklärte Garo Mullin. »So viel haben unsere Untersuchungen ergeben.«

»Das ist eine ungeheuerliche Unterstellung!«, entfuhr es Rezalsrohn wenig feinsprachlich. »Hochverehrter Regelerschaffer Sathogenos, ich schlage vor, die Kontaktzentrale über diese unglaublichen Behauptungen und Verleumdungen zu informieren.«

»Tun Sie, was Sie wollen, nur übermitteln Sie der Kontaktzentrale unsere Warnung!«, sagte ich. »Am besten lassen Sie mich über Ihr Verbindungselement mit der Zentrale reden. Dort sitzen hoffentlich halbwegs klar denkende Leute.«

Röchelnd taumelte Rezalsrohn gegen die Wand. Die Forderung, jemanden über das Verbindungselement zur Kontaktzentrale sprechen zu lassen, der kaum den niedrigsten Grad der Feinsprecherei erreicht hatte, erfüllte ihn offenbar mit Entsetzen.

Sathogenos beherrschte sich etwas besser. Aber auch er war nicht in der Lage, mir die Benutzung des Verbindungselements zu gestatten. Abrupt wandte er sich um und verließ den Raum.

»Wenn die Kontaktzentrale so wichtig für die Feyerdaler ist, werden sie diese bestimmt abgesichert haben, dass kein Unbefugter eindringen kann«, sagte Asuah Gemroth.

»Vielleicht war das ursprünglich sogar der Fall«, erwiderte Goor Toschilla. »Ich bezweifle aber, dass die Feyerdaler, deren Gehirne unter dem Zwang, wie Positroniken zu denken, entartet sind, überhaupt noch an konkrete Gefahren denken können. Wahrscheinlich werden die Sicherheitseinrichtungen seit Generationen vernachlässigt.«

»Sie sind also zu der Auffassung gelangt, die Feinsprecher versuchten, wie Positroniken zu denken?«, warf ich ein.

»So ist es«, bestätigte Mullin. »Meine Analysen ergeben, dass das Phänomen der Feinsprache mit großer Wahrscheinlichkeit das Ergebnis spezifischer Anforderungen ist, die an einen Kontakt mit der Kaiserin von Therm gestellt werden.«

»Bleibt die Frage, warum eine Kommunikation mit der Kaiserin nur möglich ist, wenn man wie eine Positronik denkt.«

»Wir haben schon in Erwägung gezogen, dass die Kaiserin von Therm eine Positronik sein könnte«, warf Amja Luciano ein. »Aber wir kamen zu dem Schluss, dass eine Superintelligenz ein Lebewesen sein muss.«

»Gibt es Positronengehirne oder ähnliche Gebilde, auf die unsere Definition von Leben zutrifft?«, fragte ich.

»Ist SENECA ein Lebewesen?«, erkundigte sich Garo Mullin angriffslustig.

»Selbstverständlich nicht. SENECA wurde ja auch von uns geschaffen – beziehungsweise von Menschen«, sagte Sagullia Et.

»Was trägst du da eigentlich um den Hals, Sagullia?«, fragte Goor Toschilla dazwischen. »Wer hat dir das geschenkt?« In ihrer Stimme schwang unverhohlene Neugierde mit.

Unsere Freunde der dritten Gruppe entdeckten das Amulett Sagullias anscheinend erst jetzt. Fasziniert betrachteten sie die daumendicke, zirka sieben Zentimeter durchmessene Scheibe aus schwach rötlichem Material, deren Oberfläche mit erhabenen Symbolen bedeckt war.

»Sagullia hat das Amulett in einem verlassenen Raum entdeckt«, erklärte ich. Dabei fiel mir ein, dass weder Waagnomh noch Fahlenz darauf reagiert hatten. Ich wandte mich an sie: »Können Sie uns erklären, was das ist und welche Bedeutung es hat?«

Fahlenz starrte geistesabwesend vor sich hin. Nur Waagnomh ging zu Sagullia und schaute sich das Amulett lange an.

»Ich habe so etwas nie gesehen«, sagte er. »Auch die Schwingungen, die davon ausgehen, sind mir unbekannt.«

»Schwingungen?«, fragte Sagullia. »Was für Schwingungen?«

»Sie sind schwach und nur zu spüren, wenn man dem Amulett sehr nahe kommt.«

»Könnten diese Schwingungen gefährlich sein?«, fragte Goor besorgt.

»Ich weiß es nicht«, antwortete Waagnomh.

Ich schaltete den Translator aus, damit Rezalsrohn nicht verstand, was ich meinen Gefährten mitzuteilen hatte.

»Unser Versuch, die Kontaktzentrale zu warnen, ist fehlgeschlagen. Ich werde dennoch nicht aufgeben, sondern mit dem Gleiter losfliegen. Da die Zentrale uns nach Yuurmischkohn beordert hat, lässt sie sich vielleicht doch dazu bewegen, mir den Einflug zu gestatten.«

Ich verriet nicht, dass Waagnomh davon gesprochen hatte, jeder Nichtautorisierte würde ohne Warnung abgeschossen. Es wäre sinnlos gewesen, die Solaner zu beunruhigen. Aber ich hielt es für notwendig, den Versuch zu wagen – und ich rechnete mir eine reelle Chance aus.

Sagullia Et, der als Einziger meiner Begleiter die Gefahr kannte, blickte mich besorgt an. »Ich werde mit Ihnen fliegen, Perry.«

Ich schüttelte den Kopf. »Es genügt, wenn einer von uns das versucht, Sagullia. Dennoch vielen Dank.«

Ich wandte mich um und wollte den Raum verlassen. Den Gleiter auf der Felsterrasse konnte ich deutlich sehen.

Ebenso deutlich sah ich die beiden anderen Maschinen, die jetzt landeten. Jeweils zehn Roboter, deren Äußeres weitgehend den Feyerdalern nachempfunden war, stiegen aus. Fünf Roboter blieben vor Sathogenos' Unterkunft, die übrigen fünfzehn drangen ein und umstellten uns.

Der Regelerschaffer deutete auf Waagnomh und Fahlenz. »Die Ungehorsamen werden zur Bucht der blauen Geier zurückgebracht!«

Fahlenz schrie auf und stürzte sich so schnell auf Sathogenos, dass er ihn erreichte, bevor die Roboter das verhindern konnten. Mit verzweifelter Wut schlug er auf den Regelerschaffer ein, bis zwei Roboter ihn packten und zurückzerrten. Eine Injektionspistole zischte. Fahlenz sank schlaff in sich zusammen.

Waagnomh ließ sich willenlos abführen. Draußen wurden die ehemaligen Regelerschaffer in einen der Gleiter verfrachtet. Das Fahrzeug hob ab und war bald darauf unseren Blicken entschwunden.

Sathogenos wischte sich mit dem Handrücken über einen Hautriss auf der linken Wange, dann wandte er sich an uns. »Sie werden unter Bewachung in Ihre Quartiere zurückgebracht«, erklärte er. »Dort bleiben Sie, bis die Kontaktzentrale entschieden hat, welches Urteil zu fällen ist. Inzwischen ist eine Suchgruppe aufgebrochen, um die beiden anderen Entflohenen zurückzubringen.«

»Haben Sie die Kontaktzentrale vor VERNOC gewarnt?«, erkundigte ich mich.

»Ich kann keine Informationen weitergeben, die nach meiner Überzeugung haltlos sind«, erwiderte Sathogenos. »Roboter – führt die Fremden in ihre Quartiere und bewacht sie so, dass keiner von ihnen entkommen kann!«

Die Roboter drängten uns in einen Flur, der in Richtung unserer Quartiere führte. Widerstand wäre unter den Umständen sinnlos gewesen. Wir hatten versucht, den Feyerdalern zu helfen, aber sie wollten sich nicht helfen lassen, weil sie uns nicht als gleichwertig betrachteten.

Ein Windstoß fuhr durch den Regenwald, und die Sonne brach durch. Von einem Augenblick zum anderen verwandelte sich die düstere Kulisse zu einer von Licht durchfluteten Szenerie, in der Myriaden von Wassertropfen auf Stämmen, Blättern und Farnwedeln gleich hochkarätigen Rubinen funkelten und glitzerten. Von irgendwoher tauchte ein Schwarm bunt gefiederter Vögel auf.

Eher zufällig entdeckte Honth das hellgrüne, rostrot getupfte Gebilde, das gleich einem Tau pendelnd in sein Gesichtsfeld ragte. Er schaute auf und sah, dass dieses Gebilde von einem Ast herabhing, um den es das hintere Teil seines Körpers geschlungen hatte. Das vordere Ende war schwach verdickt. Zwei kirschkerngroße Augen fixierten ihn. Eine gespaltene Zunge fuhr immer wieder aus einem schlitzförmigen Maul und streckte sich witternd in seine Richtung.

»Keine schnelle Bewegung!«, raunte Honth und zog Cesynthra langsam mit sich. Erst etliche Meter entfernt fasste er sie bei den Schultern und drehte sie so, dass sie die Schlange sah.

Cesynthra erschauderte.

Sie beobachteten ihre Umgebung nun aufmerksamer als zuvor. Die Begegnung mit der Schlange erinnerte sie an die Gefährlichkeit der planetaren Natur.

Nach ungefähr einer Stunde endete der Regenwald. Vor Cesynthra und Honth erstreckte sich eine hellblaue Wiese.

Sie wäre ein Bild tiefsten Friedens gewesen, wenn in einem Fleck zertrampelter Halme nicht ein nackter Feyerdaler gelegen hätte, dessen verkrümmte Haltung keinen Zweifel daran aufkommen ließ, dass er tot war …

»Bei SENECA!«, entfuhr es Cesynthra.

Honth Pryth-Fermaiden schluckte einen imaginären Kloß hinunter. Sein Blick wich den gebrochenen Augen des Feyerdalers aus und blieb auf dem unnatürlich verrenkten kurzen Hals haften.

»Glaubst du, dass ein Raubtier …?«, würgte Cesynthra hervor. Ihr war übel.

»Genickbruch«, sagte Honth dumpf und schaute sich um. Er überbrückte die Entfernung zu dem Toten mit fünf Schritten und kniete nieder. Schließlich zwang er sich dazu, den Leichnam zu untersuchen.

»Ich kenne kein Tier, das seinem Opfer das Genick bricht, ohne Spuren wie Kratzer, Bisswunden oder Würgemale zu hinterlassen«, erklärte er. »Nur intelligente Lebewesen sind fähig, so zu töten. Der Feyerdaler wurde ermordet.«

»Das ist mir inzwischen ebenfalls klar«, sagte Cesynthra, die sich wieder einigermaßen gefasst hatte. »Allerdings aus einem anderen Grund.«

»Und der wäre?«

»Ein Tier hätte den Toten nicht seiner Kleidung beraubt.«

»Oh!«, machte Honth.

»Oder glaubst du, es gibt auf diesem Kontinent des Berührungskreises Feyerdaler, die nackt herumlaufen?«, fragte Cesynthra.

»Auf keinen Fall!«, sagte Honth entschieden. »Auf Yuurmischkohn leben nur die feinsten der Feinsprecher. Wahrscheinlich ist der Tote sogar ein ehemaliger Regelerschaffer. Solche Feyerdaler kämen bestimmt nicht auf den Gedanken, sich unbekleidet sehen zu lassen. Andererseits sollte man annehmen, dass ein Feinsprecher auch niemanden ermorden würde.«

»Das sehe ich ein«, erwiderte Cesynthra. »Aber wer …?« Ihre Augen weiteten sich. »Du denkst an VERNOCS Mimikrywesen?«

Honth nickte schwer. »Möglicherweise sogar das Geschöpf, das wir beobachteten …«

Sie zuckten zusammen, als ihre Armbandfunkgeräte gleichzeitig summten.

»Ob das Perry ist?«, flüsterte Cesynthra.

»Vielleicht handelt es sich um eine List von Sathogenos oder Rezalsrohn«, argwöhnte Honth. Trotzdem ging er auf Empfang. Perry Rhodans Konterfei zeichnete sich ab.

»Perry an Cesynthra und Honth! Meldet euch nicht! Wir wurden von Sathogenos und Rezalsrohn gefangen genommen. Roboter sind unterwegs, um Sie zu suchen. Außerdem steht fest, dass das von den Agenten VERNOCS übernommene WORT auf dem Weg zur Kontaktzentrale ist. Versuchen Sie, den Wachkreis der Kontaktzentrale zu erreichen und vor VERNOC zu warnen. Gehen Sie aber kein unkalkulierbares …« Die Stimme brach ab, das Bild erlosch.

»Entweder haben die Feyerdaler die Sendung gestört oder Perry gezwungen abzuschalten.« Cesynthra blickte wieder auf den Toten. »DAS WORT ist unterwegs zur Kontaktzentrale. Das bestätigt unseren Verdacht, dass dieser Feyerdaler von einem Mimikrywesen VERNOCS ermordet wurde.«

Sie schalteten ihre Funkgeräte ab.

Honth betrachtete das zertrampelte Gras neben dem Toten genauer, dann deutete er auf eine Spur, die von dem Leichnam hangaufwärts führte. Als er an seinem ausgestreckten Arm entlangblickte, sah er in einigen Kilometern Entfernung die Gipfel, bei der sie die Kontaktzentrale vermuteten.

»Das Mimikrywesen hat den Feyerdaler ermordet, seine Gestalt angenommen und sich seine Kleidung übergestreift. Wahrscheinlich hätte es auch die Kleidung nachahmen können, aber ich denke, dass eine Kleidung aus lebender Substanz bei den Kontrollen im Wachkreis auffallen würde. Deshalb war VERNOCS Agent darauf angewiesen, sich die echte Kleidung des Toten anzueignen.«

Cesynthra runzelte die Stirn. »Du meinst, im Wachkreis findet unter anderem eine Überprüfung der Zellschwingungen statt?«

»Aber sicher«, antwortete Honth. »Wahrscheinlich können die Feyerdaler wie wir die Zellschwingungsfrequenz jeder Person genau erfassen.«

»Dann können sie sich auch identifizieren«, erwiderte Cesynthra. »Das macht aber nur dann Sinn, wenn die ermittelte Zellschwingungsfrequenz mit gespeicherten Daten abgeglichen wird, so dass sichergestellt ist, dass nur autorisierte Feyerdaler in die Kontaktzentrale gelangen. In dem Fall hat der Mörder keine Erfolgschance. Er kann offensichtlich die äußere Erscheinung eines Feyerdalers imitieren, aber niemals die Zellschwingungsfrequenz.«

»Ich verstehe, was du meinst, Cesy.« Honth nickte bedächtig. »Um die Zellschwingungsfrequenz eines anderen Lebewesens zu imitieren, müsste er sich molekular verformen können, also ein Molekülverformer sein.«

Seine Augen weiteten sich.

»Aber was ist, wenn VERNOCS Agenten tatsächlich Molekülverformer sind und nicht nur einfache Mimikrywesen?«

»Molekülverformer?«, fragte Cesynthra ungläubig. »Ich habe nie gehört, dass eine Lebensform die Fähigkeit besitzt, ihre molekulare Struktur zielstrebig so zu verformen, dass sie vollständig identisch mit der molekularen Struktur anderer Lebewesen wird.«

»Aber ich«, erwiderte Honth und erschauderte. »Die Menschheit ist zweimal – mit großem zeitlichen Abstand – mit Molekülverformern in Berührung gekommen. Diese Begegnungen waren geschichtlich nicht bedeutend, so dass sie wahrscheinlich in den geschichtlichen Informationen nicht gespeichert sind. Aber in den Ausweitungskursen für Kosmozoologie sind sie enthalten.«

»Es gibt so etwas also wirklich«, staunte Cesynthra. »Woher kommen die Molekülverformer? Was für eine Zivilisation haben sie entwickelt?«

»Darüber sagen die Informationen nichts aus. Das kann nur bedeuten, dass wir weder wissen, woher dieses Volk stammt, noch welche Zivilisation es entwickelt hat.«

»VERNOC scheint beides zu wissen – und noch mehr«, flüsterte die Kosmopsychologin. »Offenbar stehen die Molekülverformer in seinen Diensten.«

Honth Pryth-Fermaiden presste die Lippen zusammen und folgte mit den Augen der Spur, die in Richtung Kontaktzentrale führte.

»Wir müssen uns beeilen. Ich fürchte, dass die Kontrollmechanismen des Wachkreises nicht in der Lage sein werden, einen Molekülverformer zu entlarven«, sagte er. »Und wir sollten sehr vorsichtig sein, wenn uns demnächst Feyerdaler begegnen, denn es könnten Molekülverformer sein.«

Nach einem letzten Blick auf den Toten setzten die Solaner sich wieder in Bewegung. Sie folgten der deutlichen Spur, die von einem Feyerdaler zu stammen schien, aber mit Sicherheit von einem der geheimnisvollsten und gefährlichsten Lebewesen des Universums verursacht worden war …

Die rote Riesensonne Truhterflieng stand schon ziemlich tief, und ihre Strahlen fielen in flachem Winkel auf die Gipfel. Von irgendetwas wurden sie stark reflektiert. Rotsilberne Funken tanzten über die kahlen Bergflanken und bildeten annähernd ringförmige Muster.

»Das muss die Kontaktzentrale sein«, stellte Honth fest. »Ich nehme an, der Warnkreis beginnt jenseits des vor uns liegenden Tales. Wir haben es so gut wie geschafft.«

»Hoffentlich kommen wir noch rechtzeitig.«

Cesynthra wollte weitergehen, wurde aber von ihrem Begleiter daran gehindert und zwischen zwei Büsche gezogen.

»Da bewegt sich etwas in unsere Richtung!«, flüsterte er.

Cesynthra folgte seiner Blickrichtung und entdeckte ein metallisch glänzendes Objekt, das sich langsam aus dem Himmel herabsenkte.

»Ein Gleiter!«, entfuhr es ihr. »Vielleicht eine Patrouille, die den Wachkreis abfliegt.«

»Dann hätte die Maschine von innerhalb kommen müssen«, entgegnete Honth. »Ich habe aber gesehen, dass das nicht der Fall war. Es könnte sich um den Suchtrupp handeln, von dem Perry sprach.«

Sie huschten weiter zu zwei großen Felsblöcken, deren Zwischenraum von der zerzausten Krone eines verkrüppelten Baumes überdeckt wurde.

Der offene Gleiter war inzwischen deutlich zu erkennen und ebenso deutlich die Roboter an Bord, die offenbar Ausschau hielten. Mit geringer Geschwindigkeit schwebte das Fahrzeug über das Versteck der beiden Solaner hinweg und nahm Kurs auf die blaue Wiese.

»Sie haben den Toten gesehen«, vermutete Honth. »Das wird die Feyerdaler endlich davon überzeugen, dass es hier feindliche Aktivitäten gibt. Ich schlage vor, wir geben uns zu erkennen und berichten, was wir über Molekülverformer wissen und dass wir vermuten, dass mindestens ein Agent von VERNOC sich nahe an der Kontaktzentrale befindet.«

Er wollte das Versteck verlassen, aber Cesynthra hielt ihn zurück. »Das sind Roboter, die sich strikt an ihre Befehle halten. Sie werden uns festnehmen und zur Station zurückbringen.«

»Wenn wir ihnen sagen, was geschehen ist, müssen sie Funkverbindung zu ihren Herren aufnehmen«, erwiderte Honth. »Ich denke, dass Sathogenos und Rezalsrohn sich den Tatsachen nicht verschließen können und ihre Befehle entsprechend abändern.«

»Ich wäre mir da nicht sicher«, widersprach Cesynthra. »Zumindest würden wir wertvolle Zeit verlieren. Warum rennen wir nicht zum Wachkreis und geben uns dort zu erkennen, bevor die Roboter uns einholen können?«

»Und wenn VERNOCS Agenten den Wachkreis schon infiltriert und übernommen haben?«, fragte Honth zurück. »Wir wären verloren, ohne etwas ausrichten zu können und ohne die Regelerschaffer über den wahren Sachverhalt aufgeklärt zu haben. Nein, ich sehe nur eine Möglichkeit für uns: Wir müssen uns den Robotern stellen, bevor sie uns entdecken. Das wird unsere Glaubwürdigkeit erhöhen.«

Cesynthra seufzte. »Das klingt sehr logisch, Honth. Hoffentlich können die Regelerschaffer überhaupt noch logisch denken. Also gut ...«

Sie verließen ihr Versteck und traten auf den Pfad hinaus. Kaum waren sie einige Schritte in Richtung der Wiese zurückgegangen, als der Gleiter zurückkam. Honth schwenkte die Arme.

Sekunden später landete die Maschine. Roboter sprangen heraus und umringten die Solaner.

»Wir haben eine sehr wichtige Information für eure Herren«, sagte Pryth-Fermaiden. »VERNOCS Agenten haben einen Feyerdaler getötet. Einer von ihnen hat seine Gestalt angenommen und ...«

»Sie werden gebeten, Ihren Widerstand aufzugeben und einzusteigen!«

»Wir leisten gar keinen Widerstand!«, empörte sich Honth und wollte die Hände eines Roboters wegschieben, die nach ihm griffen. Es gelang ihm nicht.

Cesynthra lachte hysterisch. »Ich habe es gewusst! Sie folgen nur ihrer Programmierung und hören uns nicht einmal an.«

Sie wehrte sich nicht, als ein Roboter sie in den Gleiter hob. Auch Honth wurde in das Fahrzeug befördert.

»Sathogenos und Rezalsrohn sind keine Roboter«, sagte er. »Sie werden uns anhören.«

»Hoffentlich glauben sie uns auch.« Cesynthra zitterte, als sie auf den toten Feyerdaler deutete, der auf dem Boden des Gleiters lag. »Sie könnten denken, wir hätten ihn umgebracht.«

»So dumm werden sie wohl nicht sein«, sagte Honth. Aber seine Stimme klang wenig überzeugend.

22.

Ich sah auf, als die Tür meiner Unterkunft sich öffnete. Zwei Roboter waren gekommen.

»Seine Unfehlbarkeit Regelerschaffer Sathogenos und Seine Unfehlbarkeit Regelerschaffer Rezalsrohn fordern Perry Rhodan auf, zu ihnen zu kommen!«

Es wäre sinnlos gewesen, den Gehorsam verweigern zu wollen. Ich dachte daran, wie ein Roboter mit mir umgesprungen war, als ich mit meinem Armband die Nachricht an Cesynthra und Honth abstrahlte. Er hatte mir eine Nadel aus kristallisiertem Lähmgift in den Arm geschossen. Glücklicherweise war er erst aufgetaucht, als ich das Wesentliche bereits gesagt hatte. Cesynthra und Honth wussten also, worum es ging und dass sie gesucht wurden.

Die Roboter führten mich in eine Halle, die ich noch nicht kannte. Das Erste, was ich erblickte, waren ausgerechnet Cesynthra und Honth und das Nächste der Leichnam eines Feyerdalers, dessen Konturen von einer dünnen Decke kaum verhüllt wurden. Nur der Kopf war frei.

Ich schaute die Solaner fragend an und atmete erleichtert auf, als sie kaum merklich die Köpfe schüttelten. Es hätte uns gerade noch gefehlt, wenn der Tod eines Feyerdalers auf unser Konto gegangen wäre, obwohl ich sicher war, dass Cesynthra und Honth nur im akuten Notwehrfall töten würden.

Sathogenos betrat den Saal. Rezalsrohn kam gleichzeitig durch die entgegengesetzte Tür. Beide blieben nach wenigen Schritten ohne die sonst üblichen Verrenkungen und Formalsätze stehen. Der Anblick des Toten hatte sie offenkundig ihrer Fassung beraubt. Das Glitzern ihrer Augen wurde greller, je länger sie auf den Leichnam blickten.

Als Minuten verstrichen, ohne dass die Regelerschaffer aus ihrer Erstarrung erwachten, hielt ich es nicht mehr aus. Das Kontaktzentrum war in Gefahr, doch anstatt etwas zu unternehmen, standen die Verantwortlichen herum und betrachteten einen Toten.

»Was ist geschehen?«, wandte ich mich an Honth.

Einer der Roboter versetzte mir einen Stoß. Da ich nicht schon wieder außer Gefecht gesetzt werden wollte, schwieg ich.

Erst nach einer Viertelstunde erwachten die Regelerschaffer aus ihrer Starre. Sie musterten mich nur kurz, dann wandten sie sich an die Solaner.

»Was haben Sie zu Ihrer Rechtfertigung vorzubringen?«, fragte Sathogenos.

Cesynthra warf mit einer trotzigen Kopfbewegung ihr Haar zurück. »Wir brauchen uns nicht zu rechtfertigen!«, erklärte sie mit fester Stimme. Sie deutete auf den Leichnam. »Dieser Feyerdaler ist das Opfer von Molekülverformern, die als VERNOCS Agenten DAS WORT unterwanderten und auf diese Weise in den Berührungskreis gelangten. Mindestens ein Molekülverformer ist unterwegs zum Kontaktzentrum – in der Gestalt dieses Toten.«

»Das ist eine Lüge, die sich durch ihren Inhalt selbst entlarvt«, erwiderte Rezalsrohn.

»Es ist die Wahrheit«, sagte Pryth-Fermaiden. »Wir haben einen Molekülverformer beobachtet, der das Aussehen eines Feyerdalers annahm. Begreifen Sie endlich, dass die Kontaktzentrale in höchster Gefahr schwebt!«

»Molekülverformer«, sagte Sathogenos verächtlich. »So etwas gibt es nicht. Es handelt sich nur um eine Erfindung von Ihnen.«

»Es gibt Molekülverformer«, erklärte ich. »Wir Menschen sind Vertretern dieses Volkes mehrfach begegnet – und jedes Mal waren es unerfreuliche Begegnungen. Diese Wesen können ihre molekulare Struktur so verändern, dass sie – und damit ihre Gestalt – identisch mit der molekularen Struktur ihres Opfers wird. Es ist möglich, dass ein Molekülverformer, der die Gestalt dieses Toten angenommen hat, nicht einmal durch eine Zellschwingungskontrolle entlarvt wird.«

Rezalsrohn und Sathogenos wandten sich mir zu.

»Sie lügen, um Ihre Gefährten zu retten, Rhodan«, erklärte Sathogenos. »Es gibt keine Molekülverformer – und niemand vermag den Wachkreis des Kontaktzentrums zu täuschen.« Er deutete auf Honth und Cesynthra. »Ich klage diese Menschen des Mordes an Regelerschaffer Löschyor an. Eine entsprechende Meldung wird von mir an die Zentrale gehen, die das Urteil verkünden wird. Roboter, bringt die Gefangenen und auch Perry Rhodan ins Gefängnis und achtet darauf, dass sie nicht entkommen können!«

»Aber das ist Wahnsinn!«, empörte sich Honth. »Wir haben Löschyor nicht getötet! Seht ihr Idioten nicht, dass ihr euch selbst etwas vormacht? Während VERNOCS Agenten sich in die Kontaktzentrale schleichen, verschließt ihr eure Augen vor der Wahrheit und klagt die an, die euch helfen wollen.«

Ohne auf seine Worte zu reagieren, wandten Sathogenos und Rezalsrohn sich um und verließen die Halle durch die Türen, durch die sie gekommen waren.

Die Roboter führten die Solaner und mich über eine Treppe in die Tiefe der Station. Dort wurden wir in einen halbdunklen Raum gestoßen, dessen Stahlplastikwände jeden Gedanken an Flucht im Keim erstickten. Hinter uns fiel eine dicke Tür ins Schloss.

»Wie sollen wir hier jemals wieder herauskommen?« Cesynthra sah mich flehend an, als erwartete sie ein Wunder von mir.

»Ich bin sicher, dass Rezalsrohn und Sathogenos letzten Endes die Wahrheit erkennen werden, weil sie sich ihnen aufzwingen wird«, erwiderte ich. Was ich verschwieg, war, dass die Regelerschaffer die Wahrheit erst erkennen würden, wenn VERNOCS Kreaturen die Kontaktzentrale übernommen hatten. Aber bevor die Unfehlbarkeiten das merkten, würden die Unheimlichen unter der Vorspiegelung, den Willen der Kontaktzentrale kundzutun, unser Urteil fällen. Ich zweifelte keinen Augenblick daran, dass es auf Tod lauten würde.

Ich tastete nach dem Zellaktivator auf meiner Brust. Das Gerät hatte mich vor dem Altern bewahrt, vor einem gewaltsamen Tod würde es mich nicht schützen.

Als Sathogenos sein Kalhdah betrat, den würfelförmigen Raum, in dem er weder von anderen Feyerdalern noch von den Kontrolleinrichtungen der Kontaktzentrale beobachtet werden konnte, brach seine mühsam aufrechterhaltene Maske der Selbstbeherrschung zusammen. Er warf sich auf sein Lager, krümmte sich zusammen und schluchzte haltlos. Dadurch, dass er seinen Gefühlen freien Lauf ließ, beruhigte er sich allmählich wieder.

Er setzte sich auf und versuchte nachzudenken.

Löschyor, ein Regelerschaffer, der in einer anderen Station auf dem Kontinent Yuurmischkohn gelebt hatte, war ermordet worden. Das war eine Untat, wie sie seit vielen Generationen auf dem Planeten Pröhndome nicht mehr vorgekommen war.

Oder doch?

Hatten Waagnomh und Fahlenz nicht behauptet, die ausgedienten Regelerschaffer in der Bucht der blauen Geier schlügen sich gegenseitig tot?

Sathogenos schob diesen Gedanken beiseite.

Alle ausgedienten Regelerschaffer waren als unzurechnungsfähig einzustufen. Es war nur logisch, dass sie ihr Versagen nicht wahrhaben wollten. Folglich versuchten sie, sich mit allen Mitteln wichtig zu machen. Mit ihrem Schauermärchen hatten sie gehofft, aus der Anonymität ausbrechen zu können und sich die Geltung zu verschaffen, die sie auf normalem Wege nie mehr erreichen würden.

Also war die Ermordung des Regelerschaffers Löschyor doch eine einmalige Tat – und sie war nicht von Feyerdalern verübt worden, sondern von zwei dieser fremdartigen Intelligenzen, die sich Menschen nannten und die unerklärlicherweise von der Kontaktzentrale angefordert worden waren.

Sathogenos' Glaube an die absolute Unfehlbarkeit der Kontaktzentrale ließ einen schwachen Zweifel daran aufkommen, dass die Fremden wirklich einen Regelerschaffer ermordet haben könnten.

Doch wer hatte es dann getan?

Nicht im Geringsten zweifelte Sathogenos an der Unschuld DES WORTES. DAS WORT war eine geheiligte Institution, die dem Wohl aller Feyerdaler diente. Die auserwählten Künstler, die seine Botschaften und Prophezeiungen übermittelten, stellten einen unveränderlich programmierten mentalen Block dar. Keiner von ihnen hätte aus diesem Block ausbrechen und etwas unternehmen können, was gegen die Gesamtprogrammierung verstieß.

Und die Ausrede der Menschen, Molekülverformer in VERNOCS Dienst hätten DAS WORT übernommen und Löschyor getötet, war eine Lüge, mit der sie versuchten, ihre Schuld zu verschleiern. VERNOC war weit, und die Macht der Kaiserin von Therm war groß. Niemals hatte es Informationen über Wesen gegeben, die ihre molekulare Struktur zu praktisch jedem anderen Wesen verwandeln konnten. Folglich gab es keine Molekülverformer.

Es stand fest: Die Menschen, die sich Pryth-Fermaiden und Wardon nannten, hatten Löschyors Tod verschuldet. Wahrscheinlich war der Regelerschaffer ihnen zufällig in den Bergen begegnet. Löschyor hatte zu den wenigen gehört, die jederzeit Zugang zum Kontaktzentrum erhielten, da sie auserwählt waren, später im Zentrum Dienst zu tun. Als die Menschen sich ertappt fühlten, ermordeten sie den Feyerdaler, der sich ihnen in den Weg stellte.

Ich habe das grauenhafte Verbrechen aufgedeckt und werde es der Kontaktzentrale melden!, überlegte Sathogenos. *Das hebt mich von den anderen Regelerschaffern ab. Vielleicht kommt die Kontaktzentrale zu dem Entschluss, mich als künftigen Mitarbeiter einzustufen.*

Er hatte zu sich selbst zurückgefunden und strahlte wieder Selbstsicherheit und Entschlossenheit aus. Hoch aufgerichtet verließ Sathogenos sein Kalhdah und begab sich in den Raum des Verbindungselements.

Geduldig wartete Sathogenos, bis das Element auf seine Gegenwart reagierte. Niemals hätte er es von sich aus aktiviert; das wäre dem Versuch gleichgekommen, der Kontaktzentrale seinen Willen aufzuzwingen – und nie zwang eine untergeordnete Einheit der übergeordneten ihren Willen auf.

Nachdem eine unpersönliche Stimme ihn aufgefordert hatte, sein Begehren vorzutragen, sprach der Regelerschaffer die vorgeschriebenen Formalsätze. Danach berichtete er von der Ermordung Löschyors durch zwei Menschen und bat um ein Urteil, das die Gerechtigkeit und Logik der Kontaktzentrale offenbaren sollte.

Die Antwort der Kontaktzentrale wirkte auf Sathogenos wie ein Guss Eiswasser.

»Warum klagen Sie, Regelerschaffer Sathogenos, zwei Menschen des Mordes an Löschyor an? Regelerschaffer Löschyor hat sich soeben am Wachkreis der Zentrale gemeldet und darum gebeten, ihn einzulassen, wie es ihm als Autorisiertem zusteht.«

Eine Weile rang Sathogenos nach Worten, während sein verwirrter Verstand versuchte, die Antwort zu verarbeiten und in ein logisches Schema einzuordnen.

»Aber Löschyor ist tot!«, stieß er endlich hervor. »Ich habe seinen Leichnam gesehen!«

Im nächsten Augenblick besann er sich, dass alles, was die Kontaktzentrale in ihrer unübertrefflichen Weisheit sagte, richtig sein musste, weil es nicht anders sein konnte. Folglich musste alles Gegenteilige unrichtig sein, auch wenn er, Sathogenos, es mit eigenen Augen gesehen hatte – beziehungsweise glaubte, es gesehen zu haben.

»Selbstverständlich ist er nicht tot«, stammelte er. »Ich habe seinen Leichnam niemals gesehen. Soll ich die Anklage gegen die Menschen zurückziehen?«

»Die Anklage muss für nichtig erklärt werden«, erwiderte die Kontaktzentrale. Wer zu ihm sprach, vermochte Sathogenos nicht zu erkennen, denn das Verbindungselement stellte nur eine Sprech-, aber keine Sichtverbindung her. »Sie sind krank, Regelerschaffer Sathogenos. Deshalb werden Sie aufgefordert, Ihr Amt niederzulegen und sich zur Abholung vorzubereiten.«

Die Kontrollen erloschen. Wie betäubt starrte Sathogenos das Element an. Ganz langsam kroch die Erkenntnis in seinen verwirrten Verstand empor, dass seine Wunschträume wie Nebel im Wind zerstoben waren. Er würde niemals in der Kontaktzentrale Dienst tun – und er würde schon bald die Station verlassen und für den Rest seines Lebens in den Ansiedlungen bei der Bucht der blauen Geier dahinvegetieren.

Tiefe Niedergeschlagenheit erfasste ihn. Alles, was er getan hatte, war falsch – und seine Hoffnungen waren vergebens gewesen.

Daran ist nur Rezalsrohn schuld!, durchfuhr es ihn. *Er hat es mit seinen Intrigen geschafft, mich zu diskreditieren!*

Der Drang, sich dafür zu rächen, erwachte in Sathogenos und wurde übermächtig. Er eilte zurück in sein Kalhdah.

In einem der Wandfächer lag sein Impulsstrahler, den er abgelegt hatte, als die Kontaktzentrale ihn zum Regelerschaffer ernannte. Sathogenos nahm die Waffe und vergewisserte sich, dass sie mit einem vollen Energiemagazin geladen war. Danach verbarg er sie unter seinem weiten Gewand und eilte in die Station.

Rezalsrohn begegnete ihm in der Verteilerhalle. Arglos sagte er die Formalsätze auf, die ein Gespräch einleiten sollten, dann wartete er darauf, dass die Formeln wiederholt wurden.

Als er sah, dass Sathogenos einen Impulsstrahler aus seinem Gewand zog, glitzerten seine hellgrünen Augen vor Erregung stärker, aber er schöpfte noch keinen Verdacht. »Hat die Kontaktzentrale die Mörder Löschyors zum Tode verurteilt?«, erkundigte er sich.

Sathogenos lachte schrill. »Löschyor ist überhaupt nicht tot!«, schrie er dem verhassten Konkurrenten entgegen. »Er hat soeben um Einlass in die Zentrale gebeten.«

»Aber wir haben seinen Leichnam gesehen«, erwiderte Rezalsrohn verwirrt.

»Die künstliche Nachbildung eines Leichnams, der wie Löschyor aussah!«, entgegnete Sathogenos. »Du hast mich getäuscht, um mich vor der Kontaktzentrale unmöglich zu machen. Dafür musst du sterben!«

Er hob den Strahler und zielte auf Rezalsrohn.

Hätte er sofort geschossen, wäre sein Konkurrent verloren gewesen. So aber zögerte er, weil ein Rest der alten Hemmungen noch in ihm wirksam war. Das gab Rezalsrohn Zeit, sich von seinem Schock zu erholen und davonzulaufen. Er war schon fast durch eines der Tore verschwunden, die sich in den Hallenwänden befanden, als Sathogenos endlich doch abdrückte.

Der Energiestrahl zuckte durch die Halle und streifte Rezalsrohns linken Arm. Das Gewand flammte auf, dann war Rezalsrohn verschwunden.

Mit einem unartikulierten Wutschrei nahm Sathogenos die Verfolgung auf …

Ein leises Knarren riss mich aus meinem dumpfen Brüten. Ich blickte auf und sah, dass die Tür unseres Gefängnisses langsam, wie von Geisterhand bewegt, aufglitt. Draußen war niemand zu sehen.

»Was bedeutet das?«, flüsterte Cesynthra. Sie und Honth saßen neben mir auf der schmalen Bank. Es gab kein anderes Mobiliar in dem fensterlosen Raum.

»Wahrscheinlich werden wir zur Vollstreckung abgeholt«, vermutete Honth.

Aber draußen rührte sich nichts. Mit zwei schnellen Schritten war ich bei der Tür. Der Korridor vor dem Gefängnis war leer. Nur von weit her vernahm ich Stimmen und Geräusche. Als ich das charakteristische Fauchen von Energiewaffen hörte, zuckte ich heftig zurück und stieß mir den Kopf an der niedrigen Türkante. Der Schmerz trieb mir die Tränen in die Augen. Ich verwünschte mich, weil ich für einen Moment vergessen hatte, dass die Feyerdaler kleiner waren als wir.

»Hat man auf Sie geschossen, Perry?«, fragte Cesynthra bebend.

Mit einer Hand massierte ich mir die Schädeldecke. »Ich habe die Entladungen nicht einmal gesehen. Keine Ahnung, was da …«

Ein Roboter kam.

»Perry Rhodan, Sie werden ersucht, mir zum Verbindungselement des Berührungskreises zu folgen!«, sagte er.

Seine Aufforderung überraschte mich nicht einmal besonders. Einiges in der Station schien im Umbruch zu sein. Wer kämpfte gegen wen? Ich glaubte, wieder Schüsse zu hören, war mir dessen aber nicht völlig sicher.

»Ist es gestattet, dass ich meine Gefährten mitnehme?«, erkundigte ich mich.

»Das bleibt Ihrer Entscheidung überlassen, Perry Rhodan.«

»Dann bestehe ich auf der Begleitung.«

Der Roboter wandte sich um und ging uns voraus.

»Wie kommt es, dass man Sie plötzlich zum Verbindungselement lässt, nachdem das vorher rigoros abgelehnt wurde?«, fragte Honth.

Ich zuckte mit den Schultern. »Wir werden es bald erfahren, denke ich.«

Erneut fauchten Energieentladungen. Schreie ertönten. Jedoch lieferte mein Translator keine Übersetzung.

»Wer kämpft da gegen wen, Roboter?«, erkundigte ich mich.

»Darüber liegen mir keine Informationen vor«, erklärte die Maschine, ohne sich umzudrehen. »Ich werde jedoch bemüht sein, Sie aus dem Bereich des Feuerwechsels herauszuhalten.«

»Hoffentlich gelingt dir das auch«, erwiderte ich skeptisch.

An der nächsten Gangbiegung erschienen drei Feyerdaler. Schreiend hasteten sie vorüber.

Der Roboter bog nach rechts ab. In einem Antigravschacht schwebten wir fünf Etagen nach unten. Danach ging es durch düstere Korridore weiter. Nachdem wir in einem zweiten Antigravlift wieder in die Höhe geschwebt waren, führte uns der Roboter in einen Raum, dessen einzige Einrichtung aus einem großen, dreieckigen Pult bestand.

Der Roboter ließ uns passieren, dann schloss er die Tür, stellte sich davor und sagte: »Sie befinden sich vor dem Verbindungselement des Berührungskreises und werden gebeten, die Kontaktaufnahme abzuwarten.«

Aufmerksam und ein wenig enttäuscht musterte ich das Pult. Ich hatte mir das Verbindungselement fremdartiger vorgestellt. Es wirkte wie ein gewöhnliches Schaltpult, und es gab nicht einmal einen 3-D-Schirm. Folglich war nur eine einfache Sprechverbindung möglich.

Unvermittelt drang eine fremdartige Stimme aus dem Gerät.

»Sind Sie bereit, Kontakt aufzunehmen, Perry Rhodan?«

»Ich bin bereit, Kontakt aufzunehmen«, antwortete ich. »Aber bevor wir uns über nebensächliche Dinge unterhalten, bitte ich zur Kenntnis zu nehmen, dass sich Agenten VERNOCS auf dem Weg zur Kontaktzentrale befinden. Diese Agenten sind mit großer Wahrscheinlichkeit Molekülverformer, die jede beliebige Person kopieren können, falls die Masse der zu kopierenden Personen nicht zu stark von ihrer eigenen Masse abweicht.«

»Verstanden, Perry Rhodan«, kam die Erwiderung ohne jede Verzögerung. »Ihre Warnung erfolgte zu spät. Der Gegner befindet sich bereits innerhalb des Warnkreises der Kontaktzentrale. Vermutlich handelt es sich bei dem autorisierten Regelerschaffer Löschyor, dessen Ermordung von Regelerschaffer Sathogenos gemeldet wurde, um einen solchen Molekülverformer, der die Gestalt Löschyors angenommen hat und außerdem dessen charakteristische Zellschwingung kopiert.«

»Das befürchten wir schon lange«, entgegnete ich. »Aber man ließ uns keinen Kontakt mit Ihnen aufnehmen. Erst nachdem in der Station Kämpfe ausgebrochen waren, führte ein Roboter uns zum Verbindungselement.«

»Das geschah auf meine Veranlassung«, sagte die Stimme. »Sathogenos und Rezalsrohn haben sich selbst disqualifiziert. Dadurch wurde ich gezwungen, in die Autonomie der Station einzugreifen und Sie zu befreien. Ich benötige Ihre Hilfe.«

»Die werden Sie bekommen, sobald alle meine Gefährten frei sind«, erklärte ich. »Aber es müsste Ihnen doch möglich sein, das Eindringen der Gegner in die eigentliche Kontaktzentrale zu verhindern. Ich nehme jedenfalls an, dass es dort eine feyerdalische Besatzung gibt.«

»Das ist richtig. Die Besatzung ist jedoch aktionsunfähig, wahrscheinlich durch die Einwirkung von Betäubungsgas. Ich selbst kann nicht eingreifen, denn ich bin das stationäre Hauptelement der Kontaktzentrale.«

»Ein Element der Kaiserin von Therm?«, erkundigte ich mich gespannt.

Diesmal erhielt ich keine Antwort.

»Vielleicht haben Sie zu viel gefragt, Perry«, warf Cesynthra ein.

Ich schüttelte den Kopf. »Meine Frage war angemessen. Ich fürchte, jemand hat den Kontakt unterbrochen. Wir müssen einen Gleiter und Waffen organisieren und zur Zentrale fliegen, bevor sie vollständig in der Gewalt des Gegners ist. Aber vorher holen wir unsere Freunde aus ihren Quartieren.«

Ich wandte mich an den Roboter. »Wirst du uns helfen?«

»Ich stehe Ihnen zu Diensten, Perry Rhodan.«

Unwillkürlich musste ich lächeln, denn ich dachte plötzlich an einen anderen hilfreichen Roboter, der einem guten Freund von Reginald Bull gehört hatte: an den Roboter von Raumkapitän Nelson.

»Gut, dann werde ich dich George nennen«, sagte ich. »Bitte führe uns zu unseren Gefährten, George!«

Angeführt von Sagullia Et, kamen die anderen uns schon entgegen.

»Wir hörten Strahlerschüsse«, erklärte Sagullia. »Dabei stellten wir fest, dass unsere Quartiere nicht mehr bewacht wurden. Was ist geschehen, Perry?«

Ich umriss in kurzen Zügen die veränderte Lage. »Anscheinend bekämpfen sich die beiden Regelerschaffer. Wir müssen versuchen, uns herauszuhalten. Unser wichtigstes Ziel ist, einen Gleiter zu finden und zur Kontaktzentrale zu fliegen. Außerdem brauchen wir Waffen.«

»Wird es zum Kampf kommen?«, fragte Amja Luciano bedrückt.

Ich registrierte, dass sie alle mehr oder weniger unter der Vorstellung litten, auf der Oberfläche eines Planeten gegen fremde Intelligenzen kämpfen zu müssen. Im Weltraum hatte ein Kampf für sie wenig Furchteinflößendes, denn die Gegner sah man meist nur als Ortungsreflexe auf den Tasterschirmen, aber niemals als lebendige Wesen.

Einem Feind Auge in Auge gegenüberzustehen, das war etwas völlig anderes.

Es mochte eine Ironie des Schicksals sein, dass sieben Solaner, die überhaupt nicht an der Erde interessiert waren, ihr Leben dafür einsetzen sollten, eben diese Erde zu finden.

»Wahrscheinlich werden wir kämpfen müssen«, erklärte ich. »Aber wenn es so weit kommt, dann halten Sie sich bitte im Hintergrund und seien Sie auf Deckung bedacht. Alles andere übernehme ich. – George, wenn du weißt, wo der nächste Gleiter steht, führe uns hin!«

»Wie kommen Sie auf ›George‹?«, flüsterte Sagullia, während wir dem Roboter folgten.

»Das ist eine lange Geschichte«, gab ich zurück. »Vielleicht erzähle ich sie Ihnen ein andermal.«

Wir betraten die Verteilerhalle. Still und verlassen lag sie vor uns. Nur das schwache Summen der Transportbänder war zu hören – und zwischen ihnen lag ein einzelner feyerdalischer Schuh.

Jemand flüsterte.

Ich blieb stehen und drehte mich um, doch meine Gefährten sahen mich nur irritiert an.

»Wer hat eben geflüstert?«, fragte ich, obwohl ich die Antwort zu kennen glaubte.

»Wie in der Siedlung der ausgedienten Regelerschaffer«, raunte Sagullia Et. »Dort hörten wir zweimal die ›Geisterstimme‹, ebenfalls ohne etwas zu verstehen. Nur glaube ich nicht, dass es Geister gibt.«

George hatte sich durch unser Gespräch nicht aufhalten lassen. Er befand sich bereits in der Mitte der Halle, als von links ein Energiestrahl heranzuckte und sofort von rechts erwidert wurde. Beide trafen den Roboter. Aber George hatte sich reaktionsschnell in einen Schutzschirm gehüllt, der die auftreffende Energie absorbierte. Gleichzeitig richtete er seinen Waffenarm nach links und feuerte einen Schauer von Lähmnadeln ab. Danach nahm er den anderen Schützen ins Visier.

Zweimal ertönte ein kurzer, halb erstickter Schrei.

»Die Gefahr ist abgewendet«, erklärte George. »Ich musste die abgesetzten Regelerschaffer Sathogenos und Rezalsrohn zu Ihrer und deren eigenen Sicherheit lähmen.«

»Gut gemacht, George. Wir werden die Waffen der beiden an uns nehmen. Aber wir brauchen noch mehr Waffen.«

»Auf dem Weg zu dem Gleiter kommen wir an einer Waffenkammer vorbei.«

Ich nickte Sagullia zu. »Holen Sie die eine, ich hole die andere Waffe!«

»Wenn das Flüstern nicht gewesen wäre ...«, sagte Sagullia bleich und setzte sich in Bewegung.

Er hatte Recht. Wenn das geheimnisvolle Flüstern uns nicht veranlasst hätte, stehen zu bleiben, wären einige von uns wahrscheinlich in die Schussbahnen geraten – und wir besaßen keine Schutzschirmprojektoren. Es schien, als hätten Sagullia und ich auf Yuurmischkohn tatsächlich einen Schutzgeist bekommen.

Ich verdrängte diese Überlegungen und eilte nach rechts. Sathogenos lag steif unter dem Tor, der Impulsstrahler war ihm aus der Hand gefallen. Brandflecken auf seiner Kleidung verrieten, wie erbittert sein Kampf gegen Rezalsrohn gewesen war. Die Regelerschaffer mochten durch ihre Feinsprecherei dekadent erscheinen, in ihrem Innern waren sie dennoch reaktionsschnelle und kompromisslose Kämpfernaturen.

Ich nahm den Impulsstrahler an mich und kehrte zu der Gruppe zurück. Sagullia trug nun ebenfalls eine Waffe.

George brachte uns tatsächlich zu der Waffenkammer, in der Impulsstrahler, Desintegratoren und Lähmwaffen lagerten. Ebenso kleine Handscheinwerfer. Schutzschirmprojektoren fanden wir leider nicht. George erklärte auf meine diesbezügliche Frage, dass es in der Station keine Schutzschirmprojektoren gäbe – außer denen der Roboter.

Kurz darauf erreichten wir einen Gleiterhangar, in dem drei mittelgroße tropfenförmige Fluggleiter standen. Ich überlegte, ob ich unsere Gruppe auf alle Maschinen verteilen sollte, entschied mich aber dagegen. Das Risiko erschien mir zu groß, zwei meiner in dieser Hinsicht unerfahrenen Gefährten in unbekanntem Gelände landen zu lassen, in dem ein erbarmungsloser Gegner lauerte.

»Wir nehmen den mittleren Gleiter«, erklärte ich. »Ich werde ihn selbst steuern, und er hat Platz für uns alle. George, lässt deine Programmierung es zu, dass du uns begleitest und im Kampf gegen VERNOCS Agenten unterstützt?«

»Ich habe Anweisung erhalten, alle Ihre Befehle zu befolgen, Perry Rhodan.«

Ich atmete auf. Der Roboter würde eine wertvolle Unterstützung sein und es mir hoffentlich ermöglichen, meine Gefährten aus Kampfhandlungen weitgehend herauszuhalten.

Die Nacht war angebrochen. Wolken trieben über den sternübersäten Himmel. Die Sonne stand aber noch nicht so tief unter dem Horizont, dass völlige Dunkelheit herrschte; vielmehr war der Himmel von einem matten rötlichen Glimmen erfüllt.

Ich zog den Gleiter in die Höhe und beschleunigte. George gab mir Korrekturanweisungen.

Es war ein seltsames Gefühl, durch die Nacht eines fremden Planeten auf ein unbekanntes Ziel zuzufliegen, in dem Unbekannte am Werk waren.

»Wir hätten doch mehr Lähmwaffen mitnehmen sollen«, sagte ich zu Sagullia, der neben mir saß. »Es wäre sicher gut, wenn wir einen Molekülverformer lebend fangen könnten. Im Grunde genommen gibt es keinen Grund für eine Feindschaft zwischen ihnen und uns. Es ist bedauerlich, dass sie sich zu Werkzeugen VERNOCS machen ließen.«

»So, wie wir uns zu Werkzeugen der Kaiserin von Therm machen?«

»Zu zeitweiligen Verbündeten«, widersprach ich. »Wir helfen der Kaiserin, weil wir etwas von ihr wollen, nämlich die Position der Erde.«

»Aber wir wissen nicht, auf welcher Seite das Recht steht, bei BARDIOC oder bei der Kaiserin.«

»Wahrscheinlich auf keiner Seite«, erklärte ich. »Ich sehe jedenfalls keinen vernünftigen Grund dafür, dass Intelligenzen einander bekämpfen. Bei gutem Willen gibt es immer eine Möglichkeit, sich friedlich zu einigen.«

»Warum versuchen wir dann nicht, uns mit den Molekülverformern zu einigen?«, warf Cesynthra Wardon von hinten ein.

»Sehen Sie eine Möglichkeit dazu?«, fragte ich zurück.

»Nur, wenn wir uns nicht in die Auseinandersetzung auf Pröhndome einmischen.«

Ich wusste nicht, was ich darauf erwidern sollte. Cesynthra hatte zwar Recht, aber nur, wenn ich unser Interesse außer Acht ließ, die Erde und mit ihr das Gros der Menschheit wiederzufinden, und wenn ich bereit war, über das Schicksal von Milliarden Menschen im Ungewissen zu bleiben.

Genau das konnte und wollte ich aber nicht. Deshalb musste ich mich gegen Intelligenzen stellen, über die wir so gut wie nichts wussten. Die Tatsache, dass sie mit feindseligen Absichten nach Pröhndome gekommen waren, erlöste mich nicht von meinem Gewissenskonflikt.

»Vor uns ist die Kontaktzentrale«, sagte George.

Ich versuchte, etwas zu erkennen, aber meine Augen konnten die Dunkelheit nicht so gut durchdringen wie die Optik eines Roboters. Es dauerte noch fast eine Minute, bis ich die Silhouetten fünf hoher Berggipfel unterscheiden konnte.

»Das ist die Gipfelgruppe, bei der die Kontaktzentrale liegt!«, rief Pryth-Fermaiden von hinten. »Cesy und ich waren schon beinahe dort gewesen.«

»Das Kontaktzentrum befindet sich an den Innenflanken der Berge«, erläuterte George. »In den Außenflanken sind die Abwehranlagen installiert – und noch weiter draußen liegt der Wachkreis. Die Abwehranlagen sind derzeit ausgeschaltet.«

»Woher weißt du das – und wer hat sie abgeschaltet?«, fragte ich.

»Ich empfange Informationen von einzelnen untergeordneten Schaltkreisen«, antwortete der Roboter. »Sie sagen jedoch nichts darüber aus, wer die Abwehranlagen ausgeschaltet hat.«

»Zweifellos waren es VERNOCS Agenten«, warf Garo Mullin ein.

»Kannst du erfahren, in welchem Teil der Anlage sich die Eindringlinge befinden, George?«, wandte ich mich an den Roboter.

»Die Schaltkreise, mit denen ich in Kontakt stehe, besitzen darüber keine Informationen.«

Das erschwerte meine Entscheidung. Am günstigsten für uns wäre es gewesen, nicht weit vom Aufenthaltsort der Molekülverformer entfernt in die Kontaktzentrale einzudringen. Nun würden wir auf gut Glück irgendwo landen, und das bedeutete, dass wir unter Umständen die ganze Nacht lang suchen mussten, denn die Anlage war riesig.

Es gab allerdings noch eine andere Möglichkeit.

»Wo befindet sich der koordinierende Hauptschaltkreis – und können wir direkt bei ihm landen?«, erkundigte ich mich.

»Er befindet sich im Grenzbereich der fünf Innenflanken«, antwortete George. »Eine Landung ist aber nicht ratsam, denn das Gelände ist mit autarken Fallensystemen durchsetzt. Der Hauptschaltkreis lässt sich nur von den fünf Teilsektionen unter den Bergflanken aus erreichen.«

»Also bleibt uns nichts anderes übrig, als auf einer beliebigen Innenflanke zu landen und von dort aus einzudringen.«

»Das stimmt nicht, Perry«, wandte Cesynthra ein. »Zumindest der falsche Regelerschaffer muss von einer bestimmten Seite gekommen sein – und Honth und ich wissen, von welcher. Wir sind seinen Spuren gefolgt.«

»Ja, natürlich«, erwiderte ich. »Danke, Cesynthra.«

»Wir sind von Süden oder Südwesten gekommen. Genau wissen wir es nicht mehr, da wir nicht in gerader Linie gingen. Aber wenn wir die Stelle sehen, an der uns die Roboter aufgelesen haben, erkennen wir sie wieder.«

Ich lenkte den Gleiter nach Südwesten und drosselte die Geschwindigkeit, denn die Gipfel waren schon sehr nahe. Langsam steuerte ich den Außenhang des südwestlichen Berges an.

»Der ist es nicht«, sagte Honth.

Ich nahm Kurs auf die Außenflanke des südlich gelegenen Berges. Kaum waren wir so nahe, dass Einzelheiten des Geländes erkennbar wurden, erklärten Honth und Cesynthra, dass der falsche Regelerschaffer hier in die Anlage eingedrungen sein musste – es sei denn, er hätte einen Umweg gewählt.

Ich flog um den Berg herum und hielt den Gleiter schließlich über einer Stelle des Innenhangs an, an der das Sternenlicht von etwas Blankem reflektiert wurde.

»Dort ist der Eingang!« George deutete schräg nach unten. »Er ist offen.«

Ich landete den Gleiter. Vor uns lag eine Pfortenkuppel. Jemand hatte ein Loch hineingeschossen, durch das ein Mensch aufrecht gehen konnte.

»Der falsche Löschyor hatte es nicht nötig, sich gewaltsam Zutritt zu verschaffen«, erklärte ich. »Also sind seine Gefährten ihm gefolgt, nachdem er die Abwehrsysteme ausgeschaltet hatte. Wir steigen alle aus. George und ich gehen voran und sehen nach, ob unsere Gegner einen Posten zurückgelassen haben. Alle anderen warten in Deckung hinter dem Gleiter, bis ich rufe. Sollte mir etwas zustoßen, fliegen Sie sofort mit dem Gleiter zur Station zurück und versuchen, Kontakt mit der SOL zu bekommen.«

»Wir sollen Sie allein in die Anlage gehen lassen?«, fragte Sagullia Et.

»Nur ein kleines Stück. Außerdem bin ich nicht allein, wenn George bei mir ist.«

Ich ließ den Roboter vorangehen, denn er würde jede Gefahr früher entdeckten als ich. George bewegte sich mit der Grazie eines Nilpferds, doch dieser Eindruck täuschte.

Ungehindert drangen wir in die Kuppel ein. George ließ sich in die Bodenöffnung des Antigravschachts fallen. »Alles in Ordnung!«, meldete er kurz darauf.

Ich sprang ebenfalls hinab und wurde von dem abwärts gepolten Kraftfeld erfasst. Nach ungefähr zehn Metern kam ich auf. Es war dunkel, deshalb schaltete ich die Handlampe ein. Der Lichtkegel des Geräts, das genau in meine hohle Hand passte, reichte bis zu hundert Meter weit.

Vor uns erstreckte sich ein breiter Korridor. Gegenläufige Transportbänder sollten die Fortbewegung erleichtern, doch sie funktionierten nicht mehr. Jemand hatte sie mit einer Energiewaffe durchtrennt.

»VERNOCS Agenten rechnen also damit, dass die Kontaktzentrale von außerhalb Hilfe bekommt«, stellte ich fest. »Möglicherweise haben sie sich nicht auf die Unterbrechung der Transportbänder beschränkt, sondern zusätzlich einen Hinterhalt gelegt. Wir werden sehr vorsichtig sein müssen.«

George erwiderte nichts darauf. Er ging dicht an der rechten Wand des Korridors entlang – und ich folgte ihm und benutzte seinen Körper als Deckung. Nach etwa zweihundert Metern endete der Korridor an einer Wand aus Metallplastik, in der sich zwei Lifteinstiegsöffnungen befanden.

Jetzt musste ich doch die anderen nachholen. Auf Funk verzichtete ich wegen der Abhörgefahr. Stattdessen lief ich bis zum Grund des ersten Schachtes zurück und rief nach ihnen.

George hatte den Antigravlift inzwischen bis zu seinem Ende erkundet. Er trat gerade aus der Öffnung des nach oben gepolten Schachtes, als wir bei ihm ankamen.

»Der Weg ist frei«, erklärte er. »Sie können mir bedenkenlos folgen.«

»So leichtfertig werden wir nicht sein«, erwiderte ich, leicht erstaunt über die Aufforderung des Roboters. »Da der Gegner sich vor uns befindet, müssen wir jederzeit mit Überraschungen rechnen. Geh voran, George!«

Der Roboter schien einen Moment zu zögern, aber dann schwang er sich in den abwärts gepolten Schacht. Wir folgten ihm. Als ich den Lichtkegel nach unten richtete, sah ich, dass der Schacht tiefer als hundert Meter sein musste.

Etwa auf halber Höhe bedeutete uns George, dass wir bei der nächsten Öffnung aussteigen sollten. »Von dort kommen wir zum Verbindungsgang ins Zentrum«, erklärte er.

Wir folgten ihm und sahen uns um. Jeder hatte mittlerweile seinen Handscheinwerfer eingeschaltet.

Die würfelförmige Kammer, in der wir standen, hatte etwa zehn Meter Kantenlänge. Unbekannte Geräte lagen auf dem Boden und neben ihnen drei kleine graue Staubhäufchen.

Ich sah in die Gesichter meiner Begleiter. Noch waren sie ahnungslos. Offenbar hatte nur ich bemerkt, dass die Staubhäufchen die zu Asche verbrannten Überreste von Feyerdalern waren. George musste das ebenfalls aufgefallen sein, aber er äußerte sich nicht dazu. Konnte es sein, dass ein Roboter bemüht war, die Gefühle organischer Lebewesen zu schonen?

»Hier entlang!« George deutete auf die dem Schachtausstieg gegenüberliegende Öffnung.

Ich leuchtete hinein, und der Anblick beschleunigte meinen Puls. Wir hatten einen Bereich der Funktionssektionen gefunden.

Vor mir lag ein niedriger Korridor. Die Seitenwände waren transparent, und hinter ihnen wuchsen verästelte kristalline Strukturen aus den Löchern einer dünnen, aufrecht stehenden Platte, deren Ausdehnung nicht abzusehen war. Die teils glasklaren, teils milchig schimmernden Kristallstrukturen reflektierten das Licht unserer Scheinwerfer nur schwach, deshalb konnten wir deutlich sehen, wie sie durch die Löcher gewunden waren, in Schlangenlinien und spiralförmig umeinander krochen, sich berührten, miteinander verschmolzen und sich wieder voneinander entfernten.

»Bei SENECA!«, entfuhr es Sagullia. »Was ist das, Perry?«

»Ich bin sicher, dass es sich um Funktionselemente eines Rechners handelt«, antwortete ich. »Allerdings funktioniert er nach ganz anderen Prinzipien als unsere Positroniken.«

»Ich glaube nicht, dass das von den Feyerdalern konstruiert und gebaut wurde«, sagte Sagullia. »Ich habe, seit wir uns auf Pröhndome befinden, mehrere Hochleistungsrechner gesehen. Sie entsprachen prinzipiell unseren großen Positroniken, kamen aber bei weitem nicht an SENECA heran. Das hier ist ganz anders. Ich möchte wetten, dass es bei einer entsprechenden Größe des Gesamtkomplexes mindestens die Leistung von SENECA erreicht.«

Ob Hyperphysiker oder nicht – niemand konnte auf einen Blick erkennen, wie leistungsfähig diese kristallartigen Funktionselemente waren. Aber vielleicht erfasste Et so etwas intuitiv. Viele technische Vorgänge wurden von den Solanern weitaus schneller durchschaut als von Terranern. Es schien manchmal, als wären sie durch unsichtbare Bande mit dem Schiff verbunden.

Alle diskutierten inzwischen darüber, woher die kristallinen Gebilde stammen konnten. Schnell setzte sich die Ansicht durch, dass die Feyerdaler zwar die Kontaktzentrale erbaut, aber diese Schaltkreise von der Kaiserin von Therm erhalten hatten.

George mahnte zum Weitergehen.

»Er hat Recht«, sagte ich. »Wir sind nicht hier, um technische Meisterleistungen zu bewundern.«

Jemand antwortete, aber er flüsterte so leise, dass ich nichts verstand.

Ärgerlich wandte ich mich um – und begegnete Sagullias ratlosem Blick. Ich holte tief Luft.

»Da hat also wieder unser Schutzgeist geflüstert?«

»Es war sicher eine Warnung, Perry.«

»Schon möglich«, sagte ich. »Also werden wir Augen und Ohren besonders gut offen halten.«

23.

George, der etwa fünf Schritte vor mir ging, verschwand plötzlich.

Im ersten Moment befürchtete ich eine Falle, aber dann sah ich, dass der Roboter lediglich eine Öffnung durchschritten hatte. Die Wände der angrenzenden Halle waren dicht mit kristallinen Strukturen besetzt, die das Scheinwerferlicht tausendfach spiegelten und dadurch die Orientierung erschwerten.

George war eine Art Rampe hinabgegangen und deshalb so schnell verschwunden. Ihre Oberfläche war glatt und bot meinen leichten Bordstiefeln kaum Halt, so dass ich gezwungen war, sie schnell hinabzulaufen. Hinter mir ertönten überraschte Rufe. Demnach war ich für meine Gefährten ebenso plötzlich verschwunden wie zuvor George für mich.

»Alles in Ordnung!«, rief ich gedämpft zurück.

Sagullia erschien auf der Rampe, sah mich ebenfalls und war beruhigt. Anschließend hatte er nur noch Augen für die Kristallverkleidung. Mit wild rudernden Armen rannte er die Rampe herab. Ich fing ihn auf, sonst wäre er gestürzt.

»Aufpassen! Es wird steil!«, rief ich Goor Toschilla zu, die als Nächste im Eingang erschien.

Bald darauf standen wir alle in der Halle und betrachteten fasziniert die Kristallgebilde, die sich an den Wänden und an der Decke schlängelten. Sie lagen entgegen meinem ersten Eindruck nicht offen, sondern befanden sich in transparenten Röhren. Im Unterschied zu den Strukturen des Korridors gab es hier ausschließlich Kristalle, die im klaren Feuer von Diamanten höchster Reinheit funkelten.

»Wunderschön!«, sagte Amja Luciano begeistert.

Garo Mullin zog seine Orgel aus der Tasche und streichelte ihre Oberfläche. Eine zarte Melodie erklang.

»Still!«, raunte ich. Der Astronom hielt erschrocken inne.

Die Halle wurde von einer verstärkten Wiederholung der Melodie erfüllt. Aber die Wiederholung fand kein Ende. Immer von neuem tönte die Melodie auf, jedes Mal lauter – Sphärenklänge, auf hundert Orgeln gleichzeitig gespielt.

Jemand stieß einen Schrei aus. Ich wusste nicht, wer geschrien hatte, denn dort, woher der Schrei gekommen war, befand sich niemand von uns.

Oder doch?

In der blendenden Fülle des reflektierten Scheinwerferlichts erblickte ich eine schattenhafte Gestalt, die sich taumelnd fortbewegte.

George?

Allmählich wurde es uns allen zu laut in der Halle. Wir suchten nach einem zweiten Ausgang, durch den wir unseren Weg fortsetzen konnten.

»Ich denke, George hat ihn gefunden!«, schrie ich, um die Melodie zu übertönen. »Folgt mir!«

Ich lief in die Richtung, in die der Roboter verschwunden war. Tatsächlich entdeckte ich eine weitere Öffnung. Hinter ihr lag eine zweite Halle, kleiner als die erste und mit Geräten ausgestattet, die zweifellos feyerdalischer Herkunft waren. Ich sah Schaltpulte, Holoschirme – und drei Feyerdaler, die reglos mit den Oberkörpern auf den Schaltpulten lagen. Ihre Schultern hoben und senkten sich schwach. Demnach waren sie nicht tot, sondern nur betäubt.

George stand neben einem der Feyerdaler und beugte sich über ihn. Als er sich wieder aufrichtete, sah ich, dass er den Impulsstrahler des Bewusstlosen an sich genommen hatte. Bevor ich seine Absicht erahnen konnte, war er zum Halleneingang zurückgelaufen und eröffnete das Feuer auf die Kristalle. Die Melodie verwandelte sich in eine schrille Dissonanz und brach ab.

»Stell sofort das Feuer ein, George!«, befahl ich.

Der Roboter gehorchte und wandte sich langsam zu mir um.

»Was war los?«, erkundigte ich mich. »Wieso konntest du auf die Schaltkreise schießen?«

»Die Geräusche hatten meine Schaltkreise verwirrt«, antwortete George mit seltsam schleppender Stimme.

»Aber es waren die Schaltkreise der Kontaktzentrale, auf die du geschossen hast«, warf Cesynthra ein. »Wahrscheinlich sogar Schaltkreise, die der Kaiserin von Therm gehören. Ein Roboter im Dienste der Regelerschaffer von Yuurmischkohn sollte eine Sperre gegen solche Handlungen besitzen.«

»Die Verwirrung der Schaltkreise löste die Sperre«, erwiderte George. »Ich bitte darum, mir zu folgen. Wir sind bald am Ziel.«

Die Hand mit der Waffe gesenkt, schritt der Roboter elastisch an uns vorbei und schwang sich in die Öffnung des Antigravlifts an der Rückwand der kleinen Halle. Stirnrunzelnd blickte ich ihm nach. Manchmal nimmt man etwas wahr, ohne sich etwas dabei zu denken, aber wenn es sich wiederholt, formt sich allmählich eine Erkenntnis. Doch das dauert geraume Zeit.

Der Antigravlift setzte uns rund zweihundert Meter tiefer ab, vor dem Eingang eines niedrigen quaderförmigen Saales. Er war leer, seine Wände, die Decke und der Boden bestanden aus einem stahlharten spiegelnden Material. Von oben, unten und von den Seiten schauten uns unsere Spiegelbilder entgegen.

»Was ist das für eine Halle?«, fragte ich George, der bis zur Mitte vorausgegangen und dort stehen geblieben war.

Seine Augenzellen taxierten mich. »Bitte kommen Sie hierher, dann werden Sie es sehen«, antwortete er.

Ich schüttelte ablehnend den Kopf, ohne zu merken, dass Sagullia Et hinter mir vorbeiging und sich dem Roboter näherte. Er hatte George schon fast erreicht, als ich ihn entdeckte.

»Kommen Sie zurück, Sagullia!«, rief ich.

Et blieb stehen und wandte den Kopf in meine Richtung. »Warum, Perry?«, fragte er verwundert.

»Weil George vermutlich nicht mehr George ist, sondern ein Molekülverformer, der sein Äußeres nachbildet, aber weder die große Masse des Roboters noch seinen schwerfällig wirkenden Gang nachahmen kann.«

»Sie irren sich, Perry«, widersprach George und trat einen Schritt auf Sagullia zu.

Das war für mich der letzte Beweis. Der richtige George hatte mich immer mit meinem vollen Namen angeredet. Die Nachbildung aber hatte meinen Namen bisher nicht genannt, weil sie ihn nicht kannte. Als Sagullia mich eben mit meinem Vornamen ansprach, musste der Molekülverformer angenommen haben, auch der richtige George würde mich so anreden.

Ich hob meinen Desintegrator. Doch bevor ich schießen konnte, sprang der Fremde auf Sagullia zu, drehte ihn herum und presste einen Arm gegen Ets Kehle. Der andere Arm hob sich, und der Impulsstrahler in der Hand zeigte auf mich.

»Werfen Sie Ihre Waffen fort – alle!«, befahl er. »Oder ich töte dieses Wesen!«

»Lassen Sie sich nicht erpressen, Perry!«, stieß Sagullia hervor. »Schießen Sie!« Er schloss die Augen.

Ich ließ den Desintegrator fallen, zog den Impulsstrahler aus dem Gürtel und warf auch ihn weg.

»Ich werde Sie nicht opfern, Sagullia«, erklärte ich.

»Aber dann sind wir alle verloren!« Et wand sich unter dem Griff des Fremden.

Der Molekülverformer packte noch härter zu. Dabei geriet seine Hand auf das Amulett vor Sagullias Brust – und in der nächsten Sekunde riss er die Arme hoch und taumelte brüllend einige Meter weit zurück.

»Zur Seite!«, rief ich Sagullia zu und sprang vor, um meine Waffen aufzuheben.

Et reagierte benommen. Ich packte meinen Desintegrator und zielte auf den Molekülverformer. Doch ich drückte nicht ab, denn das Wesen sank langsam in sich zusammen und verlor dabei das Aussehen des feyerdalischen Roboters. Die Waffe war ihm schon entfallen, als er zurückgetaumelt war.

Zögernd nahm ich den Finger vom Feuerknopf und ging auf den Molekülverformer zu. Ich konnte nicht auf ein offensichtlich hilfloses Wesen schießen, obwohl ich wusste, dass es uns alle umgebracht hätte.

Als ich den Molekülverformer erreichte, zuckte und wand sich dieses Wesen, als litte es furchtbare Qualen.

»Mein Amulett!«, stammelte Sagullia neben mir. »Was ist das nur?«

Eine Flüsterstimme antwortete Unverständliches.

Endlich begriff ich. »Offenbar wird es von einer Wesenheit benutzt, die seinen Besitzer schützt.«

Der Molekülverformer gab einige Laute von sich, die mein Translator nicht übersetzte. Ich ging neben ihm in die Hocke und berührte ihn mit der Handfläche.

»Ich wollte, unsere Begegnung wäre friedlich verlaufen«, sagte ich. »Wir hassen euch nicht. Können wir Ihnen irgendwie helfen?«

Das Zucken und Wallen der inzwischen gallertartigen Masse verstärkte sich. Ein Pseudopodium formte sich, reckte sich zitternd und deutete auf Garo Mullin.

»Was will es von mir?«, fragte Garo schaudernd.

»Ich glaube, es will ihre Streichelorgel hören«, erwiderte ich leise.

»Aber in der Kristallhalle litt es unter der Musik«, wandte Asuah Gemroth ein.

»Unter der vielfach verstärkten Musik«, korrigierte ich. »Bitte, Garo!«

Zögernd holte Mullin sein Instrument aus der Tasche und strich mit den Fingerkuppen darüber. Eine leise Melodie klang auf, verebbte zitternd und wurde von einer kraftvolleren Sequenz abgelöst.

Ich beobachtete den Molekülverformer. Langsam zog sich das Pseudopodium zurück und verschmolz mit der übrigen Körpermasse. Dafür bildete sich so etwas wie ein Mund. Aber nur ein Stammeln war zu hören.

Wieder übersetzte der Translator nichts. Ich verstand lediglich einige

Worte, die sich mehrfach wiederholten und wie »Gys-Voolbeerah« und »Tba« klangen.

Garo Mullin spielte unentwegt weiter. Der Pseudomund schloss sich wieder. Das Zucken und Wallen der gallertartigen Masse wurde ruhiger, dann erklang eine Art lang gezogener Seufzer – und plötzlich bewegte sich die Masse nicht mehr. Allmählich trübte sich die erstarrte Oberfläche.

»Er ist tot«, sagte Honth Pryth-Fermaiden hart.

»Er tut mir Leid«, flüsterte Amja. »Warum musste das sein?«

»Diese Frage kann nur von BARDIOC und der Kaiserin von Therm beantwortet werden – wenn überhaupt«, erwiderte ich. »Ich nehme an, dass der Molekülverformer uns irregeführt hat. Wir werden also umkehren und einen Weg zum Zentrum der Anlage suchen müssen.«

Auf halbem Weg zurück kam uns eine vertraute Gestalt entgegen: George, der Roboter.

Sagullia hob seine Waffe. »Diesmal falle ich nicht auf den Trick herein!«, erklärte er grimmig.

Ich drückte seinen Arm nach unten. »Immer mit der Ruhe!«, sagte ich. »Es ist unwahrscheinlich, dass die Molekülverformer es zweimal auf diese Weise versuchen. – Bleib stehen, George!«

Der Roboter hielt an. »Ich wurde von einem Unbekannten desaktiviert«, erklärte er.

»Wie kommt es dann, dass du dich wieder bewegen kannst?«, fragte Sagullia argwöhnisch.

»Meine Speicher registrierten im Moment meiner Reaktivierung die Restimpulse einer hyperenergetischen Schockwellenfront. Ich kam durch rechnerische Rekonstruktion zu dem Ergebnis, dass diese Front den Kontakt zwischen meinen Funktionskreisen und der Energieversorgung neu geschlossen hat.«

»Woher sollen wir wissen, ob er die Wahrheit spricht?«, fragte Cesynthra.

»Wir werden es bald genau wissen«, behauptete ich. »Denkt daran, dass ich den falschen George durchschaut habe, wenn auch nicht sofort. Es waren mehrere Beobachtungen, die mich stutzig machten. Da war erstens seine Gangart. Sie wirkte elastisch, federnd, was bei einem Roboter mit zirka fünfhundert Kilogramm Masse undenkbar ist. Außerdem sagte er uns, wir könnten ihm bedenkenlos folgen. Das hätte ein Roboter angesichts der Gefahren, die in der Anlage auf uns lauern, niemals behauptet. Er hätte uns zudem darauf aufmerksam machen müssen, dass im ersten Schaltraum, den wir durchquerten, die Überreste von drei Feyerdalern liegen – offenbar von Impulswaffen zerstrahlt. Dann schrie er, als Garos Musik in der Kristallhalle vielfach verstärkt wurde. Ein echter Roboter hätte auch dann nicht geschrien, wenn die Musik seine Schaltkreise störte.«

»Ich bestätige den Wahrheitsgehalt Ihrer Ausführungen, Perry Rhodan«, sagte George.

»Dennoch zweifeln meine Gefährten noch daran, dass du echt bist«, erwiderte ich. »Ich werde sie überzeugen, wenn du eine Minute stillhältst.«

»Ich gehorche«, erklärte der Roboter.

Ich drehte meinen Desintegrator um, ging auf George zu und schlug ihm das Griffstück auf den runden Schädel. Es dröhnte metallisch.

»In Ordnung, George«, sagte ich und trat zurück. »Ich nehme an, ein Molekülverformer kann seiner Körperoberfläche nicht die Härte von Stahlplastik geben. Habe ich Recht, George?«

»Darüber liegen mir keine Informationen vor«, antwortete der Roboter.

Ich schlug ihm impulsiv auf die Schulter.

»Das war der letzte Beweis, Freunde. Ein Molekülverformer hätte meine Frage sicher bejaht.«

»Ich bin überzeugt«, sagte Sagullia. »Dennoch soll George mein Amulett anfassen.«

Ich nickte.

Sagullia trat zu George, und der Roboter streckte die Hand aus und berührte das Amulett. Nichts geschah.

»Damit bist du endgültig anerkannt, George«, erklärte ich. »Bringe uns zum Zentrum der Kontaktzentrale!«

Der Roboter führte uns durch den Schaltraum mit den Überresten dreier Feyerdaler und schwang sich in den Antigravschacht, den wir schon kannten. Diesmal schwebten wir bis auf den Grund des Schachtes. Dann ging es durch Korridore mit transparenten Wänden, hinter denen zahllose robotische Funktionselemente zu sehen waren. Ich stellte eine große Ähnlichkeit mit den Randsektionen der lunaren Inpotronik NATHAN fest, enthielt mich aber jeder dementsprechenden Bemerkung, denn die Solaner hatten NATHAN noch nie gesehen.

»Das ist eine wahrhaft gigantische Anlage«, sagte Pryth-Fermaiden nach ungefähr zwei Stunden. »Und das alles soll nur dem Zweck dienen, Kontakt zwischen den Feyerdalern und der Kaiserin von Therm zu halten?«

»Wir waren uns doch einig darüber, dass die Verständigung mit der Kaiserin sehr schwierig sein muss und dass die Feinsprache ein Mittel darstellt, die Barriere zu überwinden«, erinnerte Mullin. »Die Denkweise der

Kaiserin von Therm unterscheidet sich anscheinend so erheblich von der Denkweise der Feyerdaler, dass zusätzlich diese Anlagen nötig sind, um einen gemeinsamen Nenner für die Kommunikation zu finden.«

»Du machst mich direkt neugierig auf die Dame.« Sagullia seufzte.

»Ich bezweifle, dass die Kaiserin von Therm etwas Damenhaftes an sich hat«, sagte ich. »Vielleicht würden wir sie nicht einmal als intelligentes Wesen erkennen.«

»Warum nennt sie sich dann Kaiserin?«, fragte Sagullia.

»Wahrscheinlich, weil ihr wirklicher Name für Feyerdaler unaussprechlich ist«, vermutete Cesynthra. »Aber ich würde sie ebenfalls gern kennen lernen.«

»Ich weiß nicht, ob das gesund für uns wäre.« Insgeheim gestand ich mir ein, dass ich ebenfalls neugierig war.

Wieder betraten wir eine Halle, deren Wände von kristallinen Strukturen überzogen waren. Doch wir kamen nicht weit.

»Perry Rhodan!«, schallte es durch die Halle.

»Hier bin ich!«, rief ich. »Wer hat gesprochen?«

»Interner Steuersektor über untergeordneten Schaltkreis! Aktivität durch Schaltfehler des Gegners ermöglicht. Perry Rhodan, kehren Sie um! Der Gegner hat fast alles unter Kontrolle. Sie können ihn nicht mehr aufhalten, sondern würden ausgelöscht werden.«

»Was geschieht, sobald der Gegner die Kontaktzentrale vollständig kontrolliert?«, fragte ich.

»Das wird nicht geschehen. Bei voller Übernahme durch Nichtautorisierte erfolgt Selbstzerstörung der Zentrale. Sie darf nicht missbraucht werden. Gehen Sie!«

»Wir gehen«, erwiderte ich. »Wird die Kaiserin von Therm anderweitig Kontakt mit uns aufnehmen?«

»Sie ist darum bemüht, Perry Rhodan. Ich empfange Impulse einer höheren Einheit der Kaiserin von Therm und will versuchen, sie durch die Umwandlung zu leiten und über den untergeordneten Schaltkreis zu schicken, den ich benutze, um zu Ihnen zu sprechen.«

»Dann warte ich noch«, sagte ich und wandte mich an den Roboter. »George, bring alle zum Gleiter zurück. Ich komme nach!«

»Wir lassen Sie nicht allein zurück!«, widersprach Goor Toschilla. Die anderen stimmten ihr zu.

»Es genügt, wenn einer von uns das Risiko eingeht, bei der Selbstzerstörung des Zentrums umzukommen«, entgegnete ich.

»Wir haben diesen Einsatz gemeinsam begonnen und werden ihn – so oder so – auch gemeinsam beenden!«, sagte Sagullia Et.

Ich blickte meine Gefährten der Reihe nach an und sah in Gesichter, in denen die Entschlossenheit die Furcht kaum verdrängen konnte. Aber ihre Augen verrieten, dass sie die Furcht im Zaum zu halten vermochten.

»Ihr benehmt euch wie Terraner«, sagte ich anerkennend.

»Trotzdem sind wir Solaner!«, erklärte Cesynthra Wardon.

Ich nickte. Wahrscheinlich musste ich noch in vieler Hinsicht umdenken, und diese Erkenntnis hatte ich zum großen Teil sieben Greenhorns zu verdanken, die ich von mir aus niemals für diesen Einsatz ausgesucht hätte. Auf gewisse Weise war ich dankbar dafür, dass sie mir gegen meinen Willen zugeteilt worden waren.

»Die höhere Einheit der Kaiserin von Therm!«, verkündete die Stimme.

»Perry Rhodan!«, erscholl es gleich darauf. Die Stimmmodulation war gleich, da die Übertragung durch ein und denselben Schaltkreis erfolgte, aber wir spürten dennoch, dass etwas anderes zu uns sprach, sich uns über kaum erahnte Umwege mitteilte. »Es ist der Wille der Kaiserin von Therm, dass Sie alles unternehmen, um das MODUL zu finden, das auf der Großen Schleife Havarie erlitten hat. Das MODUL ist eine einzigartige und unersetzliche Funktionseinheit, die wichtige Informationen über die Berührungspunkte der Mächtigkeitsballung der Kaiserin von Therm und der Mächtigkeitsballung von BARDIOC sammelte. Diese Informationen sind in dem COMP gespeichert und müssen unter allen Umständen gerettet werden.«

»Die Kaiserin von Therm kann mir keine Befehle erteilen!«, rief ich. »Ich fordere ein Treffen mit ihr, damit wir über die Bedingungen einer eventuellen Zusammenarbeit verhandeln können!«

»Zwar besitzt die Kaiserin von Therm die wichtigsten Informationen, die das MODUL sammelte, doch erst der gesamte Komplex ergibt ein optimal auswertbares Bild.« Die Stimme verriet nicht, ob mein Einwand überhaupt gehört worden war. Möglicherweise war die Verbindung zwischen uns und der höheren Einheit der Kaiserin eingleisig. »Perry Rhodan, Sie werden gebeten, die Daten des Raumsektors, in dem das MODUL verloren ging, zu speichern. Achtung, es erfolgt die Bekanntgabe der Koordinaten!«

Ich unterdrückte eine Verwünschung und schaltete den Speicher meines Armbandgeräts ein. Die Stimme sagte eine Reihe von Koordinaten auf, dann verstummte sie.

»Interner Steuersektor!«, dröhnte es gleich darauf durch die Halle. »Verlassen Sie die Anlage unverzüglich! Die Selbstzerstörung steht bevor.«

Ohne Georges Hilfe hätten wir den Rückweg bestimmt nicht so schnell gefunden. Manchmal kamen wir durch Korridore, bei deren Anblick ich mich fragte, ob wir sie tatsächlich schon einmal passiert hatten. Aber das Tempo, das der Roboter vorgab, ließ keine langen Überlegungen zu.

Trotz unserer überstürzten Flucht zerbrach ich mir den Kopf darüber, ob es eine Möglichkeit gab, die betäubte feyerdalische Besatzung der Kontaktzentrale zu retten. Leider fand ich keinen Weg. Hätte mir die SOL zur Verfügung gestanden, wäre es möglich gewesen, einige hundert Roboter in die Anlage einzuschleusen, um die Feyerdaler zu bergen. Aber so waren wir hilflos.

Als wir in dem letzten Antigravschacht emporschwebten, klang ein fernes Heulen auf. Es verstärkte sich von Sekunde zu Sekunde, bis es ohrenbetäubend wurde und uns alle mit Panik erfüllte, den Roboter ausgenommen. Etwas versetzte die Wände der Schächte und Korridore in Schwingungen. Überall entstanden Risse, die sich schnell vergrößerten.

Ich verließ als Letzter den Antigravschacht über die Bodenöffnung der transparenten Pfortenkuppel, als ich spürte, wie das Kraftfeld zusammenbrach. Instinktiv breitete ich die Arme aus und versuchte noch, mich am Rand der Öffnung festzuhalten. Doch ich schaffte es nicht.

Wie stählerne Klammern schlossen sich Finger um meine Handgelenke. Mit einem Ruck, der mir fast die Arme auskugelte, wurde ich emporgerissen und auf festem Boden abgesetzt. Die Augenzellen des Roboters glitzerten mich an.

»Danke, George!«, flüsterte ich.

»Sie müssen sich beeilen!«, drängte er.

Die Pfortenkuppel zeigte erste Risse, und der Boden bebte inzwischen. Nur wenige Meter trennten uns von dem Gleiter, aber sie wurden zu einem Albtraum. Immer wieder strauchelten wir, durch die Erschütterungen zu Fall gebracht, halfen uns gegenseitig auf die Füße und taumelten oder krochen weiter. In das Heulen mischte sich ein dumpfes Donnern.

Mehr gezogen und geschoben als selbstständig erreichte ich endlich den Pilotensitz und schaltete die Aggregate des Fahrzeugs ein. Im nächsten Moment schloss ich geblendet die Augen.

Über den Innenflanken der Bergriesen waberte ultrahelles Feuer, das aus Felsspalten zu quellen schien. Auch aus der Schachtmündung der Pfortenkuppel schoss ein Feuersturm, schmolz die Kuppel und drückte den Gleiter zur Seite. Ich zog die Maschine so steil wie möglich hoch, um eine Kollision mit den Felswänden zu vermeiden.

Bald lag die ehemalige Kontaktzentrale unter uns – ein einziges Glutmeer, aus dem immer wieder grelle Feuerfontänen aufbrandeten.

»Dort hat niemand überlebt.«

»Auch VERNOCS Abgesandte nicht.«

»Dieses Töten und Getötetwerden ist so sinnlos«, sagte Cesynthra Wardon. »Soll das der Sinn der Evolution sein, dass ihre Geschöpfe immer raffiniertere Arten erfinden, andere umzubringen?«

»Sicherlich nicht«, erwiderte ich. »Aber niemand darf erwarten, dass ihm der Sinn des Lebens und der Evolution in den Schoß fällt. Unser Leben hat nur den Sinn, den wir selbst ihm geben.«

Von Osten schossen die purpurroten Lichtbündel der aufgehenden Sonne heran. Demnach hatten wir fast siebzehn Stunden in der Kontaktzentrale zugebracht.

Ich landete den Gleiter auf einem kleinen Felsplateau und schaute zurück auf die Stätte der Verwüstung.

»Dafür werden die Feyerdaler uns verantwortlich machen. Es wird nicht lange dauern, bis die ersten Maschinen auftauchen. Wir könnten uns verstecken, aber irgendwann müssten wir unser Versteck wieder verlassen.«

Ich hatte nur Augen für die glühenden Bergflanken gehabt, deshalb zuckte ich zusammen, als meine Gefährten aufschrien. Im ersten Moment befürchtete ich eine neue Gefahr. Aber dann verstand ich, was sie riefen:

»Die SOL ... die SOL kommt!«

Ich hob den Kopf – und da sah ich den rötlich schimmernden Giganten, angestrahlt von der aufgehenden Sonne, über dem Hochland schweben.

Als ich mein Armband aktivierte, hörte ich Atlans Stimme.

»... meldet euch! SOL an Gruppe Rhodan! Auf Befehl der Kontaktzentrale ist die SOL freigegeben und nach Pröhndome geschickt worden, um euch abzuholen. Wenn ihr dort unten seid, meldet euch!«

»Warum kommst du nicht endlich und holst uns ab, Arkonidenfürst?«, erwiderte ich.

Eine Stunde später befanden wir uns im Bordhospital der SOL, wo wir auf eventuelle gesundheitliche Folgen unseres Einsatzes untersucht wurden. George war auf Pröhndome zurückgeblieben, weil er dort hingehörte – wie er gesagt hatte.

Während die Medoroboter mich untersuchten, informierte ich meinen Freund Atlan.

»Wir sind also in eine Auseinandersetzung kosmischer Größenordnung geraten«, schloss ich meinen Bericht. »Da wir die Erde wiederfinden müssen, sind wir gezwungen, das Spiel eine Weile mitzuspielen. Das bedeutet, wir werden an den angegebenen Koordinaten das MODUL suchen und den COMP bergen, was immer das ist. Und nebenbei werden wir versuchen, das Geheimnis der Molekülverformer zu entschleiern. Ich bin sicher, dass die Worte des einen sterbenden Wesens einen Sinn ergeben. Merken wir sie uns: Gys-Voolbeerah und Tba!«

Und noch etwas sollten wir nicht vergessen!, dachte ich für mich. *Das geheimnisvolle Amulett, das Sagullia auf Pröhndome fand, birgt ein Geheimnis – und Geheimnisse sind dazu da, gelöst zu werden.*

»Soeben verlässt die SOL das Truhterflieng-System!«, verkündete Senco Ahrat über Interkom.

24.

Es waren immer wieder dieselben Visionen:

Laute Schreie ertönen! Unter wuchtigen Tritten brechen die Türen auf! Die Verantwortlichen des Berührungskreises dringen in das Labor ein. Kalte, ausdruckslose Gesichter, Kreaturen der Kaiserin von Therm. Tehlarbloe taumelt durch das halbe Labor zurück, eine flüchtige Geste fegt Werkzeuge von einem Tisch herunter. Die Mikrowerkzeuge klirren unnatürlich laut auf den Boden, während die Polizisten schnell näher kommen. Scheinwerfer flammen auf und blenden den jungen Rebellen.

Die Polizisten wissen genau, wonach sie zu suchen haben. Hinter ihnen betreten Roboter den Raum und verteilen sich. Ihre Metallfinger reißen die Bauteile aus den Klemmen, trennen einzigartige Mikro-Verbindungen rücksichtslos auseinander. Tehlarbloe schreit protestierend auf.

Die Anstrengungen seiner Mitarbeiter, seine eigenen Ideen – alles vergebens. Die Reihen der Polizisten und Roboter teilen sich lautlos. Würdevoll kommt ein Feinsprecher in die verwüstete Werkstatt. Tehlarbloe erkennt ihn: Qartane, Mitglied der Regierung.

Qartanes Augen leuchten auf, als er vor dem Rebellen stehen bleibt.

»Was wir gefunden haben, bedeutet dein Todesurteil!«

Er dreht sich unbeteiligt um und ruft: »Sprengt das Labor, Polizisten!«

Die Polizisten stehen mit versteinerten Gesichtern da. Und Tehlarbloe sieht zu, wie sein Werk vernichtet wird. Er weiß, dass dies die letzte Chance war, die Lebensenergie der Feyerdaler zu retten.

Wieder schreit Tehlarbloe. Mit ihm stirbt der erste und letzte Rebell des Kemoffrika-Systems.

Zitternd und schweißbedeckt fuhr der Mikroingenieur hoch und wischte mit beiden Händen über sein kantiges Gesicht. Der Traum schwang in ihm nach.

Er war ein Rebell und gehörte zu der schweigenden Opposition, die unsichtbar operieren musste. Die Kaiserin von Therm stand unerreichbar an der Spitze der erdrückenden Pyramide, deren Basis das einst so mächtige und entschlossene Volk der Feyerdaler niederdrückte und eines Tages an seiner eigenen Trägheit ersticken lassen würde.

»Das darf nicht geschehen«, flüsterte Tehlarbloe.

Anadace schob die Tür auf und kam ins Zimmer. »Deine Schreie haben mich geweckt«, sagte sie und ließ ein Fenster hochgleiten.

»Es war wieder diese verdammte Vision. Qartane ließ mich verhaften.«

Seit vier Jahren war Anadace seine Gefährtin und kannte seine Probleme ebenso wie sein Bestreben, sein Volk von der geistigen Fessel zu befreien.

»Ich hole dir einen kräftigen Schluck Zaltinor, dann reden wir über alles«, raunte sie.

Das Gespinst ihrer silbernen Nervenfasern bewegte sich wie in einem Windhauch. Anadace war sehr schön.

»Du weißt, was dieser Traum bedeutet«, sagte sie leise, als sie mit einem Becher in der Hand zu ihm zurückkam.

»Ich habe Angst, dass mich Qartane und seine Anhänger entziffern lassen.«

Schon der erste tiefe Schluck Zaltinor entspannte; die Probleme wurden kleiner. Die Drohung, entziffert zu werden, bedeutete für Tehlarbloe etwas wie ein Todesurteil, denn nach dieser Prozedur würde er nur noch ein angepasstes Individuum sein.

»Eher bringe ich mich um, Anadace!«

»Morgen werden wir alles verstecken, was deine Tätigkeit verraten könnte. Was du leider nicht verbergen kannst, sind unzuverlässige Freunde und Denunzianten.«

»Richtig«, sagte er leise. »Es sind nicht viele, die etwas verraten können. Aber Qartane und seine Regelerschaffer belauern jeden.«

Mit einer Hand voll eingeschworener Mitarbeiter versuchte Tehlarbloe im Labor ein einfaches, leicht und kostengünstig herstellbares Gerät zu bauen. Es sollte dazu dienen, die Verbindungselemente des Berührungskreises zu umgehen und ihre verräterische Funktion zu neutralisieren. Das war hier auf Moeckdöhne besonders wichtig, denn die Heimatwelt der Feyerdaler besaß den ersten und wichtigsten Berührungskreis.

»Sie können dich verhören, doch sie können dir nichts beweisen«, sagte Anadace.

»Es wäre gefährlich, den Gegner zu unterschätzen.« Tehlarbloe ließ sich zurücksinken und zog die Lider über die Augen. Zweimal versuchte er noch, etwas zu sagen, aber dann schlief er wieder ein.

Durch das Summen des Mikrobohrers, der ein Schaltteil ausfräste, sagte Eersel: »Viel mehr würden wir erreichen, könnten wir die wichtigsten Leitungen im Berührungskreis selbst neutralisieren.«

Tehlarbloe schob zwei Mikrodateien in den Auflöser. Fauchend zog das Zerstörungsfeld das Material an und vernichtete es ohne Rückstand.

»Ehe einer von uns die echte Chance hätte, den Berührungskreis zu betreten, bringen sie uns um«, sagte Tehlarbloe schaudernd.

Der grässliche Traum wollte ihm beweisen, dass seine Furcht vor Entdeckung berechtigt war. Selbst das kleinste Stück Beweismaterial musste vernichtet werden. Crahler drehte sich auf seinem schweren Laborstuhl herum und funkelte Tehlarbloe an.

»Du bist davon überzeugt, dass die Regelerschaffer wissen, was wir zu bauen versuchen?«, fragte er herausfordernd.

»Ich bin sicher, sie wissen es.«

»Woher? Keiner von uns hat es ihnen gesagt.«

Schon wieder musste Tehlarbloe daran denken, dass nicht jeder vernünftige Bewohner des siebenten Planeten im Kemoffrika-System so dachte wie er. Hier war das Leben entstanden, hier waren die ersten Träume von den Sternen geboren worden.

»Fragt mich nicht!«, erwiderte er gereizt. »Nennt es Ahnung oder Hysterie – aber glaubt mir und beseitigt alle Spuren!«

Crahler schob die Hautfalten vor die Nasenöffnungen und erzeugte einen Laut der Missbilligung. Ärgerlich vernichtete Tehlarbloe indessen eine Reihe von Funktionsskizzen und überlegte, ob er das Mikrobauteil gleich hinterherwerfen sollte, entschied sich jedoch dagegen. Niemand würde in diesem Umformer den wahren technischen Kern entdecken.

Weder Eersel noch Crahler glaubten ihm. Trotzdem fuhren sie fort, alle Spuren zu beseitigen. Ihre Arbeit war zu etwa sieben Zehnteln fertig. Noch wenige Tage, dann würden sie – zumindest theoretisch – mit der Herstellung in großen Mengen anfangen können. Aber der Plan, die Kaiserin von Therm gerade auf der Hauptwelt anzugreifen, war ebenso gefährlich wie reizvoll.

»Wir arbeiten offiziell für die Regierung, falls du das vergessen haben solltest«, erinnerte Eersel seinen Vorgesetzten.

Tehlarbloe lehnte sich zurück und ließ seinen Blick durch das Labor wandern. Als er aus dem Fenster in Richtung auf die ferne Flussbiegung starrte, sah er zwischen den letzten Bäumen des Parks und dem Wald einen großen Flugapparat in den Regierungsfarben vorbeischweben. In höchster Erregung sprang er auf.

»Sie kommen! Die Polizisten … Eben habe ich sie gesehen.«

Die Angst packte alle drei. Zumal die Ordnungshüter des Planeten keineswegs von feiner Zurückhaltung geprägt waren.

»Habt ihr alles beseitigt?«

»Höchstwahrscheinlich!«

Vor dem Labor, das durch einen überdachten Gang mit Tehlarbloes Wohnhaus verbunden war, ertönten harte Kommandos und schwere Schritte. Für die Wissenschaftler gab es keine Möglichkeit, das Ereignis misszuverstehen.

»Wir werden entziffert! Flüchtet!«, knirschte Tehlarbloe.

Die Schritte kamen näher. Dann hämmerte ein Waffenkolben gegen die Sicherheitstür.

»Öffnen! – Die Regierungskommission unter Aufsicht Qartanes schickt uns.«

Tehlarbloe wand sich wie ein in die Enge getriebenes Tier. Sein Blick flatterte. Aufgeregt wischte er Werkzeug von einer unaufgeräumten Tischplatte. Dann sah er die Terrassentür einen Spalt offen stehen. Er winkte seinen Freunden und hetzte quer durch das halbe Labor auf die Tür zu. Mit einem wilden Ruck riss er sie auf …

»Zurück!«

Der barsche Ruf kam von zwei Polizisten, deren Strahlwaffen keine Missdeutung zuließen. Es war alles wie in seinen schlimmen Träumen.

»Was geht hier vor?«, rief Tehlarbloe. »Warum dringt die Polizei in mein Labor ein?«

»Keine Fragen! Zurück! Wir haben Schießbefehl.« Eine Gruppe von Uniformierten ergoss sich ins Labor und verteilte sich entlang der Wände.

»Tehlarbloe, der Strukturmanipulationsphysiker?«, fragte der Ranghöchste.

Tehlarbloe hob langsam die Hand. Vielleicht war es ihm wenigstens möglich, die Freunde zu retten, damit sie sein Werk weiterführen konnten.

»Ich bin Tehlarbloe«, sagte er schwach. »Warum dieser Aufwand?«

»Im Namen Qartanes habe ich Sie zu verhaften. Sie sollen sofort einer Kommission gegenübergestellt werden.«

»Aus welchem Grund?« Er war nur noch drei Schritte von dem Hochspannungskontakt entfernt. *Der Tod,* dachte er verzweifelt, *ist angenehmer als das Entziffertsein.*

»Mir wurde der Tatbestand ›Konspiration‹ mitgeteilt«, antwortete der Anführer. »Mehr weiß ich nicht. Wir haben Schießbefehl bei Fluchtversuch oder anderen Versuchen, sich der Gerichtsbarkeit zu entziehen.«

Tehlarbloe registrierte noch, dass seine Freunde ihn entsetzt anblickten. Er sprang vorwärts, seine linke Hand griff nach den nicht isolierten metallenen Adern, die Rechte schlug nach dem Schalter.

Gleichzeitig traf ihn ein Lähmschuss. Er sackte haltlos in sich zusammen, bevor er sein Vorhaben ausführen konnte.

Zwei Polizisten stießen den Strukturmanipulationsphysiker in einen Sessel und zogen sich bis zum Eingang zurück. In dem Regierungsbüro herrschte eine drohende Stimmung. Die Gesichter der zwölf Kommissionsmitglieder drückten Ablehnung aus.

Als Tehlarbloe unter ihnen Nampriete entdeckte, den Hinrichter, wusste er, dass der Urteilsspruch schnell vollstreckt werden würde. Er würde diesen Raum als erwachsener Mann mit der naiven Gehorsamsbereitschaft eines Kindes verlassen und alle seine Kenntnisse verlieren. Ein neuer Todesmut überkam ihn.

»Na-ghi min-karal atissi ma-ji jin-ra!«, eröffnete der Regierungssekretär und Regelerschaffer Qartane.

»Um mich entziffern zu lassen, brauchen Sie nicht zu klassischen Dialogen zu greifen, Qartane!«, sagte Tehlarbloe kalt. »Warum bin ich hier? Warum war die Polizei in meinem Haus?«

Qartane hob seine Hand. »Wir befinden uns auf Moeckdöhne, dem siebten Planeten des Kemoffrika-Systems. Wir sind Bewohner der ältesten und wichtigsten Welt unseres Volkes. Hier, auf dem Kontinent Mahavdoorn, entstanden Zivilisation und Kultur …«

Tehlarbloe hatte niemanden, der ihn verteidigen würde. Wütend und hart unterbrach er Qartane: »Ich brauche von Ihnen, Regelerschaffer, keine historischen Unterweisungen. Mein Labor, in das Ihre Schergen eingedrungen sind, steht neben einem alten Tempel unserer Ahnen. Was also soll das Gerede?«

Qartane beherrschte sich mustergültig. Er sprach weiter, als sei kein Einwand erfolgt. »Wie jedermann weiß, sind nur Feinsprecher und Regelerschaffer befugt, den Berührungskreis des nördlichen Kontinents zu betreten. Wir sind stolz darauf, das Erbe rein erhalten zu haben.«

»Ihr seid mit Recht stolz darauf, die perfektesten Sklaven der Kaiserin von Therm zu sein!«, rief der Physiker. »Sie wissen, dass ich darüber anders denke.«

Qartane senkte den Kopf. Seine Augen verengten sich.

»Abweichende Meinungen sind gestattet. Sabotierende Handlungen hingegen können nicht geduldet werden«, warf Nampriete ein.

»Die Kaiserin duldet auf anderen Welten Feinsprecher, die das klassische Verfahren pervertiert haben. Sie hüllen sich in ein sinnloses Zeremoniell, kämpfen untereinander und sind alles andere als selbstständige Kontrollpersonen über andere Völker!«, rief Tehlarbloe. Langsam ließ der rasende Schmerz in seinen Kniegelenken nach, den der Lähmschuss hinterlassen hatte.

Qartane schlug mit beiden Fäusten auf die Tischplatte. »Das ist offene Rebellion!«, schrie er.

Tehlarbloe schenkte ihm ein mitleidiges Lächeln. »Ich habe noch nie aus meiner Meinung einen Hehl gemacht. Das Wichtigste ist unsere Heimat, dann folgt das Volk der Feyerdaler – und deswegen bin ich besorgt.«

»Besorgt?«

»Auf Schritt und Tritt treffen wir Zeugen der ruhmreichen Vergangenheit der Feyerdaler von Moeckdöhne. Jahrtausendealte Tempel und Gräber. Zeichnungen, die beweisen, dass unser Volk schon immer von großen Taten und der Eroberung des Universums geträumt hat. Wir besiedelten zahllose Planeten der Galaxis Dh'morvon. Bis wir von begeisterten Forschern zu Abhängigen wurden. Versklavt sein ist keine Schande. Aber sich über den Status des Sklaven auch noch zu freuen, das werfe ich Euch vor!«

»Große Worte für einen kleinen Physiker, Tehlarbloe!«

»Ich war groß genug, um für die Regierung Moeckdöhnes zweiundzwanzig verschiedene Anlagen zu entwickeln. Dieses Argument, Qartane, sticht nicht. Sehen Sie denn nicht ein, dass wir unseren Schwung und unsere Initiative verloren haben?«

Nur die Wachen und der Hinrichter schienen nicht aufgeregt zu sein. Die anderen Feyerdaler reagierten geschockt und wütend.

Abwehrend hob Qartane die Hand. »Wir wissen definitiv, dass Sie versuchen, Bauelemente für einen bestimmten Zweck herzustellen.«

»Das ist mein Beruf!«, begehrte Tehlarbloe auf.

»Es ist nicht Ihr Beruf, Geräte zu entwickeln, mit denen Sie die Beobachtungselemente der Kaiserin von Therm ausschalten können.«

»Es ist möglich, dass ein Gerät mehrere Funktionen ausüben kann. Mit einem Messer kann man nicht nur Fleisch schneiden, sondern auch jemanden ermorden. Ist das die Schuld des Erfinders des Messers?«

»Sie verteidigen sich falsch. Wir kennen Ihre Absicht; Geräte in Ihrem Labor haben es uns verraten. Aber heute brauchen wir keine heldenhaften Rebellen, sondern pflichtbewusste Frauen und Männer – Regelerschaffer und Feinsprecher, die fähig sind, Befehle der Kaiserin von Therm umzusetzen. Ein Bruch mit der Kaiserin würde alles, was unser großes

Volk jemals erreicht hat, zerstören. Dagegen wird sich jeder Feyerdaler bis zum Letzten wehren. Sie sollen verstehen, warum wir Sie entziffern.«

Tehlarbloe drehte sich halb um und sah, dass die beiden Wachposten ihre Waffen in den Händen hielten.

»Sie waren schon vorher entschlossen, mich entziffern zu lassen!«, sagte er tonlos.

»Hier, auf dieser Spule«, erwiderte Qartane und blickte ihn mit offenem Abscheu an, »befinden sich die Beweise. Jedes Mitglied der Kommission hat sie tagelang studiert. Nampriete wird vollstrecken, was beschlossen wurde. Sie werden dieses Gebäude als ruhiger, vernünftiger und nicht störungsanfälliger Physiker verlassen.«

»Nein!«, schrie Tehlarbloe auf. Obwohl er wusste, dass es keine Chancen gab, wartete er auf den kurzen Moment, den er zur Flucht ausnutzen konnte. Sekunden später stand der Hinrichter vor ihm. Die Bewaffneten schienen sogar darauf zu warten, dass er in seiner Verzweiflung irrational handeln würde.

»Ich sage euch allen«, schrie Tehlarbloe, »dass ihr es euch nicht leisten könnt, Wissenschaftler mundtot zu machen. Ihr schafft viele Rebellen, wenn ihr diesen Fehler begeht.«

Als die zwei Bewaffneten nach ihm griffen, öffnete sich die Tür. Ein alter Mann mit faltiger Gesichtshaut, gelb verfärbten Sinnesfasern und hängenden Schultern kam herein, hob den Kopf und betrachtete eine Weile unbewegt alle Anwesenden. Ein rätselhaftes Schweigen breitete sich aus. Dann sagte der alte Mann, der in eine prunkvolle, aber einfach geschnittene Uniform gekleidet war, in kaltem Tonfall: »Ich bin sicher, dass uns alle die Meldung interessieren wird, die wir eben von Pröhndome erhalten haben.«

Die Stimme gehörte einem Wesen, das keinerlei Illusionen hatte und keine Hoffnungen mehr kannte. Die verschleierten Augen starrten durch Tehlarbloe hindurch.

»Welche Meldung?«, rief der Regelerschaffer schneidend.

»Sie wurde gespeichert. Soll die Botschaft in dieses Büro überspielt werden?«

»Natürlich! Sofort! Was ist auf Pröhndome vorgefallen?«

»Einiges«, sagte der Alte.

»Was bedeutet das? Einiges? Hängt es mit unserer Aufgabe zusammen?«

Tehlarbloe entsann sich nicht, Qartane jemals so erregt gesehen zu haben.

Der alte Mann stieß ein meckerndes Gelächter aus. »Die Kaiserin von Therm hat den Berührungskreis vernichtet.«

Mit schweren Schritten schlurfte er aus dem Raum. Einige Zeit später, während alle Anwesenden immer noch wie erstarrt wirkten und versuchten, diese dürftige Erkenntnis zu verarbeiten, leuchtete in der Rückwand ein Bild auf.

Ein Empfangstechniker in der Funkstation von Moeckdöhne sagte: »Dringende Botschaft von Pröhndome. Automatisch aufgezeichnet.«

Die Wiedergabe zeigte den letzten Teil eines Fluges über gebirgiges Land. Zwischen hohen Berggipfeln wogte Nebel. Erst Ausschnittvergrößerungen ließen erkennen, dass es sich um dichte Rauchschwaden handelte.

Sie alle, Kommission, Wachen und Tehlarbloe selbst, waren wie paralysiert. Keiner konnte die volle Tragweite dieses Vorganges erfassen.

In die steilen Bergflanken waren vor langer Zeit riesige Bauwerke eingepasst worden. Jetzt waren diese Komplexe, die sich an den Fels geklammert hatten, aufgerissen und von Steinlawinen zermalmt. Eine Feuersbrunst tobte.

»Die Kaiserin hat ihre Gnade von uns genommen«, röchelte Qartane entsetzt. Tehlarbloe wusste noch nicht, was dieser Zwischenfall für ihn selbst bedeutete.

Ein Kommentator gab einen Bericht, der nur eine dürftige Schilderung dessen war, was sich auf furchtbare Weise in den Bildsequenzen zeigte. »... ist für unseren Planeten sicher, dass die Kaiserin von Therm das Bündnis drastisch gelöst hat. Bedrohlich aber wird von allen wichtigen Regelerschaffern und Regierungsmitgliedern nicht so sehr die Destruktion eines einzelnen Berührungskreises gewertet, sondern eine andere, wirklich schockierende Nachricht.«

Nach einem letzten Rundblick über die Verwüstung schwenkte die Optik auf die Rettungsmannschaften, die versuchten, Opfer zu finden und zu bergen. Anschließend wechselte die Übertragung in einen Innenraum. Das Bild des amtlichen Sprechers von Pröhndome erschien.

»... Leiter dieser Gruppe ohne erkennbare Qualifikationen ist ein so genannter Terraner namens Perry Rhodan. Die Kaiserin von Therm hat, unbegreiflich für jeden von uns, diesem Fremdling einen präzisen Auftrag erteilt. Obwohl jeder von uns für die Erledigung dieses Auftrags hätte garantieren können, entschied die Kaiserin anders. Das ist unvorstellbar und lähmt das Denken und Reagieren aller Verantwortlichen. Noch traf niemand eine Entscheidung. Die Konsequenzen für jeden einzelnen Feyerdaler sind zur Stunde unabsehbar ...«

Eine merkwürdige innere Spannung hielt Tehlarbloe im Griff. Wenn sein kühner Schluss auch nur annähernd richtig war, dann handelte die Kaiserin von Therm aus der Erfahrung von Jahrmillionen und daher mit großer Sicherheit und völlig richtig. Die Kaiserin schien zu wissen, wie schnell ein einst wildes und dynamisches Volk seinen Schwung verlieren konnte und dass die meisten Feyerdaler dieses Feuer längst verloren hatten.

Die Sklaven hatten lange gearbeitet und sich erschöpft. Nun wurden neue Kräfte gebraucht.

»Genau das, was ich euch eben vorgeworfen habe, ist geschehen«, sagte der Physiker laut und mit großer Bestimmtheit. »Die Kaiserin hat erkannt, dass wir müde geworden sind. Sie hat die Terraner entdeckt, ein junges und wildes Volk. Wir waren einst wie sie.«

»Sie sind so unwichtig wie nur irgendetwas, Tehlarbloe«, sagte Qartane wütend. »Die Kaiserin von Therm hat Ihnen eine Gnadenfrist eingeräumt. Sollten Sie uns Anlass geben, Sie ein zweites Mal hierher zu bringen, kennen Sie Ihr Schicksal.«

Tehlarbloe lachte schrill. »Ich kenne mein Schicksal. Aber inzwischen kennen Sie Ihres ebenso gut. Ihres und das aller Regelerschaffer.«

Er lachte noch, als er die Tür erreichte und sie sich öffnete. »Die Folgen sind katastrophal!«, schrie er. »Das Imperium Feyerdal hat soeben den ersten kosmischen Fußtritt erhalten.«

Er verließ das große Gebäude und blieb erst in dem weiträumigen Park stehen, der diesen Koloss von dem nächsten Bauwerk auf Mahavdoorn trennte.

Zum ersten Mal in seinem Leben glaubte er, bewusst zu atmen. Er war nicht entziffert worden – für ihn begann ein neuer Lebensabschnitt.

Rasend schnell jagte der Gleiter über den Wolken dahin. Qartane warf einen desinteressierten Blick nach draußen, dann starrte er voller Qual in die Augen Namprietes.

»Ein Nicht-Feyerdaler! Ausgerechnet ein Fremder, der zufällig vorbeigeflogen ist«, stöhnte er. »Dagegen verblasst sogar die Verhandlung gegen Tehlarbloe zur Bedeutungslosigkeit.«

»Sie sagen es, Regelerschaffer Qartane.«

»Zunächst einmal keine Panik. Was für Pröhndome vielleicht richtig war, muss für uns nicht entscheidend sein, Nampriete.«

»Vielleicht war es sogar ein Sabotageakt?«

»Ausgeschlossen. Aber wir werden uns vergewissern.«

Nampriete und Qartane waren Feinsprecher der konservativen Schule. Sie verhielten sich korrekt und sachlich und versuchten, stets logisch zu denken. Das Feinsprechen behielten sie offiziellen Anlässen vor und natürlich dem Korrespondieren mit der Kaiserin von Therm. Feinsprecherei verlor ihren Charakter und vor allem die Bedeutung als Hochsprache, wenn sie für jede Gelegenheit benutzt wurde.

»Sie sind sicher, dass wir eine umfassende Auskunft erhalten?«

Nampriete senkte den Kopf. Vor ihnen erhob sich aus der Wolkenflut ein riesiger weißer Gewitterturm. Der Gleiter raste in den Dunst hinein und neigte sich dem Fahrtziel entgegen.

»Ziemlich sicher. Denn der Berührungskreis von Moeckdöhne ist die Hauptverteileranlage. Sowohl der Befehl an diesen Terraner als auch der Impuls zur Selbstvernichtung sind logischerweise durch unseren Berührungskreis gegangen.«

»Was mag der Grund für diese katastrophale Entscheidung gewesen sein?«, fragte sich Qartane laut. Seine Gedanken kreisten um die unangenehmen Wahrheiten, die ihnen der Physiker entgegengeschleudert hatte.

»Vielleicht beides. Die Ankunft des Vertreters eines entschlussfreudigen Volkes. Dazu eine gewisse Stagnation in der dynamischen Entwicklung der Feyerdaler.«

»Die Frage wird nur sein, ob die Kaiserin zulässt, dass wir zu einem Volk unter vielen werden.«

Qartane entsann sich der Berichte, die noch in den Archiven zu finden waren. Vor einer kleinen Ewigkeit hatten die Feyerdaler dieser Welt den erloschenen Vulkan ausgebaut. Auch die *Pforte* war damals entstanden. Sie musste in Kürze zwischen den Wolkenmassen auftauchen, eine gewaltige Öffnung, die das trichterförmige Innere des Berührungskreises mit der unzugänglichen Bergwelt verband.

Der Gleiter sank tiefer und folgte dem Lauf eines schmalen, fruchtbaren Tales voller Büsche und alter Bäume. Die verwitterte Lava war ein besonders fruchtbarer Boden.

»Unfassbar, dass die Kaiserin vielleicht auch diesen Berührungskreis ...« Nampriete beendete den Satz nicht, sondern starrte die *Pforte* an.

»Sie meinen, auch unser Bezirk wird gesprengt werden?«

»Es wäre denkbar.«

»Der Schock ist jetzt schon groß genug.«

Die *Pforte* schob sich aus Regenschauern und Nebelfetzen hervor. Ungeheure Säulen, dahinter Halbsäulen, waren aus dem Fels herausgearbeitet worden, Vorsprünge und breite Friese befanden sich über den Säulen. In der Mitte dieses halb natürlichen, halb mit künstlicher Perfektion und immensem Aufwand erzeugten Triumphbogens befand sich ein Loch, rechteckig und etwa eine Stunde Fußmarsch lang. Es durchschnitt den Berg fast an seiner Basis und mündete in einen kreisrunden, blühenden Garten, der von Maschinen in Stand gehalten wurde. Der Gleiter wurde von der automatischen Anlage erfasst und durch den Tunnel geschleust, am Ausgang dieses einzigen Eingangssystems abgebremst und auf eine Parkplattform dirigiert.

Nampriete und Qartane stiegen aus. Der Pilot wartete, denn die Barriere durften nur Feinsprecher betreten.

»Gehen wir und versuchen, uns mit der Kaiserin von Therm zu verständigen.«

Während die beiden Regelerschaffer ein ausgeklügeltes System von Barrieren und Sperren passierten, wurden sie beobachtet und abgetastet. Ihre individuellen Impulse waren gespeichert, ebenso wie jene aller anderen Regelerschaffer, die diesen verbotenen Bezirk betreten durften. Sie gingen zögernd weiter, bis sie endlich vor dem ersten Kommunikationspunkt standen.

Leuchtende Ströme erfüllten die durchsichtigen Adern, in denen die kristallinen Nervenstränge verliefen. Die Bildwiedergabe blieb jedoch leer.

Nampriete stieß Qartane mit der Hand an. »Die Kaiserin beabsichtigt nicht, den Schirm zu aktivieren.«

Die Kommunikation war immer einseitig, und die Kaiserin von Therm entschied über den Einsatz der Geräte.

Qartane hob die Hand und lenkte die Aufmerksamkeit der Elemente auf sich. Irgendwo am Ende eines langen, völlig unbekannten Kommunikationskanals befand sich dieses Überwesen, dem sie ihr Leben gewidmet hatten. Niemand wusste, wie die Kaiserin wirklich aussah.

Qartane benutzte eine klassische Kurzform. Es gab Dutzende Varianten, ein Gespräch zu eröffnen, und jede hatte ihre eigene präzise abgestufte Bedeutung, die von wilder, stammelnder Freude bis zu abgrundtiefer Verzweiflung ging und trotzdem aus nahezu denselben Worten, Silben und Lauten bestand.

»Atti minallatja inim zhari zinnaal« Das war eine Variante in der Mitte des Spektrums. Sie war logisch, enthielt keine Lobpreisungen und war auf keinen Fall emotional gefärbt. *Ich bitte, hören Sie mir zu!*, bedeutete es, unbetont ausgesprochen. Ein Feinsprecher, der nicht im Zeremoniell erstarrt war, verstand genau, dass sein Gegenüber sich jetzt um äußerste Klarheit von Frage und Antwort bemühte.

»Sprechen Sie! Ich höre«, erwiderte die roboterhafte Stimme des Berührungselements. Es gab Untersuchungen und kühne Thesen darüber, ob es die Stimme der Kaiserin von Therm war oder nur eine maschinell erzeugte Modulation kristalliner Schwingungen.

»Wir, die Feinsprecher von Moeckdöhne, erhielten vor kurzer Zeit eine Botschaft von Pröhndome. Sie besagt, dass der Berührungskreis auf dieser wichtigen Welt zerstört wurde. Ist die Botschaft richtig?«

»Der Inhalt dieser Botschaft, Feinsprecher Qartane von Moeckdöhne, ist absolut korrekt.«

»Wir erfuhren zu unserer Bestürzung ebenfalls, dass ein Fremder erschien und mit der Kaiserin von Therm in Verbindung trat.«

»Ebenfalls korrekt und richtig verstanden.«

»Dieser Fremde nennt sich Perry Rhodan und ist Kommandant eines Raumschiffs höchst unterschiedlicher Individuen?«

Es war nicht möglich, aus der Stimme eine Regung wie Missbilligung, Wut oder Freundlichkeit herauszuhören. Unterschiede zeigten sich nur in der Dichte der übermittelten Informationen. Niemals war eine Antwort aufgenommen worden, die nicht in allen Punkten perfekt gewesen wäre. Missdeutungen waren ausgeschlossen.

»Mit Perry Rhodan wurde gesprochen; wichtige Informationen wurden ausgetauscht. Ich höre noch immer.«

Qartane und Nampriete wechselten einen vielsagenden Blick. Die Kaiserin hatte ihnen gegenüber nicht die geringste Veranlassung, etwas zu erklären oder gar zu interpretieren.

»Wir würden gern erfahren, welchen Auftrag der Fremde erhielt.«

»Er soll mit allen Kräften versuchen, das verloren gegangene MODUL zu finden.«

Das MODUL! Abermals erschraken die Regelerschaffer. Das war eine radikale Abkehr von den Feyerdalern. Das MODUL, jene mythenumwitterte Station, deren Kurs weite Teile des Universums berührte. *Verloren gegangen?*

»Ein Fremder soll das MODUL finden und retten? Seit einer Ewigkeit sind wir Feyerdaler für solche Aufgaben vorbereitet. Tausende Erfolge zeigten, dass wir die uns gestellten Aufgaben lösen konnten.«

»Die Kaiserin von Therm beabsichtigt nicht, ihre Motivationen darzulegen!«

In einem Anfall von Todesmut widersprach Nampriete ein zweites Mal. »Das Imperium der Feyerdaler wird verantwortlich gemacht für Vorfälle, die mit Sicherheit nur einen einzelnen Planeten betrafen, nämlich Pröhndome. Wir befinden uns auf der Urwelt der Feyerdaler und somit der Feinsprecher und Regelerschaffer.«

»Dies ist der Kaiserin bekannt, zumal Kommunikation und Auflösungsbefehl von Pröhndome über den Berührungskreis Moeckdöhnes gingen!«

»Wir haben uns also nicht getäuscht?«

»Es wurde keine Täuschung beabsichtigt. Perry Rhodan wird die Aufgaben erledigen, die vor einiger Zeit noch Feyerdalern übertragen worden wären.«

»Ist dies eine unwiderrufliche Anordnung der Kaiserin von Therm?«

»Keine Anordnung der Kaiserin ist revidierbar.«

Es stimmte alles. Dieser Rhodan würde also tun, was die Feyerdaler hätten tun sollen. Der Berührungskreis war vernichtet, und Pröhndome galt damit schon jetzt als kosmische Provinz.

Nach einer endlos scheinenden Weile fragte Nampriete leise: »Wir sind verwirrt. Wir wissen nicht, wie wir uns verhalten sollen. Was aber sollen wir tun?«

»In einer Phase der Ratlosigkeit hilft logisches Überlegen. Neid und Hass auf den Fremden sind unangebrachte Reaktionen. Die Kaiserin von Therm sieht alles durch das Verbindungselement des Berührungskreises.«

Qartane senkte den Kopf. »Es gibt im Augenblick keine weiteren Fragen. Doch! Noch eine. Haben wir den Unmut der Kaiserin hervorgerufen?«

»Ich wiederhole, dass die Kaiserin von Therm keine ihrer Anordnungen ergänzt, erläutert oder sich auf Erörterungen einlässt.«

»Ich danke Ihnen, dass Sie meinen Fragen Gehör geschenkt haben.«

»Dies ist der Zweck der Berührungskreise.«

Nampriete und Qartane verließen den Raum. Schweigend gingen sie durch die Kontrollstellen. Um sie herum schienen die Kristalladern zu leben. Als sie den Gleiter erreichten, flüsterte Qartane: »Ich weiß nicht, ob es Eifersucht auf den Fremden ist. Ich bin jedenfalls ratlos und vollkommen unsicher. Ich weiß nur, dass bestenfalls eine gigantische Anstrengung uns rehabilitieren kann. Ein Bündnis, das Jahrtausende gehalten hat, wird auch von der Kaiserin von Therm nicht so einfach aufgekündigt.«

»Was wäre geschehen, wenn dieser Perry Rhodan nicht in unserer Galaxis aufgetaucht wäre?«, erwiderte Nampriete.

»Dann gäbe es unsere Probleme nicht. Dann hätte die Kaiserin von Therm keinen Grund ...«

Unbewegt fuhr der Hinrichter fort: »Und was wäre, wenn dieser Fremde von einem bestimmten Tag oder einem gewissen Ereignis ab nicht mehr existieren würde? Wenn beispielsweise sein Raumschiff explodieren oder verschwinden würde, er selbst oder seine Besatzung umkäme ...?«

»Darüber müssen wir nachdenken«, sagte Qartane hart.

25.

Qartane entwickelte seine Gedanken bereits auf dem Rückflug zu den weit in der Landschaft verteilten Gebäuden des Regierungsbezirks Mahavdoorn.

»Tehlarbloe hatte Recht, wenn auch auf andere Weise«, murmelte der Regelerschaffer und Regierungssekretär. »Überall sind Verbindungselemente. Falls er tatsächlich eine Methode gefunden haben sollte …?«

Eine neue Spannung ergriff die beiden Regelerschaffer. Die Kaiserin von Therm verarbeitete Myriaden einzelner Informationen zu einem Gesamtbild. Wenn es gelang, die Menge der entscheidenden Daten zu verringern, konnte man unabhängiger werden. Allein schon die Überlegungen bis zu diesem Punkt verursachten jedoch unerträgliche Gewissensqualen.

»Verlassen Sie sich darauf, der Physiker hat sein Verfahren schon fast fertig«, sagte Nampriete. »Wir müssen den Terraner verjagen, dann sind wir besser.«

»Sie scheinen sich dessen sicher zu sein?«

»Ich bin alles andere als das. Jeder Gedanke in dieser Richtung verursacht mir erhebliches Kopfzerbrechen.«

Der Gleiter raste mit Höchstgeschwindigkeit zurück zum Regierungsbezirk.

»Wir sollten mit Tehlarbloe sprechen, Nampriete. Allein, nur die Mitglieder der Kommission.«

»Ich bin einverstanden. Aber es darf kein Verbindungselement in der Nähe sein.«

»Dies ist die Voraussetzung!«

Qartane griff zu der Kommunikationskonsole. Mit ruhiger Stimme, aus der niemand seine Erregung heraushören konnte, gab er eine Reihe von Anweisungen.

Dieses Mal lag nicht Feindseligkeit in der Luft, sondern Ratlosigkeit. Tehlarbloe registrierte die Veränderung ohne Triumph.

»Ich sehe, dass Sie meine Warnungen nicht mehr für verbrecherisch halten«, sagte er laut. Über zwanzig Frauen und Männer der höchsten Ränge befanden sich in einem hellen, geradezu verschwenderisch ausgestatteten Raum. Hier gab es kein Verbindungselement.

»Die Lage hat sich verändert – alle Feyerdaler haben nun einen gemeinsamen Feind.«

»Ich weiß«, erwiderte der Physiker grimmig. »Es ist der Fremde mit seinem seltsamen Raumschiff.«

Tehlarbloe wusste, dass er nicht mehr zurückkonnte. Er war gezwungen, die Entscheidung seines Lebens zu treffen. Sagte er ja, dann wurde er zum Rebellen mit Unterstützung der Regierung. Ging der Plan aber nicht auf, würden sie ihn ebenso bedenkenlos opfern, wie sie ihn entziffert hätten. Er überlegte, ob er dieses Risiko wirklich eingehen sollte.

»Wir sind als Volk seit Jahrtausenden von der Kaiserin von Therm abhängig.« Qartane hatte sich tatsächlich die Gedanken eines Rebellen zu Eigen gemacht. »Wir müssen anfangen, uns wieder an eigenständiges Handeln zu gewöhnen.«

»Indem wir mit meiner Hilfe die Verbindungselemente ausschalten?«, fragte Tehlarbloe.

»Nicht ausschalten«, berichtigte Nampriete sofort. »Nur neutralisieren. Die Kaiserin von Therm darf keinen Argwohn schöpfen.«

»Auf diese Anforderungen hin kann ich ein Gerät entwickeln. Es könnte Personen für die Detektoren der Elemente unsichtbar machen, aber auch die Geräte selbst neutralisieren ...«

»Wie lange werden Sie brauchen, um das Gerät fertig zu stellen?«

»Allein sieben Tage. Mit der Hilfe anderer und einem Herstellungswerk im Rücken vielleicht vier oder fünf.«

»Die Maxime ist klar: Ohne Wissen der Kaiserin müssen wir den Fremden verjagen.«

Tehlarbloe zögerte dennoch. »Wer wird mich gegen jene Regelerschaffer beschützen, die mich mit dieser Rebellion personifizieren?«, fragte er.

»Sie werden jede Unterstützung bekommen, die wir Ihnen geben können!«, versicherte Qartane ernsthaft. »Wir bieten Ihnen weder Geld noch Macht. Aber wenn wir unser Vorhaben beenden können, dann werden Sie einer der wichtigsten Männer Moeckdöhnes sein.«

Tehlarbloe ließ sich keine Regung anmerken. »Unfehlbarkeiten!«, sagte er schließlich. »Vor einem halben Tag habe ich mehr oder weniger das ausgesprochen, was Sie alle jetzt auch denken. Hätten wir in der Vergangenheit nicht so viel von unserer Eigenständigkeit aufgegeben, dann würde der Fremde nicht die geringste Chance haben.

Wir sind Werkzeuge der Kaiserin und wollen es bleiben. Das ist auch meine Überzeugung. Aber als Werkzeug sind wir stumpf geworden. Als ich euch das vorwarf, wolltet ihr mich entziffern lassen. Wäre die Nachricht von Pröhndome etwas später eingetroffen, würde es niemanden geben, der euch jetzt helfen könnte. Denn nur ich kenne die Möglichkeiten, die Verbindungselemente zu neutralisieren. Ich glaube, dass dieser Versuch für sehr lange Zeit unsere letzte Chance sein wird. Denn wenn wir jetzt versagen, wird die Kaiserin uns fallen lassen.«

Der Physiker gab sich keinen Moment lang der Illusion hin, künftig ungefährdet zu sein. Nur die Gruppe der Verfolger hatte gewechselt. Zuerst waren es die Regelerschaffer gewesen, die Rebellion nicht duldeten, ab sofort würden es jene sein, denen der Entschluss zu gefährlich erschien.

Rund um den Planeten befanden sich einfache Verbindungselemente, die wenig mit den hochgezüchteten Elementen eines Berührungskreises gemeinsam hatten. Dennoch hatte es nie jemand gewagt, die in der Peripherie noch einfache technische Einrichtung anzutasten, die durch ein Netz kristalliner Nervenfasern mit den Kristallsälen des Verbindungskreises verbunden sein mochte.

Auf vielen Planeten sahen sie unterschiedlich aus; es gab Säulen, Würfel, quaderförmige und anders geformte Elemente, aber ausnahmslos waren sie externe Augen und Ohren der Kaiserin von Therm.

Es wurde Abend, als Tehlarbloe unweit seines Hauses aus dem Gleiter der Regierungskommission stieg. Er blickte dem Element, das sich an der Kreuzung der Hauptpiste und einiger abzweigender Wege befand, ausdruckslos entgegen, als er auf sein Haus zuging.

Nicht mehr lange, dachte er grimmig. *In einigen Tagen wirst du nur noch dann ein wahres Bild der Umgebung sehen, wenn ich es dir erlaube, Kaiserin!*

Mit weit ausgreifenden Schritten ging er über den dunklen Rasen. Hinter den Fenstern des Labors war alles dunkel, doch morgen würde dort neue hektische Arbeit beginnen.

»Ich mache dort weiter, wo wir aufgehört haben, als sie dich abholten.« Crahler hastete zu seinem Arbeitsplatz. Das Labor barst schier vor neuer Geschäftigkeit.

Das Funktionsprinzip des Umgehungsgeräts lag seit längerem fest, und das Prinzip war keineswegs ausgefallen. Bilder, Geräusche und nahezu alle anderen Schwingungen, die von den Verbindungselementen aufgefangen wurden, wurden kurzzeitig gespeichert, eine regulierbare Automatik filterte fremde Eindrücke aus und vernichtete sie, dann spielte sie den Rest der Informationen dem Sammler und dem angeschlossenen Kristall zu.

Bis zu fünfzehn verschiedene Informationskomplexe waren regelbar. Zuerst betrafen die Löschungen natürlich Personen und was sie sagten. Straßen, Einkaufszentren und Raumhäfen zum Beispiel würden dann ständig unbelebt erscheinen; aber das hätte eine verräterische Übertreibung bedeutet. Deshalb gab es die Variante der Umgehungsgeräte. Jede Person, die ein solches Gerät trug, wurde für die Verbindungselemente unsichtbar.

»Wer ist der Verbindungsmann zur Herstellung?«, wollte Eersel wissen. Er überwachte eine Batterie von Robotgeräten, die Einzelteile herstellten.

»Qartane will sich darum kümmern«, antwortete Tehlarbloe knapp. Er hatte genug damit zu tun, die neuen Wissenschaftler nach ihren Spezialgebieten einzuteilen.

Schließlich erledigte er eine Vielzahl von Anrufen, nach denen er endlich wusste, dass in zwei Tagen eine kleine Fabrikationsanlage mit der »Serienherstellung« beginnen konnte – vorausgesetzt, für die wichtigsten Teile lagen bereits die genauen Spezifikationen vor.

Das Material wurde dezentral bestellt.

Trotz allem misstraute Tehlarbloe Qartanes geradezu missionarischem Eifer. Ihm war bewusst, dass er möglichst viel allein einleiten musste, um größte Verschwiegenheit zu gewährleisten.

Die Arbeiten schritten reibungslos voran.

Nayden hielt die langläufige Waffe so, dass sie mit seinem breiten Körper verschmolz. Ihm war gesagt worden, dass etwa vierundzwanzig Wachen rund um das Haus und den Anbau postiert worden waren.

Noch einmal überprüfte er seine Ausrüstung, von den lautlosen Sohlen bis zur Restlichtdoppelbrille. Niemand durfte ihn hören oder sehen.

Er taxierte die Entfernung zum Ziel. Das Haus stand auf dünnen, von Blattpflanzen umrankten Pfählen. Ein schmaler Bach, ein kleiner Teich, Bäume und Felsen grenzten die Gebäude ein. Rechter Hand verlief, durch Mauern, Buschreihen und indirekte Beleuchtung gekennzeichnet, die schmale Zufahrtsstraße.

Geräuschlos glitt Nayden weiter. Seine Sinnesbüschel zitterten erregt. Er durfte keinen Augenblick in den Erfassungsbereich des Verbindungselements geraten, das sich am Anfang der Straße befand.

Vor sich sah er die vage Silhouette des ersten Postens. Als Nayden lautlos zu Boden glitt und sich zwischen halbhohen Sträuchern verbarg, kam Unruhe in die Polizisten. Leise Kommandos hallten heran.

Nayden bemühte sich, möglichst flach zu atmen. Er, ein ehemaliger Grauvater, wurde von einem der ältesten Regelerschaffer für diesen Auftrag bezahlt.

Zwei private Gleiter näherten sich aus Richtung des unterirdischen

Depots und hielten nahe am Haus. Nayden wartete geduldig. Schließlich richtete er das Zielfernrohr auf die Gleiter und taxierte die beiden Männer, die in Arbeitskleidung das Haus verließen.

Die Gleiter drehten auf der Stelle und schwebten davon. Nayden verharrte unbeweglich. Er hatte die Gesichter der Männer gesehen und erkannt, dass sich sein Opfer nicht unter ihnen befand.

Die Polizisten unterhielten sich. Er nutzte ihre Unaufmerksamkeit, um sich ein gutes Stück weiter anzuschleichen. Noch war er ruhig, doch er wartete schier auf den Augenblick, in dem ihn die Aufregung der Jagd überfallen würde.

Er wusste nicht, was der Mann dort im Haus getan hatte, dass ihn der Regelerschaffer Gasadina tot sehen wollte, und es interessierte ihn auch nicht. Seine Augen suchten einen für sein Vorhaben geeigneten Baum.

Abermals huschte er weiter, berührte dann die borkige Rinde eines Stammes. Seine Arme schwangen hoch, die Finger krallten sich um den untersten Ast, und Augenblicke später verrieten nur raschelnde Geräusche, dass er geschmeidig in die Höhe kletterte.

Er verharrte, als ihn nur noch wenige Zweige und Äste verdeckten, stützte die Waffe auf eine Astgabel und blickte durch das Zielfernrohr. Deutlich sah er eine ausnehmend hübsche junge Frau und einen Mann, die im Labor miteinander sprachen.

Dieser Mann war das Opfer.

»Ich bin todmüde«, bekannte Tehlarbloe. »Aber wenn ich sehe, was wir an diesem ersten Tag geschafft haben, bin ich begeistert.«

»Trotzdem sollten wir uns entspannen. Morgen wird der Tag mindestens ebenso lang werden.«

»Und ebenso schwer«, murmelte der Physiker.

Er schaltete den ersten Satz Lampen aus. Sein Blick glitt über die Fensterfront. Er sah, noch ehe er begriff, wie eine der Scheiben punktuell aufglühte. Ein Energiestrahl fauchte zwischen ihm und Anadace hindurch. Instinktiv riss er seine Gefährtin mit sich zu Boden und warf sich schützend über sie.

Die Scheibe zerbarst. Kochende Tropfen spritzten nach allen Seiten. Anadace schrie auf, aber schon krochen sie beide zwischen Robotern und Materialstapeln auf den Ausgang zu.

Weitere Strahlschüsse entfachten kleine Brandherde. Und endlich wurde es im Park lebendig; eine Vielzahl von Stimmen und Schüsse klangen auf.

Die Löschroboter verließen ihre Einbaufächer und gingen gegen die auflodernden Flammen vor. Draußen schienen die Polizisten den Attentäter zu verfolgen oder gar schon gestellt zu haben, denn der Lärm verlagerte sich in eine größere Entfernung.

»Ich wusste es«, keuchte Tehlarbloe. Seine Paniktrăume wurden Realität, jemand hatte versucht, ihn zu ermorden.

Die Nacht wurde mittlerweile von Scheinwerfern erhellt, und damit war die unmittelbare Gefahr wohl vorbei.

»Wer wollte dich töten?«, fragte Anadace bebend.

»Keine Ahnung. Irgendjemand. Vielleicht die Kaiserin selbst.«

»Das hältst du für möglich?«

In Tehlarbloes wirren Überlegungen mischten sich Angst und Trotz. Die Gegner, aus welchen Reihen sie auch kamen, hatten schnell reagiert und zugeschlagen.

»Was soll ich tun, Anadace?« Er stöhnte. »Ich glaube, ich bin ein schlechter Rebell.«

Ein Held war er nie gewesen. Sein Mut bestand nur darin, dass er kühne Gedanken ausgesprochen hatte, aber dieses Attentat raubte ihm die Zuversicht.

»Du bist kein Revolutionär, der seine Ziele mit der Waffe in der Hand erreicht«, antwortete Anadace in mühsam erzwungener Ruhe. »Niemand verlangt von dir, dass du furchtlos sein musst.«

Er nickte mechanisch. Allmählich kehrte die Ruhe in seine Überlegungen zurück, und der Schock ließ ihn los. Doch erst jetzt zitterte er wirklich.

In zwei Tagen würde er ersetzbar sein, sobald die Geräte in Serie fabriziert wurden. Dann konnte jeder gegen den Fremden rüsten.

Am nächsten Morgen zwang Tehlarbloe sich, in das Durcheinander im Labor einzutauchen. Jeder gab sein Bestes, um die Verzögerung aufzuholen, die mit der Schadensbehebung zwangsläufig eingetreten war, und tatsächlich verließen schon am Mittag die ersten getesteten Bausteine das Labor und wurden in die Fertigungsanlage für die Serienfertigung gebracht.

Der Regelerschaffer Qartane erschien wenig später persönlich. »Die Spur ist abgerissen«, eröffnete er. »Die Polizisten verfolgten den Attentäter und erschossen ihn, als er sich verbissen wehrte. Wir wissen nichts über die Hintergründe.«

»Sie wissen so gut wie ich, Regelerschaffer, aus welcher Richtung der Angriff gekommen sein dürfte«, stellte der Physiker fest.

»Wir können niemanden anklagen, ohne unser Vorhaben zu lüften. Aber wir werden noch mehr Wachen aufstellen und jeden Ihrer Schritte kontrollieren.«

»Der Gegenseite ist zweifellos bekannt, dass in wenigen Tagen alles ohne mich ebenso laufen wird wie mit mir.«

Offensichtlich hatte die Kaiserin von Therm die nächtliche Auseinandersetzung als internes Problem der Feyerdaler abgetan. Die Opposition hatte bisher noch kein Verbindungselement oder einen der Kristallsäle im Berührungskreis benutzt, um Tehlarbloe zu verraten. Aber sie würde ganz sicher aktiv bleiben.

»Wir rechnen schon jetzt mit Sabotageakten und werden auch das Herstellerwerk schützen. Wann können die ersten Verbindungselemente neutralisiert werden?«

»Sobald sie fertig sind«, erwiderte Tehlarbloe. »Heute Abend werden wir die letzten fabrikationsreifen Vorlagen liefern.«

Die Erregung lähmte sie fast. Was sie gleich tun würden, war einmalig in der Geschichte des feyerdalischen Imperiums. Eersel hielt den schweren Lastengleiter an und sah sich wachsam um. Die trichterförmige Senke im »Tal des Lebens« war dunkel und verlassen; es gab zurzeit keine Notwendigkeit, eine Volksmutter dort hinzubringen.

Aber ein Ding lebte. Es war die Kugel des Verbindungselements, das alles registrierte, was in dem Tal vor sich ging. Der Gleiter hatte außerhalb des Sichtbezirks gestoppt.

Die beiden Physiker sprangen auf den Grasboden. Über dem Tal starrten die Sterne unbeweglich und hart. Tehlarbloe und Eersel gingen entlang der Flanken des Gleiters nach hinten und hoben das erste Umgehungsgerät aus der Verpackung. An ihren Körpern trugen sie bereits die entsprechenden Apparaturen.

Ihre Augen leuchteten, als sie den schweren Würfel hochhoben und Tehlarbloe zudem Schaufel und Hacke aus dem Stauraum holte.

»Wie viele Verbindungselemente müssen wir beeinflussen?«, flüsterte Eersel.

»Mehrere Dutzend. Der Raumhafen, dieser Teil von Mahavdoorn, und ein Teil der Regierungsgebäude kommen hinzu.«

Der gesamte Bereich rund um den wichtigsten Raumhafen Moeckdöhnes würde neutralisiert sein, sobald alle Arbeitsgruppen ihre Ziele erreichten. Dann konnte innerhalb dieses unregelmäßigen Kreises alles nur Denkbare geschehen, ohne dass die Kaiserin von Therm davon erfuhr.

Die Zone erstreckte sich wegen des unterschiedlich großen Abstands zwischen den Gebäuden über einen ganzen Landstrich. Qartane hatte ein Verzeichnis der Verbindungselemente erstellen und austeilen lassen.

Wenn nur ein einziges Element ausgelassen wurde, konnte die Kaiserin die Verschwörung aufdecken.

Sie sahen das schwache Leuchten der Kugel und gingen unverändert darauf zu. Nur ein einziger Sensor richtete sich auf sie, verblieb jedoch in der suchend kreisenden Bewegung, als die Minimalentfernung unterschritten war.

Mit gleißenden Augen sahen sich die Feyerdaler an. *Wir haben es geschafft! Die Tests haben nicht versagt!,* dachten sie gleichzeitig in einer Mischung aus Stolz und Furcht.

Dann handelten sie schnell. Tehlarbloe stach ein Viereck aus dem Rasen aus, legte die dicke Schicht zur Seite und grub ein Loch, das etwa der doppelten Größe des dunklen Kastenelements entsprach. Einen Teil des Erdreichs verstreute er ins Gelände, anschließend schalteten sie die Konstruktion ein.

Das Umgehungsgerät wurde versenkt und mit Erde und dem Rasen zugedeckt.

Es gab keine Möglichkeit, das Funktionieren oder den partiellen Ausfall des Verbindungselements zu kontrollieren. Nur die Reaktion der Kaiserin von Therm würde Erfolg oder Misserfolg bestätigen.

»Ich bin sicher, dass wir dieses Element ausgeschaltet haben«, sagte Tehlarbloe zufrieden. »Das nächste befindet sich auf dem Bergrücken am See.«

In der Nacht über Crahler und Loutence senkte sich ein großer Lichtpunkt herab. Als sie ihren Gleiter für kurze Zeit verlangsamten, erkannten sie das landende Raumschiff.

»Ich kann mir nur schwer vorstellen, dass die Kaiserin nicht längst über alles informiert ist«, sagte Crahler.

»Oder, was schlimmer wäre, uns für diese Eigenmächtigkeit bestraft.«

Das Raumschiff schwebte ein. Es war die erste Einheit einer Flotte gegen die Terraner.

»Die Nacht ist bald vorbei.« Crahler beschleunigte den Regierungsgleiter wieder. Die Gruppen wählten den Schutz der Dunkelheit, weil sie unbequemen Fragen ausweichen wollten.

Sie landeten an der nächsten Position. Es war ein halb unterirdisch erbautes Zentrum für die Wartung von Raumschiffsteilen und Triebwerken. Dort stand auf einem hohen Sockel das Element, das einen ausgedehnten Bezirk kontrollierte.

Die beiden Feyerdaler vernahmen das Geräusch nicht, das zwischen den untersten Packungen ihrer Fracht und dem Belag der Ladefläche hörbar wurde: ein helles, schneidendes Summen, das nach wenigen Augenblicken wieder verstummte.

Eine dumpfe Explosion ertönte auf der Ladefläche und wirbelte die restlichen Verpackungen durcheinander.

»Was war das?«

Beide Feyerdaler sprangen mit gewaltigen Sätzen aus der Kabine und rollten sich ab. Im selben Moment zerfetzte eine Stichflamme Ladung und Ladefläche. Dichter Qualm breitete sich aus.

»Ein Sprengsatz zwischen den Umgehungselementen!«, schrie Crahler.

Das Heck des Gleiters brannte. Flammen schlugen aus dem Rauch, Bauteile zerplatzten mit krachenden Schlägen.

»Die Kaiserin wird den Gleiter registrieren!«, rief Loutence verzweifelt.

»Sie kann nur einen explodierenden Mechanismus erkennen, mehr nicht.«

»Du hast Recht. Zurück zur Fabrik!«

Crahler und Loutence rannten zum nächsten Eingang des unterirdischen Transportsystems. Bisher war niemand aufgetaucht, der sie verfolgte oder aufhalten wollte.

»Das war Sabotage«, knirschte Crahler. »Wir haben die Kisten selbst aufgeladen.«

»Das zeigt, dass unsere Widersacher die Kaiserin noch mehr fürchten als wir.« Loutence dachte mit Schrecken an Tehlarbloe und die anderen Gruppen. Betraf die Sabotage auch sie?

Sie beruhigten sich erst, als sie in einer dahinjagenden Kabine saßen, die sie zu der Fabrikationsstätte zurückbrachte, von der aus sie mit dem beladenen Gleiter aufgebrochen waren.

Anadace zuckte zusammen, als das Türsignal ertönte. Sie erwartete niemanden, und seit dem nächtlichen Mordversuch hatte ihre gespannte Unruhe noch zugenommen.

Sie ging hinüber in den anderen Raum, schaltete die Bilderfassung ein und sah, dass im Schatten zwischen den Stelzen ein uralter Mann wartete. Er trug eine einfache weiße Uniform, und irgendwoher kannte sie sein faltiges Gesicht, die matten Augen und die metallisch wirkenden Sinnesbüschel. Jetzt erinnerte sie sich an diesen Mann: der älteste Feinsprecher, Seine Unfehlbarkeit Regelerschaffer Shachtmun. Er lebte schon lange nicht mehr im Berührungskreis der Kaiserin.

Er ist allein! Niemand begleitet ihn!, erkannte Anadace, lief zur Tür und öffnete.

»Anadace, Gefährtin des Tehlarbloe?«, fragte Shachtmun. Seine Stimme war leise, aber präzise und selbstbewusst.

»Ja. Ich bin Anadace. Was wollt Ihr, Unfehlbarkeit?«

»Mit Ihnen sprechen. Gewisse Ereignisse und eine Reihe von Gerüchten führten dazu, dass sich viele Bewohner unserer Heimatwelt stark beunruhigen.«

Er redet, als wäre er im Kristalldom des Berührungskreises, dachte Anadace und machte eine ehrlich gemeinte Geste der Einladung.

»Kommt herein. Ich bin allein.«

»Ich weiß – ich wartete bis zu dem Augenblick, in dem uns niemand stören würde.«

Sie gingen in den Wohnraum. Shachtmun begegnete Anadaces fragenden Blicken mit kühlem Schweigen, schließlich setzte er sich kerzengerade in den schweren Sessel und sagte: »Sie wissen, dass alles Leben der Galaxis Dh'morvon auf Moeckdöhne seinen Ausgang nahm. Unser Planet ist der älteste und wichtigste, und die Feinsprecher sind diejenigen, die sich am wenigsten von der Zeit und den Veränderungen haben beeinflussen lassen. Ich gehöre dazu.«

Etwas irritiert fragte Anadace: »Ich erkenne nicht, worauf Ihr hinauswollt, Shachtmun!«

Er hob eine Hand in einer ruhigen, gemessenen Gebärde. »Warten Sie. Wir auf Moeckdöhne haben die meiste Erfahrung darin, mit der Kaiserin von Therm den Dialog zu führen. Wir leben sorgenfrei und können uns dem Nachdenken widmen; eine Kunst, die auf Pröhndome oder anderen Welten weniger gepflegt wird.«

»Was hat dies mit Tehlarbloe oder mit mir zu tun?«

Ein kaum wahrnehmbares Lächeln glitt über das zerknitterte Gesicht des Greises. »Sie werden es erkennen. Sorgenfrei leben wir und können uns alles leisten, was wir wollen. Andere Planetenvölker sind ärmer dran. Nun ist etwas geschehen, was das ruhige Maß des Lebens in schreckliche Ungewissheit verkehrt hat. Die Kaiserin von Therm, unsere Mutter und Herrscherin, die uns zu Sprachrohren und Ausführenden erwählt hat, ließ uns scheinbar fallen und wandte sich einem Fremden zu, der nicht einmal die Qualifikationen des geringsten Feyerdalers hat. Ich habe seine körperliche Erscheinungsform lange studiert und sie mit dem Bild unseres Körpers verglichen – undenkbar, dass er die geringsten Strapazen überstehen kann. Das gilt auch für sein ungewöhnliches Raumschiff.«

Sehr langsam schien sich der Greis dem eigentlichen Thema zu nähern. Mit nicht geringer Faszination hörte Anadace zu.

»Aber das ist nicht entscheidend. Die Kaiserin übertrug eine Aufgabe einem anderen anstatt uns. Das erschreckt uns alle, denn es kann der Anfang vom Ende der Herrschaft der Feyerdaler über Dh'morvon sein.«

»Das war es, was auch Tehlarbloe sagte. Habt Ihr den Mann geschickt, der ihn ermorden sollte?«, fragte Anadace, noch immer beherrscht und zurückhaltend. Shachtmun winkte ab. Er schien über dieses Thema erhaben zu sein und deutete an, dass er über weitaus subtilere Mittel verfügte.

»Mord ist keine Lösung. Ich weiß nun, dass Tehlarbloe versuchen will, zusammen mit anderen den Fremden zu verjagen.«

»Ihr habt genau das Richtige gehört. Das und nichts anderes haben die Männer um Tehlarbloe im Sinn«, erwiderte Anadace unruhig. »Ich sehe darin einen Versuch, der jede Unterstützung verdient.«

Der Alte setzte ein sardonisches Grinsen auf. »Das ist wie vieles Sache des Standpunkts. Gegen den Fremden zu handeln mag verdienstvoll sein. Aber auf keinen Fall ist es lobenswert, die Verbindungselemente der Kaiserin in blinde und taube Automaten zu verwandeln.«

Anadace schüttelte verwirrt den Kopf. »Es wäre unmöglich, gegen den Fremden unter den Augen der Kaiserin vorzugehen. Außerdem lautet das Konzept Tehlarbloes ganz anders.«

»Können Sie es erläutern? Vielleicht sagen Sie uns etwas Neues.«

»Schon möglich. Tehlarbloe handelt gegen den Berührungskreis, weil er weiß, dass wir Feyerdaler bevormundet wurden und dadurch unseren Schwung und das Feuer einer jungen Rasse verloren. Wir haben alles eingebüßt, was uns früher ausgezeichnet hat ...«

Aufgeregt, aber immer bemüht, nichts Unsachliches zu sagen, erklärte Anadace die Ideen und die Überzeugung, die Tehlarbloe auf seinen lebensgefährlichen Weg gezwungen hatten. Nachdem sie aufgehört hatte, schwieg auch Shachtmun eine Weile. Dann meinte er nachdenklich: »Ich habe den Eindruck, dass sich Tehlarbloe als neuer Held des Planeten sieht!«

Anadace sprang wütend auf. »Ihr habt Unrecht, Unfehlbarkeit Shachtmun! Tehlarbloe ist kein Held. Ich weiß es, denn seit drei Jahren ist er mein Gefährte. Er ist gar nicht der Mann, diesen Versuch zu riskieren. Aber er will, dass die Kaiserin uns weiterhin als ihr Volk betrachtet. Mit einer winzigen Notlüge will er unser Volk retten, Unfehlbarkeit Shachtmun. Was ist daran verwerflich?«

Nichts im Gesichtsausdruck oder in der Haltung Shachtmuns ließ erkennen, was er wirklich dachte. Sein Einfluss auf alle anderen Unfehlbarkeiten und Regelerschaffer bis hinunter zum jüngsten Schüler war groß. Aber er schien seine Aufgabe als Verpflichtung, nicht als Privileg zu betrachten. Merkwürdigerweise, obwohl er für Anadace einen Gegner verkörperte, zweifelte sie nicht an seiner Ehrbarkeit.

»Ich verwende Tehlarbloes Worte«, sagte sie schwer. »Wir fallen sonst in kosmische Bedeutungslosigkeit zurück!«

Shachtmun überlegte lange. »Wer kann uns garantieren, dass Tehlarbloe keine anderen, weiter reichenden Ideen und Vorstellungen hat?«, fragte er schließlich. »Was genau hat Ihr Freund vor?«

»Er will eine Flotte ausrüsten und diesen Rhodan suchen und vertreiben. Oder vernichten, wenn er sich nicht vertreiben lässt. Die Kaiserin von Therm wird nicht alles sehen können.«

Eine unheilvolle Stille entstand. Wenn Seine Unfehlbarkeit Shachtmun den Kreis der Rebellen samt Tehlarbloe hätte verraten wollen, so hätte dies schon längst geschehen können. Es gab den Berührungskreis als unfehlbare Möglichkeit, mit der Kaiserin schnell in Kontakt zu treten.

»Warum sprecht Ihr nicht mit Tehlarbloe?«, fragte Anadace

Der Alte schrak hoch und erwiderte: »Weil ich befürchte, von ihm keine wertfreie und logisch fundierte Antwort zu bekommen. Um entscheiden zu können, brauche ich klare Informationen.«

»Ihr glaubt, sie von mir zu bekommen?«

»Ja, das glaube ich.« Der Regelerschaffer stand auf und ging langsam hinter seinem Sessel hin und her. Er schien in tiefes Nachdenken versunken zu sein. »Sie sollten versuchen, Tehlarbloe seine verrückte Idee auszureden«, murmelte er schließlich herausfordernd:

Anadace zuckte mit den Schultern. »Ich beabsichtige nicht, dies zu tun. Abgesehen davon halte ich seine Idee für nicht verrückt.«

»Ich würde ihn unterstützen, wenn ich wüsste, dass seine Pläne Erfolg haben könnten. Ich glaube es nicht. Nicht, weil ich es nicht wollte, sondern deshalb, weil ich weiß, dass die Kaiserin von Therm unendlich mächtig ist.«

Anadace blickte den Alten offen an und stand ebenfalls auf, als Zeichen, dass sie die Unterhaltung und den halbherzigen Erpressungsversuch als beendet ansah. Der Greis gab ihren prüfenden Blick ruhig zurück.

»Ich werde meinen Freunden empfehlen, die Augen zu schließen«, sagte er. »Ich bin der Meinung, wir sollten den Feyerdalern eine Chance geben, indem wir Tehlarbloe eine Chance geben.«

Vor reichlich fünf Tagen war Tehlarbloe mitten aus seiner Arbeit heraus abgeholt und der Regierungskommission gegenübergestellt worden. Jetzt, mitten in der Nacht ohne Sterne, voller treibender und tief hängender Wolken, dachte er nicht mehr an diese fürchterlichen Stunden. Inzwischen waren auf dem Kontinent nicht ganz zweihundertfünfzig Umgehungsgeräte verteilt.

Er würde in dieser Nacht nur noch vier Verbindungselemente neutralisieren, dann stand dem Start der entschlossenen Kommandanten mit ihren Schiffen nichts mehr im Weg.

Tehlarbloe hob eines der verpackten Geräte von der Ladefläche, riss die Umhüllung auf und aktivierte den Würfel.

»Tehlarbloe!«, erklang unvermittelt eine Stimme.

Er fuhr herum. Im schwachen Streulicht, das von seinem Gleiter ausging, sah er niemanden.

»Tehlarbloe, der Berührungskreis ruft dich! Tritt näher heran!«

Furcht ließ seine Knie zittern. Das Verbindungselement funktionierte nach wie vor. Aber das durfte nicht sein.

»Du wirst der Kaiserin von Therm gehorchen. Komm sofort, ich wiederhole: *sofort*, in den Berührungskreis!«

»Aber ich ...«

Das Geräusch eines näher kommenden Gleiters wurde lauter. Scheinwerferstrahlen strichen durch die Bäume und verbreiteten grelles Licht.

»Gehorche der Kaiserin! Die Boten werden dich in den Berührungskreis begleiten.«

Tehlarbloe war vor Schreck starr und zu keiner Fluchtreaktion fähig. »Welche Boten?«, fragte er. »Und warum in den Berührungskreis?«

»Die Kaiserin interpretiert ihre Anordnungen niemals.«

Keine zehn Schritte entfernt landete der Gleiter. Zwei Feyerdaler mit dem Abzeichen des Handelnden Feinsprechers auf den Schultern ihrer Jacken kamen schweigend näher. In den Händen hielten sie Lähmstrahlwaffen.

Einer deutete auf den Gleiter. »Komm!«, sagte er nur.

»Und keine Fragen«, fügte der andere hinzu.

Tehlarbloe ließ sich willenlos abführen. Aber dann schüttelte er doch ihre Hände von sich ab.

»Wie lange muss ich bleiben? Wann kommen wir wieder zurück?«

Er erhielt keine Antwort. Die Männer schoben ihn nachdrücklich in den Gleiter und starteten. Es wurde ein langer und schweigsamer Flug quer über den Kontinent.

Tehlarbloe schloss die Augen. Er wusste, dass er nicht mehr lebend zurückkommen würde.

Regelerschaffer Qartane hob die Hand, um das aufgeregte Murmeln und die vielen kleinen Unterhaltungen zu beenden.

»Wir nehmen an, dass Tehlarbloe von den politischen Gegnern entführt, aber nicht getötet worden ist«, sagte er. »Finden wir uns mit dem Verlust ab – er hätte gewünscht, dass wir in seinem Sinn weiterhandeln.«

»Wie, wenn ich fragen darf?«, entgegnete der Sprecher der über hundert Kommandanten. »Rebellion ist nicht unser Fachgebiet.«

»Die Verbindungselemente wurden neutralisiert. Die Kaiserin von Therm wird nicht erfahren, dass sich auf dem Raumhafen von Mahavdoorn bereits mehr als einhundert Schiffe befinden.«

»Wann sollen wir starten? Und mit welchem Auftrag?«

»Jeder Kommandant, der glaubt, seine Mannschaft gehorcht ihm ohne Vorbehalt, soll das Schiff ausrüsten und starten. Sammelpunkt ist eine Position nahe der Sonne Kemoffrika. Ein Massenstart würde unnötig Verwirrung hervorrufen.«

»Wir sollen ohne Tehlarbloe handeln?«, rief Anadace. »Wie finden wir heraus, was mit ihm wirklich geschehen ist?«

»Der Start von mehr als hundert Schiffen wird drei oder vier Tage in Anspruch nehmen, zumal sie noch nicht völlig ausgerüstet sind. In drei Tagen kann sehr viel geschehen. Wir lassen nicht nach, Tehlarbloe zu suchen. Uns liegt sehr viel daran, dass er im Flaggschiff mitfliegt.« Qartane versuchte, die Frau zu beruhigen.

Die Schwelle war längst überschritten. Schiffe, Mannschaften und Waffen wurden vorbereitet. Nacheinander würden die Einheiten der Flotte starten, sich sammeln und auf den endgültigen Einsatzbefehl warten. Es gab kein Zurück mehr. Wie eine Lawine hatte die Aktion eigene Gesetzmäßigkeiten aufgebaut und sich teilweise der Kontrolle entzogen.

26.

»Wir haben das Truhterflieng-System verlassen – und ich bin sicher, dass wir uns an der Schwelle einer neuen Entwicklung befinden!« Perry Rhodan blickte langsam und nachdenklich von einem seiner Freunde zum anderen.

»Eine Entwicklung, die geeignet ist, uns von unserem eigentlichen Ziel abzulenken«, grollte Atlan.

»Richtig. Deshalb ist es so wichtig, dass wir darüber reden. Ich habe die Informationen dem Rechnerverbund gegeben und warte auf Dobraks Analyse.«

Icho Tolot sagte mit mühsam gedämpfter Stimme: »Meine Kleinen! Ich gebe zu bedenken, dass der Berührungskreis von Pröhndome eine robotische oder so gut wie robotische Einrichtung war.«

»Richtig«, sagte Atlan scharf. »Ich bin deiner Meinung, Tolotos. Und ich füge hinzu, dass ein unbekanntes Wesen, meinetwegen aberwitzig mächtig und einflussreich, uns etwas berichtet und uns darüber hinaus befohlen hat, für seine Zwecke zu arbeiten. Das gefällt mir nicht.«

Rhodan lachte verhalten. Er wusste, dass es schwierig sein würde, alle Meinungen zu koordinieren. Aber im Hintergrund blieben die Bilder der Erde und der Sonne Medaillon, von Luna und Goshmos Castle. Viele Informationen konnten zur Erde führen – oder in eine falsche Richtung.

Die SOL war wieder in den Raum vorgestoßen und nahm unter Einsatz aller Möglichkeiten Fernortungen vor.

Atlan setzte sich auf die Tischkante. »Was bewegt uns eigentlich, der Kaiserin von Therm blind zu gehorchen?«, fragte er provozierend.

»Niemand von uns gehorcht blind!«, platzte Roi Danton heraus.

Atlan bedachte ihn mit einem ärgerlichen Augenaufschlag. »Terra ist unser Ziel! Nichts sonst. Muss ich das einem Terraner erst beibringen? – Ihr seid Barbaren ...«

»Die Kaiserin hat uns nichts über Terra mitgeteilt!«, rief der Mausbiber aufgeregt.

Im Augenblick – die Schiffszeit war der sechste Dezember 3582 – schwebte die SOL im Normalraum der Galaxis Dh'morvon. An Bord herrschten Ungewissheit und Spannung, aber das Leben ging seinen Weg im altgewohnten Rhythmus.

»Wir haben den Flug unterbrochen und versuchen seit einem halben Tag, Informationen zu sammeln«, sagte Perry Rhodan. »Ortung und Funkabteilung arbeiten wie besessen. Ich habe aber nicht die Absicht, blind der Kaiserin zu gehorchen. Ihr Wunsch ist für mich kein Befehl.«

»Das wollte ich hören«, sagte Atlan.

Ras Tschubai fragte dennoch: »Was hätten wir davon, wenn wir das MODUL finden und der Kaiserin von Therm helfen?«

»Die Kaiserin wäre uns verpflichtet. Eine Hand wäscht bekanntlich die andere. Uns interessiert die neue Position der Erde.«

»Vorausgesetzt, die Kaiserin kennt diese Position!«, rief Gucky aufgeregt.

»Unsere Erfahrungen und Informationen deuten darauf hin«, sagte Perry Rhodan. »Freiwillig wird sie uns allerdings kaum Hinweise geben.«

»Das ist begreiflich«, sagte der Arkonide hart. »Yuurmischkohn war nicht mehr als ein Zeichen. Wir dürfen keinen Flug ins Ungewisse antreten, nur weil jemand dies von uns fordert.«

»Ich widerspreche dir nicht«, entgegnete Rhodan lächelnd.

»Was bleibt demnach?«, erkundigte sich Reginald Bull.
»Ein Fehlbetrag an Informationen«, sagte Deighton. »Das ist wohl jedem klar!«
»Wozu also die Aufregung?«, wollte Tschubai wissen.
»Niemand regt sich auf«, dröhnte Tolot.
»Das Imperium der Feyerdaler ist groß, alt und mächtig«, fuhr Rhodan fort. »Demnach muss es eine Unzahl von Zentralwelten mit Berührungskreisen geben. Wir sollten solche Welten suchen und eine davon anfliegen, dann können wir einen neuen Dialog mit der Kaiserin aufnehmen. Habe ich mit dieser Interpretation Recht, Atlan?«
»Vollkommen, Barbar.«

Der Gleiter hatte das bewohnte Land verlassen, raste hoch über den Nachtwolken in Richtung des Gebirges und näherte sich dem erloschenen Riesenvulkan, von dem Tehlarbloe nur Bilder kannte – er hatte nie auch nur in Erwägung gezogen, diese verbotene Zone einmal zu betreten.
In zwei Stunden würde die Sonne aufgehen. Jetzt konnte Tehlarbloe es kaum mehr erwarten, die *Pforte* zu sehen, von der es hieß, sie töte jeden, der gegen den Willen der Kaiserin von Therm eindringen oder das Gelände verlassen wollte.
Der Gleiter näherte sich einer gigantischen Felswand, an deren Fuß Lichter schimmerten. Kurz darauf sah Tehlarbloe die riesigen Säulen der *Pforte.* Er versuchte, Einzelheiten zu erkennen.
Zwischen den Säulen gähnte völlige Finsternis. Der Gleiter hielt darauf zu und schwebte schließlich in eine Kammer ein, die sich im Tunnel jenseits der Säulen befand. Ihr Inneres war mit Tausenden von spitzkegeligen Auswüchsen bedeckt. Als sich der Gleiter senkte, glühten die Spitzkegel gespenstisch auf. Dazu veränderten sie stetig ihre Farbe. Schleier und wirre Muster durchzogen die Struktur der Decke und der Wände. Die Spitzen der Auswüchse krümmten und bogen sich wie Schlangen.
Tehlarbloe zitterte. Die Ungewissheit verwandelte ihn in ein Bündel aus flatternden Nerven.
Schließlich strahlten alle Kegel wieder in makellosem Weiß. Die Bewegungen der Ausläufer hörten auf.
Der Gleiter drehte sich abermals, verließ die Kammer, vollführte erneut eine Korrektur und jagte den langen, schwach ausgeleuchteten Tunnel entlang. Kurz vor dem Ende des Tunnels, es schien identisch zu sein mit der Sohle des ehemaligen Vulkans, hielt die Maschine an. Die beiden Feinsprecher stiegen aus.
»Du sollst ebenfalls aussteigen, Tehlarbloe«, sagte einer von ihnen.

Der andere erklärte: »Die Kaiserin wird dich entlassen oder töten. Wir wissen es nicht. Geh in diese Richtung!«

Tehlarbloe schaute sich vorsichtig um. Tatsächlich befand er sich an der tiefsten Stelle eines Kessels.

Noch lebte er. Er sah neben sich einen Garten aus steinernen Mauern, Rampen und Galerien, bis zur Unkenntlichkeit überwuchert von stark riechenden Pflanzen. Vor ihm schwang sich eine breite Treppe schräg nach oben.

Unsicher nahm er die ersten Stufen. Aber schon Augenblicke später rannte er in weiten Sprüngen die Treppe hinauf. Die Umgebung, soweit sie in der schwachen Beleuchtung indirekten Lichtes zu erkennen war, zeigte sich als merkwürdige Synthese zwischen Stein und Pflanzen. Diese Architektur wirkte kalt und seelenlos, als hätten Maschinen die Entwürfe gefertigt – damals, vor langer Zeit, als sich die Kaiserin von Therm mit den Feyerdalern verbündet hatte.

Zögernd blieb Tehlarbloe am Ende der Treppe stehen.

Der Trichter, an dessen Innenwand er sich befand, erhob sich weit über die Gipfel der umliegenden Berge. Er schien geometrisch exakt zu sein.

»Ich habe nicht die geringste Ahnung, was das alles soll«, murmelte der Physiker im Selbstgespräch. »Wo ist die Kaiserin? Was will sie hier von mir?«

Rechts von ihm fielen Mauern und merkwürdig löchrige Vorsprünge ab, links schwangen sich Türme, Pfeiler und Kanzeln nach oben. Das glatte, anscheinend schwarze Gestein war von unendlich vielen Löchern durchbrochen. Und überall wuchsen Pflanzen, lange Ranken, fleischige Blätter, riesige Blüten und kleine, verschrumpelte Früchte. Der Physiker stellte einen auffallenden Gegensatz zwischen den Gewächsen in der freien Natur und hier im Kessel fest.

»Als ob alles entartet wäre«, murmelte er und ging weiter. Aus den Tausenden Höhlungen schienen ihn fremde Augen anzustarren. Er wartete auf einen Angriff des Berührungselements, auf eine Aktion dieses Werkzeugs der Kaiserin, aber absolut nichts bewegte sich in seiner Nähe.

Unschlüssig setzte er einen Fuß vor den anderen. Er blickte zurück und versuchte, den Gleiter mit den Feinsprechern zu sehen, doch die Maschine war verschwunden.

Das Verhängnis lauerte irgendwo, aber es offenbarte sich nicht. Tehlarbloe fühlte eine Art undeutliches Grauen. Was er über den Berührungskreis wusste, war nicht viel. Er hatte noch nicht eine der Kristalladern gesehen, von denen es hier wimmeln sollte.

Warum war er hier? Warum hatten ihn die schweigenden Feinsprecher abgeholt?

Auf keine seiner Fragen entdeckte er eine Antwort oder einen Ansatz zur Klärung. Immer mehr Zeit verging, während er weitere Treppen emporstieg und auf den umlaufenden Galerien entlangging. Er sah weder Roboter noch Feyerdaler. Die gewaltige Kulisse des Berührungskreises von Moeckdöhne war leer und einsam.

»Hier sollen Tausende leben und mit der Kaiserin sprechen …«, wunderte er sich. Sein Murmeln erzeugte keine Echos.

Es wurde kälter, und aus dem fernen Raunen des Windes war mittlerweile ein hohles Brausen geworden.

Die Ereignislosigkeit zerrte mehr an seinen Nerven als der Schock nach dem Mordanschlag. Der Physiker durchlitt tausend Ängste.

Plötzlich, als er sich noch im unteren Viertel des schrägen Hanges befand, glaubte er, Geräusche zu hören. Er blieb stehen und drehte sich um. Seine Sinnesnerven vibrierten. In dem vagen Mischlicht erkannte er, dass er sich tatsächlich nicht getäuscht hatte.

Schräg unterhalb seines Standorts, zwei oder drei Ebenen tiefer, traten Feyerdaler aus Wandöffnungen. Sie trugen leuchtende Umhänge. Die Entfernung war zu groß, ihn Genaueres erkennen zu lassen. Die Feinsprecher bildeten kleine Gruppen und bewegten sich in gemessenen Schritten. Eine Art Musik, ein moduliertes Summen aus unsichtbaren Tonquellen, erfüllte den Raum zwischen den Innenhängen.

Immer mehr farbige Gestalten quollen aus den Öffnungen und formierten sich zu einer langen Prozession. Wenn Tehlarbloe wartete, würden sie unter ihm vorbeikommen. Er fragte sich, was dieses Ritual bedeutete. Begrüßten sie den neuen Tag?

Dann schwenkten die ersten Teilnehmer dieser Prozession ein und verschwanden in einem Tor. Letztlich blieb niemand zurück.

Tehlarbloe ging zögernd weiter, jeden Augenblick auf eine unerwartete Entdeckung gefasst. Er war allein mit dem Heulen des Morgenwindes und seiner Angst.

Zehn Schritte vor ihm wuchs eine Steinplatte aus dem Boden und zwang ihn, im rechten Winkel abzubiegen. Ein Loch im gewachsenen Lavafelsen, doppelt so groß wie er, nahm ihn auf.

Jenseits der Trennwand flammte Licht auf, und nun sah Tehlarbloe zum ersten Mal haarfeine Kristallfäden, die wie Netze von Insektenfressern über die bearbeitete Felswand gespannt waren.

Hinter ihm zischte ohne Warnung eine Metallplatte aus der Wand und ließ ihm nur noch den Weg vorwärts.

Erst als er auf dem schmalen Felsband weiterlief, registrierte er, dass seine Furcht vergangen war. Tehlarbloe folgte dem Pfad, der in weiten Kurven in den Berg aus erstarrter Lava hineinführte. Die Kristallfäden wurden mächtiger, erreichten bereits den Durchmesser von Fingern und waren unter glasartigen Röhren verborgen. Das Licht kam aus der Decke. Hinter dem Rebellen schlossen sich weitere Türen und schnitten ihm den Rückweg ab.

Die Kaiserin hatte ihn nun endgültig in ihrer Gewalt.

Seine Schritte, die heftigen Atemzüge und ein knisterndes Flüstern, das von den Kristallfäden ausging, erfüllten den schmalen Gang. Wie lange er im Laufschritt weitereilte, wusste Tehlarbloe nicht.

Irgendwann endeten die Krümmungen des Korridors, und der Gang erweiterte sich. An seinem Ende erkannte Tehlarbloe flackernde Helligkeit, und dann erreichte er unvermittelt eine riesige Kuppel.

Die Halle war voller Kristalle. An vielen Stellen wuchsen dicke Adern aus dem Fels, verzweigten sich und wurden dünner und zahlreicher. In einem unüberschaubaren System durchzogen sie die gesamte Halle.

Tehlarbloes Erstaunen wuchs.

»Hier bin ich! Du hast mich rufen lassen!« Da er keine Ahnung hatte, ob klassische Einleitungssätze angebracht waren, sprach er in einfachen Worten.

Eine Stimme antwortete, von der er nicht sagen konnte, ob er sie tatsächlich hörte oder ob sie nur in seinen Gedanken sprach.

»Das Berührungselement Moeckdöhnes hat dich kommen lassen.«

»Was willst du von mir?«

Eine winzige Pause entstand. Tehlarbloe dachte an die letzten neun Tage und daran, dass er die zentrale Gestalt einer Rebellion gegen das bestehende System war.

»Ich will dich sehen und kennen lernen.«

»Wie lange dauert das?« Er sprach, ohne seine Worte abzuwägen, denn er hatte nichts mehr zu verlieren.

»Ich denke, es wird eine interessante Unterhaltung werden. Du scheinst eine erstaunliche Person zu sein.«

Tehlarbloe schüttelte verwirrt den Kopf. Er begriff nichts mehr. Wer redete wirklich mit ihm – einer der Regelerschaffer, der Berührungskreis oder die Kaiserin von Therm?

Er spürte die Worte und Begriffe in seltsamer Eindringlichkeit, und endlich verstand er, dass er in einen Dialog eingetreten war. Ausgerechnet er sprach mit einem kosmischen Überwesen, das die Geschicke einer Galaxis beeinflusste – und er sprach wie zu einem Freund.

Die Vorstellung ließ ihn wieder frösteln.

Als der Lärm des startenden Raumschiffs verklungen war, senkte Qartane den Blick.

»Das ist das einundsechzigste Schiff, das außerhalb der Beobachtungsmöglichkeiten der Kaiserin steht. Wir haben gute Arbeit geleistet.«

»Und wie erfahren wir, wo sich der Fremde befindet?«, fragte der Sprecher der Kommandanten.

»Da Sie jeden Stern kennen, wird die Suche schnell vorüber sein. Außerdem rechnen wir damit, dass dieser Rhodan weitere Planeten anfliegt, wie er es schon versucht hat.«

»In diesem Fall werden wir benachrichtigt. Gibt es Informationen über Tehlarbloe?«

»Nichts. Auch das Berührungselement, vorsichtig darauf angesprochen, gab keine Antwort.«

Mahavdoorn bot nach wie vor ein Bild des Friedens und der Ruhe. Die Schiffe waren in großen zeitlichen Abständen gestartet. Pröhndome hatte versprochen, bei der ersten Ortung bekannt zu geben, wo sich das seltsame Schiff befand.

Qartane blickte über den Raumhafen hinweg und dachte nach. Noch hatten sie Zeit, aber stündlich konnten Nachrichten eintreffen, die etwas über den Verbleib des Fremden aussagten. Wenn Tehlarbloe zurückkehrte oder die Suche nach ihm von Erfolg gekrönt war, ehe das Flaggschiff startete – dann war die Rebellion gerettet. Aber falls er tatsächlich tot war, wie Qartane es befürchtete, würde den Rebellen die zentrale Figur fehlen, mit der sie sich identifizieren konnten.

Das war ein Wettlauf gegen die Zeit.

Für Qartane war es nicht anders als für alle anderen auch. Einmal schlich die Zeit dahin, dann wieder raste sie.

Schiff um Schiff startete.

Schließlich, eineinhalb Tage später, erreichte Qartane die ersehnte Nachricht.

»Soeben wird eine aufsehenerregende Entdeckung gemeldet. Der Fremde mit seinem Zweikugelraumschiff fliegt mit Kurs auf das Kaylaandor-Sonnensystem.«

Regelerschaffer Qartane sprang aufgeregt hoch. »Es lag nahe, dass er dieses System entdeckt. Es befindet sich sozusagen auf seinem Weg.«

Der Sprecher fuhr fort: »Das Schiff wird das System bald erreichen. In unserer Sprache abgefasste Funksprüche verlangen, dass den Fremden gestattet wird, mit dem Berührungskreis von Blotgrähne Verbindung aufzunehmen. In diesem Augenblick tritt die Regierung des Planeten zusammen und berät über Notmaßnahmen.«

Auf dem Raumhafen von Moeckdöhne warteten nur noch drei Schiffe auf ihren Einsatz. Eines davon war das Flaggschiff der Flotte.

»Ausgerechnet Blotgrähne. Aber nun brauchen wir die Terraner nicht mehr zu suchen!«, rief Qartane.

»Wir können weder wünschen noch befehlen, dass dieser Rhodan aufgehalten wird, bis unsere Flotte eintrifft«, sagte der Vertreter aller Kommandanten. »Was werden die Feinsprecher auf Blotgrähne tun?«

»Auf alle Fälle längere Zeit beraten.«

»Die Kaiserin wird vielleicht befehlen, ihn landen zu lassen und in den Berührungskreis zu bringen.«

»Auch das dauert seine Zeit. Dann vernichten wir ihn, sobald er mit der Kaiserin gesprochen hat.«

Der Kommandant nickte. Er kannte die Schlagkraft seiner Flotte. Sie konnte zwar nicht gerade Dh'morvon aus den Angeln heben, aber eine Übermacht in diesem Zahlenverhältnis würde den Fremden binnen kurzer Zeit entscheidend schlagen. Sie wollten ihn nicht primär vernichten, sondern nur zur Aufgabe zwingen und vertreiben.

»Lassen Sie die Schiffe starten!«, befahl Qartane. »Das Flaggschiff zuletzt, aber dann eben ohne Tehlarbloe.«

In einer bedauernden Geste breitete der Raumfahrer beide Arme aus.

Wieder verschwand eine Flotteneinheit im Himmel über Moeckdöhne. Qartane schickte einen Roboter mit seinem persönlichen Gepäck zum noch wartenden Flaggschiff.

Je näher der Flug nach Blotgrähne rückte, desto mehr fühlte der Regelerschaffer sich in seiner Unsicherheit bestärkt. Er glaubte, dass seine Fähigkeit, Zusammenhänge zu erkennen und logisch entschlüsseln zu können, nicht ausreichend war für ein Ereignis von diesem Rang und dieser Wichtigkeit für den Fortbestand der Feyerdaler. Er fühlte sich hilflos, und dass er auf bestimmte Weise derart abhängig von einem rebellischen Wissenschaftler werden würde, erfüllte ihn mit der schmerzenden Einsicht der Möglichkeit eigenen Versagens.

Er winkte dem Gleiter, der ihn zur FEYRADA hinüberbringen sollte. In dieser Sekunde startete das vorletzte Schiff. Nur das mächtige Flaggschiff stand noch da. Er, Qartane, war der Letzte, der an Bord gehen würde.

Als der Triebwerkslärm verklang, bestieg er den wartenden Gleiter.

»Regelerschaffer Qartane, der Insasse der Maschine zur Rechten scheint Sie sprechen zu wollen«, sagte der Pilot.

Qartane blieb neben der offenen Tür stehen. Ein Gleiter raste vom Rand des Raumhafens heran, drehte eine Kurve und hielt dicht neben der Regierungsmaschine.

Die Tür wurde aufgerissen, und Tehlarbloe hob die Hand. »Warten Sie auf mich, Qartane! Wir sollten zusammen fliegen!«, sagte er ruhig und fest.

»Wir hielten Sie für tot. Bei der Kaiserin und ihrer Macht! Wir wollten gerade starten, denn Rhodan fliegt Blotgrähne an.«

Tehlarbloe schien sich verändert zu haben. Auf eine Weise, die Qartane nicht begreifen konnte, wirkte er ruhig und entschlossen. Eine neue Kraft ging von ihm aus, als er an Bord kam.

»Worauf warten wir noch?«, fragte er.

Qartane gab den Befehl. Der Gleiter schwebte auf die Bodenschleuse des Flaggschiffs zu.

»Wir konnten nicht mehr glauben, dass Sie zurückkommen!«, sagte der Regelerschaffer verblüfft.

»Wie Sie sehen, bin ich da.« Der Strukturmanipulationsphysiker wirkte zwar erschöpft und ruhebedürftig, aber in seinen Augen funkelte ein erstaunlicher Glanz.

Der Raumhafen inmitten der ausgedehnten Wälder wirkte auf endgültige Art leer und verlassen. Für einen Moment hatte Qartane das Gefühl, als sähe er dieses Bild mit dem Nachmittagshimmel darüber zum letzten Mal in seinem Leben.

»Ich befand mich in der Gewalt unserer politischen Gegner ...«

Qartane blickte Tehlarbloe misstrauisch an. Die Änderung im Wesen dieses Mannes war deutlich. Mehrere Offiziere erschienen in der Schleuse und erstarrten schier, als sie erkannten, wer neben Qartane die Rampe heraufkam.

»Sie töteten mich nicht, aber sie hielten mich fest. Sie waren unachtsam. Ich nützte diesen Umstand und flüchtete. Hier bin ich ...«

Qartane wusste nicht, ob er die Erklärung glauben sollte. Aber der Lärm der Begeisterung, mit dem die Raumfahrer Tehlarbloe begrüßten, verdrängte die Zweifel.

Kurz darauf betraten sie die Steuerzentrale. Der Kommandant warf einen langen Blick auf Tehlarbloe und Qartane, dann gab er den Startbefehl.

Nach bedeutsamem Schweigen sagte Tehlarbloe leise: »Ich weiß, meine Freunde, dass wir ein gewaltiges Risiko eingehen. Dabei denke ich nicht nur an unser Leben. In dieser Auseinandersetzung ist es der geringste Faktor.«

»Ich weiß nicht recht, ob ich richtig verstehe, was Sie in Wirklichkeit meinen«, unterbrach Qartane.

»Wir handeln gegen die Kaiserin von Therm und ihren Befehl, um uns zu schützen. Das wurde inzwischen ausreichend diskutiert. Aber ich misstraue der vorgeblichen Ahnungslosigkeit der Kaiserin. Vielleicht hat sie unsere Reaktion vorausberechnet?«

Entsetzt flüsterte Qartane: »Das glauben Sie?«

»Ich glaube nichts. Ich weiß auch nichts; ich stelle lediglich Vermutungen an. An der Kontroverse mit Rhodan wird sich das Schicksal der Feyerdaler entscheiden. Wir dürfen ihn nicht unterschätzen.«

Qartane winkte ärgerlich ab.

»Ich meine es ernst«, wiederholte Tehlarbloe etwas schärfer. »Würde die Kaiserin einem Narren diesen Auftrag geben? Wir wissen, dass der Terraner einen Feind der Kaiserin identifiziert und, wenn die Nachrichten richtig verstanden wurden, auch vernichtet hat. Er kann also kein Schwächling sein.«

»Wir werden sehen, wie lange er unserer Flotte widerstehen wird!«, sagte Qartane grimmig.

27.

Der Astronom Garo Mullin hatte intensiv an der Erforschung des Kaylaandor-Systems und dessen zweiten Planeten Blotgrähne gearbeitet. Knapp, in prägnanten Worten, zählte er die Fakten auf.

Das System hatte fünf Planeten. Da es sich bei dem Muttergestirn um eine rote Sonne mit geringer Oberflächentemperatur handelte, war nur der zweite Planet für die Feyerdaler geeignet. Aber selbst Blotgrähne entsprach ihren Erwartungen nicht in jeder Hinsicht, denn diese Welt bewegte sich nicht nur auf einer exzentrischen Umlaufbahn, sondern wies wegen der starken Neigung ihrer Polachse auch krasse Jahreszeiten auf. Nord- und Südpol waren stark vereist, und trotz der relativen Sonnennähe überschritten die mittleren Tagestemperaturen selbst am Äquator plus 18 Grad Celsius kaum.

Als Nächstes bat Perry Rhodan die Kosmopsychologin Cesynthra Wardon um ein kurzes Statement.

»Die Feyerdaler von Blotgrähne halten uns offensichtlich hin«, stellte sie fest. »Man könnte das Hinauszögern der Landeerlaubnis durchaus als Schikane ansehen – aber ausschlaggebend ist letztlich die Tatsache, dass die Feyerdaler seit Jahrtausenden Helfer der Kaiserin von Therm sind.«

»Es wäre nett, wenn Sie zum Thema kommen, Cesynthra«, bat Rhodan.

Sie nickte knapp. »Die Feyerdaler stehen in einem viel innigeren Verhältnis zu ihrer Superintelligenz als die Terraner zu ES. Aber völlig unerwartet erfahren sie, dass die Kaiserin einen wichtigen Auftrag ausgerechnet an Fremde vergibt. Letztlich reagieren sie eifersüchtig, um es salopp zu sagen. Das war für sie wie ein Blitz aus heiterem Himmel ... Deshalb diese Schikane.«

»Die Feinsprecher von Blotgrähne fühlen sich also in ihrem Stolz gekränkt«, fuhr Perry Rhodan fort. »Ich befürchte weitere Schikanen. Die Frage ist, ob sie uns am Betreten des hiesigen Berührungskreises hindern werden. Aber das würde die Kaiserin schnell erfahren.«

Nach zwei Tagen Warteposition im Außenbereich des Systems schienen die Dinge nun endlich ins Rollen zu geraten. Immerhin hatte ein Beiboot der SOL Landeerlaubnis für Blotgrähne erhalten – und tatsächlich landete der Leichte Kreuzer HAVAMAL unbehindert auf einem unbedeutend erscheinenden kleinen Raumhafen.

Die nahe Stadt hatten die Feyerdaler Vorlkröhne genannt und als Hauptstadt von Blotgrähne bezeichnet. Doch es gab nirgends Anzeichen von Luxus oder aufwändiger Architektur. Ausgedehnte Werftanlagen prägten das Bild des Planeten.

»Die spartanische düstere Bauweise ist sicherlich auch auf das unfreundliche Wetter dieser Welt zurückzuführen«, sagte Perry Rhodan. »Und das Klima und die Umgebung färben offensichtlich auf die Feyerdaler ab.«

Der Himmel war wolkenverhangen. Orkanartige Turbulenzen prägten die Atmosphäre, und ein gespenstisches Heulen schien allgegenwärtig zu sein. Der Landeplatz wurde von hohen Mauern geschützt, über denen sich zudem Prallfelder spannten.

Ein einzelner Gleiter näherte sich, stoppte aber schon am Rand der Landefläche. Mehrere Minuten vergingen, bis vier Feyerdaler ausstiegen.

Drei von ihnen trugen schwarzgraue Kombinationen und waren bewaffnet. Der vierte, etwas kleiner und zarter gebaut, trug ebenfalls eng anliegende, jedoch silbern fluoreszierende Kleidung. Um seine Körpermitte spannte sich ein breiter Gürtel mit reliefartigen Verzierungen, möglicherweise technisches Gerät.

Während die drei Feyerdaler bis auf wenige Schritte herankamen, blieb der Silberne schon etliche Meter entfernt stehen. Seine großen Augen leuchteten in stumpfem Grün, und er schien durch Rhodan und seine Begleiter hindurchzublicken.

»Seine Korrektheit, Regelbewahrer Anzröhn, erweist euch die Ehre, euch in seinem Gleiter mitzunehmen.«

Perry Rhodan trat einen Schritt vor. »Warum richtet der Feinsprecher Anzröhn nicht selbst das Wort an uns?«, fragte er so laut, dass der Silberne es hören musste.

»Seine Korrektheit, Regelbewahrer Anzröhn, findet, dass es weder die richtige Zeit noch der geeignete Ort ist, um sich der Feinsprecherei zu bedienen. Ich ersuche Sie in seinem Namen, dies zu akzeptieren, auch wenn von Ihnen nicht verlangt werden kann, dass Sie die Regeln wirklich verstehen.«

Perry Rhodan lächelte vielsagend. »Na-ghi min-karal atissi ma-ji jinra«, sagte er betont. Überflüssigerweise übersetzte der Translator seine feyerdalischen Worte ins Interkosmo: »Für Ihre Freundlichkeit, mir zuzuhören, werde ich dankbar sein.«

Der Feinsprecher nickte fast unmerklich und setzte sich gemessenen Schrittes in Richtung des Gleiters in Bewegung. Rhodan folgte ihm, und dann kamen die Mitglieder seines Landetrupps. Die drei Feyerdaler bildeten den Abschluss.

Die große Maschine überflog die für menschliches Verständnis hässlichen Gebäudeansammlungen der Hauptstadt, als der Feinsprecher endlich das Wort ergriff.

»Ich meinerseits muss dankbar sein, Ihnen zuhören zu dürfen«, übersetzte der Translator die Antwort auf Rhodans Eröffnungssatz.

»Sind Sie darüber informiert, Regelbewahrer Anzröhn, dass ich mit meinem Schiff im Auftrag der Kaiserin von Therm unterwegs bin?«, fragte Rhodan.

»Das ist inzwischen in ganz Dh'morvon bekannt.«

»Umso unverständlicher ist es mir, dass ich so lange hingehalten wurde. Der Zeitverlust könnte den Erfolg des Unternehmens gefährden. Aber welche Konsequenzen sich auch ergeben, sie sind der Verzögerungstaktik der Feinsprecher von Blotgrähne zuzuschreiben.«

»Der Berührungskreis wurde informiert«, rechtfertigte sich der Feyerdaler. Er schaute den Terraner aus seinen großen Augen an. »Es könnte andererseits natürlich auch eine Verzögerungstaktik sein, dass Sie ausgerechnet Blotgrähne anflogen. Es gibt wichtigere Welten ...«

Das war eine versteckte Herausforderung, die zur Rechtfertigung verleiten sollte. Doch Perry Rhodan dachte nicht daran, sich provozieren zu lassen. »Ich werde meine Beweggründe im Berührungskreis darlegen«, sagte er ausweichend und deutete damit an, dass der Regelbewahrer für ihn nicht kompetent war.

»Sie werden Gelegenheit dazu erhalten«, versprach Anzröhn.

»Wohin bringen Sie uns jetzt?«

»Natürlich zum Berührungskreis der Kaiserin von Therm«, antwortete der Regelbewahrer erstaunt.

»Auf dem schnellsten Weg?«

»Mit diesem Gleiter.«

»Ich danke Ihnen für die Freundlichkeit, mir zugehört zu haben«, sprach Perry Rhodan den Schlusssatz. Demonstrativ schaltete er seinen Translator aus.

»Befürchten Sie, die Feyerdaler könnten sich den Anweisungen der Kaiserin von Therm widersetzen?«, fragte Cesynthra Wardon.

»Das nicht.« Rhodan schüttelte den Kopf. »Befehlsempfänger zu sein ist für die Feyerdaler Tradition. Damit können sie nicht brechen. Pröhndome ist das beste Beispiel dafür, dass sie nicht gegen ihre Bestimmung ankämpfen können.«

»Sie glauben demnach, dass die Feyerdaler sich zwar nicht gegen die neuesten Befehle auflehnen, aber immerhin passiven Widerstand leisten?«

»Deckt sich das nicht mit Ihren Feststellungen als Kosmopsychologin?«

»Wie viel bleibt der Kaiserin von Therm verborgen?«, erwiderte Cesynthra. »Ich denke, sehr wenig. Folglich muss sie das Verhalten ihres Hilfsvolks im Ganzen oder auch einzelner Individuen akzeptieren. Ich frage mich, wieso sie es zulässt, dass sich die Feyerdaler uns gegenüber ablehnend verhalten. Es könnte ein diplomatischer Winkelzug dahinter stecken.«

Rhodan nickte in Gedanken versunken. Sein eigener Ausspruch ließ ihn in diesem Moment nicht los. »Wir müssen unter allen Umständen immer unser Ziel vor Augen haben – die Suche nach der verschollenen Erde«, hatte er erst vor kurzem festgestellt. »Bei allem, was wir unternehmen, müssen wir darauf achten, nicht zum Spielball übergeordneter kosmischer Mächte zu werden.«

Über Armbandfunk setzte er sich mit der HAVAMAL in Verbindung und trug dem Kommandanten auf, sich auf jeden Fall abwartend zu verhalten.

»Ganz wohl ist mir nicht bei dem Gedanken, Sir«, erwiderte der Kommandant. »Ich habe das Gefühl, in einer Mausefalle festzusitzen.«

»Verlassen Sie sich besser nicht auf Ihre Gefühle. Wir haben kaum Feindseligkeiten von den Feyerdalern zu erwarten.«

Rhodan unterbrach die Verbindung. In diesem Moment wandte der Feinsprecher den Kopf und sagte in Interkosmo: »Wie können Sie dessen so sicher sein, Perry Rhodan?« Die Stimme kam aus seinem breiten Gürtel, der also einen Translator barg.

»Terraner und Feyerdaler haben keinen Grund, sich feindlich gegenüberzustehen«, stellte Rhodan fest.

»Feindschaft besteht zwischen uns auch nicht«, bestätigte Anzröhn. Dem folgte wieder ein unbehagliches Schweigen.

Äußerlich unterschied sich der Berührungskreis der Kaiserin von Therm nicht von den anderen Gebäuden Vorlkröhnes. Es war ein quadratischer Bau mit etwa fünfhundert Metern Seitenlänge. Alle anderen Gebäude schienen lediglich niedriger zu sein und standen in respektvollem Abstand. Besondere Schutzmaßnahmen waren nicht zu erkennen.

Der Gleiter landete zwischen hohen Dachaufbauten. Sofort entstand ringsum ein schützendes kubisches Energiefeld. Allerdings erwog Perry Rhodan auch eine Interpretation als Sperre gegen allzu neugierige Besucher.

Anzröhn verließ das Fahrzeug als Erster und wortlos. In einem der Aufbauten öffnete sich eine Tür wie eine stumme Einladung. Ein Korridor nahm die Abordnung von der SOL auf, und wenig später senkte sich ein großer Ausschnitt des Bodens langsam in die Tiefe.

Düsternis machte sich breit. Nach einer Weile hielt die Plattform an.

»Gehen Sie!«, sagte Anzröhn.

»Wohin?«, wollte Rhodan wissen. »Und warum in dieser Finsternis?«

»Es gibt nur einen Weg. Sie werden ihn auch ohne mich finden. Ich muss Sie jetzt allein lassen.«

»Halt, mein Freund!« Perry Rhodan griff nach dem Feinsprecher. »Soll das heißen, dass wir von nun an auf uns allein gestellt sind?«

»So wird es gewünscht«, behauptete Anzröhn.

»Wo sind die Feinsprecher, die im Berührungskreis Dienst tun?«

»Sie haben sich zurückgezogen.«

»Aus eigenem Dafürhalten?«

»So ist es.«

»Jetzt verstehe ich. Man hat uns zwar den Zutritt zum Berührungskreis gewährt, aber man verweigert uns jede Unterstützung.«

»Wer würdig sein will, den Berührungskreis zu betreten, muss sich darin zurechtfinden können«, erklärte Anzröhn. »Oder trauen Sie sich das nicht zu?«

Rhodan ließ den Feinsprecher los. »Worauf warten Sie dann noch?«, sagte er zornig. »Verschwinden Sie, ehe ich mir einiges anders überlege!« Er spielte mit dem Gedanken, die HAVAMAL anzurufen und ein Einsatzkommando anzufordern. Die Folge würde jedoch sein, dass das ohnehin angespannte Verhältnis zu den Feyerdalern im Allgemeinen und den Feinsprechern im Besonderen, dann zwangsläufig eskalieren musste. Um das zu vermeiden, war er nur mit zwei Begleitern gekommen.

»Können Sie uns sagen, wie es weitergehen soll, Perry?«, fragte der Astronom.

»Wir müssen nur eines der Verbindungselemente zu den Zentralschaltkreisen finden. Dann werden uns die Robotanlagen lotsen.«

»Eigentlich müssten die Schaltkreise uns geortet haben«, gab Cesynthra zu bedenken. »Wenn wir also identifiziert wurden, warum treten die Verbindungselemente nicht mit uns in Verbindung?«

»Vielleicht müssen wir selbst den Impuls dazu auslösen«, erklärte Rhodan ziemlich nebulös. Aber keiner drang weiter in ihn.

»Wir sollten wenigstens unsere Lampen ...«

Über ihnen entstand ein Glimmen wie von unzähligen feinen Drähten. Es wurde stärker und intensivierte sich zu einem Glühen, bis die einzelnen »Drähte« so hell leuchteten, dass sie sich zu einem massiven Strang zu vereinen schienen.

Die Lichtquelle war ein kristallines Gebilde, das sich in vielfältigen Verzweigungen unter der Decke ausbreitete. Einige der dünneren Verästelungen durchliefen senkrecht den Raum und verschwanden im Boden. Das gesamte kristalline Gespinst leuchtete aus sich selbst heraus, jedoch keineswegs so grell, dass sein Licht geblendet hätte.

»Gibt es hier kein Verbindungselement, über das man den Berührungskreis ansprechen könnte?«, fragte die Psychologin.

»Offenbar nicht«, antwortete Rhodan. Er hatte soeben einen schmalen Durchgang in ein anderes Gewölbe entdeckt.

Jener Raum konnte nur eine Schaltzentrale sein. Die verwirrende Fülle technischer Geräte und ebenso das dichte Netz kristalliner Stränge ließen kaum einen anderen Schluss zu.

Rhodan blickte auf sein Mehrzweckarmband. Der Energietaster schlug heftig aus, seit sie diese Zentrale betreten hatte.

»Hinter uns wurde eine energetische Barriere aktiv«, stellte er fest. »Keine Analyse möglich. Aber der Rückweg ist uns wohl versperrt.«

Suchend schaute er um sich. Dann zuckte er mit den Schultern und verschränkte die Arme vor der Brust. Er sprach einen der traditionellen Eröffnungssätze der Feinsprecher.

Unvermittelt antwortete eine Stimme, die sanft klang, beinahe einschmeichelnd und auf gewisse Weise sogar menschlich. Sie benutzte das Interkosmo. Hatten die Feyerdaler einen Translator zwischengeschaltet, oder sprach die Kaiserin von Therm selbst aus dem Berührungskreis?

»Ich bin bereit, Ihnen zuzuhören.«

»Mich beschäftigen einige Fragen, auf die ich eine Antwort erbitte«, sagte Rhodan. »Das ist der eigentliche Grund, weshalb ich nach Blotgrähne gekommen bin, anstatt mich auf die Suche nach dem MODUL zu begeben.«

»Bitte, stellen Sie Ihre Fragen.«

»Bleibt der Auftrag der Kaiserin von Therm bestehen, der lautet, das MODUL zu finden und die dort aufbewahrten Informationen vor dem Zugriff anderer Mächte zu retten?«

»Daran hat sich nichts geändert, Perry Rhodan. Retten Sie das MO-

DUL! Die Sicherstellung der Daten für die Kaiserin von Therm hat vor allem anderen Vorrang.«

»Es fragt sich nur, ob die Sicherstellung der Daten auch für uns Terraner von Bedeutung ist.«

»Diese Informationen sind für das Universum von schicksalhafter Bedeutung. Daraus können Sie Ihre Schlüsse ziehen.«

»Damit wird leider nicht beantwortet, was für Vorteile speziell wir Terraner davon haben sollen.«

»Bislang entstand nicht der Eindruck, dass ihr eigennützig handelt. Die Terraner haben kosmisches Denken gezeigt, deshalb kam die Kaiserin von Therm zu dem Entschluss, Sie in ihren Dienst zu nehmen.«

»Warum uns? Die Feyerdaler wären die richtigen Ansprechpartner.«

»Weil sich die Terraner als die Tüchtigeren erwiesen haben.«

»Die Ereignisse auf Pröhndome können nicht als Maßstab herangezogen werden. Ich erbitte hierzu eine Stellungnahme der Kaiserin, die mir ihre Beweggründe verständlich macht.«

»Eine Stellungnahme ist unnötig, denn schon die Tatsache steht für sich.«

»Das ist eine für mich unbefriedigende Antwort.«

»Es war auch keine Antwort.«

»Bekommen die Feyerdaler eine andere Chance, sich zu bewähren?«, fragte Perry Rhodan weiter. Diesmal erhielt er keine Antwort.

»Ist die Kaiserin von Therm darüber informiert, dass die Feyerdaler unseren Auftrag erschweren? Können wir in einem Notfall von den Feyerdalern Unterstützung erwarten? Was ist mit dem MODUL geschehen? Welche Beschaffenheit hat es, wie sieht es aus, was genau stellt es dar? Wir benötigen genaue Daten über das MODUL, um uns auf den Einsatz vorbereiten zu können. Welche Gefahren bedrohen uns möglicherweise? Wir brauchen Unterlagen über BARDIOCS Hilfsvölker, die zu unseren Gegnern werden könnten. Müssen wir auch mit einem Eingreifen der Inkarnation VERNOC rechnen?«

Anfangs hatte Perry Rhodan seine Fragen bedächtig vorgetragen, mit Pausen dazwischen, aber dann war er immer leidenschaftlicher geworden, bis sie nur noch aus ihm hervorsprudelten.

Der Berührungskreis schwieg dennoch.

»Es bleibt dann nur noch eine einzige Frage, wenngleich die wichtigste«, sagte Perry enttäuscht. »Welcher eigennützige Grund könnte uns Terraner dazu bewegen, unter diesen ungünstigen Bedingungen nach dem MODUL zu suchen und die Daten zu retten?«

Diesmal kam die Antwort prompt: »Die Aussicht darauf, dass die Kaiserin von Therm den Terranern als Gegenleistung bei der Suche nach ihrem Heimatplaneten behilflich sein wird.«

Perry Rhodan ließ die Schultern sinken. Das geschah nicht aus Enttäuschung oder Resignation, sondern weil er sich geschlagen geben musste. Die Kaiserin von Therm hatte ein Argument vorgebracht, das nicht zu widerlegen war. Sie hatte deutlich erkannt, dass er *jedes* Risiko eingehen würde, um die Erde zu finden.

»Das wäre alles«, sagte Rhodan. »Ich bedanke mich für die Aufmerksamkeit.«

Er hatte sich bereits abgewandt, da meldete sich das Hauptelement nochmals.

»Bedauerlicherweise kann ich Sie alle noch nicht gehen lassen«, erklang die wohlmodulierte Stimme. »Es gibt Gründe, die es notwendig machen, Sie länger im Berührungskreis festzuhalten. Wenn Sie dann fortgehen, werden sich einige Fragen von selbst beantwortet haben.«

Der Terraner nahm die Veränderung der Situation mit Fassung, und seine Ruhe übertrug sich auf seine Begleiter. Unbemerkt waren ein Dutzend Feinsprecher erschienen. Sie nahmen die kleine Delegation in ihre Mitte und führten sie ab.

Nach dem Aufbruch der HAVAMAL zog sich die SOL tiefer in den Weltraum zurück. Die Feyerdaler sollten nicht den Eindruck bekommen, dass das gigantische Hantelschiff sie bedrohe.

Eine Space-Jet folgte jedoch dem Leichten Kreuzer, der Perry Rhodan und seine Begleiter nach Blotgrähne brachte. Mehrere Space-Jets wurden außerdem im Kaylaandor-System postiert, so dass eine Funkbrücke entstand.

Die SOL hatte ihre neue Position eingenommen, als die Landung der HAVAMAL gemeldet wurde. Der Kommandant des Leichten Kreuzers berichtete, dass Perry Rhodan und seine Begleiter in den Berührungskreis der Kaiserin von Therm gebracht wurden, doch die Art der Feinsprecher gefiel Atlan keineswegs.

»Wer weiß, wozu sie in ihrem gekränkten Stolz fähig sind«, sagte der Arkonide in der Kommandozentrale der SZ-1.

»Du überbewertest diese Tatsache«, erwiderte Reginald Bull. »Natürlich sind die Feyerdaler sauer auf uns, weil wir von der Kaiserin von Therm augenscheinlich bevorzugt wurden. Aber sie werden sich schnell beruhigen und zur Einsicht kommen.«

»Zu welcher Einsicht?«, fragte Roi Danton.

»Nun …« Bull zögerte.

»Du glaubst doch nicht, dass sie uns als die Tüchtigeren anerkennen werden?«

In diesem Augenblick traf über die Funkbrücke eine alarmierende Nachricht ein. »Mehrere Dutzend feyerdalische Großraumschiffe sind in das Kaylaandor-System eingeflogen ... Insgesamt sind mehr als hundert Kampfschiffe materialisiert.«

»Alarmstufe eins!«, befahl Atlan sofort.

»Du glaubst hoffentlich nicht, dass das Auftauchen dieser kleinen Flotte etwas mit uns zu tun hat?«, fragte Reginald Bull.

»An Zufälle glaube ich längst nicht mehr«, erwiderte Atlan.

»Trotzdem wäre es unsinnig, eine Flotte aus einem anderen Teil von Dh'morvon heranzuziehen, obwohl auf dem Werftplaneten Blotgrähne Hunderte einsatzbereiter Schiffe stehen müssen.«

»An dem Argument ist etwas dran«, bemerkte Galbraith Deighton.

»Trotzdem bleibt die Frage offen, weshalb diese Schiffe gekommen sind«, beharrte Atlan.

Inzwischen stand eine Bildübertragung. Die Sendung wurde auf den Panoramaschirm übernommen. Obwohl die Space-Jet der Funkbrücke darauf bedacht war, unentdeckt zu bleiben, war die optische Übertragung von guter Qualität.

Die hundert feyerdalischen Schiffe flogen die Sonne Kaylaandor in Formation an. Grundsätzlich wäre das nicht verdächtig gewesen, doch eine Tatsache stimmte bedenklich. Sie näherten sich der Sonne aus der Blotgrähne entgegengesetzten Richtung. Mit anderen Worten: Sie zogen sich in den Ortungsschatten des Zentralgestirns zurück.

»Da ist einiges faul!«, sagte Atlan überzeugt. »Warum gehen die Feyerdaler in ihrem eigenen System in den Ortungsschutz?«

»Sie warten auf etwas , wollen aber selbst nicht entdeckt werden«, vermutete Roi Danton. »Möglicherweise gilt ihr Interesse der SOL.«

»Durchaus möglich«, stellte Reginald Bull fest. »Sogar sehr wahrscheinlich.«

Atlan nickte grimmig. »Sie müssen über unser Kommen unterrichtet sein.« Seine Miene verhärtete sich. »Aber anscheinend haben sie keine Ahnung davon, dass wir schon vor Ort sind. Bislang hat die Flotte wohl keinen Funkkontakt mit Blotgrähne aufgenommen. Das kommt uns zugute.«

»Ich kann nicht warten!« Tehlarbloe stapfte wie ein gereiztes Tier durch die *min'allaji* des Flaggschiffs, die »Halle des gewichtigen Wortes«. Hier legte man auf das feingesprochene Wort größten Wert. Doch das hinderte den Wissenschaftler nicht daran, gelegentlich zu fluchen. Er konnte ohnehin nur von seinen engsten Vertrauten gehört werden. Denn das hier installierte Verbindungselement der Kaiserin von Therm war längst neutralisiert.

»Feinsprecher!«, sagte er abfällig. »Die Korrektheiten und Unfehlbarkeiten sind Versager.«

»Mäßige dich, Tehlarbloe!«, riet ihm Crahler. »Sie können jeden Augenblick hier sein.«

»Na und?« Tehlarbloe wusste selbst, dass er leicht seine Beherrschung verlor, wenn er wütend war. Er versuchte, sich zu beruhigen. Dazu war es aber nötig, über das zu sprechen, was ihn bedrückte.

»Ich habe das Warten satt!«, schimpfte er. »Wir lauern seit einem Tag im Ortungsschutz von Kaylaandor auf das Raumschiff der Fremden. Aber es kommt nicht. Wir sind sofort ins Kaylaandor-System gestartet, als wir die Nachricht vom Kommen des seltsamen Schiffes erhielten. Aber es taucht nicht auf.«

»Du erregst dich nur, weil die Feinsprecher dich nicht in jeder Hinsicht so schalten und walten lassen, wie du möchtest«, sagte sein Freund, der bei Diskussionen immer der ruhende Pol blieb.

»Da hast du gar nicht Unrecht«, stimmte Tehlarbloe zu.

»Hattest du etwas anderes erwartet? Es war eine große Leistung, dass du die Feinsprecher für deine Idee gewinnen konntest, aber erwarte nicht, dass sie sich dir unterwerfen. Sie haben sich nicht unter deinen Befehl gestellt, sondern es war umgekehrt. Als du ihre Unterstützung annahmst, hast du dich ihnen ausgeliefert.«

»Das nehme ich nicht ohne weiteres hin«, sagte Tehlarbloe gepresst. »Ich werde es ihnen beweisen!«

»Was werden Sie wem beweisen, Tehlarbloe?«, fragte jäh eine Stimme aus dem Hintergrund.

Tehlarbloe drehte sich um. Er tat es gemächlich, um nicht wie ein ertappter Sünder zu erscheinen. In der »Halle des gewichtigen Wortes« waren die drei Regelerschaffer aufgetaucht, die er zur Besprechung gebeten hatte: Qartane, Jooghiv und Nampriete.

Tehlarbloe hatte sich schnell gefasst. »Ihnen werde ich es sagen«, antwortete er und blickte einen nach dem anderen an. »Ihnen, Unfehlbarkeiten, werde ich demonstrieren, was zu tun ist, um unser Volk zu retten.«

»Das sind zwar große, aber auch ordinäre Worte«, stellte Jooghiv fest.

»Dass Sie das Wort ordinär überhaupt aussprechen, Korrektheit.« Tehlarbloe hatte sich beruhigt und sah ein, dass er den Feinsprechern gegenüber ungerecht war. Welche Selbstüberwindung mussten sie aufgebracht haben, als sie zustimmten, die Verbindungselemente der Kaiserin lahm zu legen und hundert Raumschiffe im Geheimen gegen die Terraner zu mobilisieren!

»Unfehlbarkeiten«, sagte er, »ich habe Sie ins *min'allaji* gebeten, um unsere nächsten Maßnahmen zu besprechen.«

»Im Augenblick können wir nur auf das Eintreffen des fremden Schiffes warten«, sagte Qartane. »Oder meinen Sie die Kampfmaßnahmen, die zu treffen sind, falls die Fremden sich uneinsichtig zeigen?«

»Das Schiff ist längst überfällig!«, sagte Tehlarbloe. »Wir müssen herausfinden, weshalb.«

»Wollen Sie auf Blotgrähne nachfragen?«, erkundigte sich Qartane. »Ich war bislang der Ansicht, wir dürfen uns nicht mit Blotgrähne in Verbindung setzen, weil die Kaiserin von unseren Absichten erfahren würde.«

Tehlarbloe hätte den Regelerschaffer darauf aufmerksam machen können, dass er diesbezüglich gewaltig irrte. Doch er wollte sein Wissen noch für sich behalten. Abgesehen davon, dass ihm die Regelerschaffer nicht geglaubt hätten, war die Zeit noch nicht reif für Enthüllungen.

»Ich weiß, dass wir allen Grund haben, vorsichtig zu sein«, sagte Tehlarbloe deshalb nur. »Andererseits müssen wir etwas unternehmen.«

»Was stellen Sie sich vor?«, fragte Nampriete.

»Ich werde Blotgrähne aufsuchen«, antwortete Tehlarbloe. »Vielleicht stellt sich heraus, dass dieser Rhodan uns getäuscht hat und gar nicht beabsichtigt, in das Kaylaandor-System einzufliegen. Sicher, er wurde geortet – aber diese Ortung kann er absichtlich herbeigeführt haben.«

»Ich rate von solchen Nachforschungen ab«, sagte Jooghiv. »Das Risiko ist zu groß.«

»Wir haben uns nicht außerhalb der Gesetze gestellt, nur um uns durch Leichtsinn eine Entzifferung einzuhandeln«, pflichtete Qartane bei.

»Ich verrate niemanden«, versprach Tehlarbloe spöttisch.

»Gut, Sie sollen Ihren Willen haben«, erklärte Qartane. »Doch wir bestehen darauf, dass Sie begleitet werden.«

»Misstrauen Sie mir?«, fragte Tehlarbloe überrascht.

»Unsere Leute werden Sie vor unüberlegten Handlungen bewahren. Das müssen Sie in Kauf nehmen.«

Zähneknirschend machte Tehlarbloe die Geste der Zustimmung. Er ließ sich nicht anmerken, wie wenig ihm das wirklich gefiel.

Nur einer seiner Begleiter konnte Tehlarbloe gefährlich werden. Er hieß Blöhnvil und hatte auf Kursobilth eine gediegene Ausbildung genossen. Allerdings hatte Blöhnvil keine Ahnung … Oder doch? Immerhin hatte er zwei Männer geschickt, die Tehlarbloe bei seinen letzten Vorbereitungen helfen sollten. *Aufpasser!*, dachte der Wissenschaftler grimmig.

Er legte seinen Neutralisator auf den Objektträger eines mikroskopartigen Geräts. Das hatte weiter nichts zu bedeuten – es diente nur als Ablenkungsmanöver. Ein Hologramm baute sich auf, Wellenlinien mit gelegentlichen Phasensprüngen entstanden im Innern.

»Was machen Sie da?«, fragte einer der Männer interessiert.

»Überprüfung meines Neutralisators«, antwortete der Physiker leichthin. »Ich will auf Blotgrähne keine Überraschung erleben, falls das Ding aus irgendeinem Grund nicht mehr richtig funktioniert.«

»Immer korrekt, diese Physiker …«

»Achtung!«, rief Tehlarbloe jäh. »Gehen Sie aus dem Weg!«

»Was ist?«

»Sie stehen im Bereich der Streustrahlung. Weichen Sie nach links aus und achten Sie auf die Wellenlinien. Erst wenn diese sich überlagern, sind Sie aus dem Gefahrenbereich.«

»Ist die Streustrahlung gefährlich?«, fragte einer der Männer, während er der Aufforderung nachkam und die dreidimensionale Wiedergabe nicht aus den Augen ließ.

»Es handelt sich um eine Art Schockstrahlung, die Gehirnfrequenzen beeinträchtigt. Das ist nicht nur schmerzhaft, sondern es führt zudem zu einer mehrere Stunden andauernden Paralyse …«

Tehlarbloe berührte einen Sensor. Beide Feyerdaler befanden sich nun im Projektionsbereich der Schockstrahlung. Sie schrien auf, als sie getroffen wurden … dann stürzten sie zuckend zu Boden.

Tehlarbloe hatte es plötzlich eilig. Er nahm den Neutralisator an sich und machte sich auf den Weg zu jenem Hangar, in dem das vorgesehene Beiboot stand.

Crahler hatte alles so arrangiert, dass er von Bord aus die Hangarschleuse und das Startkatapult bedienen konnte. Der Flug nach Blotgrähne war nicht weiter schwierig, denn das Beiboot besaß eine Einmannbedienung.

Kaum im Cockpit, öffnete Tehlarbloe die Hangarschleuse und aktivierte das Energiekatapult. Der Count-down lief schnell ab … Start! Tehlarbloe registrierte, wie die Schottumrandung des Hangars förmlich an ihm vorbeischoss, als das Beiboot ins All geschleudert wurde, weg von der starken Gravitation der Sonne.

»Hoffentlich haben wir einen guten Flug«, hörte Tehlarbloe hinter sich Blöhnvils Stimme. »Sie wollten doch nicht ohne uns nach Blotgrähne?«

Tehlarbloe wandte sich nach den ungebetenen Passagieren um. Er sah sich Blöhnvil und zweien seiner Leute gegenüber. Bei ihnen war auch Crahler, doch irgendetwas schien mit dem Freund nicht zu stimmen.

»Was haben Sie mit ihm gemacht?«, fragte Tehlarbloe.

»Ich habe ihn nur gefragt, ob Sie Dinge beabsichtigen, die wir besser wissen sollten. Und da er auf Wahrheitsdrogen leicht anspricht, hat er brav geantwortet …«

28.

»Wo bleibt Perry?«, fragte Atlan.

»Du wiederholst dich.« Reginald Bull seufzte.

»Macht es dich nicht nervös, dass wir nichts von ihm hören?«, drängte Atlan. »Was hält ihn so lange auf Blotgrähne? Außerdem ist da noch die Flotte im Ortungsschutz der Sonne. Warum gibt es zwischen ihr und dem Werftplaneten keinen Funkverkehr?«

»Dobrak hat eine mögliche Antwort berechnet«, ließ sich Galbraith Deighton vernehmen. »Wahrscheinlich hat man auf Blotgrähne keine Ahnung von dieser Flotte.«

Atlan zuckte die Achseln. Er sorgte sich in erster Linie um Perry und dessen Begleiter.

»Welche Meldungen liegen von der HAVAMAL vor?«, fragte er. »Steht der Kommandant des Leichten Kreuzers mit der Einsatzgruppe in Funkkontakt?«

»Nicht mehr, seit sie den Berührungskreis von Blotgrähne erreicht haben«, antwortete Bull seufzend. »Was soll das, Atlan? Wenn Perry wieder auf der HAVAMAL wäre, hätten wir das längst erfahren. Warten wir …«

»Nein!«, entschied Atlan. »Wir werden eine dringende Anfrage an die verantwortlichen Feinsprecher von Blotgrähne richten. Entweder sagen sie uns, was hier gespielt wird, oder …«

»Leg dich nicht fest, Atlan!«, bat Galbraith Deighton.

»Schon gut. Ich kann mich beherrschen.«

Der Arkonide verlangte eine Funkverbindung nach Blotgrähne, doch es dauerte eine halbe Stunde, bis sie zu Stande kam. Und selbst dann wurden Atlans Nerven noch durch das langwierige Feinsprecher-Zeremoniell strapaziert.

Zuerst meldete sich der Befehlshaber einer Kontrollstation auf Blotgrähne. Atlan verlangte, dass er ihn mit dem Regelerschaffer Thömblon verbinde – das war jener Feinsprecher, der mit Perry die Landebedingungen ausgehandelt hatte. Doch der Arkonide bekam einen anderen Feyerdaler zu sprechen, diesmal keinen Feinsprecher. Der Mann leitete das Gespräch an einen Regelbewahrer weiter, und erst dieser kündigte endlich »Seine Unfehlbarkeit, Regelerschaffer Thömblon« an.

In der Bildwiedergabe des Hyperkoms erschien ein weiterer Feinsprecher.

»Habe ich es mit dem Regelerschaffer Thömblon zu tun?«, erkundigte sich Atlan vorsichtig, bewusst auf einen formellen Einleitungssatz verzichtend. Und ohne auf eine Bestätigung zu warten, fuhr er fort: »Hören Sie mir gut zu, Regelerschaffer Thömblon, und versuchen Sie nicht, durch Ausflüchte das Gespräch zu verschleppen. Ich erwarte von Ihnen eine klare Antwort. Was ist mit Perry Rhodan und seinen Begleitern geschehen?«

»Sie wurden, wie es ihr Wunsch war, in den Berührungskreis der Kaiserin von Therm gebracht«, antwortete der Feinsprecher.

»Aber das geschah schon vor Stunden! Befinden sie sich noch dort – und warum werden sie so lange aufgehalten?«

»Sie befinden sich seither im Berührungskreis, doch den Grund ihres Aufenthalts kann ich Ihnen nicht nennen. Die Kaiserin von Therm ist uns keine Rechenschaft schuldig.«

»Als verantwortlicher Regelerschaffer von Blotgrähne müssen Sie wissen, was im Berührungskreis vor sich geht. Sagen Sie mir, ob sich Komplikationen ergeben haben. Es war verabredet, dass Perry Rhodan in gewissen Abständen ein Erkennungszeichen funkt.«

»Im Berührungskreis ist kein außerordentlicher Funkverkehr möglich«, sagte der Feinsprecher.

»Lassen Sie diesmal eine Ausnahme zu! Es handelt sich um einen Sonderfall.«

»Gewiss. Doch nur insofern, als dass Unwürdige den Berührungskreis betreten haben.«

»Was geschieht mit solchen Unwürdigen?«, fasste Atlan sofort nach.

»Ich könnte Ihnen sagen, was mit ihnen zu geschehen hätte …«

»Genug mit dem Geschwätz«, sagte Atlan entschieden. Er hatte keine Lust, sich noch länger hinhalten zu lassen. »Ich verlange zu erfahren, was mit Perry Rhodan und seinen Begleitern geschehen ist. Geben Sie mir den Nachweis, dass alle drei sich in Freiheit befinden. Ich lasse Ihnen dafür drei Stunden unserer Zeitrechnung. Habe ich mich deutlich genug ausgedrückt, Regelerschaffer Thömblon?«

»Ich habe Sie trotzdem verstanden …«

Wütend unterbrach Atlan die Verbindung.

»Diese Feinsprecher können einen ganz schön auf die Palme bringen«, sagte Reginald Bull mitfühlend.

»Nun hast du dich doch zu einer Unbesonnenheit hinreißen lassen«, stellte Galbraith Deighton fest, doch es lag kein Vorwurf in seiner Stimme.

»Es war keine Unbesonnenheit.« Atlan schüttelte den Kopf. »Ich habe die Bedingungen bewusst gestellt – und sie sind als Ultimatum gedacht. Wir haben uns von den Feinsprechern lange genug auf der Nase herumtanzen lassen, finde ich. Die Feyerdaler müssen erkennen, dass wir auch anders können.«

»Du hast richtig gehandelt«, sagte Roi Danton. »Aber willst du die drei Stunden wirklich abwarten?«

»Wie meinst du das?«

»Drei Stunden sind eine lange Zeitspanne. Sie könnten den Feinsprechern genügen, um ihre Absichten zu verwirklichen. Falls diese gegen Perry gerichtet sind, sollten wir ihnen besser zuvorkommen. Ich denke dabei an den Einsatz von Mutanten.«

Alle stimmten Roi Dantons Vorschlag zu.

»In Ordnung«, sagte Atlan. »Dann sollen Gucky und Ras Tschubai nach Blotgrähne teleportieren und Perry und seine Begleiter heraushauen, falls sie in der Klemme stecken.«

Eine Space-Jet brachte die Mutanten in einer kurzen Linearetappe ins Kaylaandor-System und dort nahe genug an den zweiten Planeten heran, dass sie auf dessen Oberfläche teleportieren konnten.

Gucky und Ras Tschubai materialisierten an Bord der HAVAMAL, die nach wie vor auf dem winzigen Landefeld zwischen den Häuserschluchten stand.

»Habt ihr irgendwelche Feindseligkeiten der Feyerdaler festgestellt?«, fragte Ras Tschubai.

»Wir haben außer dem Gleiter, der Rhodan und die anderen abholte, bislang nichts von den Feyerdalern gesehen«, antwortete der Kommandant. »Die aufgefangenen Funksprüche sind auch nicht eben aufschlussreich. Es geht darin meist nur um Probleme des Raumschiffbaus, um Testflüge und was dazugehört. Wir werden nicht einmal erwähnt.«

»Konntet ihr den Kurs des Gleiters verfolgen?«, fragte Gucky.

Der Kommandant aktivierte eine Bildserie, die während des Anflugs auf die Hauptstadt Vorlkröhne gemacht worden war. Er hatte verschiedene ihm wichtig erscheinende Punkte markiert und hob nun einen Gebäudekomplex am jenseitigen Ende der Stadt hervor.

»Hier könnte der Berührungskreis untergebracht sein. Zumindest landete der Gleiter in diesem Bereich.«

»Dann werden wir uns dort umsehen«, beschloss Gucky. »Lass alle kartografischen Aufzeichnungen von Vorlkröhne und Umgebung sofort Atlan zukommen! Am besten, du schickst die Bilder über die Funkbrücke zur SOL. Aber chiffriert, damit die Feyerdaler nichts spitzkriegen.«

Hand in Hand mit Ras Tschubai teleportierte er zu dem angesprochenen Gebäude. Sie materialisierten auf dem Dach, zwischen klobigen Aufbauten.

Von hier aus bot sich ihnen ein ausgezeichneter Blick über die Stadt. Gucky war von der Aussicht jedoch wenig beeindruckt.

»Von dem angeblich guten Geschmack der Feyerdaler ist hier wenig zu sehen«, sagte er enttäuscht. »Ein düsterer Klotz reiht sich an den anderen. Kein Wunder, wenn die Feinsprecher auf dieser Welt gemütskrank werden.«

»Ich behaupte, dass sie hier ausgeglichener sind als auf Pröhndome«, erwiderte Ras Tschubai. »Ihre Feinsprecherei hat wenigstens noch etwas von der ursprünglichen Logik und Sachlichkeit. Aber wir sind nicht hier, um darüber zu philosophieren. Was ist, Kleiner, hast du vertraute Gedanken aufgeschnappt?«

»Wie soll ich mich auf meine telepathischen Fähigkeiten konzentrieren, wenn du unaufhörlich quatschst?«, regte sich Gucky auf.

Tschubai öffnete den Mund, um etwas zu sagen, doch dann grinste er nur. Er konnte dem Ilt einfach nicht böse sein.

Gucky konzentrierte sich. Ras Tschubai tastete inzwischen mit den Ortungsgeräten seines Kampfanzugs das Gebäude ab. Viel kam nicht dabei heraus. Die Massetaster zeigten die für die kristallinen Strukturen der Verbindungselemente typischen Impulse an. Die Energietaster registrierten normale Emissionswerte. Individualausstrahlungen waren überhaupt nicht feststellbar – als befänden sich innerhalb des Berührungskreises keine denkenden Wesen.

Doch das besagte wenig. Tschubai war überzeugt, dass die mentale Ausstrahlung aller Intelligenzen innerhalb des Gebäudes vom Berührungskreis abgeschirmt wurde. Das konnte durchaus zum Schutz der Feinsprecher geschehen und musste keineswegs gegen Perry und seine Begleiter gerichtet sein.

»Was ist?« Der Afroterraner wurde ungeduldig. »Es würde mich nicht wundern ...«

»Ich habe Kontakt!«, rief Gucky aus. »Verdammt – da ist nichts mehr. Sofort abgeschirmt, und zwar durch äußere Einflüsse. Du weißt, was das bedeutet?«

»Dass jemand mit dem Einsatz von Telepathen gerechnet hat und Gegenmaßnahmen ergreift. Was soll ich sonst daraus schließen? Von wem waren die Gedanken?«

»Irgendein psychologisches Problem, glaube ich ...«

»Also Cesynthra ... Was willst du noch?«, sagte Tschubai. »Das ist der beste Beweis, dass Perry sich im Berührungskreis aufhält. Es gibt keine hyperenergetische Strahlung, die uns am Teleportieren hindern kann ...«

»Nicht so hastig«, ermahnte Gucky. »Mein Vortasten wurde registriert. Warum sonst diese Abschirmung?«

»Seit wann bist du so vorsichtig, Kleiner?«, wunderte sich der Afroterraner. »Sonst bist es immer du, der ...«

»Geschenkt.« Gucky wirkte nachdenklich. »Es scheint immerhin, dass Perry und seine Leute wohlauf sind.«

»Wir sind schließlich Beauftragte der Kaiserin von Therm. Im Berührungskreis genießen Perry und seine Leute sozusagen Asylrecht, falls die Feyerdaler feindliche Absichten haben. Wir sollten uns mit ihnen in Verbindung setzen. Hast du dir die Position gemerkt?«

Gucky schnaubte nur erbost.

»Also gut, teleportieren wir hin«, sagte er schließlich. »Reich mir deine Hand, Ras, ich werde dir den Weg zeigen.«

Tschubai registrierte, dass der Ilt immer noch unschlüssig war. Er wollte schon vorschlagen, auf konventionellem Weg in den Berührungskreis einzudringen, aber da entmaterialisierten sie bereits.

Sie erreichten eine Art Überwachungszentrum. In unzähligen Hologrammen waren Feyerdaler sichtbar, die eigenwillige Rituale vollführten. Dazwischen wurden in Großaufnahmen ihre Mundbewegungen gezeigt. Aus Lautsprecherfeldern ertönte ein Durcheinander von feyerdalischen Lauten.

Ras Tschubais Translator konnte die vielfältigen Stimmen und Nuancen kaum auseinander halten und kam mit dem Übersetzen nicht nach.

»Eine Aufforderung ... eine Bitte in der Form eines Animiersatzes vorgetragen ... darf nicht unterwürfig sein ... bestimmt, doch höflich in dem Sinn ... kurz und prägnant ... vor allem die Sachlichkeit ... damit es nicht zur Entartung der Feinsprache ...«

Tschubai schaltete den Translator ab.

»Scheint sich um einen Schulungsraum für Feinsprecher zu handeln«, bemerkte er und blickte sich suchend um. »Niemand von unseren Leuten zu sehen.«

»Vielleicht haben sie die Schulung erst vor kurzem verlassen«, sagte Gucky. »Sehen wir uns um!«

Sie wandten sich einem Ausgang zu.

»Achtung!« Der Ilt blieb abrupt stehen. »Besser, wir schalten die Deflektoren ein.«

Ras Tschubai handelte sofort. Sekundenbruchteile später betraten zwei Feyerdaler den Raum.

Beide waren Feinsprecher. Ihre Gestik wirkte eigentlich nicht übertrieben, doch sie sparten auch nicht damit. Die nun unsichtbaren Beobachter sahen förmlich, wie die Feyerdaler bestimmte Worte betonten, Punkte sowie und Frage- und Ausrufezeichen setzten.

Tschubai hielt es nicht der Mühe wert, den Translator einzuschalten. Als die Feinsprecher an ihnen vorbei waren, betraten Gucky und er den Korridor. Der Mausbiber wandte sich nach links.

»Es irritiert mich, dass ich die Gedanken dieser Feyerdaler ebenfalls nicht lesen konnte«, sagte Gucky und schaltete das Deflektorfeld wieder aus.

Tschubai folgte seinem Beispiel. »Sei froh, dass es so ist«, erwiderte er. »Andernfalls würdest du auch noch damit anfangen.«

Vorsichtig erkundeten sie den Korridor. Hinter jede abzweigende Tür warfen sie einen kurzen Blick, und schließlich erreichten sie einen großen Saal – offensichtlich eine Art Fitnessraum, in dem die Feinsprecher ihre Gestik und Körperbeherrschung vervollkommneten. Gucky maulte etwas von »zu weit« und teleportierte.

Das heißt, sein Gesicht wurde mit einem Mal verkniffen. Er entblößte seinen einzigen Zahn, konzentrierte sich erneut ... Und schließlich kapitulierte er mit einem abgrundtiefen Seufzer.

»Was soll die Schau?«, fragte Ras Tschubai.

Gucky murmelte eine Verwünschung. »Das war keine Schau, sondern die blamable Demonstration, dass ich nicht nur keine Gedanken mehr espere, sondern auch nicht mehr teleportieren kann.«

Tschubai warf einen Blick auf seine Ortungsgeräte. »Ich registriere keine Strahlung, die für den Verlust deiner Fähigkeiten verantwortlich zu machen wäre.«

»Dann versuch's du doch!«, erwiderte der Mausbiber ärgerlich. »Teleportiere nur einige Meter weit – bis ans andere Ende der Halle.«

Tschubai unternahm spontan einen Versuch.

»Es geht nicht«, musste er schließlich bekennen. Er blickte zur Decke hoch, über die eine Vielzahl durchsichtiger Röhren und Kabel führten, in denen Kristallstränge verliefen.

»Das könnte die Ursache sein«, murmelte er wie zu sich selbst und nickte nachdrücklich. »Die Kaiserin von Therm neutralisiert unsere Psi-Fähigkeiten.«

»Gucky! Ras!«, erklang unvermittelt Perry Rhodans Stimme. »Ich habe gewusst, dass wir uns auf euch verlassen können.«

Perry kam ihnen entgegen, hatte die Halle augenscheinlich von einem angrenzenden Raum aus betreten, und Cesynthra Wardon und Garo Mullin folgten ihm.

»Eigentlich sind wir gekommen, um euch herauszuhauen, falls ihr wider Willen festgehalten werdet«, sagte Gucky. »Aber im Berührungskreis können wir unsere Psi-Fähigkeiten nicht mehr anwenden.«

»Halb so schlimm«, tröstete ihn Rhodan. »Falls es wirklich brenzlig werden sollte, finden wir schon einen Weg in die Freiheit. Im Augenblick müssen wir uns nicht als Gefangene zu betrachten, sondern als Gäste der Kaiserin.«

Unvermittelt spürten sie alle, dass von einem der Hauptverbindungselemente eine starke Suggestivwirkung ausging.

»Üben Sie sich in Geduld«, erklang die wohlmodulierte Robotstimme.

»Die Regelerschaffer wurden angewiesen, Ihnen den Aufenthalt angenehm zu gestalten. Und nicht mehr lange, dann können Sie, um einiges Wissen bereichert, zu Ihrem Schiff zurückkehren.«

»Sie haben uns ein Ultimatum gestellt«, sagte Regelerschaffer Thömblon zufrieden. »Sie scheinen nicht zu wissen, welchen Dienst sie uns damit erwiesen haben.«

Er und Regelbewahrer Anzröhn waren die einzigen Feinsprecher in dem Gremium, das die verantwortlichen Feyerdaler von Blotgrähne einberufen hatten. Thömblon war Erster Regelerschaffer im Berührungskreis der Kaiserin von Therm und damit automatisch Oberkommandierender des Werftplaneten. Doch von höherer Politik und militärischer Strategie verstand er nicht viel, deshalb hatte er die anderen führenden Feyerdaler hinzugezogen.

Eine Entscheidung musste fallen, und keiner zweifelte daran, dass diese Entscheidung zu ihren Gunsten ausgehen würde.

Thömblon hätte es nie gewagt, sich gegen einen Beschluss der Kaiserin aufzulehnen. So hatte er, wenn auch nur zähneknirschend, hingenommen, dass die Fremden als Retter des MODULS auserwählt worden waren.

Welche Schmach für sein Volk! Und welche Demütigung für die Feinsprecher!

Thömblon war überzeugt davon, dass die Entscheidung der Kaiserin von Therm ungerecht und falsch war. Es gab nichts, was die Feyerdaler nicht besser konnten als die Terraner.

Seine Berater hatten ihn sehr schnell darauf aufmerksam gemacht, dass niemand ihn zwingen könne, die Terraner zuvorkommend zu behandeln.

»Wir alle wissen, dass sie im Grunde genommen Barbaren sind«, hatte ihm Anzröhn erklärt. »Niemand muss ein Feinsprecher sein, um dies zu erkennen. Diese Fremden sind impulsiv, heißblütig – und leicht reizbar. Wenn wir – ohne gegen die Anordnungen der Kaiserin von Therm zu verstoßen – sie zu Unbesonnenheiten verleiten, dann hätten wir einen Grund, gegen sie vorzugehen.«

Und das war leichter gelungen, als Thömblon geglaubt hatte.

»Niemand kann von uns verlangen, dass wir uns diesem Ultimatum beugen«, erklärte ein diplomatischer Berater. »Wir sind die Herren von Dh'morvon. Das werden wir, wenn nötig, jedem auch mit Waffengewalt klar machen.«

»Wir werden sie vernichten!«, rief ein Militär.

Anzröhn und Thömblon wechselten einen Blick. Anzröhn sagte mit dem Einverständnis seines Regelerschaffers: »Hier geht es nicht um Vernichtung. Wir stellen klar, dass wir nur eine Absicht haben: nämlich der

Kaiserin von Therm zu beweisen, dass wir den Fremden überlegen sind. Mit dieser Demonstration wollen wir aufzeigen, dass wir Feyerdaler für den Auftrag, das MODUL zu retten, geeigneter sind.«

»Aber wie sollen wir das beweisen, wenn wir nicht den Kampf suchen?«, fragten die Militärs. »Wir müssen das Ultimatum mit einem Angriff auf das seltsame Schiff beantworten. Ich überschätze unsere Kampfkraft keineswegs, wenn ich voraussage, dass wir das Gigantschiff vernichten werden.«

»Rüsten Sie sich nur für den Kampf«, sagte Regelerschaffer Thömblon. »Werfen Sie alle Kräfte von Blotgrähne in die Schlacht. Meine Zustimmung haben Sie. Ich will Sie nur auf den feinen Unterschied hinweisen, dass es uns in erster Linie darauf ankommt, diese Emporkömmlinge in die Schranken zu weisen. Das setzt nicht ihre Vernichtung voraus. Jedoch, wenn sie nicht Vernunft annehmen ... Werde ich verstanden?«

Die Militärs und Politiker zeigten sich erleichtert.

»Es ist erfreulich, dass wir in allen Punkten einer Meinung sind, Eure Unfehlbarkeit, Regelerschaffer Thömblon«, sagte ihr Sprecher. »Wir werden alles zum Angriff vorbereiten ... Ich wünschte, das Ultimatum wäre schon abgelaufen ...«

Damit verließen die Berater den Raum. Thömblon und Anzröhn blieben allein zurück.

»Ich kann nicht sagen, wie sehr ich erleichtert bin, Eure Unfehlbarkeit«, sagte Anzröhn aufatmend. »Ich hatte die ganze Zeit über eine schreckliche Befürchtung. Doch zum Glück ist sie nicht eingetroffen.«

»Welche Befürchtung?«

Anzröhn wies auf das Verbindungselement zum Berührungskreis der Kaiserin von Therm – und man merkte ihm an, dass er sich allein schon bei dieser Geste unbehaglich fühlte. »Der Berührungskreis hat jedes Wort unserer Besprechung mitbekommen«, sagte er dann. »Ich habe ständig erwartet, dass die Kaiserin von Therm einen Einwand erhebt.«

Thömblon starrte auf das Verbindungselement. Er wollte dem untergeordneten Regelbewahrer nicht eingestehen, dass ihn dieselben Überlegungen bewegt hatten.

»Ja, Anzröhn«, sagte er bedächtig, »es ist in der Tat in höchstem Maß seltsam, dass die Kaiserin von Therm die Terraner nicht vor uns schützt, wenn sie von ihnen erwartet, dass sie das MODUL finden ...«

»Eigentlich sind Sie gar nicht ungeschickt, Tehlarbloe«, sagte Blöhnvil mit leiser Anerkennung. »Wie Sie die Sache eingefädelt haben – ich hätt's nicht besser gekonnt.«

Das schlanke Beiboot drang in die unteren Atmosphärenschichten ein.

Tehlarbloe steuerte selbst. Als er die dicke Wolkenschicht durchstieß und unter sich das ausgedehnte Häusermeer sah, fuhr er die Tragflächen aus. Das Beiboot schlingerte ein wenig, da die Winde eine neue Angriffsfläche fanden, doch Tehlarbloe bekam es sofort wieder in die Gewalt.

Er nahm zum zweiten Mal Kontakt auf und ließ sich einweisen.

»Es gefällt mir nicht, dass wir ausgerechnet in der Hauptstadt landen«, sagte einer von Blöhnvils Männern. »In der Nähe des Berührungskreises sind die Kontrollen strenger.«

Tehlarbloe brachte das Beiboot über einen Landeschacht und hielt es in der Schwebe, bis es von einem Traktorstrahl in die Tiefe gezogen wurde.

»Lassen Sie Ihre Waffen hier!«, riet der Wissenschaftler Blöhnvils Männern.

»Aber doch nicht die Lähmstrahler«, widersprach Blöhnvil.

»Wissenschaftler auf Forschungsreise tragen nicht einmal solche Waffen bei sich«, erwiderte Tehlarbloe. »Wir sind in geheimer Mission unterwegs. Wenn Sie von höher gestellten Beamten gefragt werden, verweisen Sie diese an mich. Aber eigentlich liegt kein Grund vor, dass man uns genauer in Augenschein nimmt. Sie sollten sich umhören, sich aber nicht zu auffällig benehmen. Uns interessiert nur, wie die Stimmung auf Blotgrähne ist, was man von den Ereignissen auf Pröhndome hält, wie man zu dem Auftrag der Kaiserin an die Terraner steht ... Zweck dieser Landung ist, zu erfahren, ob man uns auf Blotgrähne im Falle eines Falles unterstützen würde. Trotzdem darf niemand etwas über unsere Flotte erfahren!«

Tehlarbloe erntete zustimmendes Nicken.

»Und noch etwas«, sagte er abschließend. »Falls wir getrennt werden, aus welchen Gründen auch immer, kehren wir jeder auf eigene Faust zum Beiboot zurück.«

»Wir werden nicht getrennt«, sagte Blöhnvil dicht an Tehlarbloes Gehörnetz. »Dafür sorge ich schon.«

Der Physiker öffnete die Luftschleuse und verließ als Erster das Beiboot. Er wurde von drei Feyerdalern empfangen, einem in Ingenieurskleidung und zwei Sicherheitsleuten. Etwas verunsichert blickte er zu dem Verbindungselement empor, das von der Hangardecke hing. Er war sich nicht klar darüber, ob er mit diesem Einsatz vielleicht seine Befugnisse überschritt ... Das würde sich bald zeigen.

»Ich bin Pöjnhal, Leiter dieser Reparaturwerft«, begrüßte sie der Ingenieur. »Was ist mit Ihrem Schiff? Es sieht eigentlich tadellos aus.«

Tehlarbloe stellte sich mit seinem richtigen Namen vor, die beiden Bewaffneten zuckten mit keinem Gehörnerv.

»Wie schon beim ersten Funkkontakt erwähnt, wünsche ich eine Generalüberholung«, sagte er. »Vielleicht würden wir Moeckdöhne auch ohne diesen Aufwand erreichen. Ich will dennoch kein Risiko eingehen, dafür ist meine Mission zu wichtig.«

»Moeckdöhne«, sagte der Ingenieur fast ehrfürchtig. »Wie lange habe ich die Heimat nicht gesehen …«

»Keine Sentimentalität!«, schaltete sich einer der Sicherheitsleute ein. Der Ingenieur duckte sich, gab Tehlarbloe durch ein Zeichen zu verstehen, dass er sich auf ihn verlassen könnte, und zog sich zurück.

»Sind Sie der Kommandant des Forschungsschiffs?«, fragte der zweite Bewaffnete.

»So ist es«, bestätigte Tehlarbloe.

»In wessen Auftrag sind Sie unterwegs?«

»Qartane, Jooghiv und Nampriete«, leierte Tehlarbloe die Namen herunter. »Regelerschaffer von Moeckdöhne. Sie können das überprüfen, wenn Sie wollen, aber ich muss Sie um Diskretion ersuchen.«

»Wir haben die Namen aufgezeichnet. – Was für einen Auftrag haben Sie?«

»Meine Auftraggeber wünschen strengste Geheimhaltung.«

»Wir müssen Sie dennoch bitten, mit uns zu kommen. Es sind einige Punkte unklar.«

»Aber …« Tehlarbloe verstummte sofort, als er Blöhnvils Blick begegnete. Sein Gesicht war nichts sagend, doch in seinen Augen lag ein seltsames Leuchten, das aus einer Mischung von Triumph und Hohn geboren sein konnte.

»Es handelt sich um eine reine Formsache«, versicherten die Bewaffneten und nahmen Tehlarbloe in die Mitte.

Sie brachten ihn in einen von den Werftanlagen getrennten Gebäudekomplex. Dort führten sie ihn in einen kahlen Raum mit einer Sitzbank an einer Wand. Dieser gegenüber befand sich eine energetische Barriere, die zugleich ein Akustikfeld barg.

»Tehlarbloe, Strukturmanipulationsphysiker von Moeckdöhne, mit Dienstauftrag auf der FEYRADA unterwegs«, erklang eine fein modulierte Stimme. »Das sind Sie?«

»Jawohl, ich verstehe nur nicht …«

»Sie haben den Beamten verschwiegen, dass Sie mit einem Beiboot der FEYRADA gelandet sind. Sie haben das Beiboot als selbstständige Forschungseinheit bezeichnet.«

»Ich bin meinen Auftraggebern zu Geheimhaltung verpflichtet.«

»Wie erklären Sie es sich, dass gegen Sie Anzeige erstattet wurde?«

»Verleumdung. Wer ist der Denunziant?«

»Anonym. Trotzdem müssen wir der Sache nachgehen, denn der Funkspruch, in dem Beschuldigungen gegen Sie erhoben wurden, kam von Ihrem Beiboot.«

Also hatte Blöhnvil ihn angezeigt. Tehlarbloe hätte es sich denken können, dass der Agent versuchen würde, ihn auf Blotgrähne auszuschalten.

»Wessen werde ich beschuldigt?«, erkundigte er sich.

»Es wurde kein konkretes Vergehen genannt ... Die Beschuldigung ist überhaupt sehr vage. Da sie darüber hinaus anonym ist, kann auf Blotgrähne keine Anklage erhoben werden. Sie müssen sich vor einem Gericht von Moeckdöhne verantworten.«

Tehlarbloe erhob sich. »Dann müssen Sie mich auf freien Fuß setzen.«

»Wir werden Sie in Gewahrsam behalten, bis Ihr Schiff wieder startklar ist.«

»Ich protestiere!«

»Das können Sie, aber es hilft Ihnen nichts. Gegen diese Entscheidung gibt es kein Rechtsmittel.«

Tehlarbloe verfluchte Blöhnvil innerlich. Das hatte er klug eingefädelt! Dabei musste Tehlarbloe sein Vorhaben durchführen, koste es, was es wolle.

»Ich verlange, mit einem Feinsprecher zu reden!«, forderte er.

»Darauf haben Sie keinen Anspruch.«

»Auch nicht in einer Angelegenheit, die in den Interessenbereich der Kaiserin von Therm fällt?«

»In diesem Fall dürfen Sie vor einem Verbindungselement zum Berührungskreis der Kaiserin sprechen«, sagte die unpersönliche Stimme. »Doch diese Forderung erübrigt sich – denn sie ist längst erfüllt.«

Die Energiebarriere erlosch. Dahinter kam ein Kristallleiter zum Vorschein, der in einem Verbindungselement endete.

Tehlarbloe war verblüfft. Mit allem hätte er gerechnet, nur nicht damit, dass er der Kaiserin von Therm selbst Rede und Antwort stand.

»Das erleichtert die Angelegenheit natürlich«, sagte Tehlarbloe. »Es erspart mir viel Zeit.«

»Berichte!«

Tehlarbloe begann: »Im Ortungsschutz der Sonne Kaylaandor steht eine Flotte von hundert Einheiten für den Ernstfall bereit ...«

29.

»Es geht gar nicht darum, ob wir als Gäste oder Gefangene festgehalten werden«, sagte Gucky. »Diese Spitzfindigkeiten fallen überhaupt nicht ins Gewicht. Wir müssen eine Möglichkeit finden, schnellstens zur SOL zurückzukehren.«

»Warum diese Dringlichkeit?«, fragte Perry Rhodan.

»Atlan hat den Feyerdalern ein Ultimatum gestellt«, antwortete Ras Tschubai an Stelle des Mausbibers. »Wenn ihm nicht innerhalb von drei Normstunden der Nachweis erbracht wird, dass euch nichts zugestoßen ist, wird er ein Exempel statuieren.«

»Atlan hat sich zu solch einer Unbesonnenheit hinreißen lassen?«, fragte der Terraner erstaunt.

»Die Feyerdaler haben ihn geradezu provoziert«, erwiderte Gucky. »Atlan hatte keine andere Möglichkeit. Er konnte zudem nicht wissen, dass ihr wohlauf seid. Die Feyerdaler verweigerten jegliche Auskunft, und das hat ihn misstrauisch gemacht.«

Rhodan nickte. Er konnte den Arkoniden verstehen, und wahrscheinlich hätte er an seiner Stelle auch nicht anders gehandelt.

»Wir können die Angelegenheit leicht bereinigen«, erklärte er nach einigem Nachdenken. »Ein Funkspruch genügt. Ich werde persönlich mit Atlan reden und ihm sagen, dass wir in Sicherheit sind.«

»Das sagst du so leicht«, meinte Gucky. »Aber wenn ein Funkkontakt mit euch möglich gewesen wäre, wäre es nie zu dieser bevorstehenden Eskalation gekommen.«

»Ich weiß, Kleiner, wir haben selbst vergeblich versucht, die HAVAMAL über Funk zu erreichen. Aber ich bin sicher, dass der Berührungskreis unter diesen Umständen eine Ausnahme zulassen wird. Ich werde mich sofort darum kümmern.«

Perry Rhodan wandte sich einem Verbindungselement zu. Er benutzte den feyerdalischen Eröffnungssatz, schilderte knapp die bedrohliche Entwicklung und schloss: »... um dieses verhängnisvolle Missverständnis aufzuklären, muss ich eine Funkverbindung zu meinem Schiff, der SOL, erbitten. Andernfalls wäre eine Katastrophe unausbleiblich.«

Die Antwort kam prompt. »Der Kaiserin von Therm ist die Problematik bekannt. Eine Änderung ist aber nicht möglich.«

»Ist sich die Kaiserin von Therm auch bewusst, dass es zum Kampf zwischen Feyerdalern und Terranern kommen kann, wenn wir nach Ablauf des Ultimatums noch kein Lebenszeichen von uns gegeben haben?«

Das Verbindungselement schwieg.

»Will die Kaiserin von Therm wirklich, dass es zu einer Kraftprobe kommt?«, fragte Rhodan eindringlich. »Soll es wegen eines derart unbedeutenden Zwischenfalls zum Krieg zwischen zwei friedlichen Völkern kommen?«

Sein Appell blieb wirkungslos. Das Verbindungselement schwieg nun beharrlich.

»Ich kann mir nicht vorstellen, dass die Kaiserin den Ernst der Lage falsch interpretiert.« Verständnislos schüttelte Gucky den Kopf. »Sie muss doch erkennen, dass Atlans Ultimatum ernst gemeint ist.«

»Sie schätzt uns einfach richtig ein.« Rhodan massierte die Narbe an seinem Nasenflügel mit zwei Fingern. »Sie weiß, dass wir friedlich sind und selbst in einer Ausnahmesituation nicht bis zum Äußersten gehen werden.«

»Bist du sicher, dass Atlan sich auch in dieses Verhaltensschema hineinzwängen lässt?«, wandte Ras Tschubai ein. »Die Arroganz und Geringschätzung der Feyerdaler haben ihn gewaltig in Rage gebracht. Er muss ihnen die Zähne zeigen, um sie von ihrem hohen Ross herunterzuholen. Tut er das nicht, verlieren die Feyerdaler die letzte Achtung vor uns – und dann machen sie mit uns wirklich, was sie wollen.«

»Das mag durchaus so zutreffen«, erwiderte der Terraner. »Dennoch bin ich zuversichtlich, dass Atlan nicht bis zum Äußersten gehen wird.«

»Du willst also nichts unternehmen?«, fragte Gucky trotzig. »Wagen wir nicht einmal einen kleinen Ausbruchsversuch? Bestimmt könnten wir uns bis zur HAVAMAL durchschlagen.«

»Das wäre verfrüht«, erwiderte Rhodan. »Ich bin sicher, dass sich das Problem auf diese oder jene Weise von selbst lösen wird. Deshalb warten wir vorerst noch ab.«

Das war sein letztes Wort. Sosehr Gucky und Tschubai ihn auch bedrängten, einen Fluchtversuch zu wagen, er wollte davon nichts wissen.

Der Feyerdaler erschien kurz darauf. Er wirkte nicht so steif wie die Feinsprecher, und sein Blick hatte etwas Lauerndes und Wachsames zugleich. Ganz so, als müsse er sich über verschiedene Dinge erst selbst klar werden.

»Ist einer von Ihnen Perry Rhodan?«, fragte er geradeheraus.

»Vielleicht haben Sie die Güte und sagen mir zuvor, wer Sie sind und was Sie von Perry Rhodan wollen«, erwiderte Ras Tschubai gedankenschnell. »Wie ein Feinsprecher oder gar Regelerschaffer wirken Sie nicht.«

Der Feyerdaler musterte die Anwesenden der Reihe nach. In seinem Blick lag ein verzehrendes Feuer.

»Mein Name ist Tehlarbloe«, sagte er, »und ich suche den Fremden namens Rhodan. Seien Sie gewiss, dass es sich um mehr als einen Höflichkeitsbesuch handelt. Und ein Feinsprecher – nein, das bin ich nicht. Ich bin ...«, er zögerte für einen Moment, »... Wissenschaftler. Strukturmanipulationsphysiker, um es genau zu sagen.«

Rhodan ging auf den Mann zu. Dabei ließ er ihn nicht eine Sekunde lang aus den Augen. Nicht eine Regung des Feyerdalers entging ihm.

»Ich bin Perry Rhodan«, sagte er schließlich, als er nur noch zwei

Schritte vor dem Wissenschaftler stehen blieb. »Ich bin erfreut darüber, im Berührungskreis der Kaiserin von Therm einen Feyerdaler zu treffen, der kein Feinsprecher ist.«

Tehlarbloe erwiderte den taxierenden Blick des Terraners, ohne mit der Wimper zu zucken. »Ich glaube eher«, sagte er, »Sie verbergen hinter dieser banalen Floskel Ihre Verwunderung darüber, dass ich als normaler Feyerdaler Zutritt zum Berührungskreis habe. Falls ich damit Recht habe, halten Sie sich vor Augen, dass Sie nicht einmal unserem Volk angehören und dennoch von der Kaiserin begünstigt werden. Warum, so frage ich mich, sollen Feyerdaler weniger Rechte haben als Sie, fremde Raumfahrer, die nicht aus dieser Galaxis stammen?«

»Ich wollte Sie keineswegs beleidigen, Tehlarbloe«, sagte Rhodan. »Und wenn Sie unterschwellig eine Verbitterung der Feyerdaler ansprechen, so habe ich dafür volles Verständnis. Ich hätte aber nie gedacht, dass Sie die Entscheidung der Kaiserin von Therm, uns Terraner mit der Suche nach dem MODUL zu beauftragen, als Diskriminierung ansehen. Im Gegenteil, ich hoffte sogar und hoffe immer noch, dass dies unsere Zusammenarbeit intensivieren kann. Es tut mir Leid, dass es anders gekommen ist, aber die Kaiserin hätte diese Entwicklung voraussehen müssen.«

»Zweifeln Sie daran, dass sie den Konflikt erkennt?«, fragte Tehlarbloe.

»Sie meinen, die Kaiserin von Therm hat bewusst so und nicht anders entschieden?«, entgegnete Rhodan.

»Sie brauchen uns Feyerdaler nicht zu bedauern – höchstens sich selbst. Ich jedenfalls bin froh über diese Entwicklung. Noch vor wenigen Tagen war ich ein Rebell und wurde gejagt, weil ich mich gegen das Abhängigkeitsverhältnis der Feyerdaler zur Kaiserin auflehnte …«

»Bevor Sie weitersprechen, muss ich Sie darauf aufmerksam machen, dass der Berührungskreis der Kaiserin unser Gespräch mithört«, warnte Rhodan.

»Darauf müssen Sie mich nicht hinweisen«, sagte Tehlarbloe abfällig. »Niemand kennt das Kommunikationssystem der Kaiserin besser als ich. Zumal ich Geräte entwickelt habe, mit denen dieses System neutralisiert werden kann. Wie gesagt, ich habe mit allen Mitteln gegen das Bündnis mit der Kaiserin von Therm gekämpft, weil mein Volk unter dieser Abhängigkeit degeneriert. Der beste Beweis dafür sind die Vorgänge auf Pröhndome.«

»Sie waren auch ursächlich dafür, dass die Kaiserin uns den Auftrag gab, das MODUL zu retten«, erklärte Rhodan. »Die Feinsprecher erscheinen ihr wohl nicht verlässlich genug.«

»Ich sehe die Situation etwas anders«, entgegnete Tehlarbloe. »Lassen

Sie mich weiter ausführen, dann werden auch Sie die Wahrheit erkennen. – Ich wurde auf Moeckdöhne verhaftet und sollte als Rebell einer Gehirnwäsche unterzogen werden. Doch bevor meine Verurteilung ausgesprochen wurde, traf die Nachricht von Pröhndome ein, dass die Kaiserin von Therm euch mit einer Mission betraut hat, deren Ausführung weit eher uns Feyerdalern zusteht. Dieser Umstand rettete mich; ich konnte sogar die Feinsprecher für meinen Plan gewinnen. Unter anderen Umständen hätten sie nie eine Rebellion gegen die Kaiserin gewagt. Auch jetzt richten sich ihre Aktivitäten nicht gegen das System, sondern gegen die Fremden, die das altgewohnte Verhältnis zur Kaiserin stören. Mir ist dieser feine Unterschied egal, für mich war nur die Unterstützung der Feinsprecher ausschlaggebend, eine Flotte ohne das Wissen der Kaiserin zu mobilisieren. Zumindest glaubte ich anfangs noch, dass die Kaiserin von Therm ahnungslos sei. Doch auf diesen Punkt komme ich gleich genauer zu sprechen. Jedenfalls stellte ich mit Hilfe der Feinsprecher eine Flotte auf, die die Verfolgung Ihres Zweikugelraumschiffs aufnehmen sollte.«

»Sie wollten uns angreifen, womöglich vernichten?«, fragte Perry Rhodan ungläubig. »Obwohl wir Beauftragte der Kaiserin sind? Das erschüttert mich, denn ich bin nach wie vor der Ansicht – trotz der augenblicklichen Spannungen –, dass wir uns mit den Feyerdalern friedlich einigen können.«

»Eine solche friedliche Lösung kann es nicht geben«, sagte Tehlarbloe hart. »Das hat auch die Kaiserin von Therm erkannt. Zwischen unseren Völkern muss ein Kräftemessen entscheiden, sonst kann der Konflikt nicht beigelegt werden.«

»Sie meinen, die Superintelligenz wird nicht einschreiten und diesen Irrsinn stoppen, falls es zum Kampf zwischen Feyerdalern und Terranern kommt?«

»Sie hat diese Entwicklung sogar gefördert«, antwortete Tehlarbloe. »Bevor ich mit der Flotte von Moeckdöhne abflog, wurde ich von Feinsprechern abgeführt und in den Berührungskreis gebracht. Ich dachte, dass mich nun endgültig der Tod erwartete, doch das war ein Irrtum. Im Berührungskreis erfuhr ich erst die Hintergründe und erkannte, dass die Kaiserin von Therm und ich identische Gedanken hegen. Wir wollen die Feyerdaler endlich wachrütteln und ihre Degeneration verhindern. Pröhndome war ein mahnendes Beispiel – auch für die Kaiserin.« Tehlarbloe legte eine bedeutungsvolle Pause ein, doch er wartete nicht auf Zwischenfragen. »Zuerst war es ein Schock für mich, als ich im Berührungskreis erfuhr, dass die Kaiserin von Therm über meine Rebellion informiert war«, sagte er geradezu widerstrebend. »Doch anschließend wurde mir klar, dass die Kaiserin diese Entwicklung sogar begrüßt. In meiner

Freilassung sah ich die Bestätigung dafür, dass sie meine Maßnahmen gutheißt.«

»Mir ist nur unverständlich, weshalb sie solch eine Entwicklung wünschen soll«, sagte Rhodan.

»Der Grund liegt auf der Hand. Die Kaiserin von Therm befürchtet eine wachsende Dekadenz der Feyerdaler. Erste Anzeichen für diese Entwicklung zeigten sich auf Pröhndome. Eine Wiederholung dessen muss mit allen Mitteln verhindert werden. Deshalb galt es, rasch dagegen einzuschreiten und das Volk wachzurütteln. Die Terraner kamen da gerade zur rechten Zeit.«

»Sie meinen, wir sind für die Kaiserin nur Mittel zum Zweck?«, fragte Perry Rhodan skeptisch.

»Genau so ist es!«, bestätigte der Wissenschaftler. »Als die Kaiserin Ihnen den Auftrag erteilte, das MODUL zu retten, da wusste sie, dass mein Volk das nicht stillschweigend dulden würde. Eine solche Demütigung dürfen wir einfach nicht hinnehmen und müssen uns zur Wehr setzen. Es gilt jetzt zu beweisen, dass wir euch zumindest ebenbürtig sind – und in jedem Fall würdiger, für die Rettung des MODULS eingesetzt zu werden.«

»Sie glauben also, diesen Befähigungsnachweis erbringen zu können, indem Sie einen Krieg gegen uns führen?«, fragte Rhodan. »Durch Kampf und Gewalt zu Glorie! Was für eine Philosophie …«

»Spotten Sie ruhig, aber es gibt keinen anderen Ausweg«, erwiderte der Feyerdaler. »Außer, Sie kapitulieren. Doch daran glaube ich nicht. Warum, glauben Sie, hält man Sie hier fest? Warum duldet die Kaiserin, dass der Konflikt auf die Spitze getrieben wird? Doch nur, weil sie genau das haben will.«

»Das glaube ich nicht«, beharrte Rhodan, obwohl ihm die Logik von Tehlarbloes Beweisführung einleuchten musste. »Wir werden nicht unmittelbar von den Feinsprechern im Berührungskreis festgehalten, vielmehr hat die Kaiserin von Therm selbst diese Maßnahme angeordnet. Andererseits kann sie nicht wollen, dass der Konflikt wirklich ausbricht. Ein Kampf zwischen unserem Schiff und der feyerdalischen Flotte könnte allzu leicht die Vernichtung von Blotgrähne nach sich ziehen. Das wäre eine sinnlose Zerstörung. Ebenso könnten wir die SOL verlieren … Ein furchtbarer Gedanke!«

»Wäre es wirklich undenkbar«, durchbrach Ras Tschubai die plötzliche bedrückende Stille, »dass eine Superintelligenz wie die Kaiserin von Therm uns und die SOL opfern würde, um die Feyerdaler als wiedererstarktes Volk zurückzugewinnen? Auf lange Sicht sind und bleiben die Feyerdaler für sie die wertvolleren Helfer.«

»Das glaube ich einfach nicht«, sagte Rhodan.

»Dann befragen Sie ein Verbindungselement!«, schlug Tehlarbloe vor. »Vielleicht erhalten Sie eine eindeutige Antwort. Ich ziehe mich aber jetzt zurück. Seien Sie versichert, Perry Rhodan, dass ich Sie und Ihre Raumschiffsbesatzung achte. Wenn es dennoch zum Kampf kommen wird, dann nur aus den erwähnten Gründen. Ich hoffe, Sie sehen ein, dass diese Bewährungsprobe für unser Volk von lebenswichtiger Bedeutung ist.«

»Was haben Sie vor, Tehlarbloe?«

Der rebellische Wissenschaftler wandte sich noch einmal um. »Ich kehre zu meiner Streitmacht zurück, die im Ortungsschutz von Kaylaandor steht. Ich werde die Flotte für den Angriff auf Ihre SOL vorbereiten.«

Mit weit ausgreifenden Schritten eilte der Rebell davon. Es schien, als sei eine schwere Last von seinen Schultern genommen worden-

»Wir müssen ihn an seinem Vorhaben hindern!«, sagte Ras Tschubai und wollte die Verfolgung des Feyerdalers aufnehmen.

»Lass es gut sein!« Rhodan legte dem Mutanten seine Hand auf den Arm. »Es hat keinen Zweck, Tehlarbloe gewaltsam zurückzuhalten. Wahrscheinlich wäre die verhängnisvolle Entwicklung ohnehin nicht mehr zu stoppen.«

»Wir sollten die SOL wenigstens warnen.«

Rhodan winkte ab. »Wenn Atlan ein Ultimatum stellt, dann rechnete er auch mit dem Schlimmsten. Er weiß, was er tut; ich verlasse mich da ganz auf ihn.«

Auf dem Absatz wandte sich der Terraner um und widmete sich Augenblicke später einem Verbindungselement. Er sprach den Eröffnungssatz für eine Kontaktaufnahme aus, als wäre mittlerweile nicht das Geringste vorgefallen.

»Ich protestiere in aller Deutlichkeit!« fuhr er fort. »Die Kaiserin von Therm muss einschreiten, bevor es zu verlustreichen Kampfhandlungen kommt. Andernfalls wäre eine Vernichtung der SOL nicht ausgeschlossen. Ebenso wie das Ende von Blotgrähne. Hat die Kaiserin eine solche negative Entwicklung bedacht?«

»Sämtliche Möglichkeiten wurden erwogen«, antwortete das Verbindungselement.

»Dann würde die Kaiserin von Therm untätig zulassen, dass die Feyerdaler unser Raumschiff zerstören und damit die Überlebenschancen eines ganzen Volkes zunichte machen?«

Das Verbindungselement antwortete prompt: »Der Würdigere wird aus diesem Konflikt als Sieger hervorgehen. Eine Alternative gibt es nicht.«

Das war deutlich genug. Perry Rhodan wandte sich ab.

»Folgen Sie den Leitsignalen«, ertönte hinter ihm noch einmal die Robotstimme, »dann können Sie Zeuge dieses entscheidenden Augenblicks in der Evolution der Feyerdaler werden.«

Mitten in der Halle materialisierte in dem Moment eine Art Irrlicht. Es führte die kleine Gruppe von der SOL bis in das Zentrum einer holografischen Projektion, die zweifellos eine gesamte Halle einnahm.

»Dort ist die SOL!«, rief Gucky aufgeregt.

Alle Blicke wandten sich dem Hantelraumschiff zu, und jeder wartete angespannt darauf, was nun geschehen würde.

»Tehlarbloe!«, rief Blöhnvil verblüfft aus, als der Wissenschaftler in der Reparaturwerft auftauchte. »Wo kommen Sie so plötzlich her?«

»Es überrascht Sie wohl, mich so schnell wiederzusehen«, erwiderte der Physiker. »Sie hatten gehofft, dass man mich länger festhalten würde? Aber ich bin ausgebrochen.«

»Ich hatte mit Ihrer Festnahme nichts zu tun.«

Tehlarbloe winkte ab. »Lassen wir das. Wir müssen sofort starten und Blotgrähne verlassen, bevor meine Flucht entdeckt wird.«

Das war eine glatte Lüge, denn die Sicherheitsleute waren angewiesen worden, ihn auf freien Fuß zu setzen. Aber Tehlarbloe wollte seine Karten noch nicht auf den Tisch legen.

»Und unser Auftrag?«, erinnerte Blöhnvil. »Wir hatten bislang keine ausreichende Gelegenheit, die Lage auf Blotgrähne zu erkunden.«

»Ich habe genug erfahren«, sagte der rebellische Wissenschaftler kurz angebunden. Er wandte sich an Crahler: »Die Reparaturarbeiten müssen sofort abgebrochen werden! Und lasse dir die Starterlaubnis geben! Wir müssen zur Flotte zurückkehren.«

Tehlarbloe wollte über den Verbindungssteg zur Schleuse des Beiboots gehen, doch Blöhnvil hielt ihn am Arm zurück. »Was spielen Sie eigentlich für ein Spiel, Tehlarbloe?«

Der Wissenschaftler schüttelte die Hand ab. »Ich bleibe meiner Sache jedenfalls treu«, sagte er. »Aber für Sie wird es Folgen geben, Blöhnvil. Das Logbuch wird uns verraten, von wem ich denunziert wurde.«

Die Augen des Agenten leuchteten erschrocken auf.

»Jooghiv gab mir den Auftrag, Sie in sicheren Gewahrsam nehmen zu lassen«, gestand er. »Ich habe nur nach den Befehlen des Regelerschaffers gehandelt.«

Tehlarbloe hatte das Beiboot erreicht, und der Agent war ihm gefolgt. Tehlarbloe blieb stehen und wandte sich zu Blöhnvil um.

»Inzwischen müssten Sie wenigstens ahnen, dass hier ein anderer die Befehle gibt als Jooghiv«, sagte er leise. »Wenn Sie sich auf meine Seite schlagen, werde ich alles andere vergessen.«

»Ich bin Ihr Mann«, sagte Blöhnvil.

Sie begaben sich in die Steuerzentrale, und Tehlarbloe traf die Startvorbereitungen. Er hatte sie kaum abgeschlossen, als Crahler auftauchte.

»Alles in Ordnung«, berichtete Crahler atemlos. »Der Werftleiter hat seine Roboter abgezogen. Wir können umgehend starten ...«

Er hatte noch nicht ausgesprochen, da fuhr Tehlarbloe den Antrieb hoch. Der Physiker forderte von der Werftstation einen Traktorstrahl an und bekam ihn augenblicklich.

Das Beiboot wurde aus dem Landeschacht gehoben und jagte dann aus eigener Kraft in den wolkenverhangenen Himmel von Blotgrähne empor.

Erst als sie die Atmosphäre hinter sich gelassen hatten, ergriff Blöhnvil das Wort. »Wollen Sie nicht berichten, was Sie erfahren haben, Tehlarbloe? Wie ist die Lage auf Blotgrähne?«

»Es steht für unsere Sache günstig. Wir müssen umgehend einen Funkspruch an die Flotte schicken. Die Schiffe sollen den Ortungsschutz verlassen.«

»Können wir das schon wagen?«

»Es ist kein Wagnis. Das Ultimatum der Terraner läuft bald ab. Sobald ihr Schiff über Blotgrähne auftaucht, müssen wir zuschlagen.«

»Glauben Sie, dass unsere Flotte stark genug ist, sich gegen das Gigantraumschiff zu behaupten?«, fragte Blöhnvil zweifelnd.

»Ich weiß es nicht«, antwortete Tehlarbloe wahrheitsgetreu. »Aber eines ist gewiss: Wenn wir erst den Kampf eröffnet haben, erhalten wir von Blotgrähne Unterstützung. Dort fiebert man förmlich der Auseinandersetzung entgegen.«

Atlan hatte auf der SOL-Zelle-2 das Kommando übernommen. Den Oberbefehl über die SZ-1 hatte Galbraith Deighton. Reginald Bull und Roi Danton hatten sich auf das Mittelstück zurückgezogen.

Noch bildete die SOL eine Einheit.

Atlan stand mit den anderen Schiffssegmenten in ständiger Verbindung. Sein Ultimatum lief in wenigen Minuten ab.

Die Kelosker hatten eine Vorgehensweise mit zwei Schwerpunkten berechnet. Natürlich mussten eigene Verluste unter allen Umständen vermieden werden, und das bedeutete eine defensive Kampfweise. Zum anderen galt es, die Verluste des Gegners so gering wie möglich zu halten, denn die Feyerdaler waren trotz allem keine Feinde der Terraner.

Es hieß demnach, einen Scheinkrieg mit größtmöglicher Einschüchterung des Gegners zu führen. Dieser Taktik kamen die Unterlagen über planetarische Einrichtungen sehr zugute, die Atlan von der HAVAMAL erhalten hatte.

»Noch immer keine Nachricht von Gucky und Ras Tschubai?«, fragte der Arkonide nach.
»Keine«, bekam er zur Antwort. »Mittlerweile ist auch die Verbindung zur HAVAMAL abgebrochen.«
»Die Feyerdaler scheinen die bewaffnete Auseinandersetzung mit uns unter allen Umständen herbeiführen zu wollen«, schimpfte Reginald Bull. »Mit einer falschen Einschätzung der Lage hat das schon nichts mehr zu tun – sie müssen sich des Ernstes der Situation vollauf bewusst sein.«
»Ich frage mich, was sie damit erreichen wollen«, sagte Atlan. »Dahinter steckt mehr als nur gekränkter Stolz. Ihnen geht es darum, sich selbst und uns zu beweisen, dass sie von der Kaiserin von Therm unter ihrem Wert eingestuft wurden, das verstehe ich noch. Aber es gäbe andere Möglichkeiten ...«
»Flotte der Feyerdaler voraus!«, meldete die Ortungszentrale.
Auf dem Panoramaschirm erschien die blassrote Scheibe der Sonne Kaylaandor. Eine Ausschnittvergrößerung zeigte eine Flotte von schlanken Raumschiffen.
»Sie nehmen Kurs auf uns!«, stellte Reginald Bull fest. »Es kann kein Zweifel mehr bestehen, dass sie sich zum Kampf stellen.«
Atlan hatte damit gerechnet, dass diese Flotte der SOL irgendwann auflauern würde. Seit ihr Erscheinen im Kaylaandor-System gemeldet worden war, wusste er, dass diese Flotte von den Feyerdalern als Gegengewicht zur SOL abgestellt worden war. Dennoch hatte er bis zuletzt nicht ernsthaft damit gerechnet, dass die Feyerdaler wirklich bis zum Äußersten gehen würden.
Die Situation sprach für sich: Die Flotte schwärmte aus.
»Abkoppelung der SOL-Zellen einleiten!«, befahl Atlan.
Während die schlanken Kriegsschiffe der Feyerdaler näher kamen, drittelte sich die SOL. Das zylinderförmige Mittelteil leitete ein Bremsmanöver ein und fiel etwas zurück. Dieses Rückzugsmanöver lief gleichzeitig mit dem Vorstoß der SOL-Zelle-1 ab, während die SOL-Zelle-2 Kurs auf Blotgrähne nahm.
In der gegnerischen Flotte entstand einige Verwirrung. Zweifellos hatten die Feyerdaler beabsichtigt, die SOL zu umzingeln und ins Kreuzfeuer ihrer Geschütze zu nehmen. Doch die Aufteilung des Hantelraumers in drei selbstständig operierende Einheiten machte diese Taktik im Vorfeld zunichte.
Die Lanzettschiffe der Angreifer mussten sich neu formieren. Ein Teil der Flotte änderte den Kurs und nahm die Verfolgung der SZ-2 auf, während der Rest sich der SZ-1 stellte. Das SOL-Mittelteil zog sich weiter auf Warteposition zurück.
»Wir behalten unsere Taktik bei«, erklärte Atlan. »Ich werde mit der

SZ-2 das Landungsunternehmen durchführen. Galbraith fällt mit der SZ-1 die Aufgabe zu, die Hauptstreitmacht zu binden. Bully und Roi, ihr haltet euch vorerst aus allem heraus. Bleibt in der Defensive. Es genügt, wenn ihr einige Kampfeinheiten der Feyerdaler bindet.«

»Wir sind auf Schussweite!«, meldete Galbraith Deighton von der SZ-1. Atlan sah im Ortungsbild, dass im Bereich der SOL-Zelle erste Explosionen erfolgten.

»Das Feuer nicht erwidern!«, befahl er. »Locke die Feyerdaler lediglich von ihrer Welt fort und warte eine günstige Gelegenheit für das Ausschleusen der Beiboote ab. Die Feyerdaler werden hoffentlich geschockt sein, wenn sie sich plötzlich einem Schwarm kleiner Kampfeinheiten gegenübersehen.«

Die SZ-2 hielt weiterhin Kurs auf Blotgrähne. Atlan ließ die Geschwindigkeit weiter drosseln. Als die Verfolger – zwanzig feyerdalische Kampfschiffe in der Größenklasse zwischen tausend und tausendfünfhundert Metern – schon fast auf Reichweite ihrer Geschütze heran waren, ließ Atlan die Beiboote starten.

Die Hangarschleusen des Kugelraumers öffneten sich, die Beiboote schwärmten aus. Um einen besseren Effekt zu erreichen, ließ Atlan zuvor die Transformgeschütze der SZ-2 eine Salve vor die Front der Angreifer abfeuern. Aus der diffundierenden Gluthölle brachen dann die Beiboote hervor.

Mit einem Mal sahen die Feyerdaler zwischen sich und ihrem Zielobjekt einen Schwarm kleiner und kleinster Einheiten. 50 Leichte Kreuzer und ebenso viele Korvetten, 100 Space-Jets und 300 Lightning-Jets bildeten – in ihre HÜ- und Paratronschirme gehüllt – einen schier unüberwindbaren Wall.

Die Rebellenflotte musste abdrehen, um dem unerwarteten Hindernis auszuweichen und die Verfolgung der SZ-2 fortsetzen zu können. Aus diesem Manöver ging jedoch klar hervor, dass die Feyerdaler auf eine schnelle Entscheidung aus waren. Sie kümmerten sich nicht um die Beiboote, sondern wollten das Hauptschiff stellen. Doch die im Vergleich winzigen Raumer machten ihnen dieses Vorhaben schwer. Sie hefteten sich an die Lanzettschiffe und splitterten deren Formation mit gezielten Transformsalven immer weiter auf. Anschließend zogen sie sich blitzartig zurück und warteten darauf, dass sich die Rebellenflotte neu formierte, um danach ihre Zermürbungstaktik fortzusetzen.

Atlan stellte fest, dass drei der zwanzig Verfolger mit zerstörten Triebwerken manövrierunfähig durch den Raum trieben.

Doch das Lächeln gefror ihm auf den Lippen, als die Ortungszentrale eine alarmierende Meldung weitergab: »Vom zweiten Planeten starten Hunderte Raumschiffe!«

Atlans Gesicht wurde verkniffen. Wenn die Feyerdaler ihre geballte Macht in die Schlacht warfen, dann schienen sie eisern entschlossen, die SOL vernichtend zu schlagen.

Der Arkonide fragte sich, ob er unter diesen Umständen doch drastischere Maßnahmen einleiten musste.

»Wir haben es geschafft!«, rief Crahler triumphierend. »Unsere Schiffe greifen an!«

Tehlarbloe schwieg dazu, denn er teilte die Gefühle seines Freundes nicht. Er war nervös und fragte sich, ob Blotgrähne wirklich Verstärkung für die Rebellenflotte schicken würde. Bis eben hatte er noch fest damit gerechnet, aber mit einem Mal war er sich dessen nicht mehr sicher. Er würde erst aufatmen, sobald die Schiffe vom zweiten Planeten starteten.

Und noch etwas machte ihm Sorgen.

»Warum so schweigsam, Tehlarbloe?«, fragte Blöhnvil. »Sie haben alle Hindernisse überwunden und stehen vor Ihrem größten Triumph.«

»Noch ist es nicht so weit«, erwiderte Tehlarbloe. »Außerdem gibt es für uns unerwartete Schwierigkeiten. Ich fürchte, dass wir uns nicht zu unserer Flotte durchschlagen können. Die SOL steht genau zwischen uns.«

In diesem Moment teilte sich das gewaltige Hantelschiff. Sie konnten über die Ortung den Vorgang deutlich verfolgen.

»Was für eine Technik die Terraner haben«, sagte Crahler beeindruckt.

»Wir sind ihnen ebenbürtig«, entgegnete Tehlarbloe barsch und fügte hinzu: »Zumindest in dem Belang. Aber es kommt vor allem auf den Geist an, der hinter dieser Technik steht. Da haben wir Feyerdaler allerdings viel nachzuholen.«

Trotz dieser pessimistischen Äußerung war er zuversichtlich. Der erste Schritt hin zu einer durchgreifenden Reform war getan, und wie auch immer diese Auseinandersetzung enden würde, sie musste eine heilsame Lehre sein.

Tehlarbloe versuchte ein Ausweichmanöver. Doch als er mit dem Beiboot in den leeren Raum zwischen den drei SOL-Segmenten vorstoßen wollte, schleuste eine der Kugelzellen ihre Beiboote aus – und auf einmal wimmelte der Raum von Schiffen aller Art.

Zwischen der feyerdalischen Flotte und dem anfliegenden Beiboot entstand aus dem Nichts heraus eine brodelnde Feuerwand.

»Unmöglich, da durchzukommen«, stellte Tehlarbloe nach bangen Sekunden fest. »Wir müssen umkehren.«

»Zurück nach Blotgrähne?«, rief Blöhnvil aus.

»Mitten im Kampfgebiet sind wir dem Feuer von Freund und Feind hilflos ausgeliefert. Unsere Schutzschirme können solchen Gewalten nicht standhalten.«

Tehlarbloe nahm wieder Kurs auf den zweiten Planeten. Sie schossen nahe an dem riesigen Kugelgebilde der SOL-Zelle-2 vorbei, die ebenfalls Blotgrähne anflog.

»Da, seht!«, rief Crahler mit sich überschlagender Stimme und deutete auf eine Bildwiedergabe.

Blotgrähne war als wolkenverhangene Kugel zu sehen – und vor diesem Hintergrund entstand ein vielfaches Funkeln.

»Das sind Raumschiffe!«, behauptete Crahler. »Die Ortungsergebnisse bestätigen es. Von Blotgrähne sind Hunderte Einheiten aller Größen unterwegs.«

Tehlarbloe verspürte eine unsägliche Erleichterung. Endlich hatte sich die Regierung des Planeten zum Eingreifen entschlossen. Die Feyerdaler waren im Begriff, über ihren eigenen Schatten zu springen.

»Wir kehren trotzdem nach Blotgrähne zurück«, entschied er. »Jetzt erst recht!«

Tehlarbloe kannte seine Beweggründe selbst nicht recht, aber irgendwo in ihm wuchs die Hoffnung, dass er Perry Rhodan bald als Sieger würde gegenübertreten können.

Er wich dem Pulk feyerdalischer Raumschiffe aus und zwang das Beiboot schräg in die Atmosphäre des Planeten. Sie befanden sich auf der Nachtseite, die momentan der Hauptstadt Vorlkröhne gegenüberlag.

Tehlarbloe fuhr die Heck-Tragflächen aus und ging in einen Gleitflug über.

»Sind Sie überhaupt nicht patriotisch?«, hielt ihm Blöhnvil vor. »Was haben wir noch auf diesem öden Werftplaneten zu suchen? Die Entscheidung fällt im All, wo unsere Schiffe die Terraner schlagen.«

Der Wissenschaftler schüttelte den Kopf. »Kein Krieg hat je eine Entscheidung gebracht, und diesmal wird es nicht anders sein. Die wirklich umwälzenden Entscheidungen werden erst am Verhandlungstisch zwischen Siegern und Besiegten getroffen.«

»Sie überraschen mich immer aufs Neue«, gestand Blöhnvil. In seinen Worten schwang echte Bewunderung mit, und Tehlarbloe erkannte, dass er in dem Mann einen verlässlichen Verbündeten gewonnen hatte.

Das Beiboot erreichte die Tagseite. Im Widerschein der Sonne, die hinter der Planetenwölbung größer wurde, sahen sie ein gigantisches Kugelgebilde.

»Die Schiffszelle der Terraner!«, rief Crahler entsetzt.

Tehlarbloe biss die Zähne zusammen, dass sich die verlängerten Eckzähne tief in seine Lippen bohrten. Er drosselte die Geschwindigkeit des Beibootes weiter, während die optische Erfassung eine Szene des Grauens zeigte.

Von dem Kugelraumer griffen Strahlenfinger zur Planetenoberfläche und überzogen sie mit einem Meer von Explosionen. Ein riesiges Gebiet verschwand hinter glutenden Rauchwolken.

»Sie greifen Vorlkröhne an!«, schrie Tehlarbloe auf. »Aber wir landen trotzdem in der Hauptstadt. Wenn mich nicht alles täuscht, attackieren die Terraner ausschließlich Robotanlagen. Ob das Überheblichkeit ist oder aus Achtung vor dem Leben geschieht – uns kommt das jedenfalls zugute. Wir werden die Werften meiden und in der Nähe des Berührungskreises landen.«

30.

»Es ist Wahnsinn!«

Ras Tschubais Feststellung drückte aus, was jeder dachte. Ringsum in der holografischen Wiedergabe tobte die Raumschlacht, die jede Phase des erbitterten Kampfes in allen Einzelheiten miterleben ließ.

In das Panorama des planetennahen Weltraums wurden stetig vergrößerte Ausschnitte dramatischer Szenen eingeblendet. Deshalb waren oft gleichzeitig mehrere Kampfabschnitte zu sehen, was verwirrend wirkte. Doch diese Art der Wiedergabe drückte wohl am deutlichsten aus, was sich rings um Blotgrähne wirklich abspielte.

Es war die Apokalypse.

Perry Rhodan verhielt sich schweigsam, aber in seinem Gesicht zuckte es. Mitunter, wenn ein terranisches Beiboot oder gar eine SOL-Zelle von den Feyerdalern massiv bedroht wurde, spannte er sich an und beruhigte sich danach nur langsam wieder.

Gucky reagierte so unruhig wie lange nicht mehr. Seine Kommentare wirkten oft genug deplatziert, denn er feuerte die Mannschaften der SOL-Zellen und der Beibootgeschwader an, als könnten sie ihn hören. Und dann schimpfte er mit Worten, wie sie wohl nur ein Springerpatriarch gebraucht hätte, über die Feyerdaler.

Ras Tschubai äußerte sich nur gelegentlich und sehr sachlich. Zwischendurch gab er Betrachtungen zur allgemeinen Lage von sich, die jedoch von niemandem aufgegriffen wurden.

Als in einem Ausschnitt zu sehen war, wie die SOL-Zelle-2 auf Blotgrähne hinunterstieß und die Robotanlagen im Gebiet der Hauptstadt unter Beschuss nahm, stockte jedem für kurze Zeit der Atem.

Die Raumschlacht tobte über Stunden. Längst waren auch die Schiffe von Blotgrähne in das entstandene Chaos verwickelt. Allerdings beschränkten sich beide Seiten vorwiegend auf strategische Manöver.

Vor allem Atlans Defensivtaktik hatte großen Anteil daran, dass die Schlacht nicht weitaus verlustreicher verlief. Nur relativ selten waren schwere Treffer zu registrieren – aber auch sie führten nicht zum Totalverlust von Raumschiffen.

»Ich erkenne unumwunden an, dass Atlan das Leben der Feyerdaler schonen will«, sagte Cesynthra Wardon. »Andererseits wird die Auseinandersetzung endlos verzögert, ohne dass eine Entscheidung fällt. Wir müssten zumindest einen vernichtenden Schlag gegen die Feyerdaler führen, um ihnen zu zeigen, dass es um mehr als bloße Strategie geht.«

»Ich wusste gar nicht, dass Sie so blutrünstig sind, Cesynthra«, sagte Perry Rhodan.

Die Kosmopsychologin blieb ihm die Antwort schuldig, weil in unmittelbarer Nähe ein Anflugmanöver der SZ-2 gezeigt wurde.

Das gewaltige Kugelschiff, immerhin zweieinhalb Kilometer durchmessend, raste mit aktivierten Schutzschirmen durch die Atmosphäre von Blotgrähne, einen Schweif ionisierter Luft wie ein Komet nach sich ziehend.

In einer Totalen wurde sichtbar, dass die Bodenforts das Feuer eröffneten. Doch verpuffte die Abwehr wirkungslos im Paratronschirm der SOL-Zelle-2.

Der Kugelraumer stieß auf eine Werftanlage im Außenbereich der Hauptstadt hinab. Über der Werft entstand eine Energiekuppel, die aber im Feuer von Transformexplosionen schnell aufbrach. Die entstehende Druckwelle ließ die Werfthallen wie Kartenhäuser in sich zusammenstürzen.

Tausend Meter über der Oberfläche verharrte die gigantische Kugel. Space-Jets und Korvetten umschwirrten sie und gaben ihr Feuerschutz, als der Paratronschirm abgeschaltet wurde.

Jetzt wurde Atlans Taktik offenbar. Die vorangegangenen Angriffe hatten den Landetruppen das Terrain ebnen sollen. Flugpanzer und Raumsoldaten in Kampfanzügen schwebten zu Hunderten vom sturmgepeitschten Wolkenhimmel auf die Planetenoberfläche herab.

»Es ist wirklich nur noch eine Frage der Zeit, bis unsere Leute die Hauptstadt eingenommen haben«, erklärte Gucky.

»Aber die Raumschlacht geht weiter«, sagte Cesynthra. »Und sie wird die Entscheidung bringen.«

»Sobald die Bodentruppen die Hauptstadt eingenommen haben, müssen die Feyerdaler kapitulieren«, stellte Tschubai fest. »Allerdings werden die Bodenkämpfe nicht so unblutig verlaufen wie die Raumschlacht.«

Rhodan sprang von seinem Platz hoch. »Genug!«, rief er. »Ich sehe mir das nicht länger an. Wir müssen etwas unternehmen, um diesen Wahnsinn zu beenden!«

»Wir können nichts tun, weil wir keine Verbindung nach draußen haben«, gab Ras Tschubai zu bedenken.

»Dann schaffen wir uns eben einen Weg! Wir brechen gewaltsam aus dem Berührungskreis aus. Bisher habe ich noch gehofft, dass die Feyerdaler Vernunft annehmen. Aber die Situation spitzt sich unerträglich zu.«

Den Vorschlag, einen Fluchtversuch zu unternehmen, hatte Gucky schon mehrere Male ausgesprochen. Jetzt grinste der Kleine herausfordernd. »Endlich nimmst du Vernunft an, Perry. Er ist doch geradezu eine Verschwendung von Möglichkeiten, wenn Ras und ich keine Gelegenheit bekommen, unsere Ausrüstung einzusetzen. Wozu schleppen wir das Zeug mit uns herum?«

Ihre Parafähigkeiten hatten sie noch nicht zurückbekommen. Aber das würde sich vermutlich schlagartig ändern, sobald sie den Berührungskreis erst verlassen hatten.

»Allerdings müssen wir damit rechnen, dass uns der Berührungskreis Widerstand entgegensetzen wird. Und das vermutlich nicht unerheblich.«

Gemeinsam drangen sie in einen Korridor vor, der vom Zentrum eindeutig in Richtung Peripherie führte. Über ihren Köpfen verliefen unzählige Leitungen mit den kristallinen Strängen, die das Herz des Berührungskreises bildeten. Niemand bezweifelte, dass sie unter ständiger Beobachtung standen und dass ihre Fluchtabsicht längst durchschaut war.

»Ich bin neugierig, wie der Berührungskreis auf unseren Ausbruchsversuch reagiert«, sagte Tschubai.

»Da hast du deine Antwort, Ras«, erwiderte Gucky.

Vor ihnen mündete der Korridor in eine unübersichtliche Halle. Aus bislang verborgenen Öffnungen strömten Roboter. Sie waren schnell und lautlos und näherten sich in breiter Front.

»Feuer!«, befahl Rhodan.

Ras Tschubai und der Mausbiber rissen ihre Kombistrahler hoch und deckten die Roboter mit Desintegratorstrahlen ein. Die Maschinen versuchten nicht einmal, dem vernichtenden grünen Flirren auszuweichen. Als wären sie zu keiner Alternative fähig, bewegten sie sich unbeirrbar weiter und wurden einer nach dem anderen halb zerstört.

Gucky bedachte jedes Roboterwrack mit einer Verwünschung. Trotzdem behielt er die Ortung seines Anzugs im Auge.

»Achtung!«, rief er warnend. »Eine unbekannte Strahlungsquelle vor uns. Wir sollten ihr besser ausweichen.«

Sie kehrten um.

»Da entlang!« Perry Rhodan deutete auf eine der Öffnungen, die von den Robotern benutzt worden waren. Es handelte sich um eine vertikal ovale Röhre, die gut und gerne zwei Meter hoch war. Sie verlor sich in der Dunkelheit.

Erst als Tschubai mit seinem Scheinwerfer hineinleuchtete, wurde nach wenig mehr als zehn Metern eine Abbiegung erkennbar. Die fugenlosen Wände reflektierten das Licht.

»Keine Ortung!«, versicherte der Afroterraner.

»Dasselbe trifft auf die anderen Röhren zu«, erklärte Gucky. »Ich glaube, wir können es riskieren, da hineinzugehen.«

»Dann weiter!«, sagte Rhodan.

Tschubai drang als Erster in die Röhre vor, seine Waffe schussbereit. Gucky bildete den Abschluss.

Hinter der Biegung mündete die Röhre in einen anderen Korridor. Ras Tschubai hatte das Ende bereits erreicht und wollte in den Korridor überwechseln, da schrie er auf. Grelle Entladungen zuckten über seinen Kampfanzug. Es war wohl eine Reflexhandlung, dass er seinen Strahler abfeuerte. Die Energie floss an der bislang unsichtbaren Barriere auseinander, im nächsten Moment wurde der Mutant von einer heftigen Entladung zurückgeschleudert.

Er taumelte gegen Rhodan, der sich sofort um ihn bemühte. Aber Tschubai wehrte rigoros ab.

»Ich bin schon wieder in Ordnung«, versicherte er. »Ich erhielt bei dem Zusammenstoß mit der Barriere nur eine Art geistigen Schlag. – Da gibt es jedenfalls kein Durchkommen.«

»Der Rückweg ist uns ebenfalls abgeschnitten«, berichtete Gucky.

»Ich wollte keine Gewalt anwenden«, sagte Rhodan. »Doch nun bleibt uns keine andere Wahl. Gucky, Ras, Punktfeuer auf die Röhrenwand! Wir brechen durch!«

Die beiden justierten ihre Kombistrahler auf Desintegratormodus schärfster Bündelung, schalteten die Schutzschirme ihrer Kampfanzüge ein und nahmen die Röhrenwand unter Beschuss. Staub wogte auf und breitete sich rasch nach allen Seiten aus. Jemand hustete gequält.

Gleichzeitig erklang ein Geräusch wie von einer Explosion, aber es war nicht dumpf, sondern so hell und durchdringend, als würde Glas bersten.

Gucky taumelte zurück. Er zitterte plötzlich.

»Ich glaube«, sagte er betroffen, »wir haben etwas Lebendes erwischt. Mir war, als vernehme ich einen mentalen Todesschrei … als hätte ich für Sekundenbruchteile meine telepathischen Fähigkeiten zurückerhalten.«

Immer noch wogte der feine Staub durch die Röhre. Bei jeder Bewegung wirbelte er von neuem auf. Perry Rhodan trat nahe an die mit den Desintegratoren geschaffene Öffnung heran. Dahinter lag ein Hohlraum von noch nicht absehbarer Größe. Er wurde von einem kristallinen Gespinst durchzogen, das jenem in den zugänglichen Räumlichkeiten glich, jedoch weitaus dichter gepackt war.

Rund um die in die Röhre geschnittene Öffnung funkelten und glitzerten Schnittflächen in dem Kristall.

»Ihr habt das Nervensystem des Berührungskreises angekratzt«, sagte Rhodan bedauernd. »Zweifellos geht von den Kristallleitungen die Kraft aus, die eure Para-Fähigkeiten aufhebt. Durch den Beschuss wurde das hemmende Feld für kurze Zeit ausgeschaltet, so dass du wieder Gedankenimpulse empfangen konntest, Gucky. Wie steht es jetzt damit?«

»Mentale Funkstille«, erwiderte der Ilt. »Mir ist, als gebe es keine fremden Gedanken.«

»Jedenfalls wissen wir nun, dass ihr eure Fähigkeiten nur zeitweilig verloren habt. Sobald wir den Berührungskreis verlassen, bekommt ihr sie zurück.«

Rhodan trat einen Schritt zur Seite, und Tschubai leuchtete das Netzwerk aus, so gut es eben ging.

»Es gibt genügend Hohlräume, um uns passieren zu lassen. Mit den Antigravprojektoren unserer Kampfanzüge könnten wir versuchen, nach oben zu schweben. Auf diese Weise weichen wir vielleicht einem Teil der Gefahren aus.«

»Versuchen wir es«, pflichtete Gucky bei. »Perry, wenn du dich an mir festhältst, kann Ras die beiden anderen mitnehmen.«

Es war ein eigenartiges Gefühl, durch diese bizarre Welt aus kristallenen Fäden zu schweben, die nicht nur das Scheinwerferlicht reflektierten, sondern aus sich selbst heraus in gespenstischem Licht erstrahlten – mal intensiver, dann wieder schwächer, als folgten sie einem unrhythmischem Pulsschlag.

»Ich komme mir vor wie im Netz einer Riesenspinne gefangen«, ließ ausgerechnet die Psychologin nach einer Weile vernehmen. Etliche hundert Meter hatten sie inzwischen in dieser irreal anmutenden Umgebung zurückgelegt.

»Wer weiß, vielleicht sind die engsten Vertrauten der Kaiserin von Therm sogar Spinnenwesen«, erwiderte Tschubai. »Was wissen wir denn bisher schon über sie?«

»Nicht sehr viel!«, rief Gucky. »Aber was ich weiß, ist, dass sich vor uns wahrscheinlich ein Ausgang befindet!«

Die Decke des weitläufigen Raums bestand aus Metall. Eine Vielzahl von Kristallsträngen mündete hier in unterschiedlich großen Öffnungen. Auf eine davon hielt Gucky zu. Sie war groß genug, ihn mit seiner Last passieren zu lassen.

Ras Tschubai folgte ihm dichtauf.

Sie hatten einen Raum erreicht, dessen Wände völlig glatt waren. Einen weiteren Zugang schien es nicht zu geben. Der Mausbiber hatte Rhodan bereits abgesetzt und überprüfte die Wandstruktur mit seinen Ortungsgeräten.

»Wir sollten uns eigentlich in einer der obersten Etagen befinden«, stellte Garo Mullin fest.

»Richtig«, bestätigte Ras Tschubai, der mit einem Massetaster die Decke absuchte. »Über uns ist nichts mehr – wir befinden uns unter dem Dach.«

»Ich habe den Ausgang entdeckt!«, verkündete Gucky. »Allerdings weiß ich noch nicht, wie der Öffnungsmechanismus funktioniert …« Er verstummte abrupt.

»Was ist, Kleiner?«, fragte Rhodan besorgt. »Stimmt etwas nicht?«

»In der Tat … Ich kann fremde Gedanken hören! Sie stammen von Feinsprechern, die uns verzweifelt suchen. Das bedeutet, dass Ras und ich unsere Psi-Fähigkeiten zurückgewonnen haben!«

»Irrst du dich auch nicht?«

»Entweder ich bin übergeschnappt, oder ich höre tatsächlich die Gedanken der Feinsprecher.« Gucky war wieder ganz der Alte. »Weil ich an die zweite Möglichkeit glaube, ist es uns ein Leichtes, mit euch von hier fortzuteleportieren.«

»Werde nur nicht leichtsinnig«, mahnte Rhodan. »Ich schlage vor, dass Ras und du erst einmal versucht, außerhalb des Berührungskreises zu teleportieren. Wenn euch das gelingt, könnt ihr uns immer noch holen.«

»Ganz wie du willst.«

Gucky entmaterialisierte. Bevor Tschubai ihm folgen konnte, tauchte er schon wieder auf. Grinsend zeigte er seinen Nagezahn.

»Es klappt. Ich war draußen«, berichtete er. »Die Hauptstadt von Blotgrähne gleicht einem Ruinenfeld. Wohin sollen wir mit euch teleportieren?«

Der Mausbiber ergriff Rhodans Hand.

»Auf jeden Fall weg von hier«, sagte der Terraner. »Aufs Dach hinaus.«

»Wird gemacht.«

Gucky konzentrierte sich. Im selben Sekundenbruchteil standen sie im Freien.

Der erste Eindruck war, dass der Himmel über Vorlkröhne in Flammen stand. Doch hatten sich nur tief hängende Wolken im Widerschein der glühenden Krater rot gefärbt.

Gucky hatte Rhodans Hand kaum losgelassen, da rief er entsetzt: »Achtung! Gefahr im Rücken!«

Der Terraner wirbelte herum und blickte in die Mündung einer feyerdalischen Waffe.

»Spring zu Atlan, Kleiner. Berichte ihm …« Eine sechsfingrige Hand verkrampfte sich um seinen Mund, die Projektormündung einer Waffe wurde ihm an die Schläfe gepresst.

Tehlarbloe sagte: »Ich würde es bedauern, Gewalt anwenden zu müssen. Aber ich werde dennoch bei der geringsten Gegenwehr schießen.«

Gucky und Ras Tschubai standen wie erstarrt da. Ihren Blicken war anzumerken, dass sie fieberhaft nach einem Ausweg suchten. Keiner von beiden konnte den erforderlichen Körperkontakt zu den anderen herstellen.

Trotzdem teleportierten sie.

Das war in dem Moment, in dem der Rebell mit der Waffe zuschlug. Das Letzte, was Perry Rhodan noch hörte, bevor ihm die Sinne schwanden, war eine tiefer und schleppender werdende Stimme:

»Begleiten Sie uns zurück in den Berührungskreis …!«

Gucky und Ras Tschubai teleportierten zur SOL-Zelle-2, die außerhalb des Stadtgebiets von Vorlkröhne in der Ebene gelandet war. In weitem Umkreis gab es keinen Gegner mehr, den die Besatzung des Kugelraumers zu fürchten hatte, und gegen den Weltraum wurde die SZ-2 von den Beibooten abgeschirmt. Es war also nicht verwunderlich, dass nicht einmal die Schutzschirme eingeschaltet waren. Die Bordgeschütze schwiegen, denn die Bodentruppen waren im Einsatz.

Die beiden Teleporter materialisierten in der Kommandozentrale.

»Wo sind Perry und seine Begleiter?«, fragte der Emotionaut Senco Ahrat zur Begrüßung.

»Das ist vielleicht ein Empfang«, maulte Gucky. »Wir können froh sein, dass wenigstens wir uns bis zu euch durchgeschlagen haben.«

Er gab einen kurzen Lagebericht.

»Das werde ich sofort an Atlan weiterleiten«, sagte der Emotionaut. »Oder noch besser, teleportiert direkt zu ihm!«

»Wo befindet sich Atlan?«, fragte Tschubai.

»Wir haben in Vorlkröhne Brückenköpfe errichtet. In einem davon hat Atlan sein Hauptquartier aufgeschlagen, und von dort leitet er die Aktionen gegen die Feyerdaler. Jetzt kommen vor allem die Mutanten zum Zug. Fellmer Lloyd ist bei ihm. Du kannst dich mit ihm telepathisch in Verbindung setzen, Gucky, und auf diese Weise den genauen Standort erfahren.«

Der Mausbiber kam der Aufforderung sofort nach und hatte auf Anhieb Gedankenkontakt mit Lloyd. So konnte er sich orientieren und mit Tschubai zu Atlans Stützpunkt teleportieren.

Der Arkonide hatte einen Wohnblock nahe der Administration und unweit des Berührungskreises bezogen. Die dort untergebrachten Feyerdaler waren allesamt gefangen genommen worden.

Hektik herrschte. Rund um das Gebäude patrouillierten Raumsoldaten, Straßensperren waren errichtet worden, und Space-Jets überwachten den Luftraum. Überall lagen die ausgebrannten Wracks feyerdalischer Roboter.

Atlan hatte sich mit den militärischen Beratern und den Mutanten in einem großen Kellerraum einquartiert. Tschubai berichtete ihm in Stichworten von ihren Erlebnissen im Berührungskreis und dass Rhodans Flucht im letzten Moment von einem rebellischen Feyerdaler verhindert worden war.

Atlan atmete auf, als er hörte, dass Perry und seinen Begleitern nichts geschehen war. Er akzeptierte alles stillschweigend, bis auf eine Tatsache.

»Ich hätte es nicht für möglich gehalten, dass der Berührungskreis Perry festhält«, sagte er. »Wie man es auch dreht, es kommt immer wieder dabei heraus, dass die Kaiserin von Therm falsches Spiel mit uns getrieben hat. Sie hat uns gegen die Feyerdaler ausgespielt und umgekehrt die Feyerdaler gegen uns. Wir waren ihr nur Mittel zum Zweck.«

»Die Kaiserin von Therm hat diesen Konflikt nur heraufbeschworen, um die Feyerdaler wachzurütteln«, rechtfertigte Tschubai die Handlungsweise der Superintelligenz.

»Für uns ist das ein schwacher Trost.« Atlan machte eine wegwerfende Handbewegung. »Aber das alles spielt jetzt keine Rolle mehr. Es kann nicht mehr lange dauern, bis die Feyerdaler kapitulieren. Zwischen den Planeten wird zwar noch gekämpft, aber es gibt auf beiden Seiten kaum Verluste. Und Vorlkröhne befindet sich praktisch in unserer Hand. Alle führenden Feyerdaler haben sich zurückgezogen. Ihr kommt gerade zur rechten Zeit. Ich brauche Teleporter, um die letzte Bastion der Feinsprecher unblutig zu erobern.«

Gucky und Ras Tschubai erfuhren nach und nach, wie die etappenweise Eroberung von Vorlkröhne abgelaufen war.

Dabei hatten die Mutanten die Hauptarbeit geleistet, vor allem Ribald Corello als Hypnosuggestor. Er hatte die in diesem Gebäude wohnenden Feyerdaler hypnosuggestiv beeinflusst, dass sie sich kampflos ergaben.

Fellmer Lloyds Aufgabe war es gewesen, die Stimmungen unter den Feyerdalern telepathisch in Erfahrung zu bringen, so dass Atlan die richtigen militärischen Maßnahmen einsetzen konnte, um mit geringstem Aufwand die größte Wirkung zu erzielen.

In den meisten Fällen war jeder Widerstand durch das unerklärliche Auftauchen der Raumsoldaten von der SOL gebrochen worden. Takvorian hatte mit seinen Movator-Fähigkeiten dazu beigetragen, indem er sich und einen oder mehrere Helfer in einen rascheren Zeitablauf versetzte und stets dort erschien, wo die Feyerdaler am empfindlichsten waren. Auf Unterstützung durch ihre Robotanlagen konnten die Verteidiger längst nicht mehr hoffen, denn diese waren entweder schon vorher durch das Bombardement der SZ-2 vernichtet oder später von den Mutanten lahm gelegt worden.

Irmina Kotschistowa, der Metabio-Gruppiererin, war da eine besonders wichtige Aufgabe zugefallen. Das Robotsystem der Feyerdaler, ähnlich hochgezüchtet wie das terranische, kam ohne Bioplasma-Zusätze nicht aus. Es gab überall in Vorlkröhne wichtige Schaltstellen, in denen die Verantwortung auf biologischen Plasmazusätzen ruhte.

Darauf konzentrierte sich Irmina. Mit ihrer Fähigkeit gruppierte sie die Zellstruktur der Zusätze um, ließ sie wuchern und brachte sie zur Explosion ... bis sie funktionsunfähig waren.

»Warum gehst du bei der letzten Bastion der Feyerdaler nicht ebenso vor?«, erkundigte sich Tschubai. »Dort sind die wichtigsten Feyerdaler von Blotgrähne verschanzt. Wenn Ribald sie hypnosuggestiv beeinflusst, kann er sie zur Kapitulation zwingen – und der Sieg wäre unser.«

Atlan schüttelte den Kopf. »So einfach darf ich es mir nicht machen. Eben weil es sich um die verantwortlichen Feyerdaler handelt, will ich sie nicht beeinflussen lassen. Sie müssen von sich aus kapitulieren, oder unser Sieg wäre nichts wert.«

Tschubai nickte verstehend. Nur wenn die Feyerdaler selbst einsahen, dass die Terraner ihnen überlegen waren, würden sie zur Vernunft kommen und die Entscheidung der Kaiserin von Therm akzeptieren. Allerdings war noch unklar, was die Superintelligenz wirklich bezweckte.

»Wir haben an allen neuralgischen Positionen transportable Transmitter installiert, durch die unsere Truppen jederzeit vorstoßen können«, erklärte Atlan. »Sie könnten auch die letzte Bastion der Feyerdaler im Handumdrehen einnehmen. Doch ich will blutige Kämpfe vermeiden. Deshalb müssen wir die Feyerdaler erst zermürben.«

»Was können wir dabei tun?«, fragte Gucky.

Atlan sagte es ihm. Kurz darauf teleportierten Gucky und Tschubai in das Regierungsgebäude. Sie trugen jeder ein Dutzend miniaturisierte Funkempfänger bei sich, die sie in verschiedenen Räumen versteckten. Danach kehrten sie in Atlans Stützpunkt zurück.

»Jetzt schlagen wir los«, sagte der Arkonide.

Er ließ einen vorbereiteten Aufruf ablaufen, mit dem die Feyerdaler zur bedingungslosen Kapitulation aufgefordert wurden. Gleichzeitig gab er Befehl an die Raumsoldaten, sich über die Transmitter zu verteilen.

»Und nun teleportierst du mit mir in den Stützpunkt der Feyerdaler!«, verlangte Atlan von Gucky.

Die Überraschung der Feyerdaler war vollkommen, sie leisteten keinen Widerstand. Die etwa zwanzig führenden Persönlichkeiten waren starr vor Schreck. Ihre sonst leuchtenden Augen wirkten matt.

Atlan hatte sich die passenden Worte zurechtgelegt, die sogar Feinsprecher beeindrucken sollten, doch sagte er nur: »Sind Sie bereit zur Kapitulation?«

Etwa die Hälfte der Anwesenden waren Feinsprecher, das glaubte Atlan schon an ihrer Körperhaltung zu erkennen. Einer von ihnen trat vor.

»Ich bin Regelerschaffer Thömblon, und ich war es, der Ihr letztes Ultimatum entgegengenommen hat«, übersetzte der Translator. »Auf die Bezeichnung ›Unfehlbarkeit‹ will ich unter diesen Umständen verzichten, denn ich habe mich geirrt. Wir sind bei dem Kräftemessen mit den Terranern unterlegen. Als Verlierer fordere ich Sie auf, Ihre Bedingungen zu stellen.«

»Ich habe nur eine Forderung: Beordern Sie Ihre Raumstreitkräfte zurück, damit dieser sinnlose Kampf endlich beendet wird!«, sagte Atlan. »Wir wollten den Konflikt nicht. Es waren die Feyerdaler, die mutwillig die Auseinandersetzung heraufbeschworen haben. Da wir uns nicht als Sieger betrachten, stellen wir keine Bedingungen bis auf die, dass die uns von der Kaiserin von Therm aufgetragene Order auch von den Feyerdalern gebilligt wird.«

»Unsere Herausforderung hatte den Zweck, der Kaiserin von Therm zu beweisen, dass die Terraner nicht würdiger sind als wir, in ihrem Auftrag das MODUL zu suchen«, gestand Thömblon ein. »Doch nach dem Sieg der Terraner müssen wir uns zur gegenteiligen Ansicht bekennen.«

Atlan ahnte, wie schwer dem Regelerschaffer dieses Eingeständnis fiel. Der Feinsprecher hatte einen hohen Einsatz gewagt – und verloren. Es musste eine äußerst bittere Erkenntnis für ihn sein, dass die privilegierten Feyerdaler im Kampf um die Gunst der Superintelligenz einem fremden Volk unterlegen waren.

Aber darauf konnte Atlan keine Rücksicht nehmen.

»Sie erkennen uns als die unbestrittenen Beauftragten der Kaiserin von Therm an, Regelerschaffer Thömblon?«, fragte er.

»Die Terraner sind befähigt, den Auftrag der Kaiserin von Therm durchzuführen«, bestätigte der Feinsprecher.

»Dann geben Sie die Kapitulation an Ihre Flotte durch!«, verlangte Atlan abschließend. Er blickte sich suchend um. »Ich nehme an, unser Gespräch wurde von einem Verbindungselement an den Berührungskreis der Superintelligenz weitergeleitet?«

»Die Kaiserin von Therm wurde Zeuge dieses schicksalhaften Gesprächs«, versicherte der Regelerschaffer.

Das genügte dem Arkoniden. Er war sicher, dass nun auch Perry Rhodan die Freiheit zurückbekam.

In diesem Augenblick meldete sich die Robotstimme des Verbindungselements: »Die Sperre des Berührungskreises wurde aufgehoben. Der Terraner Perry Rhodan kann ihn verlassen und gehen, wohin er will.«

»Bedeutet dies, dass die Superintelligenz den Auftrag zurückgezogen hat?«, fragte Garo Mullin zögernd, nachdem die Robotstimme verklungen war.

»Dann hätte sich der Berührungskreis anders ausgedrückt«, antwortete Cesynthra. »Es muss damit gemeint sein, dass wir die Wahl haben, was wir nun unternehmen. Immerhin wurde mit uns ein übles Spiel getrieben.«

»Das glaube ich gar nicht«, sagte Perry Rhodan, der mit dem feyerdalischen Rebellen Tehlarbloe etwas abseits stand.

»Was vermuten Sie, Perry Rhodan?«, erkundigte sich Tehlarbloe. »Meinen Sie nicht, dass Sie und Ihr Schiff für die Kaiserin von Therm nur Mittel zum Zweck waren?«

»Doch, den Eindruck habe ich«, sagte der Terraner. »Allerdings in einem anderen Sinn als ursprünglich. Ich muss zugeben, dass ich die Absichten der Superintelligenz verkannt habe ...«

»Wer kann den Überlegungen einer Superintelligenz als normaler Sterblicher – oder auch Unsterblicher – schon folgen?«, warf Cesynthra ein.

»Richtig«, sagte Rhodan. »Aber endlich sehe ich klar. Die Kaiserin von Therm hat den Konflikt zwischen den Feyerdalern und uns zwar in die Wege geleitet, aber nicht, damit uns die Feyerdaler ihre Überlegenheit beweisen können. Sondern wir sollten den Feyerdalern zeigen, dass wir mit Recht den Auftrag von ihr erhielten.«

»Warum diese Umstände?«, fragte Mullin. »Sie hätte den Feyerdalern doch nur Gehorsam zu befehlen brauchen.«

»Die Kaiserin hat erkannt, dass ihr mit gehorsamen Dienern nicht geholfen ist. Ich weiß nicht, ob sie diese Erkenntnis erst infolge unser Ankunft in Dh'morvon gewann. Aber unser Beispiel hat gezeigt, dass ein freies und ungebundenes Volk ein wertvollerer Verbündeter ist. Die Feyerdaler sind hauptsächlich deswegen degeneriert, weil die Abhängigkeit zur Kaiserin sie in ihrer Entwicklung hemmte.«

»Sie haben das richtig erkannt«, pflichtete Tehlarbloe bei. »Die Kaiserin von Therm beschwor den Konflikt nur herauf, um mein Volk wachzurütteln, aber das war nicht gegen die Terraner gerichtet. Im Gegenteil. Sie haben durch Ihren Sieg die Erwartungen der Superintelligenz erfüllt. Sie will weiterhin, dass Sie das MODUL für sie retten. Werden Sie den Auftrag ausführen?«

Statt zu antworten, begab sich Perry Rhodan zu einem Verbindungselement.

»Hat die Kaiserin von Therm immer noch den Wunsch, dass wir Terraner das MODUL suchen?«, fragte er. »Dann verlange ich genaue Auskünfte.«

»Die Frage kann bejaht werden, die Forderung ist jedoch nicht zu erfüllen«, kam die Antwort. »Es sind keine neuen Informationen eingetroffen, die die Erfolgsaussichten erhöhen könnten. Damit müssen Sie sich begnügen – oder Sie lehnen den Auftrag ab.«

»Wir werden das MODUL suchen«, entschied Perry Rhodan. Er wandte sich ab.

»So, wie ich Sie und Ihre Mitarbeiter kennen gelernt habe, bin ich zuversichtlich, dass Sie erfolgreich sein werden«, sagte Tehlarbloe.

»Sind Sie nicht enttäuscht über die Niederlage Ihres Volkes?«, fragte Rhodan. »Sie müssten uns eigentlich hassen, weil wir Ihre Pläne durchkreuzt haben.«

»Davon kann keine Rede sein«, erwiderte der Wissenschaftler. »Die Niederlage ist nur scheinbar. Die Terraner haben unsere Grenzen aufgezeigt – und das noch rechtzeitig. Und meine Pläne? Sie decken sich mit denen der Superintelligenz. Auch ich will, dass mein Volk eine neue Blüte erreicht. Ich war nur so lange ein Rebell, wie ich glauben musste, dass die Superintelligenz uns unterdrücken will.«

»Und was ist aus dem Rebellen geworden?«, fragte Rhodan.

»Ich habe ebenfalls einen Auftrag vom Berührungskreis bekommen«, gestand Tehlarbloe. »Ich soll dafür sorgen, dass die Feinsprecherei wieder ihre ursprüngliche Form erhält. Was darunter zu verstehen ist, werden Sie inzwischen sicherlich verstanden haben.«

Perry Rhodan nickte.

Gemeinsam verließen sie den Berührungskreis.

Einen Tag später hatten die Mannschaften der SOL Blotgrähne geräumt. Die Beiboote waren in ihre Hangars zurückgekehrt, die SOL-Zellen hatten sich zu dem gewaltigen Hantelraumschiff vereinigt. Die Feyerdaler boten sogar an, Schäden an den terranischen Kugelraumern in den Werften auf Blotgrähne zu reparieren.

Doch Perry Rhodan lehnte das Angebot dankend ab. Einesteils waren die Verluste an Material nicht nennenswert, andererseits wollte er keine Zeit mehr verlieren.

Tehlarbloe war mit seiner Rebellenflotte schon nach Moeckdöhne aufgebrochen. Er war vom Rebellen zum Erneuerer geworden, und unter diesem Aspekt gesehen, war der Zwischenfall auf Blotgrähne für die Feyerdaler heilsam gewesen.

Die SOL verharrte noch am Rand des Kaylaandor-Systems.

Perry Rhodan berief vor dem Start eine Versammlung ein, an der nur seine engsten Vertrauten teilnehmen sollten. Es war keine offizielle Lagebesprechung, denn diese sollte folgen, sobald alle Daten ausgewertet waren.

Es waren nicht einmal alle Mutanten anwesend, und auch Roi Danton, Professor Waringer und Galbraith Deighton fehlten.

»Du hättest auf einem umfangreicheren Informationsaustausch bestehen müssen, Perry«, sagte Atlan, doch lag kein Vorwurf in seiner Stimme. »Es gibt viele offene Fragen über die Mächtigkeitsballungen und die sie beherrschenden Superintelligenzen. Wir wissen überhaupt nicht, worauf wir uns wirklich eingelassen haben, als wir der Kaiserin von Therm unsere Unterstützung versprachen. Es wäre durchaus möglich, dass wir damit gegen die Interessen von ES verstoßen. Du hättest diesen und ähnliche Punkte anschneiden müssen. Die Kaiserin von Therm will etwas von uns, folglich können wir Bedingungen stellen.«

»Eine Superintelligenz lässt sich nicht erpressen«, erwiderte Rhodan. »Sie hat uns ohnehin freigestellt, von diesem Auftrag zurückzutreten.«

»Dann hättest du zum Schein darauf eingehen können«, sagte Reginald Bull. »Vielleicht hätte dieser Bluff zu Gunsten von mehr Informationen gewirkt. Wir wissen nach wie vor nicht einmal, wer oder was die Kaiserin von Therm ist.«

»Eine Superintelligenz – und deshalb in der Lage, einen simplen Bluff zu durchschauen«, erwiderte der Terraner. »Sie weiß, dass uns selbst sehr daran gelegen ist, das MODUL zu finden. Sie weiß auch, dass wir uns nicht nur ihr zum Gefallen auf die Suche machen, sondern weil wir Hinweise auf die verschwundene Erde erwarten.«

»Perry hat völlig Recht«, meldete sich Gucky. »Einige Informationen hat uns die Kaiserin zugespielt. Die reichten aus, um unser Interesse zu wecken. Schließlich hat das MODUL über eine lange Kette von Relaisstationen Bilder eines Sonnensystems nach Xumanth geschickt, bei dem es sich um Medaillon mit Terra und Goshmos Castle gehandelt haben kann. Diesem Hinweis müssen wir einfach nachgehen!«

»Okay, ich gebe mich geschlagen«, sagte Atlan seufzend. »Es stimmt, dass wir uns nicht mit der Intelligenz einer Kaiserin von Therm messen können. Also müssen wir unsere Trümpfe ausspielen – und handeln. Von den Feyerdalern werden wir keine Schwierigkeiten mehr zu erwarten haben.«

»Bestimmt nicht«, versicherte Rhodan. »Wir wurden von ihnen anerkannt. Außerdem haben sie genug mit der Reform der Feinsprecherei zu tun.«

Inzwischen hatten alle verstanden, was die Feinsprecherei einmal gewesen war, nämlich die Sprache für den Umgang mit den Berührungselementen der Kaiserin von Therm, nichts anderes als ein Kode. Und die Berührungskreise waren vollrobotische Anlagen, denen gegenüber man sich logisch und sachlich verhalten musste, um mit ihnen kommunizieren zu können.

Doch im Laufe der Jahrtausende war alles zu einem unverständlichen Ritual entartet …

»Genau gesehen hat es bei diesem Konflikt nur Sieger gegeben«, sagte Gucky. »Die Superintelligenz hat davon ebenso profitiert wie die Feyerdaler und wir.«

»Wobei wir am ungünstigsten abgeschnitten haben.« Rhodan seufzte tief.

»Nanu?«, wunderte sich Atlan. »Nach so viel Optimismus eine Klage?«

»Ich weiß nicht recht«, sagte Rhodan nachdenklich. »Unsere Erfolge sind unbestritten. Es scheint auch, dass wir unserem Ziel näher kommen, aber ich werde den Eindruck nicht los, dass wir trotz allem nur Spielball kosmischer Kräfte sind. Und genau das behagt mir nicht.«

Epilog

Auf Moeckdöhne wurde ihm ein Empfang geboten, der eines Obersten Regelerschaffers würdig gewesen wäre – dabei war er ein Rebell, der eine Schlacht verloren hatte.

Doch darüber sprach niemand. Das Volk feierte ihn als Freiheitshelden. Die Feinsprecher wussten, dass er der kommende Mann war.

»Wie schmeckt die Macht, Tehlarbloe?«, fragte Blöhnvil.

»Ich werde sie nicht auskosten«, antwortete der Wissenschaftler.

»Aber du musst hart und kompromisslos gegen die traditionsverbundenen Feinsprecher durchgreifen«, riet Crahler. »Inzwischen verkörperst du die Ordnung und sie sind die Rebellen.«

»Keine Sorge, ich werde hart durchgreifen.«

Anadace lachte hell. Sie schwieg, doch ihre Augen verrieten überdeutlich, dass sie Stolz und Zuversicht empfand.

Hinter ihnen folgten mehrere Regelerschaffer, unter ihnen Qartane.

Ihre Gesichter waren ausdruckslos, die Augen starrten ins Leere. Sie hatten einem Rebellen die Hand gereicht, nun hatte er sie mit Leib und Seele verschlungen. Sie hatten ihn für ihre Ziele einspannen wollen, inzwischen waren sie seine Werkzeuge. Sie konnten aus dieser Erfahrung keine Lehre mehr ziehen, sie hatten eine Lektion erhalten.

Das war der Wille der Kaiserin von Therm.

Die Regelerschaffer folgten Tehlarbloe wie zu ihrer Hinrichtung. Es würde schwer für sie sein, umzudenken.

»Ein Bild ist nur im entsprechenden Rahmen sehenswert«, sagte Nampriete tonlos. »Ein Wort ist inhaltslos ohne die richtige Untermalung.«

»Wir gehen schweren Zeiten entgegen«, bestätigte Jooghiv.

Tehlarbloe hörte die Worte. Doch er reagierte nicht. Auf ihn wartete eine wichtige Aufgabe. Er hatte alle Vollmachten der Kaiserin von Therm, und wenn er in wenigen Augenblicken vor die führenden Regelerschaffer von Moeckdöhne trat, würde er vom Verbindungselement des Berührungskreises jegliche Unterstützung bekommen.

Er wusste, dass damit keineswegs alle Schwierigkeiten beiseite geräumt waren. Die Regelerschaffer würden ihn als Bevollmächtigten der Kaiserin von Therm anerkennen, doch das war beileibe keine Garantie, dass sie bedingungslos mit ihm zusammenarbeiteten.

Wie sie sich einst mit ihm gegen die Kaiserin verbündet hatten, würde auch gegen ihn eine Opposition entstehen. Er wünschte sie sich sogar, denn das wäre für ihn der Beweis gewesen, dass sein Volk endlich die Lethargie überwunden hatte.

Er würde gegen alle Widerstände ankämpfen. Vor allem wollte er seinem Volk Gelegenheit geben, den wiedererwachten Kampfgeist gezielt einzusetzen. Das zweite Hauptanliegen der Kaiserin von Therm war, dass die Feyerdaler gegen weitere Attacken der Superintelligenz BARDIOC gewappnet waren.

Der Angriff der Inkarnation VERNOC auf den Berührungskreis von Pröhndome war bestimmt erst der Anfang weiterer Aktivitäten BARDIOCS gewesen.

Vor allem deshalb mussten die Feyerdaler gerüstet sein.

ENDE

Perry Rhodan-Buch Nr. 92

Das MODUL

erscheint im November 2005

Raumjäger

Allgemeines:

Dieses zwanzig Meter lange und nur wenig mehr als zwei Meter durchmessende Kleinraumschiff wird von dem Hilfsvolk der Kaiserin von Therm für Kurzstreckeneinsätze verwendet. Die ausfahrbaren Tragflächen mit einer Spannweite von elfeinhalb Metern sowie das große Doppelleitwerk am Heck geben dem Raumschiff eine gute aerodynamische Stabilität bei Atmosphärenflügen. Auf einen Überlichtantrieb wurde verzichtet.